Ian Todd was born in the Townhead district of Glasgow in 1955 and lived there until his family were moved out by the bulldozers in 1969. He lived in Maryhill and Milton, before the family finally settled in Springburn. He moved to the north of Scotland in the early 1980s to go to Aberdeen College of Education and has worked as a Community Development Worker, within Youth Work and Adult Learning, since then. Ian has a grown-up family and lives with his partner, his five dogs and one cat and has been writing for a number of years.

For Morven, Sarah
and Calum

# Run Johnboy Run
## By Ian Todd

Run Johnboy Run is a work of fiction. The names, characters, businesses, places, events and incidents in this book are either the products of the author's imagination or used in a fictitious manner. Any resemblance to actual persons, living or dead, or actual events is purely coincidental.

You can keep up to date with The Mankys and Johnboy Taylor on his Facebook page: The Glasgow Chronicles
www.facebook.com/theglasgowchronicles

# Chapter One

*Glesga District Court, Central Polis Headquarters, March 1968.*

"Ur the background reports aw in order, Miss Metcalfe?" asked JP Donnelly, cooncillor fur the Toonheid district ae the City ae Glesga and local Justice ae the Peace.

"They ur, yer honour," replied the procurator fiscal, haudin up a sheaf ae papers.

"And whit conclusions dae they come up wae that we don't awready know?"

"That Taylor his persistently reoffended, despite being gied numerous chances tae reform by the judiciary, and by yersel in particular, as well as hivving hid support fae his parents tae stay oot ae trouble. Psychological tests and observations, carried oot under secure conditions, hiv determined that Taylor far exceeds the intelligence ae a normal thirteen year auld and that he's fully aware ae the difference between right and wrang. They conclude that the danger ae him reoffending is categorised as high."

"Ye mean it's guaranteed?"

"Er, aye, yer honour."

"So, ye widnae put a bet oan that no happening then?"

"Er, naw, yer honour."

"An odds oan certainty, as ma wee baldy bookie wance telt me efter he took me tae the cleaners...a nae brainer?" JP asked, acknowledging the smiles fae the fiscal team and court ushers.

"Aye, yer honour. Ah think ye've hit the nail oan the heid wae that wee analogy."

"Anything else that we hivnae awready sussed oot fur oorsels, withoot the assistance ae highly paid chancers in the psychology profession, Miss Metcalfe?"

"It says here that Taylor kin be categorised as an 'Intelligent Delinquent,' yer honour."

"Well, he cannae be that intelligent or he widnae be staunin here in front ae us, noo wid he?" JP retorted, mair as a statement than a question, looking aboot the wee courtroom, pleased tae see that anywan wae any sense thought the same as himsel.

"Ah think that wid be an acceptable conclusion tae make, yer honour. However, the reason fur that tag is tae highlight caution oan whit ye've jist said."

"How dae ye mean?"

"The fact that ye've jist stated that Taylor cannae be that intelligent or he widnae be staunin here, tends tae suggest that ye're dismissing that caution and no accepting the facts, despite the warnings fae the psychologist and others."

"Ah'm well aware ae the sleekitness ae the wee cu...er...toe-rag, Miss Metcalfe."

"Aye, yer honour, bit the point Ah'm highlighting fae the report is that..."

"He's no tae be trusted under any circumstances?"

"...Taylor will continue tae reoffend, no because ae the circumstances ae his environment, bit because he's awready made an informed choice that that's whit he wants tae dae. It says here... and Ah quote, 'In order tae challenge and reverse Taylor's recidivist tendencies, a greater emphasis should be placed oan challenging his assumption that the choices he makes ur acceptable, no only tae himsel, bit tae the community in which he inhabits. Currently, the state education system and the community he lives in hiv neither the time nor the expertise tae fully respond tae their ain needs fur protection fae him, and the needs ae Taylor himsel, who believes that whit he's daeing is perfectly acceptable.' End ae quote, yer honour."

"So, Miss Metcalfe? Putting that intae plain Glaswegian-speak that everywan in this courtroom kin understaun?"

"The report recommends a long-term custodial supervision order, yer honour."

"Aye, Ah thought that's whit ye wur hinting at, bit Ah jist wisnae too sure up until that last wee point."

"Thank ye, yer honour."

"Right, oan that happy note, whit hiv ye tae say oan behauf ae yer client, Mr Portsoy?"

"Portoy."

"Eh?"

"It's Mr Portoy, your honour."

"So, when did ye say ye qualified as a solicitor, Mr Portsoy?"

"Er, I'm still on my first year's post-qualifying probation, your honour."

"Ma question? Dae ye want me tae repeat masel?"

"No, your honour. I heard what you asked the first time."

"So?"

"So what...er, your honour?" the defence brief asked, getting flustered.

"So, where's ma answer then?"

"I thought I had given it to you...your honour."

"Ur ye trying tae take the pi...er...len ae me, son? Ah hope Ah'm no dealing wae wan ae they wee so-called fly-men, who's suddenly jist been let loose fae a joke ae a law course and who noo thinks he knows everything?"

"Er, well, if you..."

"Wan ae these wee pluke-faced boys that Ah've taken tae the cleaners oan many a morning, o'er nothing mair important than taking umbrage at me getting his name wrang, while staunin there in a fancy dressing-gown...who nowan, and Ah mean nowan, his heard ae ootside this courtroom apart fae me this very morning?" JP spat, spit flying forth in aw directions.

"Er, no, no, your honour," the brief quaked.

"So, spit it oot then."

"Er, would you repeat the question again please?"

"Ah cannae bloody-well believe this," JP grumbled gruffly, looking aboot the room, starting tae enjoy himsel. "Ye widnae be related tae Harry Portoy, by any chance, wid ye?"

"Er, he was my father, your honour."

"Wis he noo?" JP said thoughtfully. "Right, Ah'm gieing ye a final warning, Mr Portsoy...wan mair bit ae cheek oot ae you and ye'll be staunin in that dock alangside that manky wee client ae yours."

"But, I, er..."

"When did ye qualify as a solicitor and whit hiv ye tae say oan behauf ae yer client?" JP repeated, glaring at him.

"Er, I qualified ten days ago, your honour," the brief admitted, looking aboot in embarrassment, as everywan in the courtroom, apart fae his client and Helen Taylor, the accused's mother, burst oot laughing.

"Right, at last, we've goat something resembling a defence. Carry oan, bit remember, Ah'll be watching oot fur any mair insolence oot ae ye, Sunny-Jim."

"As the procurator fiscal has pointed out, we're not dealing with a wee thicko here, but with an intelligent misunderstood young..."

"Hing oan...wait a minute...jist haud yer horses, son. Fur the benefit ae everywan in this courtroom this morning, when did ye meet yer client fur the very first time?"

"Er, this morning, your honour. Why?"

"And how many clients hiv ye defended so far?"

"This is my first, your honour."

"So, ye'll perhaps no appreciate that every single decent person hinging aboot in here, trying tae stoap themsels fae falling asleep while they've been listening tae ye prattling oan this morning, knows this wee toe-rag like they know wan ae their ain family. In fact, some ae them probably believe he is wan ae their family, seeing as he's never oot ae this place. So, where ur ye gaun wae this?"

"Well, er, I was just about to point out that, if given the chance, Tay..."

"Point taken and a very good wan at that, even though we've heard it a dozen times before, or in his case, two dozen. Well done, son...welcome tae the Central District Court."

"But, if I can jus..."

"So, if there's nothing else anywan wants tae add, we kin jist horse oan tae the sentencing? Back o'er tae yersel, Miss Metcalfe," JP said pleasantly, looking doon at the procurator fiscal.

"Thank you, yer honour. Given Taylor's previous convictions, which includes numerous official warnings, two years' probation, wan stint ae fourteen days and two stints ae twenty eight days detention at Larchgrove Remand Home, the only options open tae ye is an Approved School Detention Order."

"Aye, it's a pity they banned the birch, eh? It wid've been good tae send this wan oan his way feeling the full force ae the law and wae a wee reminder ae whit he faces efter the day, if he steps oot ae line. So, it's back tae The Grove tae await a vacancy at wan ae the approved schools, is it?"

"Naw, yer honour. Given the psychological and other supporting background reports, undertaken while he wis oan remand in Larchgrove, they've awready requested that a school be found as quickly as possible that wid be prepared tae take him straight away. Larchgrove don't feel that his continued presence, ae up tae three months, in their good establishment, wid be conducive tae maintaining order and discipline in the management ae the place, due tae his unruly behaviour and that ae his known associates who ur awready incarcerated there."

"And dae we hiv a school in mind?"

"If ye look at the last paragraph oan the third sheet ae the background report, yer honour?"

"Thistle Park?"

"Aye, yer honour. Efter matching up the requirements identified in the background report, it wis felt that a far mair secure environment should be allocated in this instance."

"Right, Black Boab, staun up. Dae ye hiv anything tae say before Ah sentence ye? Whit wis that?"

"He mumbled that he's awready staunin, yer honour."

"Right, well, baith yersel and me go back a long way, Sunny-Jim. Ye've hid every chance that Ah could throw at ye and ye're still staunin up here in front ae me looking like a tramp and as black as two in the morning.  So, here's whit Ah'm gonnae dae.  This court sentences ye tae a maximum ae three years in Thistle Park Approved School or up till ye reach the age ae fifteen, whichever comes first," JP said, smiling across at Helen Taylor, who wis sitting oan her lonesome in the public benches.  "Any consideration as tae ye being released earlier should be dependant oan yer behaviour while ye're under this custodial supervision.  It gies me...and Ah'm sure aw the people in this court, great pleasure tae know that we won't be seeing ye running roond the streets ae the Toonheid fur a long time tae come.  So, unless there's anything ae particular interest that Ah don't awready know aboot, shout in the next wee toe-rag, Miss Metcalfe."

# Chapter Two

"Right, in ye get, ya manky wee shitehoose, ye," smirked Creeping Jesus, the turnkey.

"How long will Ah be in here?"

"Ah don't know. It'll be until somewan comes tae collect ye."

"And when will that be?"

"Ur ye deaf or whit?"

"Ur you?"

"Scum," Creepy muttered under his breath, banging the cell door shut.

Johnboy stood coonting the seconds under his breath, tae see how long it'd take fur the echo fae the slamming door tae disappear. Bang oan fourteen seconds. He wondered how many people hid stood oan that very spot o'er the years, coonting oot the echo. Satisfied that he'd guessed right again, he turned and looked aboot. The cell hidnae changed since the first time he'd been there wae his pals, Tony Gucci, Joe McManus and Skull Kelly, back in nineteen sixty five, when he wis ten. The other Manky, Paul McBride, hid awready been sentenced tae approved school by JP Donnelly by that time. The silence, only disturbed by the constant humming ae a boiler, somewhere in the building, kicking aff every noo and again, hidnae changed either. He smiled tae himsel. Skull believed the noise wis intentional and wis a Chinese torture technique, used by the Japs during the war oan the sojers they captured...the haufwit. Tony never failed tae let it be known that he wanted tae find oot where they kept the hot water boiler. Tony reckoned it wis bound tae be made ae copper and that they'd get aboot four quid fur it aff ae Roger The Dodger, the scrap dealer oan St James Road. Tony wis guaranteed tae come oot wae the same point every time The Mankys goat huckled and slung intae the cells doon at Central. Joe wis always well intae the idea because ae the risks there'd be in daeing an all-nighter up in the loft ae a polis station.

"Kin ye imagine they pricks' faces when they'd come oan duty in the morning tae find that there wisnae any fucking hot water fur the basturts?" Skull wid titter gleefully, getting in oan the excitement.

"Aye, being faced wae a big empty space where their good tank hid wance stood," Johnboy remembered saying, dribbling at the mooth at the thought ae getting wan o'er oan them.

"Kin ye imagine? 'Right, Crisscross, send oot fur the plumber, it'll probably only need a valve replacement.'"

"Or in his case, a bigger cock," Tony hid said, straight-faced, before they'd aw aboot pished themsels laughing.

Johnboy turned roond and looked at the studded metal door wae the flaky paint oan it. He could still hear the faint sound ae their cackling, echoing laughter, ringing up and doon the corridors fae aw they years ago. He tried tae remember who'd won their keepy-up competition that first time he'd been locked up wae them. It hid been either himsel or Tony. He remembered Skull arguing the toss every time he messed-up at the start ae his turn and his continuous bleating tae be allowed tae go again. Everywan always gied in tae stoap the wee baldy basturt fae melting their ears wae his whining and moaning. Despite his fitba boots, which wur never aff ae they feet ae his, Skull wis pretty shite at fitba. He could always talk a good game whether people wur listening or no. If Johnboy's memory served him well, he wis sure that it hid been himsel that hid won the competition that first time, wae a score ae twenty or twenty wan. At the time, it hid been really important fur Johnboy tae be able tae prove tae the others how good he wis, whether it wis at kicking a sock baw up in the air, breaking intae shoaps or stripping lead aff ae a tenement roof in the middle ae the night while people living underneath wur sleeping in their beds. Being gallus wis everything tae The Mankys. Being useless at anything goat their attention like flies roond shite, wae the victim, which wis usually Johnboy at that time, ending up humiliated, tae the point ae wanting tae run hame tae that ma ae his, bawling and greet-

ing.  It aw seemed so long ago.  He smiled, remembering Skull no
being able tae contain himsel and starting tae fuck aboot wance
Johnboy hid reached sixteen or seventeen...in an attempt tae put
him aff.  Johnboy looked aboot.  There wisnae any use in worrying
aboot things like that noo.  If he wis being honest wae himsel, the
sentence hidnae come as a surprise.  And as fur that skinny, stut-
tering, baw-heid ae a lawyer.  Where the hell hid they goat him fae,
the useless prick?  Johnboy slipped aff his shoes and rolled his two
socks up intae a baw.  The Mankys wid gie him a hard time if they
could clock him noo, wearing socks withoot any holes in them, he
thought tae himsel, grinning as he slipped his shoes back oan tae
they feet ae his.

"Ye cannae go tae court wae holes in yer socks.  Whit if they put
ye oan remand?  Ah'll get a showing up, so Ah will," his ma hid
tut-tutted two weeks earlier, before his first court appearance.

"Bit nowan, apart fae JP, knows ye doon there.  Ye'll jist be anoth-
er face in a busy crowd, so how will ye get a showing up?"

"Johnboy, yer da's at work and yer sisters ur at school, so it's me
that's hivving tae take ye doon tae the courthoose.  This is jist as
hard fur me as it is fur you, so gie me peace and let me get oan
wae it ma way.  Okay?"

Johnboy hid wanted tae tell her that he couldnae gie a monkey's
fuck aboot turning up in front ae JP, bit he didnae think that that
wis whit she'd hiv wanted tae hear at the time.  He always knew
when she wis building hersel up intae a right auld tizzy.  That's
when she could be dangerous wae they hauns ae hers.  He started
aff wae kicking his sock-baw fae wan end ae the cell tae the other
tae loosen up.  He then started daeing wee chips fae the smooth
concrete bed that wis moulded oan tae the flair, o'er towards the
door, before moving oan tae aiming fur the spy hole.  This wis
mair difficult than it looked or turned oot tae be.  He took his right
shoe aff and tried it wae a bare fit.  Bingo!  He could get mair ae a
flick under the baw wae his bare toes.  He wis daeing well until he
stubbed his big toe, which meant the shoe gaun back oan fur aboot

hauf an hour till the pain eased aff. When he finally goat roond tae daeing keepy-ups, he wis feeling quite good wae himsel. Efter hauf an hour ae skipping aboot the cell like a diddy, he managed tae get up tae twenty wan. Efter knackering himsel oot, he lay doon oan the concrete bed and must hiv dozed aff.

He didnae know how long he'd been snoozing fur, bit when he stirred, he hid that familiar feeling that somewan's beady eyes wur gieing him the wance o'er.

"Built-in radar, so it is. That's whit puts us aheid ae everywan else," Tony always said knowingly, whenever The Mankys spoke aboot it.

Nowan could argue wae that. They'd plenty ae examples ae when they'd instinctively known who it wis that wis gonnae walk roond the corner intae view a few seconds before it happened... especially if it involved The Stalker or his sidekick sergeant, Bump-er. He opened his right eye slowly, bit due tae the position he wis lying in, he could only see a bit ae the bottom hauf ae the door. He made oot that he wis turning in his sleep, letting oot a wee sly sleepy groan, tae fool whoever it wis that wis daeing the spying. When he opened baith his eyes, turned and found that there wis-nae anywan at the spyhole, he assumed he'd jist been imagining things. He jist aboot shat they good clean underpants that his ma hid made him put oan tae match his da's good clean socks that he'd been kicking aboot the cell earlier, when he heard a voice.

"Johnboy, Ah know ye're awake, so ye kin stoap yer farting aboot," a nippy wee voice that he hidnae heard in a long, long time said.

"Fuck!" he yelped in fright, jumping up.

He bolted across tae the cell door and squealed in frustration at finding it locked.

"Aye, Ah see ye hivnae improved oan ma record-winning keepy-up score either, ya fud, ye," Skull chortled.

"Skull? Oh my God! Skull...whit the...it cannae be you?" Johnboy screeched fearfully, lifting his hauns up tae scratch baith sides ae his heid at the same time, no believing whit wis staunin in front ae they eyes ae his.

"Of course it's me.  Who else wid it be?"

"Tell me Ah'm dreaming...or...or something," Johnboy whined oot loud, gieing that heid ae his another shake and starting tae get irritated wae the sound ae his ain echoing voice bouncing back at him aff ae the tiled walls.

"Jist ma bloody luck, hinging aboot in here wae a prick like you, waiting fur fuck knows whit.  Whit did ye say we wur in fur again?"

"Naw, naw, c'mone noo...seriously...tell me the truth?  Is this some kind ae a joke or something?" Johnboy demanded, scanning the cell tae see if there wis a pulley operating whitever it wis that wis staunin there in front ae him.

"Naw, it's a bloody nightmare.  So, how long did ye say we've been hinging aboot here noo?" Skull sniffed, as he cast his eyes aboot the cell.

Tae Johnboy, it felt like when ye're hivving a really confusing dream or a nightmare and ye know fine well that that's whit it is, so ye try tae psych yersel tae waken up before it gets any worse.  Try as he might, this wis the wan and only time in his life that it didnae seem tae be working, even though he'd hid a lot ae experience ae waking up in the night in a lather.  Johnboy's ma never allowed him tae hiv anything tae eat or drink, especially tea and cheese, efter nine o'clock at night because ae his nightmares...that and aw the sleep-walking he wis prone tae daeing.  He looked at the ghost, or whitever the hell it wis staunin in front ae him.  He felt his heart gaun like the clappers.  It must've been at least three years since he'd last been in Skull Kelly's company, when they wur baith ten years auld and in the same class at school.

"Skull, is it really you?" he asked.  "Be honest noo."

"Noo ye're freaking me oot, fur Christ's sake.  Who else could it be?"

"Ah...Ah don't know."

"Look...it's me," he said, jumping up, grabbing the sock-baw and beating Johnboy's score by two, before making an arse ae it and letting it land in the toilet bowl.

"Aw, fur fuck's sake, Skull, ya eejit, ye. Noo, look whit ye've gone and done. Ah'll hiv tae bloody wear these wet noo," Johnboy girned, picking the sock-baw oot ae the water and unrolling the socks, before laying them flat, side by side, at the bottom ae the concrete bed.

"So, where the hell hiv youse been then?"

"Whit dae ye mean, where the hell hiv we been? Where the fuck hiv you been, ye mean?"

Silence.

"Johnboy, why did youse leave me?" Skull asked, his voice barely a whisper, turning his face away.

"Skull, whit ur ye oan aboot? The last time Ah saw ye wis the night before we wur due tae go back tae school...remember? Ye wur supposed tae be bringing me in a good doo book."

Silence.

"It wis the day efter we tanned the Murphys' loft dookit and me and you hid been doon tae Paddy's in the Saltmarket tae check oot the doos. Ye walked up the road wae me and then ye heided hame. Remember?"

"Oh, aye, noo that ye've mentioned it, Ah kin remember that," Skull replied, brightening up, a big grin appearing oan that ugly wee coupon ae his.

"So, whit the hell happened efter that then? Where did ye go efter ye left me?"

"Ah remember bumping intae Flypast roond in Grafton Street oan ma way up the road and then gaun back roond tae his dookit tae check oot his new doos that he goat fur trading in the wans that he goat aff ae Crisscross and that big sergeant wan."

"Doos? Flypast? Whit doos?"

Skull went oan tae tell Johnboy whit Flypast, wan ae Johnboy's neighbours, who hid a dookit in the next back court tae him, hid telt Skull. Flypast hid goat four quality doos aff ae two ae the local bizzies. Wan ae them, a cross-eyed shitehoose called Crisscross, hid accidently wrecked Flypast's cabin dookit earlier that summer, while him and his sergeant pal wur trying tae kidnap Johnboy and Tony Gucci, fur something they hidnae done. Normally, a wee present ae four cracking pigeons like that wid've been welcomed as being heaven-sent, bit no oan this occasion. Johnboy, Tony, Joe and Skull, hid jist tanned the loft where the local Big Man, Pat Molloy, kept three big pure bred Horsemen Thief Pouter doos, whose bloodlines could be traced back tae the original batch that hid come o'er fae Spain in the sixteenth or seventeenth century, as a present fur Mary Queen ae Scots. The loft that they'd broken intae wis operated by the ugliest and nastiest trio ae basturts anywan could ever hiv the misfortune tae come across. Flypast wid've been right tae be worried aboot accepting freebie doos aff ae anywan, including the polis, the day efter the raid up oan Ronald Street. As soon as the Murphy brothers...Shaun, the auldest, and the blonde twins, Mick and Danny...hid discovered that o'er sixty ae their good doos and hens hid been blagged, alang wae the three prized Horsemen, they'd charged roond tae The Mankys' cabin dookit up at the tap end ae Parly Road and then doon tae Flypast's, in the hope ae catching them red-haunded wae their birds. Johnboy aboot pished himsel laughing when Skull telt him that Flypast hid telt the Murphys that he'd goat the four doos oot ae a big batch that the bizzies claimed tae hiv stashed away. This wis a stroke ae genius, as it wid've thrown the scent aff ae The Mankys and oan tae the polis, who wur aw well-known in the Toonheid as being thieving basturts anyway.

"Bit, Skull, Ah thought ye wur supposed tae be heiding hame that night, efter walking up the road wae me fae Paddy's?" Johnboy challenged him.

"Ah wis, bit Ah goat caught up wae Flypast. As well as showing me his new doos, he telt me the story aboot ma da and how they Murphys set aboot him o'er the heid ae him refusing tae sell The Big Man wan ae the original Horsemen, when Ah wis a wee snapper. Ah couldnae leave withoot hearing the full story ae whit hid happened."

Johnboy sat wae his back against the white tiled wall, looking across at whitever the fuck it wis in front ae him. Skull stared straight back. He wis still wearing his fitba boots, the wans wae the white soles and worn-doon studs, troosers that wur far too big fur him, held up by a snake belt, and his da's auld Partick This- tle jersey that wis never aff ae his back. Something wis missing though.

"Whit's happened tae yer Celtic tammy, Skull?"

"Ma tammy? Ah hivnae a clue. Ah've been searching aw o'er the place fur it. None ae youse wid hiv it, by any chance, wid ye?" Skull asked hopefully.

Johnboy sat, no saying anything. His brain wis aw o'er the place. He kept coming up wae a question, wid hesitate and then no ask it. There wis so many things he wanted tae ask. Skull took advantage ae the silence tae come and sit cross-legged in front ae him, close enough fur Johnboy tae touch the strawberry jam fish-shaped stain that wis still clinging tae the front ae the Partick Thistle jersey. It hid landed there when it hid oozed oot ae the sliced breid piece that Skull hid blagged oot ae Crisscross and his Salvation Army wife, Fat Sally Sally's kitchen oan the night The Mankys tanned their hoose and stole aw her collection money fur the Feed The Hungry Weans oot in Africa campaign. Johnboy hid a strong urge tae lean o'er and gie Skull's chest a wee prod wae a finger, jist tae see if he wis real, bit decided nae tae bother. Skull might look like the son ae Mr Magoo, bit he wisnae wan tae mess aboot wae if he turned nasty, so Johnboy kept his fingers tae himsel. Johnboy's brain wis struggling tae make up its mind whether it wis actually Skull who wis sitting there or whether Johnboy hid finally cracked up and gone doo-lally. He wis dying tae ask Skull the obvious question, bit he kept hesitating, no sure that he really wanted tae know. He sensed that Skull knew that, because he jist smiled back at Johnboy wae that familiar glint in his eyes that he put oan when he wis challenging somewan tae hiv a go at him. Despite his best efforts, Johnboy felt the tears starting tae well up in his eyes.

"Skull...how auld ur ye noo?" he croaked, swiftly wiping they eyes ae his wae the sleeve ae his aulder brother Charlie's good shirt, the wan his ma hidnae pawned because ae his court appearance, hoping Skull widnae notice him bubbling.

"Ten."

Silence.

"Ah'm thirteen," Johnboy finally murmured, embarrassed...feeling guilty fur some reason.

"Aye, Ah know," Skull replied quietly, shrugging they skinny shoulders ae his as he looked straight intae Johnboy's soggy eyes.

Aw ae a sudden, and much tae Johnboy's relief, Skull brightened up and changed the subject.

"Wis yer ma up at court the day?"

"Aye."

"Is she still as mental as fuck?"

"Worse. Her and aw they pals ae hers ur still battling wae The Corporation. Ah came across her sitting greeting tae hersel a couple ae days before Ah wis slung oan remand. Well, she wisnae exactly howling or anything like that. It wis mair like...like...ye know that scene where Paul Newman gets the letter tae say that his ma's deid in the film 'Cool Hand Luke', and The Captain, who's a right evil basturt, slings his arse intae the punishment box in the mid-day sun, tae make sure he disnae run away...the bit where everywan in the picture hoose is trying hard no tae let their girlfriends clock that they're aboot tae start bubbling? Well, the expression oan her coupon wis mair like that, rather than her sitting there bucketing aw o'er the place.

"Cool Hand Luke?"

"Ah don't care if it rains or freezes, as long as Ah've goat ma plastic Jesus, hinging oan the dashboard of ma car..." Johnboy sang, smiling across at Skull.

"Is that an auld film then?" Skull asked, laughing, efter Johnboy'd finished murdering fuck oot ae the cat.

"Oh, right, er, naw...it probably came oot efter...efter, ye, er...disappeared," he replied, feeling his face flush. "We aw skipped intae the Odeon, doon oan Renfield Street, when it first came oot, bit Ah widnae worry, ye didnae miss that much," he lied. "Tony only wanted tae go and see it because Paul Newman wis getting wan o'er oan the basturts. Bit anyway, getting back tae that ma ae mine. There she wis, listening tae some song oan Radio Caroline, the tears rolling doon her cheeks. Ah couldnae remember if Ah'd ever seen her greeting before. She never clocked me staunin at the door, so Ah jist crept back alang the lobby tae ma room so as no tae embarrass her."

"So, whit wis the song?"

"Ah'm no sure. It wis being sung by some guy wae a deep voice, twanging away oan a guitar, singing aboot tea and oranges coming aw the way fae China fur his girlfriend who's name Ah cannae remember noo."

"Oranges? Christ, Ah'd love tae get stuck right intae an orange jist noo, so Ah wid. Ah've forgotten whit they taste like."

Despite trying, Johnboy couldnae move a muscle. He tried haudin his breath in fur as long as possible tae try and get himsel tae wake up, bit it wisnae any good. He eventually hid tae take in a big deep gulp or he wid've passed oot. He also hid tae keep wiping the tears away fae his eyes wae they fingers ae his.

"Dae ye fancy a game ae keepy-up?" Skull suddenly asked him, clearly embarrassed at the water works oan display in front ae him.

"As long as ye don't start aw yer whinging and cheating," Johnboy replied, smiling through his tears, glad ae the reprieve fae making even mair ae an arse ae himsel than he awready wis.

"Aye, well, as long as ye stoap aw that bubbling then."

They must've played fur aboot an hour or so. Skull moaned, groaned and argued aw the way through the game, demanding tae start again if he made an arse ae it at the start ae anything. At wan point, the big, booming, echoing voice ae Creeping Jesus, the turnkey, bawled alang the corridor fur them tae keep the noise doon.

"Prick!" Skull howled back, as the pair ae them burst oot laughing.

Johnboy went o'er and plapped that arse ae his back doon wae his back against the wall where he'd been sitting before the game.

"Hoi, don't sit doon jist because that Creeping Jesus diddy telt us tae keep the noise doon."

"Ah'm no. Ah'm knackered."

"Ye're humped, that's whit it is, and ye don't want tae admit it," Skull telt him, grinning as plapping his baggy-troosered arse doon opposite him.

"So, ye ended up in The Grove jist like Ah said ye wid."

"Aye, ye wur right aboot that wan, Skull."

"And, how's that arse ae yers?"

"Still intact," Johnboy replied before the baith ae them burst oot laughing.

"And wis Ah right aboot that shit-hoose ae a place then?"

"Spot oan, as usual, so ye wur."

"See? Ah telt ye. It's no often Ah'm wrang, bit Ah wis right again, so Ah wis."

"By the way, Ah've started tae bash the auld Bishop. We aw hiv," Johnboy announced proudly, wondering whit tae say next.

"Hiv ye? Dae ye come?"

"Buckets," Johnboy bragged.

"Wow!"

Johnboy couldnae stoap himsel fae sitting fidgeting wae they fingers ae his, trying tae pluck up the courage tae finally blurt oot the question. Despite trying his best tae be patient, he couldnae haud it in any longer. It seemed obvious, at least it did tae Johnboy, bit it wis clear that Skull wisnae gonnae spill the beans and tell Johnboy whit he needed tae know, withoot a wee bit ae encouragement. He bit the bullet.

"So, whit happened efter ye left Flypast's, Skull?"

Silence.

"Efter leaving Flypast's?" Skull finally replied, his voice sounding distant, bit his eyes looking straight intae Johnboy's. "Ah jist hei-ded hameward, alang Stirling Road. That's the way Ah should've gone earlier, insteid ae via McAslin Street, where Ah'd bumped in-tae Flypast. By that time, Ah awready knew Ah wis far too late tae get intae the hoose, bit Ah thought Ah'd gie it a shot anyway. Ah thought that Ah'd maybe get in, seeing as school wis starting the next day efter the summer holidays...and anyway, Ah wanted tae get ye that doo book," he said, a wee smile appearing at the corner ae his mooth.

"Aye, Ah wis fair looking forward tae that, so Ah wis," Johnboy murmured encouragingly wae a nod ae his heid.

"When Ah goat tae the door, it wis shut as tight as a blind nun's fanny."

"Er, ur ye supposed tae be saying things like that?" Johnboy asked, shocked.

He peered closely at Skull, efter swiftly looking aboot the cell, hauf expecting a bolt ae lightening tae hit them at any second.

"Like whit? As tight as a blind nun's fanny?"

"Well, ye know?" Johnboy said hesitantly, still waiting fur that big bolt tae appear doon through the curved brick ceiling.

"Why wid Ah no be able tae say something like that?"

"Ah don't know. Ah...Ah jist thought ye widnae be, that's aw."

"Ye mean like...when Ah looked through that keyhole, it wis as tight as an altar boy's arse-hole that hid managed tae escape fae the clutches ae a big hairy priest's fingers? Or how aboot...when Ah looked through the letter box, it wis as wide as that procurator fiscal's fanny efter being shagged by hauf the judges in the toon tae get that prosecutor's job?"

"Skull, ye hivnae changed a bit, so ye hivnae," Johnboy retorted, laughing.

"Anyway, it wis obvious as soon as Ah clocked that the door wis bolted, that Ah widnae be sleeping at hame that night. It's funny though...if Ah hidnae hid the key fur oor new cabin across oan Parly

Road, Ah wid've probably jist went next door tae Margaret's. Before Ah arrived at the closemooth, Ah'd decided that Ah wis gonnae knock oan her door and ask if Ah could kip oan her flair because Ah'd school in the morning and Ah wanted tae get that doo book fur ye. Margaret hid let me crash at hers in the past, plenty ae times, bit Ah always felt awkward aboot chapping oan her door at night and asking her. Ah wish we hidnae bought that dookit aff ae they Murphy pricks noo, when Ah think aboot it."

"Don't say that, Skull. Getting the dookit wis bloody brilliant, so it wis...apart fae whit happened tae you, that is. Even if we did only hiv it fur a few scabby days, Ah'm still glad we goat wan o'er oan they Murphy pricks. Remember how happy we aw wur the day we goat the key ae the cabin? Nowan knows this..." Johnboy said, suddenly lowering his voice and looking aboot the empty cell. "We cannae mention this tae anywan, bit it wis us that put The Big Man and they Murphys oot ae the doo business. They jacked it in the day efter we wiped the flair wae they arses ae theirs. Yer da wid've been proud ae ye, Skull. Aw the doo men across the city ur fleeing doos tae their heart's content, withoot hivving tae be worrying aboot a chap oan the door in the middle ae the night fae they Murphys, so they ur."

"Really?"

"Oh, aye," Johnboy acknowledged, gieing Skull a wee knowing wink.

"So, The Big Man never found oot that it wis us that tanned the loft and blagged aw his good Horsemen?"

"Naw. He thinks it wis the polis that goat some big team fae doon south tae come up. Him and the bizzies hiv been battling away ever since, which suits us. It means that we kin get away wae blue murder maist ae the time. Apart fae the two local sergeants, the plods oan the street tend tae stick tae their squad cars efter dark, fur fear ae coming across Wan-bob Broon or The Goat when they're pished.

"Bloody brilliant. At least, that makes me feel a lot better, so it dis, knowing we humped them...again," Skull said, smiling.

"Anyway, so whit happened next?" Johnboy asked, steering Skull back tae the matter in haun.

"Ah jist decided tae heid roond tae the cabin. When Ah goat there, everything wis fine and dandy, so it wis. Ah goat the candles lit and put oan Joe's tranny and played wae the wee hen and the doo fur a bit. They seemed glad tae see me. It wis obvious they wur getting tae know me and wur mair comfortable wae me haundling them. Ah'd jist put them back in their nesting boxes when Tam the Bam fae The Grafton Bar's dug, Elvis, arrived fur a wee visit.

"Aye, Ah remember Elvis. The Toonheid wisnae the same withoot him...and you as well, so it wisnae."

"Anyway, Elvis and me scoffed wan ae they good City Bakeries pies we'd hid left o'er fae the day before. Ah don't know whit time it wid've been, bit aw Ah remember is laying doon oan the cot beside Elvis, who wis lying there, feeling right at hame, snoring and farting like buggery. Ah'd left the tranny oan. It wis hinging fae the bit ae string that Joe'd nailed up oan the wall and Ah couldnae be arsed getting up tae switch it aff. It wis the same wae the candles. Ah'd stuck two ae them oan tae a couple ae jam jar lids," Skull said quietly, before drifting intae silence.

Johnboy held his breath. He wisnae sure if he really wanted tae hear whit wis coming next, bit knew he hid tae know. Tony, Joe and Paul wid never furgive him if he came away withoot finding oot. He looked at Skull, whose face wis aboot eighteen inches fae his. Although Skull wis staring straight intae Johnboy's eyes, it wis as if Johnboy wisnae there. Skull seemed tae hiv drifted aff again.

"Whit happened next, Skull?" Johnboy whispered gently.

That seemed tae bring him back fae wherever he'd gone. His eyes focussed back oan Johnboy's, before continuing.

"Ah fell asleep. Ah don't know how long Ah'd been oot fur. The candles wur still lit and Radio Caroline wis still gieing it laldy when Ah woke up. Ah'd heard a dug barking, away in the distance.

That's whit hid wakened me.  It wis Elvis.  He wis gaun bloody batchy, scratching fuck oot ae the door, trying tae get oot.  Ah could hear the birds flapping against the doors ae their nesting boxes, trying tae escape as well.  The room wis full ae smoke…aye, billowing smoke…the type ae smoke ye see belching oot ae the tap ae they big chimney stacks across at Pinkston Power Station.  It wis coming up fae the four corners ae the flair.  Ah jumped up and nipped across tae the nesting boxes and managed tae wrench the doors open.  Ah then swivelled roond, stuffing the doos up ma jersey and ran across tae Elvis, who wis gaun mental by then and hid awready ripped the beaded curtain aff the curtain wire that wis covering the door.  He might've been a dug, bit Elvis knew fine well tae get oot ae ma way.  Ah wis jist unbolting the door when the whole flair suddenly gied way and caved in.  Wan minute we wur at the door and the next, me, the dug and the doos hid disappeared doon intae the cavie, alang wae the cot Ah'd been kipping oan a few seconds earlier.  Ah wis still okay when we landed because Ah wis still oan tap ae the flair, although there wis a big explosion ae fire and sparks aw roond aboot us, coming up the sides ae it fae the fire underneath.  Ah could feel the heat under ma feet as the lino started tae sizzle and the walls started tae go oan fire.  Because the flair hid come doon in the wan go, Ah could see the door and the row ae nesting boxes still pinned tae the walls aboot twelve feet above us, bit Ah couldnae dae a thing aboot it because there wis nothing fur me tae get a grip ae tae haul masel up.  Elvis wis in some state by this time, howling the place doon.  He knew fine well we wur in Shite Street…long before Ah did.  Ah started tae panic and scream and that's when Ah heard the basturts."

  Johnboy fought the urge tae jump up and scream 'Who?  Who did ye hear, Skull?' bit he held his sooth.  Skull hid stoapped talking.  It wis hard fur Johnboy tae tell whether Skull's face hid turned white at the memory as he'd always looked a wee bit peely-wally aroond they gills ae his.  He'd drifted aff again.  Johnboy closed his eyes and pleaded wae God no tae let him waken up jist yet.  When he opened them, he wis relieved tae see that Skull wis still sitting there, motionless. Johnboy sat still, trying tae control his breathing...trying tae make it sound even. He looked at his wee pal, who he hidnae seen since the last night ae the school holidays in nineteen sixty five, waiting and praying that whoever it wis that Skull hid heard hid managed tae rescue him and that that wis why he wis noo sitting there wae Johnboy, in the cells doon in Central. Bit where the hell hid Skull been fur the past three years? Skull looked o'er at Johnboy, hesitating, before continuing.

"Ah bloody-well telt ye wan ae them wis in there. That's why the fucking ladder's up and music's coming oot ae the place. Whit ur we gonnae dae noo? Ah never knew they wee shitehooses hid a dug," the first voice hid whined.

"Furget it, man! There's nae way we'll be able tae dae anything noo. Look at the fucking flames? Let's go, the bizzies will be here anytime soon," the second voice hid snarled.

"Ah jist watched the pair ae them...wan limping and the other wan, only two feet nothing in height...slinking away...like the cowardly basturts they wur," Skull whispered quietly, sounding as if he still couldnae believe it.

"Horsey John and that wee Tiny wan?" Johnboy gasped, looking o'er at Skull, totally stunned and confused.

"Ah could see them through wan ae the wee windaes in the cavie before the place jist exploded," Skull continued, ignoring Johnboy's interruption. "Ah've felt really bad ever since. Elvis stoapped barking and whining and jist stood there in the middle ae the flair, panting, wae that tongue ae his hinging oot, looking at me wae they big saft eyes ae his, as the flames and the smoke goat worse. Ah could hear that Bob Dylan's voice screaming at me fae the radio, asking me how Ah felt. It wis then that Ah knew fine well that Ah couldnae dae anything tae help Elvis or the doos. Ah kin remember looking away fae they eyes ae his, feeling really guilty. Ah cannae remember any mair ae whit happened efter that."

Silence.

"Aye, it wis the same tough basturts that wur well-known fur weighting doon kittens in old sacks and drooning them up in the canal...the pricks. When ye think aboot it, why wid they feel any different aboot somewan like me?" Skull asked bitterly, wiping away a tear that hid trickled doon wan ae his cheeks wae the sleeve ae his da's auld fitba jersey.

"Bit, Skull...it wis...it wisnae Horsey John and Tiny. It wis they bizzy basturts, Crisscross and that big sergeant wan, who done it. The Big Man telt us..." Johnboy hauf screamed, trying tae put Skull right, while fighting tae control the shock that hid taken o'er him.

"Naw, it wisnae!" Skull spat back at him.

"Horsey John and Tiny?" Johnboy gasped again, bewildered, rubbing the finger tips ae baith hauns alang the hairline oan either side ae his foreheid, before starting oan they eyes ae his.

"Aye...Baby Basturt and Daddy Basturt."

"Bit they heard ye? Ye've jist said so yersel," Johnboy exclaimed, still no taking in whit he'd jist heard.

"So whit, Johnboy?" Skull shouted at Johnboy, getting really angry fur the first time since he'd appeared. "They basturts widnae gie a fanny's fuck aboot a manky wee toe-rag like me...you knew them as well as Ah did. Aw they basturts wanted tae dae wis tae get the fuck oot ae there before the polis arrived."

"Bit, Skull, they knew it wis you! They could've done something aboot it," Johnboy pleaded, failing tae keep the horror oot ae his voice.

"No fae where me, Elvis and the doos wur staunin, they couldnae. Aw Ah saw wur they arses ae theirs, hot-footing it o'er the wee fence in front ae the billboards oan tae Parly Road."

"Ah jist cannae take this in," Johnboy muttered tae himsel, shaking his heid. "Skull, ur ye sure? Who else knows? Dis Tony or Joe know aboot any ae this?"

"You're the first wan Ah've been able tae tell. That's why Ah wis annoyed at ye earlier. Ah've been hinging aboot fur wan ae youse tae come back and get me. Ur ye sure ye hivnae come across ma

Celtic tammy?"

"Fur fuck's sake, Skull...furget yer fucking tammy. Hinging aboot where? Where wur ye hinging aboot?"

"That's the point. Ah don't know...bit at least Ah'm here noo," Skull said cheerfully, brightening up.

"Ur ye?"

"Well, Ah've jist gubbed ye at keepy-up, hiven't Ah, ya fud, ye?" Skull said, smiling as he wiped another tear away that hid ran doon his cheek.

# Chapter Three

"Right, Taylor, get yer laughing gear intae this," Creepy growled, swiftly bending doon and sliding a big plastic mug ae tea and two thick slices ae breid wae a hunk ae red cheese in the middle ae them across the flair wae his left tackity boot, before slamming the door shut and disappearing.

"Wait, there's two ae us," Johnboy shouted, jumping up and running across tae the studded metal door.

"Fuck-pig!" Skull shouted efter him. "Mind you, Ah don't know whit you're gonnae be eating," Skull said, laughing, as he picked up wan ae the pieces.

"Don't start, Skull. They're fur me. He knows fine well that ye're no here. Ah might share them wae ye though."

"At least he knows we prefer the heels ae the loaf insteid ae they wee thin slices they used tae palm us aff wae at school, when that watery soup wis oan the go."

"So, ye kin eat then?" Johnboy asked, as Skull bit intae his piece, leaving a hauf-circle gap where his teeth hid jist been.

"No bad, apart fae the lack ae HP broon sauce," Skull replied, nodding that heid ae his, as he admired the damage he'd inflicted oan his piece.

"Ah'm still no sure aboot aw this."

"Aw whit?"

"Aw you."

"Why? Whit's wrang?"

"There might be some heid-shrinker oot there in that corridor, lugging in and listening tae me speaking tae that tiled wall in front ae me."

"Ye mean like that Creeping Jesus prick," Skull said, scowling across at the cell door.

"Ah'm serious. Why did they only gie us wan mug and..."

"And wan piece each?"

"...The usual two pieces ae breid fur the wan prisoner, eh?"

"How dae ye know that they wurnae fur me and it's yersel that shouldnae be here, eh? Answer me that wan, Dr Who."

Johnboy sat doon and crossed his legs and ate in silence. They shared the mug ae tea, eyeing each other up. Johnboy hid tae smile when Skull lifted the side ae his arse and let oot a thundering fart that ricocheted aff the tiles ae the cell.

"So...is there a heaven then?" Johnboy finally asked him, wance they stoapped laughing at Skull's disgusting habits and settled doon tae some mair serious natter.

"Why the fuck ur ye asking me? Go and ask a priest."

"Naw, seriously, is there?"

"Johnboy, ye know as much as Ah dae...which is sweet FA, by the way."

"So...whit is there then?"

"Okay, bit promise me ye won't laugh," Skull whispered, efter taking his time tae answer, his face suddenly gaun aw serious.

"Ah'm listening," Johnboy breathed, his haun stalling in mid-air, his cheese piece two inches fae his gub.

"There's this big guy wae long white hair and an amazing glow roond his heid."

"Naw...really?"

"Aye, he's called Santa fucking Claus, ya daft tit, ye. Ah telt ye, Ah don't bloody know," Skull shouted, laughing.

"Ye hivnae changed a bit so ye hivnae. Ye're still an irritating wee baldy knob-end, so ye ur."

"Aye, bit you hiv."

"Whit?"

"Changed."

"How dae ye mean?"

"Well, ye're a lot taller noo."

"Am Ah?"

"Oh, aye."

"And?"

"And that's it."

"Whit dae ye mean, that's it?"

"That's it."

"Okay then, tell me this wan, Casper. Kin ye walk through walls?"

"Kin ye sing aw the words ae the first verse and chorus tae 'Onward Christian Soldiers' while wiping yer arse at the same time, withoot hivving tae stoap and start again?"

"Ah've never tried."

"And Ah hivnae either," Skull said, thumping the tiled wall wae the heel ae his haun, as the baith ae them listened tae the sound ae the dull echoing thud escape under the cell door.

"Aye, by the sounds ae it, it widnae be wise tae take a run at it, eh?" Johnboy said, smiling and nodding at the wall as he took another bite oot ae his piece.

"So, tell me whit's happened then?"

"Tae whit?"

"Tae you."

"Ye're starting tae sound like some auld owl, sitting there," Johnboy said, no being able tae contain himsel as they baith burst oot cackling again.

"Naw, ye know whit Ah mean. Tell me whit's happened tae yersel, Tony, Joe and Paul?"

"Everywan's in the jail. They're aw oot in Thistle Park apart fae Paul who's in St Ninians."

"Naw, Ah don't mean jist noo. Tell me whit happened efter that pair ae wankers, Horsey John and Tiny burnt doon the cabin wae me, oor doos and poor auld Elvis in it."

"Aye, well, it became really complicated, so it did."

"Whit dis complicated mean?"

"Difficult tae fathom oot whit the fuck wis gaun oan maist ae the time. We never knew who wis daeing whit tae who and fur whit reason, other than whit we managed tae pick up while we wur oot and aboot oan oor travels. The Big Man wis using everywan and his dug tae get wan o'er oan the bizzies fur putting him oot ae the doo business and the bizzies wur retaliating by silencing anywan they thought he wis using tae get tae them."

"So, where wur The Mankys in aw this?"

"Good question. We always wondered when the attention wid turn back tae us, so we did. Ah never really knew whit wis gaun oan at the time. When Ah arrived back at school that first morning efter the summer holidays and ye wurnae there, Ah jist assumed that ye'd either slept in or ye wurnae coming back. Ah remember clocking yer sister, Betty, at play-time in the morning, bit by the time Ah goat o'er tae speak tae her, the bell hid rang and she'd disappeared in through the lassies' door. When Ah went tae find her doon at the dining hut later oan, wan ae the lassies in her class telt me that she'd goat called oot and hid been taken hame."

"Aye, she wid've been sick at no being able tae scoff aw they lefto'er puddings that wid've been gaun-a-begging wance aw the paid pink-ticketed wans hid hid enough. Ah remember she telt me that that wis the only reason she goat oot ae her flea-pit in the morning tae go tae school. Prunes and semolina wis her favourite. She always moaned like some auld decrepit nun when she saw that it wisnae oan the blackboard."

"Skull, Ah've...we've been in here a while noo. Ah'm no sure that they'll take ye alang wae me when they come tae get me."

"Dae ye no think so?" he asked, surprise in his voice.

"So, if Ah'm gonnae tell ye whit happened efter the fire, then ye'll hiv tae sit there and listen and no keep butting in every two seconds or Ah'll never get finished and there's mair things that Ah need tae ask ye."

"Like whit?"

"Like, er, kin ye see through lassies' clothes and see them in the bare buff?"

"Ye mean, like how Ah know ye've goat nice clean white underpants oan?"

"Fucking hell, so ye kin!"

"Naw, Ah noticed them fae the back when ye bent o'er tae pick up the tea and cheese pieces that Creeping Jesus brought me."

"See, that's whit Ah mean, Skull, ya baldy wee basturt, ye! Dae ye want tae know whit happened or no?"

"Aye, did Ah no jist tell ye that Ah did?"

"Naw, whit Ah mean is...ur ye gonnae shut the fuck up and let me tell ye or dae Ah hiv tae stoap and start aw the time like that arse ae yours?"

"Well, hurry up, ya tadger, ye. Kin ye no see that Ah'm aw ears!"

"Seriously?"

"Johnboy Ah need tae know whit's gaun oan and why Ah'm still here," he murmured, looking aboot the cell wae a pained expression oan that face ae his. "Jist mind and make sure ye leave nothing oot...and Ah mean nothing."

"Well, jist remember, it wis nearly three years ago and Ah wis only ten at the time, so Ah might no remember everything."

"And before ye start, whit wis that funny song called again?" Skull beamed.

"Whit? Plastic Jesus?"

"Aye, that's the wan...Plastic Jesus. How dis it go again?"

"Well, the Devil he is big and scary, as long Ah've goat ma Virgin Mary, hinging oan the dashboard of ma car..." Johnboy sang, as a big grin appeared across the son ae Mr Magoo's coupon.

# Chapter Four

*Glesga Central Polis Headquarters August 1965.*

"Hello, Central...er, Ah mean, Central Polis Headquarters. How kin Ah help ye?"

Silence.

"Hello? Is there anywan there? Ye're through tae Central Polis Headquarters."

Silence.

"Look, Ah know ye're there...Ah kin hear yer breathing...so, how kin Ah help ye?"

"Oh, aye, er, right. Kin Ah speak tae...er, Inspector Toner, hen?" a nervous voice asked.

"Kin Ah ask who's calling?"

Silence.

"Hello?"

"Er, jist tell him that it's...it's, er, Bingo. He'll know who Ah am."

"Bingo? Did ye jist say Bingo? No wee Bingo Davidson, who left St David's in nineteen fifty wan tae go up tae The Big Rock?"

"Whit the fuck?"

"Aye...ye wur jist above me, in the same class as ma sister, Mary... Mary Muldoon. Everywan called her The Cleavage oan account ae her big..."

"Look, hen, Ah...Ah don't know who ye think ye're talking tae, bit, Ah, er... never went tae, er, St David's...or The Big Rock, fur that matter."

"Really? Well, ye sound exactly like him. Mind you, that wis a fair few years ago noo. God, and here's me thinking Ah'd recognise a voice anywhere, wance heard. It jist goes tae show ye how wrang a person kin be, eh?"

"Look, Ah'll need tae go. Kin ye jist tell Inspector Toner that Ah'll maybe catch him later..."

"Naw, naw, wait...don't go, son. Ah'm only trying tae carry oot the new instructions tae aw us telephone operators, tae be a bit friendlier tae members ae the public when they phone in tae Central. Seemingly, there's been a few wee complaints recently aboot the attitude and responses fae some ae the lassies doon here, wid ye believe?" the switchboard operator said, drapping her voice doon tae a conspiratorial whisper. "Mind you, Ah've goat a fair idea who they're talking aboot, bit it's no ma place tae say anything...if ye know whit Ah mean?"

"Look, Ah'm in a hurry, hen. Jist tell him, Ah'll maybe phone back later."

"Ah'm jist connecting ye noo, son...er, Mr Bingo," the operator chirped pleasantly.

He heard the clicking noise ae his call being transferred, jist as he pressed another bob intae the coin slot wae that well chewed thumbnail ae his.

"Bingo, ma wee friend...how ur ye daeing, son?" Inspector Ralph Toner, heid ae the Criminal Intelligence Section, asked.

"Who the fuck wis that loud-moothed hairy who put me through, Ralph? Christ awmighty, she jist telt me that she recognised ma voice," Bingo squealed, fear evident in his voice.

"Who, Sweaty Muldoon? Ach, Ah widnae worry aboot her. She's jist trying tae be polite. There's been a heap ae complaints aboot her recently..."

"Ralph, fur Christ's sake, Ah'm putting ma life oan the line here. If word got oot that Ah wis phoning Central, even if it wis jist tae report that wee dug ae mine wis missing, Ah'd end up in a bloody casket, fur Christ's sake!"

"Bingo, Bingo, calm doon, son. Ah've jist telt ye...there won't be a problem. Ah'll deal wae it."

"Ah'm telling ye, Ralph...Ah swear tae God, she knew who Ah wis. Ah went tae school wae that big-titted sister ae hers. Christ, Ah think Ah've jist accidently shat in ma pants," Bingo wailed doon the line.

"Look, ye'll need tae calm doon, Bingo. It's aw sorted. Ah'll speak tae her. Don't worry, she's been warned no tae divulge who's phoning in or oot.  Ye've nothing tae worry aboot.  Noo, whit hiv ye goat fur me?"

"We're gonnae hiv tae change how we get in touch wae each other.  Ah'm no happy, so Ah'm no," Bingo continued tae bleat.

"Aye, Ah heard ye, Bingo.  We'll get something sorted oot.  In the meantime, whit hiv ye goat fur me?"

"The Big Man."

"Whit aboot him?"

"Ah'm no too sure...it might be nothing."

"Well, let me decide oan that, eh?"

"He's hid a meeting."

"A meeting?"

"Aye...in Frankie Mulligan's shoap oan the corner ae Murray Street."

"The Bookies?"

"Aye."

"And?"

"As Ah've said...it might be nothing, bit..."

"Spit it oot, Bingo.  Who wis he meeting wae?"

"That wee newspaper guy."

"Whit wee newspaper guy?"

"The wee ugly basturt."

"Bingo?"

"The Rat...whit's his name?"

"Sammy Elliot?  Pat Molloy hid a meeting wae him?  When?"

"They're still there, as far as Ah know.  Ah've jist come fae putting oan a wee line."

"Whit's the meeting aboot?"

"Ah don't know...Ah'm no sure."

"Ye're no sure?  Whit kind ae reply is that?  Ah thought ye knew everything that's gaun oan up there in the Toonheid.  Remember, it's me ye're talking tae?"

"Look, aw Ah know is that it's goat something tae dae wae that dookit that went up."

"Whit dookit?"

"The wan that burnt doon, up the tap ae Parly Road last night. The big cabin behind the billboards between Gizzi's Café and Macbrayne's bus depot."

"Bit, Ah thought The Murphys ran that?"

"They dae...they did."

"Whit's that supposed tae mean?"

"They haunded it o'er tae a wee manky bunch ae toe-rags who're aw right intae fleeing the doos."

"Right, back tae Pat Molloy and The Rat. Whit dae ye think's gaun oan then?"

"Ah'm no sure. Bit, why wid somewan like The Big Man hiv a meeting in the back room ae a betting shoap wae a journalist fae The Glesga Echo, insteid ae in his pub, jist up the road?"

"Bingo, it's me that's supposed tae be asking the questions here and you that's supposed tae be coming up wae the answers. Whit makes ye think the meeting's connected wae the dookit?"

"Because it wis torched."

"Bit, Ah thought ye jist said that The Murphys hid haunded it o'er tae some wee manky scallywags?"

"They did."

"And?"

"Wan ae the wee stupid basturts wis in it when it went up. Yer boys hiv been up there since last night. Did ye no know?"

"Er...aye, of course Ah knew," The Inspector lied. "Ah still don't see the connection wae this meeting though."

"There's rumours."

"Rumours?"

"Aye. There's a whisper that The Big Man might be getting oot ae the doo business."

"Never!"

"As Ah said, it's only a whisper."

"Look, Bingo. Ah need tae find oot whit this meeting wis aboot. Kin ye dae that fur me?"

"Hmm, Ah'm no sure, Ralph. Ah'd need tae be really careful. The Big Man hid a face like thunder when Ah caught sight ae him. Ah don't think he clocked that Ah wis in the place though, as he jist swept past aw the punters queuing up tae put their lines oan."

"Bingo, there's a fiver in this...maybe mair...if ye kin find oot."

"Ah'll try, bit Ah cannae promise ye. It's getting worse up here. They Murphys ur oan the warpath jist noo. Everywan's keeping their heids doon."

"Why?"

"Ah'm no sure."

"Is it connected wae this fire?"

"Maybe, bit aw The Big Man's bears hiv been whizzing up and doon Parly Road and McAslin Street in their big flashy cars, like men possessed, since yesterday morning, so they hiv. Something's happened."

"Well, jist see whit ye kin dae. Okay?"

"Look, Ralph. Ah'll need tae go. The pips hiv started tae kick in. Ah'll try and phone ye back in an hour or so if Ah get anything," Bingo managed, before the line went deid.

# Chapter Five

The bell hid jist gone aff fur the efternoon break. It hid been the worst day Johnboy hid ever spent in a classroom in his life. Insteid ae everywan fleeing fur the door and the usual wans getting killed in the rush when they aw goat stuck trying tae get through intae the corridor, everywan jist stood up and slowly wandered, confused, heids nipping and angry, looking and feeling like Kharis fae 'The Mummy's Tomb'. It felt like everywan's world hid come crashing doon aboot their ears. Johnboy hid noticed mair than a few tears coming fae the lassies in the class as well. When Dave Stem hid stood up in front ae the class and telt them the news, ye could've heard a pin drap. Even the goody-goody wans hid looked stunned. His name wis actually Mr Poke bit everywan jist called him Dave Stem because he wis well-known fur walking aboot wae a hard-on maist ae the time, especially if he'd jist been fur a wee sleekit visit tae the staff cludgie. Johnboy hid never seen it himsel bit, apparently, there wur plenty who hid. Anyway, Johnboy's class hid aw been enjoying themsels, farting aboot, as usual, before their morning kip started, when Stiff Dick hid strode intae the classroom and stood wae his hauns oan his hips, feet wide apart, no saying a word fur aboot twenty seconds.

"Right, ya bunch ae wee toe-tags, Ah'm in charge noo."

Hauf the lassies in the class hid jist aboot fainted wae fright, including Senga Jackson, Johnboy's desk partner and the love ae his life, while the other hauf hid jist stared google-eyed at that crotch ae his in horror.

"Here's how it's gonnae work," Stiff Dick hid snarled, haudin up a finger oan his left haun, wae his right wan ready tae swoop doon tae help him wae his coonting. "Wan...there will be nae chatting when Ah'm talking...nae chitchat, backchat, sly chat, whispered chat, blind chat, or any other kind ae chat. Two...youse will aw read, write, coont, divide, sub-divide, multiply, add and subtract when the man in charge...that's me by the way...gies the command.

Three...when Ah tell ye tae open yer jotters, Ah don't mean The Bunty, The Beano, The Victor, The Dandy, The Beezer or any ae they other wee crap hauf-sized Commando comics that Ah kin see peeping oot ae some ae yer bags. Four...there will be nae slings, whiz-bangs, pea shooters, elastic bands, squibs or stink bombs in ma class," he'd scowled, voice rising steadily as he coonted through they wanking fingers oan that haun ae his, getting himsel intae a right auld tizzy.

Unfortunately, Daniel Boone...nae guesses as tae whit his da's favourite programme wis when he wis born...who wis sitting up the back, tae the left ae Johnboy and Senga, hid jist woken up at the sound ae aw the commotion. Daniel hid let aff whit Johnboy considered tae be a fair-tae-middling-sized fart that wis probably louder than it should've been, oan account ae the solid shiny wooden seats everywan sat oan, and him no lifting the cheeks ae his arse up high enough. It hid kind ae hauf-ripped and hauf-rattled across that oak seat ae his before trailing aff intae whit sounded uncannily like the bugler oot ae 'She Wore A Yellow Ribbon', Johnboy's favourite John Wayne film at the time. Aw the class's laughter hid stuck in their throats...no because ae the clap ae thunder that hid charged oot ae Daniel's arse, even though it wid've probably moved up tae the middle ae the first division in the farting league... or because it wis bloody rancid, which it wis...bit because Mr Poke hid shot across that flair and up that row ae desks like The Flying Scot fae across the road in Rattray's Bike Shoap. He'd grabbed Daniel by the scruff ae the neck before he'd fully wakened up and lifted him, squealing like a hauf droont cat fae his seat...making the classroom smell even mair rancid...and hid hauf run wae him back doon the row, across the front ae the class tae the door before slinging him oot intae the corridor oan tae that smelly arse ae his.

"Don't ye dare darken the door ae ma classroom ever again, ya dirty, smelly, filthy wee cretin, ye," Dave Stem hid snarled, slamming the door behind Daniel before returning tae where he'd been before being rudely interrupted, hauns oan hips and feet wide apart at a quarter tae nine.

"Noo, where wis Ah?" he'd asked pleasantly, looking aboot at the frightened faces in front ae him.

"Please sir, please sir?" Tinky Taylor...nae relation tae Johnboy... wan ae the goody-goody wans...hid squealed, haun shooting up.

Clearly getting in there early, Johnboy hid thought...the snivelling, snottery, wee shitehoose.

"Oh, aye, in case Ah furget, Miss Hacket won't be back this term as she's no well. Her summer holidays wur spoilt because ae aw you lot. Ah hope youse ur aw well and truly satisfied. Well, Ah'm here noo and Ah'm her replacement fur this year. It's ma way, or no way. Hiv youse aw goat that?"

Tinky Taylor's haun hid shot up again at this proclamation.

"Name?"

"When will..."

"Name?"

"When will Miss Hacket be back, sir?"

"Don't ye worry aboot that, boy! You jist concentrate oan whit's staunin up here in front ae ye," Dave Stem hid retorted, as forty four sets ae eyes aw zoomed doon oan tae that broon corduroy-covered cod-piece ae his in horror.

Johnboy hid felt Senga tremble in her seat beside him. He'd wanted tae nip up there and gie the big basturt a moothful ae dandruff fur upsetting her, bit he couldnae lift his arse up aff ae his seat either. In fact, he couldnae hiv done a thing even if he'd tried, especially when he realised that his legs wur shaking jist as much as Senga's wur.

"Right, you withoot a name? Aye, you, dafty," Mr Hard-on hid snarled at Tinky. "Go and grab they jotters aff ma desk and haun them oot tae everywan. When ye've goat yer jotters, Ah want ye aw tae write a wee story, withoot any filth in it, aboot whit youse aw goat up tae in yer holidays. If anywan needs a pencil, take wan fae the box oan ma desk."

Wee Erchie McFadden, who wis intae aw they war movies, hid

said, aw awe-struck, that ye could 'taste the fear in the air' when Johnboy'd spoken tae him in the dining hut queue later oan, although Johnboy hid put this doon tae Daniel Boone's rancid arse, rather than anything else.

Efter Johnboy hid scoffed six lefto'er puddings fae the paid pink ticket tables, it hid been back tae the classroom fur mair punishment. By the time the school bell hid rung fur the efternoon break, he wis knackered. He hidnae managed mair than five minutes kip at any wan time, withoot Dave Stem screaming and snarling the odds at him. If it wisnae him bawling at Johnboy tae stoap drapping aff tae sleep, it wis the racket the walking hard-on made when swanning aboot, shrieking at everywan tae pay attention, that hid kept Johnboy awake. Johnboy hid decided that day that, efter five hard years ae learning nothing, it wis time tae leave school and get himsel something proper tae dae wae his time. Fleeing doos sounded like a good idea and he'd made up his mind tae heid up tae the cabin at the tap ae Parly Road efter school tae see if Skull wis in need ae an extra pair ae hauns. Johnboy wis gonnae ask Skull if he'd take him oan as his apprentice doo-boy.

He'd jist wandered doon tae the school gates at the St James Road end ae the school, when Tony Gucci and Joe McManus whistled tae him fae Rodger The Dodger's scrap shoap at the corner ae McAslin Street across the road.

"Wis Skull at school the day?" Tony demanded.

"Naw."

"Right, let's go," Joe said, as they baith aboot turned and trotted aff.

Johnboy raced efter them, roond by Murray Street and then right oan tae Parly Road. When he caught up wae them, they spoke as they ran.

"The cabin's been burned doon," Tony panted.

Johnboy stoapped running.

"C'mone Johnboy, we cannae stoap. We need tae see whit's happened tae Skull," Joe shouted back, no missing a step.

Johnboy raced tae catch up wae them, dodging in and oot ae people who wur coming and gaun fae the shoaps wae their bags full ae messages.

"Whit dae ye mean?"

"Ah heard at school this morning that the cabin went up last night. We heided roond tae Barony Street tae see if Skull wis at hame bit there wis a polis car sitting ootside his closemooth."

"Ye're no saying he wis in the cabin, ur ye?" Johnboy gasped, stoapping again.

"Fur fuck's sake, Johnboy...c'mone...we cannae stoap!"

Johnboy caught up wae them again ootside Curley's, nearly knocking Soiled Sally and Foosty Taylor, Tinky Taylor's ma, doon oan tae they big arses ae theirs.

"The cabin's burnt doon tae the ground. There's aw sorts ae bizzies and other people there. They've roped aff the front ae the pavement, as well as behind the billboards."

"Bit, ye don't think he wis in the cabin, dae ye?"

"Aye," they baith shouted.

"Where ur we gaun?"

"Up tae The Martyrs' Church, jist across fae the cabin, at the junction ae Parly Road and Monkland Street. We should be able tae get in roond the back."

They turned right oan tae Glebe Street and then first oan the left intae the tap end ae McAslin Street. When they reached the corner ae Martyr Street, they stoapped fur a breather so Tony could peer roond the corner tae see whit wis happening doon where the cabin should've been, at the Parly Road end. Efter a few glances roond the corner, he heided across the road and up a close, followed by Joe and Johnboy. When Johnboy looked doon tae the left as he crossed the road, he spotted a couple ae polis cars, a fire engine and a white van, aw parked in front ae the billboards. When they went through the closemooth, they jumped up oan tae the wall and walked alang the tap ae it towards the back ae the church. Tony said he thought the church hid been shut fur years. They broke wan ae the back windaes oan the wee slope-roofed building at the back ae it and climbed in, heiding straight fur the stairs above the front entrance. When they reached the balcony, they stood oan the back row ae pews, which gied them a bird's eye view across tae the billboards. The cabin wis maistly jist a big pile ae black burnt ash and buckled corrugated iron sheets. Part ae the bottom hauf ae it wis still staunin erect, wae two gaps where the corrugated sheets lay oan their sides nearby. A white tent hid been set up, practically oan tap ae the pile, and men wur wandering aboot, wearing wellies, polis uniforms and plain clothes. The cabin itsel wis roped aff and there wis whit looked like wee stickers or sticks at different angles stuck in the ground roond aboot it.

"Fuck, look at that," Joe muttered.

"Whit?"

"The ladder?"

"Where?"

"Ye kin jist see it at this side ae the cabin, nearest us."

Whit they could see wis part ae the ladder. It hid two good steps oan it at the bottom and two black charred wans above them and wis lying oan the ground at the side ae where the door hid been. The rest ae the ladder wis naewhere tae be seen.

"Whit dis that mean?" Johnboy asked.

"It means the ladder must've been up against the cabin when it wis burned doon, insteid ae chained tae the railings behind the billboards," Tony replied.

"Which means somebody must've been inside when the fire started."

Silence.

"Dae ye no think the reason the polis wur up at Skull's wis tae find oot if it wis him that burnt it doon?" Johnboy asked, breaking the silence.

"Maybe."

"Aw, Christ!"

"Whit?" Tony and Joe baith asked thegither, turning tae look at him.

40

"Ah went tae find Skull's sister the day at school tae ask where he wis and Ah wis telt the polis hid come and took her oot ae school."

Nowan said anything. They jist stood and looked oot through the dirty windae panes at whit wis gaun oan across the road, lost in their ain thoughts. Efter aboot five minutes, Tony eventually spoke.

"Right, the polis ur probably gonnae try and get a haud ae us."

"Whit fur? We hivnae done anything," Johnboy protested.

"Naw, bit they'll want statements tae see who wis using the cabin. It won't take them long tae suss oot that we own it noo."

"Dae we need tae go and see the Murphys?"

"It's probably they pricks that done this as a comeback fur us tanning their loft...the basturts."

"How wid they hiv known it wis us?"

"Who knows? Maybe we wur clocked by somewan," Joe said, shrugging, as he peeked through the dirty glass again.

"So, whit dae we say tae the bizzies then?"

"We jist tell them we goat the cabin aff the Murphys," Tony replied, still looking oot the windae.

"They won't believe we goat it fur nothing though, will they?"

"We'll tell them we hivnae came up wae a price yet," Joe murmured, no taking his eyes away fae whit wis gaun oan across the road.

"Right, that's settled then. Let's go," Tony announced, stepping back fae the glass, a pained expression oan his face.

"Where?"

"Let's heid intae the toon centre fur a while till we see whit's gaun oan. We'll need tae avoid the polis and they Murphys."

They retraced their steps doon the stairs fae where they'd come hauf an hour earlier. Efter climbing oot the back windae, they drapped doon oan tae the ground and heided straight fur the nearest closemooth. They'd only gone a few steps intae it when Shaun Murphy appeared at the front entrance. When they aboot-turned tae leg it, the two ugly blond-haired twins, Danny and Mick, walked in through the back.

# Chapter Six

Liam Thompson, wan ae the local uniformed sergeants who covered the Toonheid district, hid jist arrived tae start the back shift at two o'clock. He could be daeing withoot this, he thought tae himsel, as he tried tae psych himsel up. Anytime he'd been called up the stairs, it hid meant trouble. Himsel and his PC, Chris Cross, known by aw and sundry as Crisscross due tae the worse pair ae skelly-eyes oan this side ae the Clyde, hid been at war o'er the summer wae a wee bunch ae toe-rags who'd been robbing and stealing everything that wisnae screwed doon. While they hidnae been able tae lock the wee toe-rags up oan a permanent basis, they'd scored some successes. Due tae the concerted pressure that The Sarge and his counterpart, Big Jim Stewart and his PC, Jinty Jobson, hid been putting oan them, the manky wee shite-hooses hid been travelling ootside ae the Toonheid, causing grief in other divisions. This wis fine, as far as the Toonheid pavement pounders wur concerned, bit hid caused a wee bit ae a rumpus wae the inspectors in the North and West ae the city, who wur a bunch ae mad Irish basturts who widnae pish oan ye if ye wur oan fire. Liam hid arrived at Central wae a spring in his step. It wis the start ae a new week. There wid be plenty ae opportunities tae get wan o'er oan they manky wee fleas. Hopefully this wid be the week they'd snuff them oot, wance and fur aw. Unfortunately, his feeling ae wellbeing hid evaporated the second he'd stepped through the double doors ae Central.

"Colin wants tae see ye straight away...as soon as ye've arrived," the desk sergeant hid telt him.

"Aye, okay. Ah'll jist go and get changed first."

"Naw, Ah don't think so. He says as soon as ye walk through that door, ye've tae go straight up."

"Anything the matter?" The Sarge hid asked, wondering whit the fuck he wis getting the blame fur noo.

"Ah don't think so," the desk sergeant hid replied, picking up wan ae the weekend incident sheets fae the pile oan the coonter. "There wis a slashing ootside The Royal Bar oan Parly Road last night, wan ae that Shamrock mob goat stabbed in the lung at the tap end ae the High Street when some wee neds screeched tae a halt in a stolen car at the traffic lights and jumped him, a ten year auld boy by the name ae Campbell droont up oan the canal yesterday efter him and his mates made rafts oot ae some oil drums, a couple ae hooses goat tanned and their gas meters robbed and a dookit went up in smoke wae a wee toe-rag in it. Nothing that wid constitute a visit up the stairs tae the Gods."

"Aye, okay, Ah'll heid up the noo. If Big Jim, Jinty or Crisscross comes in, tell them where Ah am."

He heard her before he saw her. Fingers gaun like a Gatling Gun across the keys ae her typewriter. He still wisnae sure if she remembered his name, despite her calling him Liam wance recently. Peggy McAvoy, wee blonde bombshell, lover ae forensic knobheids...or so he'd heard...wis sitting, typing away, oblivious tae the swordsman approaching her desk. He'd nearly made an arse ae himsel a few months earlier by asking her oot wan night when he thought he wis up fur promotion tae the rank ae inspector. He felt sick tae the stomach every time he thought aboot that time. Insteid ae getting a well-deserved promotion, he'd goat a bollicking fae they ranting, fuck-pig, tottie-heided, Irish arse bandits. They'd informed him that they wee manky shitehooses, under the leadership ae a wee Atalian by the name ae Tony Gucci, hid been tanning electrical shoap windaes across the city tae steal they new-fangled tranny radios, using a haungun. He hidnae believed a word ae it and hid said so at the time. When a haungun wis eventually haunded in by a person unknown, efter he'd put the word oot oan the street up in the Toonheid, he'd thought that at last, his promotion ticket hid arrived. The Irish Brigade hid put paid tae that fantasy efter discovering that the wee toe-rags wurnae using a gun tae tan the shoap windaes efter aw. It wis then that he'd realised that his promotion prospects hid done a runner, alang wae his date wae the wee blond thing that wis making aw the racket wae they lovely slim fingers ae hers.

"Ah'm here tae see Colin, ma inspector. Is he in his office, Peggy?"

"Aye, jist go in, he's expecting ye," the sexy wee hussy purred at him, no even bothering tae look up fae the chattering keys.

"Come in, Liam. Take a seat," Colin motioned wae his haun tae the solitary chair in front ae his desk.

Also sitting behind Colin's desk, wis Sean Smith, the chief inspector, his chair balancing oan two legs, its back against the wall, tae Colin's left.

The Sarge wondered whit the fuck The Chief wis daeing there and felt his sphincter expanding and contracting like that auld Hohner accordion his granny used tae strangle fuck oot ae.

"Awright, sir?" he said tae The Chief, his paranoia ricocheting aw o'er the inside ae his heid at no getting an acknowledgement ae his presence, let alone a response tae his welcome. "Whit kin Ah dae ye fur, Colin?" he asked, taking a quick glance in the mirror that wis oan the wall between The Chief and Colin, and patting doon a wee stray tuft ae hair that wis sticking oot oan the side ae his napper.

"Liam, hiv ye heard aboot whit happened up in the Toonheid last night?"

"It depends."

"Oan whit?"

"Oan whit it is ye're actually asking me. Ah've heard aboot a lot ae things. There's nothing much goes by me up there nooadays. Wis there anything in particular?"

"Aye, it's aboot that ten year auld that died."

"Oh, that? Aye, it wis terrible. Whit a waste, eh?"

"Anything else?"

"Ah wis only jist talking tae him and his pals yesterday. Ah telt them that wan ae these days, wan ae them wis gonnae end up pan-breid, well before their time, if they didnae watch oot."

"Ye whit? Ye didnae say that tae him in front ae his pals, did ye?"

The Chief demanded, eyes widening in panic, as the front two legs ae his chair thudded oan tae the lino-covered flair.

"Too bloody true, Ah did. Colin knows me well enough. Ah might be brutal, bit Ah'm brutally honest."

"Did ye say anything else?"

"Well, Ah warned they wee toe-rags that their days wur numbered unless they jacked in the antics that they wur up tae. Gied me a bit ae lip back, bit that's whit ye'd expect fae they cheeky wee fleas."

"So, who wis wae ye when ye spoke tae them? Ah hope ye hid somewan tae back ye up when ye deny hivving said that, if ye're ever called up as a witness," Colin retorted, gieing The Chief a quick glance.

"Crisscross wis there. He'd back me up."

"Right, well, Ah've jist come fae a meeting ae the division and we're worried. That's why The Chief wants tae sit in oan this wee chat."

"Worried aboot whit?"

"Aboot the circumstances surrounding the death ae this ten year auld."

"Colin, there's nae way anywan kin attach foul play tae this, no matter whit they come up wae."

"Well, we've been reliably informed that a journalist fae The Glesga Echo his been put up tae think that the polis wur somehow involved and that there's gonnae be a bit ae snooping aboot gaun oan o'er the next wee while."

"Ur ye bloody jesting me or whit?" The Sarge scoffed, looking fae Colin tae The Chief and back again.

"Noo, why the hell wid Ah dae something like that, Liam?" Colin barked, clearly getting irritated at the attitude sitting across fae him.

"Ah cannae bloody believe this. So, whit the hell's forensics saying aboot it then?" The Sarge retorted.

"That it wis definitely suspicious...probably deliberate."

"How the fuck dae they work that wan oot?"

"They're saying that it wis petrol that started it."

"In a canal?"

"Whit?" baith The Inspector and The Chief asked thegither, looking at each other confused.

"How the fuck dae they daft basturts in forensics connect petrol wae a drooning up in the canal?"

"Canal? It wis a fire in a bloody cabin dookit, Liam, ya daft twat, ye!"

"Right, hing oan...hing oan a second. Whit the hell ur ye oan aboot, Colin?"

"The dookit at the tap ae Parly Road? The cabin behind the billboards beside Macbrayne's bus depot, jist up fae Gizzi's? The wan that wis burned doon last night. They've found a body ae some young snapper and his dug in it. They reckon it's wan ae yer wee manky mob."

"Whit?"

"Aye, we think it's Samuel Kelly. Ye know, the wan they call Skull?"

"Fur Christ's sake, Colin, Ah thought ye wur talking aboot the wee Proddy boy Campbell who droont up at the Nolly, playing wae his mates oan the homemade raft they'd made oot ae oil drums. It wis him and his mates we wur talking tae yesterday, warning them aboot messing aboot oan the water."

"So, ye never spoke tae the boy they call Skull then?"

"Ah'd be so lucky. We cannae get a haud ae any ae that wee manky crew, never mind hiv a chat wae them."

"Ur ye sure noo? Ye never spoke tae any ae them?" The Chief demanded, relief plastered aw o'er that face ae his.

"Ah'm sure Ah'm sure."

"Well, he's pan breid," Colin said grimly.

"Well, at least we won't hiv tae bother wae him any mair then, will we? Wan doon, three tae go, eh?"

"Liam, Ah don't think ye understaun where we're coming fae

here."

"How dae ye mean?"

"There's a madman ae a reporter snooping aboot, trying tae establish a link between that boy being toasted and us hivving something tae dae wae it."

"Who? No that Pat Roller prick?"

"Liam, there's nae such a person as Pat Roller, ya eejit, ye," The Inspector scoffed.

"There bloody-well is. Ah read his column every week," The Sarge retorted as the two braids rolled their eyes heavenwards.

"Liam, it's that scurrying wee rodent they call The Rat...a dirty wee snivelling, corrupt, slimy basturt, that's up tae his eyes in aw sorts ae underhaun, crooked stuff," Colin said, exasperated.

"Colin, believe you me, there's nae way a wee poxy reporter will come up wae anything that could connect me or any ae us up in the Toonheid wae anything tae dae wae any fire...especially that fire. If ye ask me, the community will be glad tae get rid ae that thieving wee walking crime statistic, so they will. It wis that wee mob that robbed poor Fat Sally Sally and her Highland chookter Christian pals oot ae aw the money they'd been collecting fur the hungry wee weans in Africa."

"Liam, fur Christ sake...wid ye jist listen tae that arse ae yers speaking? We've heard oan good authority that The Rat is looking tae heidline a story that rogue polis poured petrol intae that dookit and burned a ten year auld and his pet dug tae death, whether it's true or no. If there's even a whiff ae petrol fumes aff ae us, we're aw goosed. Noo, listen up...the bosses upstairs say that this could get bad. It could bring the ceiling doon oan tap ae us and a lot ae other people. We need tae get oor hauns oan the rest ae they wee manky pals ae his before this reporter dis or we'd be as well tae jist go and hing up oor hats and heid hame."

"Seriously?"

"How the hell did he get tae be a sergeant?" muttered The Chief tae nowan in particular.

"Right, Liam, listen...and listen up good.  We need yer boys tae lift this wee manky-arsed crew pronto.  We've been up at their doors and they're no there...at least that's whit the maws ur claiming.  So, don't fuck aboot noo.  Get a haud ae them tae we see whit the hell's gaun oan.  Hiv Ah made masel clear?  This is oor number wan priority the day."

"Nae bother, Colin."

"And keep it low profile.  Don't fuck up noo.  Ah don't want tae come face-tae-face wae a greeting maw oan the front page ae The Glesga Echo in the morning, saying that wan ae the local polis done in her manky-arsed wee angel," growled The Chief.

"Greeting maws?  Well, Ah widnae haud yer breath there, sir. That bunch ae hairys ur furever bloody greeting...especially that Taylor bitch, up there in Montrose Street."

"Sammy Elliot, The Rat, takes a pride in being a right shite-hoose. He'd dig up his ain granny if it wid get him a few lines in the paper," Colin said, pressing upon The Sarge the importance ae nipping this situation in the bud.

"Don't ye worry, sir...or you, Colin...we'll hiv they wee ragged-arsed toe-rags in protective custody by tea-time, so we will."

# Chapter Seven

"Hellorerr, boys.  We need tae hiv a wee chat...somewhere a lot less public.  How aboot in the back seat ae ma Jag?" Shaun Murphy growled, using that thumb ae his tae point back o'er his shoulders.

"Whit aboot, Shaun?" Tony asked, voice quivering slightly.

"Ah think that's obvious."

"We're no gaun anywhere wae youse."

"Tony, don't be like that noo.  We're no gonnae hurt ye."

"If ye want tae talk, talk here.  There's three ae us.  Ye'll need tae haud us doon and drag us tae that fucking car, screaming and shouting.  Ah don't know if that wid be a good idea wae aw they bizzies jist alang the street."

Nowan moved or said a word.  Johnboy could see Shaun's brain whirring roond behind they evil eyes ae his.

"Ah don't know whit ye think we're efter.  We're no gonnae hurt youse, honest."

"Shaun, we don't want any trouble.  We've done fuck aw.  We're jist trying tae find oot whit's happened tae oor cabin and tae Skull."

"Well, it hid nothing tae dae wae us," Shaun claimed, clocking the disbelief oan the coupons ae The Mankys.  "Look, the bizzies ur gonnae be crawling aw o'er the fucking place, so they ur.  Ah don't know whit the fuck youse hiv been up tae, bit we don't want tae be involved.  Ah've telt ye, the fire in the cabin hid fuck aw tae dae wae us."

"We paid ye the cash in good faith yesterday.  Then the cabin gets burnt doon the same night?"

"We only heard this morning.  We also heard that that wee pal ae yours wis kipping in the place when it went up."

"So, he didnae manage tae get oot then?" Johnboy blurted oot, speaking fur the first time.

"We don't think so.  Ah spoke tae wan ae the firemen that Ah know and he telt me that they'd come across a body that looked like a young boy.  He also said there wis a deid dug in there as well.  The only thing that hidnae been toasted wis a Celtic tammy that they found."

Nowan spoke fur a long hauf minute efter Shaun said that.  Thirty seconds disnae sound long, bit fur the boys who wur staunin in a closemooth, wae nae escape route, wae the people they believed hid done away wae their pal, it wis a lifetime.  They jist stared at Shaun.  Johnboy could feel the tears welling up in his eyes.

"We've no done a fucking thing, Shaun," Tony repeated, face as white as a sheet.

"Ah'm no saying ye hiv, bit we've goat a wee problem here that might be connected."

"Like whit?"

"Some eejit or eejits tanned oor loft."

"Well, it wisnae us."

"Ah'm no saying it wis youse.  We've goat a good enough idea ae who done it and we're working oan that.  Bit we hid fuck aw tae dae wae burning doon that cabin."

"So who did then?"

"It's early days, bit we think they're connected.  When the loft goat tanned, we assumed it wis youse, bit we found a connection tae some other sticky-fingered basturts."

"Like who?"

"We're dealing wae that."

"Ye jist told us there's a connection."

"Aye, well, we think there's a set-up gaun oan here.  First, oor loft is tanned and we lose maist ae oor doos and then the cabin gets burned doon.  If we know we didnae dae the cabin and youse know ye didnae tan the loft, then whit dis that mean?  We think there's a set-up being played oot here and the basturts who did baith jobs ur using this as a smokescreen tae stay oot ae the way."

"So, whit dae ye want fae us?"

"The only issue we hiv is when the bizzies speak tae youse aboot ownership ae the cabin."

"Whit dae ye mean?"

"As far as we're concerned, we know youse ur aw keen oan flee-ing the doos.  The cabin wis surplus tae oor requirements and rather than sell it aff tae oor competitors, we decided tae gie it tae youse as a freebie, tae get youse started."

"And?"

"And that's whit youse hiv tae stick tae, whitever else ye hear.  If it gets oot that youse wur tanning places tae get the money tae us fur the dookit, then it means we're involved."

"Bit we gied ye cash.  Whit's that tae dae wae youse?" Joe asked, butting in.

"Ye supplied the trannys...remember?" Danny said fae behind them.

"So?"

"So, they think ye used a haungun tae tan in the shoap windaes before haunin them o'er tae us.  That puts us in an awkward situa-tion, given that we've goat oor ain problems wae the bizzies."

"We never used a haungun."

"Well, whitever.  The main thing is, there needs tae be clear water between youse and us oan aw this.  In the meantime, we're gon-nae track doon who the fuck ransacked oor loft and fucked aff wae aw oor good doos."

"So, youse gied us the loft fur free?"

"Aye."

"Fine wae us," Tony said, shrugging, no taking his eyes aff the scar-faced bear in front ae him.

"Right, let's go," Shaun said suddenly, nodding tae his brothers, who brushed past them, heiding fur the front ae the closemooth. "By the way, Ah'm sorry aboot yer wee pal," Shaun said turning, before disappearing.

"Whit dae ye think?" Joe asked Tony, efter the Murphys hid disap-peared.

"If we know we tanned their dookit and they know they toasted oor cabin, whit dis that mean?  It means they're still up tae nae good and they'll try and get us tae let oor guard doon.  Ah don't believe a bloody word that comes oot ae they pricks' mooths. We'll need tae be extra careful and watch oot whit we're daeing. Ah think they'll still try tae nab us, the first chance they get."

   "So, whit dae we dae noo then?" Johnboy asked, feeling his shite glands starting tae jingle jangle.

   "Heid intae the toon centre tae gie us time tae think."

# Chapter Eight

"That's quite an allegation, Sammy," Tom Bryce, sub-editor ae the crime desk at The Glesga Echo said, swinging back and forth oan the two back legs ae his chair, his feet up oan his desk.

His day hid been gaun quite well up until noo, he thought tae himsel, as he looked across the tap ae his desk at the skinny wee dishevelled man, staunin in front ae him, who passed as the tap investigative crime journalist at the paper.

"Ah've goat it oan good authority," squeaked Sammy Elliot, well-known in the city by aw and sundry as The Rat.

"Ah jist find it hard tae believe, plus the shite that'll hit us if we get it wrang will be by the bucket loads. Ah jist don't know."

"Hiv Ah no come up wae the goods o'er the last year?"

"Aye, bit this is different."

"Whit's so different aboot this then?"

"Whit ye're coming oot wae is conspiracy and possibly the murder ae some wee street urchin by the city's finest. It's a wee bit different fae catching the heid ae The Corporation's cleansing department perching oan the wife ae a cooncillor, which wisnae exactly murder, wis it?"

"Maybe, bit catching the heid ae the city's cleansing department perching oan the wife ae the cooncillor who agrees the contracts fur dumping aw the city's shite intae nine landfill sites aw o'er the scenic west coast and being a silent partner in her company, alang wae two well-known city gangsters, is. Ye said so yersel."

"Aye, bit it wisnae exactly Profumo, wis it?"

"It will be, if Ah kin only track him and Madame Tussaud doon."

"Ah've heard they're across in Spain."

"And Ah've heard that they've baith ended up beside each other in amongst aw the shite that they goat tipped intae auld farmer MacDonald's good carrot field, efter they conned him oot ae it," The Rat squeaked.

"Supposition and rumours, Sammy. Granted, the story wis hot fur a couple ae weeks efter being picked up by aw the broad sheets, bit then it went cauld."

"Aye, bit no before we milked it tae death."

"This is still different."

"Look at the rug scandal then?"

"Whit aboot it?"

"Who wis it that exposed the fact that aw they lovely Persian rugs in the city's art collection, which get rolled oot every time The Queen comes tae tea, wur made in a garage in Birmingham, while the real wans wur flogged fur a fortune in a New York auction room in the nineteen fifties?"

"Aye, that wisnae bad, that wan," Tom conceded, laughing.

"Ah heard it cost The Corporation a bloody fortune tae change aw they big coloured photographs in the chambers ae Her Majesty, staunin there, grinning wae an auld rug fae Sutton Coldfield under her plates ae meat."

"Aye, bit..."

"And who wis it that goat the photos ae the two inspectors loading up and drapping aff aw that single malt personally in a Black Maria, haun delivering it tae the McGregors, the biggest gangsters oan the south side ae the river, eh?"

"That wis different...ye wur oan the Pat Roller team then."

"That's no ma point, Tom."

"So, whit is?"

"Copy...good copy equals sales. Since Ah've been here, the circulation his gone up by nearly hauf a million new readers. And that's jist wae a few wee juicy stories."

"Ah still find it hard tae believe. Where's the motive? Talk aboot taking a hammer tae crack a nut? Tell me again, bit slowly this time."

"Ah've been reliably informed that this wee ten year auld and a couple ae his pals hiv been running aboot, aw o'er Glesga, thieving like Christmas wis the morra. The local pavement pounders, who ur something else, by the way, hiv been daeing their dingers because they hivnae goat within a mile ae them. Because ae the pressure being brought tae bear oan them locally, this wee manky crowd started tanning electrical shoaps aw across the city, particularly doon in the Saltmarket and across in Partick."

"Carry oan."

"That's Billy Liar and Daddy Jackson's patches. This wis efter the local shiny buttons started tae try and set them up. The wee scallywags continued tae oot-fox them and wur running rings roond them. A couple ae months back, in desperation, they tried tae kidnap two ae the wee fuckers oan the QT, bit aw the local wummin in the area arrived oan the scene, mob-haunded, and there wis a pitch battle in wan ae the back courts ae a tenement building up in Montrose Street. There wis two plods involved...a big sergeant called Liam Thompson and a squinty-eyed pavement pounder that everywan calls Crisscross due tae the massive squint in baith his eyes. Seemingly Ben Turpin's isnae a patch oan these wans."

"Aye, Ah know who ye're oan aboot. Ah've seen a photo ae him when he goat awarded a bravery medal. Bloody sin, so it is. Ah've never seen a pair ae eyes like it. The medal wis probably awarded tae him fur running aboot wae they eyes ae his in public," Tom murmured, no being able to stoap himsel fae smiling.

"Aye, well, Ah'll get tae the medal in a minute," The Rat continued, walking across the office and returning wae a chair before plapping his arse doon oan it in front ae the desk.

"How they eyes ae his ever goat tae join the city's finest is anywan's guess," The Sub said in wonder.

"Anyway, PC Shiny Buttons and Sergeant Plod, alang wae the other pair ae Keystones fae the area, basically hung oot ae the arseholes ae this wee crowd fur two months solid. They hid an early success by nabbing two ae them, breaking intae a wee tobacconist shoap oan St James Road. It wis because ae whit happened that night that the skelly-eyed wan and his mate earned their medals. Seemingly, wan ae the boys scudded wan ae them wae an iron bar and knocked him oot, while Squinty tackled him, supposedly unarmed, and made the arrest."

"Aye, Ah remember. We put Slipper doon tae the presentation tae take the photos. It didnae matter whit he did, he couldnae dae anything wae they eyes ae his. Slipper won the funniest photo ae the year at the staff pub crawl doon in Blackpool."

"Anyway, Ah heard that it wis the squinty wan that inflicted the damage oan his colleague wae his baton, bit they papped the blame oan tae wan ae the young wans."

"Ah wid've probably done the same masel."

"Aye, bit whit didnae come oot at the time wis that they took the pair that they'd captured up tae the Stinky Ocean o'er in Pinkston Road and tortured them until they goat the names ae their pals aff ae them. The night watchman fae the briquette plant came oot tae see whit aw the screaming wis aboot. He reckons if he hidnae appeared oan the scene when he did, they'd probably hiv done away wae them. He said that in the morning, he came across a freshly dug hole that hidnae been there when he started his shift."

"Sammy, it's a well-known fact that the polis aw o'er the city hiv tae gie some ae they wee toe-rags a kick in the arse every noo and again tae tober them up. Christ, when Ah wis a snapper masel, the local sergeant jist aboot lost his boot efter he booted ma arse and sent me oan ma way, when Ah goat caught pinching apples aff some auld codger's tree in his back garden."

"When they spotted the night watchman, they jist bundled the wee tinkers back intae the van and drove aff withoot saying a word. That's whit probably saved their lives. He said the boys looked absolutely terrified. They'd hid the pair ae them hauncuffed tae the back bumper ae a Black Maria and wur ladling intae them. This is ten and eleven year auld weans we're talking aboot."

"Hmm, Ah'm still no convinced there's a story here. If we go roond stirring up a hornets nest doon at Central, it better be fur something important."

"That wid've been aroond aboot the end ae June or the beginning ae July," The Rat continued, ignoring the doubts being raised. "Due tae the heat being applied oan the streets, the wee toe-rags spread their wings."

"Ah still don't see where the wee boy in the fire comes in, Sammy."

"Ah heard oan good authority that the boys wur using a haungun tae tan in the shoap windaes."

"Bit, did ye no say we're talking aboot ten and eleven year aulds here?"

"Aye."

"Kin we authenticate the use ae a gun?"

"Oh, aye, bit it gets better. Seemingly, there wis a big hush-hush meeting between aw The Irish Brigade doon at Central. They wur aw in attendance, so they wur. Wan ae their decisions wis tae put the word oot that if the gun that the boys wur running aroond wae wisnae haunded in that very night, they'd shut the whole ae the Toonheid doon."

"Did ye jist say The Paddy Brigade hid a hush-hush meeting?" The Editor asked, a flicker ae interest appearing under they thick eyebrows ae his.

"That's the story Ah wis telt."

"And the gun?"

"Haunded in that very night. There's mair. The forensic report, which Ah've read by the way, oan the windaes that hid seemingly been shot oot, never mentioned a gun being used."

"So, whit did it say then?"

"It claimed the boys used glass marbles in a sling."

"Ye mean bools?"

"Aye."

"Sammy, so far, ye've telt me nothing that wid lead me tae believe that the polis in the Toonheid hiv set themsels up as some sort ae avenging vigilantes who ur operating ootside ae the law. Noo, if they wur attempting tae pop aff Pat Molloy, The Big Man, or some ae his boys, then that wid be different. Granted, Ah widnae want tae be first in the queue when Billy Liar and Daddy Jackson wur dishing oot the second prizes. Ah've seen some ae the pictures that hiv been taken efter The Irish Brigade hiv dealt wae eejits that didnae take a telling."

"There's a lot mair. The wee bampots widnae take a telling and carried oan whit they wur daeing. Then wan Sunday, wan ae the young crowd wis spotted crossing St James Road by wan ae the local squad cars. No only did they gie chase, bit they ran him o'er before reversing o'er the tap ae him. This wis in broad daylight. Despite his injuries, they bundled him intae the boot ae the car and fucked aff wae him."

"Naw."

"Oh, aye. Remember, we're talking aboot a ten year auld here. There wur plenty ae witnesses aboot. Again, that's whit probably saved the wee tink's life. Who knows whit wid've happened tae him if people hidnae spotted him being bundled intae the back ae the car?"

"It certainly sounds as if they wur a bit heavy-haunded."

"Tom, we're no talking aboot a wee slap oan the lug or a kick up the arse here fur stealing an apple oot ae somewan's garden."

"Wis he okay?"

"Well, they refused tae take him tae the hospital, despite being bruised fae heid tae toe. They slung him in solitary confinement fur aboot ten hours withoot a drink or anything tae eat, alang wae his other three pals who'd been arrested earlier the same day."

"Don't tell me?"

"Aye, whit a bloody hiding they goat."

"Wur they charged?"

"The polis? Ur ye kidding."

"Naw, the boys?"

"Wan ae the maws, a right tough cow, goat word ae whit hid happened and gathered up aw the other maws and charged doon tae Central. She nearly caused a riot, so she did. Started hitting them way aw sorts ae legal shite, jist like a real lawyer, aboot the wee wans' rights...no gieing them food or water...assaulting them...

you name it, she rattled aff aw the illegal stuff tae them. Seemingly, she's notorious fur charging aboot the area wae a gang ae local wummin, aw nutters, jist like hersel, turning up at aw the local warrant sales, causing mayhem by attacking the sheriff officers, gaun aboot their business. Knows the law like the back ae her haun by aw accounts, so she dis."

"Bit, did they charge the boys wae anything?"

"She bloody walked right oot ae the door wae the lot ae them in tow, withoot a charge tae their name."

"Christ, that must be a first fur doon there."

"Aye, The Irish Brigade wur seemingly jumping up and doon fur a week at the inspector who let them walk. That's when the word wis put oot."

"Fur whit?"

"Tae crush they wee basturts at any cost, nae questions asked."

Silence.

"Ah still don't know, Sammy," The Sub finally said, pursing his lips.

"Whit don't ye know?"

"It aw seems a bit heavy o'er nothing. So they tanned a couple ae shoaps? Hardly a capital offence, is it?"

"Tom, ye're no listening tae whit Ah'm saying here. Kin ye imagine the heidlines fae the competitors if we're no oan tap ae this? 'Vigilante Polis Operating in the Second City ae the Empire'," The Rat crowed, spelling oot the big heidlines wae the fingers ae baith hauns in front ae them. "Who else his been at the receiving end ae their self-styled justice that we don't know aboot, eh? This could be massive."

"Ah'm still no convinced ye've telt me anything that wid lead me tae believe we've goat rogue polis trawling the streets, dishing oot vigilante justice. We aw know whit that Irish Brigade are capable ae, bit given whit they awready get away wae, getting shot ae a ten year auld fur breaking shoap windaes seems a bit far-fetched tae me, so it dis. As Ah've awready said, if it hid been gangsters at the receiving end, fair enough. Ur ye sure that it wisnae jist the local pavement pounders being a bit heavy-haunded wae the boys tae get them tae stoap upsetting everywan?  Tangling wae that Irish Brigade kin be bad fur yer health, so it kin."

"Tell me.  Ah've been gaun aboot wae ma arse jumping every time Ah hear a car door slam up there in the Toonheid."

  "So, hiv ye spoken tae the wee boys?"

  "Naw, they're slippery as fish, plus there's a problem."

  "Surely no?" The Sub asked sarcastically.

  "Ah've heard the polis hiv goat a plant in amongst them."

  "Whit dae ye mean?"

  "That wan ae the young wans is gieing the local plods inside info."

  "Fur Christ's sake, Sammy, this is getting muddier every time ye open that gub ae yers."

  "That's the nature ae whit we're dealing wae here."

  "Whit aboot the deid boy's family or the maw who seemingly knows aw aboot the law?  Hiv ye spoken tae any ae them yet?"

  "The family ur oot ae bounds due tae the auld man being a bed-ridden invalid and the maw hivving hid a nervous breakdoon when she heard aboot the fire.  They've shipped her oot tae Lennox Castle under a section.  Ah've tried tae talk tae Ma Barker, bit she gied me a body swerve.  Telt me tae fuck aff in the street this efternoon, she did.  Disnae look as if she takes any prisoners either."

  "So, how ur we and the other competitors reporting it?"

  "That there wis a fire in a cabin dookit up oan Parly Road that hid a ten year auld boy and his dug in it, who wis probably playing wae matches or a candle and that polis enquiries ur continuing."

  "Right, this will need tae go tae the editors' meeting at five o'clock.  Hamish McGovern will hiv the final say.  Keep aw this tae yersel and Ah'll get back tae ye.  Bit, if he says naw, then it's naw, and ye drap it like a hot brick.  Hiv ye goat that, Sammy?  In the meantime, see if ye kin get yer hauns oan any ae the boys."

"Ye're the boss, Tom," The Rat said, smiling as he stood up.

# Chapter Nine

There wur white wans, broon wans, pink wans, cream wans, black wans, green wans, red wans, blue wans and Johnboy's favourite... green tartan wans. They wur aw at the tap ae and attached tae, thin wans, fat wans, stocky wans, dumpy wans, tall wans, bow-shaped wans and even wan-legged wans. Oan their feet wur size wans, twos, threes, fours, fives, sixes, sevens, eights, nines, tens, elevens and plenty ae fat wans. The three ae them wur lying oan their backs, face up, wae their heids pointing towards the pave-ment, under the gap between the bottom ae the windae and the pavement ae Samuel's The Jewellers oan Union Street. The gap wis aboot eighteen inches high, jist big enough fur them tae lie and clock aw the pants ae the wummin and big lassies who stoapped tae hiv a look at the jewellery in the windae. Johnboy hid never seen up a wummin's dress before, so he thought it wis dead excit-ing tae see whit the tap ae their legs looked like under their skirts.

"First wan tae clock a fanny pad gets an apple," Joe said, crunch-ing in tae wan ae the apples they'd grabbed fae ootside the fruit shoap oan Dundas Street oan the way doon.

"Ye're oan," said Tony, rising tae the challenge.

"Hing oan. Whit am Ah supposed tae be looking fur?" Johnboy asked.

"Think ae wan ae they McKechnies' rolls ye scoff at breakfast time, squashed between the tap ae the legs ae a wummin. That's whit ye're looking fur."

"Seriously?"

"Aye."

"So, how dis it stay up?"

"It sits jist under their drawers, covering their fanny."

"Seriously?"

"Aye. Hiv ye never seen wan?"

"No oan a live wummin, Ah hivnae."

"Aye, ye hivnae lived," Joe said, taking another bite oot ae his apple.

"Ah've clocked them when Ah go raking aboot in midgie bins. Sometimes they're in a broon paper bag.  The last wan Ah came across wis in Tam The Bam's dug, Elvis's mooth, as he wis tearing doon Montrose Street, being chased by two other mongrels who wur trying tae get it aff him, bit Ah've never clocked a wummin wearing wan."

"So, ye'll be wanting tae win that apple then, will ye?" Joe asked.

"Too bloody true," Johnboy said, as two sets a legs appeared in front ae him.

"So, whit ur they fur?" Johnboy finally asked, efter the couple heided aff intae the bustling legs ae the other shoppers.

"Tae catch the fud blood."

"Aye, Ah know that.  Bit whit fur?"

"Who knows.  Aw Ah know is that wance a month, fur aboot a week, aw wummin go bloody mental and start tae skelp and knock fuck oot ae everywan within range ae them."

"Is that whit that is?  Ah usually know when trouble's brewing when that ma ae mine sends me alang tae the draper's shoap oan Cathedral Street tae buy four single wans and then intae the paper shoap fur two single tipped fags.  Ye don't think they're tae dae wae smoking, dae ye?"

"Ah widnae think so.  Ah cannae remember hearing any stories aboot guys who smoke wearing them, apart fae when they're getting a boil oan the back ae their neck lanced," Joe said, tentatively dabbing the back ae his neck wae they manky fingers ae his at the memory.

"That ma ae mine and ma sisters turn intae maniacs aw at the same time, noo that Ah think aboot it.  They're like wummin possessed, so they ur."

"Aye, 'the time ae the month' they call it.  Ma ma always commandeers a folded up tea towel or wan ae ma da's string vests when she's skint and cannae afford tae buy any, so ye never get a warning ae whit's coming yer way."

"Ah've only the wan sister and Ah cannae remember her or Ma mentioning them. Mind you, she's so possessed, ye'd think it wis her time ae the month every day ae the week," Joe said as the other two laughed.

The legs oan the pavement hid started tae thin oot wae everywan getting oan tae their buses hame. They waited till the lassies in the shoap came oot and pulled doon the mesh grill. Efter heiding up tae Gordon Street, they cut alang by the front ae Central Station. They couldnae believe their luck. A big BRS lorry wae a full load oan the back hid jist passed them, heiding up Hope Street.

"Let's go," Tony shouted, nipping in and oot ae the taxis in front ae The Central Hotel tae catch up wae it. There wis four feet ae space between the load and the back bumper. Wance they wur aboard, they settled doon tae watch the taxis and buses coming at their backs. At the tap ae Hope Street, their lorry turned right intae Sauchiehall Street and carried oan up intae Parly Road. They could smell the fish and chips wafting oot ae the San Remo chip shoap oan the way past. As they passed by Dundas Street Bus Station, Joe pointed tae the wee man staunin oan the corner selling The Evening Times and Citizen.

"Check the board in front ae him," he shouted.

Leaning against the front ae the wooden orange boxes that he used tae stack his papers oan, The Evening Citizen heidline screamed 'BIRD BOY DIES IN FIRE.'

"Dae ye think they're talking aboot Skull?" Johnboy shouted.

"Aye," wan ae the others said.

It wis the first time Skull's name hid been mentioned since their run in wae the Murphy brothers earlier. They jumped aff the lorry, jist before it turned left intae Dobbies Loan, then cut through a closemooth tae take them intae McAslin Street. They sat in the closemooth beside Sherbet's, the local grocers shoap. Nowan spoke.

"Whit ur we gonnae dae noo?" Johnboy finally asked.

"Aboot whit?"

"Aboot Skull and Elvis...it wid've been Elvis that wis wae him."
Silence.

"There's fuck aw we kin dae...at least fur the time being. It's ob-vious they Murphy basturts did it, even though they're denying it," Tony finally answered.

"Even if we knew it wis them, there's still fuck aw we kin dae," Joe agreed.

Silence.

"Let's wait until we're aulder. We'll get the basturts then," Tony said grimly, flicking his fag end at the wheels ae a passing coal lorry.

"Is that a promise?" Johnboy asked, looking at the baith ae them.

"Don't ye bloody worry aboot that, Johnboy. Ah'm gonnae make sure whoever done this goes up in flames, the same way as Skull and Elvis did," Joe promised.

"Aye, bit jist remember, we keep oor traps shut. We keep this tae oorsels and we don't mention any ae this tae anywan...especially no tae the bizzies," Tony warned the other two.

Tony and Joe heided up McAslin Street and Johnboy heided fur Grafton Street and the way hame. Johnboy kept looking back every noo and again tae see how far the other two hid goat. Jist before he disappeared roond the corner at the dairy, he clocked two polis cars suddenly mounting the pavement and nabbing Tony and Joe. Johnboy nipped in through his auld pal, Frankie Wilson's close, heided o'er the dykes, came oot oan tae Montrose Street through the side ae the transport lodging hoose at the tap ae the hill and dashed fur hame.

# Chapter Ten

It hid been a strange few weeks aw roond, Helen thought tae hersel, as she lit up a fag. She wondered if she could be arsed wae hivving another glass ae her PLJ lime juice while she wis waiting. The stuff didnae bloody work anyway...that expanding arse ae hers could testify tae that. She looked aboot the kitchen and back tae the stack ae overdue bills that wur sitting oan her lap. The girls wur growing up so fast. She sighed. A few days earlier, her and Isabelle'd hid a major run-in efter Isabelle hid went tae the door tae tell wan ae the debt collectors that her ma wisnae in and that she didnae know when she'd be back. Efter he'd gone, Helen hid tiptoed oot intae the lobby tae ask her whit company he'd been fae.

"Hiv ye any idea how humiliating this is fur us?"

"Whit is?"

"That's the fourth time this week. It wis the same man that wis up at the door twice oan Monday. He says if he disnae get a payment soon, the company's taking it doon tae the sheriff officers."

"Ach, don't exaggerate, Isabelle. They always threaten ye wae that. And anyway, it wisnae that long ago you and that Anne wan wur fighting o'er who wis gonnae hiv the pleasure ae opening the door tae tell them tae piss aff. Whit's changed aw ae a sudden?"

"Ye jist don't get it, dae ye?"

"Get whit?"

"Arghhhh!" Isabelle hid screeched before stomping past Helen up tae her bedroom.

Wid they ever get oot ae the bit? Wis everywan living in the street in the same boat as them or wur Jimmy and her jist different? When she'd went ben the hoose, next door tae Betty's, she'd telt Betty aboot her run-in wae Isabelle.

"And you think that's bad? Christ, ye should hear the cheek Ah hiv tae put up wae in here," Betty hid retorted wae a laugh.

Helen thought aboot the conversation she'd hid a while back wae

Johnboy when she'd confessed that she prayed fur him and the rest ae the family every night before she fell asleep. When he'd asked her who she prayed tae, she couldnae come up wae an answer. She couldnae help smiling thinking aboot whit he'd come back wae.

"Bit Ah thought ye telt us that God wis jist a story made up by rich kings and queens tae keep the smellys like us doon?"

Coming fae somewan else, it could've been construed as a lippy answer, bit fae Johnboy, he'd jist repeated whit she'd always uttered when religion came up in conversations wae the weans when they wur growing up. She supposed it hid proved wan thing though. Here she wis, always believing that he never took in anything she ever said, and there he wis, hitting her wae that wee gem.

She looked at the clock oan the mantelpiece. Hauf an hour tae go. She wisnae too sure where she wis at wae aw this though. She'd tossed and turned aw last night. She'd felt like gieing Jimmy a thump oan the side ae that heid ae his efter he'd swung roond, away fae her again, letting oot an exaggerated 'harrumph' because ae aw the fidgeting aboot in the bed she wis daeing, lying there beside him.

"Fur Christ's sake, Helen, kin ye no lie at peace?"

She hidnae responded because he hid a five o'clock start as he wis driving doon tae England wae a load. He wis a good man, bit he didnae know the hauf ae it, or did he? He jist goat oan wae life while it seemed tae her that she'd tae deal wae aw the shite. Is that whit they wur meant tae dae? Him tae go oot tae work and her tae keep the dampeners oan things at her end so that when he did appear, everything wid be hunky-dory? Thank Christ they didnae gie ye a test oan whether ye'd succeeded or no, she thought tae herself, sitting there, soaking up the silence. She wisnae too sure if she should be excited wae whit she wis aboot tae dae, or petrified. Betty, next door, hid warned her tae keep her heid doon and oot ae sight as she'd only be getting a using and, at the end ae the day, if there wis any crap flying aboot, it wid land oan her.

"Ah'd stay well clear, Helen. Aye, and when the shite flies and lands oan ye, it bloody leaves a smell that ye cannae get rid ae fur a long time," Betty hid advised.

Betty wis pretty sound. She didnae muck aboot wae words. She always jist came oot and said whit she felt and didnae gie a monkey's whether people agreed wae her or no. Bit wis she right this time? Hivving said that, when wis the last time Betty wis right aboot anything? Betty wis a battler and tough as nails, bit as a thinker and a planner? Helen acknowledged that whit Betty hid said made sense, bit could she afford tae ignore whit wis happening and end up sitting aboot wondering whit tae dae next, when an opportunity hid awready danced across the flair in front ae her and she'd ignored it? Betty and the other lassies jist saw battling wae The Corporation and the sheriff officers as part and parcel ae being in a Corporation hoose and always goat tore right in. The problem, as Helen saw it, wis that anytime she said the aim wis tae try and get things tae change and stoap the warrant sales fur good, everywan jist laughed.

"Battling wae they frigging pigs is wan thing, Helen, bit trying tae stoap sales and evictions fur good? Well, Ah widnae haud yer breath jist yet," Soiled Sally hid said at their last get-thegither, tae nods and laughter.

She couldnae talk tae Jimmy aboot it either. He thought she wis daft enough as it wis, withoot talking aboot increasing the demonstrations against The Corporation and they sheriff officers ae theirs.

"Fur Christ's sake, Helen, any chance ae something tae eat when Ah come in fae ma work, insteid ae me hivving tae send the kids oot tae find ye up some close, shouting and bawling aboot stuff that's goat fuck aw tae dae wae ye in the first place?"

"It'll be us next."

"Aye, and Betty, next door, the morra. Whit's that goat tae dae wae us aw sitting here starving, waiting fur ye tae make an appearance?"

"Aw, piss aff, Jimmy. Don't go there."

"Naw, Helen, that's ma line."

If he'd come up every noo and again wae a constructive point, it widnae be so bad. Oot ae the last ten sales, o'er the past month tae six weeks, they'd stoapped three before the sale started and two wur stoapped hauf way through due tae the money being paid aff doon at the sheriff officers' office in Bath Street. Five hid been completed. She made that a score ae five-all, bit the lassies argued that it hid been five-three tae The Corporation, because ae the two that goat paid aff early.

"Aye, bit they scrawny skinny basturts hid tae leave the sale haufway through wae their tails tucked between their legs, so as far as Ah'm concerned, they coont as two tae us, which in ma books make five," she'd argued.

How far forward hid they managed tae get o'er the past fifteen years or so? That hid been the question that hid been taking up a lot ae her thinking time o'er the past wee while. If she could come up wae a positive answer tae that, it wid maybe gie them aw a second wind. Despite always looking oot fur an opportunity tae score a success, the odds hid always been stacked up against them. She'd always wondered whit her Aunt Jeannie wid've done or advised her tae dae next. Aunt Jeannie wis always a strategist, even though Helen wis too young tae understaun it at the time. Despite searching, there never seemed tae be a plan B, bit this time, she wis sure that there wis something staring her in the face, bit she jist couldnae see whit the hell it wis. She'd gone o'er it a thousand times and kept coming up wae five different conclusions or none at aw. Whit kind ae an opportunity did they hiv noo? Could they take advantage and really push the boat oot? She wisnae sure, bit they'd see soon enough. She looked up at the clock. There wis only twenty minutes tae go.

It hid aw started oan the Monday efter Pat Molloy's ma and da's fortieth anniversary bash at The McAslin Bar. The two things everywan hid been talking aboot in the Toonheid that Monday, wis the party and the fire. Helen hid nipped up tae Fat Fingered Finkle-

68

baum's pawnshoap wae Jimmy's shoes. Usually Johnboy did that before heiding aff tae school, bit Finklebaum, the money-grabbing shitehoose that he wis, hid been putting the squeeze oan her by refusing tae gie Johnboy three bob fur the shoes. Helen hid thought she'd awready goat it sorted oot the previous week, bit the bugger hid made a remark tae her at the bash when he wis pished, so she thought she'd go and sort him oot, which she did. When she'd come oot ae the pawnshoap, she'd bumped in tae Pat Molloy.

"Helen, ma wee prairie flower, how's it gaun, hen?"

"Aye, no bad, Pat," she'd said, annoyed at hersel because she wis conscious that she'd inadvertently tucked a straggly tuft ae hair in tae her scarf when he spoke tae her.

"His that man ae yers sobered up yet?"

"He wis up and oot ae that door this morning at the crack ae dawn, starting an honest day's labour. So, whit aboot yersel then, Pat? Whit time wur you up at?" she'd replied sarcastically.

"Ach, ye know me. Maist ae ma work goes oan in the evenings. It disnae go wae early risings."

"So, nothing's changed then? Still disappearing oot tae aw hours ae the morning?" she'd retorted, wanting tae bite her tongue aff.

"Ach, well, we'll no go there, will we? There's nothing tae be gained fae supping sour milk fae the past, eh?"

"Aye, Ah suppose so."

"So, whit's happening wae you then?"

"Ah've jist been in tae see that pal ae yers, Fat Fingered. He dis ma nut in, that wan, so he dis."

"He's no putting pressure oan ye, is he?" he'd asked, eyes narrowing.

"Pat, whit goes oan between me and ma pawnbroker is between us. Customer privilege, Ah think it's called," she'd replied, pleasantly enough.

In other words, 'mind yer ain business and stay the fuck oot ae mine.' Thankfully, he'd taken the hint pretty pronto though, as he'd swiftly changed the subject.

"Ah keep seeing that boy ae yers running aboot wae his rag-ged-arsed pals."

"Oh, aye?"

"Naw, naw, there's nothing wrang. He seems a fine wee wan... always goat a grin oan that coupon ae his."

"Ah'm a bit worried aboot him wae that big glaikit sergeant, though."

"Whit wan?"

"Thompson and that cross-eyed monkey, Crisscross."

"Oh, aye, Ah know Liam Thompson. A right dirty basturt, so he is. Ah've hid a few nasty run-ins wae that prick recently," he'd said, face flushing.

"That bad?"

"Aye, worse than anything ye could imagine. Ah don't want tae even think aboot it, Ah'm so bloody upset," The Big Man, local heid bummer in the gangster underworld, hid said, wiping wan ae his eyes wae a fat ring-covered finger and coughing tae hide his distress.

"Pat, let me get this straight. Ye're supposed tae be the local Big Man...scared ae no man's shadow...and here ye ur, telling me ye don't want tae talk aboot it because ye're so upset?" she'd asked, trying nae tae sound cynical.

"Aye, well, whit they basturts done tae me, Ah don't think Ah'll ever get o'er."

"Aye, well, Ah'm sure wance ye take it oot oan some poor soul's knee caps, ye'll feel better wae yersel. Whit Ah want tae know is how concerned should Ah be?" Helen hid asked him, feeling the panic rising in her chest.

"Look, we cannae speak oot here oan the street. Come in tae the bar and we'll hiv a chat o'er a wee cup ae tea."

"Oh, Ah don't know. Ah've a lot tae be getting oan wae," she'd replied, looking aboot tae see if anywan wis watching.

"C'mone, it'll only take five minutes oot ae yer busy schedule. Ah won't charge ye fur the coconut snow-baw Ah've goat left o'er fae the bash oan Saturday night."

When they'd sat doon at wan ae the tables in the bar, she'd telt him whit hid been gaun oan aw through the summer wae Sergeant Mutt and PC Jeff, harassing her boy and his pals. She'd been a wee bit surprised that he wis able tae fill in some ae the gaps that she hidnae been aware ae. He'd telt her that he'd clocked the boys getting chased quite a few times by the Keystone Kops. Then he'd hit her aboot the fire.

"Hiv ye heard whit happened last night?" he'd asked her.

"Whit?"

"We passed oan oor auld cabin dookit at the tap end ae Parly Road tae that boy ae yers and his pals. Shaun Murphy and his brothers run a loft fur me, or they did, above their tap flair hoose up in Ronald Street. Good wee earner, exporting purebred doos. We decided wan set-up wis enough though. We knew the boys wur aw intae their doos, so rather than demolish the cabin, we decided tae gie it tae them."

"Aw Pat, that wis nice ae youse. Johnboy his been oan aboot it fur the last week, so he his. Ah wis starting tae get worried aboot him, bit this his kept him oot ae trouble and away fae they shite-hooses in uniform."

"Aye, well, maybe no."

"How dae ye mean?"

"Some basturt burned the cabin doon last night. It might've been tae get tae us because we only haunded it o'er tae the boys this weekend past, so people widnae be aware that we hivnae anything tae dae wae it noo."

"Aw, naw, that's terrible. The boys' will be sick at that."

"Aye, well, Ah think it might be mair serious than that."

"Why?"

"Ah've jist been talking tae Shaun and they brothers ae his and they've telt me that wan ae the firemen oan the scene his said that there wis a body ae a youngster in amongst the charred remains. Tam The Bam's dug, Elvis, wis also in amongst the ashes."

She hid felt as if somebody hid kicked her in the chest. She'd hardly been able tae catch her breath, bit hid managed tae get a question oot.

"Whit? Wan ae ma Johnboy's pals?"

"It looks that way."

"Dear God, Pat, ur ye sure? Ah mean, it cannae be Johnboy...he wis up and oot the door, back tae school efter the summer break this morning."

"The fireman said it could've been caused by a candle or a match catching fire oan something."

"Bit there wis definitely somebody in it when it went up?"

"The guy says it looked like a youngster. If it wis an adult, it could've been Tiny, ma stable midget, bit he's at work this morning."

"So, who is it then?"

"Ah don't know, bit we think it wis wan ae the boys. We're trying tae find oot."

"Dear God, that's terrible, so it is. Ah'll need tae find oot so Ah kin go up and see his maw and da."

"Aye, well, Ah'm no sure it wis an accident though."

"Whit? Why dae ye think that, Pat?"

"Helen, be honest...kin you see any ae that wee crowd accidently burning doon their ain dookit, two minutes efter they've jist took it o'er? Ah know Ah cannae."

"So, whit ur ye saying then?" Helen hid asked, still in a state ae shock, back tae haudin in her breath.

"Look, don't take this the wrang way and Ah'm no bragging here, bit there is absolutely nowan oan this side ae the city who'd hiv a go at me. And seeing as Ah hivnae hid any bother wae anywan fae the south side ae the city in aboot three years, there's nae fucker aboot tae hiv a go, simply because Ah hivnae done anything tae anywan."

"So?"

"So, if it's been started deliberately, and Ah've nae proof that it his been at this stage, then who could it be?"

"Who?"

"Well, if there's nowan efter me and it's become common knowledge that yer Johnboy and his pals hiv took o'er the cabin, who dis that leave ye wae?"

"Ah'm sorry, Pat, bit Ah still don't get where ye're coming fae?"

"The polis hiv been chasing the boys aw o'er the Toonheid aw summer. The last time Ah saw them being chased, Ah remember thinking tae masel that Ah widnae want tae be in their shoes if that big sergeant, Liam Thompson, caught wan ae them."

"Fur Christ's sake, Pat, there's no way the polis wid be involved wae something as serious as this...no way," Helen hid retorted, her heid spinning.

"Why? Dae ye think they widnae burn doon some poor basturt's dookit because they're the polis? Christ's sake, Helen, Ah'm surprised at ye."

"Bit, ye jist said yersel that ye don't know if it wis an accident or if it wis deliberate."

"Exactly, bit Ah find it hard tae believe that wan ae that wee crowd wid be stupid enough tae burn doon a cabin that's been staunin there fur the last twenty years. That's aw Ah'm saying."

"Naw, Ah suppose...Ah cannae see that either. Ah know fine well, tae ma cost, that the polis kin be dirty sleekit gits, bit Ah couldnae see them daeing something like that," she'd said, surprised tae hear hersel defending the polis, and big Liam Thompson in particular.

"Even if they thought the cabin wis empty? Ah'm no saying that they wid've known that somewan wis in it. Helen, believe you me, they shite-hooses ur capable ae anything. If ye knew the hauf ae whit Ah know aboot the bizzies roond aboot here, ye widnae let yer boy oot at night."

"Look, Pat, Ah'll need tae go. Thanks fur the tea and the snowbaw."

"Nae bother, Helen. Listen, Ah'm meeting a contact ae mine in hauf an hour. He's a journalist...as ugly as sin, bit he's good at his job.  He owes me mair than a few favours.  They call him The Rat because, apart fae looking like wan, he's good at snooping aboot and finding oot things that other people don't want people tae know aboot.  Ur ye okay if Ah tell him aboot oor wee chat?  As ye say yersel, there's probably nothing in it, bit it'll gie him enough tae wet that snout ae his.  He might come in handy in the future, if they basturts keep oan harassing that boy ae yers."

Efter she'd left the pub, Helen hid bumped intae her maw oan Parly Road.  Wan ae her maw's cronies hid awready telt her that the big dookit at the tap ae the road hid been burnt tae the ground.

"It's aw they kids, running aboot wae matches and aw that," she'd said tae Helen.

"Aye, well, at least it wisnae somebody's hoose, eh?"

"Aye, bit Ah think it's probably serious, cause there's aw sorts ae cars and vans up there.  They've even goat a white tent up."

"So, whit dis that mean?" Helen hid asked, keeping tae hersel whit The Big Man hid jist telt her.

"That usually means trouble."

"Like?"

"Like, if there's a murder or something."

"Is that right?"

"Oh, aye, guaranteed."

"So, who dae ye think it is then, Sherlock?"

"Ah don't know, bit the polis ur sure tae know."

"See, Maw, that's the problem roond here.  It's people like you and that pal ae yers that gies this place a bad name, wae aw that speculation.  Ye're the second wan Ah've heard the day, talking aboot the same thing, bit baith coming up wae different stories."

"Aye, well, Ah've said ma piece."

"And whit else is new then?"

"Ach, nothing.  Yer da's away aff tae work this morning wae a splitting headache.  He's still recovering fae Saturday night."

"Aye, it wis a stoating wee night so it wis, eh?"

Helen couldnae get oot ae her heid whit Molloy hid said aboot Johnboy and his pals' pigeon cabin gaun up in flames. Oan the way hame, she'd gone roond by the school tae check tae see if Johnboy hid goat there. She'd been gonnae go in, bit hid noticed him climbing up the bottom level stairs during the morning play break wae some ae his pals, so she'd heided hame via Sherbet's and goat hersel five single fags. Before Johnboy'd finally showed up later oan that night, she'd started tae get hersel intae a right state, bit hid relaxed wance he appeared. He hidnae been through the door mair than a few minutes before the polis hid turned up. Betty, fae next door, hid telt her that they'd been up at Helen's door at different times during the efternoon, bit as Helen hid been oot and aboot, she'd missed them. When she'd ushered Johnboy intae the sitting room tae talk tae an Inspector Mack and big Liam Thompson, Johnboy hid jist clammed up. Efter she'd suggested that the sergeant leave the room, much tae Liam Thompson's obvious annoyance, Johnboy hid seemed tae relax a bit and hid answered the inspector's questions. Johnboy hid said he knew aboot the dookit being burned doon. He'd said that he'd heard that it wis his pal, the wee wan they called Skull, that hid died in the fire. They'd come fur his sister in the morning and hid taken her oot ae school. He'd telt the inspector that the last time he'd spoken tae the Kelly boy hid been doon at the closemooth the night before. He hidnae been too sure ae the time, bit it hid still been light ootside. Helen hid been able tae confirm that it hid been aboot hauf seven when he'd appeared. He'd telt the inspector that they'd been doon at some doo shoap in the Saltmarket. When asked aboot the dookit, he'd said that the Murphy brothers hid haunded it o'er tae them as they didnae want it, seeing as there wis a motorway being built where it stood, which hid been news tae Helen. He'd said that he didnae know whit could've started the fire, bit hid admitted there wis candles and matches in the dookit. He'd said he didnae know whit hid happened tae his pal after he'd left tae go up the road. Efter the inspector hid left, Johnboy hid telt Helen that the boy who'd died hid been the wan that hid been sitting oan his ain when Helen hid gone doon wae the other maws tae get them oot ae the polis station. That hid been the Sunday that the boys hid aw been lifted fur seemingly being a walking crime wave, even though there hidnae been a shred ae evidence, at least none that she'd known aboot. He'd said he'd seen the heidline oan The Evening Citizen poster that a boy hid died in the fire and that him and his pals wur aw really upset aboot it. He'd also been upset that poor Elvis hid died too. Helen knew that aw the local weans wur aw really attached tae the poor beast. Seemingly, Tam The Bam hid gone oan a bender when he heard the news. Helen hid sat Johnboy doon and telt him that sometimes these kind ae things happened and that's why her and his da wur always oan tae him aboot playing wae matches. When she'd telt Jimmy that night, he'd telt her tae keep an eye oan Johnboy, bit no tae speak tae him aboot it.

"He'll get o'er it soon enough. When Ah wis his age, me and ma pals wur playing up at the Nolly and wan ae them ended up getting droont. Ah furgoat aw aboot him efter a couple ae weeks and jist goat oan wae ma life. Ah still think aboot him every noo and again though."

A couple ae days later, Helen'd hid her first encounter wae the sleekit wee man that Molloy hid called The Rat. Pat hidnae been exaggerating either...ye could've chopped sticks wae that face ae his. He wis pretty gaunt and thin, wae a sharp hooked nose, sharp yellow protruding teeth and a thin weedy-looking moustache, stuck oan between his tap lip and that hooked nose ae his. It wis the kind ae moustache that ye'd hiv tae be very careful wae when ye trimmed or shaped it. Wan false move and it wid've been gone furever. He wore a dirty thin beige cloth raincoat that ye could spit through, so Christ knows how it wis meant tae keep the rain aff. When he walked, he stooped o'er and kind ae scurried. He wis jist like a rat, Helen remembered thinking when she first clapped eyes oan the weedy wee gnaff. This wis wan guy who'd definitely sell his granny fur a tanner and two tipped single fags. As soon as she'd clapped eyes oan him, despite whit Pat Molloy hid said, she'd made up her mind there and then tae keep him well oot ae her face.

"Er, excuse me, missus?" he'd squeaked, expressing surprise when she body-swerved roond him.

Ha, he didnae expect that wan, the wee weasel, she'd smiled tae hersel. She'd been a wee bit surprised at first tae find that he must've taken the hint as he seemed tae suddenly disappear in-tae thin air. She couldnae see him oot ae the side ae her eyes nor hear the sound ae they wee feet ae his scurrying behind her either. She'd still detected his presence though, bit there wis no way she'd been gonnae look behind tae see if he wis tailing her, so she'd jist kept walking up Parly Road, minding her ain business. Jist as she crossed the road at Taylor Street, she'd stoapped and hid a look in the windae ae McCluskey's, the butchers oan the corner. As she wis looking at aw the nice tasty ashet steak pies, she'd managed a wee sly look oot ae the side ae her eye tae her right while she wis kidding oan that she wis looking at the price ae a bit ae meat she couldnae afford that wis hinging oan a hook up tae the right. Eft-er relaxing, she'd peered aw the way back doon the road tae The Grafton picture hoose, bit still, there hid been nae sign ae him. He surely couldnae be that good, she'd jist thought tae hersel when she clocked the wee basturt. He'd been loitering wae intent across the road, behind her. He'd looked a bit agitated, probably due tae the fact that he didnae hiv any cover and wis shoogling aboot, looking as if he wisnae sure whit tae dae wae himsel next. Wance she knew where he wis, she'd felt back in control. She'd sauntered intae the shoap and stood in the queue. She'd jist managed tae see him nip intae the first close in Lister Street.

"Goat ye, ya wee scurrying rat," she'd blurted oot loudly.

She'd known he'd be able tae see her wance she came back oot ae the shoap. He must've lit up a fag, because a blue puff ap-peared oot ae the closemooth where she knew the sleekit wee eejit wis hiding. She'd thought she even saw him take a wee peek oot tae make sure she wis still there.

"Helen, ma darling, is that ye talking tae yersel again? Whit hiv Ah telt ye aboot that, eh? Noo, whit side ae the coo dae ye want tae rob me oot ae the day?"

"Er, kin Ah hiv a marrow bone fur ma soup, Charlie?"

"Only if Ah'm getting an invite roond tae taste it."

"Cheers."

"Anything else before aw these wummin clean me oot," Charlie hid said cheerfully, nodding towards the cackle behind her.

"Naw, bit kin Ah jist nip oot ae yer side door, Charlie? Ah think wan ae they Provi-cheque men is oan ma trail."

"Ur ye sure that isnae an excuse tae clock ma good steak pie recipe that the boys ur working oan through there?"

"Ah promise no tae look."

"In that case, ma wee darling, wance Ah get that thrupenny bit aff ye fur ma soup bone, ye kin jist go through they stripy curtains o'er there," he'd said, shouting, "Wullie, hide they deid cats. There's a customer coming through."

"Hello, Wullie, Ah'm jist taking a wee short cut. There's a Provi-cheque man oan ma trail, so there is," Helen hid said tae Wullie, big Joan Scullion's man, who wis staunin, covered in blood, like a mad axe man, wae a fag sticking oot ae his face.

"Nae bother, hen. Tell Jimmy Ah wis asking fur him, will ye?"

When she'd come oot oan tae Taylor Street, she'd heided up oan tae Ronald Street, across St James Road and o'er Canning Place Lane oan tae Cathedral Street. She'd jist sat doon wae her feet up tae hiv a fag, and wis watching the steam bubbling aff ae her fine pot ae soup, when she'd heard the chapping oan the door. It wisnae wan ae they official knocks like the polis wid've done. Whoever this wis, hid been too fly fur that. He'd chapped oan the door the same way as a neighbour or the weans up the close wid've done...the kind ae chap that people wid open the door tae. She'd known fine well it wis him as soon as she'd heard the first knock.

She'd been swithering whether tae go and speak tae him or wait until she'd finished her fag, bit he'd spoiled the moment. She'd gone through and opened the door tae find him staunin there, gaun fae wan fit tae the other.

"Whit dae ye want?"

"Er, ma name's Sammy Elliot and Ah'm fae The Glesga Echo," the wee weasel hid said, trying tae haun o'er a wee card.

"And Ah'm Helen and if ye don't get tae fuck doon they stairs right noo, Ah'm gonnae scream 'Rape!'"

"Er, ye'll whit?"

That's aw he'd goat oot ae that rat's mooth ae his. Whit a scream she'd let rip wae. Her tonsils hid jist aboot bounced aff ae his foreheid. He'd been hauf way doon they stairs before she'd even finished. When Betty hid showed up ten minutes efter the supposed rape hid taken place, he'd been long gone.

"Christ's sake, Betty, ye're far too late. Ah sucked the poor basturt in and blew him oot in bubbles."

"Wis that you making aw that bloody racket? Aw the wummin in the street will no hauf be jealous wae ye hivving a strange man up at yer door who ye don't owe money tae," she'd said, wae a big grin oan her face. "So, whit's up?"

Helen hid telt Betty whit Pat hid telt her aboot the polis setting the dookit alight. Like hersel, Betty hidnae thought there wis anything in it.

The next time Helen hid come across Roddy The Rodent hid been when she'd hid tae turn up at the Marine Juvenile Court o'er in Partick. Johnboy hid goat caught stealing copper sheets aff ae the roof ae the records building in Sighthill cemetery. She'd arrived jist before they'd taken him up before the judge. A wee specky lawyer, by the name ae Howdy, hid taken her aside and hid telt her whit hid happened. Seemingly, Johnboy and two ae his pals hid been spotted stripping aff the copper sheets. The Springburn Polis hid gied chase. He'd goat caught, while the other two hid goat away. They'd taken him o'er tae Partick and by the time he'd gied them his details, it hid been efter twelve at night.  Jimmy hid bumped intae the polis coming up the stairs oan his way doon tae phone them tae report Johnboy missing.  They'd kept Johnboy in and that Jobby wan...wan ae the local constables...hid telt Jimmy that John-boy wid be up in court at ten the next morning.  Helen hid gone aff her heid at Jimmy fur no demanding that Johnboy be brought hame insteid ae being kept locked up o'ernight.  Jobby hid said that if Jimmy wanted Johnboy hame, he'd need tae go and collect him himsel.  The buses hid stoapped running fur the night and Jimmy hid said he wisnae prepared tae troop aw the way oot tae Partick in the rain if Johnboy wis due up in front ae the judge a couple ae hours later...the basturt.  Howdy hid telt her that he'd advised John-boy tae plead guilty.  If he didnae, they'd put him oan a two-week remand, then find him guilty when he came back up and he wid probably get another fourteen or even twenty eight days detention anyway.  Helen hidnae even hid time tae talk tae Johnboy before he'd been wheeled in and wheeled oot, wae a fourteen day deten-tion sentence in Larchgrove Remand Home.  She'd been so angry.  How the hell could they keep a ten year auld boy in o'er night and then sentence him tae fourteen days detention, she'd demanded.  She'd tried tae gie Johnboy a wave, bit she wisnae sure if he'd seen her or no.  He'd looked filthy and his red hair wis staunin oan end as if he'd jist been plugged in.  They might've let him hiv a wash, at least...the basturts.  The wee specky brief hid come back o'er tae try and talk tae her, bit before he'd goat within ten paces ae her, he'd goat the message that she wisnae fur chatting and he'd aboot turned and disappeared up the arse ae the stairs tae his next unsuccessful case.

When she'd come oot ae the court, the rodent hid been staunin across the road, trying unsuccessfully tae catch her eye.  He'd known better than tae approach her, so he'd jist followed her up tae the underground.  When she'd goat aff at Queen Street, he'd scurried tae catch up, sensibly staying aboot ten feet behind her, no saying a word.  It wis only when she'd goat tae the corner ae

Montrose Street that she'd stoapped and waited till he'd caught up wae her. He wis a shifty wee crater. He hidnae walked straight up tae her like maist normal people wid've. He'd kind ae gone roond in circles, coming closer. He'd hesitate, move closer, clearly nae sure ae himsel, and then he'd gie her a wee glance tae see if there wis any encouragement fae her. If he thought it wis there, he'd dae his wee song and dance routine, at the same time as edging closer again.

"Right, ye've goat ten seconds, pal, before Ah scream the street doon."

"Er, Helen, ma name's..."

"Ah know whit yer name is."

"...Sammy Elliot and Ah work fur The Glesga Echo."

That hid been it...she'd set aff up the street again, wae him scurrying sideways up alangside her.

"Naw, wait, Helen, please. Ah jist want a wee word wae ye. Please?"

Helen hid stoapped and looked at him. He came across as a wee scared type ae man, bit the sleekitness and cruelty in they eyes ae his couldnae be hidden, even wae a broon paper bag covering that face ae his. She'd taken an instant dislike tae him.

"Ye've goat five seconds, Ratty."

"The Big Man, Pat Molloy, said Ah should hiv a wee word wae ye. Hiv ye goat a minute?"

She couldnae be arsed wae his games, so she'd turned oan her heel and continued tae walk up the hill tae her closemooth. She'd sworn tae hersel that if the wee rodent took wan step intae her close, she'd swing fur him.

Helen wisnae sure if there wis some sort ae a conspiracy gaun oan or no. There hid been aw sorts ae rumours flying aboot regarding the supposed involvement ae the polis in the fire. She'd spoken aboot whit Pat Molloy hid telt her wae aw the lassies when they'd met up tae discuss the next warrant sale. Everywan hid agreed that The Big Man wis behind the rumours and that he wis up tae something. Bit, whit wis it? They jist wurnae able tae put a finger oan anything. The jungle drums hid swiftly come oot across the area, bit none ae the other wummin in the Toonheid believed the polis wur involved, even though Moira Lafferty and Big Roisin Murphy, hid baith spat on Liam Thompson's face ootside the post office up oan Glebe Street when the story hid first surfaced.

"Whit the fuck wis that fur?" Thompson hid howled, as wee Alma Collins and Babs Lenaghan stepped in between Moira and Roisin, allowing Thompson tae high-tail it back tae his squad car before things turned really nasty.

Betty hid summed up whit everywan believed, hersel included.

"As much as Ah try, and Ah've tried many a time, Ah still can-nae identify any redeeming features belonging tae that big Liam Thompson wan, bit burning a wee boy in a dookit? Somehow, Ah don't think so," Betty hid said tae nods fae everywan.

"Aye, bit ye know whit they say aboot shite sticking," Sharon Campbell hid said.

A week later, Helen hid been coming oot ae Curley's up oan Parly Road efter getting her day-before-yesterday's cutting loaves, when she'd come across Pat Molloy, hinging aboot and looking as shifty as his wee rodent pal.

"Helen, ma wee prairie flower. Fancy bumping intae yersel...how ur ye daeing the day, hen?"

"Pat, don't bloody call me that. Ah jist heard the other day there, that a prairie flower is a bloody cactus, ya wanker, ye."

"It's no, is it?" he'd exclaimed, putting oan his best choirboy look. "Ah never knew that, hen. Wait till Ah see that Frankie Macdonald. Ah goat the expression aff ae him, the bampot that he is. Ah've been using that as a chat-up line fur aboot two years noo. Aw the wummin seem tae love it."

"Anyway, whit ur ye efter? Ma man disnae owe ye money, dis he?"

"Naw, naw, Ah wis jist passing by when Ah clocked that lovely face ae yers in amongst aw that cheese, lard, pats ae butter and sultanas and Ah thought Ah'd hing aboot tae say hellorerr. There's nae crime in that, is there?"

"Is that right? Here ye go then, ye kin help me carry ma shoapping," she'd said tae him, loving seeing his jaw drap and everywan in Parly Road clocking him carrying two shoapping bags, full ae stale breid, fur the maw ae five kids.

"Listen, c'mone and Ah'll treat ye tae a wee cup ae tea in Fanny Black's tearoom across the road there."

"Pat, Ah need tae get hame. We kin talk oan the way, though ye're no getting invited in."

"Aw, Helen, c'mone, it'll only take five minutes. Take the weight aff they plates ae meat ae yers."

"Right, ye've goat five minutes and then Ah'm offskie, and ye're paying," she'd telt him.

Wee Lorna McKinnon hid arrived wae their tea, aw decked oot like something oot ae they auld black and white films, dressed in funeral black wae white lace roond her collar and cuffs.

"Ah've never been in here. Ah never could afford a bob fur a cup ae tea and a tanner fur a teacake. Ah could feed ma weans fur four days oan that."

"Aye, Ah think they're trying tae model it oan some fancy tea room that wis doon oan Ingram Street that wis made famous by some rich dandy years ago."

"That rich dandy wis born and bred up a close in number seventy Parson Street. He wis called Charles Rennie Mackintosh and it wis Miss Cranston's tea rooms he designed."

"Is that right? Never heard ae him. Number seventy? That's the same close as Shaun and his brothers. So, whit wis his scam then?"

"He designed the layoot and aw the furniture, including the cutlery."

"Whit, jist so people could sit and get a taste ae how the other hauf live when they could get the same tea and buns in Gizzi's fur a fraction ae the price?"

"Aye, it wis ma Aunt Jeannie that telt me aboot him years ago, when Ah wis planning a school project aboot the Toonheid. She took me doon tae Ingram Street a few times as a treat and fur me tae get a feel fur the place. She bought me a lovely pair ae red sandals tae wear wae a flower print dress she'd bought me the summer before. That wis back in the thirties. Ah must've only been aboot nine or ten at the time. Ah'd used the visits as part ae ma research. Aunt Jeannie wis an auld commie, bit she hid good taste when it came tae tea and buns. It wisnae long efter that that she left fur Spain, if ma memory serves me right."

"Aye, Ah kin remember her oot and aboot in her nurse's uniform, trying tae get people's votes aff ae them," The Big Man hid said.

"When Ah mentioned that Rennie Mackintosh came fae Ronald Street tae ma teacher, she jist laughed at me and assured me that Ah'd goat the wrang guy, and that wis that."

"Well, if this is modelled oan his stuff, then he couldnae hiv goat very far. This bloody chair wae the high back is crippling me."

"So, whit ur ye efter, Pat?"

"Oor wee furry pal says ye don't want tae talk tae him," he'd said, lowering his voice, as he looked aboot the tea room at aw the re-tired teachers and church ministers wae the big pensions.

"Whit ur ye oan aboot?"

"Helen, don't play wae me. Ah know ye, remember? It's me, Pat, that ye're speaking tae here."

He'd held oan tae the erm ae her chair tae stoap her sliding it oot fae under the table and preventing her fae staunin up and walking oot.

"Pat, ye thought ye knew me then, when ye treated me like a mug. Ye didnae know me then and ye still don't know me, so don't try and pretend. Tell me whit it is ye want, so Ah kin tell ye tae take a hike in front ae aw these nice people."

"Why the fuck dae ye hate me? Whit hiv Ah done, eh? Okay, Ah fucked up, bit that disnae make me a bad person, dis it?" he'd snarled under his breath.

"Ah'm jist no gonnae answer that wan. Jist tell me whit ye're up tae so Ah kin go aboot ma daily business."

"As Ah've jist said, ma wee pal says ye're playing hard tae get."

"So whit? Who the hell dis he think he is, eh? Whit wid Ah want tae talk tae a sleazy wee rodent like him fur, eh? Pat, get a life, will ye?"

"Ye know why...Ah telt ye."

"Pat, ye telt me cat's pish."

"Ye might no gie a shite, bit Ah dae. Ah'm telling ye, they basturts wur involved in that fire. He wis yer son's pal. It could've been Johnboy in that dookit wae the Kelly boy insteid ae Elvis, Tam The Bam's dug."

"Naw, Pat, it couldnae, because he wis at hame in his bed. Ah don't know whit the hell ye're up tae, bit ye're no using me or any ae the lassies in any ae this."

"Helen, wid ye jist listen tae yersel?" he'd whispered, looking aboot. "Aw Ah'm asking ye is tae hiv five minutes wae him. He needs ye tae corroborate some ae the stuff he's managed tae come up wae. Withoot that corroboration, there's isnae a story."

"Pat, he disnae hiv a story. Ah telt ye, Johnboy wis getting har-assed and noo he isnae...end ae story. Hiv ye nae shame? That poor wee boy's ma and da ur baith in hospital and ye're gaun aboot stirring things up...making life even harder fur them tae come tae terms wae whit's happened. Nowan believes that Liam Thompson wis involved in that fire and Ah don't believe fur wan minute you dae either. Ye're clearly up tae something, bit ye're no gieing any ae us a using jist tae get yer ain back oan some shoddy deal that didnae work oot between you and Liam Thompson. Where wur ye when we asked fur yer help in trying tae stoap aw they warrant sales?"

"Helen, speak tae him. Please?"

"Who else his he spoken tae aboot here?"

"A few people, bit it's the maws he wants access tae. They won't gie him the time ae day. He thinks that if he speaks tae you, ye'll get him access tae them," he'd pleaded soothingly.

"So, whit's in it fur us then?"

"How dae ye mean?"

"Pat, Ah'm jist aboot tae heid oot ae that door in two seconds flat. Dae Ah hiv tae spell it oot?"

"Naw, Ah'll talk tae him."

"Aye, ye dae that. Noo, if ye don't mind, Ah'll be oan ma way up the road. Don't get up, Ah'll manage masel."

Helen heard him before he knocked oan the door. Betty hid arrived, last minute as usual, even though she jist lived next door, oan the same landing. Helen hid jist hid time tae push Betty hauf way up the stairs that led tae the lassies' bedroom, tae staun at the wee windae that looked doon oan tae Helen's kitchen-come-living-room, when he chapped oan the ootside door.

"Remember, Betty, any shite and ye make sure ye're doon here, like a shot."

"Don't ye worry, Helen, hen. When these hauns ae mine grab a clump ae that wee ratty hair ae his, he'll wish he wis born a cat," she'd retorted, flexing her fingers before disappearing.

Helen opened the door before aboot turning and casually strolling alang the lobby, intae her kitchen and back tae her seat. She made sure he sat wae his back tae the wee windae high up oan the wall. Fae where she wis sitting, she could see Betty peering doon.

"Thanks fur seeing me, Helen," Squeaky Voice squeaked, searching and finding his note pad and pencil in the pocket ae his crumpled raincoat.

"Ye've goat five minutes. Whit dae ye want?"

"Ah wis wanting tae go o'er some details wae ye aboot the polis harassing yer son and his wee pals," he said, licking the end ae his pencil and writing the date at the tap ae the page, ready tae start jotting doon whit she wis gonnae inform him.

"Who said ma son and his pals hiv been getting harassed?" she replied, as his pencil ground tae a sudden halt oan the blank page and he looked o'er at her wae a surprised look oan that coupon ae his.

"Bit, er, Ah thought, er..."

"Ah hivnae said that," she interrupted.

"Bit, Ah wis telt ye're gonnae help me wae ma scoop."

"No by me, ye wurnae," she retorted.

"So why am Ah here then?" he squeaked, a confused look appearing across that face ae his.

"Pat Molloy asked me nicely tae see ye, as wan friend tae another. Ah've seen ye and ye've seen me. Is there anything else Ah kin dae ye fur...Sammy?" she said, taking his wee card oot ae her apron pocket and slinging it across at him.

They yellow eyes and teeth baith flashed at the same time. She wis jist aboot tae shout fur Betty, while at the same time, gie him a swift kick in they baws ae his, when he started tae shuffle his hauns in his raincoat pocket. He pulled oot a thick wedge ae pound and five pound notes and looked o'er at her. Helen held her breath.

"So how much ur ye efter then?"

"Fur whit?"

"Yer story."

"How much hiv ye goat?"

"Listen, Helen, let's no fuck aboot and we'll hiv less ae yer cackle, eh? Ah'll pay ye ten pounds and ye kin tell me whit Ah want tae know."

Helen could feel the rage building up in her. She couldnae believe this wee scurrying sewer rat-face ae a man hid the cheek tae speak tae her like this in her ain hoose. She felt flushed wae anger and wis jist aboot tae go fur him when she spotted Betty at the windae above his heid. Betty wis furiously shaking her heid and mouthing 'naw' while at the same time, wagging her finger at Helen. Helen couldnae help bursting oot laughing. The effect wis dramatic. The Rat sat back oan the chair as if she'd slapped him across that hatchet face ae his. He sat scowling in bewilderment at her, blinking furiously, as though he'd jist crawled oot ae a drainpipe intae the sunlight.

"If Ah jist telt ye that ye'd fucked right up. Whit wid ye say?"

"Sorry?" he squeaked.

"Hiv ye spoken tae the maws ae the other boys yet?" she asked, knowing fine well whit the answer wid be.

"They won't talk tae me efter yer recent performance doon at Central when ye goat aw the boys released withoot any charges. They said they'd only talk tae me if ye gied them the go-aheid."

"Right, ye've hid your say...noo it's ma turn. Ah'll talk tae ye and tell ye whit Ah've goat tae say. It'll cost ye and there's nae negotiating or ye kin piss aff right oot ae that front door," she scowled, nodding tae the kitchen door that stood ajar. "And when ye agree and Ah tell ye ma side ae the story, that's it. Ah don't want ye harassing me or ma pals again."

"Sounds fair enough tae me. So, whit dae ye want?"

"Ah want ye tae put thirty ae they crisp pound notes and fivers that ye've goat burning a hole in that haun ae yers oan tae ma kitchen table o'er there and an agreement that yersel and a photographer fae The Glesga Echo will turn up and report oor next warrant sale demonstration which is taking place at sixty eight John Street this coming Thursday at ten o'clock."

Silence.

She could hear the clock oan the mantelpiece quietly ticking away. She didnae want tae look up and see whit Betty wis up tae, although she could detect her movement, oot ae focus, jist above that heid ae his. He looked stunned. She wisnae quite sure if he wis gonnae greet or bawl. His wee ratty face and eyes wur bouncing aw o'er the shoap as if somewan hid picked him up and gied him a wee shake. He fidgeted in his seat and then looked doon at the stash in his hauns. He made wan last stand.

"Ye've goat tae be jesting me...surely?"

"And ye've jist overstayed yer welcome," Helen said, staunin up, wincing as she heard her knees crackle.

"Wait a minute...Helen," he squealed in panic. "Kin we no talk aboot this... please?"

"Ur ye still here?" she growled at him. "Dae ye want tae walk oot ae that door oan yer ain two feet un-molested or tae take the fast way doon?" she asked him threateningly, nodding across tae the windae.

"Right, okay...oan wan condition."

"Ah thought Ah telt ye there wis nae negotiating?"

"As well as access tae the maws, the deal his tae include a face-tae-face wae the boys."

"Fur a start, this is between us. If Ah find oot that ye've approached ma ten year auld boy or any ae his pals, Ah'll hiv ye arrested fur harassing a minor. Ah don't think the boys up in the Bar-L wid take too kindly tae somewan charged fur molesting weans, dae you? And another thing, If Ah introduce ye tae the other wummin, the negotiations oan how much that costs ye starts aw o'er again. Take it or leave it, Speedy Gonzales."

# Chapter Eleven

Wan minute they'd been sitting looking doon at the canal in front ae the briquette plant, sooking the life oot ae their frozen Orange Jubblys and sharing a bottle ae Tizer that Joe hid nicked oot ae Sherbet's, and the next, they wur heiding fur the copper sheets up oan the roof at the back ae the records building in Sighthill ceme- tery.  They could see the building, away in the distance, fae where they'd been sitting up oan Jack's Mountain.

"Whit's that building away o'er there between the new hooses?" Johnboy hid asked, peering between the scaffold-covered multi-sto- rey buildings that wur gaun up in Sighthill in the distance.

"Which wan?"

"Er, the only wan that we kin see apart fae the new skyscrapers being built."

"Ah cannae see anything, kin you, Tony?"

"Dae ye mean the wan wae the green roof, surrounded by graves- tanes?"

"Aye."

"That's oor pocket money fur the next week.  That's the building we looked at efter tanning The Big Man's loft and nicking aw his good doos.  That's the copper sheets we spoke aboot tae Roger The Dodger yesterday."

Rodger The Dodger wis the scrap dealer who hid the wee scrap metal shoap oan the corner ae St James Road and McAslin Street. The Mankys thought he wis a right robber, whose scrap scales wur even dodgier than he wis.  They'd jist stripped oot a ten feet length ae lead water pipe fae an ootside landing cludgie up in Ronald Street.  The building hid looked empty, although Tony and Joe hid found oot later that there wur two hooses oan the tap flair that still hid people living in them.  They'd only found oot because Tony hid heard his ma telling his da aboot the shame it wis, efter Mary Kennedy and her man hid spent the rest ae the day gaun back and forth tae their hoose wae pans ae water.  Joe hid managed tae break wan end ae the pipe by bending it back and forward o'er the waste pipe attached tae the toilet bowl.  When the water hid started pishing oot...a sure sign that the tenement wis still occupied... Johnboy hid been aw fur legging it, bit Tony and Joe wur hivving none ae that.  Wan ae them hid put his haun o'er the burst tae stoap the water spraying aw o'er the place, while the other wan started gieing it big laldy.  Wance the bottom end hid broken aff, it hid only taken aboot two minutes tae snap aff the tap part, using the ceiling as leverage where it disappeared through the hole.

"Goat ye, ya basturt, ye!" Joe hid shouted, as he jumped aff the lavvy pan and oan tae the landing, dripping wae water, wae the big bit ae lead pipe in his hauns.

A fountain ae gushing water hid shot up, bouncing aff the ceiling and pishing aw o'er the place...bit within two minutes, they'd been arguing wae Roger o'er they dodgy scales ae his.

"Rodger, there's at least twenty five pound ae lead there."

"Is there fuck, ya cheeky wee tinker.  Ma scales say twelve and they never lie.  Ah wid've guessed ten masel personally."

"So, how much is that then?"

"Fourpence a pound, so that's four bob."

"It wis a tanner yesterday, ya robber, ye."

"See, that's why Ah'm the scrappy and youse ur the wans that jist hiv tae go oot and find the stuff.  Ah'm the wan that takes aw the risks aboot here.  Wan day Ah gie ye a good price and the next, the prices shoot through the flair and Ah'm left haudin that big tadger ae mine wae naewhere tae put it.  Take it or leave it...whit's it tae be?"

"We'll take it, ya robbing tit, ye.  Gie's oor money, and don't bother trying tae slip in any ae they Irish coins.  We'll be checking them before we leave."

"How come it says oan that board ae yers that it's a tanner a pound?" Johnboy hid asked.

"Because that's whit the price wis this morning," Rodger hid replied, wiping the chalked sixpence price wae his haun and writing fourpence in its place.

"So, will the price ae copper still be wan and eightpence the morra?" Joe hid asked, as they aw looked at the board.

"Whit hiv ye goat?"

"Sheets."

"Aye, if Ah kin get ma scales tae work right. There's nae use me robbing masel blind when Ah kin rob youse noo, is there?" the dodgy basturt hid tittered, as if the boys wur his pals and goat the joke.

Wance they wur up oan the roof, it only took them aboot hauf an hour tae strip the side that wis hidden fae busy Springburn Road. The first sheet wis difficult tae prise loose, bit wance that wis aff, there wis nae stoapping them. They'd aboot twenty five sheets, each wan aboot ten feet long, lying oan the ground at the back ae the building. Joe hid been telling them aboot a boy he'd met in The Grove who wis in fur cutting the solid copper lightning conductors aff ae the new multi-storey buildings where he lived. He said the conductors wur aboot two inches wide, aboot a hauf ae an inch thick and wur a couple ae hunner feet high tae the tap ae the building. Whit ye hid tae dae wis get the bolts aff that wur keeping it attached tae the building at the bottom and then pull the strip oot fae the wall. Using the loosened copper strip as a climbing rope, ye'd tae walk up the wall like the sojers dae in the films when they're climbing up a cliff, till ye goat tae the next set ae bolts and then unscrew them, the same as wae the first wans. Ye kept gaun till ye reached the length ye wanted and then ye cut through it. The only problem wis, ye needed tae hiv a hacksaw tae cut through the copper because it wis so thick. Wance ye cut through it, ye kicked yersel oot fae the building, still haudin oan tae the copper and ye ended up landing oan the ground nice and gently.

"How the hell dae ye know it works? Whit happens if ye end up splattering through the ground when ye land?" Tony hid asked.

"Wance ye cut through it, when ye're up aboot twenty feet, he said it's like a giant spring because it's buried in the ground at the bottom. Because the copper is so thick, it takes yer weight, so ye slow doon, the nearer ye get tae the ground, jist like a pole-jumper's pole. Wance ye're doon, ye jist cut through the bottom ae it and Bob's yer uncle."

"Aye, well, seeing as ye're the expert, ye kin hiv the first go, Tarzan," Tony hid said, nodding towards the new multi-storey blocks that wur gaun up jist beside where they wur.

"Whit's a hacksaw?" Johnboy hid asked.

"A special saw fur cutting metal."

"Where'd we get wan ae them then?"

"We'd probably need tae steal wan oot ae an ironmongers that sells tools or a workshoap."

"Well, we'll need tae keep oor eyes oan they new blocks o'er there. We widnae want somewan tae get in before us, eh?"

The words wur jist oot ae Tony's mooth when a heid appeared o'er the edge ae the building.

"Bizzies!"

And that wis that. They scattered in three directions. Johnboy heided fur the side pointing towards Springburn, Joe took the Toonheid side and Tony wis up and o'er the tap ae the roof facing the freight yard oan Springburn Road. Johnboy managed tae dreep doon withoot breaking his ankles and shot up through the gravestanes, wae two skinny bizzies up his arse, shouting fur him tae stoap. As he flew o'er the tap ae the hill, he saw his escape route. There wur two big fancy gates staunin, chained shut, oan Keppochhill Road and he heided straight fur them, jumping o'er aw the gravestanes that kept popping up, trying tae block his path.

"Stoap, ya wee basturt, ye!"

"Mick, heid doon tae the right. Cut the wee basturt aff!"

Even though he hidnae a clue whit they wur up tae behind him, Johnboy wisnae hinging aboot tae find oot. The other side ae the road beyond the gates hid a row ae red sandstane tenement buildings, wae a choice ae closes tae escape through. He jist hid tae get o'er the gates in wan go. He thought aboot the wall either side ae the gates, bit he wisnae too sure if he'd manage tae get up and o'er in the wan leap, even though it only looked hauf the height ae the gates.  It looked too smooth tae gie him a good grip fur his feet while he could use the gates as a ladder.  He scurried up the gate oan the left haun side and wis at the tap before the plod and his pal arrived at the bottom.  Johnboy wis jist starting tae feel chuffed wae himsel, because he knew there wis nae chance ae them catching him noo, when a squad car screeched tae a stoap ootside the gates.  A big curly-haired sergeant jumped oot ae the car and hid a grip ae Johnboy's throat wae that big five-fingered shovel ae his, before his two feet connected wae the ground.

"Aw naw, ye don't, ya wee toe-rag, ye."

Within two minutes, Johnboy wis sitting in the back ae the car, back at the building, staring oot at their handiwork.  It looked really impressive, he thought.  When the car drove through the gates oan Springburn Road, the building looked untouched, wae its slated roof facing the road intact.  It wis only when the squad car crawled past it, and they wur able tae look back, that they saw that the whole ae the back ae the roof looked like bare flairboards.  The copper sheets lay where they'd slung them aff ae the roof.  Johnboy could see the glint ae the copper oan the other side fae the green side.

"Hiv ye seen whit ye've jist gone and done, ya wee basturt, ye?" Steel Wool Heid snarled fae the front passenger seat.

Johnboy jist sat there wae his best 'who me?' innocent look oan his coupon, as if he'd been talking tae somewan else.  A big red-faced inspector came o'er and peered through the windae.

"Is that wan ae the wee basturts?"

"Aye."

"Whit aboot the other two?"

"Danny said they managed tae escape across the Stinky Ocean. He's radioed aheid tae the Toonheid boys tae see if they kin heid them aff."

"So, the wee scallies wid've goat away then?"

"Ah'm no sure. Liam Thompson and Crisscross wur heiding towards Pinkston Road tae try and cut them aff."

"Ah've mair chance ae getting ma Nat King Cole aff ae that wee nun staunin o'er there at that gravestane, than that pair ae eejits hiv ae getting a sniff ae they manky wee arseholes. Right, get him across tae the Marine and Ah'll catch up wae youse later. Whit a fucking mess they've made."

# Chapter Twelve

It wis only when Johnboy heard the baldy nut wae the glasses, who wis sitting oan the bench, saying something aboot fourteen days detention and the bizzy he wis hauncuffed tae gieing him a tug tae move, that he realised something hid happened. He'd been gied a heel ae a stale loaf fur his breakfast and he'd been trying tae dislodge a wee bit ae it wae his tongue when the sentence hid been passed. Tae make matters worse, he'd clocked his ma heiding in through the courtroom door and gieing him a wave. There wis nae chance ae him waving back. His eyes zoomed in the opposite direction. She'd her 'Ah'm gonnae kill ye stone deid when Ah get ye hame' look oan that coupon ae hers. He wis glad the auld crater hid jailed him insteid ae setting him loose tae go doon the road wae Baby Jane Hudson. He also wanted tae find oot if The Grove wis anything like Skull hid said it wis, although he'd need tae watch that arse ae his. According tae Skull, there wis mair than a few ae the teachers always oan the prowl, ready tae perch oan some wee innocent's arse like his. He'd also tae watch oot fur a big prick who wis intae his slapping.

Johnboy lay listening tae the constant slamming ae cell doors, wummin screaming 'Ah want ma weans,' guys shouting 'fucking shut up, Ah'm trying tae kip here,' and turnkeys, jangling their keys, whistling tunes that didnae sound very musical, as they paraded up and doon the corridor ootside his cell door.

"Dae ye want me tae take Black Boab wae me fae number seven, John?"

"It's up tae yersel, Frank. He could hing oan here till later, if ye want."

"Ah've hid Lanarkshire Hoose oan the phone. They've goat a load ae young wans needing shifted oot tae The Grove tae make room fur the efternoon sessions starting."

"Aye, okay. Gie's a minute till Ah clean aw this pish and vomit oot ae this cell."

Johnboy lay back oan the concrete plinth that wis supposed tae be a bed, trying tae picture whit this Black Boab wan looked like. Big, black hair, either black as two in the morning or he hidnae hid a bath fur a month, he thought. Although the racket, whistling and screams wur interfering wae his thinking juices, he reckoned he'd Black Boab doon tae a T by the time his door clanged open.

"You...Black Boab...get yer frame aff ae that bed and get yer arse o'er here."

"Who? Me? Ah think it's cell number seven ye're looking fur," Johnboy replied, thinking that the stupid twat must've opened the wrang cell.

"Who the fuck dae ye think ye're talking tae, ya manky wee toe-rag. Get o'er here till Ah put these cuffs oan ye. And none ae yer cheek or ye'll get they pea-sized baws ae yers booted inside oot."

Friendly Frank then proceeded tae drag him alang the corridor and doon the stairs, keeping a grip ae the cuffs wae his haun between Johnboy's shackled wrists. Wance they reached the bottom, he haunded Johnboy o'er tae a wee fat bizzy who wis staunin at the back door ae a big wagon that hid been backed right up tae the cop-shoap door. Opposite Fatty, another even fatter wan wae a twitch oan the right haun side ae his face that caused his eye tae wink repeatedly, stood blocking the wee gap between Johnboy and freedom. Johnboy wis gonnae gie him a wee friendly wink back, bit decided no tae, seeing the scowl that wis being beamed in his direction. Fatty number wan...the wan withoot the twitch... unhooked Johnboy's cuffs and telt him tae get in and tae shut the fuck up, even though he hidnae uttered a sound. Johnboy wis wondering whit the reaction wid be if he asked tae be taken back intae the Marine tae dae a pee, when the door slammed shut so hard that it wis a wonder that it didnae fly aff ae its hinges. They hid Johnboy sitting away up at the front, while Fatty number wan sat doon at the back door, continually gieing him a fat beady-eyed look. Johnboy decided no tae ask where they wur gaun.

When they finally reached their destination, he felt the wagon reverse, stoap and then the door wis slung open. There wur aboot hauf a dozen bizzies staunin in an open doorway as the wagon again began tae reverse, moving towards the uniforms.

"Righty ho!" wan ae them shouted, slapping the side ae the wagon.

It stoapped, wae its open doors hard up against the walls either side ae the entrance. Johnboy wisnae sure whit wis happening, so he jist sat back, looking alang the oblong tube that wis the inside ae the big paddy wagon and intae the corridor ae the building. He could hear the same sounds as where he'd jist came fae, bit only much louder. Fatty number wan hid goat oot and hid lit up a fag oan the steps leading intae the corridor. He looked a bit mair nervous than he'd been earlier when Johnboy first came across him. Johnboy thought that there must be a murderer or a chib merchant heiding their way. Efter a few minutes, a bizzy led a boy oot tae Fatty number wan, who unhooked him and nodded towards the wooden benches oan either side ae Johnboy. The fifth boy tae appear wis wan ae the uglies fae Roystonhill. It wis Baby Huey... aw six feet ae pure blubber...wae hauns the size ae mallets and his t-shirt hauf way up his belly. He reminded Johnboy ae Winnie The Pooh. He'd a bizzy oan each side ae him, haudin him by his erms.

"Couldnae get the cuffs tae fit the baby whale," wan ae the cheeky basturts said tae Fatty number wan.

Johnboy tried tae catch Baby Huey's eye, bit his piggy eyes jist looked through Johnboy, so Johnboy sat back and decided tae make himsel invisible up in his wee corner. The next two tae arrive made that arse ae Johnboy's start tae twitch. First tae appear wis wan ae Baby Huey's ugly pals fae the Garngad. His name wis Tottie and he looked gallus as fuck and even managed tae swagger before he sat doon. Johnboy's heart sank when another ugly wee shitehoose called Patsy came next. He'd big buck teeth and the nastiness jist oozed oot ae him. Johnboy sat watching him oot ae the corner ae his eye, thinking that he looked and sounded like the rattlesnake that he wis. Skull, Tony and Joe hid introduced Johnboy tae the three uglies when they'd went across tae the Toonheid baths, the day before Skull hid goat himsel frizzled. Tony thought they wur right wee pussycats, bit Johnboy could remember them knocking fuck oot ae everywan in the queue oan a Saturday efternoon ootside The Carlton picture hoose and taking people's sweeties aff ae them before the doors opened. The wagon wis soon full tae the gunnels.

"Right, listen up. Ye're aw heiding fur The Grove. There will be a polis car following behind us. That means ye've aw tae sit there and shut the fuck up or there will be big trouble," Fatty Number Wan snarled, putting oan the meanest face he could muster.

Efter heaving that fat uniformed arse up wae a grunt oan tae his seat, the wagon slowly moved forward three feet so the door could be slammed shut. Johnboy couldnae help feeling sorry fur they poor hinges as the wagon turned right wance they left the building proper.

"Ingram Street," Tottie moothed tae the baby whale.

When they turned left, Johnboy looked o'er at Tottie.

"The bottom ae Montrose Street," he moothed again.

Noo that Johnboy knew where he wis, he felt better. Sure enough, the wagon stoapped at the junction ae George Street a few seconds later. God knows why he did whit he did next, bit he couldnae stoap himsel.

"George Street junction," he moothed, a bit too loudly, copying Tottie, joining in wae their wee game.

"Shurrup and wheesht!" the fat bizzy shouted fae doon at the door, while Patsy, the buck-toothed rattlesnake, gied Johnboy a threatening glare.

Johnboy decided tae butt oot and play the game oan his lonesome. When they crossed o'er George Street, the driver kept in low gear as he tackled the big hill. The fat bizzy seemed tae be sinking and everywan else at the tap ae the wagon goat higher as the engine roared and puffed up the hill. Johnboy hid been keeping an eye oan Baby Huey, Tottie and the goofy rattlesnake. There wis definitely something gaun oan, he telt himsel. Either that or the three ae them hid something in their eyes aw at the same time. There it wis again, he noticed. A wee twitch here, a tiny nod there, two eyes opening wide and a wee shake ae the napper. They knew exactly whit each other wur saying, even though they started tae look like the twitchy-faced fat-arsed plod in the uniform who'd been winking and twitching at Johnboy when he first goat in tae the wagon. And then aw hell broke loose. The engine ae the wagon sounded as if it wis jist aboot tae gie up the ghost when Baby Huey made the first move. It wis as if he'd turned intae Bob Hayes himsel, gaun by the speed he travelled doon the centre ae the wagon, before they two fat sandshoe-covered feet ae his demolished the door, alang wae the poor hinges Johnboy hid felt sorry fur earlier. Johnboy jist managed a quick glimpse ae Baby Huey sitting oan tap ae the door in the middle ae the hill before the wagon emptied efter him. It wis obvious that the driver hid cottoned oan that something wis up because he stalled the engine and couldnae stoap the wagon fae rolling backward o'er the noo solitary door before it came tae a crunching stoap against the side ae a car ootside the side door ae the Strathclyde University building. Johnboy jist sat there looking at the fat bizzy, who wis staring back up the inside ae the wagon at him in pure disbelief, eyes blinking like a set ae traffic lights oot ae Dr Who that hid jist gone loopy. Johnboy wanted tae say 'Aye, Ah know, bit don't worry, Ah'm still here,' bit he didnae think that's whit the fat-arsed plod wanted tae hear at that particular moment in time.

"Fur fuck's sake, Alex, whit the fucking hell happened?" howled the twitchy-eyed driver efter appearing oan the scene wance everywan hid fucked aff.

"Aw, fur Christ's sake, Toby, Ah cannae cope wae this any mair. Ah need tae get oot ae here and get masel a job withoot aw this shite."

"Where the fuck ur the prisoners?" Twitchy howled, looking aboot.

"Ah'm fucked if Ah know. Ah'm jist so glad tae still be here talking tae ye. It wis that big fat-arsed wan that started them aw aff."

By this time, a crowd ae students, aw decked oot in their stripy scarfs, hid gathered tae see whit aw the commotion wis aboot and wur staunin staring in at Johnboy in the wagon. Johnboy noticed wan ae the Martins, famous fur screwing the nursery at the bottom ae Johnboy's street six times in six months before being caught, staunin in amongst them. Johnboy gied him a wee wave, bit he ignored Johnboy as he'd his haun dipped intae the bag ae wan ae the students, lifting oot her purse and walking away pretty pronto. Johnboy wis sure he'd noticed him though.

"Er, excuse me, hen?" Twitchy said tae the lassie whose purse wis noo heiding up the steep pavement towards Cathedral Street. "Kin ye go and phone nine, nine, nine fur me and report that thirteen prisoners hiv gone missing oot ae the back ae a polis wagon up oan Montrose Street."

"Er, aye, okay, officer. Ah'm oan ma way."

"Whit the hell's he still daeing here?" Twitchy asked, nodding towards Johnboy, still sitting in his seat.

"God knows. Probably shat himsel wae fright at aw the commotion," the fat John Wayne look-a-like, who wis looking fur a new job said, as the baith ae them stared up the wagon at him.

Johnboy wanted tae tell them that there wis nae way he wis missing oot oan a stint in The Grove. Other than watching oot fur that arse ae his fae the arse-bandit teachers, he wanted tae find oot whit aw the excitement wis aboot, efter listening tae Skull, Joe and Tony speaking aboot the place.

"Whit ur we gonnae dae noo? Will we wait fur the cavalry tae arrive?" Arbuckle asked.

"Naw, gie's a haun tae lift the door in tae the back ae the wagon. We better get this wan oot tae The Grove before he starts greeting fur his maw."

A hauf an hour later, the wagon wance again reversed up tae a set ae doors. Wance they stoapped, the main door opened and a big skinny dreep wae a tartan bow-tie, tweed jaicket and ginger curly hair came oot wae a big smile oan that face ae his, that soon changed tae a look ae horror.

"Whit the fuck?"

"Aye, don't ask," the fat bizzy, who wis looking fur a new job, said wae a dismissive wave ae his erm.

"Is this it?" Tartan Tie asked, peering at the back ae the wagon, looking at where the hinges hid been.

"This is it."

"It says here that Ah've tae expect fourteen. Ah kin only see wan."

"Aye, well, don't be too disappointed. Furget the numbers and think ae the quality that ye're getting. This wan will gie youse nae trouble. Aw his pals fucked aff and left him behind. Ah thought he wis gonnae pish himsel, he wis that feart."

Johnboy wanted tae tell him tae fuck aff and that he wis dealing wae a master criminal here, bit decided tae haud his wheesht till he'd goat the lay ae the land. Even though he hidnae met the bow-tie geezer before, he knew exactly who he wis. The description supplied by Skull hid been spot oan. Oot ae the two brothers that worked in The Grove, it wis the wan wae the ginger hair and tartan bow-tie that wis the notorious arse-bandit.

"Right, Bambi, get yer arse oot ae there and intae the reception here," Tartan Tie snarled, clearly disappointed that he wisnae getting a bunch ae uglies fae the Garngad and Roystonhill.

Johnboy wis starting tae feel that maybe he should've fucked aff wae the rest ae them as he made his way intae the clean, shiny reception area. He looked aboot while the fat wan fae the van goat Tartan Tie tae sign fur him. As well as the reception desk oan his right, there wur three sets ae double doors in the reception area and a set ae stairs that heided upstairs somewhere. The doors immediately tae his right wur the only wans that wur open and he wis able tae look alang a corridor that came tae an end wae the same kind ae double doors at the far end. In the corridor, aboot hauf way alang, there wis a couple ae chairs wae a boy sitting oan his lonesome oan wan ae them. Coming towards Johnboy, another boy wis pulling and pushing a broom handle, wae whit looked like a metal brick oan the end ae it. Underneath the brick wis a cloth. The boy wis walking slowly towards Johnboy, pushing and pulling, wae the brick making a clicking and clacking sound as it moved back and forth, polishing the awready shiny linoleum.

"Name?"

"Johnboy Taylor."

"Age?"

"Ten and a hauf."

"Right, Taylor...wan word ae warning. They ears ae yers better be open because Ah'm no gonnae repeat masel. Any bother oot ae ye and ye'll get that arse ae yers belted so hard that ye won't be able tae sit doon fur a bloody week. Hiv ye goat that?"

"Aye."

"Did ye jist say aye? Aye whit?"

"Aye, Ah've goat that."

The big lanky basturt wis fast, bit no fast enough. Johnboy felt Tartan Tie's haun whizzing past his heid as he ducked. He wis ready fur the next wan as well, so he barely hid tae move and wae a wee backward hauf-step, wis well oot ae range. Johnboy looked aboot fur an escape route bit the only wan wis oot the door that he'd jist come through, which led back intae the wagon. The two bizzies jist stood there, leaning oan the reception door, taking everything in. Johnboy didnae know if it wis because he'd an audience or because Johnboy hid jist goat the better ae him, bit Tartan Tie's clipboard clattered oan tae the clickity-clack boy's good polished flair and his two hauns started up like a propeller oan tae each side ae Johnboy's face, while Johnboy ducked and dived. It only lasted aboot ten seconds before the slapping stoapped as quickly as it hid started. Tartan Tie stood there google-eyed, puffing and panting.

"See the shite we hiv tae put up wae in here?" he panted tae the fat jollies staunin in the door, enjoying themsels.

"If ye think that's bad, check oot ma good door," The Twitcher said, nodding tae the big dark blue metal door lying oan the flair ae the wagon, goosed.

"Anyway, Ah cannae staun aboot here chit-chatting aw day. Ah'll see ye the morra, boys." Tartan Tie said, picking up his clipboard.

"Aye, nae bother, Slapper," they baith chirped, as Slapper shut o'er the door and turned tae Johnboy.

"You, ya cheeky wee basturt, ye. Any mair lip oot ae that mooth ae yers and ye'll feel ma haun oan the other side ae that ugly coupon ye call a face. Noo, get that manky arse alang that corridor and plap it doon oan that chair beside the CP."

Johnboy hidnae a clue whit he wis oan aboot, bit he heided in the direction ae the pointed erm and plapped his arse doon beside the boy who wis sitting there, staring intae space. Efter gieing the clickity clack boy a slap oan the back ae the heid and telling him he wanted a better shine oan the flair, Slapper breezed past Johnboy and disappeared through the office door opposite them. Johnboy looked aboot. He could hear kitchen noises coming doon the stairs at the reception end and the distant sounds ae people somewhere else. Suddenly the door wis yanked open and Slapper reappeared and clicked his fingers at the two boys. They jist sat there blinking.

"You, Dafty...aye, you, stupid face...get in here."

Johnboy looked at his silent pal as the baith ae them stood up thegither.

"No you, ginger-nut, it's yer pal...in here, quick!"

Johnboy sat there listening tae the clickity clack ae the boy at the far end ae the corridor. He wished Tony or Joe wur there wae him. The door opposite suddenly swung open and Slapper led the quiet boy across the corridor intae another room before turning and jerking his thumb fur Johnboy tae go intae the first room.

"Take yer shoes aff and staun o'er there beside that measuring pole," a big fat wummin in a white coat said, no looking at Johnboy. "Right, Ah don't want any lip, jist straight answers tae simple questions, okay?"

"Aye."

104

"Whit did Ah jist say tae ye?"

"Ye said..."

"See, there ye go again.  Whit did Ah jist say?"

He goat the message loud and clear and kept that trap ae his shut as she lumbered fae behind her desk.  Slapper returned and haunded her a broon folder, which she opened.  She took oot some sheets ae paper and lay them oan the desk, withoot looking at them.

"Height, hmm..." she muttered as she wrote something oan a wee card.

"Teeth, hmm..." she muttered again, as she squeezed open Johnboy's gub wae the fingers ae her haun clasped oan either side ae his cheeks, looking at the tap and bottom.

"Right, drap yer troosers," she mumbled, grabbing Johnboy by his Kerr's Pinks.  "Cough, hmm..."

Johnboy bloody hated that.  It reminded him ae Pat Broon, The Green Lady, who wis furever turning up at his hoose in search ae nits tae crush and wee boys hee-haws tae get a grip ae.  Whit wis wrang wae aw these wummin in uniforms, he wis thinking tae himsel, no waiting tae be telt tae pick up his kecks.

"Sit o'er there oan that seat under the lamp.  Hmm..." she groaned, pulling doon a big light which wis attached tae a spring, using her fat thumb tae separate the hair behind his lugs.  "Bloody louping.  There's a surprise, hmm..."

The next minute he wis in the room across the corridor.  It smelled ae a mixture between the scabies clinic and a cat's pish box.

"Aha, another jungle juice customer, eh?  Right, get intae that shower o'er there and gie yersel a good scrub," A wee skinny bald-heided eagle said, eyeing him up.

When Johnboy came oot, his good, manky five-o-wans and his other stuff hid disappeared.  He put oan the uniform that wis sitting waiting fur him oan a chair, which consisted ae a vest, shirt, pants, corduroy shorts, broon socks and a pair ae sandshoes.

"Right, o'er here, Tarzan," Dr Juice said. "Bend yer heid intae that sink, face first."

Johnboy could feel aw his wee nit pals running fur cover. It smelled the same as the stuff his maw put oan him at hame oan a Sunday night, only stronger.

Efter unlocking the doors opposite the reception wans he'd arrived through, Johnboy and the quiet boy followed Slapper. They wur in a corridor that hid windaes running either side ae it doon its whole length, at aboot heid height. Oan his left, he could see a big yard. This must be the yard that Skull, Tony and Joe hid telt him aboot, that they used tae try and escape oot ae. Before they heided through the corridor intae another area wae corridors leading aff tae the left and right, he clocked the wee low roof oan his left that Tony hid tried tae nip o'er sometime in the past before being caught. Slapper hidnae uttered a word tae them as they heided straight fur a door in front ae them withoot breaking his stride. When it opened, a cloud ae smoke burst oot, followed by the noise ae aboot a hunner voices.

"Right, in ye go!" Slapper growled, jerking his thumb towards the noise.

When Johnboy stepped through the door, there wis aboot a dozen big boys, aw staunin, leaning against the walls, smoking fags in a wee corridor. He walked between them and intae a big hall. The place wis teeming wae boys, aw sitting or staunin in groups, aw roond the edges ae the flair. While it hidnae gone silent when he entered, it hid definitely gone a lot quieter. He wisnae too sure whit tae dae or whit wis expected ae him. There wur two teachers staunin at the entrance and two wur walking up and doon the middle ae the hall. Maist ae the boys in the groups wur playing some sort ae game that involved throwing up wee stanes and catching them. The jungle juice oan his napper wis reeking and caught the attention ae the group tae his left.

"Fur fuck's sake, open the windae," a wee blond boy said, waving his haun back and forth in front ae his face, tae the laughter ae his mates.

Johnboy failed tae recognise anywan, even when he thought he heard his name being shouted fae the far end. Suddenly, a skinny boy came towards him fae the tap left haun corner ae the hall. Johnboy could see the group he wis wae, aw looking doon at him.

"Johnboy?"

Johnboy instantly felt his body relaxing. It wis at that moment that he knew everything wis gonnae be awright. It wis Paul McBride, who'd goat caught in the midden behind The McAslin Bar, alang wae Joe McManus, the night Johnboy hid broken intae his first shoap oan St James Road.

"Paul? Christ, Ah wis hoping ye'd recognise me. Thank God Ah know somewan in here."

"Aye, c'mone, ye're o'er here wae us," he said, as Johnboy followed him back up tae the far corner and sat doon.

"This is Johnboy. He wis wae me the night Joe and me goat caught tanning the shoap that Ah'm in fur. Johnboy, this ugly bunch ae dickheids ur Bean, Chazza, Minky, Charlie and Freckles."

"Aw naw, no another bloody Manky...that's aw we fucking need," the wan called Chazza scowled tae laughter fae the others.

"How ur ye aw daeing?" Johnboy said, looking at them aw.

"Awright, wee man?"

"Join the party."

They aw seemed fine enough, even though they wur uglies fae Royston and the Garngad, who fur years hid terrorised Johnboy and aw his pals in the queue ootside the Carlton and Casino picture hooses every Saturday since he wis a wee snapper.

"So, whit ur ye in fur then?" wan ae them asked Johnboy.

Johnboy telt them aboot the copper sheets and how he'd goat fourteen days detention which they aw laughed aboot.

"Aye, that Gucci wan never gets caught fur a fucking thing, dis he?" the wan called Minky said, tae mair laughter.

"So, whit happened wae Skull, Johnboy?" Paul finally asked, as aw eyes turned tae him. "We never hear a bloody thing in here."

Even though there hid been a racket gaun oan aw roond aboot

them, ye could've heard a pin drap o'er in their corner when John-boy telt them aboot the cabin burning doon wae Skull and Elvis in it.

"That's they fucking Murphy pricks right doon tae a T. They're well-known fur that. Sell ye doos wan minute, and the next, they get some shite-hoose tae come and blag them," wan ae them said, scattering his wee stanes amongst the group sitting next tae them, who aw instantly ducked, bit didnae retaliate.

Johnboy telt them aboot the Murphys trapping them in the closemooth efter they'd checked oot the cabin fae The Martyrs' Church and them denying any involvement.

"Ah widnae believe a word they say. They fuckers done it, ye kin be sure ae that," Freckles growled.

"Poor Skull," wan ae them said, as everywan nodded.

"There's a rumour gaun roond the Toonheid that it wisnae The Murphys, bit the bizzies," Johnboy said.

Silence.

"Nah. Ma money's still oan they Murphy pricks," Freckles said tae nods.

"Why dae ye say that?" Paul asked, aw heids swivelling back tae Freckles.

"Look at everything we get up tae? Tanning shoaps, stripping lead aff ae buildings, burning places doon and aw that. Christ, youse manky basturts hiv nothing oan whit we get up tae. Other than a boot up the arse and a pummelling efter they lift us, that's aboot it. If it wis them that torched the cabin, they widnae hiv been aware that Skull and Elvis wur in it."

"The ladder wis up," Johnboy reminded them. "As far as Ah know, The Murphys never left the ladder up efter leaving the cabin and we never did either, even though we only hid it fur a couple ae days."

"Ah'm still no convinced," Freckles sniffed.

"That pair ae sergeant basturts hauncuffed me and Joe tae the back ae their Black Maria and fucking tortured us fur aboot hauf an hour, so they did. If it hidnae been fur some auld watchman arriving oan the scene, who knows whit they wid've done," Paul reminded them.

"Aye, bit ye're still here. If they wanted tae bump youse aff, ye wid've disappeared long before noo."

"Aye, well, Ah widnae know aboot that," Paul said, looking across at Johnboy.

Johnboy telt them aboot whit hid been gaun oan since Paul hid goat lifted. He telt them aboot the daily run-ins wae the big sergeant and Crisscross, the skelly-eyed plod. Everywan chipped in wae an even funnier story than the last wan aboot how that pair ae eejits couldnae catch a cauld. Johnboy filled them in aboot the doos and getting the cabin, leaving oot the bit aboot them tanning the Murphys' loft and blagging aw their good Horsemen Thief Pouters. The boys shared doo stories that involved Skull, and recounted the story aboot Tony tanning Mad Malky fae Possil's windae box and how Malky's dug nearly chewed through Tony's wrist when he stuck his haun forward and snatched a nice wee hen.

"So, whit else is happening ootside then, Johnboy?"

Johnboy went oan tae tell them aboot the mass escape fae the van earlier. That cheered everywan up.

"That's bloody brilliant, so it is. Baby, Tottie and Patsy, ye said?"

"Aye."

"Ah hope the eejits get caught. We could dae wae this place being livened up."

"Right, Johnboy. Hiv ye ever played five stanes?" Paul asked him, changing the subject.

"Naw, ye'll need tae teach me."

"Nae bother. Ye're oan their team," he replied, laughing and nodding across tae Freckles, Minky and Bean.

# Chapter Thirteen

Everywan wis sitting or lounging aboot in the yard the next morning. Johnboy's crowd wur up at the tap, sitting against the wall, facing doon towards the wee corridor building that led up fae the reception area tae the gym hall. There must've been aboot twenty-odd groups, or gangs, aw scattered aboot, huddled thegither, playing five stanes. As well as the younger uglies fae the Garngad and Royston, who Johnboy sat wae, there wur a couple ae aulder circles, aged aboot fifteen or sixteen fae the same area. Maist ae the aulder Shamrock boys wur in fur breach ae the peace, carrying offensive weapons or hid been charged wae mair serious things like chibbing guys during gang fights in the toon centre. Whit wis obvious tae everywan in the place wis that the Shamrock boys wur in the majority. It didnae take Johnboy long tae suss oot the rules ae Five Stanes, the game everywan played. Each player, when their turn came, hid tae toss up the five stanes, then try to catch the five ae them oan the back ae their haun. If ye caught the five in wan go, flicked them back up in the air and then caught them, ye moved up tae the big wansies. If ye didnae catch them aw, ye hid tae toss up wan stane and catch it oan the back ae yer haun while ye scrambled tae pick up another wan, before catching the wan ye hid in mid-air until ye hid them aw in yer haun. Wance ye cleared aw the single stanes, ye moved up tae whit they called the big stanes and repeated whit ye'd done wae the single stanes. The only difference wis that ye hid tae pick up and catch two oan the back ae yer haun when ye tossed the stanes up. Efter that, ye kept moving up tae catching three and four stanes oan the back ae yer haun. If ye failed tae catch the exact number, ye wur oot until yer next turn came roond. Ye hid tae try tae make sure the stanes that ye didnae catch oan the back ae yer haun stayed close thegither when they landed oan the ground. Wherever they landed, wis where they'd tae be picked up fae in wan final scoop while the stanes that hid been flicked up aff ae the back ae yer haun wur still in mid-air. So, if ye

hid two stanes lying a distance fae each other, ye hid tae toss up
two stanes fae the back ae yer haun and, at the same time, sweep
the two scattered wans up, before catching the tossed stanes oan
the way doon. Ye wur allowed tae move them closer by repeating
the tossing movement. Wance ye goat tae the big wansies, twos,
threes, fours and fives, the stanes stood where they wur drapped
and couldnae be touched apart fae swiping up the number ae stanes
that ye wur oan at that part ae the game. The first wan tae reach
the big fives wis the winner. There wis a lot ae shouting, swearing
and laughter. The game wis only played amongst yer ain crowd.
Although Paul and the other Garngad and Royston crowd knew other
boys fae other areas ae Glesga who wur in the place, they wur never
invited tae play the game wae them. Everywan kept tae themsels.
Johnboy wis always knocked oot first because he wis jist a learner, so
that first week, he usually jist sat and watched.

   Johnboy hid been put intae dorm eleven. The quiet boy who'd
sat beside him doon in the reception corridor wis in there as well.
Johnboy never really noticed him gaun aboot during the day, prob-
ably because he wis too busy enjoying himsel. He'd only clocked
him that first night in the dorm, jist before the lights went oot. He
looked like a scared cat in amongst a bunch ae dugs. Oan John-
boy's second morning there, he noticed that the quiet boy hid been
forced tae make up the boy's bed across fae him, as well as his ain
bed. It wis also later that same morning that the baith ae them
wur taken doon tae a classroom at the bottom ae the corridor, op-
posite their dorm corridor, tae see a mind-bender. Tae get tae the
classroom, they passed by the same dorm set-up as their ain. Aw
the tap covers oan the beds wur covered in wee blue diamond pat-
terns wae wan big blue 'Larchgrove' badge woven intae the middle
ae them. When ye made yer bed in the morning, the badge hid tae
be bang oan in the centre so that it allowed six wee diamonds oan
either side ae it tae be seen fae the edge ae the bed. Five oan wan
side and seven oan the other side ae that big diamond jist widnae
dae. It hid tae be six and six.

Johnboy and the quiet wan hid sat in silence efter being allocated a table each. They watched the mind-bender, wae his thick black Irn Bru bottle-bottomed glasses and his pirate beard, shuffle oot some cards as if they wur aboot tae play a game ae pontoons.

"Right, who's first?"

Silence.

"C'mone, Ah hivnae goat aw day."

Silence.

"Right, you, ginger nut. Aye, you, get yer arse o'er here," the beardy wallah commanded, still shuffling the cards.

Johnboy looked behind himsel tae make sure it wis him he wis talking tae.

"Aye, you, ya glaikit eejit, ye. Get that arse ae yers in gear."

Silence.

"Fur Christ's sake. Ah kin see this is gonnae be a long morning. Right, you, the other wan? Whit wan ur you?"

"Samuel Smith, sir."

"Aw aye, right, Smith, the orphan. Ah should've known yer pal sitting there wisnae a CP by the look ae him. Right, ye'll dae. Get o'er here and plap that arse ae yers doon oan this chair in front ae me."

Johnboy sat there wondering whit wis gaun oan, although it wisnae aw a waste ae time. He could see oot ae the big classroom windae, o'er tae the perimeter wall that surrounded the main building. He could see the tap windaes ae double-decker buses speeding past fae right tae left and could see some hooses at the side, wae a big spiked fence backing oan tae them. Ye couldnae see this fence fae inside the rest ae the building. He remembered Tony telling him how he'd tried tae escape o'er the roof fae the yard when he'd been oan remand in The Grove in the past. Fae where Johnboy wis sitting, he reckoned that if Tony hid managed tae get o'er the wee roof, that's where he'd hiv heided fur.

"Right, here's whit we dae. Ah show ye a card and ye tell me whit ye see, okay? So, here ye go," The Wallah said, flipping o'er a card oan tae the desk.

The orphan looked at it and said nothing.

"Whit dae ye see?"

"Ah don't know."

"Try again."

"A big smudge."

"Naw, apart fae whit looks like a smudge, whit else dae ye see in the smudge?"

"Black ink."

"Dae ye? Where?" The Wallah asked, getting interested fur hauf a second. "That's because it is ink. That's whit they use tae print the shape, ya dafty, ye. Try again."

"A drip."

"Ah, right, that's a start. See, Ah telt ye it wis an easy game, eh?"

Efter that, there wis no haudin the quiet wan back. There wis a ship, a train, vomit, spilt soup, cabbage, fireworks, a chimney, a coffin, a haun, an ear, two left feet, wire wool. You name it, he clocked it. Johnboy found himsel thinking that these eejits must've thought that they wur aw daft...showing them pictures ae trains and bowls ae soup and thinking they widnae be able tae tell them whit the fuck it wis they wur looking at. Efter twenty minutes, he jist aboot shot oot ae his seat like a bullet when his turn came.

"So, ye must be Taylor then," The Bearded Wallah said, putting away the quiet wan's score card and notes in the bag oan the flair behind him, before shuffling the pontoon cards.

"Right, whit dae ye see?"

Silence.

"C'mone," The Wallah insisted, clearly starting tae get impatient.

Silence.

"So, whit dae ye see then?" he repeated.

Johnboy peered closely at the card again.

"A big smudge."

"Fur Christ's sake!"

"Okay, black ink then."

"Ur ye taking the piss oot ae me, laddie?"

# Chapter Fourteen

Sitting under the shadow ae the big wall in the yard, Paul pointed oot who wis who.

"That wee crowd, two alang fae us, ur aw the San Toi.  The team oan the other side ae them ur the Baltic Fleet.  O'er tae oor right, in the corner, ur the Maryhill Fleet."

"Aye, aw wankers," Freckles chipped in, tossing up a stane and swiping three up aff the ground before catching the wan he'd tossed oan the way doon.

"See that big team sitting below yer dorm windae?  That's the Cumbie crowd fae o'er in the Gorbals.  Straight across the yard fae them, next tae the corridor building door, ur the Carlton Tongs, who run aboot doon beside the Barras."

"Another bunch ae wankers," Freckles said, throwing the stanes in the air wae the back ae his haun, aw eyes watching where they landed.

"Whit aboot the rest ae the groups hinging aboot?  Ur they aw teams as well?" Johnboy asked, noticing the quiet boy being telt tae fuck aff by wan ae the Tongs, when he went o'er and stood watching them play five stanes.

"Ye've goat the Drummy fae Easterhoose, the Govan Team, the Cody fae Cranhill..."

"Aye, that's supposed tae mean, 'Come On Die Young,' the bunch ae fannies that they ur," Minky scoffed.

"...Blackhill Toi, who ur aw okay.  We know maist ae them.  A lot ae them go tae The Big Rock wae us.  Then ye've goat a couple ae the Milton Tongs and the Possil Fleet.  They're always fighting ootside bit sit thegither when they're in here.  Who hiv Ah missed oot, Bean?"

"There's a couple ae the KP Star and the Rebels fae Kinning Park sitting o'er there jist up fae the Bal Toi, Bowery Young Team, Goucho fae Carntyne and the Peg fae up in Springburn.  That's the three Springburn wankers sitting o'er there.  The whole gang must've aw goat lifted aw at wance," Bean said, tae laughter.

"So, dae they no aw fight in here then?" Johnboy asked.

"Naw, they aw hate each other ootside, bit in here they hardly bother wae wan another. The San Toi and they Carlton Tongs wans hate each other though. A couple ae weeks ago wan ae the San Toi plunged a fork intae the neck ae wan ae the Carlton boys. Other than that, people tend tae stay oot ae each other's way or jist say hello or gie each other a wee nod in passing."

"Aye, bit nae fucker ever comes near us. Everywan ae them his tae come intae the toon centre at wan time or another. So, if they mess wae us, they know we'll be waiting fur them and sooner or later we'll get oor hauns oan them," Freckles said, letting oot a big 'Yee-hah' efter swiping up four stanes in wan go.

Johnboy wis jist thinking that 'us' must be the Shamrock, when the bottom door nearest tae the reception end opened up and a familiar fat belly, wae its shirt riding hauf way up it, appeared intae the sunlight.

"Aye, hellorerr, ya bunch ae fuds!" Baby Huey shouted tae everywan.

The whole yard stoapped whit they wur daeing tae turn and see whit aw the commotion wis aboot, as Baby Huey heided towards them, followed by Tottie and Patsy. Aw the Garngad and Royston crowd that Johnboy wis sitting wae burst oot laughing, along wae hauf the yard. Johnboy could tell aw the teachers wur as sick as deid parrots aboot the trouble that hid jist entered their kingdom. Oan the way up tae where Johnboy's crowd wis sitting, Baby wis nodding and saying, 'Aye, aye, awright, how's it gaun?' cheerfully tae a lot ae the different groups. He wis obviously well-known amongst the other gangs and the teachers. When he reached Johnboy's group, he bent o'er and lifted Chazza up oot ae his sitting place, plapping him doon tae the wan side.

"Ur aw youse losers still here? Right, then, whose go is it?" Baby shouted, sitting doon cross-legged and snatching the five stanes aff ae Chazza before he'd the chance tae get back intae the circle tae take his turn.

# Chapter Fifteen

Chief Inspector Sean Smith looked at the faces roond the table. He wis well satisfied. Although maist ae them wid cause a fight in an empty hoose, when it came doon tae it, The Irish Brigade operated like a well-oiled machine. There wis very little that went oan in the toon that they didnae know aboot. Ralph Toner hid been offered a shift oot ae the Criminal Intelligence Department recently, bit hid declined oan the basis that there wis still a lot ae work tae be done in bringing the system and structures intae the twentieth century. The bosses upstairs hid been well impressed by his dedication and commitment. Everywan knew the intelligence department wis where they put the haufwits oot tae pasture, tae keep them oot ae trouble, so the rest ae the force could get oan wae the business ae trying tae catch the bad guys. Aw the raw intelligence that came in fae aw the divisions in the toon passed across Ralph's desk. It wis his job tae sift through it and cross-file it intae the maist appropriate section fur current and future use. In the two years since Ralph hid taken it o'er, it hid been like a licence tae print money. Anywan wanting embarrassing or compromising intelligence buried, paid fur it through the nose. Any ae the big boys operating in the toon, who thought they wur untouchable, gladly and thankfully paid up efter a wee visit fae wan ae the inspectors sitting roond the table. Fur those wae even deeper pockets, an accommodation could be reached in getting shot ae a rival, whether it wis tae knock oot local competition o'er some wee murky deal or tae catch some bigger fish in the process ae an armed robbery or murder...it didnae matter. Everything hid a price tag tae it, according tae the severity ae whit they wur up tae. Hivving Mickey Sherlock in the Flying Squad and Bobby Mack in the Murder Squad meant they could cover aw the heavy stuff while Colin McGregor covered The Corporation departments and Pat Curry, the cooncillors. The Chief's job wis tae keep upstairs happy and the money flowing. The key tae their continuing success wis tae keep oan tap ae things and crush any opposition or uppity-ness swiftly and ruthlessly, no matter how irrelevant it might seem at the time. The situation up in the Toonheid hid alarm bells written aw o'er it. There wisnae any use in making a move and shooting their bolt before the full facts ae any given situation hid been carefully sifted through and dealt wae in such a manner that nae opposition wis left staunin efter the fact. The current picture wis still too blurred. He'd need tae go caw-canny. They wurnae ready fur another run-in wae Sir Frank Owen and that editor wanker ae his, Hamish McGovern, across at The Glesga Echo oan Hope Street. Everywan wis using aw their resources tae try and find oot if The Rat wis jist efter a wee local story, or if bigger fish hid entered the pool. So far, the water wis still a wee bit murky.

"So, whit hiv ye goat, Colin?" The Chief asked fae the tap ae the table, as Pat Curry, Ralph Toner, Billy Liar, Mickey Sherlock, Daddy Jackson and Bobby Mack stoapped talking and focused their attention oan their colleague who'd been sitting looking at the contents ae his hanky fur the past two minutes efter blowing his bugle intae it.

"We know The Glesga Echo is definitely gonnae run wae something. The Rat's been seen scurrying aboot up in the Toonheid, aff and oan, o'er the past wee while noo."

"Who's he been talking tae?" Billy Liar asked.

"Anywan that kin add tae whitever it is he's sniffing oot."

"Ah heard that the maws ae that wee bunch ae toe-rags ur talking tae him," The Chief said, glancing aboot the faces tae see whit kind ae reaction his statement wis hivving.

"He's been clocked up in Montrose Street a few times...that's where the patron saint ae warrant sales lives, by the way," Colin said tae the others, in case they didnae awready know.

"Is she no the wan that stormed intae yer office a wee while ago and gied ye a right good slapping?" Daddy asked, smiling.

"Aye, she wis mouthing aff aw o'er the shoap, spouting oot aw kinds ae shite, trying tae tell me ma job. At wan point Ah thought she wis gonnae go fur me, the cow that she is."

"Why the fuck did ye no jist throw the bitch oot, or even better, dae her fur breach ae the peace? She widnae dae that tae me in ma station, Ah'll tell ye that," Pat Curry snarled indignantly, getting nods ae agreement fae the other heids roond the table.

"Aye, well, seeing as ye hivnae hid an introduction, Ah widnae want tae put money oan that wan, Pat," Colin replied defensively, irritation showing in that face ae his.

"It's aw right, Colin. Pat's no hivving a go, ur ye, Pat?"

"Naw, naw, Chief, Colin knows fine well Ah widnae dae that. Ah'm jist so bloody annoyed aboot whit we hiv tae put up wae nooadays. Whit happened tae auld fashioned respect, eh?"

"So, how's this panning oot fae where ye're sitting, Colin?" The Chief asked, gieing him a wee nod tae continue.

"There ur five areas that Ah think we need tae focus oan, and Ah mean quickly. The priority jist noo is that we need tae make a statement tae the papers that the fire wis definitely started deliberately."

"Noo, why the hell wid we dae that?" Bobby Mack asked, spreading his hauns and looking roond the table at them aw. "That's jist asking fur trouble. Remember, the dookit sat beside the Macbrayne's bus depot and behind Taylor's Haulage. Ah don't know how long they've been fixing and servicing engines o'er the years, bit the ground aboot there his been contaminated by petrol and diesel being dumped and spilt oan it fur decades. We must've picked up o'er two dozen auld oil and petrol cans that wur littered aboot the spare ground beside where the dookit stood oan, that hid been either dumped or used tae start fires o'er the years. The corrugated sheeting covering the cabin hid a quarter inch thick coating ae industrial tar plastered aw o'er the ootside ae it. At this stage, aw we know is that the fire started oan the ground flair and spread upwards. And remember, there wur two boys who died that weekend. Wan in the fire and the wan who goat himsel droont, pissing aboot up oan the Nolly. Forensics take time. How much water his passed under the bridge in the Toonheid since then, eh? There's been nineteen hooses and nine shoaps broken intae, thirteen stabbings, two fatal, wae the odds oan that another wan will follow suit before the day is oot. Ah'm no even gonnae bother ma arse quoting the domestic violence calls we've hid in the past twenty four hours, as they'll be well oot-ae-date by noo. It's legitimate fur us tae be still investigating the causes ae baith the boys' deaths, thus allowing the dust tae settle. Another two weeks and nowan will gie a toss. Ah'm happy tae put oot a statement saying that wan wis an accident and the other is suspicious until proved otherwise and that oor enquiries are continuing."

This caused murmurings and a nods fae aroond the table.

"Bobby, fur Christ's sake, if we don't announce oor initial findings, even if there is nothing tae report, The Glesga Echo will. We need tae play these basturts at their ain game. Let's no fuck aboot here. This wee ratty-arsed wan is aw o'er the place. Ye know whit he's like. Ah say we jist announce that we're still no sure if the wee toe-rag died as a result ae an accident, unlike his pal up in the canal, and that we're still investigating the circumstances surrounding it. Jist because people ur paranoid, disnae mean tae say they're wrang. If word is being maliciously spread aroond the Toonheid that somehow we wur involved in the fire, then we need tae show the community that we're taking oan board their concerns, even if we know it's a heap ae shite."

"Well, Ah wis reliably informed that the Taylor bitch and her pals urnae buying the polis involvement bit...yet," Ralph Toner chipped in. "Although, word his reached me that she wis clocked hivving a wee cosy cup ae tea wae Pat Molloy in a café up oan Parly Road. They wur sitting there getting oan like a hoose oan fire, so they wur. That bothers me."

"Whit's the other four points, Colin?" The Chief asked, getting back oan track efter letting Ralph's last point sink in.

"We need tae make sure that we kin prove that nae stane his been left unturned in oor attempts tae try and find oot who, if anywan, torched the dookit..."

"And whit dae ye think Ah'm awready daeing?" Mr Murder retort-
ed.

"...Which means pouring mair plods intae the investigation.  If we
kin dae that, it'll show that we're serious and concerned and will
deflect fae any accusations ae a cover-up later oan," Colin said,
ignoring the interruption.

"Bit there isnae any cover-up," Bobby Mack protested wae an af-
fronted expression oan that coupon ae his.  "We urnae leaving any
stanes unturned, Chief."

"Ye don't think that Liam Thompson or that side kick ae his, the
wan wae the eyes, wur involved, dae ye, Colin?" Daddy asked, ex-
pecting and getting a quick denial.

"Aw, fur Christ's sake!" Colin exclaimed, looking at The Chief fur a
bit ae support.  "Despite whit aw youse might think, Liam Thomp-
son and Big Jim Stewart hiv quite a good wee team up there, and
they get results.  Don't be a bloody prick, Daddy, fur fuck's sake."

"Look, Ah'm sorry, Colin.  Ah'm jist wanting tae get this oot ae the
way, that's aw.  It's nae use us leaving here the day regretting no
asking a question, however offensive it might sound."

"Number three...we need tae try and put pressure oan The Glesga
Echo tae back aff.  Ah've goat a few connections, bit no at the level
that Ah'm talking aboot."

Everywan turned and looked at The Chief, who pursed his lips and
looked doon the room at the big clock, ticking loudly oan the far
wall.

"Aye, well, noo ye're asking me tae dip ma toes intae potentially
shark-infested waters there, Colin.  Wid that no tell them whit we
don't want them tae think in the first place?  That we're up tae no
good...like a cover-up, fur example?"

Aw heids swung back tae Colin.

"That's wan way ae looking at it, or maybe we're saying that
we need mair time tae investigate it oan the QT, given that we've
heard that they think a rogue bizzy might be involved.  Is that no

legitimate?  Slanting it towards the 'we don't want tae spook who-
ever may or may no hiv been involved, so we need mair time'?"

Silence.

"Whit's yer fourth point, Colin?" The Chief finally interrupted
everywan's thoughts, deflecting the need fur a commitment oan
that last point.

"That bloody Taylor bitch is causing me nothing bit grief, week in,
week oot.  We need tae deal wae her before she stirs the pot up
any mair, despite whit Ralph his jist said aboot the local wummin no
biting aboot some rogue polis being involved.  Why wid somewan
like her be sitting hivving a wee cosy chat wae the likes ae Pat Mol-
loy?  If this problem escalates, she'll use it fur her ain ends.  Liam
Thompson and her go back years tae when he wis a young plod
up in the Toonheid.  It wis him that wis responsible fur sending her
auldest boy, Charlie, tae borstal efter he shot that young lassie wae
the big paps.  And remember, it wis me, under the advice ae The
Chief here, that instructed him tae pursue her youngest and aw his
manky pals, including the wan that goat frizzled.  Ah don't think
we kin fuck aboot here.  She'll need tae be a priority target fur us.
Ah've goat a bad feeling aboot her."

"Is she the wan that's been organising aw the warrant sales dem-
os o'er the years?"

"Aye."

"Well, the next time she turns up, jist lift the stupid cow and sling
her arse in the jail."

"Whit?  Oan a breach ae the peace?  Aye, Ah'm sure they'll send
her doon fur ten years fur that."

"And Ah'm sure they boys ae yers wid manage tae get assault-
ed withoot trying too hard, Colin, eh?  Fae whit Ah've heard, aw
the boys in the other divisions awready call them The Punch-bag
Plods." Billy Liar said, smiling.

"Or, The Second Prize Plodders," Daddy added, as everywan
laughed.

"Aye, well, at least we get medals fur oor black-eyes and stitches,"

Colin retorted, smiling.

"Aye, they Toonheid eleven year aulds ur tough as fuck fur their age, eh?" Daddy responded, winking, as a wee wummin wae a bad limp arrived wae a trolley wae a teapot and a plate ae digestive biscuits oan it.

"Getting back tae the business in haun. Billy's right...we kin maybe use this tae oor advantage. Ah'll talk tae Shamus Kelly in the hoosing department and see whit he kin come up wae," Colin volunteered.

"Ah wid speak tae Paddy McGee in the sheriff officers' division while ye're at it. Tell him ye've spoken tae me and that Ah said that ye should contact him. He's a good boy, is Paddy," Pat Curry threw in.

"Fine. Ur ye okay if Ah speak tae JP directly while Ah'm oot and aboot and see whit he's saying, although he cannae keep that trap ae his shut? Ah'll need tae warn him no tae mention anything aboot this tae Crisscross, that son-in-law ae his," Colin said, getting a nod ae approval fae Pat who'd started playing noughts and crosses wae Daddy oan a writing pad.

"Right, where wur we? Oh aye, yer fifth point wis whit, Colin?" The Chief asked.

"Ah smell a rat here and Ah'm no talking aboot that scurrying wee baw-bag fae The Glesga Echo either," Colin replied, getting everywan's attention.

"Oh?" The Chief asked, raising an eyebrow.

"Pat Molloy."

"Whit aboot him?"

"We know that the Murphy brothers operated the cabin dookit, right up until the Friday, two nights before the fire. According tae them, they haunded o'er the keys oan the Friday morning tae the boys. That wee manky mob hiv awready confirmed that. The Murphys and the boys hiv also confirmed that there wisnae any dosh involved. So, according tae aw concerned, The Big Man haunded o'er the cabin fur nothing," Colin said, getting the expected reaction. "Aye, Ah know, Ah couldnae believe it masel, when Ah heard. Whoever heard ae that big shitehoose gieing anything away fur nothing, except a dose ae the pox, eh?"

"Did any ae youse hear that him and two ae the Murphys ended up in The Royal wae suspected typhoid or dysentery? Seemingly, somewan shat in a steak pie that they'd scoffed," Ralph said, causing everywan tae burst oot laughing.

"Christ, pity the poor butcher, eh?" Daddy slung in, as everywan jist aboot pished themsels again.

"Aye, well, when challenged oan haunin o'er the dookit as a freebie, Molloy claimed that he didnae want tae haun it o'er tae the competition," Bobby Mack confirmed efter the merriment hid died doon.

"Sounds fair enough tae me," The Chief murmured.

"Aye, bit then in the next breath, he announced he wis oot ae the doo-breeding business," Colin chipped in, startling everywan.

Silence.

"Ah picked up that rumour, bit Ah've still no been able tae confirm it," Ralph Toner eventually said, breaking the silence. "Hiv any ae youse?" he asked, looking aboot the table, as he wet the tip ae his finger and used it tae pick up wee biscuit crumbs fae the surface ae the table before popping them intae his gub.

"There's nae way he'd gie up the doo business. He's goat a monopoly oan the business aw across the city. Everywan knows that. Why the hell wid he dae something like that? There's nae competition and never his been o'er the past ten tae fifteen years. Him and the Murphys wiped oot hauf the doo men o'er in Partick jist last year. When challenged, Shaun Murphy seemingly said that ye need a cull every noo and again tae keep everywan oan their toes," Daddy Jackson informed them.

"Whit dis that mean?"

"It means, he decides who and how many people ur allowed tae operate. Wance the number goes up above a certain point, The Big Man and the Murphys move in and put the poor eejits oot ae business. It's usually the wans that ur starting tae expand their set-ups that they go fur."

"Molloy claimed that as aw the tenement buildings ur coming doon soon, and everywan in the Toonheid knows that, he widnae hiv goat anything fur the cabin even if he did try tae sell it. He says he knew the boys wur intae their doos, especially the wee wan that goat roasted, and that he wis a good pal ae the Kelly boy's da back in the fifties, before he went doo-lally," Bobby Mack informed everywan.

"Sounds plausible enough," The Chief said, watching Colin's facial expression closely.

"Aye, well, there's two factors that ur nibbling away in that heid ae mine. Firstly, Liam Thompson's hid a few wee run-ins wae The Big Man o'er the past few months. It aw started o'er the heid ae Liam and Big Jim Stewart pulling Blind Bill Campbell oot ae the boot ae wan ae Molloy's cars up in the dipping yard oan Grafton Street."

"Ah widnae hiv wanted tae be the wan that cleaned his pants, eh?" Mickey Sherlock said tae loud guffaws ae laughter.

"Anyway, that wis the start ae it," Colin continued. "Molloy then found oot that Liam wis getting wee bits ae info fae that wee fat canary boy oan whit he wis up tae and demanded a name. Liam telt him tae fuck aff and fae there oan in, everything went doon-hill."

"And the other factor, Colin?" asked The Chief.

"Oor wee fat Tweety Bird telt us that The Big Man's other dook-it set-up, the loft above the Murphys' tap flair hoose oan Ronald Street, wis tanned the night before the cabin burned doon. Seemingly, whoever done it cleaned the place oot."

Silence.

"And how long hiv ye known aboot this, Colin?" Bobby Mack demanded, clearly well pissed-aff.

"Ah jist found oot late last night before Ah finished ma shift."

"Well, there's oor motive fur the cabin then," Mickey retorted, looking across at The Chief.

"So, ye're saying that it wis the Murphys that burnt the cabin doon efter aw, Colin?" The Chief asked, ignoring Mickey.

"In revenge fur that wee manky mob screwing the loft," Mickey stated wae a smile at Bobby, who jist shrugged his shoulders and scowled across at Colin.

"Case closed then. Ye should be happy, Bobby," Daddy said tae Mr Murder, acknowledging the nods ae agreement fae the others roond the table.

"Murdering basturts!"

"Whit's the matter, Colin?" The Chief asked him, frowning.

Aw heids swung back tae Colin.

"Ah'm no convinced."

"Aw, fur Christ's sake, Colin. Whit ur ye looking fur? A fucking picture ae The Big Man and the Murphys staunin wae the petrol can in wan haun and a box ae matches in the other?" Mr Murder demanded.

"It disnae make sense. It's jist too obvious, which means we could end up making an even bigger arse ae oorsels and still get the blame fur the fire."

"It's obvious that wee manky crew screwed the loft and the Murphys burnt the cabin doon as a comeback. Whit the hell is yer problem, Colin? Even a jury we hidnae interfered wae wid convict wae evidence as strong as that. We've goat connection, motive and a witness in yer wee fat canary. It seems aw done and dusted tae me," Bobby retorted, irritation in his voice. "Christ Ah've sent doon maist ae the murderers in the toon in the past year wae less evidence than that."

"Whit's wrang, Colin?" The Chief asked the inspector, who wis looking straight at him.

"It's aw circumstantial. The wee fat canary said he saw oor toasted boy humphing two big egg boxes alang Kennedy Street oan the morning ae the fire. We know that it's a well-known fact that aw the doo men use the big egg boxes if they're transporting mair than a couple ae doos at the wan time."

"Exactly. There's yer connection wae the boys," Bobby said.

"Aye, bit he also said that he'd heard Horsey John, the stable manager, moaning tae that midget sidekick pal ae his aboot how he couldnae believe that The Big Man didnae believe they wee pricks hid tanned the loft and cleaned oot aw his good doos."

"Ah've known smarter men than Pat Molloy dangle oan the end ae a rope fur less, Colin," The Chief said tae mair nods.

"That's ma point. Ah've known Pat Molloy since we wur wee snappers and believe you me, if he thought fur wan minute that that wee manky mob hid tanned his loft, they'd aw hiv disappeared long before noo, no matter whit age they wur. He's jist no that stupid. Ah agree, the evidence aw points tae the boys tanning the loft and him retaliating. Whit Ah want tae know is where the fuck is the supposed three hunner doos that Ah heard hid been blagged? They certainly wurnae cooked in the cabin. If they wur, it wid still be oan fire the noo. The forensic boys said that other than the boy and the dug, they'd only found the traces ae a couple ae doos, at the maist. Ah think we hiv tae go oan the basis that he knows something we don't...like, who tanned his loft and torched the cabin? We need tae try and get aheid ae him so we kin find oot whit the fuck he's up tae and get in there first."

Silence.

"Okay," The Chief finally said, rubbing his chin wae the fingers ae his left haun. "Ah'd be lying if Ah said Ah wisnae apprehensive or hid ma doubts, bit let's run wae where Colin's coming fae fur the time being. That wanker Molloy will hiv the best ae briefs and QCs in the country parked up ootside oor door if we even try tae sniff that arse ae his withoot any cast iron evidence. Ah'm no convinced we hiv that yet, despite the obvious. Colin's right, Molloy is bound tae know who done this and is probably oan their case, plotting their demise as we speak. We know that it wisnae us that burnt the dookit doon...unless Colin is mistaken aboot the involvement ae that big glaikit sergeant ae his. If we move too fast, there's a danger we'll blow oor cover and whoever it is that he's targeting, will walk away fae aw this, laughing at us.  We widnae want that tae happen noo, wid we?  So, ye aw know whit tae dae.  Get the word oot oan tae the streets regarding Molloy's retirement fae the doo business and see whit comes back.  Gie Colin as much support as he needs in dealing wae that trouble-making bitch.  In the mean-time, Ah'll talk tae oor friends upstairs and let them know where we're at and whit oor thinking is."

# Chapter Sixteen

Efter a couple ae days in The Grove, Johnboy felt like an auld haun. While things wur looking up fur him, life didnae seem too rosy fur the quiet boy he'd noticed when he'd first arrived in the place though. Johnboy only hid a week tae go before he wis due tae be liberated so he didnae really gie a toss aboot anything. It took him a few days tae suss oot that it wisnae only Paul that wis waiting fur a vacancy tae come up at an approved school, bit that Charlie, Bean, Freckles, Chazza, Sammy and Minky wur also waiting tae be shipped oot. They'd aw originally been oan a three month remand stint before they'd eventually been sentenced. Paul hid been waiting the longest since being sentenced, so he wis expected tae be shifted oot first. At ten, Johnboy wis the youngest oot ae everywan. He'd been surprised tae find oot that Baby wis jist eleven, the same age as the rest ae the Garngad boys in the company. Baby looked far aulder. It didnae seem right tae Johnboy tae send any ae the boys aff tae an approved school, fur up tae three years, fur whit they'd been done fur. A couple ae them, like Paul, hid goat nabbed fur breaking intae shoaps and Bean and Minky hid goat caught stealing lead aff the roof ae The Royal Infirmary during an all-nighter. They'd nearly gied hauf the patients in a ward a heart attack at three o'clock in the morning when a folded-up sheet ae lead that they'd been carting across the roof hid landed oan the windae sill, jist ootside where the patients hid been lying in their sick beds. Freckles and Chazza hid blagged a Mr Whippy ice cream van while Mr Whippy nipped roond the back ae a closemooth fur a quick pish. The bizzies hid found the empty van ootside The Big Rock up in Roystonhill, efter Freckles and Chazza hid dished oot aw Mr Whippy's pokey hats and wafers fur free. Chazza said it wis probably the first time maist ae the local weans hid tasted a real Ninety-Nine. Freckles wis always ranting that if some thieving basturt hidnae fucked aff wae Mr Whippy's good set ae wheels and the two plastic pokey hat cones that wur stuck oan the front ae the van above the windscreen, before the polis arrived, they'd only hiv goat twenty eight days detention, insteid ae three years.

"Aw the costs added up and made the crime worse than whit it really wis," he'd explained tae Johnboy.

He'd also said that aw the maws in the area wur blaming him and Chazza fur Mr Whippy no coming roond Roystonhill anymair which meant that if they ran oot ae fags, they'd hiv tae trail aw the way doon tae the shoaps oan Royston Road. He wis well pissed-aff wae the injustice ae it aw.

"And you mind and tell aw they maws oot there that Chazza and me hid fuck aw tae dae wae they wheels getting blagged," he'd say tae the aulder Roystonhill boys who wur getting freed, as if that wis gonnae take the heat aff ae him.

A week efter being locked up, Johnboy became responsible fur a new addition tae the company. It hid aw started when he'd trooped intae the gym wae the other boys fur evening recreation. Slapper, the prick in the tartan tie, hid grabbed him by the shirt collar and slung him back oot the door tae join a bunch ae other boys in the corridor. Efter aboot ten minutes ae hinging aboot, wondering whit he wis getting the blame fur, Slapper hid appeared back oan the scene, slapping hauns at the ready, telling everywan tae follow him. They'd heided doon tae the reception end ae the building and up the stairs. Insteid ae turning left intae the dining rooms, they'd been led intae the right haun corridor and then intae a wee room wae two rows ae tables.

"Right, this is yer recreation session. Sit oan yer arses at wan ae they tables," he'd commanded, haunin oot sheets ae white paper.

Slapper hid picked the quiet boy tae start dishing oot wee trays wae roond water paints in them, jars ae water and wee paint brushes. Everywan hid seemed quite chuffed and hid started tae paint. Johnboy hid been right cheesed-aff because he wis in a five-stane competition and his team wur in the lead fur the first time that week. If he wisnae there, Baby, Minky and Bean wid get aw the credit. He'd been jist aboot tae ask if he could go back tae the gym, when he'd clocked the dirty basturt pick oan his gofer.

"Right, boy, jump up oan that desk and haun me doon some mair paper aff the tap ae that cupboard," Slapper hid said tae the quiet boy.

Wance the quiet boy wis staunin up oan the desk, stretching up fur the paper, Johnboy hid clocked Slapper slide his haun up the boy's shorts. The quiet wan hid instantly frozen, pushed the dirty basturt's haun away and backed his arse intae the corner, between the wall and the cupboard. The boy'd hid the look ae a terrified cat oan that face ae his, and hid looked aboot tae see if anywan hid clocked whit wis gaun oan. Baith Slapper and the boy hid looked straight intae Johnboy's eyes...the only wan in the room who hidnae bothered tae lift up a paintbrush. The quiet boy hid seen his escape route and taken the opportunity tae jump doon and scurry o'er tae the table in front ae Johnboy. Oan his way past Slapper, Slapper hid ruffled his fingers across the scared cat's heid before letting oot a wee friendly laugh as if it hid aw been a joke. It hid been then that Johnboy hid looked away, embarrassed. Johnboy hid looked at the back ae the quiet boy's heid, as he sat in front ae him at the next table. Johnboy couldnae see his face, bit he could see the paint brush in his haun shaking like fuck as he dipped it intae the jar ae water that wis sitting in the middle ae the table, being shared between him and the other three boys there. Johnboy hidnae goat a chance tae talk tae the quiet boy before they finished their recreation session. The alarm bell hid starting tae clang unexpectedly and aw the teachers hid come running in, jostling them oot and up tae their dorms. Wan ae the San Toi, alang wae wan ae the Carlton Tongs, hid managed tae get oot through wan ae the ootside doors in the corridor, intae the yard and hid fucked aff o'er the wee roof. By the time the boys hid been escorted back tae their dorms, they'd aw been warned tae shut the fuck up while the teachers patrolled up and doon the corridors fur the rest ae the night.

The following morning, Johnboy hid clocked the big prick fae the

Memel Toi gieing the quiet boy a scud oan the side ae his heid
fur no making his bed up properly at the other end ae the dorm.
Johnboy thought that the quiet boy must've goat the diamonds oan
each side ae the ugly basturt's bedspread oot ae sync.

In the yard later oan, the Royston and Garngad uglies hid aw
been arguing like fuck o'er Baby getting caught cheating. Johnboy
hidnae a clue how anywan could manage tae cheat at five stanes,
bit seemingly, Baby hid goat caught bang-tae-rights, judging by
the sound ae the howling and accusations that wur flying aboot.
Johnboy hid been too busy watching whit the quiet boy wis up
tae, so hid been barred by the others fae being called as a witness
tae Baby Huey's trial. The quiet boy hid been sitting oan his lone-
some, doon by the patched-up door that the two boys hid escaped
through the night before. He'd been playing five stanes oan his
ain. Paul hid ended up gaun aff in the huff wae the fat cheating
basturt and hid moved o'er tae join Johnboy, who wis sitting wae
his back against the big wall. Chazza hid taken Paul's place and the
game hid gone back tae its usual friendly competition.

"Baby, ya fat fucking Friar Tuck, ye. Ah saw that, ya knob-end,
ye."

"Beat that, ya bunch ae wet fud pads, ye."

"Right, that's it, Ah'm no gonnae shag that sister ae yers again,
Freckles."

"Thank fuck, because she's only three."

"No that wan, ya eejit, ye. The wan that goat crippled in that bus
crash while sucking the driver's knob."

"Whit's wrang, Paul? Ah widnae hiv thought ye'd hiv a problem
wae somewan getting caught cheating?" Johnboy hid asked him,
taking his eyes aff ae the quiet boy.

"Ach, it's no that. Ah cannae be arsed listening tae aw they arses
moaning, morning, noon and night."

"Paul, whit dis CP mean?"

"How dae ye mean?"

"In here."

"It means ye're oan Care and Protection."

"Right, bit whit dis Care and Protection actually mean then?"

"It means they put ye in here because ye've naewhere else tae go. Yer ma and da might be deid and there's nae fucker tae look efter ye or yer ma and da are battering fuck oot ae ye, so ye're put in here fur yer ain protection."

"So, how long dis a CP spend in here then?"

"They're in the same boat as us. They put them in here and like us, they hiv tae wait until they get them a place in an approved school. Ah think they're supposed tae get put tae the front ae the queue, bit Ah've seen boys come in efter CPs hiv arrived and then get shifted oot long before them."

"So, even though they've done nothing, they're treated the same as us?" Johnboy hid asked, noticing Slapper saying something tae the quiet boy doon at the bottom end ae the yard.

"Aye, life's shite, isn't it?"

"Ah'll be back in a minute," Johnboy hid said, suddenly staunin up and heiding doon the yard, jist as Slapper walked away fae the boy tae join wan ae the other teachers.

When Johnboy hid reached the quiet boy, he'd looked up at Johnboy, his eyes squinting in the sunlight.

"How ur ye daeing?" Johnboy hid asked him, wondering why he wis getting involved.

"Er, awright."

"Dae ye want a game ae five stanes?"

"Who? Me? Er...aye, okay," he'd said quietly, hesitantly looking aboot, obviously wondering whit wis gaun oan.

"Right then, follow me," Johnboy hid said, walking away.

Hauf way up the yard, Johnboy hid turned, bit the quiet boy hid still been sitting there, looking at him wae a confused look oan his coupon.

"Ur ye coming or whit?"

"Er, aye," he'd blurted oot, scrambling tae pick up the different sized stanes he'd somehow managed tae obtain, while Johnboy stood waiting fur him.

"Johnboy, whit the fuck ur ye daeing?" Paul hid growled, when he and his new pal plapped their arses doon beside him.

"Aye, Johnboy. Who the fuck gied you permission tae invite a CP up tae oor territory, eh?" Minky hid demanded.

"Ur ye wanting a game?" Johnboy hid asked Paul, haudin oot his haun wae his evenly-sized five stanes in it.

"Who the fuck is he then?" Bean hid demanded loudly.

"He's wae me, and his name's Silent."

"So?"

"So whit?"

"So, who the fuck invited him tae join us then?"

"Ah did."

"Ye did, did ye?"

"C'mone, Silent," Johnboy hid said, starting tae staun up.

"Where dae ye come fae then, wee man?" Baby hid asked Silent.

"The Toonheid."

"Right, Paul, ya prick ye, shift oot ae ma way," Baby hid said, shuffling that fat arse ae his o'er beside Silent and Johnboy. "Ur ye any good at this?"

"Ah'm jist learning," Silent hid replied, fear in his eyes.

"Good, because ye're in Bean, Johnboy, Minky and Tottie's team," he'd said, laughing.

"Right, Blubber-boy-come-tub-arse, fur that bit ae cheek, get they big tits ae yers oot ae ma way. Ah'm first," Minky hid shouted, tossing up his stanes and catching five oan the back ae his haun oan his first shot.

Later in the efternoon, Silent hid goat called doon tae the door near the reception and hid disappeared.

"Maybe he's getting telt whit school he's gaun tae," Chazza hid wondered.

"Naw, it'll be a while before that happens."

"So, how come he's sitting up here wae us then, Johnboy?" Patsy hid asked him.

Johnboy hid telt them aboot the ugly fae the Memel Toi who'd hid Silent making up his bed in the dorm in the mornings as well as whit Slapper hid been up tae the night before.

"Whit, wan ae they Springburn pricks?" Baby hid shouted, exaggerating the slight tae his manhood by turning and glaring at the three Memel Toi boys, who wur sitting alang fae them, and whose eyes aw went shooting aff in the other direction. "And that wanking slapping basturt ae an arse-bandit prick?" Baby hid shouted oot loud fur the whole yard's benefit.

Aw the aulder Shamrock boys hid turned roond, glaring doon at Slapper, who twenty seconds later, disappeared through wan ae the bottom doors.

When Silent hid come back, he'd telt the boys that he'd jist been telt that his granny wis too auld tae be bothered wae looking efter him, so that wis that. He wis definitely heiding fur an approved school wae the rest ae the uglies.

"Auld fucking cow," Freckles hid said. "Tell me her address and when Ah escape, Ah'll heid up and tan her hoose and gas meter. That'll teach the auld bat."

"Never mind, Silent," Bean hid said wae a big grin, slapping him oan his back. "It looks like ye'll be wae us fur a wee while longer, so whose shot is it?"

Later oan, jist as the boys wur coming back doon the stairs efter hivving their tea, Baby clocked Slapper gaun intae the wee office that the night watchman sat in, beside the dorm corridors.

"Johnboy, Minky, keep yer eyes peeled oan whit's happening alang the corridors. Quick!"

Paul and Baby, alang wae Minky's big brother and three ae the other aulder Shamrock boys, who wur aw in fur mobbing and rioting, nipped intae the office and shut the door behind them. They'd only been away fur a minute before they came back oot, followed a few seconds later by Slapper, who looked as if he'd jist seen a ghost as he scurried doon the corridor, hauf-running tae the reception area.

"Why did ye no gie me a shout tae join ye, Baby, ya fat basturt?" Patsy whined.

"Minky's big brother, Shuggie, telt him that if he ever came near Silent or any ae us again, they'd burn this fucking place doon, roond aboot they ears ae his, wae everything and everybody in it," Paul said tae Johnboy later.

Oan the way up tae the dorm that night, Johnboy asked Silent why he'd never come across him in the Toonheid.

"Naw, Ah'm no fae the same Toonheid as youse aw ur. Ah'm fae Toonheid oot in Kirkintilloch."

The next morning, Johnboy noticed that the ugly fae the Memel Toi made up his ain bed.

# Chapter Seventeen

"Tell me ye're hivving me oan?" Tom Bryce, the sub-editor growled.

"That's whit she said.  She wants a photographer and a journalist up at John Street tae cover some warrant sale demo oan Thursday or she's no playing," The Rat confirmed.

"So ye telt her where tae jump, Ah take it?"

"Well, no exactly."

"Whit dae ye mean, no exactly, exactly?"

"Ah mean, Ah'm stringing her alang jist noo.  Ah'm developing a working relationship wae her...if ye know whit Ah mean?"

"Sammy, Ah've no goat a bloody clue whit ye're oan aboot.  Whit dae ye mean ye're stringing her alang?"

"It means, everything Ah've heard aboot the cow isnae true. She's bloody worse...ten times worse."

"So, she's asking us tae consider putting a photo ae her and they hyena pals ae hers intae the paper, as well as daeing a story oan them?" The Sub laughed, shaking his heid in wonder.

"Naw, naw, they don't want a story aboot them."

"Well, thank Christ fur that.  Ye hid me worried fur a minute there. So, whit dis she want?"

"She wants a story aboot warrant sales."

"Sammy, tell me ye're hivving me oan?" he groaned.

"Nae photo and article means nae info oan the wee innocent boy that goat toasted."

"Ur ye trying tae tell me that efter Ah went upstairs and convinced everywan in that meeting that we wur beavering away oan a sensational undercover story that wis gonnae blow the city wide open, we're goosed because ae some mad wummin up there in the Toonheid."

"Tom, believe you me, she's smart as fuck, that wan, and sly tae boot.  Ye know whit these working class dolls ur like when they get an idea intae their heids.  Aw oot fur themsels, withoot any regard fur others, jist tae get a leg up in the world."

"Sammy, don't bloody lecture me aboot the working class. Keep in mind, Ah come fae Bishopbriggs masel. Okay, it wisnae a Corporation hoose, bit Ah wis brought up the hard way and worked ma way up through school tae get where Ah am the day. Ah don't hiv a problem wae somewan wanting tae better themsels. That's why Ah stood as a Conservative candidate at the last election, tae show people whit they could achieve if they worked hard enough."

"Bit Ah thought this wis a Labour paper?"

"It is."

"Oh, right, er, well..."

"Anyway, Ah hope ye telt her that whit she wants is a total non-starter. Who the hell is interested in warrant sales, fur Christ's sake? They've been roond since Adam wis a snapper. It's aw part ae oor culture."

"She's no gonnae budge, and withoot her, oor story is a non-story."

"At least she's no hitting us fur dosh."

"Well, Ah wis gonnae bring that up."

"Whit?"

"Ah'll need some mair expenses."

"Ye goat forty quid oan Monday. Whit the hell dae ye need mair expenses fur?"

"Ah hid tae haun o'er thirty big wans."

"Even before ye said ye'd consider her offer?"

"That's whit it cost me jist tae get tae sit doon in that flea-infested pit ae hers that she calls hame."

"Right, get in touch wae Slipper and tell him that Ah want wan wee unobtrusive photo ae that demo taken fur Friday's edition. We kin put it oan page thirty seven beside the Green Fingers section."

"Who've ye goat tae cover the story then?" The Rat asked him, taking the seat he wisnae offered and sat doon.

"You!"

"Me? Bit Ah'm yer tap investigative journalist, so Ah am."

"Aye, well, so this'll be a doddle fur ye then, won't it?"

# Chapter Eighteen

"So where the hell ur they then, Helen?" Betty asked fur the umpteenth time. "Aw the lassies won't be too happy if this wee ratty wan gies them aw a dizzy efter hivving put oan their best glad-rags."

"Listen, Betty, we won't need a photo in the papers tae scare people aff. They painted faces will dae it fur us. The last time Ah saw faces like that wis when me and ma Jimmy wur at the shows doon oan Glesga Green, throwing baws at the coconuts sitting oan tap ae the laughing heids."

"Aye, maybe somewan should tell them that they should only go oot at night, when it's dark, looking like that, eh?" Betty cackled.

"Hoi, Ah heard that crack, ya cheeky basturt, ye, so Ah did," shouted o'er Marilyn Monroe, who wis staunin beside Jayne Mansfield and Sandra Dee, aw waving their placards aboot ootside number sixty eight John Street.

Where wur the polis? It wisnae like them no tae turn up, Helen thought nervously fur the umpteenth time. Something wisnae quite right, bit she jist couldnae put her finger oan it. It hid taken some bit ae planning tae get organised fur the demo. It hid been the news that there wis gonnae be a photographer and a reporter there that hid increased the turnoot and hid swung it in the end. She'd goat a meeting thegither wae aw the lasses and wae wee Madge, whose sale it wis. They'd aw agreed unanimously that they'd use the twenty five pounds, four and fourpence fae the money that they'd scammed aff ae Speedy Gonzales tae pay aff Madge's ootstauning arrears. Carol Martin hid kept her boy, Bobby, aff school fur the day, ready tae nip doon tae the Sheriff officers' offices doon oan Bath Street tae pay aff the arrears at quarter tae ten oan the dot. It wis noo hauf ten and the sheriff officers wur awready up the stair, alang wae aboot hauf a dozen leeches who'd turned up fur the sale. Every time anywan heard a car coming up John Street, aw their heids turned, expecting tae see somewan who resembled a giant rat wae a photographer in tow.

# Chapter Nineteen

"Noo, listen up, boys, make sure ye get the Taylor bitch first. She's the number wan priority. Efter that, jist grab anything ye kin lay yer hauns oan," The Sarge informed them, looking roond the circle.

"Ur we lifting them aw?" asked Crisscross.

"Wance we nab the patron saint ae warrant sales, then it's a free for aw. Don't fuck aboot wae them noo. Fight violence wae violence. We need tae show these hags wance and fur aw that we own the streets and the good people ae the Toonheid ur no gonnae put up wae their shite any mair."

"Is ten ae us gonnae be enough?" Jobby wondered.

"Fur Christ's sake, ye're no scared ae a bunch ae wee hairy wummin, ur ye?" Skanky Smith laughed, rusty-red wire-hair spilling oot fae under his hat like a burst horsehair mattress.

Skanky hid been pulled in fae o'er in Possil tae gie the Toonheid boys an extra pair ae hauns.

"Skanky, whit ye might class as a wummin up there in sunny Possil is probably way, way different fae whit we're used tae running aboot doon here in the wilds ae the Toonheid. When we speak aboot them being wummin, it's because we've managed, through diligent forensic research, tae establish that they hivnae forged their birth certificates and that, despite disbelief in some quarters, they ur indeed whit ye wid loosely call wummin. Some ae they harlots might jist be four feet four high and weigh in roond aboot the twenty stane mark, bit believe you me, some ae them kin pack a punch when they're rattled," The Sarge cautioned.

"Aye, ye'll need tae use aw yer self-defence training the day, boys," Big Jim grimly added.

"Don't fuck aboot noo. Jist hit first and ask questions later. They wullnae be taking any prisoners and nor will we," The Sarge reminded them again.

"Right, Jim, ye're driving the Black Maria. Ah'll take the squad car.

Three ae youse, come wae me and the other five, get intae the back wae Jim.  We need tae get up there and oot as quickly as we kin, before they've time tae work oot whit's happening.  Surprise is the key here," Colin said, heiding fur the door.

# Chapter Twenty

"Hellorerr, Ah'm here tae pay ma maw's bill."

"Whit's her name, son?"

"Madge Morrison."

"Address?"

"Sixty eight John Street, Toonheid."

"It says here that Mrs Morrison is seventy three.  Whit age ur ye, son?"

"Eleven."

"So yer maw wis sixty two when she hid ye, wis she?"

"Aye, it jist shows ye, eh?"

"Aye, it must be interesting living in a single-end, eh?"

"Aye, ye've nae idea whit Ah hiv tae put up wae, Missus."

"So, how much dis she owe?"

"Twenty five pound, four and fourpence and Ah've goat it aw here," Bobby said, trying tae haun it o'er.

"Aye, well, ye jist take a seat o'er there, son, and somewan will be oot tae take the money aff ae ye in a minute."

"Bit, ma maw says Ah hiv tae pay it before ten o'clock."

"Aye, Ah'm sure she did."

"Ah've goat the money, so who dae Ah haun it o'er tae?"

"Jist grab a seat and somewan will be wae ye in a minute."

# Chapter Twenty One

"Hellorerr, hen, Ah've goat an appointment wae Sir Frank Owen."

"Kin Ah hiv yer name, sir?"

"Tom Bryce. Ah'm wan ae the sub editors fae The Glesga Echo."

"Wan moment, sir. If ye'd like tae take a seat, Ah'll jist find oot if he's available," the wee slinky receptionist purred, picking up the phone wae they slinky fingers ae hers.

Tom wis nervous. He'd never met Sir Frank Owen before...the owner ae The Glesga Echo and a legend in his ain time. Depending oan who ye asked, determined whit answer ye goat back. Some said he wis a right basturt, while others stated that he wis worse than a right basturt. Tom hid jist arrived hame when Ingrid hid taken the call. He hidnae hid time tae come tae the phone as he'd been sitting relaxing oan the cludgie, setting aboot scooping oot the dirt fae under they fingernails ae his using the thick bit ae nail that he'd peeled aff ae his thumb wae his teeth two seconds earlier. It hid been ideal fur the job. It wis pointed at each end and hid a nice wee curve oan it that hid allowed him tae scoop the dirt oot back tae the quick. He'd heard the phone in the distance. It hid rang fur aboot five rings and jist when he'd been aboot tae snib whit he wis daeing in the bud, he'd heard her pick it up. He'd strained tae hear whit she wis saying.

"Ah kin jist go and get him the noo, sir. Well, he's sitting oan the cludgie, bit Ah'm sure he'll be fine tae come tae the phone if ye'll only gie him a minute. Aye, okay, Ah'll tell him when he re-appears. Thank ye fur calling, sir. Aye, and the same tae yersel, sir. Ah will. Bye, sir."

It couldnae hiv been anywan important or she'd hiv shouted up tae him, Tom hid thought tae himsel, gieing his pouting arsehole another wee squeeze, while taking a stab at the dirt under his left pinkie nail wae his bit ae curved thumbnail.

He walked across tae the plush couch and sat doon before looking aboot. The reception wis quite plush...no 'fancy hoose' plush, bit 'casino' plush, as ye'd expect it tae be. He'd never darkened the door ae a casino before. He'd walked past The Chevalier lots ae times, bit hid never felt the urge tae find oot whit went oan behind the uniformed doorman and the glass fronted doors. He couldnae afford tae oan whit he wis taking hame.

"Mr Bryce?"

"Aye?"

"Please follow me," the wee sister ae Miss Slinky, who wis still perched behind the reception desk said, as he followed her up the stairs, hivving a wee check ae that Penny Dainty-chewing arse ae hers as she mounted the stairs wan at a time.

At a door at the tap, she turned, smiled and asked him jist tae go right in.

"Tom, Tom, glad to meet you at last," Sir Frank Owen called oot, avoiding the haun that hid been proffered oot tae him. "Take a seat, please."

"Ah'm sorry if Ah'm a wee bit late, Sir Frank. Ah goat caught up," he said, noting the presence ae the paper's editor, Hamish McGovern.

Hamish wis sitting silently, no acknowledging his entrance, oan a wee two-seater sofa in the seating circle.

"Yes, so your dear wife said."

"Oh, no, it's no wae whit ye're thinking, sir, it wis wae the traffic," he blurted oot, feeling they cheeks ae his burning.

"Yes, well, you're here now."

"Aye, well, here Ah am, eh?"

"Right, please tell me what's being going on up in the Townhead. Don't leave anything out," Sir Frank said pleasantly, sitting doon and crossing they pin-stripe-suited legs ae his.

"Er, the Toonheid, sir?"

"You know...the young street urchin that managed to get himself cremated in a pigeon dovecot?"

"Oh, that? Well, there isnae much tae tell ye, sir," he replied, running through the events ae the past few weeks, as hid been relayed tae him by The Rat.

"So, what do you think then? Is there any truth in the rumours?"

"Ah think there's a story that we kin get some mileage oot ae, bit Ah cannae see the local polis intentionally trying tae dae away wae a bunch ae wee toe-rags, despite the break-ins they've been committing aw o'er the place," Tom said, wondering whit the fuck wis gaun oan.

"Hmm..."

"Don't get me wrang, sir, bit why wid somewan like yersel be sitting here asking me aboot this kind ae stuff?" he asked, gulping.

"And where are the mothers of this little group of innocents in all of this? What about the one that seems to be the leader? What's her game then?" Sir Frank asked, ignoring Tom's question.

"According tae Sammy Elliot, she's the wan that kin get us access tae people who could verify and corroborate the rumours ae whit his been supposedly happening between the local pavement pounders and the gang ae wee toe-rags who're at the centre ae oor investigation."

"And the problem?"

"The problem is, er, she demanded free publicity tae highlight her warrant sales campaign. Ah've...er, tried no tae let her gie us a using by slinging a few wee crumbs her way, if ye know whit Ah mean?"

He heard the door behind him open. He knew it wis Slinky Arse as he caught a wee whiff ae her perfume. He wis jist conjuring up the picture ae that Penny Dainty arse-wiggle in that heid ae his, when Sir Frank goat up and walked o'er tae a desk and returned tae shatter Tom's peace by throwing doon a copy ae The Evening Times and The Evening Citizen oan tae the coffee table.

"Thank you, Venice," Sir Frank said politely, as Slinky Arse haunded him an early edition ae the next morning's Glesga Echo.

Sir Frank slowly started tae thumb through it, wan page at a time. Tom, fur the first time in his working life, hidnae seen the evening papers ae the opposition before he'd left fur hame earlier that evening.  It wis a golden rule that he'd never broken, until that night.  He glanced doon at the screaming heidlines lying there oan the coffee table.  Even though he wis reading them upside doon, he still managed tae get the message loud and clear.

"Battle Ae John Street," screamed The Evening Citizen.

"Warrant Sale Riot," The Evening Times subtly proclaimed.

He felt a wee twitch, as his sphincter muscle expanded like a well-worn elastic band.  He could tell that Sir Frank still hid a wee bit tae go before he reached the Green Finger section.  He glanced o'er at Hamish, bit couldnae make any eye contact.  He didnae smoke, bit could've been daeing wae a drag ae a Capstan full strength as he felt the sweat dribble doon between the cheeks ae his arse, waiting, watching.

"I don't want to sound confused, but did you not just say that we had a photographer and a journalist on John Street today, Hamish?"

"Er, Ah think ye'll find whit ye're looking fur oan page thirty seven, jist at the side ae the Green Fingers section, sir," The sub heard himsel say before Hamish could reply.

Fuck, fuckity fuck, he howled tae himsel.  He knew whit Sir Frank wis gonnae find. When Slipper hid come back wae his photos, Tom hidnae even looked at them.

"Whit hiv ye goat?" he'd asked.

"A bus and a van that collided up oan the High Street, Fraser's new lingerie department make-o'er and the warrant sale wummin up in John Street."

"Right, we'll use the three ae them," he'd said withoot looking up.

"Ah've goat some crackers ae the warrant sale that wid look good, especially the shots Ah took efter the local militia arrived."

"Hiv ye goat any wae the wummin loitering aboot ootside the closemooth?"

"Aye."

"That's the wan we'll go wae."

"Ur ye sure?" Slipper hid asked, looking and sounding surprised.

"That's the wan," he'd said wae finality.

"Aha!" Sir Frank said, peering doon at the article oan page thirty seven, before reading oot loud. "A group of women protested outside a tenement closemouth at sixty eight John Street, Townhead, earlier yesterday during the sale of the household furniture of Mrs Madge Morrison. Mrs Morrison, aged seventy three, owed Glasgow Corporation's housing department twenty five pounds, four shillings and fourpence in rent arrears. Demonstrators said that Mrs Morrison, who suffers from rheumatoid arthritis, fell into debt after having to dry out her house as a result of a burst pipe last winter. Mrs Helen Taylor, another Corporation tenant and near neighbour, said that Mrs Morrison had no close relatives to help her out and that the fault lay with The Corporation, who had refused to take any responsibility for the damage caused by the burst pipe. A Corporation spokesman said they could not comment on the matter. Mrs Taylor said that she, along with other local tenants had been protesting against warrant sales in the area for a number of years now and that The Corporation had not seen the last of them. It is believed that further demonstrations are planned over the coming weeks and months. 'We'll be back,' promised Mrs Taylor. I see there's a photograph as well," Sir Frank said, peering at the wee photo ae a group ae smiling wummin.

"Aye, as ye kin see, that's the early morning edition which will go oot the night fur the local pubs," The Sub volunteered lamely.

"So, while our two main rivals have screaming headlines depicting a riot, we're going with a nice little photograph of a group of badly made-up women on page thirty seven?"

"Aye, well, Ah did say that this wis the early edition. Obviously, there's still time tae upgrade the story fur the morra morning, sir."

"So, where are the women now, Hamish?" Sir Frank asked The Editor.

"They're aw in the jail, Ah believe, Sir Frank."

"Including this Taylor one?"

"Aye, as far as Ah know."

"Tom, Hamish informs me that you don't think that there's a real story behind what happened to this boy. Would that be correct?"

"Er, aye, Sir Frank."

"So, if I was to inform you that a key player, a close stakeholder, who stood to lose everything, who shall remain anonymous, had approached me to back off on this arson story involving his officers, what would your advice be?" Sir Frank asked him pleasantly, as The Sub felt that elastic sphincter band ae his snap.

"If Ah'm honest, it wid ring alarms bells that there wis maybe something gaun oan, efter aw," he croaked, trying desperately no tae shite himsel while sitting oan Sir Frank's nice red velvet-covered chair.

He knew his job wis oan the line.

"Yes, that's what I was thinking. What do you think, Hamish?"

"There could very well be a cover-up oan the go, although he did say the reason wis tae gie them a bit mair time tae investigate whether there wis any rogue elements taking the law intae their ain hauns. It makes sense...oan the face ae it."

"Hmm...it seems to me that there just might be more to this than what we have been led to believe. Do you think that it's worth exploring further by trying to find out what's going on...in the public interest, of course," Sir Frank said, turning tae The Sub. "How far along are we on this story and who else suspects that there's perhaps more to this than meets the eye?"

"As Ah said tae Hamish earlier the day, sir, we think the maws ae the boys involved, and in particular this Taylor wan, are the key tae this. We don't think anywan else his picked up oan the conspiracy angle other than masel," he said, managing tae slip in the wee 'Ah'm indispensable' morsel at the end.

"Does it not strike you as a little bit of a coincidence, at this particular moment in time, that the one person who could maybe lift the lid on this, has suddenly been arrested and put out of harm's way by our friends in the local constabulary? Hamish?"

"If Ah wis the suspicious type, Ah'd probably smell a rat in there somewhere," Hamish said, smiling, as he looked o'er at Tom.

"So, what happens next?" Sir Frank asked Hamish.

"They'll appear up in court in the morning and probably get jailed or fined fur assaulting the polis and causing a riot."

"Is there anything we can do in the meantime?"

"No really," Hamish The Editor said, looking at his wristwatch. "Ah don't think we should be seen tae be getting involved. We widnae want tae expose any interest we might hiv tae that Irish Brigade doon in Central. Ah agree we need tae follow through and keep wan step aheid ae the competition. Ah also think at some stage in the future she might require some legal advice and protection though. If Sean Smith thinks the cat's oot ae the bag, they'll no let this stoap here."

"And we've definitely got this Taylor woman on side, Tom?" Sir Frank asked.

"Aye, she's a bit demanding, bit we've goat an agreement...in principle," The Sub replied, feeling his sphincter settling back intae place, still intact, bit wae minor stretch marks.

"Right, if she's ours, we'll need to ensure we protect our investment without the competition being alerted. Let's hope she's capable of defending herself, although we may have to intervene surreptitiously, depending on what happens at court tomorrow morning. I'll leave that part in your capable hands, Tom. Don't let me down, now. Let's run with the pack on this one, but make sure we're out in front. Keep me informed through Hamish...alright?" Sir Frank said, picking up the copy ae The Evening Times fae the coffee table.

The door opened jist as Tom reached it. Miss Dainty Bar Arse let him pass in front ae her this time as she escorted him doon the stairs tae the door that led oot oan tae Buchanan Street.

"Whit the fuck wis aw that aboot?" he asked himsel oot loud, as he hailed a taxi tae take him doon tae The Glesga Echo offices at the bottom ae Hope Street tae amend the morning edition ae the paper.

# Chapter Twenty Two

The shutter oan the camera hid jist clicked at the smiling faces when Slipper swung roond tae see whit the sound ae screeching tyres wis aw aboot. Before he could say, 'Wan mair, girls,' he'd found himsel in the middle ae a riot. Luckily, a haun hid grabbed him by the scruff ae the neck and pulled him tae the side ae the pavement, away fae the melee. It hid been Sammy The Rat.

"Christ's sake, Sammy, whit the fuck's gaun oan?"

"Never mind that, Slipper, jist get that bloody camera ae yers gaun," The Rat hid shouted, as a group ae wummin charged by them like something oot ae 'Ivanhoe', wae their placards stuck oot in front ae them like lances. He couldnae believe whit he wis witnessing. Two cars, wae a couple ae photographers and journos fae The Evening Times and The Evening Citizen in them, hid sped up John Street at the back ae a squad car and a Black Maria, before spilling oot oan tae the road. He'd spotted Swinton McLean duck jist in time, as a stiletto heeled shoe came whizzing through the air, spinning like a Catherine Wheel before scudding aff the foreheid ae wan ae the young bizzies, who'd hit the deck like a sack ae totties.

Helen's brain hid frozen momentarily before it screamed oot a warning. The back ae the Black Maria's back door hid crashed open and shat oot five bizzies wae another bunch spitting oot ae the squad car in front.

"Take up defensive positions, girls!" she'd shouted, horrified at seeing the polis batons being drawn.

"Charge the wankers!" Jane Mansfield hid bellowed, lowering her 'LEECHES' placard in front ae her in wan swift move, followed by Marilyn Monroe, Sandra Dee and two others.

It hid been like the Charge ae the Light Brigade or the charge ae the three and a hauf ton ae Toonheid wummin wae three hunner and thirty seven failed diets under their belts o'er the past ten years between them. Nothing could staun in their way, except fur Skanky Smith, who'd stupidly stood his ground and shouted oot,

"Remember the Boyne!" before being run o'er and trampled under-
neath ten ae the cheapest stiletto high heels that hid ever come
oot ae the Barras in the 1950s. The posse hid screeched tae a halt
and aboot-turned in wan smooth manoeuvre that General George
S. Patton wid've been proud ae and hid charged back intae the me-
lee ae polis and newspaper people, taking the bizzies by surprise,
who'd aw thought they wid've jist kept galloping aff hame efter
that first charge.

"Code red twenty wan! Code red twenty wan! Officers under at-
tack! Officers under attack! Argh, ya hairy basturt, ye," a howling,
panicking voice hid been heard screaming intae the radio through
the driver's side windae ae the squad car as wan ae Elvis's sons
sank his teeth intae Big Jim's arse.

The lances hid soon become double-haunded swords and were
being flayed aboot, cracking bare-heided bizzy skulls wae a skill
that wid've put the knights ae the round table tae shame. The
cardboard signs that seconds earlier hid proclaimed 'LEECHES,'
'FUCK AFF PARASIGHTS,' 'WHO'S NEXT?' 'WE ARRA PEEPLE,' 'NAE
MAIR,' and 'KEEP OOT!' fur the benefit ae any potential buyers, hid
ended up either hinging aff their poles, or hid been flying through
the air as the three photographers continued tae click away. Helen
hid jist managed tae duck tae her left as a swishing baton, held
by Crisscross, missed her heid by a whisker. She'd been relieved
tae see that Betty hid whacked him oan the side ae that napper
ae his before Helen hersel managed a right hook oan tae the skel-
ly basturt's kisser as his swishing exertions took him flying past
her. Maist ae the wummin who hidnae hid poles hid taken aff their
stilettos and wur rattling holes in anything that moved roond aboot
them. At wan point, Liam Thompson's ugly coupon hid appeared in
front ae Helen.

"Goat ye, ya hag, ye!" he'd shouted wae glee, lifting up an erm
wae a baton in his right haun, before a pole came crashing doon
oan tap ae that skull ae his.

At the same time, Helen hid let loose wae a punch that hid jist aboot crumpled every knuckle in her haun as it scudded aff ae his right eye. Meanwhile, another Black Maria and two squad cars wae reinforcements hid arrived oan the scene. Efter that, it hidnae taken long fur the wummin tae be overpowered and bundled intae the back ae the vans. Efter the dust hid finally settled, an argument hid started up amongst Glesga's finest aboot who wis gonnae sit in the back ae the Black Marias tae escort the prisoners back doon tae Central tae be charged. None ae the constables who'd still been staunin wid obey a direct order tae enter the vans despite being threatened by Colin, the inspector. They'd aw pretended tae be busy as they'd huddled roond the bonnet ae the squad car, that Big Jim lay sprawled face-doon across, wae his troosers and string underpants at his ankles, being gied first aid oan that teeth-riddled arse ae his by hauf a dozen sets ae hauns.

"Right, ya cowardly basturts, we'll sort it oot later. Get in the cars and follow behind the vans. We'll sort oot how we're gonnae get them back oot wance we get them doon tae the station."

Colin hid walked o'er and helped Skanky, the Possil PC, who'd still been lying where he'd fallen at the start ae the charge, oan tae his feet.

"Aw, ma baws," he'd moaned. "Ah think they've been punctured in three places."

"Inspector, Inspector, whit hiv ye tae say aboot whit's happened here the day?" Swinton Maclean fae The Evening Times hid shouted, pushing his way through the uniforms.

"As ye kin see, Ah'm surrounded by polis officers that hiv aw been injured by a bunch ae anarchists, jist fur carrying oot their lawful duty."

"How seriously ur they hurt?" Harold Sliver, fae The Evening Express hid asked, looking aboot at the walking wounded.

"Well, Ah'm nae medical expert, bit Ah'd expect some ae ma officers tae be kept in o'er night up at The Royal, efter this," Colin hid said, as The Sarge joined him wae a painful-looking dribbling swollen hauf-shut eye.

"Hiv ye goat the ringleaders?"

"Ah believe we've goat aw the principle rioters in custody. Noo, if ye'll excuse me, gentlemen, Ah've tae see tae the welfare ae ma officers."

"Wan mair photo, Inspector?" The Evening Times photographer hid requested, as The Inspector drew himsel up and puffed oot his chest.

"Thanks, Inspector," Swinton hid said.

"Aye, thanks," Harold Sliver hid echoed as The Inspector and The Sarge heided o'er tae wan ae the cars.

"Inspector?"

"Aye?"

"Whit's the story behind the riot?"

"And who ur you, son?"

"Sammy Elliot fae The Glesga Echo."

"Oh, ye ur, ur ye?" The Inspector hid growled, wae a smirk, before turning and walking away.

"Charming wee basturt, eh?" Slipper hid said tae The Rat, as they watched the back ae The Inspector disappearing in amongst the group ae polis, staunin beside the squad cars.

The Rat hid been sniffing aboot, a puzzled frown oan his face. He'd followed Harold and Swinton across tae their cars which wur parked oan the other side ae the street at the corner ae Grafton Square.

"Harold? Swinton? Hing oan a minute," The Rat hid shouted, scurrying across the road tae them.

"Awright, Sammy? Nice wee story, eh? So, whit ur you daeing up here the day? Ah widnae hiv expected tae see you, up here in a shite-hole like this," Harold hid said tae him, looking aboot.

"Ach, Ah wis jist passing through and Ah stoapped when Ah saw the wummin gathering. How come the pair ae youse ur up here?"

"Aye, we wur jist talking aboot that. We baith goat a tip-aff that there wis a riot gaun oan," Swinton hid replied.

"Oh? And whit time wis that at?"

"Well, Ah goat a call oan the news-desk, bang oan quarter tae eleven."

"Snap," Harold hid said, nodding.

"Who phoned in?"

"They never said, other than tae advise us tae get up here quick, as their wis blood running doon the street."

"Why? Anything we should know aboot?"

"Ach, nothing, Ah wis jist wondering. Ah'll see youse later, boys."

"Aye, see ye, Sammy."

"Er, excuse me, Mrs?" asked Bobby.

"Aye, whit is it, son?"

"Ah wis here, bang oan quarter tae ten tae pay ma maw's bill. That clock up oan the wall says it's hauf eleven noo."

"Aye, well, the payment cashier his jist phoned in sick. Ah wis jist aboot tae tell ye. If Ah wis you, Ah'd come back the morra, son. She should be back then."

# Chapter Twenty Three

It didnae matter where ye wur being taken tae or where ye wur coming fae inside The Grove...everywan hid tae hiv a teacher escort.  Oan the rare occasion that a boy came across a door that wis awready open, leading intae another corridor, he couldnae jist walk through.  He hid tae wait tae be telt tae move oan.  Any breaking ae the rules usually meant being held doon across a table and yer arse being severely belted wae a thick leather belt fur attempting tae escape.  The funniest time ae the day fur Johnboy wis when everywan in the place hid tae move aff at wance, usually at breakfast, dinner or tea time.  The assembly point wis in the narrow corridor between the reception and the gym door, where everywan hid tae be coonted.  While the heid coont took place, the dorms wid be turned upside doon, tae make sure nowan wis hiding under a bed, waiting tae escape while everywan went fur their chow.  It wis also during the coonting that boys wid duck doon and crawl back up the line through people's legs tae be double coonted, causing chaos.  The time it took tae coont a hunner odd boys wis usually anything between twenty minutes and a hauf an hour, depending oan how many people wur fucking aboot.  It wis also during this time that the teachers wid get frustrated and end up hivving run-ins wae the boys.  The morning efter Baby Huey arrived, he'd taken umbrage aboot hivving tae be kept hinging aboot while he wis starving, when he could've been up the stairs scoffing his lumpy porridge.

"Hoi, whit dae ye think Ah am?  A bloody sheep?" he'd snarled at wan ae Slapper's arse-bandit pals, who wis daeing a heid coont.

"Naw, a fucking heifer," the teacher hid muttered under his breath, no thinking Baby wid hear him.

That hid been the trigger tae set everywan aff.  Efter Baby hid started bleating loudly like a lost sheep, everywan in the corridor hid started tae outdo each other oan who could dae the best impersonation.  Twenty minutes ae bleating 'baa-ing' later, the heid teacher, who wis a right psycho basturt, hid arrived oan the scene, demanding tae know whit the fuck aw the farmyard noise wis aboot. Unfortunately, wan ae the Springburn Peg boys hid decided tae be different. He'd proceeded tae let oot a big horse's 'neigh' that wid've put Hopalong Cassidy's horse, Topper, tae shame. This hid caused everywan tae pish themsels laughing because he'd done it jist efter the heidmaster hid threatened tae thrash the arse aff ae the next boy that made a bleating sound. Efter The Peg boy hid been hauled oot, the noise-up ae 'baa-ing' hid continued unabated during and efter breakfast when everywan wis oot in the yard. Whenever a boy's name wis called oot fur anything, the whole place hid erupted. There hid been sheep, cows, horses and Johnboy's favourite, the best rendition ae Foghorn Leghorn he'd ever heard, coming fae a big hairy-arsed boy fae Shettleston who hid the deepest voice in the place. Whit hid impressed Johnboy aboot The Grove wis the fact that when the chips wur doon, everywan seemed tae stick thegither, despite hauf the boys in the place hating each other. Oan the doon side, being up close tae each other in the corridor could be a bit dangerous. A few people hid awready growled at him since his arrival, asking whit the fuck he wis looking at. He wis always glad that none ae the uglies or Paul hid heard them. There wis nae such thing as a square-go in The Grove. If two people started fighting, their pals either jumped in or backed doon because ae the opposition staunin in front ae them. Oan tap ae that, there wis always the wans who liked tae live dangerously. They wur the wans that reminded Johnboy ae Skull. Johnboy's personal favourite wis an irritating wee basturt who really impressed him. Johnboy hid been watching him closely o'er a few days and hid even tried tae master the boy's technique himsel, bit hidnae come close. The boy wid clamp his teeth thegither, spreading his lips in a relaxed grimace, before letting fly wae a tiny wee spit fae between a gap in they two front teeth ae his. Whit hid impressed Johnboy wis that he wis able tae squirt oot the tiny wee spits in machine-gun fashion or wan at a time, while controlling the speed and distance. Johnboy hid been wanting tae go up and ask him if he'd gie him a lesson, bit the few times he'd plucked up the courage tae actually go and speak tae him, the boy hid always seemed tae be engrossed wae his pals. The first time Johnboy hid shuffled up close tae him, The Spitter hid been in full flow, letting fly, right, left and centre. The size ae his target didnae seem tae bother him either. Johnboy wid clock the victim swatting or rubbing the back ae his neck or lug before suddenly twirling roond, glaring at everywan tae see who the fuck wis tormenting him. The Spitter wid jist be staunin there, face forward, aw innocent, sporting a face like an angel. A few times, some poor wee innocent wid receive a punch or a skelp oan the mooth fae some big basturt who thought it wis him. An opportunity hid presented itsel and Johnboy hid jist been oan the verge ae asking The Spitter fur a wee demo, when a big hairy-arsed gorilla fae Govan hid turned roond and swung a punch at The Spitter's heid. Being a shifty wee fucker, he'd ducked, while at the same time, letting fly wae a swift kick tae the baws ae the Govan monkey. When Hairy Heid hid doubled up, wan ae The Spittoon's mates hid goat him oan the side ae the jaw wae a nice right hook. Johnboy hid also been trying tae find oot if The Spitter hid a special wee hole between his front teeth, so it hidnae come as a surprise tae Johnboy that The Spitter kept gieing him funny looks when he caught Johnboy wae his heid side oan, trying tae hiv a deck ae they gnashers ae his.

Oan the morning before Johnboy wis due tae get his liberation, everywan wis lined up in the corridor, as usual, bleating away like randy rams anytime wan ae the teachers opened their gubs. Usually there wur aw sorts ae wan-liners flying aboot, and this morning wisnae any different, other than the Garngad uglies wur aw quite quiet fur a change. Johnboy jist assumed it wis because Paul hid been telt five minutes earlier that he wis getting picked up later in the morning and wis being shipped oot tae St Ninian's Approved School, which wis somewhere oot in Stirlingshire, and wis run by a bunch ae horny Monks, who wur aw well-known fur their arse-banditry. Johnboy wis looking forward tae his wee bowl ae porridge when he felt wee irritating spits, rapidly ricocheting aff ae that right lug ae his. Johnboy wis daeing his best no tae gie the ugly wee fud the pleasure ae him rubbing his lug wae his haun or turning roond tae gie him a sherricking, bit eventually, he wisnae able tae haud it in any longer. Tottie, unaware ae whit wis happening, wis in full flow, trying tae impress Johnboy by telling him some lying ding-er ae a story that nowan, no even his ain maw, wid've believed. Johnboy suddenly swung roond tae face the wee spitting prick, bit before he could even open his gub, Paul took wan step forward and let loose wae the sweetest southpaw that hid ever been witnessed since Benny Lynch wis slung oot ae The Gay Gordon oan Parly Road fur being as pissed as a fart, the night war wis declared oan Germany. Everywan staunin in the corridor ducked oan hearing the crunch. Johnboy remembered Tony telling him that him and Paul hid gone tae a boxing club across in the Coocaddens fur a while. The Spitter took flight backwards, crashing through his sniggering pals at a hunner mile an hour. He never knew whit hid hit him. Wance they'd goat o'er their initial shock, aw his pals turned tae see where the sledgehammer hid come fae.

"Who the fuck ur youse looking at, ya bunch ae fannies, ye?" Chazza challenged them, fae Paul's left.

Wae no response being forthcoming, everywan went back tae whit they wur daeing before they wur interrupted, which wis 'baa-ing' up and doon the corridor.

"Ur ye awright, Spit?" Johnboy heard wan ae The Spittoon's pals asking him, clearly concerned, fae behind his left shoulder.

"The basturt's knocked oot ma two front teeth," a whistling, drib-bling, slobbery wee voice slobbered back.

"Aw nice wan, Paul...Ah wis gonnae ask him fur a demo oan how tae dae that spit ae his, bit thanks tae you, Ah'm fucked," Johnboy moaned.

"Ach, never mind, he kin show ye how tae whistle insteid."

By this time, the queue hid begun tae move and Johnboy settled back intae looking forward tae his porridge. It wis nearly as good as his ma's, when she goat roond tae buying a packet, that wis. When they reached the tap ae the stairs, they turned left intae the dining rooms. The hatches where they goat served wur first up, oan the left. Oan the right, aboot hauf a dozen open bays, each containing two big tables, wur waiting tae be filled up. As the queue snaked alang towards the hatches, the furthest away bays filled up first. Shuffling alang in front ae Johnboy that morning wur Paul, Silent, Minky, Tottie, Baby and Patsy. Behind him, Sammy, Chazza, Freckles and Bean took up the rear. He could jist see Tottie moving across tae wan ae the tables when the familiar sound ae crunching teeth echoed alang the corridor. If anywan hid blinked they wid've missed it. Wan minute, wan ae the boys behind the serving hatch wis scooping a ladle full ae porridge intae the bowls and the next, he'd disappeared. The only tell-tale evidence that somewan hid been staunin there two seconds earlier, happily dishing oot porridge, wis the trail ae splattered porridge that ran back fae the hatch across the ceiling towards the far wall and the ladle that wis staunin upright, stuck in a wee growing molehill ae porridge oan the stainless steel table in the middle ae the kitchen. There wis nae ladler tae be seen.

"Aw, fucking nice wan, Baby, ya fat fucker, ye. How ur we supposed tae get oor porridge noo, eh? Tell me that, ya fat fucking pig?" Patsy moaned.

"Look, ya eejit ,ye," Baby said, using his bowl tae scoop oot porridge, and dripping it everywhere as he lumbered away tae get a seat beside the others.

"Ah'll let ye aff this time," Patsy said, back tae being his usual 'happy as Larry' self.

Despite leaning in through the hatch, Johnboy couldnae see who it wis that Baby hid skelped.

"Who wis that then?" Johnboy asked Baby when he sat doon opposite him.

"Who wis who?"

"Him...the wan ye scudded."

"Did ye no recognise him? It wis Silent's pal...that prick fae the Memel Toi. If Ah see him later oan, Ah'm gonnae tell the basturt that Ah want tae see him making Silent's bed up in the mornings fae noo oan."

There wis still nae sign ae any ae the teachers at the hatch and the porridge server hidnae resurfaced, so, as each boy came tae the porridge urn, he lifted up a bowl and scooped up his breakfast. Johnboy wis jist slurping his first spoonful intae his gub when Tottie started tae moan aboot his wee pal, The Spittoon, who wis sitting at the table opposite them.

"Ah wish that dribbling-faced wee basturt wid fuck aff. He's putting me aff ma good porridge wae aw that blood dribbling doon his chin like fucking Dracula."

Before Dracula could reply, Paul suddenly jumped up oan tae the table, sending bowls and milk scattering aw o'er the place. He bent doon and snatched his chair up above his heid and started whacking fuck oot ae the windae. Ye could hear the glass landing oan the road ootside. Within hauf a second, he wis oot ae the windae and gone, followed by whit sounded like a big metal drum exploding. Whit took Johnboy by surprise even mair wis the second explosion. Silent hid jumped up, stepped through the windae, turned tae smile at everywan before drapping doon oot ae sight oan tae the bonnet ae the heidmaster's car. The alarm bells went aff and aw the teachers began tae run aboot in a panic. Two ae them tried tae run up tae the windae between the tables, bit Baby hid awready stood up wae his empty bowl and made oot he wis gaun up fur seconds, blocking their way wae that fat belly ae his. The last Johnboy saw ae Paul and Silent that day wis when Paul disappeared oot ae the gate at the tap ae the drive, followed by Silent, hot oan his trail. Johnboy turned roond tae ask Patsy if he knew an escape hid been oan the cards, bit saw that Patsy wis busy spitting intae the bowls ae porridge ae the other two boys fae the Memel Toi who'd been distracted by aw the commotion.

"Fuck, if Ah'd known they wur offskie, Ah wid've joined in," Johnboy said tae Patsy, disappointed at being left oot ae aw the excitement.

"Whit fur?  Ye're oot the morra, ya eejit, ye."

"Whit's that goat tae dae wae anything?" Johnboy asked, taking a scoop oot ae his bowl and keeping a tight grip oan it since he knew Patsy wis oan the go and everywan who knew Patsy, knew fine well that he'd previous convictions fur tampering wae people's meals when their backs wur turned.

# Chapter Twenty Four

"So, when ur we gonnae get they new fancy personal radios, Colin?" The Sarge groaned, as Percy Crippen, the polis surgeon, wis trying tae pry open his swollen eye tae hiv a wee gander at it.

"When they finish trialling it o'er in Pollock," The Inspector answered, surveying the scene in the mess room.

It looked like a scene oot ae a war film. Hauf a dozen ae his men wur lying oan the benches, groaning, and in various states ae undress, sporting fresh bandages and eye patches. Luckily fur them, hauf a dozen ae the St John's ambulance volunteers wur using a room in the building tae dae first aid training because the building they usually used o'er in Crown Street in the Gorbals hid goat burned doon by some wee toe-rags the night before, and they'd come tae Central as a back-up. Maist ae the damage hid been done up in John Street, bit there wur a few fresh wounds that hid occurred while they wur evicting the wummin fae the back ae the Black Marias. Fae fighting tae stay oot ae them, the wummin hid refused tae leave the vans in an orderly fashion wance they'd arrived doon at Central.

"Come and get us, ya bampots, ye," a foul-mouthed, fat tart hid taunted them when the back door wis slung open, then quickly slammed shut again.

Luckily, the second van hidnae arrived yet, due tae it breaking doon oan the High Street jist opposite The Cottage Bar, so there hid been time tae get Jocky Stuart, who wis driving the second van, tae park up and no open the back door ae his van till they'd goat the first wan emptied. Daddy Jackson, ex-paratrooper, who'd been involved in raids behind enemy lines during the war, hid come oot tae investigate the racket and tae offer advice.

"How many ur in each van?"

"Ah don't know...probably hauf a dozen or so."

"Is that aw? Christ, ye'd think there wis a couple ae dozen, judging by the bloody racket they're making," he'd shouted above the din ae the wummin who wur aw kicking and punching fuck oot ae the inside ae the swaying van that wis parked in front ae the back door in the yard.

"Wait tae ye see them in the flesh. They'd make Cinderella's ugly sisters look like living dolls, so they wid," Big Jim hid murmured, limping past, pressing a bloody towel against the cheek ae his bare arse.

"Ach, well, we'll see if they'll come quietly wance we reason wae them. If no, we'll jist hiv tae dive in and bodily evict them, wan at a time. Colin, go and get yer boys oot here."

"We've only a few left who're still staunin. There's three up at The Royal and hauf a dozen oan their backs in the mess room getting treatment, which leaves five, including masel, who're fit and able tae try tae tackle the task in haun."

"Right, hing oan the noo," Daddy said, nipping back intae the station and returning within a minute wae two turnkeys and a male cleaner in a broon coat wae a mop in his haun.

The other van hid arrived by this time and hid been telt tae haud oan till the first wan hid been emptied. Jocky Stuart hid come o'er tae make up the numbers.

"So, whit's the plan then, Daddy?" Colin hid asked, warily looking across at the Black Maria that wis staunin there, suddenly motionless, wae no a cheep coming fae inside ae it.

"The beauty ae these wee Commer vans is that they're slung low, so if need be, like jist noo, it'll allow us tae jist dive right in, withoot hivving tae dae any climbing. There's nothing worse than climbing up tae yer attacker and him raining blows doon oan tae yer napper. Right, and another thing, get rid ae yer batons," Daddy hid said grimly, looking at each and everywan ae the pale faces in front ae him in turn. "Ye don't want tae be in a confined space wae they things. Ye won't be able tae use them and ye don't want yer enemy tae get his hauns oan them either. Naw, this is unarmed, close quarter combat, so it is. Okay, lads, listen up, let's get this o'er and done wae. Wance that back door is open, let me dae the talking.

162

Okay?"

"Jocky, creep o'er and open that back door, bit watch yersel," Colin hid warned, in a whisper.

"Who? Me?"

"Naw, yer fucking granny, ya stupid basturt, ye," Daddy hid hissed in an exasperated hauf whisper. "Of course it's you he's talking tae...noo get fucking oan wae it."

Jocky hid crept gingerly o'er tae the back ae the van, looking back and checking that everywan wis ready before he turned the handle. The door hid been immediately kicked open fae the inside, clattering against the side ae it and nearly taking the hinges wae it, as the sound ae metal clashing against metal boomed aff the walls ae the courtyard. Daddy hid taken a deep breath and strode across, bold as brass, impressing aw those witnessing it, who wur following four steps behind his back.

"Hellorerr, ladies, ye widnae mind stepping oot ae the van, minding yer heids oan the tap ae the door as ye go, wid ye?" he'd asked in his maist chatty voice, sounding nonchalantly jolly.

"Come and get us, ya wanker, ye."

"Now, now, ladies, there's nae need fur foul language, is there?" he'd said, peering intae the open door, wae his hauns spread oot wide, demonstrating that he wis unarmed.

Daddy hid then turned back tae his colleagues, who'd stoapped bringing up the rear, and hid winked at them confidently, wae a big grin oan that coupon ae his. Colin hid felt his heart sink like a stane, as he'd clocked Daddy's folly as soon as he'd turned his heid away fae the open door. Colin didnae hiv time tae shout at the cocky basturt tae duck, before a length ae placard pole hid come zooming oot ae the darkened interior like an Olympic javelin and scudded Daddy oan the back ae the napper.

"Charge! Let's get tore intae them!" Colin hid screamed, diving through the open door before Daddy hid hit the cobbled yard, face first.

Later oan, as he wis being gied first aid, Colin couldnae remember if it hid been his ain screams he'd heard or those ae the wummin, efter he'd dived intae the back ae the van. Aw he could remember wis the screeching, punching, kicking, scratching and the hauns that hid grabbed him by the hair. It hid taken aboot fifteen minutes tae get them aw oot intae the yard, through the door and intae the first cell. By the time he'd arrived back in the yard, the second van hid been reversed up tae the back door and Daddy hid been back oan his feet and in command.

"Right, Jocky, open that fucking door," Daddy hid shouted, baton in haun, using it tae point in the direction ae the second van.

As soon as Jocky hid turned the handle and jumped back, the door hid wance again been booted open, crashing against the side ae the van. Daddy hidnae fucked aboot either before taking a flying dive in amongst the hairys, who'd aw started punching, kicking and screaming. Ten minutes later, The Battle ae John Street hid been aw o'er, bar the howling, as the rest ae the rioters wur bodily manhandled intae the second cell.

"Right, we'll gie them a couple ae hours tae calm doon before we start charging the basturts, boys," Daddy hid declared tae everywan staunin in the circle aroond him.

They'd aw stood there panting, trying tae get their breath back, as they stared at the big bald patch that hid appeared oan the side ae Daddy's heid, that hidnae been there that morning when he'd turned up fur his shift.

# Chapter Twenty Five

Helen sat wae her back against the white tiled wall and looked at the lassies sitting or lying sprawled across the cell fae her. They wur aw engrossed in checking oot how bad their war wounds wur or how best tae cover up the bulging bare flesh that wis trying tae escape through the rips in their best frocks. Everywan wis in their bare feet, hivving either lost their high heels in the fight up in John Street or hivving hid them confiscated tae use against them in evidence by the polis. She gingerly touched the side ae her heid wae the tips ae her fingers and winced. She'd confronted Liam Thompson aboot their use ae batons, at the entrance tae the station, in the yard, efter wan ae the two polismen manhaundling her, hid gone tae the aid ae wan ae his colleagues who wis being belted wae a shoe. She hidnae seen the clenched fist coming. She remembered seeing the stripes oan the erm ae his jacket swinging upwards, jist before she'd drapped like a bag ae coal. When she'd come tae, she'd been getting dragged alang the corridor tae the cells by a polisman oan either side ae her. She lifted up her haun and tried tae focus oan they fingers ae hers. They seemed tae be shaking uncontrollably. Her vision wis blurred, bit she could still feel the movement in them. She looked aboot tae see if anywan hid been watching her. Soiled Sally looked across at Helen, fae where she wis sitting, face expressionless fur a few seconds, before smiling. Helen smiled back, wincing in agony. Sally's smile turned tae a giggle.

"Whit's so funny?" Helen asked, letting oot a wee whimpering groan, as she grinned back.

"Us," Sally said, looking at everywan scattered aboot the cell. "Tae think we aw goat dolled-up this morning tae get oor picture in the paper and noo look at us. Ah cannae see any ae us winning that 'Drink Mair Milk' competition noo, kin you?"

"Whit milk competition is that then?" asked Sharon Campbell. "Ah never heard aboot that wan."

"Aye, seemingly the winner gets taken tae some beauty farm fur a week, where some big hunk, wae nae vest oan that oily body ae his, gies ye a massage and ye end up coming oot at the other end, looking like that ugly skinny cow wae the big paps, Rachel Welch."

"Is that right? They obviously didnae hiv us in mind when they launched that wan. It wid take at least two years ae mair than a massage jist tae make me even come close tae looking like Ena Sharples, never mind Rachel bloody Welch," Soiled Sally said drily, trying tae pat doon a clump ae hair which wis staunin oan end, as everywan laughed.

"Aye, Ah could be daeing wae a wee bit ae a massage masel," Cathy Galloway sniffed, failing tae keep a rip in her dress fae exposing her flesh, before adding, "And Ah widnae gie a toss whit it wis they wur gieing me, so as long as it hid a man, bare chested or no, attached tae the end ae it."

That last utterance broke the misery. Everywan burst oot cackling and laughing, as they looked across at Cathy, staunin there in her bare feet...aw four feet ae her, weighing in at eighteen stane plus and looking aroond at everywan wae a lazy eye that she'd been blessed wae at birth.

"Whit? Is it ma make-up?" she asked them, touching her cheek gently wae her blood-stained, broken fingernails, as she plapped her arse doon oan the edge ae the concrete bed oan the flair.

Everywan cracked up, laughing.

"Hmm, Ah don't know if Ah'd like that," Mary Malone announced, wance the laughter died doon efter five minutes.

"Whit?"

"Spending a week doon oan some manky farm."

"Whit and miss oot oan some big man-hunk rubbing they hauns ae his aw o'er that body ae yers?"

"It's no the hunk and his hauns Ah'd be worrying aboot. It's aw they bugs and things getting intae places that they shouldnae," Mary said, letting oot a shiver, at the same time as gieing that arse ae hers a good scratch through wan ae the tears in her good frock.

"It's no hauns the hunk wid need, bit erms like elastic bands and hauns the size ae shovels tae get fae wan side ae ma body tae the other," Sandra said, staunin up and hitching her paps up aff that belly ae hers before letting them flop back doon. "Ah hope they photo men goat ma good side," she said, touching up her hair, as everywan cracked up again.

"Who wis that wee ugly prick wae the red wire-wool hair?"

"Whit? The wan we ran o'er when we first charged forward?"

"Aye, Ah hivnae seen him aboot."

"Aye, well, don't haud yer breath that ye'll see him soon either. Ah think Ah felt wan ae ma good high heels puncture they baws ae his oan the way o'er the tap ae him. If it didnae happen the first time, it definitely happened oan the return leg ae the journey," Soiled Sally said tae mair laughter.

"Did any ae ye see Betty gie that skelly-eyed twat, Crisscross, a moothful ae dandruff?"

"Aye, it wis a bloody stoater, so it wis. Ah felt that wan masel fae where Ah wis staunin, battering wan ae they bizzies o'er the heid wae that good sign ae mine that Ah spent aw day last night putting thegither."

Efter a while, they stoapped talking and laughing, straining tae hear whit wis being said next door.

"Dae Ah think he felt it? Did he buggery," they heard Betty screeching tae loud laughter fae next door. "Ah knew he wis well oot ae the game as soon as that pole ae mine snapped, bouncing aff ae that skinny napper ae his. He'll think twice before he tries tae tackle me again."

"So, whit's gonnae happen noo, Helen?" Sharon asked, bringing everywan back doon tae earth.

"They'll probably charge us wae breach ae the peace and maybe even assault."

"Bit, it wis they basturts that stampeded and assaulted us first."

"Aye, we wur only defending oorsels," Sally reminded them.

"Aye, bit it'll be oor word against theirs. Is that no right, Helen?"

"Aye, they'll definitely paint us oot tae be the aggressors."

"Did ye hear the filth coming oot ae the mooths ae they plods? That Inspector wan snarled at me and said that JP wid soon clean oor mooths oot and called us a bunch ae mangy harlots...the cheeky fucker," Soiled Sally exclaimed indignantly.

"Ah hope ma Billy knows where Ah keep the wan bob bits fur the meter or he'll be eating dug food the night when he comes in fae his work," Cathy said seriously, as everywan burst oot laughing again.

"Did ye hear that, girls?" Sharon shouted tae the cell next door.

"Naw, whit wis that?" Betty shouted back fae next door.

"That Cathy wan jist said that she's worried aboot poor Billy coming hame fae his work and hivving tae eat dug meat due tae the fact he disnae know where she keeps her gas coins."

"Meat? Whit? Oan a Thursday?" Ann Jackson shouted back, as everywan, including Cathy cracked up laughing again.

Helen sat listening tae the banter. She fought hard no tae burst oot greeting. She wis still in a state ae shock. Whit hid happened? Wan minute aw the wummin hid been staunin, getting their picture taken and the next, hauf the polis in the toon hid arrived, mob-haunded, spoiling fur a fight. In aw the years she'd been demonstrating against the warrant sales in the Toonheid, there'd usually only been two, maybe three polis in attendance, other than the sheriff officers. Even oan the occasions when reinforcements hid hid tae be called, it wis usually only a squad car wae another two constables in it that hid attended. There must've been o'er twenty polismen, aw armed tae the teeth. Why? Whit hid been so special aboot this particular sale? Granted, the last two hid been noisy affairs, bit it hid aw been good-humoured. Violence wis rare fae either side. It wis clear that somewan, somewhere, hid hid enough and meant tae drive the protesters aff ae the street, bit using polis batons against wummin?

"Eh? Whit wis that?" Helen asked, her thoughts being interrupted.

"Ah wis jist saying, thank God we've goat JP Donnelly as oor cooncillor. He knows us aw. JP will let us aw aff wae a warning, won't he, Helen?" Soiled Sally repeated, as aw the wummin in the cell looked across at Helen.

"Oh, Sally," Helen sobbed, unable tae stoap the flow ae tears running doon her cheeks.

It didnae make her feel any better when everywan hobbled across and put their erms roond her.

"Ach, Helen, don't blame yersel, hen. We wur obviously set up by some wee poncey prick. Don't ye worry, hen, it'll aw come oot in the wash, so it will. It always dis."

In the morning, efter two slices ae thick stale breid each and tea fur breakfast, they wur escorted alang the corridor and piled intae a big room wae a double-sided bench running doon the middle ae it, next door tae the District Court.

"Yer lawyers will be here in a minute, tae talk tae youse girls," a big ghoulish-looking turnkey said, slipping oot the door quickly before he goat a moothful ae abuse.

"It's a pity Ah hivnae goat any make-up wae me," Soiled Sally moaned.

"Sandra, get that greasy face ae yours o'er here. Sally needs some pan-stick," Betty said pleasantly, easing the tension in the room.

"Ladies, ladies, don't get up. Ah kin see ye've aw hid a rough night. Ma name's Mr Barker and this is Mr Howdy. We're yer legal representatives," a pinstriped brief announced, stepping intae the room tae a surprised look fae aw the wummin.

"Please tae meet youse," his partner said wae a wide-boy smile.

"Howdy!" a chorus ae voices shot back.

"Aye?" he asked.

"Naw, naw, son, they're aw jist saying hello," Sharon volunteered helpfully.

"Eh?"

"Nothing...never mind, son."

"So, let's see. Oh, aye, we've goat some good news and some bad news," Barker announced, making an effort tae shuffle the sheath ae papers that he hid clutched in his hauns, in an attempt tae gie everywan the impression he wis oan the job. "So, whit wid ye prefer first?"

Everywan looked across at Helen.

"Gie's the good news," she replied.

"Maist ae youse ur only getting charged wae breach ae the peace."

"Is that good then?"

"Aye, if youse aw drap the assault charges against the polis, then they'll drap the grievous bodily harm wans against youse."

"Aw, that's awright then, isn't it girls?" Betty said and maist ae them nodded in agreement. "So, whit's the bad news then?"

"Three ae youse ur still getting charged wae assault. They wid-nae gie in oan they wans."

"And who's that then?"

"Mrs Campbell, Mrs Taylor and Mrs Smith."

"Me? Ah never done a bloody thing. Ah wis jist oot fur ma mes-sages and Ah goat caught up in the commotion, gaun aboot ma business."

"And who ur you, hen?"

"Sharon Campbell."

"Aye, well, let me see," Barker said, shuffling his papers, before withdrawing a typed sheet and pretending tae read it. "Oh, aye, here we go. It says here that ye assaulted PC Scullion Smith by repeatedly stamping oan his nether regions, tae his severe injury."

"Whit? Me? Did Ah hell. Whoever said that is a lying fork-tongued weasel. Ah stumbled and felt somewan under ma feet as Ah ran tae get oot ae the road ae the commotion that wis gaun oan, didn't Ah, girls?"

"Oh, aye."

"Saw it wae ma ain two eyes."

"It's a wunner ye wurnae trampled underfit as well, Sharon."

"See? Ah telt ye," Sharon declared, a hurt expression spreading across that coupon ae hers at the accusation.

"Aye, well, it goes oan tae say, Mrs Campbell, that ye wur waving a big pole aboot at the other polis officers tae keep them at bay, while ye wur inflicting the said injuries."

"Pish!"

"Mrs Smith? Which wan ae youse is Mrs Smith?" Howdy asked, looking aboot.

"That'll be me then," Betty volunteered.

"It says here that ye assaulted PC Chris Cross by sticking the heid oan him, gieing him two black eyes and fracturing the bridge ae his nose, tae his severe injury. Is that true?"

"Too true it is. Whit a skelp Ah gied him. Ah knew the prick widnae get up efter that wan landed."

"So, ye admit it then?"

"Dae Ah hell. Ah never laid a haun oan him."

"Mrs Taylor?"

"Here."

"It says here that ye punched Sergeant Liam Thompson oan his right eye while he attempted tae arrest ye fur committing a breach ae the peace."

"Aye, well it widnae be the first time, wid it?"

"Whit widnae be the first time?"

"He's tried that Jackanory tale oan me before and it didnae stick then and it wullnae stick noo."

"Anyway, ladies, Ah've talked tae the judge, JP Donnelly, who's oan the bench this morning, and he's agreed tae be lenient wae youse aw if ye plead guilty. There's tae be nae negotiating...it's either aw ae youse or none ae youse. Ma advice is tae take the deal."

"Ah knew Ah recognised ye, ya wee runt, ye," Helen said, scowling at the brief, remembering that Johnboy wis due tae be released fae Larchgrove that morning.

"Ah beg yer pardon?"

"Ye represented, or rather didnae, ma wee boy o'er at the Marine in Partick, a couple ae weeks ago. Is that no right? His name is Johnboy Taylor."

"Er, well, Ah represent a lot ae people. Two weeks is a long time in this business. If Ah did, Ah'm sure he goat the best advice Legal Aid could pay fur."

"He goat the jail oan the best ae that Legal Aid advice."

"Mrs Taylor, Ah'm sure Mr Howdy done his best fur yer boy as we're daeing the best we kin dae fur youse aw the day," Barker retorted, looking aboot at the faces ae the wummin, trying tae relieve the tension.

"Look, we'll gie youse a few minutes tae discuss the matter amongst yersels and we'll come back tae see whit youse want us tae dae."

"Aye, piss aff, Barker. Ye must think we're barking mad, expecting us tae listen tae the shite we've heard oot ae youse pair ae cowboys," Sandra replied.

"Ye're barking up the wrang tree if ye think we're gonnae listen tae you and that Roy Roger there, ya pair ae useless bampots, ye. Oor charges against the polis fur assault still staun."

Nowan said a word efter the briefs disappeared. They aw jist looked at each other. Helen felt that since it hid been her that hid goat them aw intae this situation, then it wid need tae be her that wid get them oot ae it.

"So, who'll be feeding yer weans, Sandra?" she asked.

"Ach, Ah widnae worry aboot that. That maw are mine will hiv nipped roond and stayed wae them tae let that Hammy ae mine get oot tae his work."

"And yersel, Mary, whit aboot you, hen?"

"Ach, Ah widnae worry too much oan that score, Helen. Even if Ah wis at hame, they probably widnae be eating because Ah've nothing in the hoose fur them tae eat," Mary replied, looking at a few ae the other wummin, wae an embarrassed, apologetic smile oan her face.

"Did some rich bitch no say wance 'Jist let them eat scones'?" Betty asked oot loud.

"Ah think it wis Josephine, some French Queen...and it wis cakes. 'Jist let them eat cake,' she announced tae everywan efter she'd heard aboot people whinging that they'd nae breid tae eat," Helen replied.

"Aye, well, she obviously hidnae tasted Cathy's wans. Fucking awful, so they ur," Betty said, and everywan burst oot laughing, appreciating the delay in deciding whit they should dae aboot the offer fae JP.

"Aye, well, it didnae stoap ye fae taking hauf a shoebox full ae them hame wae ye the last time ye left ma hoose, efter getting tore intae them, ya cheeky cow, ye."

"Aye, well, Ah'd ran oot ae coal briquettes and Ah wis desperate, if ma memory serves me well. Ma weans wur bloody freezing, so they wur," Betty said tae mair laughter.

"Look, Ah've been here before wae that Liam Thompson wan. There's no way Ah'm pleading guilty tae gieing that big basturt the pleasure ae saying he's goat wan o'er oan me. Bit the rest ae youse? If that pair ae eejits kin come up wae a good deal, then Ah think youse should aw go fur it," Helen advised them.

"No way!"

"We're aw in this thegither."

"Aye."

"Naw, listen up. Youse aw need tae get hame. Ah'm awright. Ma lassies ur aw in their teens and kin look efter the place and themsels tae allow Jimmy tae get oot tae his work."

"Bit, Ah didnae dae anything," wailed Marilyn Monroe.

"Bit, Ah thought ye jist admitted that ye trampled oan they hee-haws ae his, Sharon?"

"Ah did...twice."

"So, ye're guilty then?"

"It wis self-defence."

"As ye wur oan yer way back fae the shoaps?" Ann Jackson said drily.

"Aye," Marilyn replied, as everywan burst intae fits ae nervous giggling again.

"So, there ye go then. Plead guilty oan the basis that ye thought ye wur getting attacked and by the time ye realised it wis the polis, it wis too late. The damage hid been done, bit despite the mistake, ye're awfully sorry fur the misunderstaunin," Helen said, looking aboot at them aw.

"There's no way Ah'm leaving ye, Helen. And anyway, ye heard that charlatan yersel. Ah'm no part ae the deal," Betty reminded her.

"Listen, ya bunch ae eejits. Youse aw need tae go fur the deal oan offer. This is between me and that prick, Liam Thompson. JP will be happy wae me, so he will. If youse ur aw oot ae the road, it means Ah kin then call youse up as witnesses fur ma defence."

"We cannae leave Helen oan her tod oan this wan, girls," Soiled Sally objected, looking at aw the wummin and getting nods ae support in return fae them aw.

"Listen, Ah know whit Ah'm daeing here. Youse need tae go fur it and get back hame. Remember, we won. We stoapped the sale, plus we managed tae pay aff wee Madge's arrears. Please?"

"Whit dae ye think, girls?" Betty asked.

"Ah'm no sure."

"Ah need time tae think aboot it."

"How the hell ur we gonnae get hame anyway? There's only three high-heeled shoes between the lot ae us, and only two hiv a heel left oan them," Cathy complained, looking aboot.

"Never mind that, hen. So, it's aw settled then? Everywan, apart fae me, is prepared tae drap the assault charges against the polis and plead guilty tae breach ae the peace. We'll tell that pair ae fly-men whit we've come up wae when they come back," Helen announced, before anywan could come back wae an alternative.

# Chapter Twenty Six

"Thank ye aw fur coming the day. We'd jist like tae update youse oan the latest developments regarding the boy, Samuel Kelly, who unfortunately died in a fire up in the Toonheid a few weeks ago. Efter extensive local door-tae-door enquiries and during the course ae oor forensic investigation, in particular, The City ae Glesga Polis ur treating the death ae Samuel Kelly as suspicious," Inspector Bobby Mack announced tae the assembled journalists.

"Whit ur ye basing that oan, Inspector?" Swinton McLean asked.

"We believe that flammable liquid, in the form ae petrol, might've been poured through wan ae the wee windaes oan the side ae the pigeon dookit. We've been able tae ascertain that there wisnae a utensil or container inside the dookit that contained flammable liquid, therefore, oor suspicion, at this moment in time, is that the fire might, Ah'll repeat that...might...hiv been started deliberately."

"Hiv ye any leads oan who the culprits ur?" Harold Sliver asked, pencil and notepad poised in his haun.

"As ye well know, Harold, flying doos in the tenements and hoosing schemes is a big attraction fur aw these young wans throughoot the toon. While it's quite a competitive hobby, it kin also be a dangerous wan, wae the amounts ae money involved. We've spoken tae the boy's pals, who wur well-known in the area fur their interest in fleeing the doos. It could be that some ae the local young wans goat up tae a bit ae mischief, withoot fully appreciating the consequences ae their actions, or it could be tae dae wae envy that the boy Kelly and his pals hid managed tae own their ain dookit. Who knows? That's whit we're trying tae establish at the moment. When we get a result, we'll get back tae youse," The Inspector said, staunin up and nodding tae Sergeant Liam Thompson, tae let him know that the press conference wis o'er and done wae.

"So, ye're saying that it wis other young wans in the area who wur responsible then?" The Rat piped up fae the back row.

"Whit Ah'm saying is that that's wan line ae enquiry that we're pursuing...aye," The Inspector retorted, his eyes narrowing as he heided fur the door at the side ae the room.

"So, there ur others then?" The Rat fired back, halting Inspector Mack mid-stride.

He turned and glared at the reporter.

"In an enquiry where suspicious circumstances ur suspected, there's always other line ae enquiries. So, if there's nothing else, Ah'll let youse get oan yer way. Ah know some ae youse want tae get doon tae the District Court tae cover whit's happening doon there."

# Chapter Twenty Seven

"Right, heid up the drive and turn left. Stay oan this side ae the road till ye come tae the bus stoap. Ye get a number twenty nine, and that'll take ye right intae the toon centre. Hiv ye goat that?" Slapper asked as he haunded Johnboy some plastic bus tokens at the reception desk.

"Aye."

"So, whit ur ye waiting fur then?"

"Kin Ah no get money insteid ae tokens? Ah hate these things. Everywan looks at ye when ye use them."

"Listen, ye've awready goat a wanted poster face oan that kisser ae yours. Ah widnae worry aboot people looking at yer ugly mug. Noo, fuck aff oot ae ma sight and don't come back," Slapper growled, roughly pushing him through the frosted door before slamming it shut behind him.

As Johnboy stood wae his left erm aloft, two fingers pointing upwards, wae his right haun slapping his left erm, he jist aboot shat himsel when a voice oot ae naewhere shouted at him.

"Hoi, Ginger Nut, haun me up that hammer."

Johnboy stepped back fae the entrance and looked up. Wan ae the teachers wis staunin at the tap ae a ladder, in front ae Paul's broken windae, looking doon at him.

"Whit ur ye daeing?"

"Ah'm taking the putty oot ae this windae frame tae put in the new glass," he replied, wiggling a chisel at Johnboy.

It wis then that Johnboy clocked the big pane ae shiny glass, leaning against the wall tae the right ae the door.

"Er, aye, okay, sir," Johnboy said.

He telt himsel that he'd only get wan shot at this, so he'd hiv tae make it coont.

"Here ye go, sir," he shouted happily, as the claw hammer whooshed oot ae his hauns fae between his legs.

The hammer shot skywards like a rocket, whistling jist oot ae reach ae the teacher's grappling fingers, before it ran oot ae fuel and the heid upturned itsel. It fell back earthwards, quickly picking up speed, and shot past they slippery, grappling, fingers ae the teacher again, before landing smack in the middle ae the glass.

"Oops!" Johnboy said, chuffed as punch wae himsel, bit putting oan his best sorry-looking expression.

"Aw, fur fuck's sake, ya stupid wee basturt, ye! Noo, look whit ye've done."

It hidnae taken mair than two seconds fur the door tae swing open at the sound ae the smashing glass and fur Slapper and that tartan bow tie ae his tae arrive oan the scene.

"Whit the...? You, ya wee cretin arsehole, ye. Ur ye still here?" he snarled, looking between Johnboy and the pile ae broken glass wae the wooden shaft ae the hammer sticking up through it.

"That daft wee basturt broke ma good windae pane."

"Did he mean it?" Slapper asked, instinctively grabbing Johnboy by the collar, haun ready tae gie him a right good slapping.

"Naw, Ah don't think so. It wis ma ain fault. Ah wis stupid enough tae ask him tae throw me up the hammer."

"Right, Ah'm no gonnae tell ye again. Get tae fuck oot ae here and up tae that Edinburgh Road before Ah lose that temper ae mine...again," Slapper snarled, trying tae gie Johnboy a clip oan the lug, bit missing by a mile as Johnboy ducked and heided up the avenue tae the entrance.

Before he disappeared oot ae sight, Johnboy turned and gied the building wan last look. He wis noo in the same league as Tony, Joe, Paul and Skull. Before, he'd always felt the odd wan oot, especially when they spoke aboot The Grove. He thought aboot Skull. Everything Skull hid said aboot the dump hid been right. Tae survive, ye hid tae be oan yer toes and know whit ye wur up against. He wished Skull wis still wae them. The worse part wis that nowan seemed tae speak aboot him very much any mair. Johnboy wisnae sure if this wis because they wur too upset or if they jist wanted tae forget him. Johnboy swore he'd never furget

Skull. Johnboy knew that The Grove wid've been different fur him if Skull hidnae shared everything aboot it wae him. There hid been times when he thought he felt Skull's presence amongst the Garngad uglies when they wur aw sitting laughing and slagging each other aff, playing five stanes in the yard.

"See ye Skull...and thanks!" he shouted doon the drive towards the building and the teacher still perched up oan the ladder, before he turned and heided alang tae the bus stoap.

He didnae hiv long tae wait. Wan ae the first things he'd learned in the summer holidays, efter he'd started running aboot wae The Mankys, wis how tae successfully get a bus driver tae stoap at a bus stoap fur ye. Firstly, ye hid tae pick the right spot at the bus stoap. Wance anchored, ye wurnae allowed tae move yer feet tae the left or tae the right ae where ye wur staunin. The only exception tae that rule wis that ye wur allowed tae take a bonus step forward or wan backwards, so long as ye didnae move sideways. The bonus step always caused arguments amongst The Mankys. This wis usually when somewan wid be accused ae cheating. Wance settled oan yer spot, ye then held oot yer haun and waited patiently tae see if the back platform ae the bus wid stoap exactly where ye wur staunin. Before he'd goat slung intae The Grove, Johnboy hid been joint board leader wae Joe. The second important part ae the exercise wis tae make sure the driver wid stoap in the first place. It wisnae usually a problem if there wur a couple ae big people staunin at the bus stoap, bit being ten and oan yer lonesome always seemed tae bring oot the worst in the bus drivers, fur some strange reason. Maist ae the time, the fly basturts wid slow doon, as if they wur gonnae stoap and then before ye knew it, they'd rev up and fly past ye, wae a big grin oan they ugly coupons ae theirs, usually wae two fingers stuck up in the air in yer direction. So, tae get wan o'er oan they smarmy pricks, Johnboy and his pals wid aw staun there, looking innocent, and then, jist when they knew the bus driver wisnae gonnae stoap, they'd take a bonus step forward or backwards, depending oan how close the bus wis tae the pavement, wae their erms oot, causing the driver tae slam oan they brakes ae his.  The timing always hid tae be perfect tae make sure they didnae run o'er ye.  Another part ae the rules wis that the 'nae stepping sideways' rule still applied, so ye hid tae step back oan tae the exact same spot, tae see if ye wur exactly opposite the back platform when he finally stoapped.  This wis another part ae the game that caused heaps ae arguments amongst his pals.  Fur a while, him and his pals hid started tae carry bits ae chalk aboot wae them so they could mark their original spot.  The chalk put Skull oot ae the game every time.  It wis the rumbling ae the engine that alerted him first.  Johnboy stood watching the bus heiding his way fae a long distance aff.  He chose his spot, bit still hid plenty ae time tae change his mind, which he took advantage ae three times before the bus rumbled up tae meet him.  His eyes connected wae the driver's.  Johnboy knew the game wis oan.  It wisnae anything the driver did, bit he knew the basturt hid made up his mind tae try and get wan o'er oan him.  Johnboy took a deep breath and gied his chosen spot another wee glance as he heard the gears ae the bus crunching and drapping doon, as the driver slowed doon.  Satisfied, he waited.  Forty feet...thirty feet... twenty feet...ten feet...Johnboy made his move jist as the basturt quickly shifted up a gear.  He stepped aff the pavement wae his erm ootstretched and wae a big grin oan that coupon ae his.  He could see why the driver's face hid a look ae horror oan it.  The back end ae the bus disappeared before reappearing again as the driver fought tae keep control ae it.  Johnboy quickly and casually stepped back oan tae the spot that he'd vacated three seconds earlier as the bus screeched and skidded past him and came tae a stalled stoap amidst a cloud ae smoke and the smell ae burning brake pads.  Johnboy wis fair chuffed wae himsel as he took wan step forward up and oan tae the back ae the wee platform, wishing Joe and Tony hid been there tae witness him getting the perfect wan o'er oan the driver.

"Wis that you, ya wee midden, ye?" an auld guy ae aboot forty, who wis sitting facing the platform snarled at him, as he sorted his bunnet back intae position.

Johnboy shot up the stairs before he wis blamed fur anything else. He wis jist sitting comfortably up the front, wae his feet oan the ledge in front ae him, enjoying the view, when he heard a familiar voice.

"Fares please? Any mair fares please?" Cruella Deville rasped, heiding his way.

The last time he'd heard that voice wis when he'd accidentally sent her tumbling oan tae that auld crabbit arse ae hers oan Alexandra Parade when he wis getting chased fur snow-drapping some big basturt's good 501s aff ae his washing line. Although it hid been an accident, she hidnae been too impressed by his apology as she lay screaming the place doon wae her legs up in the air, flashing her orange bloomers tae everywan in the street.

"Ah'll get ye, ya wee toe-rag," she'd howled, as Johnboy hotfooted it efter his pals wae his good pair ae five-o-wans clutched in his hauns.

He'd come across her in the past, previous tae their wee collision. She wis a right well-known evil witch who hated young wans, especially boys, so when they broon scuffed shoes appeared at his seat, he kept his heid and his eyes doon.

"Fares please," she demanded, halting at his seat.

"Er, Parly Road, please," he mumbled.

"That'll be eightpence ha'penny."

"Right, let's see," he said, as he produced his wee plastic tokens oot ae his pocket and looked at them, getting that 'Ah've been here before' feeling.

There wis an orange wan worth a penny, a red wan worth tuppence, a cream wan worth tuppence ha'penny, a broon wan worth thrupence and a green wan worth a tanner. He started tae get nervous as wan ae the broon scuffed shoes started impatiently tapping away oan the fag-end riddled flair, as if she wis late fur a train or something.

"Right, that wae that and that wae that," he said oot loud, shuffling his plastic tokens aboot oan his palm. "Naw, that wae that, and..."

"Hing oan a minute, ye're no that wee cheeky runt who tipped me o'er oan tae that good arse ae mine oan Alexandra Parade a wee while back there, ur ye?" The Wicked Witch Ae The West demanded, swiping aw his tokens aff ae the palm ae his haun, while gieing him a good looking o'er.

"Er, excuse me, missus. Am Ah no due any change?" he asked the back that wis walking away fae him, alang the aisle tae the stairs.

He knew as soon as they words wur oot ae his mooth that his cover wis blown oot ae the water good and proper. It didnae take a genius tae suss oot that when he heard the bell and the bus slowing doon tae stoap at a bus stoap that didnae hiv any people staunin at it, that she wis oan tae him. He wis still sitting wondering whit tae dae next when she made his mind up fur him.

"Could the thieving wee scabies-ridden toe-rag who's jist been released fae Larchgrove Remand Home get his manky wee arse aff ae that seat and get doon here pronto," she hollered.

Nowan oan the tap deck said a word, bit everywan's eyes wur oan him. As he stood oan the pavement at the tap ae Alexandra Parade, watching the bus take aff intae the distance towards the toon centre, Ugly Chops gied him a toothless grin and a wave as she shouted fae the platform.

"Enjoy yer walk, Sonny-boy."

"Up yours, ya crabbit auld basturt, ye," he shouted back.

# Chapter Twenty Eight

"Right, Miss Metcalfe, who hiv we goat here?" asked JP, knowing fine well who it wis that wis staunin in front ae him.

"This is Helen Taylor, aged thirty eight, residing at wan-wan-seven Montrose Street, Toonheid. She's accused ae breach ae the peace and assaulting a polis sergeant tae his severe injury ootside a closemooth at number sixty eight John Street, oan the sixteenth ae September nineteen sixty five, which wis yesterday, yer honour," replied the procurator fiscal.

"Ah see, hmm. And how serious wis the assault oan the sergeant, Miss Metcalfe?"

"The officer wis left wae a right keeker oan his right eye, yer honour."

"So, how come she's here and no alang at the Sheriff Court then?"

"While the assault wis quite vicious, the sergeant in question will survive, yer honour. Ah recommended the Sheriff Court, bit wis informed that ye'd want tae deal wae this wan yersel."

"Whit? Ah...er...oh, aye, right, Ah furgoat. Carry oan, Miss Metcalfe," JP said, looking across at the wooden bench towards Colin, the Toonheid inspector, who wis sitting there wae Big Jim Stewart, wan ae his sergeants.

"The accused wis seen by a number ae eyewitnesses tae punch Sergeant Liam Thompson in the eye as he arrived tae break up a riot."

"A riot, ye say?" JP asked, tilting his horn-rimmed glasses so he could get a good swatch ae the defendant in the dock.

"Indeed."

"Is this connected wae the rabble Ah've jist dealt wae five minutes ago, Miss Metcalfe?" he asked, glancing across at Betty and Sharon, the only two ae the wummin whose men hid let them stay tae watch the proceedings.

"Aye, it is."

"So, how come she wisnae lumped in wae them?" he asked,

knowing fine well that Taylor wis staunin her ground and pleading not guilty.

"Oot ae them aw, Taylor is the only wan that's contesting the charges and pleading 'not guilty' yer honour."

"Is that right, Mrs Taylor? Ye're pleading not guilty, ur ye?" he asked, no believing his luck that at long last, efter aw these years, the bitch wis at his mercy.

"Aye."

"Right, so where's that brief ae yours tae put forward yer plea?"

"Mrs Taylor his refused the services ae a court-appointed solicitor, yer honour," the procurator volunteered.

"She his, his she? Noo, why dis that no surprise me, eh? So, who's representing her?"

"Ye wid need tae ask Mrs Taylor that wan yersel, yer honour."

"Mrs Taylor?"

"Ah've nae faith in the abilities ae the lawyers that came tae see me this morning."

"Oh, ye hivnae, hiv ye?"

Silence.

"And ye think ye'd dae better staunin there oan yer ain, arguing yer ain case, dae ye?"

"Ah believe that whit Ah hiv tae say will show that Ah never assaulted anywan, anywhere, and certainly no up in John Street."

"Right, well, we'll soon see aboot that, won't we? Seeing as we aw know the assault charge is connected tae the rabble who aw pleaded guilty earlier, Ah think Ah've goat the picture ae whit wis gaun oan. O'er tae yersel, Miss Metcalfe," JP said, nodding.

"Ah've asked the eyewitnesses who wur present yesterday tae be here the day, yer honour, including Sergeant Thompson, the assaulted sergeant."

"Well, ye better shout him in then."

Aw heids in the courtroom swivelled tae follow the court usher as he went across and opened the door wae a sign that said 'Witnesses' oan it.

Helen looked across at Liam Thompson as he stood fidgeting aboot in the witness box, gaun through his pockets, before extracting a wee black notebook. She felt a wee painful twinge oan the knuckles ae her right haun. She wanted tae burst oot laughing. It looked as if somewan hid stuck a squashed purple plum oan tae that face ae his where his eye socket should've been.

"So, Sergeant, in yer ain words, tell us how ye came tae be sporting a black eye?"

"Well, masel and a group ae other officers arrived forthwith tae break up a riot that wis in progress ootside a closemooth at number sixty eight John Street yesterday morning. As Ah ran across tae protect the sheriff officers and potential buyers, who wur attending a warrant sale, Mrs Taylor scudded me oan ma right eye wae her right fist...tae ma severe injury," the sergeant droned stiffly, looking up fae his notebook wae his wan good eye.

"And whit happened then?" asked the procurator fiscal.

"Ah hit the deck like a sack ae totties," he replied, tae a titter ae laughter fae the crowded public benches.

"So, she knocked ye oot in wan go then?" the procurator fiscal asked, as aw eyes in the court looked between Liam Thompson and the defendant.

"Well, Ah widnae say it wis a knockoot blow," he replied defensively.

"So, whit wid ye say it wis then?"

"Ah'd say that she fluked a lucky punch through ma defences."

"Whit Ah'm trying tae get fae ye, Sergeant, is that when ye went doon, ye stayed doon. Is that right?"

"Well, Ah widnae say that exactly."

"So, ye goat back up and re-joined the affray?"

"Efter ma heid cleared, Ah managed tae get back up tae restore order."

"And that's when ye arrested Taylor?

"Wance Ah managed tae calm things doon, me and ma men lifted her and her screaming cronies and proceeded tae cart them doon tae Central tae be charged."

"Mrs Taylor, dae ye want tae contradict or challenge anything Sergeant Thompson his jist said?" the procurator fiscal asked, turning tae face Helen.

"Aye, did he jist say he arrived tae break up a riot?"

"Sergeant Thompson?"

"Aye."

"And the riot wis in full flow when ye arrived, wis it?" asked Helen, exaggerating the disbelieving, surprised expression oan her face.

"Aye."

"How tall ur ye?"

"Eh?"

"Ah asked ye how tall ye ur?"

"Er, six feet three and a hauf."

"So, ye're claiming that it wis me, aw five feet four inches ae me...a wee skinny wummin...who knocked ye oot wae a single punch then?" Helen asked, as laughter erupted fae the public benches.

"Ah think Ah awready mentioned that efter Ah hit the deck, Ah sprung back up oan tae they feet ae mine pretty pronto, so Ah did."

"And jist before this so-called 'knockoot punch' landed, wur ye swinging a polis baton aboot at aw and sundry, by any chance?"

"It wis a Thursday," he reminded her, looking across and getting a wee wink back fae Big Jim.

"So, ye never hid a baton in yer haun when ye ran across tae stoap a bunch ae wummin, peacefully protesting ootside the closemooth ae an auld age pensioner who wis the victim ae a warrant sale taking place in her damp hoose up in John Street, because she couldnae afford the rent?"

"Naw."

"Did any polismen hiv batons in their hauns when they charged o'er tae break up this so-called riot?"

"Ma men hid tae eventually draw their batons tae defend themsels."

"So, ye're saying that ye didnae hiv a baton in yer haun before youse aw charged o'er tae the peaceful demonstration. Is that right?"

"Aye, that's right," he replied, as the procurator fiscal jumped up oot ae her chair.

"Okay, thanks, Sergeant Thompson. Ye kin leave the witness staun, bit Ah wid ask ye tae hing aboot till Ah tell ye that ye kin leave the building," the prosecutor said, dismissing him.

"Er, Ah wisnae finished questioned him," Helen objected, as the sergeant joined his other two colleagues.

"Is that it, Miss Metcalfe?" JP asked, pleased that the defendant hid been body-swerved fae continuing her line ae questioning.

"Naw, yer honour, Ah wid like tae call PC Scullion Smith."

"Is this gonnae take long?" JP asked, looking at the clock up oan the wall.

"PC Smith will be able tae corroborate whit Sergeant Thompson his jist stated as a fact, yer honour."

"Right, gie him a shout then, Bob," JP said, looking across at the court usher.

"Ur ye PC Scullion Smith and wur you drafted in fae Possil tae attend a riot taking place up in John Street, Toonheid, yesterday morning?"

"Aye, that's right."

"According tae Sergeant Thompson, sitting o'er there, he wis punched oan the eye by that wummin...the accused...sitting o'er there in the dock. Is that right?"

"That's right."

"So, ye saw it happen?"

"Aye, Ah did."

"So, whit happened?"

"Ah wis lying oan the deck, haudin ma ba...hauns between ma legs and when Ah turned roond, Ah saw her punching The Sarge."

"Ye're sure aboot that? Ye widnae be mistaken?"

"Naw, naw. It's no every day ye see a punch like that, and believe you me, Ah've seen a few. It'll be a long time before Ah furget that wan," the PC stated straight-faced, as everywan burst oot laughing, except the injured sergeant and his colleagues.

"And whit wur ye daeing oan the ground, PC Smith?"

"As Ah said, Ah wis haudin ma ba...oh, Ah see whit ye mean. Ah'd jist been trampled underneath by a herd ae fat wummin."

"Bit, ye saw whit happened. Is that right?"

"Oh, aye."

"Mrs Taylor, dae ye want tae ask PC Smith anything?" asked JP, looking up at the clock again.

"Ur ye stationed in the Toonheid?"

"Naw."

"Where ur ye normally based?"

"Possilpark."

"So, why wur ye in John Street yesterday?"

"Ah wis called in tae help oot the local boys."

"Fur whit?"

"Tae repel a riot."

"When wur ye asked tae come tae the Toonheid?"

"Two days ago."

"So, ye said ye wur lying oan the deck because ye wur trampled by some wummin. Is that right?"

"Aye, and no jist the wance either."

"So, it wis mair than wance then?"

"Aye."

"And ye wur injured?"

"They deliberately went fur ma ba...bottom hauf, if ye know whit Ah mean?"

"Naw, whit dae ye mean?"

"Well, they charged me and Ah fell back and oan the way o'er the tap ae me, they deliberately dug their high heels intae that crotch ae mine."

"Twice?"

"Aye, oan the way there and the way back."

"So, ye wur writhing in agony then?"

"Agony? Ma left ba...er...nut...wis punctured like a pin cushion, no tae mention the severe bruising. They're the size ae tennis baws noo. Whit dae you think?"

"And efter ye'd been run o'er by a group ae wummin, whit did ye dae then?"

"Ah curled up, screaming in agony."

"So, ye wur howling and greeting then?"

"Naw, naw, the tears wurnae because Ah wis greeting. The tears wur tears ae pain," he replied tae mair laughter fae the public benches.

"Bit, through they agonising tears ae yers, ye still managed tae see Sergeant Thompson being assaulted by me. Is that right?"

"Aye," he replied, as the procurator sprang back up oan tae her feet.

"Okay, fine. Ye kin leave the witness staun, PC Smith, bit Ah wid ask ye tae hing aboot till Ah tell ye that ye kin leave the building," the prosecutor telt him.

"Er, excuse me, bit Ah wisnae finished questioning him," Helen objected, looking fae the prosecutor tae JP and back again.

"Is that it, Miss Metcalfe?" JP asked quickly, avoiding eye contact wae the defendant.

"Jist wan mair witness, yer honour."

"Right, oan ye go, bit make it quick, eh?"

"So, PC Cross, whit happened tae yer eyes?"

"Ah contracted strabismus jist efter Ah joined the force," Criss-cross replied tae laughter.

"Naw, Ah meant yer black and blue bruised eyes."

"Oh, right. Ah wis assaulted by her pals," the squinty-eyed PC said, pointing across at the defendant.

"And whit did ye see yesterday morning when ye wur in attendance, attempting tae quell a riot up in John Street?"

"Ah saw her putting wan oan ma sergeant."

"Whit dis that mean?"

"It means Ah saw her punch Sergeant Thompson oan the eye."

"And where wur ye when ye saw this?"

"Ah wis lying oan the pavement ootside number sixty eight."

"That wis efter ye'd been assaulted?"

"Aye, wan ae them stuck the heid oan me. When Ah looked up, Ah saw her punching The Sarge."

"And ye're sure aboot that? Ye widnae be mistaken?"

"Naw, she's a well-known trouble-maker that wan, so she is," Crisscross said, glad tae stick the boot in.

"Mrs Taylor?" the procurator enquired, taking a seat.

"So, who did ye say assaulted ye, PC?"

"Ah don't know."

"So, ye never saw who assaulted yersel, bit ye managed tae see who assaulted Thompson?"

"Sergeant Thompson...aye."

"So, how come ye never saw who assaulted yersel?"

"Because it happened so fast. Ah wis that blinded, it took me a while tae get ma eyes focussed and when Ah did, whoever hid done it wis offskie."

"And that's when ye conveniently saw me assaulting Thompson?"

"Sergeant Thompson...aye."

"When ye arrived oan the scene, wis there a riot gaun oan?"

"Aye."

"And did ye run across tae it, swinging yer baton like a man possessed?"

"Eh?"

"Did ye run across the road, swinging yer baton aboot?"

"Who, me?"

"When did ye first draw yer baton?"

"When The Sarge shouted tae us tae defend oorselves efter a few ae the boys hid drapped like flies."

"If Ah telt ye Ah wis staunin getting ma picture taken wae the other peaceful protesters when we wur attacked by the polis welding truncheons, whit wid ye say?

"Ah'd say ye wur lying through they false teeth ae yers."

"Is that it, Miss Metcalfe?" JP asked, butting in and looking a bit uncomfortable.

"It is, yer honour," the procurator said, jumping back up oan tae her feet. "Ye kin step doon fae the witness stand, PC Cross."

"Bit..." Helen interjected.

"It seems clear tae me and everywan else in this courtroom that Taylor assaulted Sergeant Thompson, withoot a shadow ae a doubt. Mrs Taylor, who wis clearly the ringleader, his stood there, blatantly trying tae undermine the due process ae the law, despite overwhelming eye witness accounts that prove she assaulted Sergeant Thompson tae his severe injury. Who knows whit might've happened in John Street if it wisnae fur the brave officers who attended the scene? Ah don't think there's much mair Ah kin add tae whit his awready been established and proved. Ah rest ma case," the procurator fiscal said, sitting doon and avoiding eye contact wae the defendant.

"Well done, Miss Metcalfe. Ah'm really impressed. Ah kin see why ye were appointed in the first place. Ye're a credit tae ma court, so ye ur."

"Aw, thank ye, sir," a blushing procurator fiscal murmured across tae the bench.

"Right, well, if that's everything?" JP asked, looking at the clock and then across at the defendant. "Is there anything else ye want tae say before Ah find ye guilty and pass sentence, Taylor?"

"Aye, first of aw, Ah'm no finished. Ah'd like tae call some ae ma ain witnesses."

"Witnesses? Whit dae ye mean, ye want tae call witnesses?"

"Ah, mean, if Miss Calf o'er there kin call witnesses, then so kin Ah."

"Er, excuse me, bit that wisnae witnesses. Correct me if Ah'm wrang here, Miss Metcalfe. That wis the people who wur assaulted, jist gieing their side ae the story, wisn't it?"

"That's right. They wurnae asked tae take an oath. They wur jist called tae corroborate and establish the facts."

"So, Ah'd jist like tae call some people...jist tae corroborate and establish the facts, that is," Helen demanded, trying, bit failing, tae get eye-contact wae the procurator.

"Look, Mrs Taylor. We're no playing at 'Inherit the Wind' here, and ye're no Henry Drummond, y'know. This is Glesga Central District Court...ma court. This is fur real, so it is. So, if ye've nothing else tae say, we'll maybe move oan. Ah've goat a busy day aheid ae me."

"Ur ye trying tae deny me ma rights?"

"In here, ye don't hiv any rights. Ah run this court."

"So, ye ur?"

"Whit?"

"Denying me ma rights tae call witnesses."

"Hiv ye anything else ye want tae add?"

"Aye, Ah dae. Ah'd jist like tae say that aw yer witnesses that wur called the day, hiv telt a pack ae lies and Ah kin prove it."

"So, where's yer proof then?"

"Ah telt ye, Ah need tae call some witnesses tae back up whit Ah'm aboot tae tell ye."

"Which is whit?"

"That yesterday, masel and some other wummin wur protesting peacefully at the warrant sale ae Mrs Madge Morrison, when we wur attacked by a gang ae polis wielding polis truncheons."

"Bit, hiv ye no heard whit the polis officers who wur there hiv jist said?"

"Aye, bit that's their side ae the story. Ah've goat people who say differently."

"So, where ur they then?"

"Ah'm no sure. There's a few ae them sitting o'er there and some ae them might still be in the building. If no, Ah'll need time tae contact them."

"Miss Metcalfe, kin ye come o'er closer tae me fur a minute. Ah need tae ask yer advice."

Helen sat and watched whit wis gaun oan. She looked aroond the packed court and didnae recognise anywan apart fae Betty and Sharon and her ain daughter Isabelle, who gied her a wee encouraging smile. She wis also surprised tae clock The Rat hovering aboot up at the back. It hidnae taken her long tae realise that she wis the turkey in the midst ae a kangaroo court. She'd sat in this very room oan numerous occasions when her boys hid been in the dock that she wis noo sitting in. It aw seemed so surreal. She'd seen how justice wis meted oot tae anywan who dared step oot ae line oan many an occasion. She wis glad that she'd managed tae convince Betty and Sharon tae go wae the other lassies and plead guilty tae save them fae being put away. There hid been a lot ae to-ing and fro-ing between Howdy and his shyster pal, bit eventually the procurator fiscal and JP hid relented and accepted their reduced pleas, alang wae the rest ae the lassies. She felt exposed, sitting there, wondering whit JP and the procurator wur saying tae each other. She hidnae been as naïve as tae think the odds wurnae stacked against her, especially wae JP sitting oan the bench, bit surely tae God, there wisnae any way he could find her guilty withoot her hivving hid the opportunity tae call some ae the lassies as witnesses that wid back her story up. She'd felt confident that she'd be let oot the day, bit wid probably hiv tae come back at some time in the future. It hid never entered her heid that aw the lassies widnae hiv been sitting wae Betty and Sharon in the public gallery. It wis only when she noticed they wurnae there, that she'd sussed oot that they'd aw hid tae get hame tae see tae their weans. She hid a bad feeling in the pit ae her stomach as she stared o'er at JP and that tart, who wur still whispering like a pair ae hens.

"Right, Mrs Taylor, jist tae show that it'll never be said that ye didnae get a fair shout in ma courtroom, ye kin call yer witnesses."

"They're no aw here," Helen replied, efter being ordered tae staun up and face JP.

"Right, in order tae gie ye time tae contact them, Ah'm remanding ye tae Gateside Wummin's Prison in Greenock fur seven days. If ye need mair time, jist gie's a shout and Ah'll be happy tae oblige. Next."

# Chapter Twenty Nine

Johnboy wis fair chuffed wae himsel. He hidnae a clue where he wis and then two things happened at wance. Efter walking fur aboot twenty minutes alang Edinburgh Road, in the direction that the bus hid gone, he came across Alexandra Park. He recognised it as soon as he clapped eyes oan the boating pond, hivving nearly droont in it a couple ae dozen times when he wis a snapper. He wis staunin at the V-junction beside the picture hoose, looking across at the park, watching aw the traffic coming towards him, before either veering aff tae his left fae where he'd come fae or tae the road oan his right. No only that, bit a big BRS lorry wis heiding his way. When he clocked that big red BRS beauty, he prayed that the traffic lights wid stoap it in its tracks. He went and goat intae position. It wis sitting three cars back in the queue wae its engine running. Wan wee look tae his left and right and then he wis up and oan the back ae it, making himsel comfy. Oan the way intae the toon, some lorries that wur heiding in the opposite direction tae him, hid boys sitting oan the back ae them, who, oan clocking him, gied him a wee wave oan their way past. When the lorry hit Castle Street, he jumped aff as it turned left, before it disappeared doon Stirling Road tae the right. It wis great tae be back. Although it hid only been two weeks, it hid felt like two years. He'd missed the sights and the sounds ae the traffic and the black soot-covered tenements. He entered the pishy smelling closemooth oan Glebe Street that he used as a shortcut, tae take him across the pud-dle-strewn back courts tae the close oan the corner ae Stanhope Street, opposite Fat Fingered Finklebaum's pawnshoap. A couple ae seconds later, wae the smell ae horse shit still fresh in his nos-trils fae the stables, he wis strolling doon McAslin Street, looking fur his pals. It seemed strange tae be wandering aboot the streets when he should've been at school, so he kept his eyes peeled fur the school board men, who wur always oan the go, trying tae catch the school-doggers like him. He couldnae wait tae tell everywan that he'd cadged a hudgie back hame oan his lonesome. Efter an hour ae aimlessly wandering aboot the backs, whistling and looking up at the broken stairheid windaes ae the stairwells fur a reply, he started tae wonder if Paul and Silent hid been recaptured. He'd been up at the Nolly, oan the stable roof in Stanhope Street and up and doon Parly Road, bit they wur naewhere tae be seen. He wis jist staunin at the corner ae Taylor Street and Parly Road when he clocked Calum Todd, The Big Man's runner, whizzing past, heiding doon McAslin Street and running like the clappers. Calum must've jist come fae The McAslin Bar, Johnboy thought tae himsel. Johnboy raced doon Parly Road tae try and heid Calum aff, either at Murray Street or oan St James Road. When he came tae Murray Street, he caught site ae Calum disappearing past the far corner, still heiding towards St James Road. Johnboy stepped up a gear and practically ran intae Calum at the traffic lights beside the wee roond Tollbooth building, where the doctor's surgery wis.

"Johnboy, ya wee manky toe-rag, ye. Ah thought it wis you Ah spotted tracking me. Whit ur ye up tae?" Calum asked him, running oan the spot.

"Ah'm looking fur Tony, Joe and Paul."

"Ah saw them earlier gaun intae Rodger The Dodger's wae a big length ae cable."

"Dae ye know where they ur noo?"

"Naw."

"If ye see them, will ye tell them Ah'm looking fur them?"

"Aye, nae bother. Look, Ah'll hiv tae shoot the craw. The Big Man's waiting fur me tae come back wae an answer he wants fae wee Tam McBride. See ye later, Johnboy."

"Aye, see ye later, Calum," he said, walking up towards the scrap shoap opposite his school.

"Aye, there wis four ae them in here earlier," confirmed Rodger.

"Dae ye know where they went tae?"

"Tae get mair stuff, probably."

"So, where wid that be then, Rodger?"

"Oh, Ah don't think Ah'm in a position tae disclose that noo, am Ah?"

"Why no?"

"Because, if Ah tell other people where people goat the stuff they bring in here, it wid make me an accessory tae whitever they're up tae, if ye see whit Ah mean."

"Bit, they're ma pals."

"So you say."

"Rodger, if Ah'm wae them, it means mair hauns oan the job, which means mair stuff coming tae you."

"Aye, well, Ah don't know aboot that wan."

"Ah've jist spent two weeks in The Grove fur trying tae get stuff fur ye."

"Aye, Ah thought ye looked a bit clean roond the gunnels."

"So, where ur they getting their stuff fae then?"

"See, that's whit Ah mean. Ye get caught and before ye know it, it wis me that sent ye aff tae get it and Ah end up in the clink."

"Okay, so whit wis it they brought in then?"

"Aye, well, ye see, that puts me in a tricky situation, if ye know whit Ah mean?"

"Wis it some sort ae cable?"

"Aye, well..."

"Ach, furget it," Johnboy said, realising he wis wasting his time.

Jist as he wis wondering where they'd be getting the cable fae, he clocked them. Rodger's door wis bang oan the corner ae St James Road and McAslin Street, jist below where the painter wummin used tae live. It wis a good spot tae position a scrappy. It gied Rodger and his punters, who wur taking in knocked-aff scrap, a good opportunity tae see in baith directions at wance, allowing them tae make a quick exit if the bizzies wur oan the go. There, straight in front ae him, he saw Tony, Joe, Paul and Silent, spread oot across Dobbies Loan, dodging in and oot ae the traffic and running like whippets towards the traffic lights where he'd jist spoken tae Calum The Runner. Behind them, hauf way up their arses, wur

Crisscross, Jobby and that big sergeant, whitever his name wis, pounding efter them. They turned left oan tae Parly Road. Fur a second or two, Johnboy wisnae too sure whit tae dae. If he did-nae catch up wae them noo, he probably widnae find them again fur hours. He leapt forward and legged it up McAslin Street, jist as the four ae them appeared oot ae Murray Street wae Crisscross and Jobby aboot twenty feet behind them. Johnboy couldnae see where the big sergeant hid goat tae. He upped his gears and shot efter them. It didnae take him long tae pass Jobby.

"Whit the...Crisscross!" Jobby wheezed, startled, panting like an auld cranking steam engine as Johnboy ran past him, dodging the attempted grab he made at Johnboy's collar.

Johnboy soon caught up wae Crisscross. He must've thought Johnboy wis Jobby, because in between his wheezing, he splut-tered, "Heid the basturts aff up through the backs in Taylor Street, Jobby."

Brilliant idea, Johnboy thought, as he passed oan the right ae Crisscross, heiding intae Taylor Street.

"Whit the fuck, ya cheeky wee basturt, ye?" Crisscross whined like the skelly-eyed fud-pad that he wis, still keeping tae the boys' tails, as Johnboy veered away tae the right.

Johnboy wisnae too sure if he'd been imagining things as he shot through auld Shitey Sadie's whitewashed closemooth. Crisscross looked as if he'd been wearing a Lone Ranger mask. His pals wur jist leaping o'er the wall at the back ae The McAslin Bar oan tae the wee midgie dyke as he exited the back ae the close. By the time they landed, he'd caught up wae them.

"Johnboy, ya tit, ye. Run! We've goat Crisscross and Jobby oan oor tails," Joe shouted withoot missing a step as he splashed through a puddle that Johnboy hid avoided earlier, no wanting tae get his feet wet.

"Aye, Ah know. Ah hid tae pass them tae get tae youse," Johnboy shouted back tae a cackle ae laughter, as they piled oot intae Stan-hope Street and through the closemooth opposite, beside Manky

Malcolm's rag store.

They heided up tae the back ae Skull's hoose oan Barony Street, opposite St Mungo's Chapel and nipped intae the auld air raid shelter opposite his ma's kitchen windae.

"Where the fuck hiv youse been?  Ah've been looking aw o'er the place fur ye?" Johnboy panted.

"Blagging copper cables fae o'er in the auld railway tunnel behind Dobbies Loan." Paul replied.  "So ye're oot, ur ye?"

"Aye, they slung me oot oan ma arse this morning.  How ur ye daeing, Silent?"

"Er..." Silent said wae a smile.

"Ye kin tell he's jist oot.  Look how clean he looks," Tony scoffed, sitting wae his back against the shelter.

"Did ye jist say ye hid tae pass the bizzies tae catch up wae us?" asked Joe.

"Aye, Ah saw youse heid up McAslin Street so Ah thought Ah'd better catch youse up before ye disappeared again."

"Ye're bloody bonkers, Taylor.  Ah widnae get too cocky wae they bampots.  Look whit happened tae Skull," Tony quipped, as Joe and Paul jist smiled across at him.

"So, whit's happening then?"

"Nothing much, other than me and Silent hiv goat oorsels a nice wee palace tae live in.  Wance the coast is clear, we'll take ye roond tae see it, if ye want," Paul offered.

"Whit?  A real hoose?"

"Aye, it's even goat a front door, bit we've nailed that up fae the inside tae stoap they bizzy pricks trying tae creep up oan us when we're kipping."

"Aye, it's pure dead brilliant, so it is." Joe said, nodding.

"Where aboot is it?"

"It's an empty hoose alang oan Ronald Street.  Tae get in, ye hiv tae go up the loft at the tap ae the stairwell and then doon through the ceiling in the lobby.  It's goat running water as well.  We'll take a run doon wance we gie Crisscross and that shitey eejit, Jobby, time tae fuck aff," Joe volunteered.

"Wis that a Lone Ranger mask Ah clocked oan Crisscross's face?"

"Naw, we aw thought that as well. Somewan must've gied him two black eyes. They're bloody stoaters, so they ur," Tony replied, busy looking at the names scrawled aw o'er the walls ae the shelter.

"So, whit else his been happening then?"

"We've started tae dae a recce ae aw the pubs and licensed grocers. The Big Man his asked us tae see if we kin get him some bottles ae vodka, whisky, gin or any ae the other shite they've goat hinging up oan the optics ae the pubs," Tony said.

"Whit? Ur we back speaking tae him efter whit happened tae Skull?" Johnboy asked, surprised.

"Aye, he spoke tae me oan Parly Road last week. Ah wis gonnae fuck aff, bit the place wis busy, so Ah hung oan efter he shouted me o'er. He wis oan his lonesome, so Ah felt safe enough," Tony said, trying tae gouge his name intae the brickwork using a stane. "It wis that pair ae sergeants that torched the cabin. According tae The Big Man, they still thought The Murphys owned it. There's been a lot ae run-ins between The Big Man and that Sergeant Thompson wan fur a while. Remember, we clocked them jist aboot tae hiv a square go in the dipping yard behind Grafton Square, no long efter ye goat oot ae The Grove, Joe?"

"If ye believe the lying basturt, that is," Joe said, clearly no convinced.

"Well, it sounds aboot right tae me," Tony said, turning roond tae face them. "Think aboot it? We're still here. Dae ye think we'd be walking aboot if he thought it wis us that blagged aw his doos? If he believes that it wis the bizzies that wur behind the loft being tanned, then who ur we tae make him think otherwise? He also telt me that he's goat proof it wis them, bit that he disnae hiv any hard evidence."

"How dae ye mean?"

"Ah've jist telt ye. He says that there wis other stuff gaun oan, other than oor cabin and the Murphys' loft getting tanned.  He also said that he's keeping it quiet aboot the loft being broken intae and aw their doos being blagged."

"Well, Ah hope he disnae find oot that we're the missing link," Joe said as they aw laughed, except Silent, who frowned at them, clearly no getting the joke.

"It wis us that tanned the loft and stole aw his good breeding doos," Johnboy said tae Silent.

"Oh."

"He says he's goat some guy oan the case...some sort ae investigator...who's gonnae prove that it wis they bizzies."

"Whit? That Jobby wan and Crisscross?"

"Naw, he's convinced that it wis the two sergeants, Thompson and Big Jim Stewart."

"So, where ur we in aw this?" Johnboy asked.

"We've started tae really upset them since ye've been away oan yer holidays, Johnboy.  Paul and Silent set their wee blue phone box oan St James Road oan fire last night," Joe snorted.

"Ah never knew there wis a polis box oan St James Road," Johnboy said.

"Doon at the lights, jist roond fae The Grafton picture hoose.  It's tucked in behind the corner ae the doctor's surgery, beside the slater's yard, or it wis."

"Is that whit that wis?  Ah saw the big black pile earlier when Ah wis looking fur youse."

"And me and Joe hiv been targeting their squad cars, bit they're awfully suspicious jist noo.  Remember when they use tae jist disappear up a close, leaving the car sitting there?  No any mair, they don't.  Wan ae them is always ootside hinging aboot.  It wis Joe that picked up oan that wan, so it wis."

"Ye don't think they'll claim that it wis the same wans that burnt doon the polis box that burnt doon the cabin, dae ye?" Johnboy asked.

"It wis them that burnt doon the cabin," Tony reminded him.

"Aye, bit wid that no gie them the excuse tae blame us if we get caught, setting fire tae their boxes though?" Johnboy asked.

"Hmm, maybe. We never thought ae that," Paul mused, looking across at Tony.

"Aye, bit that disnae mean we cannae still hiv a go at the basturts every chance we get. We'll jist avoid using matches when we're hitting them, that's aw," Tony said and everywan nodded.

"So, hiv ye been hame yet, Johnboy?" Tony asked him, staunin back tae admire his haundiwork.

"Naw, Ah came looking fur youse first, so Ah did. Ah'll go hame later."

"Right, ur ye wanting tae see oor wee palace then?" Paul asked Johnboy, staunin up.

"Aye."

"Well, let's go then."

# Chapter Thirty

Helen wis still in a state ae shock. Hauf an hour hid passed since she'd been led back alang tae the cells and she wis gieing hersel a hard time, wondering if she should've goat they shyster lawyers, Howdy and Barker, tae represent her. She closed her eyes and shook her heid tae see if she could waken up fae her nightmare. When she opened them, she wis still sitting wae her back against the cauld tiled wall, listening tae the hum fae the pipes. She wondered whit Jimmy wis daeing. He wis probably at work or he wid've been in the court insteid ae Isabelle.

"Christ, whit am Ah gonnae dae noo?" she said oot loud, fighting tae haud back her tears.

How could that parasite ae a man, JP Donnelly, sit up oan that bench and believe the shite he wis being telt in court by the biggest lying basturts this side ae the Clyde? Surely even a thicko like him, a so-called man ae the common people, widnae hiv been taken in by the lies that hid been puked oot in that courtroom? Surely tae God there wis such a thing as justice in this stinking rotten city? Why her? Whit hid she done that wis so wrang? Helen could feel the tears drip aff the end ae her nose as she sat there brooding. Ah'm a big-moothed blethering idiot, that's why, she admitted tae hersel. Why could she no hiv jist done whit Jimmy kept telling her and leave people tae themsels? She hated tae admit it, bit Betty and the lassies hid been right. Whose battles wur they fighting? Who'd asked Helen tae get involved? Who wis she tae interfere? And whit wis it JP hid said? Seven days oan remand in Gateside wummin's prison in Greenock tae gie her time tae call her witnesses and if she needed mair time, she should get back tae him. How the hell wis she supposed tae dae that fae a jail cell, oot in Greenock? She knew she wis goosed...and fur the first time in a long time...frightened. She looked up and quickly dried her eyes wae the sleeve ae her cardigan as she heard footsteps coming alang the corridor and stoapping ootside her cell door. Wae the sound ae keys rattling, the door swung open.

"Ye've goat five minutes, hen," the creepy-looking turnkey said tae Isabelle, staunin aside tae let her pass.

"Ma, Ma, ur ye okay?" Isabelle wailed, dashing past the turnkey and bursting oot greeting oan route.

"Fur Christ's sake, Isabelle, don't show these people that they're getting tae us," Helen croaked stiffly before bursting oot greeting hersel, as she hugged her eldest daughter.

"Oh Ma, whit ur we gonnae dae?" Isabelle sobbed.

"It's only fur a week. Ah'll be back hame next Friday. Don't worry, hen."

"Where's Greenock? Will we be able tae come and visit ye?"

"Aye, Ah'm sure ye will."

"In case Ah furget, ma da asked me tae try and get these tae ye before ye went up this morning. Ah tried tae get them haunded in tae ye earlier, bit they widnae take them aff ae me," Isabelle said, taking a packet ae twenty Embassy Reds and a box ae Swan Vestas oot ae her pocket.

"Aw, that wis nice ae him. How is he?"

"He wisnae happy when he found oot that you and hauf the wummin in the Toonheid hid been arrested. It wis efter ten o'clock when he arrived hame fae his work. He turned aboot and trooped aw the way doon here, only tae be telt he couldnae get in tae see ye. It wis efter midnight before he arrived back hame."

"Did he get something tae eat?"

"Aye, Ah made him some toast and cheese and Anne made up his work piece fur him tae take wae him this morning. Although he wis angry wae ye, he wis terribly upset," Isabelle replied, then started tae weep again.

"Hush, Isabelle...it'll be awright, hen," Helen soothed, wiping the tears fae Isabelle's cheeks.

"He telt Norma and Anne that he never slept a wink last night, worrying aboot how you and the other wummin wur coping. Norma said his eyes wur aw puffy this morning as if he'd been greeting aw night."

"Ach, well, Ah'm sure he'll cope," Helen murmured, gripping her eldest daughter tightly wae baith erms.

"He wis in a helluva state when he left fur his work this morning, so he wis."

"Aye, well, Ah get the message, Isabelle," Helen said drily, loosening her grip and feeling shit fur aw the trouble she'd caused everywan.

"Oh, in case Ah furget, a wee sleekit man came up tae me and telt me tae tell ye that he wis gonnae try and wangle a way in tae see ye. He said his name wis Sammy Elliot and that ye'd know who he wis."

"Him!" Helen spat, feeling anger welling up inside her. "Oh, aye, Ah know who he is awright."

"So, who is he? He looked pretty creepy tae me."

"They call him The Rat, because he's always ferreting aboot aw o'er the place. If he comes tae the door tae talk tae any ae youse or yer da, tell him tae fuck aff. Hiv ye goat that?"

"Aye, bit who is he? He looks scary."

"Never mind that, hen...you jist dae as Ah've telt ye. He's the wan that's probably behind us getting set-up by that big Liam Thompson. So, whit else his been happening then?" Helen asked, lighting up the first fag she'd hid since being lifted.

"Youse hiv been in aw the papers. We've goat them at hame. We've kept ye copies ae The Evening Times, The Evening Citizen and The Glesga Echo."

"Is that right?"

"Aye, it's amazing how different the evening papers ur compared tae The Echo though."

"Why? Whit's the difference?"

"The Evening Times and The Evening Citizen show photos ae youse being huckled and say youse started a riot and assaulted the polis, though they didnae say why. They jist said that when the polis arrived tae stoap the disturbance, they wur attacked by a gang ae mad wummin who set upon them wae big sticks."

"So, whit did The Echo say?"

"The Echo said youse wur demonstrating against warrant sales and that this wis a long-standing campaign by a bunch ae local wummin. It said ye wur the speaker oan behauf ae the group and ye wur quoted as saying how scandalous it wis that The Corporation and cooncillors wur allowing this tae happen tae a poor auld age pensioner, whose two sons died in the war fur the country."

"Really? It said that?" Helen asked, sounding surprised, fae within a blue smoke cloud.

"Aye, and noo that ye've mentioned it, Ah think that wee sleekit man, who's trying tae talk tae ye, his goat something tae dae wae The Echo. Ah'm sure it wis his name in the paper."

"Aye, it wid've been him."

"So, why hiv we no tae talk tae him then?"

"Because Ah said so, that's why!" Helen scolded. "Don't talk tae him unless Ah say so, Isabelle. He's a right wee fly man and he's no tae be trusted."

"Is there anything else, Ma?" Isabelle asked, turning roond tae look at the cell door as the key grated in the lock.

"Tell Betty Ah'll need her and aw the lassies tae turn up in court next Friday as witnesses. Tell her tae make sure aw the lassies who couldnae hing back fur ma court appearance earlier know whit went oan and whit wis said by they lying jackals the day, will ye?"

"Aye, nae bother, Ma. Betty and Sharon Campbell said they'd hing oan fur me and get me up the road efter visiting ye."

"At least Madge didnae get aw her furniture flogged fae under her."

"Whit, hiv ye no heard?"

"Heard whit?"

"It also said in The Echo that Madge's furniture goat sold yesterday efternoon and showed a picture ae her staunin in the middle ae her empty living room."

"Bit Ah thought her arrears goat paid aff by wan ae the Martin boys before ten o'clock in the morning?"

"Well, that's whit the paper said."

"Ur ye sure, hen?"

"Aye, Ah think so, bit noo that ye're asking me, Ah could be wrang," Isabelle sniffed, feeling the tears welling up in her eyes.

Isabelle hugged her ma, jist as the creepy turnkey's heid appeared through the door tae tell her it wis time fur her tae leave.

# Chapter Thirty One

They jimmied up intae the loft and placed the wooden hatch back across the hole in the stairwell so nowan wid know anywan hid been up there. Paul went across and lifted a board up fae between the rafters and a beam ae light shot up. Silent drapped doon first and Paul last, pulling the board o'er the gap. Apart fae a wee pile ae soot and plaster fae the ceiling sitting in the middle ae the lobby, the place looked great.

"C'mone and see oor fancy bed, Johnboy," Paul said, as they aw trooped efter him through tae whit hid been the living room at the front ae the tenement. "Whit dae ye think?"

"Did ye say yer bed?"

"Aye."

"Okay, Ah gie in. Where the fuck's the bed then?"

"Ye're looking at it."

"Whit Ah'm looking at is a big broon wardrobe wae a mirror oan it, lying oan it's back in the middle ae a room."

"Exactly. So, whit dae ye think?"

"Ah telt ye...Ah think Ah see a wardrobe, bit nae a bed...that's whit Ah think."

"Show him, Silent," Paul said, smiling.

Silent went across and lifted up the door wae the big mirror oan it. Johnboy looked inside and saw a couple ae blankets spread oot and a couple ae cushions at the tap.

"And ye call this a bed?" Johnboy asked, stepping in, still no impressed.

"Aye. Lie doon and check it oot," Paul said, stepping in and lying doon. "C'mone, lie doon, Johnboy."

When Johnboy lay doon beside Paul, Silent shut o'er the door.

"Whit dae ye think?" a voice asked him in the dark.

"Whit, ye sleep wae the door pulled o'er?"

"Aye."

"Bloody pure dead brilliant, so it is," Johnboy said, impressed.

"The only thing is, ye cannae dae a fart in it," Tony warned, pulling Johnboy up efter lifting up the door lid.

"Aye, the first night, Silent let oot a wee sly pimp and it sounded like a fucking siren gaun aff. Ah thought Ah wis gonnae pass oot wae the smell," Paul said, as Silent gied a wee embarrassed smile.

"Fuck that, Ah'm gonnae move in as well. Will three ae us fit in there?" Johnboy asked, shutting o'er the mirrored door.

"Ye'd get the Sally Army band in there as long as ye didnae let that fat tart, Sally Sally try and muscle her way in."

"So, whit aboot the ootside door?"

"We nailed it fae the inside and Joe blagged a name plate aff some other door tae put oan the ootside ae it."

"So whit ur we called?" Johnboy asked, inspecting the nailed door that led tae the ootside landing.

"Sing."

"Sing? Sing whit?"

"A song ae sixpence," Tony said.

"And a pocket full ae rye," Joe sang.

"Four and twenty blackbirds," Paul followed oan, followed by the rest ae them joining in, "Baked in a pie. And when the pie wis opened..."

"Seriously, is that oor name?" Johnboy asked.

"Aye, the name plate says 'Abdul Sing.'"

"Brilliant. The polis won't think tae chap oan a door wae a name like that, eh? So, whit else is there?"

"That's it."

"Whit? Nae chairs tae plonk oor arses oan?"

"Johnboy, whit the fuck wid ye want wae chairs?"

"Er, let me think. Aye, Ah know...how aboot, tae bloody sit oan, or is that jist me being stupid again?"

"That's a good idea. We hivnae bothered wae chairs. We've jist came in and went tae sleep in the wardrobe, bit noo that ye mention it..."

"Jist as well Ah goat oot the day, eh? Ye widnae know whit tae dae if Ah wisnae here."

"Here, look at this," Tony shouted, looking oot the windae.

The others came across tae join him. Oan the other side ae the street, Mick and Danny Murphy wur lifting boxes oot ae a wee red van. Watching them reminded Johnboy ae the film that wis shown in The Grove, 'Anatomy ae a Psycho,' where the wee brother, Chet, avenges his big brother, Luke, by killing and chibbing everywan in sight, efter Luke gets put in the gas chamber at midnight. Luke and Chet wur amateur basturts in nastiness compared tae the Murphy twins. Mick and Danny, alang wae their big brother, Shaun, who sported a big 'mars bar' oan the side ae his face, left by a wee wummin who'd stuck a pint glass in it, wid kill fuck oot ae ye before, during and efter their breakfast and then come back at tea time tae kill ye again, jist tae make sure ye wur deid. Tony hid also telt them that the Murphys hid been dishing oot some amount ae hidings tae aw the doo men across the city o'er the past wee while, trying tae find oot who wis involved wae the bizzies in tanning their loft. Johnboy wisnae sure whit tae believe. He knew Paul and Joe wurnae convinced that the pair ae psychos they wur looking doon oan hidnae been involved in burning doon the cabin, while Tony seemed totally convinced that it hid been the polis. Johnboy wisnae too sure either way. He thought back tae whit Freckles hid said in The Grove. Freckles didnae believe that it hid been the polis either. The big question none ae them hid been able tae answer wis, why wid The Big Man burn doon their cabin dookit wae Skull in it, if he didnae believe it wis The Mankys that hid tanned the loft and stolen his good Horseman Thief Pouter doos? It jist didnae make sense tae Johnboy. He gazed doon at the ugly twins, watching whit they wur up tae. He'd never met any murderers before, at least none that he knew ae. He found it hard tae watch the brothers withoot wanting tae pish himsel wae fear. Hid they been involved? He looked at Tony and Joe and wondered whit wis gaun through their heids. Wur they thinking the same as he wis? That first night in The Grove, he'd goat Paul oan his ain and telt him whit

Tony and Joe hid said at the front ae the closemooth beside Sher-
bet's oan the day they'd come back fae the toon centre efter find-
ing oot aboot Skull.

"Don't ye worry aboot that, Johnboy. You mark ma words...some
day we'll burn the basturts...whoever they wur...that done-in Skull.
This won't be furgotten aboot, no matter how long it takes."

Wance each ae the brothers lifted a box oot ae the van, Danny
slammed the back door shut wae his fit and followed Mick intae
their closemooth. Efter a couple ae minutes, they reappeared tae
get mair boxes. It wis difficult no tae think aboot poor Skull, see-
ing as they wur aw staunin looking oot the tap flair windae, directly
opposite the roof that they'd used tae get access tae the loft tae
steal The Big Man's good doos oan the last weekend ae the school
holidays. Poor Skull, Johnboy thought tae himsel, trying hard no
tae let the other wans catch him wae his eyes filling wae tears.
Wan day Skull hid been there wae them and then the next, he wis-
nae any mair. Johnboy hid been dying tae pour everything oot tae
his ma, bit Tony's voice hid kept shouting in his heid that nowan
wis tae speak aboot whit wis gonnae happen someday...and any-
way, whit could she hiv done aboot it? Although The Mankys spoke
aboot Skull every noo and again, they never mentioned whit hid ac-
tually happened tae him and Elvis in the fire. Despite whit Tony hid
said tae them up at the air raid shelter ootside Skull's kitchen win-
dae aboot the bizzies setting the cabin alight, Johnboy jist found it
hard tae believe that the two uglies they wur spying oan doon oan
Ronald Street hidnae been involved in there somewhere, despite
The Big Man putting it aboot that the bizzies hid done the dam-
age. Johnboy sensed Paul stiffen beside him. The Murphys wur
back. Jist before they opened the van door again, the two brothers
looked aboot quickly tae check nowan wis watching them and then
took another box each fae the back ae it and disappeared.

"That's definitely swag, so it is," Paul murmured.

"Right, let's go. Silent, ye're gonnae hiv tae dae the damage."

"Me?"

"Ah'll tell ye oan the way doon," Tony said, as he quickly disap-peared oot ae sight up through the ceiling in the lobby, like a mon-key, followed by the rest ae them.

They stood back, oot ae sight, watching Tony peek oot ae the closemooth in the next close doon fae their new hoose.

"Right, listen up. As soon as they come oot and disappear back up the stairs wae two mair boxes, nip across there and start bring-ing across the boxes, Silent."

"Whitever ye dae, don't let the basturts catch ye. They'll kill ye stone deid," Johnboy said helpfully.

"If they clock ye, run like fuck up the hill towards Parson Street and then double back doon through the backs. Whitever ye dae, don't come anywhere near where we ur. Hiv ye goat that?" Joe said tae Silent.

Silent jist gulped, looking like he'd jist seen a ghost...scared shit-less.

"Silent, the reason it his tae be you is because they big fuck-wits know us. Ye'll be awright though. Ah reckon we've goat aboot four or five minutes before they come back each time," Tony soothed and the rest ae them aw nodded in agreement.

"Whit if the van door's locked?" Silent finally spoke, in that wee trembling voice ae his.

"It won't be. They know there's nae eejit stupid enough aboot here tae blag anything oot ae their van."

"Dis that mean we're fucking eejits then?" asked Paul grinning, as Silent, still gulping, stood there looking terrified oot ae his wits.

"Of course we're fucking eejits. Why dae ye think we let Johnboy run aboot wae us?" Joe quipped.

"Right, listen up. When Silent comes across wae the first box, wan ae youse nip up tae Abdul Sing's landing wae it. Go through this back close and up the next. Whoever takes the first box his tae nip up intae the loft and the second wan will haun the boxes up when he arrives. Hiv youse aw goat that?" Tony asked, taking another wee peek oot ae the closemooth.

"Aye."

They heard the Murphys before they saw them. Tony shooed them back further fae the entrance ae the closemooth. They stood facing each other...Joe, Paul and Silent oan wan wall, and Tony and Johnboy oan the other. Nowan spoke. They couldnae make oot everything the brothers wur rabbiting oan aboot, bit it wis clear that they wur whining aboot something. Johnboy gied Silent a wee encouraging smile. He remembered the first time he'd been involved wae the other three oan his first shoap-tanning expedition oan the wee tobacconists doon oan St James Road. Joe and Paul hid goat nabbed by the bizzies behind the McAslin Bar, The Big Man's pub, while Tony and Johnboy hid managed tae escape. Joe hid goat twenty eight days in The Grove and Paul hid been sentenced tae an approved school. Johnboy hidnae met Skull then. He felt a wee bit sorry for Silent. Silent's right leg wis shaking like a mangy auld dug's that wis full ae fleas. If Silent wis tae become part ae The Mankys, he'd hiv tae dae whit wis being asked ae him. If he didnae, he'd be back tae his lonesome self, at the mercy ae arse-bandits like Tartan Tie in The Grove. This wis his first real test. They heard the van door slam shut and Silent jist aboot jumped oot ae his skin. The Murphys' echoing voices disappeared up the closemooth oan the other side ae the street.

"Right, oan ye go, Silent," Tony said, practically lifting Silent up and throwing him oot ae the closemooth.

Johnboy wis relieved tae see that Silent took aff like a whippet. Johnboy, Paul and Joe hidnae moved and wur still staunin wae their backs against the wall, looking intae each other's eyes. Tony wis peeking oot, gieing a running commentary oan whit wis happening. Within hauf a minute, Silent wis back in the close.

"It's bottles ae stuff," he panted, haunin o'er a cardboard box before disappearing again.

"Right, Paul, oan ye go."

"Whit's in the boxes?"

"Whisky," Joe whooped, laughing.

Another box arrived and Joe disappeared. Twenty seconds later, it wis Johnboy's turn tae be aff and running.

"How many mair boxes, Silent?" Johnboy heard Tony asking him.

"Two," came back the reply.

Johnboy met Joe oan the stairs, coming doon as Johnboy wis gaun up.

"How many mair?"

"Two, Ah think."

"Right, well, you jist go straight up intae the loft then. Ah'll be wae ye in a minute."

"Aye, okay."

Johnboy haunded up his box tae Paul and then clambered up. Paul nipped doon intae the lobby and Johnboy started tae haun the boxes doon tae him. A few minutes later, Silent appeared in the loft and took the last two boxes aff ae Tony and Joe fae below oan the stairheid landing.

"Well done, Silent," Johnboy said tae him, getting a big smile back, before he disappeared doon intae the hoose.

Joe joined them at the windae in their bedroom-come-living-room, jist as Mutt and Jeff appeared oot ae their close across the street.

"God, Ah wish Ah wis staunin beside they pair ae pricks when they open that fucking van door," Paul said, as everywan laughed, watching the two brothers.

Danny wis obviously still moaning like fuck aboot something, as they could see him waving his hauns aboot while he wis talking. Mick wis daeing his best tae ignore Danny and wis looking up and doon the street before he opened wan ae the van doors.

"Christ, ye couldnae hiv planned this better if ye'd tried," Paul said tae mair cackling, as four sets ae eyes focused oan the show doon oan the street.

They aw aboot pished themsels when Mick opened the back door and the brothers froze oan the spot. The pair ae them jist stood like statues, facing the open door, then baith ae their heids disappeared inside the back ae the van. Everywan at the windae automatically took a step back as they continued tae pish themsels silly. Silent wis the first wan back, peering o'er the sill. Johnboy wis beside Tony oan wan side ae the windae frame and Paul and Joe wur peeking oot oan the other side. Danny wis staunin like a confused scarecrow, scratching that ugly heid ae his. The brothers wur furiously looking up and doon the street, looking sick as fuck, in a total state ae disbelief. Mick tried slamming the door shut, bit it bounced back open and skelped him oan the kisser as the windae-watchers aw clamped their hauns across their mooths in laughter. Danny took a run and kicked a big dent in the side ae the van wae the sole ae his right boot. Although they wur three flights up and three closes further up the street, Tony hid tae warn them tae quieten doon, in case the brothers heard them. The two daft twats started arguing wae each other, waving their hauns in the air before disappearing back up intae their closemooth.

"See, Ah telt ye, we'd get ye some seats, Johnboy," Paul said, putting doon a yellow Cutty Sark box beside the wardrobe before plapping his arse doon oan it.

"Whit's in the white boxes then?"

"We've goat two boxes full ae whisky, two ae Gordon's Gin and a box ae vodka."

"Brilliant. That'll mean we don't hiv tae tan any pubs or licensed grocers," Paul said.

"Naw, we'll still hiv tae go aheid wae that. We'll see if we can tan a pub and mix this stuff in wae it. The Big Man won't know the difference."

"Ye don't think this is The Big Man's stuff, dae ye?" Johnboy asked.

"Of course it is. That's whit makes it even better. Ye don't think that thieving basturt paid the full price fur this, dae ye?"

"Should we be annoying him and The Murphys efter whit happened tae Skull?" Johnboy asked doubtfully, fear in his voice.

"Oh, Johnboy, shut yer arse," Joe said, as Silent looked across at

Johnboy and gulped.

"So, how much hiv we made then?"

"He says he'll gie us five bob fur a bottle, and seven fur a forty-ouncer, if it's quality, branded stuff."

"Is aw this good stuff then?" asked Johnboy, throwing up a green bottle ae Cutty Sark and catching it, hivving accepted that if ye cannae beat them, join them.

"Who knows, bit there needs tae be mair ae the same kind ae stuff as whit we've goat here. We'll need tae make sure we go fur the same labels, so there's mair than whit we've blagged. We'll also ditch the boxes, jist in case they've taken a note ae they numbers oan the side ae the cases."

"Ah reckon we've goat aboot twenty smackers-worth here, at least, if he sticks tae his agreement," Paul mused.

"Well done, wee man. How's that arse ae yers?"

"In tatters," Silent said, lifting his cheek and letting oot a corker.

"We've aw been there many a time, eh?" Tony said, rattling the windae frame wae a beezer fae that arse ae his.

"Fur Christ's sake, Tony. Whit the hell hiv ye been eating, ya smelly basturt, ye?"

"Trotters, tripe and onions. It's ma maw's favourite. She made it last Sunday when ma granny came roond fur her tea. Bloody lovely, so it wis. It must've been the onions in it," he said, laughing and waving that haun ae his rapidly behind his smelly arse.

"Or, maybe because it's the fucking Friday efter and ye're gonnae die wae an arse that smells like that."

"Aye, if Skull hid been here, he wid've shat in the back ae their van as a wee thank ye fur the presents," Joe said.

They aw burst oot laughing in hysterics as Silent stood there looking at them wae a puzzled expression oan his coupon.

"Skull wis something else, so he wis. If he tanned a shoap or a hoose and he knew ye, bit didnae like ye, he'd shite somewhere tae spring a wee surprise oan ye."

"Like in they Murphys' good McCluskey's steak pie, the night we tanned their loft."

"Or Fat Sally Sally's bed."

"Or Crisscross's polis hat."

"Aye, he wis a right manky wee shite, so he wis."

"Did he no shite in yer teacher's desk as well, Johnboy?" Paul asked, as they aw looked at him.

"Naw, that wis Stuart Hurley, so it wis. He nipped back tae the classroom when we went oot at playtime. When we came back in efter the break, Olive Oyl, the daft cow that she wis, poked her haun intae her desk, withoot looking, and stuck her fingers right intae the middle ae it. Ah think she wis aff school fur aboot a week efter that wan."

"Did he get caught?"

"Aye, he'd asked fur a pencil or something and that gied the game away."

"Aye?"

"In the five years he'd been at school, that wis the first time he'd ever asked fur anything, never mind a pencil, the daft tit," Johnboy said, as the bell fae the primary school and The City Public at the bottom ae the street went aff.

"School's oot."

"Aye, Ah'll need tae watch oot. Two ae ma sisters go tae The City Public and Ah don't want them seeing me or they'll tell ma ma that Ah'm hame."

"So, whit ur we gonnae dae the night then?" Paul asked Tony.

"It's Friday night. Everywan will be drunk. The bizzies will be busy fur a change. We'll tan wan ae the pubs later oan tae top up oor stock."

"How aboot The Big Man's pub, The McAslin Bar?" Johnboy asked, wae a nervous laugh.

"Johnboy, why the fuck wur you let oot fae The Grove, insteid ae some brainy deserving boy who could've maybe made something ae his life?"

"Aye, Johnboy, let's try and no get oorsels murdered this week, eh?"

"If we're gonnae dae anything tae that pub, it'll be tae burn the basturt doon, hopefully wae they Murphy fuck-pigs and The Big Man inside," Joe said grimly.

"Right, listen up. We'll need tae wait until later till the boozers shut. Whit will we dae until then?"

"Hing aboot?"

"Heid intae the toon centre?"

"There's a good film oan in The Grafton," Johnboy volunteered.

"Whit's it aboot?"

"A mad basturt and his pals running aboot shagging wummin."

"Dae ye get tae see their paps?"

"Ye get tae see everything."

"Who's in it?"

"Some madman who's the leader ae a bike gang."

"Naw, naw, ya eejit. Ah mean, whit Hollywood star?"

"Ye don't hiv stars in The Grafton's films."

"Why no?"

"Because it's The Grafton and it smells ae auld people and Hollywood stars widnae be seen deid in the place."

"So, how dae ye know we get tae see everything then?"

"Because the poster in the windae ootside shows a madman oan a bike, wae a big dolly bird sitting behind him, wiggling they diddies ae hers at everywan oan their way past."

"Sounds good tae me."

"Aye, Ah'd love tae see some big diddies being wiggled aw o'er the place," Silent piped-up enthusiastically.

"So, that's whit he sounds like? Fuck, it's only taken a week," Paul said, tae mair laughter.

"Right, Johnboy, if we don't see big tits being wiggled aw o'er the shoap the night, we're haunin ye o'er tae wan ae the priests up in St Mungo's, where it's mair than tits that'll be wiggled aboot in front ae they eyes ae yours."

"Whit's the film called?"

"Motorpsycho."

# Chapter Thirty Two

"Liam, get yer arse in gear. Colin wants tae speak tae yersel and Big Jim in his office," said the desk sergeant, Happy Harry, popping his heid roond the canteen door.

"Again? This is becoming a bad habit, so it is," Big Jim growled, staunin up.

"Aye, well, Ah widnae worry. We hivnae done anything, at least no that Ah'm aware ae," The Sarge said, haudin the door open fur Big Jim tae pass through.

"Right, listen up, boys. Paul McBride and another wee sticky-fingered shitehoose hiv absconded fae The Grove," Colin announced as they entered his office.

"Ah thought it wis him that me, Jobby and Crisscross wur in pursuit ae earlier oan, alang wae the rest ae his pals. Ah thought Ah must've been mistaken. Ah notice that ginger nut Taylor wan is back in circulation as well.

"How long his McBride been oan the run fur?" Big Jim asked.

"Since yesterday morning."

"And it's taken them twenty four hours tae let us know?"

"Naw, it came in yesterday, bit Ah didnae get the message until Ah came in this morning. Ah wis at the mother-in-law's funeral aw day yesterday," The Inspector said, a look ae pain showing up oan that ruddy face ae his.

"Er, aye, we heard, Colin. Sorry aboot the bad news," The Sarge mumbled, as Big Jim looked at his feet.

"Bad news? Christ, it wis the best news Ah've heard in years. She wis a foul-moothed auld hag that couldnae haud her tongue wance she goat started. Made everywan's life a bloody misery, so she did. Naw, it wis the pissing aboot aw day that goat tae me, wae everywan trying tae show they wur mair heartbroken than everywan else, despite the fact that it wis obvious that everywan wis fair chuffed that the auld basturt hid finally departed, leaving them in peace efter aw these years ae misery. Ah totally objected tae gieing up ma day aff fur the auld cow, though," Colin retorted, smiling.

"If ye think she wis bad, ye should see whit Ah've goat fur a mother-in-law," Big Jim said. "God, Ah'd even pay somewan tae dae away wae her, if Ah thought Ah could get away wae it, so Ah wid."

"It's that sister-in-law ae mine Ah've tae contend wae. A right fucking nag, so she is. That poor brother ae mine hisnae hid a life worth living since they goat married. Nae wonder he's an alcoholic, living wae that thing, twenty four hours, seven days a week. 'Twenty years ae purgatory,' he kept repeating tae us, the last time he wis roond at oors," The Sarge mused.

"Aye, well, we better change the subject before Big Jim there comes back tae better that wan, eh?" The Inspector interrupted, before continuing. "Ah want that manky toe-rag McBride picked up before yer shift finishes the night. He might only be twelve years auld, bit the longer he's oan the loose, the mair damage he'll dae and Ah don't want JP doon here bumping his gums aboot the crime wave that's descended oan the patch."

"Crime wave? Whit crime wave?" Big Jim asked, clearly confused.

"The wan that's jist aboot tae erupt if we don't get him and his wee manky pals locked up, pronto."

"Ye said there wis two ae them, Colin."

"Aye, Ah widnae worry aboot his pal though. He's a Care and Protection case...some sort ae an orphan. Anyway, furget him...it's McBride we hiv tae worry aboot. Even better, see if youse kin nab Gucci, Taylor and McManus while youse ur at it. Kin ye imagine the brownie points we'd get fae JP and The Chief, if we could get shot ae that wee bunch, wance and fur aw?"

"Any word oan whit The Rat's up tae, Colin?" The Sarge asked.

"Ah clocked him in the courtroom when JP remanded the Taylor bitch. He looked as sick as a parrot, so he did. JP's put him oot ae the game. Ah widnae expect tae hear too much fae him noo that she's been sent doon tae the wummin's nick in Greenock. If youse kin nab that wee manky mob, it'll be the icing oan the cake. Get them and The Rat will be well and truly stuffed up the arse, so he will."

"Any word oan the fire?"

"Nothing. Forensics ur saying they believe it wis foul play, bit there isnae any suspects."

"Whit's the boy's family saying?"

"Nothing. The maw's been sectioned and the da's been carted aff tae a secure hospital, where he cannae dae himsel or anywan else any damage. There wis a sister, a year aulder than the boy, bit she's been put in a home under Care and Protection, so at least she'll be okay. Probably the best thing that's ever happened tae her, so it is."

# Chapter Thirty Three

They sat oan the pavement across fae The Grafton oan Parly Road, watching whit wis gaun oan, as they chomped intae two bags ae fritters between them and took it in turns tae wash them doon wae a bottle ae Tizer. Wan minute the road wis quiet, apart fae a few cars and buses heiding up and doon, and the next, the charge ae the auld brigade began in earnest. Some ae them wur in a group, others wur oan their lonesome and some, like Johnboy's granny and granda, wur obviously thegither. Wan thing they aw hid in common, apart fae the grey hair and wrinkles, wis that they wur aw gaun like the clappers, trying tae reach the door first, before the others goat there. Johnboy didnae want his granny and granda tae clock him, bit he'd nothing tae worry aboot. There wis a scrum at the door, wae them aw trying tae elbow each other oot ae the road.

"Hoi, hoi, settle doon and wait yer turn, girls. Kin ye no see there's a queue oan the go here?" an auld wan shouted, as he pushed a couple ae auld wummin oot ae the way, who'd nipped in, in front ae him.

"The first twenty probably get in fur hauf price," Paul suggested, licking the vinegar aff ae a fritter.

"Or the couples want the back row fur a good auld winching session and it's first come, first served."

"Dae ye no mean, first gum, first served?" Joe said tae laughter, as an auld baldy wan fell oan tae his arse between the double glass doors, before getting back up and re-joining the battle ae the door jam.

"Ladies, ladies! Gents! Haud yer horses! Wan at a time! There's nae rush, noo. There's plenty ae seats fur everywan," the auld usher shouted, before disappearing under the next tidal wave.

"That's auld Peter. Ma granda says he's been an usher in there since he wis thirteen...a hunner year ago."

"Somewan wants tae get him a hat that fits him. He looks like a bloody Russian general under that thing he's goat spinning aboot oan tap ae his napper."

"So, how dae we get in then, Johnboy?"

"We wait until the crush moves past the ticket booth and intae the picture hoose.  Wance we know they're in, wan ae us goes in through the door and asks Big Irene in the booth fur some change ae a tanner or a bob.  He gets the change, and then walks oot."

"And?"

"And whichever wan ae us goes in through the door, keeps Irene talking, while wan ae us crawls in at his feet oan the flair at the same time."

"Aye?  And?" the choir let rip again.

"The wan that gets the change walks oot and the wan who's noo sitting underneath her booth crawls roond tae the left, minding tae avoid aw the pish oan the carpet fae where the auld wans wur aw getting excited.  He then nips alang the wee corridor and through the double door intae another corridor that runs doon the length ae the picture hoose tae the bottom.  At the bottom, there ur a couple ae fire exit doors.  Ye jist need tae push the bar, and in we go."

"Aye, well, seeing as ye know the layout, ye're oan crawling duty, Johnboy," said Tony.

"Kin Ah no dae the crawling bit?" Silent asked, clearly confident efter his earlier daring escapade.

"Naw, let Johnboy dae it.  He knows the layoot."

"We'll dae it thegither, Silent," Johnboy offered.

"Brilliant!"

"Right, who'll talk tae Big Irene sitting in the ticket booth?" asked Tony.

"Ah'll dae that," Paul volunteered.

"So, it's aw settled then?" Tony asked and everywan nodded in agreement.

"Tae reach the back exit doors, jist nip through wan ae the closes in Murray Street," Johnboy said, as aw eyes followed hauf a dozen stragglers, shuffling doon Parly Road, still in their slippers, heiding fur the flicks.

"So, who's goat the money tae ask fur the change then?" Paul asked.

"Ah'm skint."

"So am Ah."

"Fucking brilliant idea that wis, Johnboy, ya knob, ye."

"Ah'm sure ye'll be able tae make something up as ye go alang, Paul," Tony laughed, as him and Joe heided across the road towards Murray Street.

"Whit will Ah say?"

"Tell her ye want a ham shank aff ae her, bit if she's busy, a quick shag will dae fur the time being," Joe shouted back, dodging in front ae a big blue Taylor's lorry.

"Johnboy, if this disnae work, ye're deid."

They arrived at the entrance, jist as the last ae the auld wans disappeared oot ae sight, efter getting their tickets. Paul swung the glass door open and strode through as Johnboy and Silent crawled and scurried across the flair, before plapping their arses doon under Big Irene's wee glass, arched windae.

"Whit kin Ah dae ye fur, son?"

"Ah don't suppose ye could gie me a wee ham shank by any chance missus?" Paul asked, clutching his crotch.

"Eh?"

"Or wid ye prefer tae gie that wan-eyed monk ae mine a wee tug insteid?"

"Ya cheeky wee shite, ye," Irene hollered, clearly affronted by the cheek. "Get yer arse oot ae here before Ah put that haun ae mine across that dirty, filthy mooth ae yers."

"Ah take it that's a naw then?"

That hid been that. Johnboy couldnae help himsel and burst oot laughing.

"Whit the hell's gaun oan here, ya wee cretins, ye?" Big Irene screeched, getting her big arse aff ae that stool ae hers and pushing open the wee door oan the side ae her booth.

Johnboy jumped up and ran efter Paul, who wis awready heiding fur the double glass doors, as Silent nipped roond the other side ae the booth and disappeared.

"Ah know youse, ya wee reprobates. Ah'll be telling yer maws oan ye, ya wee foul-moothed, manky toe-rags, ye."

A minute and a hauf later, Silent pushed open the fire exit door and they aw piled in tae the corridor. Tony opened the door intae the picture hoose an inch and peeped inside. There wis a right commotion gaun oan, as hauf the auld wans swapped seats wae each other, so they could sit beside their pals.

"Right, oan yer knees and follow me," Tony said, kneeling doon.

They crawled through the door and heided fur the front row. The first six rows wur still sitting empty as the lights went doon. They plapped their arses doon oan the flair, wae their backs against the upturned seats, oot ae sight ae everywan.

"Yuck, whit the fuck's that smell?" Paul whispered.

"Deid bodies," Johnboy said knowingly, as aw the farting started up, coming fae aw directions and competing wae the sound ae the chicken crowing at the start ae the Pathe Pictorial News.

"That bampot widnae hiv lasted hauf an hour in the Toonheid," Paul declared, walking up Parly Road efter the picture finished.

"Who?"

"That big girl's blouse wae the motorbike, who wis supposed tae be a right hard basturt."

"Aye, the Murphys wid've hid him pan breid and buried in two minutes flat, as well as hivving that motorbike ae his stripped doon and sold aff as scrap."

"And whit the hell happened tae aw the diddies that wur supposed tae be hinging and swinging aw o'er the place, Johnboy? The closest Ah goat tae seeing a tit the night, wis sitting next tae you, ya eejit, ye."

"Right, which wan ae youse is first up the drain pipe at the back ae the tenement tae open the hoose door fae the inside then?" Tony interrupted, as they arrived at a closemooth opposite The Gay

Gordon, oan the corner ae Black Street.

It wis aboot hauf past ten and getting dark. They'd jist watched the place being locked up fur the night and the two barmen heid up and intae Tony's chip shop.

"Ah'll dae it," Joe volunteered, sauntering across the road before disappearing through the closemooth beside the pub.

"Right, remember, keep the noise doon wance we're in. Ye never know who'll be walking past the pub. We don't want the bizzies sitting waiting fur us when we come oot."

Efter they'd left Abdul Sing's in Ronald Street earlier, avoiding the wee red van ootside the Murphys' closemooth, they'd gone roond tae check oot the poster oan the windae box doon at The Grafton. They'd then wandered up and doon Parly Road, Castle Street, Stirling Road and Cathedral Street, trying tae decide whit wis the best boozer tae tan. They'd chosen two maybes oot ae aboot twenty five, these being The Hansard doon at the North Fredrick Street end ae Parly Road and The Gay Gordon. Neither ae the two hid alarms stuck oan the wall ootside, as far as they could see. As they'd stood arguing, opposite the Gay Gordon, o'er which pub wis gonnae be the lucky wan, Calum The Runner, hid arrived oan the scene.

"Whit ur youse up tae, boys?" he'd asked, uncoiling a length ae clothes line fae his haun before starting tae skip oan the spot.

"We're trying tae decide whit pub tae tan the night," Tony hid telt him.

"Oh, aye? And whit wan's the lucky winner then?"

"The Hansard."

"How ur youse gonnae get in?"

"We're jist gonnae tan the windae at the front and nip in and grab whit we kin."

"So, whit'll that be? A couple ae bottles ae beer and ten wood-bines each then?"

"Aw the other wans aboot here ur aw bolted up like fortresses."

"So, why no try and get in another way?"

"Like whit?"

"Check oot The Gay Gordon, across the road. Whit dae ye see?" Calum hid asked them, picking up a good skipping pace, as their heids swivelled across tae the pub.

"A shut pub, wae windaes that hivnae any lights oan inside until it opens at hauf six."

"Naw, naw, ya dafty, ye. Whit dae ye see above it?"

"A hoose wae curtains in the windaes."

"Naw, ye're looking at an empty hoose wae curtains oan the windaes, so ye ur. Why dae ye no get in doon through the flair?"

"Fuck, Calum, ye should be a bloody crook, insteid ae wasting aw that energy, running aboot like a man possessed, so ye should," Joe hid said, as they laughed at Calum, staunin there, hauns oan hips, stretching fae side tae side, looking nonchalantly at the amateurs.

"Ur youse three time losers jesting or whit? Youse ur no exactly the best adverts fur leading a life ae crime, ur ye?"

"Ah don't know aboot that. We fucked they Murphy wank-heids wae their doos, didn't we?" Joe hid said smugly.

"Wan fluke disnae make ye a great train robber."

"That's next week."

"Oh, by the way...ye widnae happen tae hiv emptied a wee red van full ae boxes ae booze up in Ronald Street earlier, wid youse?"

"Aye, why?" Paul hid laughed.

"Because The Big Man is daeing his absolute dinger and Danny and Mick Murphy ur roond at The McAslin Bar getting their ears melted as we speak. They've put the word oot that whoever done it is gonnae end up severely weighted doon up in the Nolly."

"Good fur them, the tadgers that they ur," Joe hid laughed.

"Ah'm telling ye. They'll bloody waste anywan they catch trying tae get wan o'er oan them jist noo."

"So, if they ever find oot that they've bought back their ain bottles ae spirits, that'll really upset them then?" Tony hid said tae mair laughter.

"Youse ur pissing close tae the wind, so youse ur. Ah'm telling ye, they twins, especially that Mick wan, wullnae haud back if ye're caught. Don't say ye wurnae warned."

"Aye, well, they'll hiv tae join the queue then, won't they?"

"Right, Ah'm aff. Hope youse dae well in the pub trade. See ye," Calum hid said cheerfully, high-tailing it in the direction ae The Grafton.

Wance Calum hid left, they'd gone roond the back ae The Gay Gordon and Joe hid slithered up the drainpipe. The windae ae the hoose hid slid up and he'd disappeared fur a minute, only tae reappear, looking doon at them through a broken pane in the stairheid landing windae.

"Up youse come. Ah've opened the door fae the inside."

It wis a room and kitchen wae an ootside toilet. Efter looking aboot, they'd decided they'd go doon through the flair in the room at the front ae the tenement when they came back later oan. The wee access hatches wurnae really hatches, bit shortened flair boards that wur aboot eighteen inches long that hid been cut and nailed doon fur easy access at a later date, fur any workmen wanting tae get under the flairboards. When stripping the lead oot ae empty tenement buildings, The Mankys always looked under the flair hatches first tae see if there wis any blocked tin oan the go, as they goat four times the price fur blocked tin than whit they goat fur lead.

"That's oor way in," Paul hid said, nodding. "Wance we get these boards up, we'll kick a hole doon through the pub ceiling."

"We'll need something tae get the flair boards up wae," Joe hid said.

"Aye, that's your job, Joe. See if ye kin get a jemmy or something before we come back later oan," Tony hid said, as everywan heided fur the ootside door oan tae the landing.

Efter they'd come oot ae The Grafton at aboot hauf nine, Joe and Silent hid disappeared in search ae something tae get the flair boards up wae. They'd only been away fur aboot five minutes before they'd caught up wae the others, heiding up Parly Road.

"So, whit hiv ye goat, Joe?" Tony hid asked.

"We've goat a hatchet. We goat it oot ae the slater's yard oan St James Road beside the blue polis box that we burned doon."

"Will it dae the job okay?" Johnboy hid asked, running a finger alang the blade end.

"It's a wee bit blunt, bit aye, it shouldnae be a problem."

It took them aw ae five minutes tae get intae the pub. As soon as they arrived in the front room, Paul pulled oot the hatchet and skelped it straight between two ae the wee short access flair-boards. Wance it wis embedded, he used the heel ae his shoe and his weight tae get the board tae spring up. Efter that, the other four flairboards wur up in aboot two seconds flat. When the mad axe-man wis finished, Tony stood wae his hauns oan Paul and Joe's shoulders and used the heel ae his shoe tae kick a hole through the ceiling intae the bar below.

"Wait until the dust settles before sticking yer heid through the hole, Paul," Tony advised.

"Aye, and watch oot fur any jagged ends ae the Latham. Ah knew a guy wance that lost an eye wae that stuff," Joe added, nodding doon at the dust-filled hole between the soot-covered rafters.

"Latham?" Silent asked.

"Aye, aw the walls and ceilings hiv goat Latham plaster oan them. Ye nail oan thin strips ae wood, leaving wee gaps between them and then ye whack oan heaps ae plaster. Before ye know it, ye've goat yersel a wall or a ceiling."

"So, is this building made ae that?" Johnboy asked, thumping the windae wall wae his haun.

"Naw, they use bricks oan the main walls and then cover it wae Latham. They mix horsehair in wae the plaster. Don't ask me why they dae that though."

"It's tae keep stupid pricks like youse talking, insteid ae climbing through holes like youse ur supposed tae be daeing. Right, who's first?" Paul demanded, looking up fae the ragged square hole that the rest ae them wur staunin peering doon intae.

"Whit's below the hole, Paul?" Tony asked.

"The bar itsel. It's jist aff tae the left. We'll hiv tae swing o'er a wee bit before we land."

"Right, first doon is Joe, then Silent, Johnboy and then masel. Everywan, get yer socks aff and oan tae yer hauns. We don't want tae leave any dabs aboot the place. Paul, you stay up here and keep a look-oot."

"Look oot fur whit? There's nae fucker tae look oot fur. We're in a bloody empty hoose."

"We'll need somewan tae haun the stuff up tae. Ah want ye tae keep peeping oot ae the windae oan tae Parly Road, tae make sure there's nae bizzies oan the go."

"Why the fuck should it be me? Whit's wrang wae wan ae they other knob-ends staunin aboot here, daeing sweet fuck aw?"

"Cause Ah said so, that's why."

"Aye, shut the fuck up and dae whit ye're telt, Paul, ye whinging whingerer. Get tae fuck oot ae the way, and let the real expert in," Joe said, sitting doon and putting his legs through the hole.

"Fuck you, Joe. The only thing ye're an expert at, is letting that dirty heathen, Father McSwiggan, wiggle that fat sticky finger ae his up that smelly arse ae yers when ye tried tae wangle yer way intae being an altar boy."

"Aye, he did say tae me that he dumped ye when he discovered some other dirty basturt hid goat there before him," Joe said, as he swung himsel roond oan tae his belly and slid through the hole, hinging oan wae his sock-covered finger tips.

"Kin ye see the bar, bum-boy?" Paul asked, lying flat wae his face peering between Joe's hauns.

"Kin Ah fuck. Ah'm facing the wrang way. Ah'll need tae turn roond."

"See? Ah telt youse," Paul said in disgust, looking up at them.

"Hurry the fuck up, Joe. We hivnae goat aw night," Tony grumbled, as Joe's hauns moved roond the square opening, before disappearing six inches further doon and gripping oan tae the Latham plaster that wis haudin the bar's ceiling up.

"Ah see it!" he whooped, before suddenly disappearing.

This wis followed by a loud crashing thud and a long painful groan two seconds later.

"Ur ye aw right, Joe?" Paul whispered, as they aw knelt roond the hole, peering doon intae the semi-darkness.

"Naw, Ah'm fucking no. The fucking plaster came aff in ma hauns, so it did," moaned Joe, fae the darkness below.

Everywan burst oot laughing.

"Shhhh!" Tony giggled at them.

"Joe, ur ye still wae us?" Paul whispered doon, laughing quietly.

"Ah've jist fucking telt ye. Am Ah fuck," he groaned.

"Right, Silent, oan ye go. When ye get through, Ah'll haud yer haun and swing ye across towards the bar. Jist tell me when tae let ye go...okay?"

"Er, aye, okay," Silent mumbled nervously, as he drapped doon oan tae his stomach and wiggled backwards through the hole, haudin oan tae Tony's ootstretched haun.

"Noo!" Silent hauf squealed.

Tony's haun appeared oot ae the hole, jist before they heard an even bigger thud, yelp, crash and groan.

"Ah think he skidded aff the bar," Tony said, looking up, as John-boy and Paul doubled up wae laughter again, listening tae the groans coming up through the hole, which wur quickly followed by the smell ae shite.

"Whit ur they up tae?" Johnboy asked, screwing-up his face.

"Wan ae them is in wan corner and wan is in the other and they're baith daeing a shite, the filthy basturts," Tony replied, grinning.

"Right, tell them tae stack up some ae the tables in the bar when they're finished, so we kin drap doon oan tae them, Tony," Johnboy said, peering past Tony's heid intae the hole.

"We heard," Joe shouted fae below.

"Aye, well, keep the noise doon. It's a wonder the whole ae Parly

Road hisnae been woken up," Tony growled, changing position and swinging his legs roond intae the hole.

Tony, followed by Johnboy, drapped doon oan tae the wobbly tables that wur stacked up, three high tae the left ae the bar.

"Ur youse okay then?" Tony asked them.

"Ah bloody-well telt ye. Ur we fuck. Ah think Ah've broken a rib and Silent's cracked his skull when he thudded it aff the tap ae the bar," Joe whinged.

"Right, Joe, ya shitey basturt, where the fuck did ye dae that shite? Ah don't want tae be trailing through it," Johnboy said, treading carefully.

"O'er beside the toilet door."

"Silent...shite?"

"Jist in front ae the front door."

"Aye, whoever walks through the door first better no be in their bare feet, eh?"

"Silent Shite. Is that no some sort ae a Christmas tune?" Paul asked, looking doon at them.

"Carol."

"Whit, is she the singer?" Joe asked fae behind the bar.

"Naw, it's called a carol...a Christmas carol," Johnboy said, wondering how the fuck Joe ever managed tae stay oot ae The Grove fur mair than a day.

"How dis it go then?" Paul's heid asked fae the hole up in the ceiling

"Ah think Ah know."

"Well, spit it oot, Carol, darling," Paul cooed, as everywan stoapped poking aboot and looked across at Silent.

"Oh, come aw ye faithful..." Silent started tae sing badly.

"Silent, that's 'Oh Come Aw Ye Faithful', ya diddy, ye. Even Ah know that and Ah'm a Catholic," Tony scoffed.

"Naw, ye're a fucking Atalian grease-ball, Tony. There's a big difference. Don't think we don't aw know that. Fuck knows why we allow a greasy foreigner tae run aboot wae us, that's aw Ah kin say," Joe said, looking aboot wae a glint in they eyes ae his.

"Okay, is this it? Away in a manger, no crib fur a..."

"Paul. Ye're worse than Silent Shite o'er there."

"Right, fucking Holy Wullie, gie's a wee verse fae yersel then," Tony challenged fae behind the bar.

"Tony, shut the fuck up. Kin ye no see that Ah'm putting oan ma singing heid."

"Well, stoap fucking aboot and get oan wae it, ya bloody haufwit, ye."

"Right, here goes then. Listen and learn," Joe said, composing himsel. "Hark the herald angels sing, glory tae..."

"That isnae it," a choir ae voices hooted at him.

"It fucking is so. Tell them, Johnboy."

"Right, here's whit ye should aw be singing. Silent night, holy night, all is calm, all is bright..." Johnboy sang, feeling chuffed wae himsel, leading a choir fur the first time in his life.

Everywan wis wandering aboot, hauf-singing and hauf-murmuring the carol, oot ae tune, as they went aboot their business ae rifling the place, avoiding the two steaming shite piles. They heard a car pull up ootside and they aw froze oan the spot where they wur staunin.

"Paul, go and see who the fuck that is," Tony whispered.

Aw eyes watched Paul's heid disappear fae the hole and reappear aboot five seconds later.

"It's that Sarge wan and that skelly-eyed Crisscross," Paul whispered doon tae them.

"Whit the fuck ur they daeing?" Tony whispered up tae him.

"Sitting scoffing fish suppers," Paul whispered back, as everywan tiptoed o'er tae the front door, cocking their heids and making sure they knew where Joe's pile ae shite wis.

"Aye, she won't be so fucking loose wae that tongue ae hers noo, the bitch," they heard Crisscross saying, burping and smacking they lips ae his, efter guzzling doon hauf a bottle ae Irn Bru.

"Right, the rest is mine, ya greedy basturt, ye," The Sarge retorted, swiping the bottle aff ae Crisscross and placing it oan the flair between his feet.

"That's no bad that, when ye think ae it."

"Whit isnae?"

"The maw's in the clink, the auldest boy's in borstal and the wee toe-rag hopefully goat his arse humped oot in The Grove. Some bloody family, eh?"

"Aye, well, he might've been in The Grove, bit Ah kin still feel his presence and aw they ugly wee cronies ae his. It's funny, even when ye know they're no staunin in front ae ye, ye kin still sense them roond aboot ye, so ye kin," The Sarge said, lifting up the bottle and taking a slurp.

"Well, Ah widnae worry too much aboot Ginger Nut. It's the wee sticky fingers ae they pals ae his that we hiv tae worry aboot the noo. Get Gucci, McManus and McBride and Taylor will disappear fae view."

"Aye, it widnae surprise me if the wee foxy basturts wurnae sitting watching us right this minute," The Sarge agreed, sticking his haun oot ae the car windae and shining his torch up and doon the front door ae The Gay Gordon, before stuffing five chips intae his gaping mooth in wan go.

"So, dae ye reckon the two that fucked aff fae The Grove the other day there will hing aboot the Toonheid?"

"Ah don't know aboot the wee wan fae Kirkintilloch bit the other wan will definitely be skulking aboot."

"So, whit's gaun oan doon at Central then, Sarge?"

"How dae ye mean?"

"C'mone, ye know whit Ah'm talking aboot."

"Well, if ye gie me a bloody hint, Ah might be able tae answer ye. Spit it oot. Whit hiv ye heard?"

"Oh, Ah don't know. Ah've been telt no tae mention whit Ah've heard, if ye know whit Ah mean?"

"Crisscross, Ah don't hiv a clue whit ye're oan aboot and naw, Ah don't know whit ye mean, so spit it oot."

"Ah, cannae. Ah'll get shot by JP."

"Crisscross, it's no JP who's sitting here wae ye the night, is it? If ye know something that me, Jinty and Big Jim should know aboot, then ye need tae tell us. We're either a team or we're no. We aw either staun thegither or we go doon separately. There's nae in-be-tween, so there isnae."

"Ah think ye awready know whit Ah'm oan aboot."

"Whit?"

"The fire."

"Whit aboot it?"

"Ye know," Crisscross replied, lowering his voice, bit still loud enough fur everywan in The Gay Gordon tae hear.

"Crisscross, spit the fuck oot whit's stuck in the back ae that throat ae yers."

"That some people, high up, hiv goat us doon as torching the cabin that that wee baldy wan wae the skull...the Kelly boy...goat toasted in."

Silence fae the car.

Silence fae the pub.

"Crisscross," The Sarge finally spoke, speaking slowly. "Ur ye aboot tae say something here, that maybe ye shouldnae be saying publicly, before first speaking tae wan ae the Federation lawyer boys?"

"See, Ah telt ye. Ah knew ye'd be mad at me fur bringing it up."

"Listen, this isnae the place tae discuss that business. Ye don't know who the fuck's lugging in. Let's get gaun and we'll talk aboot it while we drive. Heid o'er tae Stirling Road and we'll see if any ae oor absconders fae The Grove ur oan the go," The Sarge said, toss-ing baith ae their empty fish and chip wrappers oot ae the windae as the car slid away fae the pavement.

Ye could've heard a pin drap in the bar. They stood fur a minute looking at wan another, no saying a word. Tony walked across the bar and sat doon oan wan ae the four chairs beside a table.

"If that wisnae a confession, then Ah'm Moby Dick," Joe said oot loud tae nobody.

# Chapter Thirty Four

Helen could hardly move her eyeballs fur the pain. She could feel the pumping ae her heart, pounding oan the side ae her heid. Tae ease the pain, she focussed straight in front ae her, taking a sip ae whit wis supposed tae be tea, oot ae the white plastic pint mug that hid been haunded tae her when she'd reached the end ae the serving table in the breakfast queue. The lassie sitting opposite her, her cellmate, wis spreading jam oan tae two slices ae breid. Helen couldnae see her face because she wis concentrating, wae her heid doon, tongue hinging oot ae the side ae her mooth, making sure that the jam went straight tae the very edge ae the four corners ae the slices. Her hair wis a dirty silver grey, the colour ae silver that hisnae been polished fur years. It wis hinging doon in strands. She looked up and smiled, before lifting up wan ae the slices and haudin it oot towards Helen. Helen didnae think she could eat a thing. She surprised hersel when she lifted up her haun and accepted the breid fae the ootstretched haun. Later oan, she couldnae remember if she'd said thanks tae Gina or no, although she could remember snatches ae the conversation aroond the table.

"That bloody stuck-up bitch, Maggie Tin Knickers. Imagine her trying tae tell somewan like me that she knew how Ah wis feeling and that Ah'd jist need tae get that arse ae mine in gear meantime and wait and see whit's gonnae happen wance Ah go up tae court in two weeks time."

"Maggie's the Assistant Governor," Gina whispered tae Helen, tae make sure she understood who wis getting spoken aboot.

"So, whit did ye say tae her when she said that, Pat?" a wee lassie, who looked aboot sixteen or seventeen asked.

"Not a jot. Ah jist sat there wae ma erms folded and gied her wan ae ma 'Oh, is that right, and ye'll be the expert then' looks. That bloody-well sobered Steel Drawers up, so it did."

"Is that right, Pat?"

"Oh, aye. Ah knew Ah'd goat wan o'er oan her when she said, 'Hiv ye nae self-respect, wae whit ye dae, and you a mother ae seven weans?'"

"She did not? The cheeky cow. Ah cannae bloody believe that, the stuck up bitch that she is," another lassie, who must've been ages wae Helen, harrumphed indignantly.

"Ah'm telling ye...it took me aw ma strength no tae fly at her. If it wisnae fur ma dabs gieing me gyp, Ah wid've telt her, 'At least Ah'm getting ma hole, unlike some Ah could mention aboot here,' bit why should Ah waste ma breath oan the Virgin Mary sitting there as if she owned the bloody place, insteid ae working in it."

Helen's heid wis too sore tae swing roond tae see whit the lassie, Pat, looked like, seeing as Pat wis sitting oan the same side ae the table as her. When the shrill bell went aff, everywan started tae staun up.

"We need tae go back tae oor cells noo," Gina whispered tae her.

Helen managed tae get a good swatch ae the wan called Pat fae behind as she followed the lassies alang the hall towards the steel staircase that led up tae the gallery landings. Pat wis wearing a tight skirt that advertised the arse underneath it as being three sizes too big fur it. She wis wearing a black brassiere under her white see-through blouse. Although Helen couldnae see Pat's face at this stage, she knew it wis roond as she hid her hair cut in a short bob and the curve ae her face protruded fae where her hair left aff. Fae the back ae her neck, right doon tae where the waistband ae her tight skirt dug intae the white bulging flesh, it looked as if Pat hid been collecting autographs. Helen could see the signatures through Pat's blouse. Baith her erms were covered wae them as well, tae jist above her elbows. Helen wis jist trying tae see if her legs hid any autographs oan them as well, when Pat disappeared oot ae sight wae her pals, as they hit the landing and heided intae the slop-oot area where the toilets wur. Helen wondered how Pat kept the autographs fae fading or being washed away efter she took a shower.

"Taylor?"

"Me?"

"Aye, you. Whit's wrang wae ye?"

"There's nothing wrang wae me."

"She says ye've goat a sore heid. Is that right?" the screw asked, looking towards her cellmate, Gina.

"Aye...Ah've...er, goat a bit ae a headache," Helen said.

"Aye, well, the sick box will be aroond aboot ten. Ah'll get it sent alang tae yer cell wae a couple ae aspirin."

"Ah cannae take aspirin. It'll need tae be an Askit powder or something."

"Listen, hen, ye're no at hame noo. If ye get an aspirin, ye'll be daeing well in here. Whit cell ur ye in?"

"Number twenty wan," Gina chipped in, seeing the confusion oan Helen's face.

Helen wis trying hard tae remember where the hell her cell wis, never mind its number.

"Right, piss aff," the screw grunted, dismissing the baith ae them by turning away and walking in tae where Pat, the autograph hunter, wis loitering aboot wae her mates.

The cell Helen shared wae Gina wis aboot the same size as the wan she'd been put in efter being remanded by JP doon in Central. The only difference wis that this wan hid a wee table and a rickety chair wae a steel basin oan tap ae it, a steel bunk bed and a plastic chanty pot sitting in the corner that Helen hid heard Gina using in the middle ae the night. It must've been some pish that she'd done, as the pot wis full tae the brim when Helen hid woken in the morning. Gina hid spilt some ae it oan tae the concrete flair ae the cell when she'd lifted it up wae baith hauns tae take it alang tae the slop-oot area when they wur opened up.

"Aye, that wis a wrist-breaker, that wan wis," Gina hid said wae an apologetic smile, when she'd come back wae the empty chanty in wan haun and a cloth in the other tae wipe up the puddle ae pish that she'd left lying.

Gina slept in the bottom bunk while Helen wis up oan tap. There wis nae ladder tae help her get up and Gina'd hid tae push Helen up by the arse before she could settle back oan her mattress the night before. Efter breakfast, Gina tried tae strike up a conversation wae her, bit Helen made oot she wis sleeping. At wan point, she felt Gina getting oot ae the bottom bunk, as the whole bed frame swayed at the slightest movement fae whoever happened tae be lying oan it. Helen knew Gina wis staunin looking at her oan account ae the wheezing that wis hissing oot ae her. Helen breathed easy wance she felt her cellmate retreating back intae the bottom bunk.

Ah've goat tae keep masel thegither, Helen kept repeating tae hersel, as her cellmate reached the peak ae her snoring crescendo, before returning back tae the beginning and building up tae her next wan. Helen wondered whit Jimmy and the girls wur daeing and if Johnboy hid goat hame okay fae Larchgrove Remand Centre, the day before. It wis Saturday morning. Johnboy wid've been up and oot the door tae collect the washing fae the bag-wash up in Glebe Street before getting the week's messages fae Curley's oan Parly Road by noo. Everywan else in the hoose liked a long lie-in, except him. She smiled, thinking aboot his song and dance routine.

"C'mone Ma, hurry up. Ah need tae get gaun," he'd howl, staunin there as if his life depended oan her telling him whit she wanted fae the shoaps.

"Whit's yer hurry? Rome wisnae built in a day."

"Rome widnae even be there if it wis waiting fur the likes ae you."

"Go and find ma purse fur me."

"It's oan the mantelpiece, beside ye."

"Ah'll need tae write oot a list ae whit Ah want."

"Ah know exactly whit ye're efter. It'll be the same as last week and the week before that. Gie's the money and let me get gaun?" he'd whine in frustration.

"Hing oan, where's ma fags?"

"Aw, Ma!"

"Johnboy, don't 'Aw Ma' me. Ah need a fag before Ah kin think straight oan a morning."

"Ye'll die ae cancer, so ye will."

"Fags?"

"They're doon the side ae yer chair where ye leave them every night."

"Oh, aye, so they ur."

"Is that it?"

"Is that whit?"

"Aw, Ma!"

"Right, here ye go. Remember, Ah'll be coonting ma change."

"Ye don't know the price ae anything, because ye never go tae the shoaps. Fur aw ye know, Ah could be charging ye double and ye widnae even know it, so ye widnae."

He wis right, thought Helen. She'd rarely been in Curley's or the City Bakeries since he wis aboot four or five years auld. Whit wid've taken her aw day took him a fraction ae that time, and that wis aw the week's shoapping done and dusted. The bag-wash, Curley the grocers, the butchers and then back wae the vegetables, aw in the space ae aboot an hour and a hauf.

She must've fallen asleep. The rattle ae the keys in the lock and the crash ae the door swinging open nearly sent her tumbling oot ae her bunk.

"Taylor?" the screw wae the white coat oan o'er her uniform shouted fae the door.

"Aye, that's me."

"Whit's wrang wae ye?"

"Ah've goat a sore heid."

"Here ye go then," Dr Kill-ye–if-Ah-dare said, turning tae a convicted prisoner, who wis wearing a jail uniform and staunin behind the screw, wae a square wooden box attached tae a strap that looped roond her neck, jist like the ice cream usher in The Grafton picture hoose. The prisoner slid open the lid and haunded two aspirins o'er tae the screw.

"Right, get them doon ye, where Ah kin see ye."

"Er, Ah'll need a drink ae water tae wash them doon."

"Whit, is there nae water in here?" Florence Nightingale asked, clearly irritated, looking aboot the cell.

"We've nae mug tae put any in," Gina volunteered fae her bunk. "Ah've been asking fur wan fur aboot a week noo."

"Right, Ah've nae time tae be hinging aboot. Swally them doon the noo or Ah'm aff. Make yer mind up?" the screw growled at Helen, haudin oot her haun wae the two wee white pills, waiting fur a decision.

Helen tried tae soak them in spit, before swallowing them. They stuck in the back ae her throat as she swung her legs o'er the side ae her bunk, gagging. She wisnae too sure who thumped her oan the back, bit it did the trick. Baith pills went flying, bouncing aff the brick wall opposite the bunk beds.

"Right, that's it. Let's go," The Lady Wae The Lamp announced, stamping oan the pills and drawing the sole ae her shoe back, leaving whit looked like two chalk marks oan the concrete flair, before disappearing, slamming the door shut behind her.

"Ur ye aw right, hen?" Gina asked, staunin wae her face level wae Helen's knees and looking up at her, concerned.

"Aye, bit ye're no gonnae believe this. Ah think ma heidache's jist disappeared," Helen said wae a grin.

"She's a right bloody cow, that wan. In fact, aw the wardresses in here ur rotten pigs, so they ur. It's hard tae believe that, under that uniform, there's a female lurking aboot. Ah think she thinks she's paying fur aw the medicine we're supposed tae be entitled tae."

"Aye, she's definitely goat something gaun fur her that disnae match up wae helping the sick, eh?"

"Wan ae the younger lassies, Morag, asked her fur extra sanitary towels last week because she's a heavy bleeder and goat totally ignored. When the young wan saw her daeing her roonds a couple ae days later, she tore alang the gallery landing and whipped a blood-soaked towel oot fae between her legs and lassoed it roond that face ae hers. Whit a shriek she let oot, efter unwrapping the towel and clocking whit it hid been getting used fur. She looked like something that hid jist crawled oot ae a car crash. She fainted oan the spot," Gina whispered in hushed tones.

"So, whit happened tae the wee lassie then?" Helen asked, in horror.

"Oh, she's still lying in the digger."

"The digger?"

"Aye, solitary confinement. Three ae the screws goat her by the hair and literally dragged her doon fae the tap landing, screaming, as they wur slapping the hell oot ae her."

"Did nowan jump in tae help her?"

"In here? If ye want tae survive, ye need tae keep yersel tae yersel."

"So, whit aboot people like Pat? She looks like she widnae take any shite aff ae anywan."

"Aye, bit she's no in a position tae get involved, is she? Ye heard her yersel. She's goat seven weans and she's due up tae court shortly. She's been in the jail a few times before. That's why she goat remanded this time. She's shiting hersel that they'll put her away fur longer this time, insteid ae her getting the usual fine that she's been used tae in the past."

"Whit's she in fur?"

"She's a lady ae the night."

"Whit? Big Pat? The wan wae aw the signatures scribbled aw o'er her body?"

"Aye. And they're no signatures...they're tattoos."

"Get tae fuck. Ye've goat tae be kidding me. Tattoos?"

"Aye. She says that she gets a tattoo every time some dirty basturt becomes wan ae her regulars," Gina laughed nervously.

"Ah'm sorry, Gina...Ah jist cannae get ma heid roond this. Ur ye trying tae tell me that every guy who comes back fur second helpings gets tae get their name tattooed oan Pat's back insteid ae getting a book ae Green Shield stamps?"

"If God should strike me doon deid, Helen, that's exactly whit Ah'm saying. And it's no only her back. She's goat them aw doon her front, back and aw o'er her arse, legs and erms."

Silence.

"Ah cannae bloody believe that. Honest tae God?" Helen finally said.

"Cross ma heart and hope tae die," Gina said, and the baith ae them fell back oan tae their beds and laughed non-stoap fur aboot five minutes solid.

"We shouldnae be laughing," Helen said, wance they'd quietened doon.

"Pat said that the last time she wis oan remand, they'd tae put her in the digger fur her ain protection because three other wummin, two ae them wardresses, noticed their men's names plastered aw o'er her. Wan oan each ae her diddies and wan oan the tap ae her right erm. She's admitted that she jist aboot shites hersel every time she his tae hiv a shower beside any ae the new arrivals, jist like yersel."

"So, how many his she goat and how dis it work?"

"She says she cannae remember the exact number because she's been daeing it fur aboot fifteen years noo. She says that wance she likes them, she gets them tae sign their name oan a piece ae paper and then she takes it alang tae Terry's, the tattooist in the Gallowgate, and he copies the signature. She says ye widnae believe the amount ae guys who want tae gie her an autograph efter the first time she's been wae them. She says she strings them alang fur as long as she kin, till she cannae get away wae it fur any longer, and then that's it...up tae Terry's and another name's added tae the list."

"That's unbelievable, so it is. Ah've never heard anything so bloody disgusting in aw ma born life," Helen said, shaking her heid in wonder, before letting oot a disgusted laugh that sent Gina aff again.

"Aye, Pat says ye kin tell a real gentleman by the way he signs his name, although some ae they judges' and doctors' signatures look like squiggly worms and could be anything."

"Aw, Gina, Ah cannae remember the last time Ah've laughed so much. Thanks, hen...Ah needed that."

Helen heard the doors in the hall landings being opened up wan at a time. The noise ae opening doors wis getting closer tae cell twenty wan. Gina stood up.

"It must be eleven o'clock. Time tae go fur a wee walk in the yard. They call it recreation...eleven in the morning and three in the efternoon...fur hauf an hour," Gina said.

Helen followed Gina oot intae the yard. Maist ae the wummin wur walking roond in a big circle, talking twenty tae the dozen tae each other. Like Helen, they wur aw wearing their ain clothes. Gina telt her that when ye wur oan remand, ye goat tae wear yer ain clothes, bit if the court sent ye back fur a jail term, they made ye wear a prison uniform. It looked really strange tae see groups ae wummin, some walking aboot in pinnies, talking tae other wans who wur stumbling roond, done up like mannequins in high heels, bit withoot a bit ae make-up in sight. The screws wur staunin, scattered aboot in pairs, chewing the cud and watching whit wis gaun oan, clearly getting paid fur daeing nothing.

"O'er here, Helen. Ah'll introduce ye tae the lassies," Gina said, making a bee-line fur the six shapes, who wur aw ages, sitting bang in the middle ae the walking nightmare, smoking and chattering away as if they wur oan a picnic. Helen noticed that, apart fae wan ae them, it wis the same lassies that hid been sitting at the table at breakfast time.

"Ye're late, Gina, and Ah've telt ye before, don't turn up wae strangers before gieing me time tae cover masel up. Ah've telt ye whit might happen," Pat said, wae a big friendly grin oan her coupon, looking at Helen.

"Girls, this is Helen fae the Toonheid. Helen, this is Big Pat, Patsy, Betty, Sally, Jean and Wee Morag."

"Hello."

"Aye, aye."

"How ur ye daeing, hen?"

"Ah'm fine noo, thanks tae Gina here," Helen said, sitting doon and tucking her legs under hersel.

"So, ye're oot ae the digger then, Morag?" Gina asked the wan Helen hidnae seen at breakfast.

"Aye, she turned up at oor cell door wae a big box ae jam rags that wid keep aw the nuns in the toon gaun fur a year and a hauf tae," Pat, the walking scroll, chipped in before anywan else goat a word in edgeways. "It's a pity they wur made fur bloody poodles insteid ae buxom wenches like masel."

"Ach, ye'll be awright if ye string hauf a dozen ae them thegither, Pat," Morag said, tae mair laughter.

"So, why hiv ye come oan holiday tae sunny Greenock then, Helen?"

Helen didnae really want tae talk aboot it, bit before long, she'd spilled oot everything that hid happened since Thursday morning up in John Street at the warrant sale. Hauf way through the story, Pat interrupted her by lifting up her skirt and flashing her bare arse tae everywan.

"Ye mean, this JP Donnelly? The manky wee ugly pervo that sits oan the bench in the Central Court, who insists he calls me 'Mammy' while he's sucking oan a plastic dummy tit and humphing away at me wae his fat spotty arse gaun up and doon like the clappers?" Pat said, showing aff JP Donnelly's signature fur everywan tae see.

Although Helen wis horrified at the thought and sight ae JP's signature, it took her and the lassies at least five minutes tae stoap laughing and fur Helen tae get oan and finish her story.

"Ye're a bloody hero, so ye ur, hen. Ah wish there wur mair like ye. Ah've hid ma whole hoose and everything in it sold fae under me, many a time," Betty admitted.

"Aye, so hiv Ah."

"And me."

"Ye're like wan ae they political prisoners that they sing aboot in the Irish rebel songs that ma big brother keeps playing, aff ae they Celtic LPs ae his."

"Ach, away ye go, Morag," Helen retorted, embarrassed.

"Ye bloody-well ur, Helen," Jean said. "We've aw been through whit you've been through, bit we've no tried tae staun up tae the basturts, the way you hiv."

"The reason ye hivnae, Jean, is because ye cannae. Look at me. Look where Ah've ended up," Helen said, tears starting tae well up in her eyes.

"Well, ye're a bloody stoating hero tae us...isn't she, girls?" Pat said, flexing her signatures.

"Aye."

"Too true."

"Awright, girls, listen up. It's competition time. Youse hiv aw goat until the morra tae come up wae the words ae a song aboot whit Helen and her pals ur daeing up in the Toonheid," Pat shouted, o'er Helen's embarrassed objections.

"Write a song? Ah cannae bloody hum, never mind try tae come up wae the words tae wan."

"C'mone, ye kin, we aw kin. Whit dae youse think? We'll try and change the first or maybe even the first and second verses ae 'The Men Ae Dublin.' Aw ye hiv tae dae is change the words."

"That's a brilliant idea, Pat. Ah cannae wait till Ah get back tae ma cell," Wee Morag chimed in, singing the opening line ae the song.

"Aye, it's aw right fur yersel, Morag. That Fenian brother ae yers his obviously goat aw the records. Whit aboot us blue noses, eh? Why dae we no pick a song aff ae 'Follow, Follow,' ma Willie's Rangers LPs? Eh, Pat? 'The Sash Ma Faither Wore' wid be a good wan."

"Fur Christ's sake, The Battle Ae The Boyne wis aboot five hunner years ago. Ah didnae think we'd start aff world war five, fur fuck's sake," Pat scowled at them.

"Ah think ye should furget it, girls, honest. Ah'm getting embarrassed, sitting here, jist listening tae youse," Helen said, red-faced.

"Why dae we no come up wae a song we aw like?" suggested Sally, who hidnae said a cheep up tae then.

"Bloody stoating idea, Sally. Who wid've thought ye wur in fur fraud, wae a brain like that, eh?" Jean said, looking roond at everybody.

"Ah wid hardly say that getting caught fiddling ma boss's books fur him, in Carpets Fur Cash, makes me oot tae be a fraudster. Ah've telt youse aw before, wance he finds me a good lawyer, the charges will be drapped and Ah'll be back tae ma wee stool in the office, doon oan Queen Street."

"Sally's been in here six weeks, so far, oan a petition, waiting patiently fur lover-boy tae send oot this amazing lawyer. Though why ye came tae the decision no tae accept the court's lawyer is anywan's guess. Ye're well and truly goosed noo, hen. He's proba- bly shut up shoap and set up again doon the Barras, under the new name ae 'Carpets Fur Cash, Ready Tae Swiftly Go At Any Minute Ae The Night Or Day.' Bookkeeper wanted, apply within," Patsy said cruelly.

"Aye, well, laugh aw ye want, girls. Ye won't be saying that when ye see me swan oot ae here and intae his fancy white Volvo P eighteen hunner," Sally said, wae the look ae a believer who wisnae anticipating the nasty shock that even a blind bat could see coming o'er the horizon.

"How aboot 'Danny Boy?'"

"'Doon Toon' by Petula Clark?"

"'Summer Holiday' by Cliff?"

"'Moon River?'"

"'Ah Only Want Tae Be Wae You' by Dusty Springfield?'"

"Yes!" everywan shouted, and that wis that. Dusty it wis.

"Okay, girls, noo remember, each two cell mates counts as wan vote," Pat said.

"Whit aboot me then? Aw youse ur aw jacked up thegither, bit Ah'm in wae Helen. We cannae get her tae write her ain song."

"Well, she kin gie ye a haun then, Gina," Sally said, following the lassies towards the iron gate and back intae the hall.

# Chapter Thirty Five

Tom Bryce put the phone back oan the cradle, looked aboot tae make sure that nae nosey basturt wis clocking him, then shot his right finger up his left nostril, swiftly curling the fingernail anti-clockwise, before scooping oot a bogey that the smelly wee whelk wummin doon the Barras wid be proud tae display amongst her wares. He looked doon at the multi-coloured specimen. He wis jist thinking tae himsel that he wid challenge anywan, including a whelk collector, tae say it wisnae a whelk, when a rattle oan his door broke intae his contemplation.

"Mr Elliot will be up in five minutes, Mr Bryce," said Hazel, famous fur being the first wan in the building tae hiv ripped aff the ticker tape that contained the news ae President Kennedy being shot in Dallas.

It hid been her first day in the job as secretary tae the newly appointed Tom Bryce, Crime Desk Sub-Editor, and aw the other lassies in the building hid hated her ever since they clocked her photo in the following morning's Glesga Echo, sitting oan Tom's lap, haudin up the said ticker tape, wae a big grin splashed across that coupon ae hers. Some ae the nastier wans hid said she looked as though she'd jist won a ten bob note oan the Ayr Gold Cup, insteid ae hivving jist announced the death ae King Camelot...jealous cows.

"Aw, thanks, Hazel. Jist tell him tae come right in when he arrives," Tom said, sticking the sea urchin oan the underside ae his desk tap.

He bent o'er tae the left a wee bit, and looked up at the clock through the glass wall in front ae his desk. It wis hauf past eight oan Saturday morning and hauf two oan Friday night in Dallas. He could never work oot why the hell the glass oan the tap hauf ae his door wis frosted, seeing as the rest ae the wall oan either side ae it wis clear glass. It hid been efter midnight by the time he'd goat hame fae The Chevalier the night before. Sir Frank Owen's tasty wee secretary, the wan he wis sure smelled like a bunch ae spring flowers, hid phoned and purred at him tae get that arse ae his doon tae the casino pronto, jist efter ten o'clock. That hid been the second time in twenty fours hours that he'd been summoned.

"Right, where ur we, Tom?" Hamish, the editor hid asked, when he wis shown intae the same room as before.

Sir Frank hid been sitting, smoking a big fat cigar oan a big fat comfy looking couch, watching, bit no saying a word.

"She went and goat hersel slung in the clink."

"Aye, Ah heard that. Bit, whit aboot The Rat? Where's he at in aw this?"

"He says he's fuc...er...goat a problem wae finishing aff the story while she's chomping oan porridge o'er in Greenock."

"Bit she's oot next Friday. Isn't that right?"

"Well, aye and naw. She's back up in court next Friday, bit there's nae guarantee that she'll be let oot...at least, no wae JP Donnelly waiting oan the return match."

"So, whit's his problem then?"

"He's up tae his neck in shi...in, in..."

"Aye, awright, Tom. We get whit ye're trying tae say. So whit's his beef?"

"According tae oor sources, JP's in the back pocket ae The Big Man."

"So, whit's Molloy goat tae dae wae the Taylor wummin?"

"Nothing, bit JP is the Toonheid middle-man between Molloy and The Irish Brigade."

"Aye, and?"

"Well, she's stuck in the middle ae the warring factions."

"Tom, kin ye speak plain English here? Ah've no goat a clue where this is gaun, never mind where it's coming fae. Explain in simple stupid terms tae us simple people."

"The Rat asked The Big Man if he could use his influence tae get the Taylor wummin let aff in court next week. The Big Man refused because, no only his he fell oot wae JP, bit he's fell oot wae the local sergeant, which means Colin Macgregor, the local inspector, which in turn means the whole Irish Brigade. So, if he cannae get her aff, and they Irish cun...er...Paddies want her kept oot ae the way, The Rat will hiv tae wait and see whit happens next Friday."

"And ye don't think she'll get let aff wae a warning or a fine then?"

"No fae where Ah'm sitting," Tom hid replied, staunin in the middle ae the room, up tae his ankles in plush carpet.

"Anything else?"

"The Rat his heard that a letter is winging it's way tae her front door fae The Corporation, telling her tae turn up at two o'clock next Friday efternoon at the hoosing section, tae explain why she's breaking her tenancy agreement by harassing officials gaun aboot their business. Failure tae turn up and explain will be taken as cheek, and her and her brood will be evicted oan tae the street forthwith."

"Can they do that, Mr Bryce?" Sir Frank hid asked, speaking fae within a cloud ae cigar smoke fur the first time since Tom hid arrived.

"The Corporation kin dae whit they want. It's their hoose she's lodging in."

"Are you implying that the police and The Corporation are working together to suppress a key witness in the possible murder of a young boy, Mr Bryce?"

"Whit Ah'm saying is that it seems tae be in everywan's interest tae keep this wummin oot ae circulation...especially fae the likes ae us, Sir Frank."

"I see. I'll want a conflict of interest story with a hint of corruption in next Sunday's Sunday Echo, but with no names. Research similar concerns from the past and slant it towards an unhealthy alliance amongst our public agencies against those less fortunate members of society. I'm looking for a page three introduction and a double spread on pages four and five, plus an editorial comment which I'll do myself...in your name, of course, Hamish."

"Right, okay, Tom, that's fine. We'll be in touch," Hamish, his editor hid said, before turning his back tae whisper something in Sir Frank's lug.

Tom never heard Miss Tasty approaching till she'd touched his erm and he'd then followed the waft ae her perfume oot the door.

Tom thought tae himsel that they were well and truly in Shite Street. There wis no two doubts aboot it. He looked aboot the office, wondering whit he wid take wae him oan his last day.

"Ye wanted tae see me, boss?" The Rat asked, appearing in front ae his desk oot ae naewhere.

"Fur Christ's sake, Sammy, his nowan ever telt ye ye're supposed tae knock first?" Tom asked, heart pounding, the smell ae meadow flowers being replaced by the waft ae a shitey drain.

"Sorry. Ye looked as if ye wur somewhere else."

"Ah wis. Anyway, Ah've jist came aff the blower tae Hamish upstairs. Ye'll need tae get the Taylor wummin aff next Friday. That'll gie ye the Saturday tae put the story thegither and we'll run wae it first thing oan the Sunday morning in The Sunday Echo."

"How am Ah supposed tae dae that then?"

"Listen, there's a lot ae bogeymen hinging aboot behind the scenes, jist aboot tae chew ma hee-haws aff o'er the time it's taking ye tae get that arse ae yers intae gear. Time's up...we've a tight schedule, so get oan wae it."

"Tom, we've mair chance ae springing Rudolph Hess oot ae Spandau than we hiv ae getting that Taylor wan oot ae the clutches ae JP Donnelly and they Irish dicks. She's awready knocked back a court brief. Ye only get wan bite ae that cherry, and she spat it oot. Ah'm telling ye, we might want tae look somewhere else fur a bit ae dirt."

"Whit dae ye mean?"

"Sling her tae the wolves. Let them hiv their wee bit ae fun wae her. Ah've jist heard aboot massive kickback shenanigans gaun oan roond aboot the new motorway project o'er by the airport."

"Sammy, Sammy, ye're no listening tae me. This his naff aw tae dae wae me, you, or that bloody Jerry pilot they've goat locked up, kidding oan he's the deputy fucking fuehrer in Spandau. It's oot ae oor hauns noo. The gloves ur aff. The big boys ur back in the game. The bets ur probably being laid doon as we speak," Tom hissed, lowering his voice and looking aboot tae make sure that there wisnae any other person in the room apart fae him and The Rat.

"How dae ye mean?" The Rat asked back in a whisper, looking aboot in the same directions as his boss hid jist done two seconds earlier.

"The big boys hiv taken o'er the show noo. Ah've been doon tae The Chevalier twice, the last time being last night, speaking tae Golden Baws himsel."

"Ye mean…?"

"Aye…Hamish wis there baith times as well. They baith looked smug as fuck and wur clearly enjoying themsels…the wankers."

"Well, if that's the case, then there's nae bother then. Aw the paper needs tae dae is tae get a fancy brief who'll tie JP up in knots. She'll get oot, Ah'll get ma story and then we kin move oan tae the motorway madness."

"Sammy, Ah wis telt ye wur the best in the business. Some stupid dafty telt me that if ye wanted a job well-done, wae nae questions asked, tae get The Rat. He'll never let ye doon, that wan. Noo, whit stupid basturt wis it that telt me that porky, eh?"

"Whit? Whit did Ah say?"

"Sammy, son, did Ah no jist tell ye that the control is oot ae oor hauns noo? Hamish jist telt me tae sort it oot. We've goat a week, wae nae comeback or a whiff that the paper is involved in hivving a deliberate go at The Irish Brigade. That means we cannae employ a brief. There's tae be nae trail leading back here. The party line is that we're jist reporting oan a public interest story, no deliberately setting it up tae hiv a go at anywan in particular. Unfortunately fur me, aw Ah've goat gaun fur us, is whit's staunin here in front ae me."

"That's bloody bang oot ae order, so it is. How kin they pricks play wae people's lives like that, eh? There's real people involved here. Dae they no think we've goat feelings?"

"The only thing that'll be getting felt is oor two arses when they kick us oot ae the front door, a week oan Monday, unless we, you, kin sort oot the mess ye've goat us intae. Ah knew this wid come back and bite me in the goolies."

"Ah knew Ah should've taken that job wae The Daily Record."

"If we don't get this sorted oot, ye'll be lucky tae get a job writing aboot Mrs Broon's over-ripe tomato plants, in the newsflash section ae The Sunday Post."

"Ah'll need dosh and a shot ae the newsroom's car."

"Ye'll get the usual expenses."

"Ah'll need tae get in tae see her. Kin ye arrange it?"

"Ah'll speak tae Hamish."

"Okay, try and make it fur this weekend. Ah'll need tae go and find a man who disnae want tae be found."

"It'll aw need tae come oot ae yer research expense account, which is taxable, by the way, so don't get caught dipping yer fingers fur any personal pleasure. Ye kin add fifteen percent oan tap, bit nae mair. That's no me speaking, bit Hamish," Tom said, eyeing up the wiry wee rodent sitting in front ae him, who wid noo determine whether he still hid a job in a week's time or no.

"Fine," The Rat squeaked, as he stood up and scurried across tae the door.

# Chapter Thirty Six

Johnboy could tell that everywan wis awake. It aw started aff quite gently, bit before long, there wis a full blown competition oan the go, wae nae prisoners being taken by either side. He thought he'd goat used tae the smell, bit then Tony let another wan rip, and that wan took the biscuit. It sounded like an elephant blowing through wan ae they trombones that the Sally Army guy hid been using up in Grafton square. Tae the relief ae everywan, Silent caved in first and pushed open the wardrobe door, bolting upright in wan swift motion.

"Fur fuck's sake, Tony, Ah kin taste that!" Paul gasped.

Tony reached up and grabbed Silent by the collar and pulled him back intae the wardrobe, as he let oot another clap ae thunder. The door wae the mirror oan the ootside fell back intae place wae a crash, plunging them aw back intae pitch darkness. Johnboy thought he wis gonnae throw up while gagging wae laughter.

"Cop that, ya smelly basturts, ye," Tony yahooed, as the sound ae some basturt ripping a two inch thick wooden plank lengthways shot oot ae his arse, tae mair howls ae laughter and spluttering.

"Aw naw, get me an ambulance...Ah think Ah'm gonnae be sick," Johnboy screamed.

"That's fuck aw, how aboot this wan?" Paul shouted, followed by five seconds ae silence.

"Never mind, take that, ya fud pads, ye," Johnboy howled, letting oot whit sounded like the death rattle ae a chipmunk.

"Naw, wait, it's coming, honest," Paul wheezed and squeezed in the darkness, before letting oot a perfect rendition ae General Custer's Last Stand at the Battle Ae The Little Bighorn.

"And the winner is?" Tony shouted, letting fly wae aw guns blazing, jist before a mass breakout occurred fae the wardrobe.

"Fuck's sake, Tony, that sounded like a tenement building coming doon oan tap ae us, ya smelly basturt."

"Aye, we've goat tae sleep in here, ye know."

"Well, Ah widnae shut that door o'er fur a wee while yet, boys. That wan wis thicker than ma maw's Bisto," Tony bragged, walking across tae peep oot the windae, while the others creased up wae gagging laughter.

"That's they crisps. They always gie me wind," Paul claimed, ankle deep in empty Smith's crisp packets.

"Ah'm starving," Johnboy said, dipping a wet finger intae wan ae the wee blue salt bags that came oot ae the crisp packets that wur scattered aboot the flair, before licking his finger.

"Right, come wae me, Silent," Paul ordered, heiding towards the lobby and the hole in the ceiling.

"Don't furget tae get something tae drink while ye're at it," Johnboy shouted at their backs.

Ten minutes later, Joe, who'd heided hame the previous night, appeared oan the scene wae Paul and Silent.

"Fuck's sake. His somewan shat themsels?" he asked, sniffing the air and waving his haun back and forth.

"Aye, it wis yer sister. She couldnae help hersel when she saw whit Ah hid in ma haun as Ah wis coming towards her," Paul retorted.

"Aye, Ah've telt ye before aboot wiping yer arse wae yer bare fingers," Joe shot back.

"Right, tuck in."

They'd arrived back wae a crate ae wee hauf bottles ae orange... the wans that hid the green foil tap oan them, that nobody could afford...and a couple ae dozen rolls that they'd blagged fae ootside the Parklee Dairy oan the corner ae Taylor Street. Nowan said a word above the sounds ae chewing, the slurping ae the orange and the clatter ae the bottles skiting across the flair intae the bed alcove wance they wur empty.

"Ah still cannae bloody believe it wis they bizzies that torched the cabin," Paul said bitterly.

Silence.

"Ah mean, Ah wid've bet ma life oan it that it wis they Murphy wans."

Silence.

"Ah still cannae believe it, masel," Johnboy finally chipped in, shaking his heid before taking a slurp oot ae his bottle.

Silence.

"This is fucking war, so it is."

Silence.

"Dae ye think we should talk tae The Big Man, Tony?"

"Whit fur?"

"Because it ties in wae whit wis said tae us by they Murphys in the close, up in Martyr Street," Joe said.

"So?"

"Whit dae ye mean, so?"

"Why wid we tell him?  Even if it wisnae the polis, he'd still say it wis anyway. The less contact we hiv we him, the better."

"And he'd be right"

"Ah'm still no too sure," Johnboy said.

"Aboot whit?" Paul asked, looking aboot tae see if it wis only him that thought Johnboy hid gone saft in the heid.

"Ah've been thinking aboot whit we heard last night."

"Whit we heard wis that skelly-eyed prick Crisscross and that sergeant wan admitting they toasted Skull."

Everywan's eyes turned away fae Paul tae Johnboy.

"Whit we heard wis Skelly-eyes saying that some wans, high up in the polis, thought they might've hid something tae dae wae the fire."

Aw eyes swung back tae Paul.

"Johnboy, that isnae whit wis said though, wis it?" Paul retorted, taking a bite oot ae a roll.

He looked o'er at the others, who wur sitting no saying a word.

"Well, ma money is still oan they Murphy wans," Johnboy said, looking at them aw.

"Ye don't know anything Johnboy, that's your trouble," Paul snarled, though no able tae hide the doubt that hid crept intae his voice.

"So, whit wid ye dae if it wis them then, Paul?" Johnboy asked.

"Ah'd burn that fucking Crisscross and his fat Christian wife in their bed when they wur sleeping. That's whit Skull wid want us tae dae."

"So, whit's the hurry, Paul? We'll find oot sooner or later who wis behind it. We jist need tae be patient."

"It's awright fur you tae say that, Tony. We're aw sitting here, bit where the fuck's Skull?"

Tony's eyes narrowed. Johnboy thought Tony's face went a bit white, although it wis hard tae tell as he wis sitting oan a box ae Cutty Sark facing Paul, who hid his back tae the windae, where the sun wis starting tae stream in. Tony wis looking across at Paul, who wis defiantly staring back at him. Nobody dared breathe.

"The day we found oot aboot Skull, jist efter we came back up fae the toon centre, when we wur sitting in the close beside Sherbet's. Whit did we say, Johnboy?"

"Ye said that we wur gonnae burn the basturts that did that tae Skull, so ye did."

"And when wur we gonnae dae that?"

"Ye said when we wur aulder."

"So, nothing's fucking changed then, his it? Whether it's the polis or they Murphy pricks, wan day we'll get them fur whit they did tae Skull, unless ye've goat a better idea, Paul?"

Paul wis the first tae turn away. He looked aroond at the others, then back at Tony.

"Aye, Ah suppose ye're right," he muttered, slinging his empty bottle intae the recess before bending o'er and picking up another wan.

"Paul, don't ye worry aboot a thing. Ah'm jist as mad as you ur aboot Skull, bit setting Crisscross's hoose oan fire jist noo widnae help us or Skull. We'll find oot fur certain who the basturts ur, and when we dae, they'll get the same back, and unlike them, we wull-nae get found oot either."

"Well, as long as everywan here jist keeps it in mind. Wan day, we're gonnae make a comeback, and that's a promise, so it is," Paul snarled at everywan in the room, before heiding through tae the sink fur a pish.

"So, when ur we gonnae get rid ae aw this pish then?" Joe asked, nodding tae aw the boxes ae booze that they'd blagged oot ae the Murphys' van and The Gay Gordon.

"Fuck, there must be aboot a dozen boxes here, including that box ae Senior Service fags that says five thousand oan the side ae the box."

"How aboot selling the Murphys' wans tae Toby in The Gay Gordon and Toby's wans tae The Big Man?" Tony suggested.

"Is that no too obvious, given they're jist roond the corner fae each other? Ah don't want tae die jist yet," Johnboy said shuddering, thinking aboot whit hid happened tae Skull.

"Naw, they bloody hate each other mair than the bizzies hate us, so they dae," laughed Paul as he arrived back.

# Chapter Thirty Seven

"Ah'll tell ye, Helen, Ah'm no intae this wan bit. Ye'll need tae help me."

"Furget aboot it, Gina. The rest ae them will furget aw aboot it wance they're back in their cells."

"Oh, Ah don't know aboot that. They aw seemed really excited tae gie it a go. Big Pat telt me tae hiv a go wae a verse oan ma ain, if ye didnae want tae play."

"Gina, there's no way Ah'm gonnae make up the words ae a song aboot masel."

"Why no? It's jist fur a laugh and we aw think whit ye're daeing in fantastic, so we dae."

"So, whit happens noo?" Helen asked, changing the subject and climbing up oan tae the tap bunk, while Gina wandered aboot the eight by twelve cell, hauf humming and hauf singing words tae rhyme wae each other.

"This is it. We jist hing aboot until they let us doon fur something tae eat aboot hauf twelve and then we're back up here till they let us oot in the efternoon fur another recreation break in the yard."

"And that's it?"

"That's it."

"Christ, this is gonnae drive me up the wall."

"Aye, some ae the wummin in here ur hinging aboot fur three months, daeing sweet nothing, before they're due back up in court. Ye're wan ae the lucky wans. At least ye've only goat a week ae this."

"Whit aboot yersel, Gina?"

"Ah wis oan a two-week remand tae start wae, and noo Ah'm oan a further two weeks, fur background reports, before Ah get sentenced."

"Whit ur ye in fur?"

"Ah stabbed ma man...it wis jist a scratch though."

"Ye stabbed him? Sorry, hen, bit ye don't strike me as being the stabbing kind."

"Aye, well, it wis an accident, bit they didnae believe me. The only reason Ah'm oan background reports is because Ah wis advised tae plead guilty, tae stoap me getting indicted and slung oan remand fur up tae three months, before being found guilty and getting a long sentence oan tap ae that. The lawyer said that if Ah pleaded guilty then Ah'd get dealt wae mair quickly and as Ah'm a first offender, Ah'd probably get a fine or put oan probation."

"So, ur ye back up tae court soon?"

"Next Thursday."

"Who's yer brief?"

"Ma whit?"

"Yer lawyer."

"Er, a nice wee man called Howdy."

"Howdy? He widnae hiv a partner called Barker by any chance, wid he?"

"Aye, Ah think so. The firm ur called Barker & Howdy. Why? Dae ye know them?"

"Aye, a right bloody pair ae sleekit parasites. They should be in the jail fur impersonating lawyers, so they should."

"Oh, he seemed really nice, so he did."

"Gina, it wis Howdy and Barker that came in and asked aw ma mates, including me, tae plead guilty before they even goat tae hear oor side ae the story. Ah telt them tae hop it."

"And ye ended up in here?"

"Aye."

"And whit aboot yer mates?"

"They're aw at hame."

"Ah don't want tae be cheeky, Helen, bit if aw yer pals took their advice and ur at hame, and ye're in here because ye didnae, how dis that make them parasites?"

"Gina, they charlatans ur no interested in you or me. Aw they're interested in is making money oot ae the likes ae us. They're no gonnae put up any kind ae defence oan oor part. Tae them, we're jist a bloody money-making machine."

"Despite me getting the extra two weeks fur background reports, which wisnae expected, Mr Howdy says Ah'll be walking free when Ah go up next Thursday. Ah cannae wait. Ah don't think Ah'd cope wae another night in this place."

Helen lay her heid back oan her pillow and thought aboot whit Gina hid said. Wid she hiv been hame wae Jimmy and the weans if she'd pled guilty? She wisnae convinced, although she wis start-ing tae hiv her doubts. And then there wis the lassies who wur slagging aff Sally fur waiting fur her fancy-man boss tae get her a decent brief, insteid ae her accepting wan fae the court. Helen knew fine well that she wis in trouble...big trouble. Here she wis, stuck oot here in Greenock, wae naewhere tae go, jist waiting tae be shafted by that Liam Thompson and JP. She felt helpless and couldnae work oot whit tae dae aboot it. She felt the panic starting tae rise up in her throat.

"Why did ye stab that man ae yours, Gina?" she asked, backing aff fae her ain situation.

"No long efter we goat married, aboot three months, he started tae slap me aboot every time he goat a drink in. It wis usually jist oan a Friday and Saturday night. His drinking goat worse and it goat tae the stage where he wis pished mair than he wis sober. He kept getting laid aff and slung oot ae any firm that wur willing tae take him oan until he couldnae get a job anywhere. By that time, he'd become a right alky. Ah always kept ma heid doon and ma face oot ae his reach, and although Ah ended up in The Roy-al a couple ae times, wae broken ribs and a broken cheek bone, he never really hurt me, apart fae a slap here and there when Ah upset him."

"Did yer neighbours no dae anything aboot it?"

"Some ae the lassies in the street wur worse aff than Ah wis. There wis a right nice wee lassie called Anne McGeachy, who lived three closes up. Her man came hame wan night aboot two years ago, pished as a fart, and smashed her skull in wae a poker. He wis charged wae murder bit goat it reduced tae manslaughter and goat three years in the jail. Ah noticed he'd jist goat oot before Ah wis slung in here, because Ah saw him in the licensed grocer, buying some cheap wine, a couple ae weeks ago."

"Fur Christ's sake."

"Aye, bit ma John's no like him. He kin be a right basturt when he's goat a drink in, bit he widnae go that far."

"Ah bet ye that wee lassie McGeachy thought that tae."

"Naw, believe me, John's different fae the likes ae him. Ah blame masel, so Ah dae. He'd a chance ae a really good job wan time that wid've goat us oot ae the rut we wur in. He wis oan tae me tae go and have a chat wae the foreman, who wis married tae ma best pal, who Ah went through the school wae. Ah widnae dae it. He'd jist gied me two big black eyes at the time and Ah wis too embarrassed tae go and speak tae the guy. By the time ma bruises hid disappeared, there wis nae mair jobs wae the firm."

"Whit dae ye mean, ye blame yersel, Gina?"

"Well, if Ah'd goat him that job, he'd hiv been up and oot every morning and he wid've hid tae pull his socks up. He said it himsel, that this wis his last chance. Ah fucked up there, good and proper."

"So, how long hiv ye been married then?"

"Jist o'er thirteen years...Ah think. A couple ae weeks ago, he came in absolutely pished oot ae his skull. Ma wee lassie, Meg, wis sitting at the kitchen table, daeing her homework, and he attacked her fur gieing him a dirty look. Ah hid her jist before Ah met him, so he's always been a bit funny wae her. The fact that we couldnae hiv any weans thegither didnae help either. Ah wis always trying tae get him tae go tae the doctors bit he widnae hiv any ae it. Anyway, that day, he went fur her withoot any provocation. He grabbed her by the hair. When Ah jumped in, he whacked me wae his elbow and Ah fell oan ma arse between the table and the sink. Oan the way doon, Ah grabbed the handle ae the cutlery drawer tae stoap ma fall, bit the whole drawer slid oot and emptied o'er the tap ae me. Meg wis screaming the place doon, shouting at me tae get him aff ae her.  When Ah managed tae pick masel up, Ah hid a breid-knife in ma haun and Ah plunged it straight intae his back."

"So, it wis self defence then?  Ye wur trying tae save yer daughter fae a madman?"

"Aye and naw.  Mr Howdy said that there wis nae history ae violence fae him in the past.  The fact that Ah hidnae ever goat the polis when he'd beaten me up before meant that it wis ma word against his.  Mr Howdy also said that when a man and a wife hiv a wee domestic situation, it disnae normally end up wae wan ae them being stabbed.  His advice wis tae plead guilty and because Ah wis a first offender, Ah'd probably only get probation."

"Fur Christ's sake, Ah cannae believe whit Ah'm hearing, Gina," Helen said, concerned.

"Aye, he said the court widnae believe it either."

"Naw, Ah'm speaking aboot that Howdy."

"He went and spoke wae ma John who agreed tae sign a statement tae say that he wid take me back, if the judge wid go easy oan me and gie me another chance."

"Ah hope ye telt him where tae go."

"He said John his furgiven me and he hopes Ah'll be back hame as soon as Ah'm oot ae here."

"Bit, ye're no gaun back surely, Gina?"

"Ah think things will change noo, Helen.  He said John wis gonnae stoap drinking wance Ah get oot ae here.  Ye might think this is stupid, bit this is maybe the turning point in ma life and things will get better noo.  Ah think John his realised that he needs help," Gina said, gaun back tae her wandering, humming and hauf-singing oot ae tune.

Helen hid her hopes up that the song competition wis gonnae disappear when she sat doon wae her bowl ae soup.

"You tell them," Jean said tae Patsy.

"Whit?"

"Y'know whit. Whit we wur talking aboot earlier."

"Oan ye go then."

"Naw, you tell them, Patsy. Don't be shy."

"Whit is it, Patsy?"

"Me and Jean went tae work oan the song, bit we couldnae get very far."

"Whit? Ye couldnae come up wae any words?"

"Naw, we could make up new words tae the song, bit, er, Ah thought Jean could write and she thought Ah could, bit it turns oot the baith ae us ur in the same boat," Patsy murmured, clearly embarrassed.

"Ye've nae pen or pencils?"

"Naw, the baith ae us hiv jist discovered that we wur baith thickos at school and never managed tae learn tae read and write."

"Did youse go tae the same school?" asked Sally.

"Naw," Jean and Patsy said thegither.

"Then, how could ye baith go tae different schools and no learn tae read or write?"

"We hated school and never managed tae learn," they baith chipped in, in unison.

"That's unbelievable," retorted Sally.

"Ma maw never learned either and she never talks aboot it. Ma da reads oot the stories in the People's Friend tae her. She says she likes the sound ae his voice. It's no something anywan should be ashamed ae," Helen said.

"Ah kin write, bit nowan ever understauns ma writing, including masel," Wee Morag added, tae chuckles fae everywan.

"Bit, we're still up fur the competition?" Big Pat asked them.

"Ah telt ye, Pat, we cannae read or write," Jean said, face red wae embarrassment.

"Aye, Ah heard ye. How aboot if we jist aw make up a verse and remember it till we get doon tae the yard and then we'll teach each other the verses. Dae youse think ye could mange that?"

"Brilliant! We kin soon dae that, so we kin. Is that no right, Patsy?" Jean said tae her cellmate.

"Too true, we kin. Ah've goat a verse made up in ma heid awready."

"Well, keep it tae yersel the noo, and we'll hiv a wee singsong at the morra efternoon's break then. Ah'm still struggling tae come up wae something masel."

Helen wis still right embarrassed at aw the trouble she wis causing, bit wis laughing at the same time. They wur sitting oan the same spot in the yard where they'd been the day before and earlier that morning, smack bang in the middle ae the walking circle.

"Right, girls, how ur we gonnae dae this then?" Big Pat asked them.

"Ah'm no sure if whit Ah've come up wae is any good. Helen widnae help me. She said she wis too embarrassed," Gina admitted.

"Let's staun up as if we're The Supremes," Wee Morag suggested, clearly getting aw excited.

"Bit, there's only four in the Supremes," Sally reminded them.

"Well, there's seven noo," said Diana Ross, the autograph hunter, getting up oan tae her feet.

Helen lay oan her back, looking up at them, propped up oan her elbows.

"Ah cannae believe this. Ah feel so embarrassed, so Ah dae," she said, red-faced.

"Oor verse is so brilliant, so it is, Helen," Wee Morag said, beaming, as she composed hersel.

"Right, here's how we'll dae it. Me and Miss 'Oor Verse Is So Brilliant" will go first, then Betty and Sally, then Gina and then, last bit no least, Jean and Patsy. How dis that sound, eh?"

"How come we're last? If Wee Morag thinks her lines ur the best, then you and her should go last, Pat. Ye've heard ae the saying that the best should be last, hiven't ye?"

"Look, let's jist get oan wae it. Wee Morag isnae claiming oors is the best. We'll run through it and wance we've aw done oor bits, everywan jist goes straight tae the beginning and we'll aw dae it again, bit this time we'll aw sing each other's verse thegither. Hiv youse aw goat that noo?"

"Whit wis the tune again?" Helen asked.

"'Ah Only Want Tae Be Wae You,' by Dusty Springfield, bit noo sung by The Seven Supremes," Wee Morag chirruped excitedly.

Hauf the wummin in the yard, who wur walking roond in a circle, came tae a staunstill, while the other hauf kept walking, bit stared across at them. It wisnae because ae their singing because they hidnae even started yet. Big Pat, Wee Morag, Betty, Gina, Sally, Jean and Patsy hid stood up and started tae clear their throats and noses, sounding like something oot ae a black plague ward. Big Pat wis swinging her erms roond aboot like cartwheels, loosening them up while Wee Morag wis La-La-La-ing up and doon the scales ae some strange musical instrument. If it wisnae fur the odd fart, some people could've been furgiven fur thinking that a steam train wis oan the verge ae breaking doon, bit eventually they wur up and running.

First aff the line wis Big Pat and Wee Morag.

"Oor Helen disnae know whit makes us love her so.
We only know oor hero loves tae hiv a go.
When she's started battling, the bizzies hide.
She takes they bloody polis fur an awful ride.
It happens tae be true-oo.
We love ye loads fur whit ye do."

By this time, aw the wummin in the circle hid stoapped walking and wur aw hooting and clapping.

"Gaun yersel, hen," somewan shouted as Big Pat and Wee Morag belted oot the song at the tap ae their voices and the whole lot ae them wur daeing a seven-wummin 'Baby Love' Supremes' stage show dance impression. Then it wis o'er tae Betty and Patsy.

"It disnae matter if her pals ur fair or dark.
Oor Helen is their ain wee charging Joan ae Arc.
When she's oan the march at the warrant sales.
Her war cry 'Scummy Basturts' never ever fails.
Wae Helen tae the foe-ore.
They warrant sales go oot the door."

By noo, aw the wummin in the yard wur whistling, cheering and clapping as The Seven Supremes carried oan grinding their hips and arses tae the song. Gina stepped forward wae the chorus.

"She stoaps and glowers at them.
Asks them fur a second chance.
When they dirty buggers refuse tae play.
They wish she'd only asked them wance, so listen bizzies..."

The screws, who'd been staunin aboot looking bored, as usual, who wur getting paid fur daeing sweet F A, aw heided intae the inner circle. They wur looking fae Helen, lying there oan the grass, looking embarrassed, bit enjoying the show, tae aw the wummin who'd crowded roond The Seven Supremes and who wur aw sway-ing and clapping alang tae the song. Jean and Patsy hidnae missed a step wance Gina danced back intae the line-up.

"Noo, Helen's wae her sisters here through thick and thin.
Selling oor weans' bedding is a bloody sin.
Bit she's started fighting fur aw oor rights.
Ye'll no stoap her wae the jail, ya fucking bunch ae shites.
No matter whit ye dae-ae.
Oor Helen will be back another day."

By this time, the whole yard wis gieing it big laldy, clapping, whis-tling and cheering at the tap ae their voices. Big Fat Martha, the senior screw wae the men's sideburns, hid arrived oan the scene, panting like a pig that hid jist completed the fastest four hunner yards oan that side ae the Clyde.

"C'mone noo, girls, settle doon, let's hiv ye. We widnae want tae cut yer recreation short, wid we?" she wheezed as The Seven Supremes and the rest ae the wummin in the yard aw let rip wae a repeat rendition.

The screws aw looked uncomfortably at each other, wondering whit they should dae next.

# Chapter Thirty Eight

The Rat wis thinking tae himsel that it hid been a lot harder tae track doon Harry Portoy than he thought it wid be. He turned the Morris Minor Traveller left intae Great Western Road, heiding oot ae the toon in the direction ae Balloch. Thank Christ it wis September and no the middle ae winter, he thought, as he took a quick glance in the mirror tae make sure the crumpled body, lying in the back, wis still there. He stretched o'er the empty passenger seat and turned the handle tae let the passenger side windae doon, tae let some mair air in. He tried tae place the smell. It came tae him, jist before he went under the railway bridge in Anniesland. He'd been sent oot tae Kirkintilloch tae cover the Strachan story aboot two or three years earlier. Donald Strachan, Coocaddens hard man and feared gangster, hid disappeared aw ae a sudden. He'd been well-known as a double-crosser. He'd steal the eyes oot ae a blind nun's heid and still come back fur her false teeth. Nasty fucker aw roond, he wis. He'd been sentenced tae hang in nineteen fifty nine fur shooting a wages clerk, who'd also happened tae be a grand-faither. The poor auld basturt hid been due tae retire the following week. Two men in masks, wae guns, hid entered the Post Office depot in West Nile Street wan Friday morning and hid forced the granda tae haun o'er the wage packets that wur ready tae be haunded oot tae the workforce later that day. Everything hid gone tae plan and the two robbers hid escaped wae the dosh. It wis only when they wur ootside, getting intae the getaway car, that the alarm bells hid gone aff. Insteid ae jist driving away, wan ae the robbers hid run back intae the building and hid shot the granda in the heid, at point blank range, before running back oot intae the car and escaping. The poor auld soul hid been deid before he hit the flair. Two months later, Donald Strachan hid been charged wae the murder. The polis couldnae find oot who the other guy wis or the weapon used in the shooting. Efter three months up in the Bar-L, Strachan hid goat sentenced tae hang. The Secretary ae

State hid refused his petition fur clemency and then the bombshell hid landed. Two days before he wis due tae be hung, they'd hid tae set him free. Unknown tae anywan, he'd been languishing, untried, up in the Bar-L fur a hunner and thirteen days, insteid ae the mandatory maximum ae a hunner and twelve. The papers hid hid a field day o'er it and heids hid rolled, aw o'er The Chief Advocate's office in Edinburgh. Nae fucker hid heard ae the rule that a prisoner who wis oan remand hid tae be tried within a hunner and twelve days or be let loose. The fact that Strachan hid still been pleading his innocence hid meant nothing tae anywan. The uproar hid continued when The Rat found oot that even if they could prove Strachan hid definitely done it, because ae the hunner and twelve day rule, they couldnae charge him twice fur the same crime. That wis the story that hid put The Rat amongst the elite investigative journalists in Scotland...that and the fact that when he tracked doon Donald Strachan tae a Highland cottage up in Golspie in Sutherland and managed tae persuade him tae gie an interview, the shite hid hit the fan aw o'er again. Strachan hid said in his interview that efter he'd been found guilty and sentenced tae hang and his appeal fur clemency refused, Harry Portoy, his lawyer at the trial, hid come up tae the death cell and whispered in his ear that he wis gonnae get him aff oan another appeal and that he wis tae haud tight and no breathe a word tae anywan. Harry Portoy hid claimed efterwards that it hid been his legal duty tae point this discrepancy oot tae his client and tae ask him if he wanted him tae put in another appeal oan his behauf. Harry Portoy hid denied that he knew aboot the rule leading up tae the hunner and twelfth day and hid said that he'd only sussed it oot efter he'd been filing his trial papers in his office. Due tae the public uproar, and Harry Portoy hivving become the maist hated man in Scotland, he hid suddenly stoapped defending criminals. Three years later, Donald Strachan hid been identified as the gunman who'd shot deid another wages clerk, this time o'er in the BRS depot, up in the Toonheid. Despite a national manhunt, the polis hidnae been able tae find Strachan, until his body hid turned up in a makeshift grave oan a new building site in Hillheid, jist up fae the toon centre in Kirkintilloch. The Rat could remember the smell fae the grave when he reached the new hooses being built in whit eventually became Burns Road. The smell in the car, wafting aff ae Harry Portoy wis similar tae the smell that hid been coming aff the body ae Donald Strachan. When it wis reported that the gun that hid been used tae kill the auld granda at the Post Office heist three years earlier wis the same gun that hid killed Donald Strachan, Harry Portoy hid hit the bottle...and skid row...wae a bump and he hidnae picked himsel up since.

The Rat hid kept bumping intae, or should he say, stepping o'er Harry Portoy, oan and aff o'er the last couple ae years or so, usually roond aboot the city centre. The maist recent time he'd clocked him wis oan Ingram Street earlier in the week. Harry hid been sitting oan the corner wae a bunch ae wino jakeys when The Rat hid gone intae a shoap fur a packet ae fags. When he'd come oot, the winos hid moved oan, bit Harry hid been left lying oan his back, oot ae the game, a bloody gash above his eye. He'd been mumbling tae himsel and he'd hid a piece ae string tied roond his coat, even though it hid been a sweltering hot day. He'd looked as if he'd jist pished himsel. The Rat remembered feeling sorry fur him.

Efter he'd left Tom Bryce's office earlier, he'd scoured aw the streets and the wee lanes that crisscrossed the toon centre. He'd come across plenty ae wino jakeys, bit none ae them hid seen Harry oan their travels. He'd been up tae The Tontine Hotel in Duke Street twice. The Tontine wisnae really a hotel, bit a hostel fur aw the city's doon and oots. The first time he'd gone roond there, the wee Sally Army chookter lassie at the reception widnae answer any ae his questions until her lieutenant came oan duty at twelve o'clock.

"Och, I'm awfully sorry, loon, bit ye'll have to come back later when Sister Sally, our lieutenant, is back on duty and no, I dinnae ken when that'll be. Probably in an hour or so," she'd sung.

When he'd gone back, a fat stuck-up bitch who wis full ae her ain importance hid been waiting fur him.

"Hello, Ah'm Acting Lieutenant Cross. Whit kin Ah dae ye fur?" she'd said, looking him up and doon as if he wis a lump ae dug shite she'd jist scraped aff the heel ae her flattened high heels.

"Ah'm looking fur Harry Portoy."

"And whit's Harry tae you?"

"Ah'm his long lost brother, trying tae track him doon."

"Well, we're no in the habit ae gieing oot information oan oor clients."

"So he's here then?"

"He might be, then again, he might no be. It depends oan who's asking."

"Ah've jist telt ye. Ah'm his long lost wee brother."

"Ye don't look like him, so ye don't."

"The same maw, bit different faithers."

"Whit dae ye want wae him?"

"Ah want tae help him."

"Whit if he disnae want help?"

"Eh?"

"Some ae the men who come in here ur happy and don't want tae be found. That's maybe why they came here in the first place."

"Or maybe it's because they don't hiv any choice."

"It wid surprise ye, son."

"Ah'm sure it wid, hen."

"Lieutenant."

"Ah'm sure it wid, Lieutenant."

"He's no here."

"When will he be back?"

"It aw depends."

"Oan whit?"

"Oan whether he's hungry, sober, needing a wash, needing a change ae drawers, or the weather's cauld. In fact, there's nae stock reason why and when they want tae use us."

"It's ma brother, Harry, that Ah'm efter. Ma poor auld maw is oan her deathbed and wants tae see him wan mair time before she croaks it."

"He never mentioned a brother tae me."

"Ah suspect there's a lot ae things he widnae mention tae somewan like yersel."

"Ye'll need tae fill in an application form."

"Fur whit?"

"So we kin consider whether we gie oot the information ye want."

"Look, there's a warm bath and a cosy bed waiting fur him, where he'll be taken care ae. He could be deid the night while Ah'm waiting fur a reply efter ye read ma form."

"It's no actually a form, it's a pro-forma we use."

"A whit?"

"Aye, we jist use the word 'form' tae people ootside the organisation as 'pro-forma' usually confuses them and we hiv tae end up explaining the difference. Ye widnae believe the time it takes, so we jist use 'form' as an easy expression."

"Look Mrs..."

"Lieutenant."

"Mrs Lieutenant, Ah've come a long way tae get here and Ah'm in a hurry, so if we kin jist cut the cackle and come tae a wee understaunin here, Ah'd be prepared tae make a wee donation..."

"Naw, it's Lieutenant, Acting Lieutenant Cross. Kin ye no see the studs oan ma collar?" she'd scowled indignantly, looking at him as if he wis fucking stupid.

The Rat hid wondered how long he wid've hid tae spend in the jail if he'd strangled her right there and then oan the doorstep. He'd been trying tae calculate whether baith his hauns wid fit roond that fat wobbly neck ae hers, when the wee blond chookter wan hid appeared o'er her shoulder.

"Sister Sally, we've got an emergency. Old Percy Pitman has emptied his bowels again in the queue and he's refusing to let me bath him until he gets his soup."

"Right, Mr, Mr?"

"Portoy."

"Right, Ah'm needed. Ah'll hiv tae go. If ye want tae fill in a form, come back and see me later," Fat Sally Sally hid said, and wae that, she'd aboot turned and waddled efter Highland Mary.

The next day, he'd jist left The Tontine, hivving hid nae luck again. He'd decided tae cut up Ladywell Street oan tae Castle Street, tae hit the toon centre via Parly Road, when he'd spotted a figure slumped beside the actual well that hid gied the street its name. It wis situated jist behind where the auld Duke Street prison hid stood, up until a year ago or so. It wis the string tied roond the coat that hid caught his eye. When he'd drawn the car up beside the bundle, he'd known he'd goat his man, or whit wis left ae him. He'd opened the back doors ae the traveller and hid tumbled the deid weight in tae the back. Jist as he'd shut the doors o'er, he'd spotted a wee lassie ae aboot four or five years auld oan the pavement opposite, staunin staring at him. She'd hid oan her maw's red high heels that wur ten sizes too big fur her and wis twiddling her skipping rope between her wee fingers.

"Whit ur ye daeing wae that man?"

"Taking him tae the hospital."

"Whit's wrang wae him?"

"He's goat the toothache."

"Oh," wis aw she'd said, as he'd goat back in tae the driver's seat, crunched the gears and heided up the cobbled street towards Parly Road and the Coocaddens.

He'd need the wind behind him, The Rat thought tae himsel, as he glanced oot ae the windae at the castle sitting oan tap ae Dumbarton Rock. Somewan hid telt him wance that it hid been the Sheriff ae Dumbarton who'd grassed oan William Wallace and Robert The Bruce. When The Bruce hid found oot, he'd rammed a sharp pike up the sheriff's arse. The Rat wis wondering how that wis reported in the papers back then, when he hid tae suddenly swerve tae miss an oancoming Macbrayne's holiday coach.

"Basturts, ye!" he shouted as the traveller bounced aff the embankment, before careening back oan tae the road.

He looked in the mirror. Harry wis sprawled oot oan his back, mooth agape, snoring like a stinking midden. He wis in fur the shock ae his life when he woke up, The Rat grimly thought tae himsel, as he heided oan past Renton. Mad Molly wisnae known fur taking any prisoners. Ye either tucked in or ye died where ye stood. He'd met her a couple ae years ago when he'd taken Springer Morgan up tae her tae dry oot. Springer hid been an alky fur years and hid been telt that he widnae live another three months unless he stoapped his bevvying. Efter three days at Mad Molly's, he'd been changed furever. A fucking miracle it hid been. She said she only took in professional gentlemen, so Harry wis in wae a shout, being a member ae the legal profession. She wis mad as a thrupenny bit and hid the eyes and long grey witch hair tae go wae it. Her take oan alkys wis that they wur allergic tae food like barley, wheat, corn, sugar and aw sorts ae grain. She said that aw the stuff the breweries made the booze wae, wis tae an alky, whit a choir boy wis tae a randy priest. The fact that the breweries and the distillers watered the grain doon, gied the alkys a quicker and bigger high and made them want tae come back fur mair. The mad cow believed that it wis the stuff that made the booze that they craved insteid ae the alcohol itsel. She fed her alky guinea pigs oan specially made cakes that wur full ae the earth's goodness...according tae her.

"Jist like Popeye wae his spinach," she'd cackled tae him the last time he'd paid her a visit.

If it worked fur Springer Morgan, who'd been oan the drink fur twenty odd years, then it should be a piece ae pish fur smelly Harry lying there in the back, who'd only been pished every day fur three years, The Rat thought tae himsel.

He missed the wee hidden turn aff and hid tae double back twice before he clocked it. The hedges wur well overgrown since his last visit, bit he saw the sign fur Tank Wood and drove alang the wee deserted road. He hid tae keep Sheepfold tae his right and Upper Stoneymollan o'er tae his left. Efter aboot twenty minutes, he spotted whit he wis efter. Chambered Farm looked like something oot ae the Addams Family, only scarier. He drove up the bumpy track and parked at the front door. There wisnae a soul in sight. He looked behind him and wondered if she hid moved oot wae aw the souls she'd saved, when the door creaked open. The Hunchback ae Notre Dam poked his heid and hunch roond the door and asked The Rat whit he wanted.

"Ah'm looking fur Molly. Ah've goat a customer fur her," he managed tae blurt oot, before the door slammed shut.

Ten minutes later, Mad Molly, in aw her majestic glory, appeared oan the scene fae roond the side ae the building.

"Hello there, Sonny boy. Would ye be lost now?"

"Er, hello, naw Ah'm no. Ye maybe don't remember me, bit Ah drapped aff Mr Springer Morgan a while back and picked him back up wance he goat the cure."

"Mr Morgan, the newspaper gentleman?"

"Aye, that's him."

"And he's still breathing?"

"Aye, he is that."

"Good, good," she smiled, clasping her hauns thegither while The Big Bell Ringer stood blinking at him.

The Rat stood there mesmerised, trying tae ignore the flapping wisp ae hair that wis trying tae escape fae the lump that wis The Bell Ringer's heid, and which continued tae wave aboot in the gentle breeze coming aff ae Loch Lomond, doon in the valley. Mad Molly gently coughed.

"Oh, sorry, Ah've goat a professional gentleman, who's in need ae a wee bit ae attention because he's goat an important court case next week."

"Drinking and driving?"

"Naw, naw, he's a lawyer...a brief. He his tae represent a poor wee soul ae a wummin who's been stitched up by aw the big boys in the toon and he's the only wan that kin attend tae her...if ye know whit Ah mean?"

"And where is the gentleman now?"

"He's in the back ae ma car," The Rat said, nodding towards the wee green Morris Minor Traveller, sitting at the front door.

"And what makes you think I can help him?"

"Well, if you cannae, he's no the only wan that's gonnae die soon."

"Does he want help?"

"Oh, aye. He's screaming oot fur it."

"I'll see what I can do...Mr?"

"Morrison."

"Well, Mr Morrison, without promising anything, I'll take him for a week and see what level of detoxification he can support. I'll want thirty pounds up front and a further thirty when he leaves," she said, haudin oot her bony, gnarled fingers.

The Rat blinked and jist aboot fucked aff back tae the car pronto, tae heid back doon the track, bit insteid, sighed, slipped his haun intae his raincoat pocket and coonted oot the notes. He lifted his snout up, tears in his eyes, watching the dosh slip intae the palm ae her fingerless woollen gloves. The Hulk lifted Harry oot the back ae the traveller, slung him o'er his shoulder like an auld carpet and disappeared through the front door.

"Would there be anything else, Mr Morrison?"

"Ah'll need tae come and talk tae him sometime mid-week," The Rat said, as he jumped intae the car and drove aff doon the track, heiding fur Gateside wummin's prison in Greenock.

# Chapter Thirty Nine

"Whit dae ye think then?" Paul asked Tony.

"Ah'll take Johnboy in wae me. He's goat the face ae an angel."

"Oh, well, that's awright then," Joe said, and everywan laughed, except Johnboy.

They wur sitting oan tap ae the stable roof, debating who wis gaun intae The McAslin Bar tae speak tae The Big Man, tae see if the offer ae seven and a tanner a bottle oan the spirits wis still oan. Nowan, except Tony, hid volunteered tae go oan the mission.

"Wid Ah no be better gaun wae ye tae sell the Murphy stuff tae Toby in The Gay Gordon insteid?" Johnboy asked casually.

"Whit fur?" Paul asked.

"Ah don't know," Johnboy replied.

"The decision his awready been taken, Johnboy, ya stuffed fud, ye," laughed Paul.

"Aye, Johnboy, it's aboot time ye earned yer keep aboot here, insteid ae wandering aboot wae yer heid up yer arse aw the time," Joe piped in fur good measure.

"Whit's wrang?" Tony asked, looking at Johnboy.

"Nothing."

"If ye don't want tae dae it, Ah'll take Silent wae me."

"Ah'll go," Silent said eagerly.

"Naw, Ah'll go. Ah jist thought somewan else might like tae go wae ye insteid ae me," Johnboy said hopefully, looking aboot at the faces staring back at him wae 'Ur ye fucking crackers?' expressions oan them.

"Right, that's settled then. Let's go," Tony said, sliding doon the roof tae the gutter edge and drapping oot ae sight.

As they wur disappearing oot ae the gates oan tae Stanhope Street, Johnboy looked behind him at the monkeys sitting side by side up oan the roof.

"Remember, if ye manage tae get tae a phone, it's nine, nine, nine," shouted Joe, as they aw laughed.

Johnboy reckoned nothing hid changed in the pub since he wis last there, although there wis nae sign ae Kirsty behind the bar. In her place wis a curly red-haired auld wummin wae a painted face who must've been aboot thirty if she wis a day. Her lips wur the colour ae blood and she wis cackling at something wan ae the men at the bar hid said. Johnboy thought her jezebels wur gonnae burst oot ae her V-neck jumper, the way she and them wur heaving and jiggling aboot.

"Dae ye want tae touch them, son?" she asked Johnboy, before letting rip wae another crackling cackle fae that gub ae hers as Tony and Johnboy trooped past her.

Aw the guys at the bar thought she wis hilarious. Johnboy moved fae Tony's left tae his right side as they passed her, heiding south tae where they could see The Big Man and the Murphy brothers, hinging aboot doon at the bottom ae the bar.

"Well, fucking well. Look whit the cat's jist dragged in," Mick scoffed, as aw their heids swung roond tae look at the two boys approaching their corner.

"If it's no ma wee honest thieving apprentices," The Big Man declared tae aw and sundry, staunin there in his blue suit and matching shirt and tie.

"Hellorerr, Pat," Tony said, nodding.

"Been stealing other people's booze lately, ya manky wee basturts?" snarled Danny.

Johnboy wanted tae shout oot 'Aye, yours, ya fucking knob, ye,' bit jist gied him a wee sickly smile, kidding oan that he wisnae aboot tae shite his good five-o-wans that he'd wheeched aff a washing line up in Alexandra Parade, a while back, when Tony and Skull hid introduced him tae the art ae snow-dropping. If it wisnae fur the scary wan wae the painted face and lips, wae the ootsized bouncing paps, behind the bar at the far end, he wid've probably been oot the door before then. Tony didnae seem tae be too bothered though.

"Is that offer still oan, Pat?"

"Whit offer wid that be then, Tony boy?"

"Seven and a tanner fur a bottle ae good spirits?"

The Big Man didnae even blink, bit they Murphys jist aboot aw hid a heart attack thegither. Johnboy felt something snap like an elastic band behind him. He thought it wis the elastic oan the good pair ae underpants that his maw hid put oan him a couple ae weeks previously, when he'd been up at court, until he realised it wis something deep inside that arse ae his. He felt his guts dae The Hucklebuck. He wis jist wondering whit their reaction wid be if he shat himsel, there and then, when Danny decided tae help him oot wae his situation.

"Dae they wee manky shitehooses think we're fucking saft or something? Dae we look fucking stupid?" Danny Boy snarled, trying tae oot-glower his ugly brothers.

How Johnboy managed tae keep the cheeks ae his arse clamped shut and no faint, he'd never know.

"Whit hiv ye goat?" The Big Man asked, finishing aff whit he hid left ae his pint ae heavy and picking up a full wan that wis sitting patiently oan the bar, waiting tae be slurped doon that neck ae his.

Tony's answer finished Johnboy aff and he hid tae make a move.

"Cutty Sark whisky, gin and some right good vodka," Tony said casually.

Johnboy couldnae really remember who said whit or who did whit, bit it aw seemed tae happen at the same time. The Big Man burst oot laughing...no a wee titter, bit a big guffawing roar.

"Wis it youse wee thieving basturts that tanned ma van and swiped ma good drink, ya wee galloots?" Mick snarled.

Shaun, wae the 'mars bar' across the side ae his face, and Danny Boy's faces baith turned white in disbelief at whit Tony hid jist come oot wae, blinking at Johnboy and Tony like a pair ae fairy lights. According tae Tony later, it wisnae whit he'd said that hid goat the reaction, bit whit Johnboy hid come oot wae next.

"Is there a toilet aboot here? Ah need a shite desperately," Johnboy said, staunin there wae his haun up, arse cheeks clamped shut and cross-legged as if he wis sitting in class at school, talking tae Olive Oyl.

"O'er there," The Big Man nodded tae a door in the corner, before muttering, "He must've scoffed wan ae yer good steak pies, Mick."

The only wan that laughed at The Big Man's joke wis Tony. The other three gorillas jist stared, slit-eyed, at Tony, wae a puzzled look spread across their coupons. Tony telt the boys later that he'd jist aboot ran intae the bog and pulled Johnboy aff the wan and only shitter in the place when he'd heard that wan. Fae where Johnboy wis sitting, grunting and groaning in pain, he could hear them talking tae Tony, wance he'd calmed doon at the hilarious steak pie joke.

"So, whit's the score aboot fleeing the doos then?" Scarface Al asked.

"We're oot ae that game noo. We goat oor fingers burnt...at least Skull did...and mair."

"Aye, it's a pity that, eh? Ah quite liked that cheeky wee shite-hoose," Mick, the lying basturt, said.

"Aye, Ah think he liked you tae," Tony replied, as another doze went flying oot ae Johnboy's arse at the speed ae light.

"So, whit hiv ye goat fur me then?" The Big Man asked.

"Wan case ae Cutty Sark, wan ae Bells, two ae Beefeater Dry Gin, two vodka, and a case ae mixed bottles...aw good stuff."

"Whit's yer vodka?"

"Smirnoff."

"Ye widnae hiv goat it oot ae a wee red van by any chance, wid ye?"

"If Ah telt ye ma source, Ah'd hiv tae kill ye," Tony replied.

"Aye, ye're a game wee basturt, so ye ur, Tony. Ah'll gie ye that. Isn't he, boys?" The Big Man said tae the gorillas, lapping up the cheek.

"Aye, a right bundle ae laughs, this wan. Where's that shitey wee mate ae his gone?" Johnboy heard Mick ask.

Johnboy gied up trying tae decide whit tae dae aboot the shitey water that wis overflowing oot ae the toilet pan in the wee smelly cubicle. He'd noticed, too late, that there wisnae any ripped sheets ae newspaper hinging fae the wire behind the door and he'd hid tae use his good clean underpants that his maw hid made him wear tae court tae wipe his arse. When he'd tried tae flush them doon the pan, they'd choked it and the shitey water hid started heiding fur the door.

"Ye're back?"

"Aye, it must've been that pie Ah ate earlier," Johnboy said, rubbing his belly, and looking as ill as he felt.

"Aye, Ah bloody-well know how ye feel, so Ah dae," The Big Man said, scowling at Mick, the comedian, who didnae find it funny, even though Johnboy did.

When the boys hid tanned the loft dookit above the Murphys' hoose, Skull hid nipped doon intae their kitchen and lifted the pastry aff the tap ae their good McCluskey's ashet steak pie and shat in it. The Big Man and aw the Murphys, apart fae Mick, hid ended up in the hospital fur a week a couple ae days efter the meal.

"Whit's in the mixed case?"

"This and that. Cointreau, two bottles ae Squires London Gin, something called Pernod and Bols mint liqueur...aw unopened," Tony replied.

"Whit kind ae gin did ye lose, Mick?"

"Gordon's."

"Right, seeing as Ah'm taking everything ye've goat, including the box ae mixed pish, sight unseen, it's four fresh five pound notes fur the lot."

"We agreed oan seven and a tanner a bottle, so we cannae dae it fur that."

"Take it or leave it."

"We'll take thirty big wans and if we come across any mair, we'll gie ye first shout."

Silence.

"If ye don't want the stuff, Toby roond the corner in The Gay Gordon will probably bite the fingers aff ae us fur it."

"Deal.  Drap the stuff aff at Horsey John's later," The Big Man said, lifting up his pint ae heavy.

Johnboy wis so relieved when Tony hid finished daeing business. Fae where he wis staunin, he could see his shitey puddle creeping o'er the bar flair and wis desperate tae get tae hell oot ae there before it began tae lap against the heels ae The Big Man's shiny Oxford brogues.

# Chapter Forty

"That's us then, Helen," Gina said, putting her plastic mug oan the flair beside her feet, as she bit intae her cheese piece.

"Whit is?"

"Banged up until the morra."

"Oh, that'll break the monotony."

"Aye, wance they lock ye up oan a Sunday at four o'clock, apart fae getting a mug ae tea aboot hauf eight, ye're oan yer ain straight through."

"Whit happens if ye want a pee and the chanty pot's full?" Helen asked, nodding at the antique sitting in the corner.

"Hmm, Ah don't know. Ah suppose ye hiv tae stick a cork in it."

"This is bloody awful, so it is."

"Aye, bit we hid a good laugh wae the other lassies, didn't we?"

"It wis bloody embarrassing, so it wis."

"Naw, it wisnae. It wis bloody great. There wis some stoating voices, gieing it laldy, doon in that yard. That Wee Morag sounded jist like that Cilla Black wan."

"She wis supposed tae sound like Dusty Springfield."

"Ah wisnae too sure ae Big Pat though. She sounded mair like ma coalman."

"Aye, bit her heart's in the right place."

"Wheesht! It sounds like there's a posse oan the landing. That means somewan's in trouble, so it dis. The doors never get opened up efter four. They're heiding this way," Gina whispered, cocking her lug towards the door.

"Oh, oh, they've stoapped ootside oor door," Helen whispered back, as a key turned in the lock.

"Taylor?"

"Aye?"

"Ye're wanted," Big Fat Martha grunted.

"By who?"

"Ah'm the wan that's daeing the talking aboot here, hen. You jist dae as ye're telt and we'll aw get alang jist fine and dandy," the screw growled, stepping aside tae let Helen squeeze past hersel and a wee skinny, scrawny screw, who'd a terrible twitch in wan ae her eyes that widnae stoap twitching.

Christ, whit hiv Ah done noo, Helen thought tae hersel, biting that bottom lip ae hers as she followed The Twitcher alang the gallery and doon the stairs. Efter the ninth iron-barred gate hid been opened and slammed shut behind her by the bearded wardress, tae the nerve-jangling sound ae rattling keys, Helen's sense ae direction hid deserted her. When they finally came tae the first wooden door Helen hid come across since she'd been in the place, Sideburn Sally roughly swung it open and nodded fur her tae enter.

"Hello, Helen, nice tae see ye," The Rat said, staunin up.

It took Helen aw her strength tae keep her composure and face straight. Whit the hell wis he daeing here? Who the fuck hid let him in? Gina hid jist telt her that everywan wis locked doon fur the night, even though the sun wis shining in through the barred windaes ae the room.

"Whit the fuck dae you want?"

"Ah've come tae see if ye're awright and okay," he said, looking aboot the room.

"Well, ye've seen me, noo fuck aff before they pin an assault charge tae ma sheet."

"Ye're oan a wee bit ae a sticky wicket noo, Helen. Ah'm only trying tae help ye get oot ae here, so Ah'd appreciate if ye wid try and at least kid oan that ye don't hate me."

Helen wis jist aboot tae aboot turn and heid fur the door when The Rat pulled oot a box ae Swan Vestas and a twenty packet ae Woodbines fae his crumpled raincoat. He saw her hesitating.

"Here, help yersel. Why don't ye grab a pew," he said, throwing the packets oan tae the worn Formica-topped table, as he nodded tae the empty chair sitting in front ae it.

Helen picked up the fag packet and looked at it, turning it o'er in her haun. Even though she hated the taste ae Woodbines, she fought the urge tae burst intae tears and jist managed tae haud hersel thegither. She plapped her arse doon oan tae the bare metal seat.

"Whit dae ye want?" she finally asked again, taking the strong smoke doon intae her lungs, before exhaling it towards the ceiling.

She placed the matchbox oan tap ae the fags at her side ae the table. Even though it hid only been a few days since he'd seen her, she'd lost weight, The Rat thought tae himsel. He wid hiv tae be careful here...very careful. Wan false move and he wis fucked. Aw his good work wid go doon the drain.

"So, how ur they treating ye?"

Silence.

"Look, Helen, Ah know this is difficult fur ye, bit Ah really want tae help ye...if Ah kin."

"Ye mean, tae get yer story and fuck aff back tae where ye came fae?"

"The story is important, aye."

"Why did ye set me and ma pals up?"

"Ah don't know whit ye're talking aboot."

"Aye, right," she grumbled, taking a draw ae her fag.

"Whitever ye may think, Ah hid nothing tae dae wae ye sitting in here," he said, wae a wave ae his haun.

"So, why ur ye here then?"

"Ah'm working tae a tight deidline. Ah need access tae the maws. They still won't gie me a sniff withoot your say-so."

"And Ah'm in here. Wait until Ah get oot next Friday and then come and see me. Ye know where Ah live."

"Look, Ah think it's important that we talk straight tae each other."

Silence.

"Whit Ah mean is, it's nae good tae anywan if ye sit there sherricking me because ye don't like whit ye hear. That disnae dae me any good and takes up precious time that we don't hiv," The Rat pleaded, looking her in the eye.

Silence.

"If ye'll only hear me oot, withoot melting they ears ae mine, then ye kin decide whether ye want tae sit and hiv another fag. Noo, Ah might no get the words right the first time and if Ah don't, then Ah'm sorry in advance. Ah never wis good wae words."

"Bit, ye're a journalist."

"That's no whit Ah'm oan aboot. Jist let me explain the situation fae where Ah'm staunin," he said, leaning back in his chair wae his erms spread oot, in mock submission.

"Ah'm listening."

"Right, bit remember, Ah need tae be frank and honest wae ye, withoot getting a lug-full."

Silence.

"Right, here goes. Ah'm no as convinced as ye seem tae be aboot ye getting hame next Friday, bit let's look at where ye're at."

"Where Ah'm at? Ah'm in the bloody jail."

"There wis a ten year auld boy that goat frizzled in a fire in a dookit. It happens aw the time. There wis a wee boy goat droont up in the Nolly oan the same day, same age as the dookit boy. It wis yer typical terrible weekend ae accidents. You and me know fine well that it happens every weekend in the toon. The fact that the same wee boy, the wan that goat frizzled, wis been hunted doon, alang wae aw his pals, wan being yer son, aw through the summer, by the local bizzies, may seem a wee bit suspicious, bit then again, maybe no. Anyhow, Ah've heard oan good authority that, because that wee manky crowd wur running rings roond them, the polis upped the anti and decided tae teach the wee rascals a lesson, and burnt doon the cabin as a warning. Unfortunately, wan ae the boys wis in the cabin when it went up in smoke, taking him wae it."

"Where's yer proof?"

"Well, the proof is getting access tae the boys and the maws, like yersel, tae hear their side ae the story."

"It seems a bit far-fetched tae me...and Ah'm no the only wan that thinks that."

"Well, whit Ah'm efter is daeing a story oan the heavy haunded-ness ae the local fuzz in Glesga.  So, ma story is wider than the wee boy Kelly getting done in.  There ur plenty ae examples ae kids being brutalised and beaten up by oor boys in blue, withoot any recourse tae the protection that they're entitled tae."

"Ah thought ye wurnae wan fur words."

"Whit Ah'm saying is, this isnae Egypt or Africa we're talking aboot here.  It's ma job as an investigative journalist tae investigate the wrangs in society.  Withoot people like me, where wid we aw be, eh?"

"Ye know, ye nearly hid me there...fur a second."

"Helen, furget whit Ah might look like tae you.  Of course Ah don't gie a fuck aboot hauf the things Ah write aboot.  It's whit happens efter Ah write a story that's important."

Silence.

"Don't look at me like that.  Why the fuck did ye want me and a photographer tae come and cover yer wee demonstration up in the Toonheid, eh?  Ah'll tell ye why.  Because ye thought that something might be done aboot warrant sales, if it ended up in the paper...that's why.  Personally, Ah don't gie a monkey's aboot war-rant sales."

"So, Ah'm wrang then?  Wasting ma time trying tae protect vul-nerable people who don't know how tae staun up fur themsels due tae the weight ae the yokes they wur born wae wrapped roond their necks?"

"Look, of course Ah'll move oan, bit in the meantime, if Ah dae a story that allows other people tae catch oan tae something that's no right, then maybe something will change...someday."

"Right, where ur ye then?"

"Ah've done ma checking oot and Ah'm jist aboot there.  Aw Ah need is tae speak wae yer crowd and Ah kin take it forward."

"If whit ye're saying aboot that wee boy Samuel Kelly is true, which Ah find hard tae believe, despite Liam Thompson being a shitehoose, then that's far mair important than me or the injustice ae warrant sales."

"Well, even if it is true, it wid take a miracle tae prove.  Ma job is tae raise doubt in people's minds, so as tae get people tae question whit's acceptable or no.  Ye widnae believe whit goes oan behind the scenes and whit's stacked up against anywan who lifts their heids above the parapet."

"Is that right?"

"Ah don't mean somewan like you.  Ye've jist goat a wee taste ae whit goes oan.  Ye'd never believe the hauf ae it.  There's a book by a bloke called George Orwell.  It's called Nineteen Eighty Four and it's aw aboot censorship and control by the ruling party who're called Big Brother.  Behind the scenes, the party, or Big Brother, controls everything and anywan.  If anywan stauns oot, they get crushed.  The higher ye crawl up the ladder, the crueller ye hiv tae become tae prove yer loyalty.  The guy's a bloody genius and he definitely knew something aboot whit goes oan behind the scenes."

"Ah don't hiv the time tae scratch ma arse, never mind tae read science fiction."

"Well, if ye ever get a minute, check it oot.  People like yersel get crushed like ants in it."

"Ur ye sure it's no called Nineteen Sixty Five?"

"The problem is, ye're in here and Ah'm oot there.  We need tae get ye oot."

"Ah'll be oot oan Friday."

"As Ah understaun it, ye're in here tae get ye oot ae the way.  The high heid wans in the polis know Ah'm daeing a story.  They're running aboot, pulling doon the hatches, as we speak.  Every wee potential threat, however unimportant it may seem, is getting looked at and dealt wae.  At first, they claimed the fire wis an accident, and then they said the fire wis probably started by boys the same age as the Kelly boy.  The latest is that they're using the fact that wan ae their polis boxes in St James Road goat burned doon as evidence that there's some wee local toe-rags gaun aboot, trying tae burn the place doon.  JP Donnelly is jist a dangleberry oan the arse ae the wan in control, bit he's playing his part well...the prick that he is. He's put you well oot ae reach. In the meantime, there's a bigger game gaun oan that Ah don't really understaun masel, bit there's some big players involved and that son ae yers and his pals ur in the mix somewhere, so they ur."

"So, if Ah'm no getting oot oan Friday, why the hell ur ye sitting here, letting me smoke aw yer shite Woodbines then?"

"Ah never said ye cannae get oot oan Friday. Whit Ah said is, fae where Ah'm sitting, ye won't be lying in yer ain bed next Friday night withoot a wee bit ae help fae me."

"Listen Tom, Dick or Paddy...whitever yer name is. Ah never invited ye intae ma life. In fact, Ah'm no too sure where the fuck ye came fae in the first place. Whit Ah dae know is, Ah'm sick ae the sight ae ye awready and Ah've only ever clapped eyes oan ye a few times before the day. Let's no mess aboot here. If ye want tae help me, help me. If ye don't, don't. Ah owe ye sweet fuck aw, so don't start daeing me any favours. There's poor souls in here that ur mair deserving ae yer charity than me."

"Helen, whit did Ah jist say, eh? Ah know ye've a right tae be angry, bit let's me and you no fall oot, eh?"

Silence.

"Whit dae ye want fae me?" she eventually asked him.

"We need tae get ye oot ae here, bit there's wan wee problem."

"Aye and whit's that then?"

"Ma paper cannae be seen tae be involved."

"Right, that's fine by me. So, whit's next?"

"Did ye sack yer brief?"

"Naw, Ah never hid wan."

"Aye, bit the wan the court appointed tae represent ye? Ye telt him tae fuck aff...is that right?"

"Something like that."

"Who wis it?"

"There wis two ae them. Howdy and Barker, Ah think they wur called. As soon as Ah clocked them, Ah decided tae represent masel."

"Aye, well, ye did the right thing. That pair ur the biggest crooks ye'll probably ever meet in yer life. They're making a killing oot ae representing aw the flotsam that darkens the doors ae JP's court. Ah wis telt that he takes ten percent ae everything they make. Ah'm gonnae dae a great story oan that pair ae arseholes wan ae these days, when Ah'm no so busy wae the bigger fish that Ah need tae fry in the toon."

"So, Ah'm okay withoot a lawyer then?"

"Naw, Ah've goat ye a wee guy. His name's Harry Portoy. He used tae be a big-shot brief a few years ago, till wan ae his cases went wrang and he ended up oan the drink."

"So, he's goat a good track record and is sensitive tae boot then?" Helen asked sarcastically, lighting up another fag.

"Ah don't know aboot being sensitive, bit he definitely didnae mess aboot. He used tae take aw they crown briefs tae the cleaners. Ye wid see them toppling like milk bottles oan tap ae a wall. Wan time, when he wis asked tae comment oan his success, he said it wisnae that he wis successful, it wis jist that the opposition wur that shite that he felt he should've been charged wae earning a living under false pretences."

"So, will he be there oan Friday?"

"Aye."

"How the hell kin he represent me, if Ah only get tae see him five minutes before Ah'm in front ae JP?"

"Ye won't. Ah've arranged tae get him up tae speak wae ye oan Tuesday or Wednesday. When ye meet him, don't be put aff by the way he looks or comes across."

"How dae ye mean?"

"Ye'll need tae be sensitive wae him."

"Ah'll need tae be sensitive wae him? Who the hell's representing who here?"

"Aye, well, he's been oot ae the game fur a wee while and he's no been well, so it might take him a wee bit ae time tae, er, get focussed."

"Focussed?"

"Aye, well, ye know whit Ah mean."

"Naw Ah don't. Tell me."

"Ah've jist managed tae get a haud ae him, bit Ah hivnae explained the details ae yer situation tae him yet."

"So he's agreed tae take me oan then? He's signed oan the dotted line or whitever they lawyer types dae?"

"Well, no quite yet, bit he will."

"Listen, Ah'm getting confused and concerned here. Whit the hell's gaun oan? Hiv Ah goat a lawyer or no?"

"Er, aye and naw."

Silence.

"Ah picked him up when he wis oan route tae The Tontine Hotel this morning."

"Whit's he goat tae dae wae The Tontine Hotel?"

"He lives there."

"Whit, is he in charge then?"

"Er, naw, he's wan ae the punters."

"Ur ye trying tae tell me that ma brief is a jakey?"

"He's no a real jakey."

"So, whit is he then?"

"Ah telt ye, he hid a wee bad turn and noo he's oan his way back."

"So, when did he start the journey back then?"

"Er, this morning."

Silence.

"Ah know it sounds worse than bad, bit believe me, he's wan ae the tap lawyers in the toon...or he wis."

"So, when wis the last time he hid a drink then?"

"Ah'm no quite sure...probably this morning."

Silence.

"Ah telt ye, the paper cannae hiv a trail back tae yersel. This guy is good. Ah've seen him in action. Ah've taken him tae dry oot. The wee wummin Ah've taken him tae will hiv him running aboot in nae time.  Aw ye need tae dae is no judge the book by the cover and dae exactly as he asks."

"Tuesday or Wednesday, ye said?"

"Aye."

"Ah cannae bloody wait tae see this.  At least it'll be entertaining, if nothing else."

"Helen, don't ye worry aboot a thing.  Trust me.  Ah'm seldom wrang aboot these things.  Jist you leave Harry tae me and keep yer mental spirits up."

"So, how come ye managed tae get in here the day?  Everywan's locked up fur the duration."

"Ah don't know.  Ma boss goat me in."

"So, if they ask, who dae Ah say ye ur?"

"Jist tell them Ah'm yer brief's assistant, Mr Morrison.  Ah've come tae take a statement."

"Ah'm gonnae come oot ae this place a bigger bloody liar than Ah wis when Ah came in."

"Is there anything else Ah kin dae fur ye?  Dae ye want me tae take a run up and pass oan a message tae yer family?"

"You jist stay well clear ae ma family," she warned.  "Ah'll deal wae them masel.  Jist make sure that yer pal Harry disnae hiv a drink and leave me high and dry oan Friday," Helen said, staunin up.

"Don't worry, he'll produce the goods."

"Aye, well, we'll see."

"Ah'm sorry aboot The Corporation...the basturts."

"Whit aboot them?"

"Sending oot a letter telling ye tae get yer arse doon tae them next Friday efternoon or yersel and the weans ur oot oan yer arses."

"Whit letter?"

"Dae ye no know?  There's a letter been sent oot tae tell ye tae turn up at a meeting tae explain why ye're interfering wae Corporation business."

"The basturts!"

"Remember whit Ah telt ye aboot Big Brother? This is it in practice locally, oan the ground flair. This is how they work."

"Bit, how dae ye know aboot the letter? Hiv ye been talking tae ma lassies?"

"Naw, Ah picked it up oan ma travels. They're oot tae get ye, so they ur."

"This lawyer, Harry whitever his name is, better be as good as ye think he is or ye kin furget yer story," Helen said, stubbing her fag oot, as The Rat disappeared oot the door.

"This way, Taylor," Sideburn Sally said, opening and clanging shut another steel gate efter she passed through.

Helen's heid wis ringing. The news aboot the letter hid scared her mair than whit The Rat hid been prattling oan aboot. She wis hogtied and trapped, she thought tae hersel, trying tae suppress the panic that she felt welling up inside.

"Right, sit oan that bench jist noo. When ye go in, it's yes ma'am, no ma'am, three bags full ma'am. Hiv ye goat that?"

Helen didnae know whit the hell she wis oan aboot. It wis only when she sat doon, she noticed she wis sitting opposite a door that said 'Assistant Governor' oan it. Side Burns disappeared inside, leaving The Twitcher ootside, twitching across at her, bit no saying a word.

"Right, Taylor, quick as ye kin noo. We cannae keep the Governor waiting, kin we?"

Helen walked through the door. The room wis bright and plush, like something oot ae they magazines that she skimmed through when she wis sitting waiting at the doctors roond oan St James Road. She couldnae remember ever seeing a picture ae a Praying Mantis, bit the wee skinny wummin sitting behind the huge desk looked jist like wan, and it wisnae anything tae dae wae the padded shoulder pads, ootlined under the fabric ae the smart suit she wis sporting. Helen felt her knees wobble, which probably stoapped her fae aboot turning and running screaming fae the room tae plead wae somewan, anywan, tae let her go hame tae her man and weans.

"Name and number, Taylor?" barked Hairy Face.

"Er, Taylor."

"Number?"

Silence.

"Never mind, Martha, I'll take it from here," Maggie Metal Drawers said tae Big Fat Martha.

"Yes, ma'am," the screw said, aboot turned and pounded oot the door wae that man's walk ae hers, followed by Twitchy Arse.

"So, you're the person who doesn't believe in paying her bills like the rest of us?"

"Naw, Ah'm the wan that pleaded not guilty tae assaulting a six foot three gorilla, who wis part ae a twenty four strong squad ae polis, who decided tae assault me and ma neighbours when we wur peacefully protesting aboot sheriff officers conducting a hoose sale ae the furniture ae an auld age pensioner fur no being able tae pay her rent because aw her money went oan trying tae keep her-sel and her hoose warm when it wis freezing, due tae the draughts coming in through the rotten windae frames ae her Corporation hoose...ma'am."

Fur Christ's sake...slow doon, Helen...stoap panicking...be strong... be strong, a distant voice wis shouting fae somewhere in the back ae beyond, fae inside that heid ae hers.

"So, you see yourself as some type of martyr then, do you?"

"Ah see masel as others see me. Some like whit they see, some don't...ma'am."

"But, you believe that people should decide whether to pay for things or not, even after they have entered into a legal agree-ment?"

"Ah've never owned a car, bit ye look as if ye've hid that pleas-ure. Noo, if ye went intae wan ae they swanky car showrooms and bought a car, believing that it hid four new wheels, fancy padded seats and wis a lovely pink colour, bit efter it wis delivered, the rain washed aff the pink, aw yer wheels started tae drap aff when ye went fur a wee spin tae impress yer pals, and yer seats turned oot tae be a wooden bench like the wan oan the other side ae yer office door there, wid ye be happy tae keep paying yer payments, even though ye signed oan the dotted line...ma'am?"

Take that, ya stuck up bitch, ye, Helen thought tae hersel.

"I believe you've just had a visitor. A Mister, Mister...?"

"Morrison. He's an assistant tae ma lawyer."

"Oh yes, and your lawyer is?" Tin Arse asked, picking up her pen, making oot she wis aboot tae send a wee welcome letter tae him.

Helen's brain froze. Despite trying tae remember the name that The Rat hid said, she jist couldnae remember the jakey's name. Wis it Bill somebody? She wis aboot tae apologise, when she remembered it. It wis Harry Portoy. Jist as she wis aboot tae spit it oot, she noticed the slyness in the sunken eyes ae the snake sitting curled roond the chair behind the fancy desk in front ae her.

"Ah'm sorry, bit Ah cannae remember his name."

"You can't remember the name of the person who will represent you in court?"

"That's right...ma'am."

"And this Mr Morrison? He is an assistant to your solicitor, you say?"

"That's right."

"Your lawyer must have quite important friends through in Edinburgh to be able to get his assistant in to Gateside Prison on a Sunday afternoon, after all the women are locked up."

Silence.

"And you cannot remember the name of this...lawyer?"

"Naw."

"I see," she said, clearly disappointed.

Helen hid a chance tae look aboot the fancy office as Snake Face started writing something doon that Helen suspected wisnae her shoapping list. She wondered if she wis gonnae end up daeing mair time in the jail fur no telling her that he wis a reporter fae The

Glesga Echo. Whit wis happening tae her? Who wur these people? She wanted tae scream until the distant voice in her heid reminded her tae slow doon, tae take a deep breath and tae exhale slowly.

"There was a commotion outside in the yard earlier. Can you tell me what was going on?"

"Ah wisnae aware that there wis a commotion...ma'am."

"I believe there was some singing and dancing and you were at the centre of it."

"Ah wis sitting doon, listening tae some ae the wummin, who wur singing because they wur happy and the fact that they wur dancing at the same time tended tae confirm ma suspicions...ma'am," Helen said, mesmerised by the slits that hid replaced the eyes oan the face in front ae her.

"And what do you think they were happy about?"

"It looked tae me that they wur happy because, despite the situation they find themselves in, they wur able tae overcome their current misery and put thegither a wee song and dance routine tae perform tae their fellow prisoners."

"And what was the song about?"

"It wis aboot the injustice ae wummin and their weans getting their beds sold fae under them fur peanuts and how in the end, the wummin triumph."

"So, it was about you?"

"Naw, whit made them happy wisnae aboot me or whit wis in a song. It wis aboot them being able tae take a few minutes oot ae their miserable existence in a place like this and dae something thegither that allowed them tae express themselves, withoot fear or shame and fur them tae actually feel human again, if only fur a few minutes...in ma opinion...ma'am."

"Are you suggesting that the ladies in Greenock HMP are not cared for?"

"Whit Ah'm suggesting is that there ur tons ae vulnerable wummin in here who ur victims, and hiv been fur years, who find themselves in a predicament that's ootside ae their control and that, wae a wee bit ae comfort and support, they could be helped tae face up tae the situations they find themselves in and tae cope better."

"And would you class yourself as one of these victims?"

"Ah've hid ma share ae problems in life...being in here, away fae ma family, being wan ae them," Helen replied, wae a swish ae her haun towards the grey cell block that could be seen through the barred windae.

"Well, just before I have you escorted back to your room, I would just like to point out that I...we...operate a caring regime in this establishment, with dedicated and hardworking officers, who all push the boat out with respect for the well-being of all, irrespective of who they are or where they come from. Despite our dedication, you obviously have no regard for our methodology and the positive impact we make to the lives of the women, some who have never experienced routine, let alone a clean bed and a healthy diet. You're clearly unaware of our success in allowing them time out to reflect and perhaps do things differently in the future, once they are free. However, given that you have only just arrived, I am sure we'll be able to change your perspective over the remainder of the time you may have with us, whilst you are on remand. If you happen to come back to stay with us for a little longer after your impending court appearance next Friday...well...I'm sure we'll be able to contribute towards any rehabilitation needs you may have. In the meantime, I would ask you to adhere to the rules that apply to all, irrespective of their status, self or otherwise, and allow us to do our job the way we know best. Have I made myself clear?" the snake hissed slyly and threateningly.

Helen wisnae too sure whether she wis gonnae puke aw o'er the fancy desk in front ae her or jist pish hersel laughing oan the spot.

"Yes, ma'am," she said meekly, as Hairy Chops marched her oot ae the office.

The Governor picked up the telephone.

"Yes, Margaret...can you get me Chief Inspector Smith of the City of Glasgow Police please? Thank you."

# Chapter Forty One

"Where's the rest ae them went tae?" Silent asked, as they stood underneath the big wall oan Richmond Street, at the back ae The Rottenrow Maternity Hospital.

"They've fucked aff doon tae the poor families' school store in Martha Street, where we aw get free clothes and shoes fae, jist before we aw go back tae school efter the holidays. It's like a big fancy store wae aw kinds ae swag. Ye get Tuf shoes and everything. They're away aff tae see if they kin find a way in tae screw the place."

"Am Ah poor?"

"Naw, Ah'm poor. Ye're poor, poor."

"How dae ye make that wan oot then?"

"Hiv ye goat a ma and da?"

"Naw."

"Ah hiv, so that makes me poor. You hivnae, so that makes you poor, poor. Goat it?"

"Ah think so," Silent said, clearly impressed.

"See whit happens when ye run aboot wae us? Skull wis right... who the hell needs school?"

"Dae ye get Wayfarers? The wans wae the compass in the inside ae yer heel?"

"Everything," Johnboy lied.

Johnboy hid asked that very question, when he wis doon there getting rigged oot, jist before the summer holidays finished, wae his ma and his three sisters. When he saw how excited Silent wis aboot getting his manky paws oan a pair ae Clarks Wayfarers, Johnboy didnae wanted tae spoil his fun.

"So, if ye're poor and Ah'm poor, poor, oan account ae me no hivving a maw and a da, dis that mean Ah get two ae everything then?" the fly wee tadger asked.

Johnboy hid tae think aboot that wan before he answered. Silent probably awready hid the next fly question aw ready waiting fur him, he thought, as he eyed-up the barbed wire oan tap ae the wall, looking fur a way in.

"Probably, bit ye'd need an adult wae ye tae speak up fur ye. Wan look at ye and they'd clock straight away that ye're a lying wee prick, trying tae blag an extra pair ae shoes oot ae them."

"Oh, right," Skull said, disappointed.

"Aye, bit don't worry. Ah'll speak tae ma ma and Ah'll get her tae take ye doon wae us when we go tae get kitted oot the next time."

"Honest?"

"Hiv Ah ever lied?"

"Right, how dae we get o'er the wall then?" Silent asked, following Johnboy's gaze.

Efter a few wee false starts, they managed tae climb up the big wall and get o'er the barbed wire, their baws still hinging where they should be, as they landed doon in front ae the midgie bins.

"Jeez, there's hunners ae them," Silent said, ready tae dive right in.

"Naw, Silent, listen. Watch whit ye're daeing. Whit ye hiv tae dae is lift each ginger bottle up by the neck wae yer two fingers, jist like this," Johnboy said, demonstrating tae Silent, before slinging the empty Irn Bru bottle up o'er the barbed wire, tae land in the dirt oan the other side.

"Why?"

"Ye hiv tae watch oot fur aw the needles that ur in the bins amongst the bottles," Johnboy said, showing him a plastic tube wae blood in it, wae a needle stuck oan the end.

"Is that real blood?"

"Aye...and that's wan wae a tube. Underneath aw that other shite, there ur probably needles sitting oan their lonesome, waiting fur some unsuspecting manky fingers. They wans ur harder tae spot, so don't go wrapping yer hauns roond a bottle, unless ye hiv a good squint ae whit's underneath it. It's fucking sore if ye get wan ae them jabbed in yer finger. Goat it?"

"Whit aboot the blood? Dis that dae ye any herm?" Silent asked, looking intae a midgie bin full ae bloody bags and cloths, wae an empty bottle ae American Cream Soda sticking oot ae the middle ae it.

"Naw, look at me, Ah'm still staunin."

"Right, let's get tore intae them then," Silent said, like a sojer oan a mission.

"They must've hid a party up in the wards or something. Ah've never came roond here and goat so many bottles at the wan time."

"Somebody's probably hid twins," Silent guessed.

Efter aboot hauf an hour, they wur back o'er the tap ae the dyke, sitting looking at their treasure.

"We'll get thrupence a bottle."

"Whit's the wee ink stamps oan them?"

"That's whit they fly fuckers in the shoaps stamp oan them so they know whit's their bottles. If they don't hiv their ain ink stamp oan them, they won't take them back."

"So, dae we throw they wans away then?"

"Naw, we look tae see whit stamps we recognise and then we take they wans tae the right shoaps. We tear the labels aff a couple ae them and mix they wans in. They don't usually argue wae ye when they see some ae their ain stamps."

"Whit aboot the wans that we don't know where they came fae?"

"Sherbet gies us tuppence a bottle fur them."

"How ur we gonnae carry them aw?" Silent asked, reading Johnboy's mind, as they baith admired their stash ae twenty seven bottles.

"Ah'll need tae go and find a couple ae boxes. Ah wis looking when we wur at the midgie bins, bit Ah couldnae see any," Johnboy said.

"Ur we still gonnae dae the roonds ae the wards? We could maybe get some boxes oan oor way."

"Aye, bit no the day. We cannae leave these here or some thieving basturt will be aff wae them. When we sneak in through the front door, some other day, we'll hiv tae get in and oot quick though.  There's a big skinny matron, who's fucking mental, who goes aff her heid every time she clocks me.  Ah hivnae done a bloody thing tae her, bit even when she sees us hinging aboot ootside the front door, where the ambulances drap aff the pregnant wummin, she his a hairy fit.  The first time we met wis when Ah wis jist sauntering oot ae wan ae the wards, where aboot hauf a dozen really nice wummin hid jist hid their snappers.  Ah bumped intae her wae ma erms full ae ginger bottles.  Ah swear tae God, ye wid've thought Ah wis a bloody baby snatcher or something.  Thank God she didnae clock me haudin the new weans oan ma lap while the new maws wur hunting aboot in the cupboards beside their beds, looking fur empty bottles.  Ah suspect she might've clocked me raking aboot in the midgie bins oot the back before Ah sneaked in.  Since then, it's been blue murder every time she clocks me.  The barbed wire we hid tae climb o'er appeared aboot a day efter she chased me tae fuck, drapping ma good ginger bottles aw o'er the corridor."

"Did she catch ye?"

"Did she hell.  If she hid, Ah widnae be speaking tae ye the day.  The main thing is, whitever ye're daeing in there, don't let her catch ye or ye're pan breid."

"So, where will we get the boxes then?"

"You anchor here and Ah'll go and see where Tony, Joe and Paul ur.  Martyr Street is jist oan the other side ae the university building.  Ah'll go and get them, and they kin gie's a haun tae carry them."

"Aye, okay.  Don't be long," Silent said, looking aboot, as Johnboy heided towards the big hill oan Montrose Street.

Johnboy wis only away aboot five minutes when he bumped intae the rest ae The Mankys.  They wur messing aboot ootside Cherry's, the wee sweetie shoap, roond the corner fae Johnboy's street.  Johnboy whistled tae them tae come across Cathedral Street where he wis peeking oot ae the corner ae The Rottenrow.  He didnae want tae risk his ma clocking him or he wis deid.  By the time the boys came across and followed him roond tae where Silent wis guarding the ginger bottles, Johnboy knew something wis wrang. Fur a start, there wis nae sign ae the bottles and secondly, Silent wis sitting oan his arse, trying tae stoap the blood pishing oot ae his beak. When they ran up tae Silent tae find oot whit the score wis, they found that some dirty fucking robbing basturts hid been and gone.

"Who done it, Silent?" Tony demanded, looking aboot.

"Some big boys."

"Which way did they go?"

"O'er in that direction," Silent mumbled through his fingers, pointing towards North Portland Street.

"How many wur there?"

"Five, Ah think."

"Whit did they look like?"

"Ah don't know, bit there wis a fat wan. He wis the wan that heid-butted me oan ma nose. Ah think he wis the leader."

"Alex Milne!" Johnboy cursed.

"That fat, fucking blob ae lard? That basturt? His he no learned his lesson yet?" Tony snarled.

The Mankys spotted Fat Boy and his gang as soon as they shot oot ae North Portland Street oan tae Cathedral Street. Paul caught sight ae them as they disappeared roond the bend beside Collins the book publishers intae Stirling Road.

"Right, let's heid up Canning Lane o'er tae St James Road. We'll try and cut the basturts aff at the tap ae Ronald Street. Try and no let them see us until we kin grab them. Ah want them aw," Tony shouted, as they shot up Canning Lane at a gallop.

Fat Boy Milne hid finished at Johnboy's school in the summer and wis noo in the City Public next door. Jist before the start ae the summer holidays, he'd jist aboot torn aff Johnboy's lug by gieing it an Olympic gold medal-winning flick wae that fat middle finger ae his, in the corridor ootside Johnboy's Teacher, Olive Oyl's class. That lug ae his hid been red raw and sore fur aboot a week efterwards. That hid been the day that Johnboy hid started tae hing aboot wae Tony Gucci and his mates. Tony and him hid tracked Fat Boy aw o'er the Toonheid, putting Tonto tae shame, while Fat Boy wis delivering his Evening Times and Evening Citizens. The fat basturt hid waited fur Johnboy efter school, efter Johnboy hid retaliated fur his cheek by splattering his famous 'sticky screamer' oan tae that fat foreheid ae his. Johnboy and his pals at the time called it 'the sticky screamer,' because it wis always followed by a blood curdling scream wance it landed. It hid tae come fae the back ae the nose and oot through yer curved tongue. Tae get the splat right...and the scream...it hid tae shoot oot in a trail at aboot a hunner miles a minute and land bang in the middle ae the victim's foreheid. It wis like an egg hitting a shoap windae. It didnae matter who copped their whack, the scream ae horror wis right up there wae the wummin in the shower ae the film 'Psycho.' Hivving caught up wae the fat son ae Johnny Weissmuller that day, efter he'd knocked fuck oot ae Johnboy doon at the school gates while making Tarzan noises tae impress his ugly pals, Tony hid held Fat Boy, while Johnboy kicked his baws wae the same determination that big Tommy Gemmell wid've put in tae scoring a penalty against Rangers in a cup final. Johnboy wis secretly hauf hoping that they widnae catch up wae Fat Boy and his pals, even though Silent wis running beside him, haudin his nose wae his haun tae stoap the bleeding. They couldnae hiv timed it better, or worse...depending oan which side ae the road ye wur oan. They came upon them at the corner ae Ronald Street, at the tap ae Taylor Street. Aw ye could hear wis the crashing and smashing ae the bottles hitting the pavement as every man, jack and his dug heided fur the hills, or closemooths in this case, wae The Mankys in hot pursuit. Fur a fat basturt, Blob Boy could fairly shift. His only problem wis that The Mankys could shift faster. They hit the closes, aw screaming in tune wae each other. It wis like a tooting train gaun through a tunnel. Wan minute, the son ae Tarzan and his pals wur screaming like banshees and the next, the noise drapped, only tae return

when they appeared oot ae the closemooth oan the other side
ae the tenement.  Tony, Joe and Paul disappeared up their arses
through the nearest closemooth, while Johnboy and Silent heided
through the next wan up, aw exiting at the same time oan the oth-
er side.  It aw seemed tae happen in slow motion.  Paul tripped a
wee skinny basturt up, causing him tae fall forward, tripping up aw
his pals.  It wis like a row ae screaming dominos drapping like black
bluebottles.  Johnboy hid never seen Tony, Joe and Paul in action
thegither before.  At wan point, he thought Tony and Joe wur
gonnae end up hivving a square-go wae each other, efter getting in
each other's road, while putting the boot intae that fat arse that wis
bobbing up and doon like a bulging mattress.  Paul, oan the other
haun, wis a bit mair at ease, wandering aboot, kicking fuck oot ae
the other four, who wur lying oan the ground, screaming and bleat-
ing that it wisnae them.  The Fat Flickerer wis, meanwhile, trying
tae claw the wet rope aff ae his fat coupon that Joe hid picked up
oot ae a puddle and wis trying unsuccessfully tae strangle him wae.
Johnboy wis relieved tae see that Joe hidnae managed tae wrap
it roond they ten chins ae his which wur impersonating a neck.
Meanwhile, Johnboy and Silent jist stood there, hauf-embarrassed
fur no joining in and hauf-shiting themsels, wondering whit tae dae
next.  At last, the screaming and the dull thuds ae feet landing oan
flesh and bone calmed doon tae the odd slap here and there.  Joe
dragged Halloween Cake Face, wae the rope still wrapped roond
that heid and face ae his, across tae the side ae the midgie dyke
they used as a landing board when coming o'er the wall fae the
back ae The McAslin Bar.  There wis a big puddle stretching across
hauf the back that came right up tae the side ae the dyke.  John-
boy noticed there wis whit looked like a rotten, spread-eagled
doo that wis as deid as a pancake, hauf submerged in the puddle,
floating gently in the breeze.  Paul awready hid his four ginger bot-
tle hijackers kneeling doon in the watery mud wae their backs tae
the puddle, looking absolutely terrified.  Wance Fatty wis kneeling,
terrified, beside them, Tony gied them a telling aff.

"Right, ya basturts, ye, who done that?" he said, pointing o'er at Silent.

Silence.

"Ah'll ask youse again, who the fuck done that?"

Silence.

"The last wan tae answer is gonnae get fucking strangled wae this rope," Joe threatened, moving towards them, the dripping rope hinging aff ae his haun.

"Him!" four voices said, as four hauns attached tae four erms pointed at Blubber Boy.

"It wisnae me, Tony, honest," Fat Arse whimpered, lying like the guilty basturt that he wis.

"Ah bloody-well warned ye, ya fat fucker."

"Ah swear, it wisnae me, Tony...please?" Fat Arse wailed.

"Shut the fuck up, ya lying fat basturt, ye," Paul snarled.

While Johnboy wis staunin there, wondering whit wis gonnae happen next, he spotted an auld wummin wae her elbows sitting oan her windae sill, slurping a cup ae tea and smoking a fag. He hauf expected her tae tell them tae leave the poor wee boys alane, bit she seemed quite the thing wae whit wis happening.

"Right, Ah've made up ma mind and if Ah hear wan mair fucking bleat oot ae any ae youse cocksuckers, Ah'll fucking let him loose oan youse," Tony warned them, nodding towards Joe and that rope ae his.

"Whit's it tae be?" asked Paul.

"Two greasers each in the gub and nae spitting oot allowed."

Johnboy thought he wis hearing things. He looked across at Silent. It wis obvious that Silent wis thinking the same as him. Johnboy wis only starting tae get used tae Tony punching boys he'd taken umbrage tae when they wur oot and aboot, bit he bloody-well hated it when Tony started tae enjoy himsel. It wisnae fur the first time that he'd regretted taking Senga Jackson's knockback ae his offer ae a box ae good Maltesers oan the day ae her tenth birthday oot oan Alex Milne, by hitting him wae a 'Sticky Screamer' oan tae that fat face that wis noo kneeling across fae him.

"Right, Ah'm first," Joe volunteered eagerly.

"Joe, let Silent go first. He wis the wan that goat attacked," Tony said calmly.

Johnboy thought Silent wis gonnae aboot turn and fuck aff in the direction they'd jist came fae, bit Silent jist stood there, rooted tae the spot. He opened his gub tae say something, bit nothing came oot. Tony wis clearly hitting him wae another test.

"Look, let Johnboy go first. He'll show ye wan ae his specials, won't ye, Johnboy?" Joe hooted.

"Joe, don't involve me. If ye want tae dae that, then that's your business," Johnboy grumbled, clearly no wanting anything tae dae wae whit wis gaun oan...or aboot tae happen.

"Johnboy, shut the fuck up or ye'll end up kneeling o'er there wae yer fat pal," Paul threatened.

"Paul, fuck aff, ya tit, ye! Don't involve me in yer manky scheme... Ah'm jist as much a manky as you ur," Johnboy bleated, as Tony, Joe and Paul burst oot laughing. "Tell them, Tony."

"Johnboy, shut up. Ye'll be daeing it as well as the rest ae us," Tony replied, a big grin still plastered across his coupon.

"See you, Paul, ya psycho fucker. That's your fault, so it is," John-boy howled, as everywan except Silent and Fat Boy Milne and his pals burst oot laughing again.

"Right, we're waiting, Silent," Tony said quietly, as everywan looked across at Silent.

"Ye kin dae it, Silent," Johnboy said encouragingly, as Tony scowled at him fur interfering.

"Ye need tae dae this, Silent. If ye don't, pricks like them will walk aw o'er ye fur the rest ae yer life," Paul said, nodding at the kneeling, terrified boys, lined up in front ae the puddle, wae their hauns clasped behind their backs.

"Look, here's how it's done," Joe said, as Silent hesitated, killing time by pretending tae focus oan stemming the flow ae blood fae his beak.

Joe stepped forward, leading the way.

"Eyes shut and mooths open, ya bunch a bullying basturts," Tony commanded, as Joe started working his way alang the line, quickly followed by Paul and then Tony himsel.

"C'mone, Johnboy, hurry up. You tae, Silent," Joe chided them, as they reluctantly walked across tae the start ae the line.

"Ah'm telling youse right noo...this is the last time Ah'm being tested by any ae youse basturts," Johnboy grumbled, snorting a nose full ae greaser juice up intae his mooth.

Although Johnboy wanted tae throw up, he took a deep breath and jist went fur it. He wisnae convinced that Paul's threat ae him joining Fat Boy and his pals kneeling in the puddle wisnae a bluff though. Efter a hesitant start, by the time he'd reached Fat Arse Milne, his simmering anger at the fat basturt fur causing him aw this grief hid turned tae rage. His second wan didnae go straight intae Fatty Arbuckle's gub, probably due tae the fact he wis shaking fae his fat heid tae his wobbly knees, like wan ae they big jellies Johnboy's ma used tae make every Easter Sunday. Under the circumstances, everything seemed tae be working fine, apart fae the anticipated scream. It wis mair ae a whimper, bit given the circumstances, Johnboy thought that wis probably fair enough as the second Silent Screamer splattered right in the middle ae that fat foreheid ae his. Johnboy wanted tae throw up at the sight ae that fat, oozing, spit-filled open mooth, as a thick dollop ae his second greasy spit rapidly ran fae Fat Boy's foreheid doon between they beady piggy eyes ae his, intae his mooth.

"Haud still, ya fat fucking lump ae shite or ye'll get a repeat performance fae the rest ae us again," Tony warned Fatty.

"Aye, and nae swallowing till we tell ye," Joe reminded them.

"Fuck's sake, boys, check oot Silent's. It's like raspberry jam," Joe said, laughing, and they aw looked o'er at Silent, who wis emptying a bloody dollop intae the mooth ae the wee ugly freckly wan.

"Jist like a strawberry ice cream oot ae Gizzi's Cafe," chipped in Paul wae a grin.

"Right, ya poxy pack ae basturts. Efter three, Ah want tae see youse aw swallow at the same time. Any fucking aboot and there'll be a repeat performance. Right, wan, two and three."

Five gulps later, and wae Johnboy jist aboot tae throw up, Tony suddenly stepped forward quickly and wae the sole ae his right sandshoe, hauf kicked, hauf pushed Blubber Face backwards intae the black stinking puddle. In an effort tae get up and oot ae it, Fatty stumbled and fell face first, straight oan tae the floating manky rotten doo. He hidnae been sick during his spittle supper like three ae his pals, bit when he stood up, there wis a look ae total horror oan that roond face ae his that hid hauf a rotten doo stuck tae the side it. His body and shoulders started tae heave while his fat mooth started tae make dry-boaking grunts tae start aff wae. Johnboy, Silent, Paul, Joe and Tony wur aboot seven feet away fae him, bit still hid tae jump oot ae the way as a gusher ae puke and mashed feathers came flying towards them.

"Right, Ah'm no gonnae warn ye again, Fat Arse. This is yer final warning. Don't come anywhere near any ae us or it'll be worse the next time. Let's go," Tony said, as The Mankys skirted the puddle, heiding back the way they'd come.

Johnboy looked up. The wee wummin wae the cup ae tea and the fag sticking oot her face gied him a wee friendly, appreciative smile.

# Chapter Forty Two

"Take a seat, Liam," Colin said, nodding tae the chair in front ae him.

The Sarge sat doon and looked aboot the office. As the heid in front ae him began displaying its hauf a silver dollar baldy patch, while its face wis stuck in a file ae papers, The Sarge gied himsel a fixed stare in the mirror behind Colin. He'd still goat the auld looks, he thought tae himsel. He clamped they teeth ae his thegither and jerked his lips intae a horsey grin. There wid be mair than a few in this place that wid gie their eye-teeth fur a set ae gnashers like his tae call their ain. He turned his heid tae the left, bit wisnae too happy wae whit he saw, so he slid roond oan his chair sideways a wee bit and managed tae catch the profile he wis efter. That wis better - definitely Cary Grant fae 'The Prisoner Ae Zelda' wae a wee bit ae Montgomery Clift fae 'Raintree County' slung in, he thought. Tae think that Cliffy boy hid the chance tae perch oan Lizzie Taylor bit decided tae fuck aff tae fight in the civil war insteid, showed jist whit a real gentleman he wis. In fact, despite his admiration, nowan could argue that that pair wurnae two ae the biggest gentlemen in the world. They hid aw the wummin falling at their feet withoot even trying, the lucky basturts. No like some ae these pansies who pranced aboot, kidding oan, pretending tae be like real men. He scrunched up his eyebrows and gied his reflection a severe pouting stare a la Edward G Robertson.

"Fur fuck's sake, Liam, whit am Ah gonnae dae wae ye?"

"Oh, er, sorry, Colin. Whit wur ye saying?"

"Ah wis saying, nae wonder we're under fire aboot here. Insteid ae admiring yersel in ma bloody mirror, ye should be sitting there in front ae me, trying tae work oot an excuse fur catching fuck aw bit the bloody cauld."

"Ah thought Ah hid something stuck in ma gnashers, so Ah wis trying tae detect it in ma reflection."

"Detect? Noo we're getting somewhere. Tell me the last time

yersel and Big Jim detected anything worth putting in the crime sheets?" The Inspector asked, waving his haun o'er the divisional sheets.

"It's peaks and troughs, Colin. Ye know that."

"Liam, this is the sheet fae the Marine, o'er in Partick. They're bulldozing the fuckers through the courts. Check this wan fae Possil. Three drunk and disorderly arrests at twenty past eight in the morning. We're lucky tae get that at ten o'clock oan a Friday night up oan Parly Road. Look, here's another wan. Two sailors lifted in Maryhill Road fur pishing through the letterbox ae Thompson the Butchers at two in the morning. There's mair where that wan came fae as well. Pensioner reported fur biting his neighbour's dug and bus driver reported fur taking a short cut through The Western Infirmary. They've even caught some eejit fur getting married four times last year tae four different wummin."

"Aye, Ah heard aboot that. The boys wur jist talking aboot it doon in the canteen. It took them four weddings tae suss oot that the bampot in the black shirt, yellow tie, McGregor tartan trews and wearing a deer stalker hat, wis wan and the same person. No exactly Dixon ae Dock Green, that wan."

"Liam, the point Ah'm making is that they're gieing confidence back tae the community. People in Maryhill and Possil know that when they hit their flea pits at night, the boys in blue ur oan the beat, tracking doon the wrong-doers."

"Aye, and meanwhile we're getting assaulted by a bunch ae big hairy wummin, wielding big sticks, claiming tae be peacefully protesting. Colin, we're in the front line up in the Toonheid. If ye want us tae track doon auld basturts who bite dugs, we'll soon gie ye that. Christ, it wis only the other day there Ah saw this mad basturt walking doon McAslin Street wae a skinned cat oan his heid, looking like fucking Davy Crockett. Noo, Ah knew whose cat it wis, because that poor auld Mrs McClelland, the wan that's always smelling ae cat's pish and who stays at the tap ae St Mungo Street at the Parson Street end, reported that her good pet Persian cat, Chominsky, hid went AWOL two days earlier."

"How dae ye know it wis hers?" Colin asked, interested.

"She said that it hid a big white stripe running doon the length ae its silver blue bushy back. Rare as fuck, she said it wis."

"And?"

"And whit?"

"And did ye dae anything aboot it?"

"It could've been any auld flea bitten cat, fur aw we knew."

"So, this bampot wis walking doon the road wae a Davy Crockett hat oan his napper that wis silver blue and hid a white stripe doon the back ae it and ye wurnae sure if it wis her cat?"

"Whit Ah'm trying tae say is, if it wisnae hers, we wur fucked, and if it wis, we wur fucked."

"How the hell dae ye work that wan oot, fur Christ's sake?" The Inspector demanded incredulously.

"He wis a big basturt. Imagine the scene if he took umbrage efter we accused him ae kidnapping some auld smelly bat's cat and he'd bought it legally doon the Barras or something. Think ae the paperwork. As fur auld Mrs McClelland? The Corporation hiv been trying tae capture some ae the twenty two cats that she keeps in that single-end ae hers fur years. Wan cat isnae gonnae make her lose her beauty sleep at night, is it, gieing the amount ae them she's goat running aboot, pishing aw o'er the place? Wan less mouth tae feed wis whit Crisscross said."

"Right, Ah'm tempted tae respond tae whit Ah've jist heard, bit Ah'm too tired and busy tae even go there. And anyway, that's no whit Ah've shouted ye in here fur."

"Oh, aye?"

"Listen, ye hiv tae keep this tae yersel. Things ur moving fast and we're involved in the co-ordination."

"Right."

"No a cheep tae anywan, especially that Crisscross wan. If anything gets back tae that faither-in-law ae his, Ah'm stewed. Hiv ye goat that?"

"Couldnae be clearer."

"Right, so ye hiv tae get that wee manky mob aff the streets before next Friday, at the latest."

"If we kin catch the wee basturts."

"Liam, this could be yer big chance. If ye're efter promotion, ye'll dae this pronto, swiftly and wae speed."

"Bit we've no tae let oan tae anywan we've done it, wance we dae it. Is that right?"

"Liam, whit the fuck ur ye oan aboot?"

"Ye said we've tae keep it under the hatch."

"Liam, whit Ah've jist said is that there ur important things happening o'er the next few days and it's important that yer wee thieving arse-bandits hiv been neutralised...within the law, that is."

"Ah hear whit ye're saying, bit Ah hivnae goat a clue whit ye're oan aboot."

"Ah'm oan aboot aw this shite aboot the Kelly boy being toasted in that cabin. We know that it wisnae us and The Big Man is using it as a smoke screen tae get tae us. He's goat that reporter fae The Echo oan the case fur him, stoking up aw kinds ae inflammatory rumours that it wis us that done it. Noo that JP Donnelly his slung the Taylor bitch intae the clink, tae keep her oot ae the way, we've released a statement saying that efter an internal independent investigation, we believe there wis foul play, bit we believe it wis some ae the local young wans who torched it because they were jealous ae whit yer manky wee mob hid goat their hauns oan."

"Ah see."

"Naw, ye don't see. Some basturt or basturts, probably they wee manky fuckers, tanned the Murphy's loft and no only fucked aff wae aw their doos, bit they goat away wae The Big Man's special breeders that cannae be replaced."

"Naw!"

"It wis tanned the night ae his maw and da's party in The McAslin Bar."

"Christ, some basturt'll suffer fur that."

"Liam, we're suffering fur it. He thinks it wis us."

"Us? Whit the hell wid we want tae blag some scabby doos fur?"

"We've heard, oan good authority, that he thinks yersel, Big Jim, Crisscross and Jobby wur involved."

"Why the fuck wid we be involved? Ah hivnae even crossed the threshold ae that loft. Ah couldnae tell ye the difference between a doo and a chicken. How dae they make that oot?"

"According tae oor sources, Big Jim and Jobby wur seen hinging aboot ootside the pub aw night, the night ae the party."

"Wur they?"

"And the other sergeant in the area, alang wae a skelly-eyed guy in a polis uniform, wur clocked sitting ootside the Murphys' close aw night, casing it oot, tae allow the bad guys tae get in and plunder the place."

"Well, that's a bloody lie fur a start, so it is. Masel and Crisscross wur sitting oan Ronald Street eating oor fish suppers maist ae the night. In fact, that wis the night the baith ae us wur nearly kilt when some basturt threw a jemmy straight through the windscreen ae the squad car. Her indoors is still trying tae scrape the shite aff they pants ae mine as we speak."

"That jemmy probably came fae the robbers who wur hauling the doos across the roof above they heids ae yers while yersel and Crisscross wur tucking intae yer fish suppers."

"Eh? Oh, right. Ah see where ye're coming fae."

"So, where did the doos come fae?"

"Whit doos?"

"The doos that you and Crisscross gied tae Flypast. Fur Christ's sake, Liam. Will ye keep up?"

"Whit the hell his that tae dae wae anything?"

"Liam, Liam, ur ye as fucking stupid as ye look?"

"Whit?"

"Where did the doos come fae that yersel and Crisscross haunded o'er tae Flypast?"

"We took them aff ae two wee toe-rags up in the High Street and haunded them o'er tae Flypast. Crisscross hid wrecked his dookit earlier in the summer and squashed a couple ae his doos while he wis at it."

"The morning efter?"

"The morning efter whit?"

"The morning efter The Big Man's good special doos wur blagged, never tae be seen or heard ae since."

"Oh, fuck!"

"So, ye see the mess we've goat oorsels intae?"

"Where's his proof that it wis us?"

"Liam, we're no in a court ae law here. We're dealing wae a psychopathic gangster who's demanding compensation fae us. Until he gets it, he's waging war against us."

"Why don't we jist lift the basturt. Fit him up wae something, eh?"

"There ur aw sorts ae complications, so there is. The main thing is, we're narrowing his options so we kin sit doon and hiv a wee pow-wow tae sort it aw oot and get back tae whit we wur daeing before aw this kicked aff. Ah'm telling ye, you and that Crisscross ur no popular up oan the tap flair jist noo."

"So, we're back oan the manky toe-rag shift?"

"Aye. JP is gonnae send doon the maw wae the big mooth fur three months next Friday. Wance she goes doon, that reporter, who The Big Man is bank rolling, by the way, is well and truly fucked. According tae Ralph Toner, the heid ae the Criminal Intelligence Department, the maws ae yer wee manky mob won't dae a thing withoot the nod fae the Taylor bitch. Noo, as Ah've jist said, higher up ur trying tae come tae an arrangement wae The Big Man tae back aff, as well as tae dampen doon the thirst ae the bloodhounds fae The Echo. Yersel, Big Jim, Crisscross and Jobby need tae tie up the loose ends oan the ground at this end. We cannae hiv they wee manky mongrels upsetting the apple cart. Dae ye see where we're coming fae?"

"Loud and clear."

"So, get a haud ae them. Use that wee fat canary...whit's his name?"

"Alex Milne."

"Fat Alex, that's him. If he wants a badge, whistle or a fucking pokey hat, make sure he gets aw that and mair, as long as we get whit we're efter and oor end is sound."

"Is there overtime fur the boys?"

"As long as they wee fuckers ur aff the streets by Friday at the latest, Ah'll sign the chitty."

# Chapter Forty Three

Helen re-read the letter fur the third time. She wisnae expecting it, bit wis truly thankful tae hiv something in her haun that hid come fae hame. She'd awready intended tae write hame that day, so getting Isabelle's letter wis a wee bonus. Although the news wisnae aw good, it made her feel better. Isabelle hid written tae tell her that everywan wis daeing fine and that the lassies wur taking turns tae make up Jimmy's pieces fur him tae take tae his work. She said that Jimmy couldnae get time aff tae come and visit, bit he wis hoping tae manage tae get doon tae the court oan Friday. There hid been a letter come in fae The Corporation. Helen and Jimmy wur tae go doon and speak wae a Mr Anderson at two o'clock in the efternoon ae the same day she wis up before JP. Betty fae next door hid been in tae make sure the girls wur aw daeing fine while Jimmy wis oan his long distance runs. Betty said she and aw the lassies sent their love and wur looking forward tae seeing her back hame. Granny hid been roond and left ten bob tae make sure there wis enough food in the hoose. Isabelle hidnae mentioned Johnboy. He probably hisnae noticed Ah'm no there, Helen thought tae hersel. She felt better today. When she'd been led back tae the hall, efter seeing The Rat and the Governor oan Sunday, Helen hid thought that she wis aboot tae crack up. When Hairy Chops hid stood aside tae let her through the gate intae A-hall and she'd seen aw the rows ae cells oan each ae the four landings, she'd hesitated aboot taking another step forward. It hidnae been the rows ae cells running the length ae baith sides ae the galleries that hid goat tae her though, bit the racket that hid been coming fae them. She'd known that everywan wis locked doon fur the night, even though it wis only aboot hauf five. Wan ae the lassies hid been knocking hell oot ae her cell door wae whit sounded like the heel ae her shoe, screaming tae be let oot. Another wailing voice hid been howling fur her weans. A ghostly voice fae somewhere up oan the tap landing at the far end hid been sobbing that she wis innocent and shouldnae be there. She'd also made oot the words ae the Dusty Springfield song that the lassies hid made up, being sung oot ae tune fae two different ends ae the hall. Helen hid suddenly been gripped by panic and hid been aboot tae turn and run back the way she'd come when the steel-barred gate hid clanged shut and Mrs Twitch hid telt her tae get a move oan as she wanted tae get hame in time tae see 'Big Night Oot' oan the telly.

Efter being led back intae her cell, Gina hid looked relieved tae see her.

"Christ, Helen, Ah thought they'd slung ye in the digger when ye didnae reappear efter hauf an hour. Is everything okay?"

"Ah hid a visitor."

"Oan a Sunday?"

"Aye," wis aw Helen hid said, climbing up oan tae the tap bunk wae Gina's help.

She hidnae said a word tae Gina until the tea and sticky bun hid been delivered oan a trolley aboot hauf eight that night.

"Thanks fur getting us some mugs, Helen. Ah've awready asked aboot four times since Ah've been in here bit nobody wid listen," Gina hid said, blowing the steam away fae the tap ae her mug and taking a sip.

"Ye're welcome."

"Wis it bad news, hen?" Gina hid whispered meekly, as if Helen hid jist been telt there hid been a death in the family.

Before Helen hid been able tae answer, Gina hid broken in again.

"Ah'm sorry, Helen. Ah've nae right tae ask ye that. It's none ae ma business, Ah'm sorry. Ah promise Ah won't dae that again."

"Gina, Gina, Ah'm sorry. Listen, hen, ye kin ask me anything, anytime. Don't ever apologise tae me again, especially seeing as ye hivnae done anything. Ah appreciate yer concern."

"It's jist that when they took ye away and ye didnae reappear, Ah thought they'd slung ye in the dungeons...the same as they did wae Wee Morag."

Helen hid haunded her mug doon tae Gina before drapping aff the bunk and sitting at the bottom ae Gina's bed. Gina hid stretched oot and listened, as Helen telt her whit hid happened. She'd telt Gina aboot whit The Rat hid came oot wae and then the panto-mime wae Maggie Steel Drawers in her fancy office. Gina hid seemed impressed oan baith accounts.

"Ye'll be awright as long as he isnae hauf-cut," Gina hid advised reassuringly.

"Imagine, a jakey fur a brief? Ah've heard ae everything noo," Helen hid laughed bitterly.

"Ur ye gonnae accept him then?"

"Ah don't think Ah've any choice. Ah'm getting set up big-style here by that wee smug basturt, JP Donnelly. Wait until Ah tell aw the lassies aboot his autograph oan Big Pat's arse when Ah get hame. His life will no be bloody worth living efter this. Ah'll wait and see whit the jakey looks and sounds like before Ah make up ma mind. Ah think he's coming up tae see me oan Tuesday or Wednesday. That should be fun," Helen hid said drily.

"If he's steaming, they won't let him through the front gate. Wan ae the lassies hid a visit aw planned bit when her man turned up smelling ae drink, he wis turned away. He'd travelled aw the way fae Baillieston."

"Ah'm no too sure whit the score is wae lawyers. Every time Ah've seen a judge, he's always looked as if he's pished."

"Ur ye okay if Ah tell the lasses aboot whit Maggie Tin Drawers said tae ye and whit ye said back?"

"Aye, tell whoever ye want. She didnae scare me wan bit," Helen lied. "Ah still widnae trust her as far as Ah could throw her though. Her eyes reminded me ae a snake that Ah wance saw oot at Glesga Zoo. Ah've only jist remembered where Ah'd seen that face before. Ah wis oan wan side ae the glass and it wis oan the other. When it eyeballed me, Ah felt that arse ae mine gieing a wee shudder. Ah goat the same feeling being eyeballed by that cow up there in her ivory tower, so Ah did."

"Kin Ah hiv a letter, please?" Helen asked Twitchy when she passed her, staunin at her wan-man-station at the tap ae the stairs, leading oan tae the landing.

"A letter?  Whit ur ye wanting a letter fur?"

Helen wanted tae tell her tae hurry up and get oan wae it.

"According tae the rule book, Ah'm entitled tae wan letter a week. As this is ma first, and hopefully, only week in here, Ah thought Ah'd hiv a wee go at this writing lark, if ye know whit Ah mean?" Helen replied sarcastically.

Twitchy opened the lid ae her wan man station box, took a quick peek inside and then slammed it shut.

"Ah don't hiv any," she twitched smugly.

"Nae problem, Ah'll pick wan up when Ah come back up the stair efter ma breakfast," Helen smiled, wanting tae boot her in her fanny.

"Ah'll collect mine at the same time as her," Gina said, wae an even bigger smile, as she followed Helen doon the stairs tae the noise ae the breakfast queue at the bottom.

"Helen's writing a letter fur me," Gina announced tae the nation.

"Really?"

"Is that right, Helen?"

"Ah said Ah'd help Gina oot."

"So, who ur ye writing tae, Gina?"

"Ma daughter, Meg."

"Aw, is that no nice?  She'll be chuffed as punch wae that, Gina, hen," Big Pat said, smiling.

"Aye, Helen said she'd write doon whit Ah want tae say, bit it'll be aw ma ain words.  It's jist that Helen will be able tae put it doon oan paper fur me."

Helen and Gina hid jist haunded o'er their unsealed letters tae Twitchy, oan their way oot tae the exercise yard when Helen wis approached by a good looking tall blonde lassie.

"Er, excuse me...Helen?"

"Aye, that's me, hen. Dae Ah know ye?"

"Naw, no really."

"So, whit kin Ah dae ye fur?"

"Ah don't want tae sound cheeky, bit Ah wis wondering if ye could, er, dae me a big favour?"

"Well, if Ah kin, Ah will."

"Ah wis wondering if there wid be any chance ae ye writing ma man a letter fur me?"

"Yer man? Me?"

"Aye, and if ye could put in a wee word tae ma two wee weans as well, Ah'd be furever in yer debt."

Helen hesitated. She looked tae see where Gina hid disappeared tae and saw her sitting doon wae the lassies oan the same spot as before, in the middle ae the circle ae wummin who wur gaun roond in circles.

"Ah don't know if Ah've goat the time, hen. Ah only get oot intae the fresh air twice a day, fur hauf an hour," Helen mumbled, embarrassed.

"Look, ma man's name is Tommy and ma weans ur called Sammy and Susan. He's four and Susan is six. If ye kin jist make it up and say that Ah miss them and Ah hope tae see them aw soon... please?"

"Er, Ah don't know, Ah'm..."

"Ah've been in here a month noo and Ah hivnae seen or heard fae them. Ye wid be daeing me a helluva favour, if ye could find it within yersel tae help me oot," the blonde lassie said, eyes starting tae fill wae tears.

"Look, Ah'll tell ye whit, hen. When we go back inside, see if ye kin get a letter and put it alang tae ma cell. Dae ye know where Ah am?"

"Aye, Ah dae. Number twenty wan. Thanks, Ah'll never furget yer kindness," she said, walking away.

"Er, whit's yer name, hen?" Helen shouted efter her.

The big blonde turned and smiled.

"It's Jeannette, bit don't worry, Ah know how tae write ma ain name."

And that's how it started.

Helen explained tae the lassies whit hid happened when she sat doon. Every time the big blonde wan went full circle wae her two mates in the yard, she gied Helen a wee shy smile.

"It disnae surprise me. Probably hauf the wummin in here cannae write," Big Pat said. "And why did ye no own up before noo, Gina? It's no as if ye urnae in amongst friends."

"It's probably the same wae coonting. It wid surprise ye the amount ae people who used tae come intae the carpet shoap and jist haud oot their haun when they paid fur a carpet or who'd come o'er and ask ye whit the price ae a square yard wis, even though there wid be a big green star wae the price stuck oan the roll ae carpet in front ae their faces," Sally said.

"Somehow, Ah don't think so, Sally. Ah kin understaun writing being a problem, bit everywan kin coont," Wee Morag challenged wae a raised eyebrow.

"No where Ah come fae, they cannae," Betty interrupted. "Baith ma maw and da couldnae add up mair than two and two. They used tae jist get me tae dae it fur them. It caused a lot ae hassle when Ah goat married and moved up tae Possil, so it did."

"Is there no anything we kin dae aboot it then?" Helen asked oot loud.

"Like whit?

"Like speak tae Maggie Tin Drawers, the Assistant Governor?"

"Aye, right, that'll solve lots ae things then."

"Right, own up and be honest noo. Which wans ae us kin write then?" Pat asked everywan.

Nowan moved.

"C'mone, don't be shy. Ah'm no asking who's still a virgin."

"That'll be me then," Wee Morag quipped, blushing.

"Aye, well, Morag, hen... ye kin rest assured, ye're no missing much, if ma experience is anything tae go by," Big Pat retorted, causing the wummin tae burst oot laughing, as Helen raised her haun, followed by Big Pat, Betty, Sally and Jean.

"Jean, dae Ah no detect a few inches ae sudden growth appearing oan the end ae that nose ae yers?"

"Whit? Ma nose?" Jean asked, touching the tip ae her snout.

"Aye, ye telt us the other day there that ye couldnae write when we wur writing Helen's song."

"Oh aye, bit Ah kin coont, so Ah kin. That must coont fur something surely?" Jean asked, drapping her haun oan tae her lap.

"So, who've we goat then? Helen, masel, Patsy, Betty and Sally," Big Pat said, coonting the writers oan her fingers.

"Ah kin write a wee bit, though ma spelling's aw tae pot," Wee Morag chipped in supportively tae Jean, Patsy and Gina.

"So, who amongst us hivnae sent a letter hame then, apart fae Gina here, who's rectifying that noo, wae Helen's help?" Pat persisted, taking command. "Ah thought so. Right, Ah'll get yer details before we get locked up, Jean. Sally, you get Patsy's. The two ae ye get a letter aff Mrs Twitchy Twat as soon as we go in."

By Tuesday, Helen wis sitting wae the details ae seven lassies she didnae know. Big Pat hid five, Betty three, Sally four and Wee Morag wan. Word hid goat oot and the screws wur well pissed aff wae the turn ae events.

"No another eejit who cannae bloody write. How dae ye know they're no sending yer man a love letter, eh? Hiv ye thought ae that wan, Hilary?" Hairy Chops shouted oot in front ae everywan oan the landing, jist before lock up.

"If they dae, he'll be chuffed as punch. It wis his seventieth birthday last week," Auld Hilary, who wis in fur persistently refusing tae pay her ootstauning arrears tae The Corporation retorted, swiping her letter aff the grudging haun before scurrying aff in the direction ae Betty's cell, before being locked up fur the night.

# Chapter Forty Four

The Rat wis fair chuffed wae himsel, taking aw the circumstances intae consideration. First thing that morning, he'd heided straight doon tae Paddy's Market. The place hid been buzzing wae people, buying and selling shite that the city dump widnae even take fur free. It hidnae taken him long tae spot exactly whit he wis efter and then his mind hid gone blank. The stall holder hid looked at him.

"A nice suit then, sir?"

"It's no fur me, it's fur somewan else."

"Size?"

That's whit hid stumped him. He couldnae remember if Harry Portoy wis eight feet two or three feet nothing. Fuck, he'd thought tae himsel...he wis sure Harry wis aboot five feet five. He'd tried tae remember Harry's height fae when he'd chucked him intae the back ae the Morris Traveller o'er oan the Ladywell a few days earlier. Aye, five feet five and full ae bones, he reckoned. It wis then that he'd spotted Charlie Chatter, the biggest grass that side ae The Clyde, who'd been strolling towards him as if hauf the toon wisnae efter him fur being responsible fur the overcrowding up in the Bar-L.

"Charlie, how ur ye daeing?" he'd asked, feeling a wee bit guilty when he saw Charlie jist aboot tae jump oot ae his broon brogues wae fright.

"Fuck's sake, Sammy. Ah thought some basturt hid spotted me."

"They did. Whit ur ye up tae?"

"Ach, Ah'm jist oot hivving a break fae the High Court roond the corner. There's a recess oan. Something tae dae wae ma reliance as a witness, Ah think Ah heard the defence saying."

"Whit? They're no accusing ye ae lying, ur they?"

"Kin ye believe that?" the lying basturt hid said, wae a hurt expression oan that ugly kisser ae his.

"Ach, Ah'm sure they'll wise up and spit oot their guilt before ye hiv tae go back in.  In fact, Ah bet they're trying tae plea bargain as we speak."

"Dae ye think so, Sammy?" Fork Tongue hid exclaimed happily, brightening up.

"Ach, fur Christ's sake, of course Ah dae."

"So, whit brings a man ae yer style and charm doon here?" Charlie hid asked him, looking o'er at the desperate, scowling salesman, who wis struggling tae hide the look ae disappointment oan that mug ae his, due tae the interference ae the High Court's resident informer.

"Ach, jist killing time."

"Oh, aye?" The Chatter hid asked, lowering that baw-heid ae his in a conspiring whisper.

"Ah'm no oan a story, Charlie.  Ah wis killing time before heiding roond tae the High Court tae see whit's gaun oan."

"Ah widnae bother if Ah wis you.  Ma trial ae wan ae they younger McGregors, in the North Court, his ground tae a halt and the other wan in the South is jist some eejit who stabbed his wife five times efter he'd strangled her.  He claimed he thought she wis still alive when he nipped next door tae a neighbours tae borrow a boner knife."

"See, ye've put me aff noo.  That's me goosed fur the day then."
"Sorry."

"Ach, never mind, Charlie, Ah'll maybe jist heid up tae the Sheriff Court alang in Ingram Street and see whit's happening up there, eh?  By the way, Ah saw an auld pal ae yers the other day there."
"Oh, aye?"

"Aye, that brief, whit's his name?  The wan that hit the booze?"

"Portoy?  Harry Portoy?  Aye, he's well fucked.  Ah see him every noo and again.  Sleekit basturt, that wan.  Best thing that ever happened."

"Whit wis?"

"Him hitting the skids face first.  Tied me up in knots mair than a few times, the basturt.  Ah wis jist aboot tae be sent doon oan a perjury charge when his client pled guilty tae get his wife aff. Ah could feel the shite touching cloth that day, Ah kin tell ye. Ah don't usually tell anywan this, bit wan night Ah clocked him rolling aboot in the pish wae wan ae his jakey pals, doon oan the Broomielaw. Ah jist couldnae help masel, given aw the shite he'd put me through. Ah hid a quick shifty aboot and then gied him a swift wee kick in the auld ging gang-goolies. He wisnae so fucking full ae himsel that night, Ah kin tell ye," The Chatter hid said, relishing his tale.

"Aye, well. Ah clocked him staggering alang Duke Street. Ah'm telling ye, Ah never recognised him. He looked as if he'd shrunk."

"Probably heiding fur The Tontine. Mind you, if ye say he's shrunk, he must be hitting midget level by noo. He wis never an inch o'er five feet."

"Is that right? Ah must've goat the wrang drunk. This wan wis well o'er five and a hauf feet. Anyway, Charlie, nice tae see ye. Ah hiv tae get oan."

"Aye, okay, Sammy. Ah better get back tae business, eh?"

Five feet, Sammy thought. Christ, he wid've put Harry at five feet five at least. It jist showed how wrang a person could be aboot these things when they hidnae seen somewan in a while.

"Right, ma man. Ah need a full outfit. The best ye've goat and Ah don't want tae spend mair than four bob, including the shoes."

"Dis that include a tie as well, sir?"

"The full rig-oot."

"Nae problem, sir."


"Ah'm no sure Ah'm fit fur this," Harry mumbled, efter sitting listening tae The Rat explain the situation.

"Harry, ye jist need tae turn up. Ye kin dae this wae yer eyes shut, given whit ye've hid tae deal wae in the past."

"Bit, Ah don't practice anymair, Sammy," the brief winced, clearly in pain and shaking like a jelly.

"Ye're no practicing, ye're defending. We cannae use anywan

else. Ah've telt ye, if it gets back that the paper's involved, we're aw in Shite Street thegither."

"Ah'm scared tae take wan step in front ae me in case Ah drap ma guts in ma pants," the brief groaned, clutching his stomach wae baith hauns.

"Dae ye want me tae stoap and let ye oot behind these bushes that we're coming tae?"

"Naw, Ah wis shiting fur forty eight hours straight, even though Ah didnae want tae and noo that Ah dae, it feels as if Ah've goat a bag a coal stuck up ma arse."

"Harry, it's no fur me tae say, bit ye hiv tae come back tae civilisation."

"Why?"

"Because the world needs ye. The Irish Brigade ur ruling the roost wae an iron fist."

"Whit his that goat tae dae we me?" Harry replied, rubbing his whiskery chin wae a trembling haun.

"If people like yersel ur gonnae jist turn o'er and bare their arses tae be kicked, then the wee folk ur well and truly fucked."

"So, when did ye become part ae the revolution, Sammy? The last time Ah saw ye wis wae yer haun stuck up the arse ae Big Bill Bennett, defending his reputation as an honest businessman while he wis swindling the Forth Road sub-contracting companies oot ae thousands."

"Listen, Harry, Ah admit Ah hivnae much principles, bit whit's your excuse?"

"Stoap the car a minute, Ah hiv tae puke up."

The Rat watched and listened tae Harry retching at the side ae the road. When he stood up and flicked some hinging slabbers away fae his mooth wae his fingers, a bit ae colour hid returned tae they ashen grey unshaven cheeks ae his.

"The witch, Mad Molly, said this might happen fur a few days until Ah'm able tae keep stuff doon."

"Ye're looking a lot better than when Ah last saw ye, when Ah picked ye up fae the gutter up oan the Ladywell."

"Is that where ye found me?"

"Aye, kin ye no remember?  Ye said that ye hid tae turn yer life aroond or ye wur gonnae end up pan breid.  Ah telt ye aboot Mad Molly and ye insisted that Ah take ye tae her right there and then."

"Did Ah indeed?"

"Ye sure did," The Rat lied, turning up the drive towards the prison gates.

# Chapter Forty Five

"So, Alex, tell us again where ye think that bunch ae manky basturts that done that tae yer face ur hiding oot," The Sarge asked, sitting in the back ae the Black Maria wae Crisscross oan his left and Big Jim and Jinty oan his right, up in Pinkston Road, oot ae sight ae any nosey parkers.

"Ah've telt ye, somewhere in-between St James's Road and Stanhope Street. It's either Ronald Street or Parson Street. It's definitely wan ae the two," Fat Boy whimpered, tenderly touching the hooped rope-burn weals oan that fat face ae his, facing them.

"C'mone, Alex, ye kin dae better than that, son. That means they could be in any ae a hunner hooses between St James's Road and Stanhope Street," said Crisscross, who'd been patrolling the area fur the previous three years.

"Look whit they've done tae ye. Ye're no gonnae let them aff wae that, ur ye?" Big Jim challenged him gently.

"It's aw right fur youse tae say. Ah hiv tae live here."

"Aye, we know, bit put it this way, wance we get them, their arses will aw be slung in the clink, oot ae harm's way."

"Ah telt ye, aw Ah know is that they're always coming and gaun up aboot the tap ae Ronald Street. Ah've tried following them, bit they always heid aff or double back in pairs. They go in and oot ae aw the closemooths in wans and twos tae make sure they urnae being followed. Ah cannae get close tae them. If Ah follow two ae them, there's a good chance another pair will turn up oot ae the blue and clock me."

"So, tell us again why they done that tae yer good face? It's no because they've found oot that ye're a gra...Ah mean, a special constable, is it?"

"Naw, if they knew that, Ah'd be deid. Ah telt ye, me and ma pals wur oot collecting ginger bottles and they jumped us at the tap ae Taylor Street. We tried tae run, bit they caught up wae us roond the backs and tried tae strangle me."

"Whit aboot yer pals then?"

"There wis only wan rope."

"Naw, Ah mean, whit happened tae them during aw this carry-oan?"

"They goat kicked fuck oot ae as well. Aw fur nothing. They fucked aff wae oor ginger bottles that we spent aw day collecting."

"That's pure bang oot ae order, so it is," Jobby snorted in disgust.

"Aye, we're dealing wae fucking animals here," Big Jim chipped in, wae a shake ae that heid ae his.

"Then they lined us up and made us kneel doon and sentenced us tae two greasers each in the mooth."

"Fur Christ's sake!"

"Aye, so apart fae being lassoed roond ma coupon, Ah goat ten big greasy wans as well."

"Ah take it they don't like yersel and they pals ae yours, eh?" Crisscross asked, hoping tae ingratiate himsel further.

"Ah've never done anything tae them in ma life. Ah think it's because they think Ah'm fat."

"Ach, Ah widnae say he wis fat, wid you, boys?"

"Fat? Him? Not at all."

"Well built, bit certainly no fat."

"No that far away fae being athletic, fae where Ah'm sitting."

"Aye, weightlifting wid be a good career fur ye, Alex."

"Ah want tae be a famous detective," Blubber Boy blubbered.

"So whit else, Alex?" The Sarge asked, starting tae get irritated by the amateur dramatics ae the eejits oan either side ae him.

"That's it. They fucked aff wae oor ginger bottles, the basturts."

"Naw, Ah mean, whit hiv ye picked up oan whit they're up tae?"

"They screwed The Gay Gordon."

"Wis that them?"

"Aye. Ah think they flogged the stuff tae The Big Man."

"There's a surprise, eh?" Big Jim muttered under his breath.

"Whit else?"

"They're the wans that stripped the lead aff ae St Mungo's chapel."

"And?"

"There's two ae them daeing the roonds ae the pubs at night, selling the early editions ae The Evening Times and The Glesga Echo."

"Which wans?"

"Joe McManus...the wan that strangled me, and that wee wan."

"Taylor?"

"Naw, Ah heard them calling him Silent."

"Where ur they getting the papers fae?"

"They're blagging The Evening Times fae Dundas Street Bus Station before the bus drivers pick them up tae take them oot ae the toon. Ah'm no sure where they're blagging The Echo fae."

"Carry oan, son, ye're daeing fine, so ye ur," The Sarge reassured him.

"It wis them that stole the cash box oot ae the Saw Mill office up in Baird Street oan Monday morning."

"Ah bloody-well telt youse! Ah knew it wis they filthy thieving wee basturts," Crisscross yelped triumphantly, looking aboot fur a commendation, bit being ignored.

"Aye, and?"

"They robbed two ae the Murphy brothers."

"The Murphys? Ur ye sure?"

"Oh aye, they goat aff wae cases ae booze."

"Fae where?"

"Oot ae their wee red van up in Ronald Street."

"Aye, they're fucking game wee basturts, Ah'll gie them that," Big Jim acknowledged tae nods fae the others.

"Whit happened tae the booze, Alex?"

"They flogged it tae Big Toby in The Gay Gordon."

"Bit Ah thought ye jist said that they wur the wans that tanned The Gay Gordon?"

"Ah did. They sold Toby's stuff tae The Big Man," Fat Boy replied miserably.

"There's a surprise, eh?" Big Jim said, smiling.

"Anything else?"

"They nicked Big Frankie Crown's good Davy Crockett hat when he laid it doon while he wis daeing a shite up behind Horsey John's stable block.  They buried it up at the canal and even made up a wee cross and stuck it oan tap ae the grave."

"Is that so?"

"Oh, aye, bit Ah soon fucking wrecked it."

"They wee manky basturts jist love dicing wae death, so they dae," Jobby said, shaking his heid, in amazement.

"Anything else, Alex?"

"Ah'm no sure, Ah might've furgoat something."

"Never you mind, son, ye've done fine.  Ye're a credit tae aw the decent young people fae the Toonheid," The Sarge commended, getting affirmative nods fae the others.

"Aye, ye're a star, Alex.  Ye'll make a good polis constable some-day, so ye will," Big Jim acknowledged, tae the beaming, fat rope-burnt face.

"Ah wid say there's maybe even a sergeant in there trying tae come oot.  And believe you me, some day it will," Crisscross goat in.

"Right, Ah think we've goat enough tae be getting oan wae.  We're gonnae hiv tae try and nab the lot ae them in wan fell swoop, rather than pick them aff wan or two at a time, if whit Alex here is saying is true aboot them splitting up and coming back in wans and twos tae their hidey hole," Big Jim declared.

"Oan ye go, Alex.  Stay well clear ae the tap ae Ronald Street fur the next few days, okay?  We widnae want they shitehooses tae think ye gra...er...informed us ae their whereaboots," Jobby said, as the Fat Arse goat up and wobbled oot ae the back door ae the van.

"So, who took doon whit wee Alex his jist reported tae us then?" The Sarge asked, looking aboot.

Silence.

# Chapter Forty Six

Helen couldnae settle doon. She wis pacing up and doon the cell like a caged cat. She wisnae too sure if she'd messed up by opening hersel up tae Harry Portoy, the brief that The Rat hid goat her, or if she'd saved hersel fae further humiliation. She knew the lassies wid want tae know aw the details. She looked o'er at Gina lying oan her back in the bottom bunk, humming the Dusty Springfield tune tunelessly. Even though she couldnae see Gina's face because the tap bunk wis blocking her view, it wis obvious that Gina wis jist aboot pishing hersel in anticipation ae being telt whit hid happened at Helen's meeting. Helen hid telt the lassies that she wis getting wan ae Glesga's tap lawyers who'd agreed tae come oot ae semi-retirement, jist tae defend her. Fuck, fuck, fuck, she swore tae hersel. She must be dreaming, she cursed. Surely tae God this couldnae be happening in real life.

The screws hid come and took her doon tae the same room where she'd met The Rat. She remembered hoping that he'd be a smoker. She'd nearly fainted in anticipation when she heard the clickity clack ae Hairy Face's shoes oan the concrete flair. The door ae the interview room hid been left open slightly, so, if she leaned a wee bit o'er tae her left, she could see straight doon the corridor, tae the iron-grilled gate at the far end. She remembered the feeling ae frustration when Hairy Cheeks stepped through first, blocking her view ae him.

"It's jist doon tae the room at the end," a man's voice hid boomed oot ae they side-burn coated jowls ae hers, seconds before she stepped aside tae let him enter the room.

Helen couldnae help it. It hid been a reflex action. She'd clasped baith her hauns up oan tae her face, covering her mooth and nose. She hidnae been too sure whether tae pish hersel laughing or tae burst intae floods ae tears. It hid probably been the initial shock that hid confused her brain intae paralysing her and rooting her tae the chair. She wisnae sure how long she'd held her hauns up tae her face, although she vaguely remembered taking wan ae her hauns away tae shake the shaky, trembling haun that wis held oot tae her.

"Mrs Taylor? Ah'm Mr Portoy, Ah'm a lawyer," Coco The Clown hid said, introducing himsel.

His hair hid looked as though it hidnae been combed fur aboot a month. He'd a widow's peak the size ae the front end ae an ironing board and a greying frizzy mop ae hair sticking oot at the sides. He'd a large strawberry red nose, red puffy cheeks and a seven-day dark growth oan his face. He wis wearing a chocolate broon pin-striped suit that wis four sizes too wee fur him and the bottoms ae his troosers wur hauf way up his shins. Tae tap everything aff, he'd hid oan a yellow checked shirt wae the collar sticking up at wan side and whit looked like a Partick Thistle Club tie wrapped roond his scrawny neck. Helen tried tae remember whit his shoes wur like, bit fur the life ae her, her mind hid gone blank. Probably fur the best, she thought, as she quickened her pace back and forward alang the length ae the cell.

"Ah hope ye don't mind, bit Ah'll hiv tae take the weight aff ma feet. These shoes ur killing me," he'd said, plapping his arse doon across fae her.

It hid been at this point, that the bloody hairy, ugly, ginger, side-burned man-lady ae a whore ae a poisonous screw, hid pulled the door o'er shut behind her, sporting a big cheesy grin oan that ugly coupon ae hers as she left them tae it.

"Ah'll jist be ootside" she'd smirked, the bearded cow that she wis.

Helen couldnae remember how long she'd jist sat there, allowing the worst bout ae depression that she'd ever experienced in her entire life tae totally engulf her body, mind and soul. It hid seemed as if she'd been rooted tae the same spot fur days, although she knew it hid only been fur a minute or so.

"Ah kin see fae yer expression that Ah probably look a wee bit different fae whit ye wur maybe expecting."

"Ye widnae happen tae hiv a fag oan ye, preferably Capstan full strengths, by any chance, wid ye?" Helen hid somehow managed tae croak, lips trembling, feeling the tears building up behind her eyes in despair.

"Ah don't smoke masel..." he'd said, disappointing Helen, before pulling oot twenty Woodbines and a box ae Swan Vestas. "...Bit Sammy asked me tae gie ye these."

Despite being in a daze, Helen hid managed tae stick a fag between they trembling lips ae hers and strike a match. She'd hardly been able tae light the fag as her haun wis shaking like a leaf.

"Ah'd gie ye a haun, bit Ah don't think Ah'd be much help," he'd said kindly, wae an apologetic smile, haudin up a trembling haun that wis shaking worse than hers wur.

Efter taking a deep drag ae nicotine doon intae her lungs, she'd jist sat and stared at him blankly. She'd then gone intae total meltdoon. She remembered seeing her life pass by in front ae her. Jimmy, the weans, the hoose, her life. She hidnae hid the strength tae stoap her shoulders fae slumping. She'd known that she wis well and truly goosed. She hidnae been able tae stoap her bottom lip fae trembling, despite trying tae remain calm. Somewan, somewhere wis surely taking the piss and it wisnae very funny fae where she wis sitting.

"If Ah tell ye ma story first, will ye tell me yours, Helen?" a voice, miles away in the distance hid asked.

She couldnae remember, bit she thought she'd nodded. Whether she hid or no, Coco hid started aff by saying that he hidnae spoken tae anywan aboot himsel in a very long time. She wisnae too sure how long he'd spoken fur...maybe an hour or so...bit she'd only been hauf listening, although she'd found his voice soothing. A couple ae times, she'd focussed oan his face as she thought she'd detected bitterness in his voice, bit she could've been mistaken. He'd even managed a couple ae chuckles that hid goat a weak smile fae her in response. She hidnae known how long it hid been since he'd finished his story bit when she'd at last lifted her eyelids and looked at him, he'd been sitting looking back at her.

"Ah don't know where tae start," she'd admitted.

"Where ye like."

"It's too complicated."

"Ah don't hiv tae be anywhere in a hurry."

"Ah know why Ah'm here, bit the reason fur me being here isnae because ae whit happened in John Street last week," she'd finally said, staunin up.

"Tell me aboot it then. Start where ye feel the maist comfortable."

Helen smiled wae embarrassment, thinking back, as she quickened her pace in the cell, taking a deep drag fae her un-tipped Woodbine fag. She wis starting tae make hersel dizzy. Gina lay still oan her bottom bunk, no sure whether tae say something tae her or no. Helen avoided gieing Gina eye contact, jist like she'd done wae him.

He must've thought he'd a real loony oan his hauns. She didnae know where it hid aw come fae. She'd jist let rip. She'd actually been able tae taste the bitterness in her mooth as she poured oot everything tae this wee soul ae a man who wis sitting there shaking, looking like a circus clown that she used tae take the weans tae see across in the Kelvin Hall at Christmas. She'd spoken aboot her Aunt Jeannie and how she'd felt abandoned when Jeannie hid left tae go tae Spain, despite the fact that she wisnae her ain maw, aboot how she'd ended up pregnant no long efter meeting Jimmy, efter bouncing Pat Molloy's engagement ring aff ae his foreheid fur cheating oan her, aboot the weans, the hoose, her pals, the polis coming tae the door efter Charlie, her eldest, hid knocked oot Batty Smith, the heidmaster at his primary school, aboot the warrant sales, the devastation ae seeing her neighbours staunin in the middle ae empty rooms, surrounded by screaming weans efter their furniture and beds hid been sold fae under them fur pennies, aboot her fear ae waiting fur her turn and desperately trying tae avoid it, aboot Betty next door telling her tae hing back and no get so involved and aboot the poor souls who couldnae read and write that she'd come across since she'd been in the jail. She'd raved and ranted non-stoap. She remembered breaking doon in tears and then coming back in a raging rant and then it hid been aw o'er. He'd no said a word during her ranting, apart fae a few wee soothing utterances every noo and again. When he'd spoken, it hid sounded like genuine concern.

"Dae ye want a wee bit ae time oan yer ain, Helen? Ah could always go oot and come back in ten or fifteen minutes."

"Naw, Ah'm fine," she'd lied, shattered.

"Ur ye sure?"

"Aye, Ah'm okay noo," she'd croaked in a trembling voice, reaching o'er and lighting up another fag, feeling desolate.

She'd been surprised tae see that her hauns hid stoapped shaking. He'd jist sat there wae they watery eyes ae his, watching her puff away at her fag.

"Did ye know that a hunner and fifty wummin in the untried hall, in here, hiv tae plead wae the wardresses...the screws...fur a skimpy wee paper-thin sanitary towel, while there's a tuck shoap cell, staunin wae three big shelves stacked tae the gunnels wae packets ae Dr Whites, that nowan kin afford tae buy because they hivnae two pennies tae rub thegither?" she'd snarled at him bitterly. Efter whit seemed like ages, he'd spoken again.

"So, where ur ye at jist noo then, Helen?"

"How dae ye mean?"

"As Ah understaun it, ye're back up tae court oan Friday. Whit's yer plans?"

"As Ah understaun it, Ah think Ah'm in dire need ae a lawyer," she'd replied, her voice a bit mair under control.

"Whit makes ye say that?"

She'd telt him aboot whit hid happened when she'd telt Howdy and Barker, the court jesters, tae piss aff when she wis last up in court, because she knew as soon as she'd clapped eyes oan them, that they wur a pair ae useless chancers. She'd telt him that she wisnae too sure if that hid been a mistake, given whit The Rat hid telt her aboot whit she wis up against.

"Ah don't know them personally, bit Ah've heard aboot them. The law is like any other business. Some people ur happy tae break even, while others...well, let's jist say, ur oot tae screw anything that isnae screwed doon, if ye know whit Ah mean?" he'd said.

"So, dae ye think Ah'm in need ae a lawyer then?"

"Fae whit Ah've witnessed so far, Ah'm no sure anywan could dae a better job than whit ye kin dae yersel."

"Ye're supposed tae be a lawyer. Why wid ye say that?"

"When ye speak, ye speak wae passion and belief. Ah've nae reason tae disbelieve anything ye've said tae me. How could anywan, any solicitor, compete wae that?"

"Ah don't hiv the big words tae go wae it."

Silence.

"Whit Ah mean is, Ah get angry and end up losing ma rag and it aw goes tae pot," she'd confessed miserably.

"Maybe ye jist need tae take a big deep breath before ye let rip wae that tongue ae yers. The trick is tae let people speak, let them dig a hole fur themsels. Kid oan that ye're listening, even if ye're no, although it's important tae hear whit yer opponent is saying, as well as looking fur clues in their body language."

Helen didnae know why she'd said whit she did, given her first impressions ae him, bit she'd decided tae bite the bullet.

"Will ye represent me?"

"Ah suspect Ah'd be mair ae a liability than a help tae ye, hen."

Silence.

"Even efter everything Ah've jist said and telt ye aboot ma situation?"

"And efter everything Ah've jist said and telt ye aboot ma situation?" he'd replied, wae a faint smile.

Silence.

"Ye cannae dae this tae me. Ah won't bloody beg," she'd retorted. "Ah realise Ah need some help here and fae where Ah'm sitting, ye're aw Ah've goat."

"It's a bit mair complicated than whit ye think."

"Try me."

"If ye wur up at the High Court, nae problem. If ye wur even up at the Sheriff Court, nae problem, bit the District Court? That's another ball game aw thegither."

"So, it's no important enough fur ye then. Is that whit ye're saying tae me?"

"Naw, Helen, whit Ah'm saying tae ye is this. If it wis the High Court or the Sheriff Court, Ah'd probably be able tae help ye and even maybe run rings roond the prosecution, if Ah wis lucky. In fact, it probably widnae even go forward beyond the pleading diet. In these two courts, there's protocol and legal argument. Wan side puts forward its case while the other side listens and that's how it goes, back and forth. Then, some other legal person, in this case, a qualified judge or sheriff, who's sitting there, taking score oan the points made, assists a jury tae make the right decision, based oan testimony and evidence. Ah'm surprised ye didnae end up in the Sheriff Court, seeing as ye're charged wae assaulting a polis sergeant tae his severe injury. It's quite unusual fur the District Court tae be dealing wae a case like this."

"Ah still don't get where ye're coming fae. Maybe it's aw they big words Ah'm hearing."

"Whit Ah'm saying is, the District Court is a bear-pit where anything goes. Ah probably widnae last mair than two minutes. The only legal thing aboot it, is that it's there. Ye hiv a wee man, wae nae legal training or qualifications, who is usually wan ae yer local cooncillors, who also happens tae be a Justice ae the Peace, who runs it like a medieval fiefdom."

"See, there ye go again wae they big fancy words."

"Helen, whit Ah'm trying tae tell ye is, there isnae a solid base fur legal argument tae debate and influence the ootcome. The prosecuting fiscal is basically there tae advise the bench, who never, or at least, very rarely, takes a decision withoot the approval ae the prosecutor beforehaun. Ah cannae remember when Ah last heard ae a Justice ae the Peace gaun against a fiscal, certainly no in Glesga anyway. There ur exceptions. Ah mean, ye've goat JP Donnelly, who'll go against a fiscal, bit only when he thinks the fiscal is being too lenient, which is a rare occurrence in itsel. Fiscals ur dependent oan a healthy score sheet tae enable them tae climb oot ae the morass that is the District Court system."

"Well, that young wan who wis advising JP didnae need much haudin back. She wis such a cow, so she wis, and her a wummin as well."

"Aye, bit where will she be in five years' time? She'll probably end up becoming a probation officer or prison governor because she took the easy path in her career as a solicitor. Efter a while, maist ae they young prosecutors jist end up processing the flotsam ae society. There's nae challenge because they've awready goat it aw sewn up. Oan the other haun, the District Courts ur where aw the major solicitor firms put their young lawyers tae sort oot the men fae the boys. If a young wan is still staunin efter two years and they're any good, then there's a fair chance that they kin go oan tae hiv a successful career further doon the line in the Sheriff Court or higher. The District Court is where they hone their skills. Ye've seen how the likes ae JP Donnelly operates. Imagine a young solicitor gaun up against him fur the first time?"

"So, why the hell dae we still hiv leeches like Howdy and Barker operating successfully then?"

"They're at the other end ae the scale. They've found their niche and ur milking it fur aw it's worth.

"So ye're no a believer in justice then?"

"Ah never said that. The system is rotten because that's the legal charter that we aw live under. Aw men and wummin ur entitled tae a just and fair trial before their peers. Anywan who knows anything, knows fine well that the current court system is a festering, expensive boil oan the arse ae so-called freedom and democracy and ur happy tae allow it tae drift aimlessly. Kin ye imagine the reaction if it wis reformed or even done away wae?"

"Aye, Ah suppose the people widnae wear it."

"The people? Who cares whit the people think? It's the legal fraternity who'd be up in erms. Think ae aw that lost revenue and income. Naw, any law tae change it intae something good or otherwise wid be tied up in legal speak furever in the courts. It widnae be worth the hassle tae even go there. The invisible wans that run the show allow the status quo tae remain because the crumbs that land in the trough feed people like Howdy and Barker, and it's cheap at hauf the price. Everywan's a winner...apart fae the wans that it wis set up tae help in the first place, that is. The last time Ah spoke tae ma son, he said that he wanted tae follow in ma footsteps by gaun intae the legal profession when he grew up. Ah soon put him straight oan that wan, so Ah did."

Silence.

"Ye're a good man, Harry," Helen hid finally said. "Maist lawyers wid've jumped at the chance tae make a few bob aff ae the likes ae me and the situation Ah'm in."

"Oh, Ah don't know aboot that. There ur a few decent wans gaun aboot who care aboot principles, people and justice."

"Whit Ah'm a gonnae dae?"

"Ah'm no too sure. Between JP and the procurator fiscal, ye've a job oan yer hauns. Ah honestly don't think Ah could help ye oot fur the reasons Ah've jist gied ye. Ah kin play dirty like the rest ae them, bit Ah jist don't hiv anything tae work wae that wid help ye oot. Ah think ye need tae go in there and plead yer case. Stick tae whit ye said tae me. Don't embellish it and keep calm. Sometimes the truth gets through in the end, despite the odds. Ah'm sorry, Helen, Ah really am."

The cell door swung open.

"Recreation!" Twitchy Face barked, disappearing alang tae open the next cell.

Helen walked alang the landing, followed by Gina, who still hidnae asked her anything. When Helen plapped her arse doon beside the lassies, who wur aw awready sitting in the middle ae the walk-

340

ing circle, there wis an air ae expectation. Fuck it, Helen thought tae hersel. They're isnae any use hiding it, and she started tae tell them everything that hid been said between her and Coco The Clown, including Martha Hairy Chop Face and her sniggering.

"Tell us how he wis dressed again and whit yer initial reaction wis, Helen?" Big Pat asked, as aw the lassies, including Helen, fell aboot the grass, roaring and laughing in anticipation ae Helen's re-run.

# Chapter Forty Seven

Thursday

"Whit will ye hiv, Pat?" Colin asked The Big Man, who'd jist sat doon at the table, at the far end ae The Pot Still in Hope street.

"Seeing as it's yersel that's paying, Colin, Ah'll hiv a pint ae heavy and a wee cheeky malt, thank ye very much."

"Here ye go. Cheers!" The Inspector said, when he returned fae the bar, taking a sip oot ae his pint ae lager and lime as he sat doon.

"Ah don't know whit ye see in that pish."

"Ah prefer the taste, especially wae the lime in it. Heavy and lime don't mix."

"Aye, Ah suppose."

"So, then, Pat? How did it ever come tae this, eh?"

"Ask that big lump ae shite, Liam Thompson. He'll tell ye. Wan minute Ah'm gaun aboot ma lawful business and the next, that big fucking Irish nose ae his is being poked in where it isnae supposed tae be."

"Aye, Ah know, Ah Know. Ah thought JP hid come and spoken tae ye and goat it aw sorted oot. Whit went wrang?"

"As Ah've jist said, Thompson and that other wan, whit's his name, the big glaikit looking shitehoose...Stewart?"

"Big Jim? Ach, he's harmless, so he is. He's a good sergeant... well-meaning, nae trouble, knows the score."

"Ah noticed ye didnae defend that prick, Liam Thompson. There's been nothing bit fucking trouble since he turned up again in the Toonheid. They stripes ae his hiv gone tae his heid."

"Ah think he means well, although he kin be a stroppy fucker at times."

"Colin, Ah thought we hid an arrangement? JP his never hid cause tae complain...at least, no as far as Ah'm aware. Ah've always passed oan that envelope, bang oan time, every month withoot fail, including Christmas bonuses."

"This carry-oan aboot the Kelly boy. Noo, you and Ah know that Liam and Big Jim, or any ae the other two, Jinty and Crisscross, hid nothing tae dae wae that dookit gaun up in smoke, so how dae we resolve this amicably, withoot us falling oot further, eh?"

"Ah don't gie a monkey's shite aboot the cabin, bit there wis terrible suffering involved that cannae jist be forgotten aboot because we're sitting hivving a pint, Colin."

"Ah know, it wis terrible aboot the boy."

"The boy? Ah'm no oan aboot the boy. Ah'm oan aboot ma good fucking doos that wur irreplaceable. Ah'll never get them back. They're gone furever. Broke ma heart that."

"Pat, Pat, Liam Thompson and Big Jim swear that they never hid anything tae dae wae that."

"Did they noo?"

"Aye, Ah know that Big Jim and Jinty wur ootside the pub aw night skiving, bit they wur only listening tae the group ye hid playing, who wur stoating by all accounts, by the way."

"Aye, they wur good. Nothing bit the best fur that wee maw and da ae mine."

"Liam and Crisscross wur parked up in Ronald Street, scoffing their fish suppers. It wis jist a coincidence that they happened tae be there."

"Colin, they wur seen up the closemooth."

"Aye, because wan ae yer doo thieves drapped a big jemmy aff the roof and it went straight through the squad car windscreen. It wis a bloody miracle they wurnae killed. Efter that happened, they went up the stairs tae investigate. Fur Christ's sake, that's whit the polis ur supposed tae dae."

"And the doos that wur haunded o'er tae that bampot, Flypast?"

"Crisscross wrecked Flypast's dookit and killed a few ae his doos earlier in the summer. They'd spotted a couple ae wee boys heiding doon the High Street wae some doos up their jumpers, so Crisscross confiscated them and gied them tae Flypast tae make amends."

"That wis very charitable ae them. Whit wis the boys' names?"
Silence.

"Right, whit ur ye hivving, Colin? It's ma shout," The Big Man said, staunin up and heiding fur the bar.

"The same again, bit tell him no tae put so much lime in it this time."

"So, if it wisnae youse, who wis it then?" The Big Man asked, sitting doon and looking aboot the bar fur any known faces.

"Come oan, Pat. It's obvious that it wis that wee manky mob that done it. That wee Tally wan, the leader, he's well-known fur tanning lofts and dookits...everywan knows that."

"Ah goat him tae dae a couple fur me. It wis him that tanned Mad Malky's across in Possil. Nearly cost him a haun efter Malky's dug aboot chomped his wrist in hauf. We investigated them, Colin. It wisnae them, believe you me. If it wis, we widnae be sitting here exchanging pleasantries oan a lovely sunny Thursday morning, noo, wid we?"

"Well, it wisnae us."

"Aye, well, there ye go," The Big Man said, knocking back his nip and taking a sip ae his beer.

"So, how dae we resolve this then?"

"Ah'm oot ae pocket...well oot ae pocket."

"How much?"

"Three grand."

The Inspector let fly wae a spray ae Tennents lager and lime across the table.

"Ah telt ye that wis pish."

"Pat, fur Christ's sake. Whit the hell wur ye feeding they bloody pigeons? Eighteen carat gold nuggets?"

"The three big Horsemen Thief Pouters wur pure lineage breeds, dating back three hunner years. They wur worth five hunner a heid, any day ae the week. And then there's the loss ae earnings and me gaun oot ae business. Ma contacts in Nova Scotia ur aw well pissed aff wae the situation...whit a humiliation. Wan ae their clients is a right nasty basturt fae Memphis. When he heard whit hid happened, he wanted tae send a fucking hit man across here tae help me oot."

"So, whit did ye tell him?"

"Ah telt him we hid enough hit men ae oor ain and no tae bother wae any unnecessary expense and that Ah hid the situation in haun. Hiv Ah Colin?"

"Hiv ye whit?"

"The situation in haun?"

"There's nae way in a month ae sunny Sundays that three grand will be haunded o'er, Pat. That kind ae money isnae aboot these days...Ah kin tell ye that right noo."

"Ah widnae expect youse or that bunch ae Irish Micks tae haun o'er anything. Fuck's sake, Colin, how did a good Proddy like yersel manage tae get in tow wae that bunch ae basturts...and you a blue nose as well?"

"Ach, they're no as bad as ye think...wance ye get used tae them."

"Better you than me, boyo."

"That's Welsh."

"Aye, well, same spuds, different accent."

"So, whit ur ye saying?"

"Ah need a clear run fur a wee bit ae business oan Friday morning. Hauf an hour tae an hour maximum wid be plenty time."

"The morra? Oh, Ah don't know. Ah'd need tae get that sanctioned fae higher up."

"That's fine by me, Colin. Take yer time, as long as ye get back tae me nae later than this efternoon."

Efter another near miss ae lager and lime, Colin rocked back oan his chair, narrowing his eyes.

"Pat, don't take the mickey, noo. We're willing tae work something oot, bit we're no gonnae turn o'er and bare oor arses.

"Ah'm no asking ye tae bare yer arses. Aw Ah'm asking ye tae dae is gie me a body swerve at ten o'clock the morra morning, that's aw."

"Where?"

"The tap end ae Parly Road."

"Whit's at the tap ae Parly Road?"

"Dae ye really want tae know?"

"Pat, if ye want the go aheid, ye'll hiv tae tell me whit's up the tap end ae Parly Road."

"Why dae ye need tae know?"

"Because Ah hiv tae assess whether there ur safety issues involving the public."

Silence.

"It's the British Linen Bank, so it is, isn't it?" Colin exclaimed.

"Is there a problem like?"

"Is there shooters involved?"

"Wan haungun full ae blanks and two sawn-aff shotguns wae rice in the cartridges."

"Ah don't know.  Ah'd need tae take this further."

"Colin, wan blast in the ceiling wae two ounces ae rice and a blank haungun gaun aff isnae gonnae dae anywan any harm. There's nae way any hero is gonnae make a move efter that. They'll be too embarrassed tae let oan that they've shat their pants."

"So, why there?"

"The sawmill, Taylor's and Macbrayne's staff pay packets get deposited first thing before they open."

"Ah don't know."

"We'll be in and oot in five minutes flat."

"We'd want that fucking wee rodent fae The Glesga Echo aff oor backs...fur good this time."

"Done."


"Did Gina get away awright?" Big Pat asked Helen at the morning recreation session in the yard.

"Aye, she looked pretty nervous though.  Ah telt her she'd be okay. The baith ae us clung tae each other, greeting oor eyes oot fur aboot five minutes, before that big Hairy Martha wan came fur her. Ah don't see why they don't let them go fur breakfast wae us."

"They want tae get people processed o'er at the reception. Wance the paddy wagon comes tae collect them fur court, they're aff within five minutes tae make sure they get through the traffic."

"So, will we get tae know at some stage?" Helen asked.

"Ah know Pearl, wan ae the lassies who works in the kitchens. She takes the grub across when the vans arrive in fae the courts. She says she'll get word tae me later oan in the evening oan how Gina goat oan," Big Pat assured her.

"Ah don't know if Ah kin wait that long. Ah feel sick awready wae worry."

"Well, whitever is gonnae happen, it's probably been done and dusted by noo. She'll probably be wan ae the first wans up. She's probably sitting at hame hivving a cup ae tea wae her daughter, Meg, as we speak, the lucky git," Wee Morag said cheerfully.

"Dae ye think so?"

"Oh, aye, there's nae way Gina isnae gonnae walk."

"So, Ah wonder who ye're gonnae hiv in wae ye the night, Helen," Sally mused.

"Oh, Ah never thought aboot that. Ah suppose Ah'll hiv some-body new."

"Ach, well, at least it's only fur a night, eh? Yersel and that Gina wan will be tripping the light fantastic the morra night, hen."

"Ah widnae put yer money oan it," Helen mumbled.

"Hoi, Helen, ye'll slay them in that court the morra. Ah only wish Ah could be there tae see the show, hen."

"Ah only hope whoever Ah get in beside me kin read and write."

"Why? Ur ye getting fed up writing letters fur strangers ye don't know? Ah love daeing it," Patsy said tae everywan, who aw nod-ded in agreement.

"Naw, Ah feel as if Ah'm daeing something useful. It's jist that sooner or later we're aw gonnae hiv tae move oan. We need tae be thinking ae recruiting new people tae carry oan wance we leave."

"Helen, don't ye worry aboot a thing. Ah'll nip up and speak tae yer new cell mate the morra...wance Ah suss oot her man's no signed that bare arse ae mine," Big Pat said tae hoots and cackling fae the lassies.

"Aye, and we'll aw start spreading the word that we need mair writers, starting the day, won't we, girls?"

"Oh, aye."

"Definitely."

"Right, ladies, in ye come. Chop, chop, yer time's up," The Twitcher shouted.


"So, whit hiv ye goat fur me, Liam?" asked Colin.

"That wee manky crew ur holed up in the tap flair ae seventy seven Parson Street. They don't use the front door. They go up through the hatch oan the landing and doon through a hole in the ceiling in the lobby."

"Dae we know which hoose it is? We widnae want tae be breaking doon the door ae some poor soul who's lying oan tap ae his wife, wid we?"

"It's a broon door and it's goat a name plate oan it. The other door is blue. There's nae name plate oan that wan."

"So, whit's the name?"

"Abdul Sing. He lives oan St James Road. He reported his name plate being nicked last week."

"Aye, they're pretty fly, these young wans."

"Aye, bit no fly enough. Ah cannae wait tae see their faces when they feel ma boot hauf-way up their arseholes."

"So, when ur ye gonnae move?"

"The morra morning at dawn."

"Naw, ye're no."

"Eh? Whit dae ye mean, naw we're no?"

"There's a crackdoon oan overtime. Ye'll hit them at ten o'clock oan the button."

"Colin, whit ur ye oan aboot?  These wee fuckers ur no like you and me?  They don't appreciate long lie-ins.  They're up and oot the door at the crack ae dawn, no matter whit time they go tae bed."

"Then ye'll catch them some other morning.  Fur fuck's sake, Liam, gie's a break, will ye?  Ah've mair important things tae worry aboot jist noo."

"Bit Ah wanted tae be doon at the Central tae see that Taylor bitch getting sent doon."

"Whit dis it matter?  She's fucked anyway, so leave it at that."

"It's no the same though, is it?  Ah wanted tae see her face, the cow that she is."

"Liam, Ah'm starting tae get annoyed noo."

"You're annoyed?"

"And another thing.  Ah don't want any ae youse running aboot the Toonheid, chasing they wee fuckers.  If wan or two ae them manages tae leg it during the ambush, let them go.  We'll soon catch up wae them later."

"Bit..."

"If ye nab them bang oan ten o'clock, ye'll probably be in time tae see yer pal getting sentenced.  Ah'll speak tae JP tae take her up efter twelve.  How's that?"

"Fine, ye should've said that in the first place then."


"Hello, Sean.  My, my, you look fine and dandy with all that shiny braid on your smart uniform.  Did you find me alright?" Sir Frank Owen asked Chief Inspector Sean Smith.

"Oh, aye, Ah jist looked fur the biggest hoose in Newton Mearns and heided in that direction."

"Yes, I was just saying to Marion only the other night there that we must look at downsizing.  Who needs twenty four rooms when there's only the two of us?  What can I get you?"

"If that's cognac Ah see, Ah'll hiv wan ae them."

"Good choice."

"So, Sir Frank…"

"Come on, Sean, there's no need for formalities. You and I go back too far for that, eh?"

"…How are we gonnae resolve oor wee problem then?"

"Your little problem, Sean."

"Okay, ma wee problem then."

"You tell me. Here, have a cigar. They're Cuban," Sir Frank said, haunin him a big fat cigar and cigar cutter.

"It's really pretty straight forward…Frank. Wan ae yer wee journalists, wae yer blessing, as Ah understaun it, his been snooping aboot the city, trying tae stir up trouble fur some of ma officers o'er the death ae a young boy in a pigeon dookit fire. Wid that be right?" The Chief asked, taking a puff and exhaling, disappearing in a cloud ae blue smoke.

"Go on."

"As we understaun it, that journalist, your journalist, is oan the payroll ae wan ae Glesga's major underworld gangsters, who is paying him a substantial fee, untaxed, tae undermine the forces ae law and order in this city. Noo clearly, this cannae and wullnae be tolerated. Therefore, ye'd be daeing us aw a favour by picking up that phone sitting o'er there and telling Hamish McGovern, yer editor-in-chief, tae pull the leash in, before it aw turns nasty, wae nae winners oan either side at the end ae the day. That way, we kin then enjoy another wee snifter ae this beautiful French brandy."

"I think it's a well-known practice within journalism that very few of our top journalists are tied to the one master, Sean. You should know that. If this journalist, whoever he may be, is breaking the law, then the paper would clearly wish to help the police with their enquiries in any way we can."

"Ah'm glad tae hear that, Frank," The Chief said, reaching o'er wae his glass ootstretched, as Sir Frank sloshed a fairly liberal soak ae France's finest intae it.

"However, I must say, from what I have heard…small titbits, here and there, that there may be merit in letting our readers decide whether there is any smoke without fire...if you'll excuse the pun."

Silence.

"And yer journalist oan the payroll ae a notorious gangster?"

"I think I made The Glasgow Echo's, as well as my own, views on that quite clear, Sean. There would perhaps be a few raised eyebrows, my own included, but I'm sure we would still be able to march forward with our integrity intact, in the fight for freedom, free speech and justice. Don't you?"

"So, ye're planning tae run wae the story then, despite the lies and the injustice tae the brave men who patrol oor streets at night tae ensure that the freedom ye mention is maintained fur us aw tae enjoy?"

"Oh, come on, Sean. You and I know that this will all blow over and we'll be back here again in the future, discussing something more important than this. Admit it, man, the paper has got you and your Irish bog-trotters by the short and curlies this time. It's not the end of the world, for Christ's sake."

"So, anything Ah say the day will no make any difference or change yer mind oan this wan?"

"As far as The Owen Publishing Group are concerned, this story will be the leader in The Sunday Echo this weekend. It's out of my hands, I'm afraid," Sir Frank said smugly, proffering another brandy, which wis gratefully accepted by the figure in the cloud ae blue cigar smoke sitting opposite him.

"So, Frank, that problem that ye've been hivving wae yer van drivers then? How dae ye think that's gonnae affect The Owen Publishing Group?"

"Come on, Sean. Everybody knows we got rid of the militants from the union and the ones that are left are happy to collect their special bonuses every spring, summer, autumn and Christmas. They won't upset the apple cart, believe you me. If there was any trouble brewing, then I would have picked it up well before now. Nice try, though," Sir Frank said, tipping his glass towards the cloud ae Havana's finest.

"So, when Ah tell ye that, as ae first thing Saturday morning, ma officers in Glesga and across the West ae Scotland, will be stoapping and searching every Glesga Echo and Sunday Echo delivery van that they come across, tae ensure that they're no transporting stolen property, it won't come as a big surprise tae ye then?"

Sir Frank, despite his best efforts, tried unsuccessfully tae remain calm in the storm that hid jist kicked aff in they smug posh baws ae his.

"But, but, but..." he spluttered, no knowing whit the fuck hid hit him.

"Aye, efter an extensive investigation, we hiv reason tae believe that the vans that deliver yer newspapers ur also being used tae transport stolen goods and merchandise. That wis wan ae the things Ah wanted tae talk tae ye aboot the day."

"Stolen property? What stolen property?"

"Wigs."

"Wigs?"

"Sometimes referred tae as hair pieces, or hair extensions in the trade, so Ah wis telt. They're no yer wee cheap chats either. These wans ur made oot ae pure human hair. A wee hair stylist friend ae mine telt me recently that the human wans ur the maist sought efter due tae the fact that ye kin hot style them, whitever that means, as long as they're dry when ye apply the heat. Is that no an interesting piece ae useless information, eh?"

"Sean, you're pulling my leg. Admit it, we've got The Irish Brigade by the short and curlies and you know it."

"Earlier oan this year, a European vehicular transporter, an articulated truck tae you and me, hid its contents ae 20,000 high quality, wummin's wigs hijacked oan the A-wan in Northumberland, while it wis heiding fur storage in Newcastle. These expensive wigs ur believed tae hiv been transported tae Glesga and ur currently being sold and distributed oot ae the back ae the vans belonging tae yer family-owned company. Noo, while we widnae fur wan minute even think ye hid anything tae wae this dastardly, international crime, we wid probably still need a wee keek ae yer books, jist tae eliminate ye fae oor extensive enquiries. As fur the impounding ae the vans? Well, it wid be a sheriff or a High Court judge ye'd need tae appeal tae, tae get them released...if it ever came tae that, that is."

"Books? Vans impounded?"

"Obviously we wid want tae cause as minimal a disruption as possible, under the circumstances...Frank."

"You know, Sean, the problem with you is that you still carry the smell of the dog shite in your nostrils that you stood in as a child," Sir Frank muttered, hivving managed tae regain his calm and collected manner.

"And the problem wae yersel, Frank, and people like you, is that ye cannae smell the dog shite aff the heel ae yer shoes because ae the smell ae the roses sticking oot ae they arse holes ae yers. Noo, if ye'll excuse me, Ah hiv tae get back tae ma wee unimportant job in the city. Oh, and thanks fur the cognac and the lovely Juan Lopez cigar. If it's awright wae yersel, Ah'll take this wae me, and finish it aff later," The Chief Inspector said, waving the cigar at Sir Frank, as he disappeared oot between the portcullis doors.

Helen hid been mortified bit chuffed at the same time. By the time she'd arrived fur the efternoon recreation period, Big Pat hid goat aw the lassies, minus Gina, lined up oot in the yard. As soon as Helen hid sat doon oan the grass, they'd aw burst intae their Dusty Springfield number. Because they'd been singing it aw week, maist ae the other lassies who wur walking roond in the circle, knew aw the words, so hauf the wummin in the place hid been chanting away, quite the thing. Anywan looking doon intae the yard that day, wae the sun splitting the trees, wid've been furgiven fur thinking that none ae them wur in a jail, miles away fae Glesga and their families. The screws hidnae disappointed anywan, either, staunin aboot, scowling, as usual, at the sight ae happy wummin wandering roond in circles, singing. The banter in the wee group, huddled in the centre ae aw this merriment, hid been a bit subdued, due tae the fact that they hidnae heard whit the situation wis wae Gina. When the usual shout hid come fur the wummin tae go inside, there hid been wan last big group hug before aw the wummin in the circle hid heided towards the barred gate tae the hall. Wummin that Helen hid written letters hame fur hid come o'er and hugged her and said thanks. Helen hidnae wanted tae greet, bit hidnae been able tae haud back the tears.

"Ah'm sorry," she'd sobbed apologetically.

"Don't be daft, Helen. Ye're a star, so ye ur."

"Ah'll never furget whit ye did fur me and ma weans, Helen. Thanks," the big blonde lassie hid said tearfully, gieing Helen a hug.

"Right, you lot, oot ae ma way. It's ma turn," Big Pat, the walking autograph book, hid shouted, before proceeding tae take the wind oot ae Helen's lungs in a bear hug. They'd then walked, haun in haun, across tae the grilled gate thegither.

"Paterson, get yer haun aff lover girl and get yer arse o'er here. Ye're wanted." Martha Hairy Chops hid scowled.

"Who? Me? Whit hiv Ah done?" Big Pat hid asked, looking worried.

"Jist dae whit ye're telt and get o'er here. Hurry up, Ah hivnae goat aw day."

"Maybe ye've goat a visitor," Helen hid said tae her.

"Well, that'll be a first. Fuck, Ah hope everything's awright at hame. Listen, Helen, ye'll dae fine the morra. Ah've goat a good feeling aboot this wan. Ah only wish Ah could dae mair tae help ye."

"Don't ye worry aboot me, Pat. Ah'll be fine, whitever happens. You jist look efter yersel and when ye dae get oot, mind and heid doon tae Montrose Street. Ye'll always hiv a warm welcome in ma hoose...if Ah've still goat wan, that is."

The air wis thick wae blue smoke by the time Colin arrived and sat doon. Everywan hid their buff folders sitting in front ae them, unopened. At the tap ae the table, Sean Smith, the chief inspector, sat wae his elbows oan the table, hauns thegither like he wis saying a prayer, tapping his two thumbs thegither under his chin. Aw The Irish Brigade - Pat Curry, Daddy Jackson, Bobby Mack, Billy Liar, Mickey Sherlock, and Ralph Toner wur in varying stages ae fidgeting wae their hats, buttons, badges and hair.

"Right, lads, before we start, Ah thought masel and Colin wid bring ye up tae date wae that wee problem that surfaced recently up in the Toonheid...it's noo been resolved amicably, Ah'm glad tae say," The Chief Inspector announced, as everywan began slapping the table-tap wae their hauns.

"Ah must admit, fur a wee while there, Ah thought we'd lost control ae the situation," Colin said, relief in his voice.

"Ach, ye're too pessimistic, Colin. This wisnae gonnae go anywhere. Ah never doubted it wid resolve itsel," Ralph Toner said, shooting a well-formed smoke ring oot ae that mooth ae his towards Billy Liar.

"Nae thanks tae that pair ae eejits, Thompson and Stewart. How the fuck did they manage tae become sergeants, that's whit Ah'd like tae know?" Daddy Jackson said tae nobody.

"So, it's done and dusted then, Colin?" asked Billy Liar.

"There's a few wee odds and ends tae be cleared up the morra, bit other than that, aye."

"So, whit's the score wae that Harry Portoy? Ah must admit, that sphincter muscle ae mine nearly snapped like an elastic band when Ah heard he'd resurfaced."

"Ah widnae worry aboot him. He's well fucked. Hiv ye seen the photo ae him that we goat fae Maggie o'er in Gateside? It's in yer folders," Pat Curry said, as they aw opened the folders.

"Fucking hell, where did he get that outfit?" Bobby Mack exclaimed, tae the sound ae guffaws aw roond.

"A la Paddy's Market."

"Is that plus fours he's wearing? Surely they're no meant tae look like that?"

"Naw, Charlie Chatter telt me he couldnae help himsel when The Rat wis confused aboot Portoy's height in Paddy's Market the other day. He telt him that Portoy wis only five feet tall," Ralph replied amid the howls ae laughter.

"Ah love it."

"Aye, he's goat a sense ae humour, his Charlie."

"So, he's no representing that bitch, is he?"

"Naw, Maggie said he sat and babbled a heap ae shite fur aboot two hours tae her and then telt her he couldnae represent her."

"Aye, seemingly she couldnae get a word in edgewise, he wis that sorry fur himsel," Colin said, tae mair laughter.

"Fucking smart move oan The Rat's part though. Who wid've thought the paper wid've managed tae resurrect the likes ae Harry Portoy oot ae the gutter, eh?"

"It's a pity he isnae six feet under. Ah still widnae trust that wee basturt, jakey or no. He's still fucking dangerous in ma book. You jist watch oot, we hivnae heard the last ae him," Mickey Sherlock said, tae nods fae aroond the table.

"Naw, he's fucked fur good. We still hivnae found oot where they've stashed him, bit he'll be back tae The Tontine before too long. We'll be able tae keep oor eyes oan him in the future."

"So, ur we gonnae make sure Maggie gets a wee present, Sean?" Billy Liar asked.

"Oh, aye. Ah invited her doon here the day, bit she said she'd a meeting in Edinburgh first thing this morning and widnae be back till later oan the night."

"Aye, she's wan ae the good people, is oor Maggie."

"And whit aboot Sir Frank then?"

"He's obviously no happy, bit he'll get o'er it, the same as he always dis. Ah'm sure he'll come tae the right decision."

"Whit wis he like at school as a snapper, Sean?"

"The same as he is jist noo...a fucked-up, pretentious wee prick who thought the rules wur meant fur everywan else apart fae him and his family."

"And Molloy?"

"He demanded mair than whit he wis gonnae get oot ae us. We've compromised a wee bit and he's happy enough. Ah telt him, as long as nowan gets hurt, we'll play ball," Colin replied.

"Bit, he's no getting a free haun, Ah hope?"

"Naw, naw. He knows fine well that everything is done oan an individual, wan-tae-wan basis and that if he steps o'er the line, him and they ugly Murphy brothers will be taken doon a peg or two. Ye jist hiv tae humour him and let him think he's in control. Piece ae pish."

Helen lay oan her bunk. She wis gonnae take o'er Gina's bed, bit she'd goat used tae the tap wan, despite the climb. She wisnae too sure whit time it wis. It wis dark ootside and she hid the cell tae hersel. Word hid come through when the lassie drapped aff the tea aboot hauf eight. Gina hid goat sentenced tae nine months. Nine months! Helen hid been greeting oan and aff fur the better part ae two hours. She thought aboot whit The Rat and Harry, the lawyer, hid said tae her aboot justice or the lack ae it. How the hell could anywan call it justice, sentencing a poor wee wummin like Gina tae the jail fur stabbing some basturt who'd beaten her up every week fur thirteen years or mair? Where wis the sense in that? She knew Gina wid be in the jail somewhere. Wan ae the lassies hid telt her that ye goat put under observation when ye goat sentenced, tae start wae, till they wur sure ye wurnae gonnae herm yersel. Helen thought aboot her ain life and the past week in particular. She knew she wis feeling sorry fur hersel when she burst oot greeting fur the umpteenth time, thinking aboot aw the lassies who'd come o'er and gied her a hug. Helen never knew ye could greet and laugh at the same time. At least it hid never happened tae her before. Wee Morag, telling Helen that she wis like wan ae they Irish rebels in the songs because ae whit she wis daeing aboot the warrant sales up in the Toonheid hid embarrassed her. She hidnae admitted it tae any ae them, bit she wis really chuffed aboot the song they'd made up aboot her. When she thought aboot Wee Morag running alang the gallery and scudding Big Martha Hairy Chops wae a prison issue towel full ae period blood...although disgusting...it made her feel good that there wis at least some wummin willing tae fight back, even though Wee Morag wis only seventeen. Maist ae the wummin she'd met in the jail hid been evicted by The Corporation or hid hid their furniture sold at wan time or another through a warrant sale. Their lives wur shite, bit tae hear the screams ae laughter coming oot ae them, ye widnae hiv thought they'd a care in the world. Poor Sally, who wis sitting waiting fur her carpet-fitter salesman tae come and sweep her aff her feet in his fancy posh car, wis an absolute darling. They wur aw fantastic tae be wae.

"Noo, listen up, Helen. Ah might be desperate fur a good lawyer, bit even Ah wid draw the line at a circus clown. Ah know Ah might hiv a bit ae a reputation in ma family regarding ma choice ae men, bit Ah don't gie a shit aboot whit ye're saying aboot how good he is, Ah'm no turning up tae court wae Coco The Clown speaking up fur me wae that auld ma ae mine sitting there looking oan. Ah widnae want that lover boy ae mine tae think Ah wis a pushover or something," Sally hid said, straight-faced, oot in the yard efter Helen hid described Harry Portoy's outfit.

The lassies, including Helen and Sally, hidnae been able tae stoap laughing fur aboot ten minutes. That hid been the starter fur ten.

"Kin ye imagine the Judge? Er excuse me, son, Ah think ye've arrived at the wrang building. The Kelvin Hall is o'er in Partick," Wee Morag hid chipped in.

"Aye, kin ye imagine the reply? Honest, Ah really am taking this case seriously in representing ma client, yer honour."

"Or how aboot, Ah've telt ye a hunner times before, yer honour, ma name's no Coco?"

"If ye think Ah look stupid, yer honour, ye should see the other partners in the firm."

"Ah'm sure that summons didnae say, 'make sure ye get yersel a decent clown tae represent ye, hen,' the judge says tae Helen."

"There will be no clowning aboot in ma court while Ah'm sitting oan the bench...who the fuck let him in?"

"Judge tae the brief, 'Ur ye taking the pish?'"

"It's spelt C-O-C-O, yer honour,"

"Ah know whit this must look like tae you, yer honour, bit Ah kin explain."

It hid gone oan non-stoap fur aboot hauf an hour. Laughing, greeting and then back tae laughing.

Helen stared at the ceiling. She knew she wis goosed. She regretted no pleading harder wae Harry Portoy tae take her oan, although it hid been obvious that he wisnae a well man. The Rat hid goat Harry tae ask her tae organise a meeting wae aw the maws, if she goat aff the next day, seeing as he hid kept tae his side ae the bargain by printing a good story oan the warrant sale up in John Street at Auld Madge's. Harry hid mentioned that The Sunday Echo wur planning tae put oot a big spread in that week's Sunday paper and that The Rat needed tae get the story done and dusted by six o'clock, at the latest, oan Saturday night. He widnae need Johnboy and his pals' involvement. Well, that widnae hiv been an option open tae him anyway, she thought tae hersel, before falling asleep.

# Chapter Forty Eight

Friday

Johnboy could hardly breathe.  They'd spent hauf the night exploring the city oan the back ae lorries and hid aw collapsed intae the wardrobe withoot saying a word tae each other when they'd goat back.  He'd thought he'd heard the school bells gaun aff earlier, bit wisnae sure.  It could've been the noise ae aw the snoring and farting inside the wardrobe.  He pushed up the door and stepped oot.  He looked doon at Silent, Paul, Tony and Joe.  The space he'd jist left hid awready filled up, so it wis gonnae be a basturt tae try and wriggle himsel back in tae a comfy spot.  He wis tempted tae let the door drap shut wae a bang, jist like Paul, the selfish basturt that he wis, hid done the morning before.  Paul hid been the only wan that hid thought it wis funny.  When Paul hid played his wee joke, the rest ae them hid thought the bizzies or The Murphys hid drapped doon intae the lobby fae the loft, bit it hid jist been the door slamming shut and the big mirror oan the ootside ae the door smashing intae a million pieces.  Johnboy hidnae been able tae hear his heart beating fur the sound ae the other three hearts pounding beside him like a room full ae Zulu drums.

"Paul, ya dirty fucking nutter, ye," Joe hid screamed oot.

"Whit?  Ah'm only hivving a laugh," the selfish tadger hid laughed back.

"That's it, ye're gonnae fucking suffer fur that, ya fud pad, ye," Tony hid snarled, rolling o'er and kidding oan he wis able tae get back tae sleep.

Silent hid shot up wae a look ae sheer terror oan that face ae his, cracking open his foreheid oan the inside ae the door frame, wae baith ae his hauns clutching his heart.  Later oan, everywan hid confessed that they'd been feeling jumpy as fuck and kept hivving nightmares since Skull hid goat done in.  Silent hid then confessed that since being sent tae The Grove, he wis the same.

"Fuck's sake, Silent.  The Grove is a holiday camp compared tae some. Wait until ye're sent tae some ae they Catholic approved schools. Yer arse'll soon know whit a nightmare feels like then," Paul hid said, as everywan burst oot laughing, except fur poor Silent.

Johnboy let the door doon gently. They'd aw agreed the night before that, although some things wur funny, drapping a big heavy wardrobe door shut when yer pals wur sleeping inside, wisnae wan ae them. He went through tae the kitchen and jumped up oan tae the draining board and stood there daeing a pee in the sink. It must've been because ae the fact that he'd jist woken up that he never sussed oot at the time that something wisnae right, because aw the signs wur there. The first obvious hint he missed wis the squad cars sitting doon oan St James Road, beside Collins, the book publishers, jist alang fae Canning Lane. Johnboy could see cars, vans and lorries whizzing past fae where he wis staunin, aiming fur the plug hole. He wisnae really paying attention, bit as he wis staunin there fur whit seemed like ages, wae nae sign ae his tank being empty, the sky blue and white patchwork ae the squad cars finally caught his eye. He couldnae make oot if anywan wis sitting in them and he never made the connection wae himsel and the others through in the wardrobe. He jist assumed somewan hid broken intae Collins and the polis wur up tae see whit hid been nicked.

The second hint he goat that something wisnae quite right wis when he glanced up and thought he spotted that skelly-eyed bizzy, Crisscross's heid, drapping doon oot ae sight at wan ae the tap flair windaes in the tenement across fae him. Efter staunin watching fur a couple ae minutes, he assumed he wis jist imagining things, so he jumped aff the sink and heided back intae the other room. It sounded like a den ae weasels wae the racket coming fae the ward-robe. He took two bob oot ae the cash stash box and hightailed it up intae the loft, heiding fur The Parklee Dairy, up oan the corner ae Taylor Street, tae get some rolls and milk fur their breakfast. The third hint that something wis definitely wrang came when he wis sauntering up Ronald Street tae the dairy. Wan ae the local sergeants came walking roond the corner fae Taylor Street and clocked him before daeing a wee fly aboot-turn. As Johnboy reached the corner ae Taylor Street, the basturt pounced. The fact that he missed Johnboy by a mile didnae take away fae the fact that Johnboy felt like an eejit and thought he deserved tae be in the jail. As soon as he clocked the bizzy, he should've nipped back and alerted the snoring weasels.

"Jim, ya stupid basturt, ye, don't let that wee runt get away or we're aw fucked," wis the last thing he heard as he bolted across the road, through the backs and o'er the dyke behind The McAslin Bar, like wan ae Jimmy Whippet's dugs efter a cat.

Harold Macmillan, supposed nephew ae the auld prime minister and manager ae the Parly Road branch ae The British Linen Bank, didnae know he wis getting robbed until hauf the intricate rose plaster roond the light bulb above him came aff and landed oan his napper. As he lay dazed oan his back, spitting oot plaster dust behind the coonter, wondering whit the fuck hid hit him, he looked up.

"Morning, Ah'm here tae make a withdrawal," a cheerful voice said fae behind the mask looking doon at him.

"Bit, bit..." he managed tae splutter, as he wis dragged tae his feet and frogmarched o'er tae the big green safe door wae the fancy gold writing oan it.

"Open it!" the voice commanded.

"Bit, bit..."

Wan ae the other robbers then pointed a pistol at him. Harold looked intae the barrel and hesitated. The broon leather glove that wis gripping the gun raised itsel up jist ever so slightly and fired. Harold buckled at the knees, bit the other robber, who'd frogmarched him tae the safe, caught him before he landed oan the flair again and dragged him back up oan tae his feet.

"The next wan goes intae that heid ae yers."

"Bit, bit..." Harold said, still hesitating.

"Right, staun aside, Bob," the gunman said, as the robber who wis haudin Harold up quickly moved away fae him.

Harold managed tae get the keys oot ae his pocket and intae the lock before the gunman hid a chance tae fire again. As he pulled the big door open, the two robbers pushed past him intae the safe. Harold, although dazed and terrified, saw his chance and turned tae flee, bit wis stoapped in his tracks. Staunin oan tap ae the coonter, facing him, wis another robber, pointing a sawn-aff shotgun straight at his face.

"If Ah wis you, Ah'd jist staun there fur a wee minute longer, Jimmy."

Harold stared intae two barrels this time. As the pish ran doon his inside leg, he wis glad tae see that Jean and Linda wur safely sitting doon on the flair beneath the robber oan the coonter, wae their hauns covering their faces. He hoped he wid maybe get a chance tae move away fae the puddle he wis staunin in, withoot them noticing that he'd pished himsel, wance the robbers hid gone.

It wis noo or never, The Sarge thought tae himsel. Crisscross hid jist arrived up the close tae say that wan ae them hid goat away. Big Jim hid missed the wee toe-rag by a mile. Jinty and Flighty Bob wur awready up the loft looking doon through the hole in the ceiling, waiting fur the signal tae jump doon intae the lobby. The Sarge looked aroond. The landing wis pretty cramped wae aw the uniforms. As well as Crisscross, he hid Dark Tam, Derek Two Chins and Wullie Bender there. Everywan wis looking at him fur the signal tae go. It hid been agreed that Big Jim wid wait at the bottom ae the stairs, in case any ae the toe-rags managed tae get past them. He nodded at Crisscross, who flew at the door wae his shoulder. There wis a loud thud and everywan jist hid time tae body swerve Crisscross as he came hurtling back at a hunner miles an hour, efter ricocheting aff Abdul Sing's good name plate. Fuck this, thought The Sarge, as he ran at the door and gied it a swift kick wae the heel ae his size elevens. The door flew open and they aw piled in, shouting fur nobody tae move. The only other sound wis Flighty Bob and Big Jim landing in the lobby fae the hole in the ceiling behind them as they charged intae the front living room.

"They're no here, the wee basturts," Dark Tam cursed, saying oot loud whit everywan else wis dreading.

"Check aw this oot," Flighty Bob exclaimed happily, looking through aw the contraband.

"Ah'll hiv the fags," Derek Two Chins said, turning o'er the Senior Service box oan tae its side so he could read the writing.

"We've hit the jackpot, lads. Look," Wullie Bender whooped, sitting doon oan the wardrobe and pulling the cardboard box wae the cash stash in it, up oan tae the tap ae it, beside him.

"How much dae ye think is in it?" Crisscross queried, rubbing his shoulder and peering doon intae the shoe box, alang wae the rest ae them.

"Ah fucking telt Colin we hid tae be up here at the crack ae dawn," The Sarge growled, bit nowan paid any attention tae him as they wur aw staring at the coins and notes in the box.

"Ah'd say thirty tae forty quid...easy."

"Naw, there's mair than that. Look at aw that silver. Ah'd say there's mair like fifty."

"Dae ye think so?"

"Well, fur fuck's sake, Wullie...there's only wan way tae find oot."

Wullie tipped the coins oan tae the wardrobe door.

"Right, Jobby, ye're oan two bob bits and hauf croons. Tam, tanners and thrupenny bits and Bob, aw the coppers. Ah'll dae the notes," Wullie announced.

They aw looked up as Big Jim appeared through the door.

"Don't tell me?"

"Ah telt Colin we'd need tae be up at the crack ae dawn tae catch the wee basturts. He widnae listen," The Sarge moaned.

"Whit a shite hole ae a place. Ye wid've thought they'd hiv at least tried tae keep the place a bit tidy," Big Jim said, poking at the pile ae glass that hid been the mirror oan the wardrobe door wae the toe ae his boot and pointing at aw the empty orange bottles scattered aboot the flair.

"Animals!  Whit wid ye expect?"

"Aye, Ah thought we'd missed the boat when Ah clocked that wee Taylor wan strolling up Parson Street.  Ah jist aboot bumped intae him when Ah turned the corner."

"Did ye try and nab him?" Two Chins asked him.

"Ah made an attempt, bit he wis aff like shite aff ae a shovel. This is a young guy's game nooadays, Derek.  Ah remember the time when ye jist shouted and they'd stoap oan the spot, waiting fur ye tae come tae them.  These wee animals hiv nae respect, no like they used tae hiv."

"Fifty three pounds and thirteen bob," Wullie announced.

"Fuck!  They wee arseholes must've been oan overtime."

"Thank fuck, eh?" Flighty Bob said tae laughter.

"Whit dae we dae noo, Liam?" Big Jim asked The Sarge, as the baith ae them stood watching the four excited constables sitting oan the wardrobe, divvying up the money intae six equal piles.

"Right, lads, start taking the good stuff doon the stairs tae the cars," The Sarge commanded, pocketing his share ae the dosh.

"Whit car dae ye want the fags tae go in, Sarge?"

"Big Jim's."

"We'll need tae remember tae take that nameplate back tae the darkie, efter we come back fae the court," Crisscross said, heiding fur the door.

"Is that everything?" The Sarge asked Big Jim, following Crisscross towards the door.

"As far as Ah kin see," Big Jim replied, aboot tae follow The Sarge oot the door.

He hesitated.

"Whit?" The Sarge asked him, looking aboot in case he'd missed something.

Big Jim turned and walked back across tae the wardrobe, lying oan it's back in the middle ae the room, and opened the door.

"Well, well, wid ye look at whit Ah've jist found."

Helen felt drained.  Ootside in the corridor, doors were constantly opening and slamming shut tae the tune ae jangling keys.  She could hear the vans arriving and the shuffling ae feet oot in the corridor.  She wis sharing the cell wae nine other wummin, aw ranging fae seventeen tae seventy, who wur aw squatting oan the flair, the lucky wans wae their backs against the brick, tiled wall.  Wan poor wee soul wis weeping quietly, bit uncontrollably, in the corner, underneath the rusty grill that blocked oot any natural light fae coming through the windae high up oan the wall.  Nowan spoke.  Helen wisnae too sure how long she'd been sitting there wae her eyes shut, when she heard JP's voice in the distance.

"Open them up and roll them oot," he barked.

"It's like something oot ae 'Rawhide,' so it is," the lassie opposite her said.

"Aye, well, noo that we're rolling, Ah cannae see us being dealt wae before the efternoon noo," wan ae the aulder wummin murmured.

"Whit makes ye think that then?" Helen asked her.

"Because we're sitting in number five," she replied wae a dismissive wave ae her haun.  "They tend tae start at number wan and move roond tae ten.  Did ye no see the numbers above the cells when they shuffled us alang the corridor?"

Helen wis in two minds about that extra bit ae information.  If she wis tae be sent doon again, it widnae matter, bit if she wis tae be let oot, she'd need tae get alang tae the hoosing department fur her two o'clock meeting.  This wis aw she needed.  She'd arrived at the court building jist efter hauf eight.  She'd caught sight ae the clock in the turnkey's office oan the way by.  It hid taken aboot two hours tae get tae the Central Court fae Gateside and noo it wis anywan's guess when she'd be called up.  She'd thought aboot whit Harry Portoy hid telt her.  She'd accepted in her mind that she wisnae getting oot the day, bit she wid still staun her ground and try and question the whole proceedings, as calmly as she could. She hoped there wid be a good turnoot fae the lassies. She didnae hear the approaching footsteps until they wur jist ootside her cell.

"Taylor?" the big creepy turnkey shouted at the upturned faces when he swung open the cell door.

"Aye, that's me."

"Oot ye come, ye're up soon."

Helen stumbled behind the turnkey, who wis dragging her alang the corridor, through the reception area, doon tae the right and intae a wee room that hid a couple ae benches, back tae back, sitting in the middle ae it. It wis the same room that aw the lassies and hersel hid been put in, jist before her last appearance. When she went through the door, the turnkey turned and unlocked her wrists fae the hauncuffs, before putting his fingers up tae his lips and nodding tae her tae take a seat oan wan ae the benches facing the door that said 'Courtroom.' It felt good tae hiv her hauns free. She could hear JP shouting his heid aff and a timid frightened voice trying tae plead her innocence back. Her mooth began tae get dry and she wis jist aboot tae ask the turnkey if there wis any chance ae a cup ae water when the door she'd jist been dragged through opened and in stepped Harry Portoy, dressed in a smart suit wae a black gown hinging aff ae his shoulders, like something oot ae a Batman comic.

"Gie's a couple ae minutes, son," he said tae the turnkey, who nodded silently and tiptoed oot ae the room.

Johnboy bolted across McAslin Street and through the closes that took him oot oan tae Parly Road. His plan wis tae heid doon tae the traffic lights at St James Road and then turn left, back up towards Ronald Street, using the huts in his school as cover fae any bizzies coming and gaun alang the road. It meant he could hiv a good swatch up Ronald Street tae see whit wis happening wae Tony and the others. His only worry wis that wan ae the teachers in the school wid clock him.  As he wis cantering doon towards the traffic lights, Horsey John, sitting oan tap ae a cart being pulled by Jessie, started tae turn left intae the traffic, oot ae Taylor Street. Johnboy wis jist aboot tae run efter them and jump oan the back, tae grab a hudgie when Horsey John saw him and made it plain that he wisnae up fur that.

"Don't even think ae it, ya wee dick, ye," he snarled, whacking Jessie oan the arse wae the end ae an auld rope he hid curled roond his haun.

As the rope connected, Jessie leapt intae a trot and shot aff, heiding towards the traffic lights and the toon centre.  As Johnboy wis crossing Murray Street, and wis approaching The Grafton picture hoose, hoping he widnae bump intae his granny, he heard the screeching ae brakes, followed by a massive thud.  He heard Jessie whinnying, followed by a bloodcurdling painful scream.  Within seconds, people wur running aboot and the shoaps roond aboot the traffic lights emptied, as folk rushed tae help.  A big lorry wis sitting at a twisted angle, wae its back end up oan the pavement, hard against the wall opposite The Grafton and its cab pointing in the same direction as it hid been heiding.  Jessie wis lying further doon oan Parly Road wae her heid pointing towards St James Road, still harnessed and attached tae the cart.  The cart wis oan its side and it looked strange being able tae see the axles ae the four wheels that wur usually hidden underneath it.  Johnboy ran across tae Jessie.  She wis lying there wae a dazed look in her eyes.  She wis panting furiously and her tongue wis hinging oot ae her mooth oan tae the road.

"There, there, Jessie.  Don't worry, hen, ye'll be okay," Johnboy wis saying tae her gently, when he clocked an opening in the legs that wur milling aboot him.

Horsey John wis hauf sitting and hauf lying, wae his back against the traffic light pole.  His mooth wis opening and shutting wordlessly and his eyes hid the same stare in them that Jessie's hid.  The corner ae the cart that wis sitting oan its side wis also sitting oan tap ae his stomach.

"Quick, gie's a haun tae lift this aff ae him," Johnboy heard some-
wan shout.

"We're fucked, the cart's still attached tae the horse."

"Kin we move the horse, dae ye think?"

"Get the polis, somewan!" a wummin screamed.

That last screech goat through tae Johnboy's brain. Jessie hid
shut her eyes bit she wis still breathing. At the mention ae the
bizzies, Johnboy reluctantly goat up and went across and stood in a
closemooth beside the traffic lights oan the other side ae St James
Road.

"Where's the hell's the polis and an ambulance when ye want
them?" somewan cursed.

Johnboy wisnae sure where they'd come fae, bit a man and a
wummin appeared oot ae naewhere. He thought they wur prob-
ably the doctors fae the tollbooth surgery. The man hid a wee
leather bag, which he wis taking things oot ae and daeing some-
thing tae Horsey John. A couple ae seconds later, the man shook
his heid and said something tae the wummin kneeling beside him,
before shutting his wee bag and staunin up. Efter gieing her a
haun up oan tae her feet, the wummin went across and picked up
the sack cloth that Horsey John hid been using as a cushion, which
wis noo lying in the middle ae the road. She unfurled it and draped
it o'er Horsey John's face and the tap hauf ae his body. Jessie still
lay there, no getting any attention.

"Where the fuck ur they polis?" Johnboy heard another voice
screaming in frustration.

By then, people hid started tae come aff the buses they'd been
sitting oan and wur staunin and staring. A blue lorry arrived,
hivving overtaken the stationary buses, vans and wagons that wur
sitting in the traffic jam oan Dobbies Loan. A wee man, wae a dirty
tartan bunnet oan his heid, walked across and bent doon beside
Jessie. He wis only there fur a few seconds before he stood up
and casually walked back tae his lorry and leaned in the passen-

ger door. Leaving the door ajar, he walked back briskly tae where Jessie wis lying. Johnboy never saw whit he hid in his haun until the last second. The wee man placed the gun jist behind Jessie's left ear and pulled the trigger. Everywan froze at the sound ae the shot. A couple ae the wummin who wur staunin near Johnboy hid their hauns up tae their mooths and wur sobbing. The wee man in the bunnet put the gun back in his cab, shut the door and dragged a canvas aff the back ae his lorry and covered Jessie up. A trail ae blood began seeping slowly fae under the canvas towards where Johnboy wis staunin. Johnboy aboot-turned and dashed through the back closemooth, hard oan the heels ae the echo ae somewan his ain age screaming, towards Montrose Street and hame.

"Harry, whit the..."

"Helen, keep the noise doon. Ah've nae time tae explain. Noo, listen carefully. When ye go intae the dock, jist keep yer mooth shut and let me dae aw the talking. Hiv ye goat that, hen?"

"Aye, bit..."

"Next!" JP's voice boomed fae the other side ae the door.

The turnkey reappeared.

"Remember, don't say a word other than tae confirm who ye ur," Harry whispered, side-stepping the turnkey and disappearing back oot intae the corridor.

"I'm sorry, Sean. I just found out when I arrived in this morning," Maggie Tin Knickers apologised.

"And we don't know who wis wae him?"

"No. I'm sure it wasn't that Mr Morrison who visited Taylor before though."

"And it wis definitely the lawyer wan?"

"Yes, still dressed like a circus clown apparently. Martha, one of my senior members of staff reported that once seen...never forgotten."

"Bit Ah thought he telt her that he wisnae gonnae represent her?"

"He did. Martha swears that's what she heard him telling Taylor when he left on Wednesday."

"Ach, well, Ah widnae worry too much. There isnae much he kin dae tae save her neck noo. JP telt me this morning that he's no been able tae sleep aw week because he cannae wait tae see the expression oan that coupon ae hers when he sends her back doon tae yersels. He said he wis gonnae take a set ae ear plugs and pop them intae his lugs jist before he sentences her."

"Yes, she's quite an uncouth and vulgar woman. I've already had words with her in my office. She had the audacity to stand there, attempting to justify why everyone else in this world was in the wrong, except her. Then she...Joan of Arc...proceeded to lecture me on right and wrong. She has absolutely no respect for authority whatsoever. The staff reported that within a few hours of her arrival, she was redrafting the prisoners' rule book that has served us all so well for the past hundred years."

"Well, never you mind, Maggie. Ye'll hiv plenty ae time tae rehabilitate the bitch, starting the night."

Helen plapped her arse oan tae the hard shiny seat and looked aboot. The courtroom looked smaller than she remembered it being. Wan ae the lassies, back in the cell, hid telt her that they operated six courts, aw at the wan time, tae keep up wae demand. Jimmy wis sitting wae Isabelle, Anne and Norma. Aw the lassies who'd been arrested wae her up oan John Street, including Sandra McClellan, Cathy Galloway, Soiled Sally, Mary Malone, Sharon Campbell, Ann Jackson and Betty wur gieing her wee friendly waves and smiles. Auld Madge Morrison, whose furniture hid been sold in the warrant sale, limped in late and heided fur a spare seat oan the end ae the third pew.

"Good luck, hen. Don't let the basturts grind ye doon," Madge, who wis hauf deaf, shouted oot loudly across the courtroom tae her.

Oan the left haun side ae the court, she could see Colin McGregor, the Toonheid inspector, wae Liam Thompson and Big Jim Stewart, his two sergeants, sitting oan a bench. Behind them stood Criss-cross and Jobby, aw grinning fae ear tae ear, clearly enjoying being part ae the circus.

"Right, noo, whit dae we hiv here then?" JP asked pleasantly tae aw and sundry, as the court usher beside Helen telt her tae staun up.

"This is Mrs Helen Taylor fae wan-wan-seven Montrose Street, Toonheid, yer honour. Taylor his been charged wae a breach ae the peace, resisting arrest and assaulting Polis Sergeant Liam Thompson, as he wis gaun aboot his lawful business oan behauf ae the good people ae Glesga. Ye remanded her fur seven days, a week ago, and this is her, back up in front ae ye again," Miss Metcalfe, the procurator fiscal reminded him.

"Is that Taylor staunin there?" JP asked, even though he'd known her maist ae her life.

"Ur ye Helen Taylor?" Miss Metcalfe asked her.

"Aye."

"She said she is, yer honour."

"Carry oan, Miss Metcalfe."

"Ye may recall that ye remanded Taylor intae custody a week ago because she demanded tae put thegither some sort ae defence and tae call some witnesses, yer honour," Miss Metcalfe sneered, looking across at Helen's neighbours, who wur sitting in the gallery, watching the performance.

"And dae we a hiv such a defence or a list then, Miss Metcalfe?"

"The only name Ah hiv that wis passed forward tae me wis a Mrs Patricia Paterson, yer honour."

"So, she somehow managed tae get wan then?"

"It looks like it," Miss Metcalfe said, tae the puzzled looks ae Helen, her family and her pals.

"Oh, well, we better get a move oan then. We widnae want tae be accused ae dragging oot the cause ae justice, noo wid we?" JP said, looking at his watch.

"As far as we're concerned...the 'we' being the Procurator Fiscal's office, yer honour, this is a done and dusted case and Taylor is as guilty as sin, so she is."

"Well, Ah could've telt ye that a week ago, bit in the interests ae justice, Ah took it upon masel tae make sure this wan wid hiv nae comeback and say she didnae get a fair trial, given the proximity ae her, living in amongst ma local constituents, if ye see whit Ah mean?"

"Ah dae indeed, yer honour."

"Right, well, withoot further ado, Taylor, ye kin start yer defence. Ah'm sure we're aw dying tae hear it," JP intoned sarcastically, looking o'er at the laughing polismen.

Before JP could come oot wae any mair shite, Helen cleared her throat.

"Ah'll let ma brief dae the talking fur me, if ye don't mind," Helen announced confidently, feeling a thrill shoot through her body, as every mooth in the place drapped open.

"Aye, yer honour, Ah'll be representing Mrs Taylor the day," Harry Portoy said.

When he stood up fae the pew in front ae the laughing polismen, they aw looked as sick as parrots.

"Bit Ah, er, erm..." JP mumbled, looking o'er at the procurator fiscal, who jist held her hauns oot, indicating there wis nothing she could dae aboot the developing situation.

"And you ur?"

"Harry Portoy...yer honour."

"Bit, er, Ah thought ye wur a jake...er, retired."

"Semi-retired, Ah think the term is nooadays."

"Well, Ah mean, Ah..."

"So kin Ah begin?"

"Er, well, Ah suppose so."

"Right, Ah wid jist like tae ask ye fur a postponement ae these proceedings, yer honour, tae gie us time tae consider the case against ma client further."

The faces ae JP and Miss Metcalfe, alang wae the parrots, aw burst intae big grins again, while aw Helen's supporters including hersel, jist aboot fainted.

"Given that yer client his appeared in ma court the day fae remand, ye'll understaun that, this'll mean she'll hiv tae go back tae Greenock if Ah agree tae this request?" JP said wae glee, as the big grins aw goat bigger and every heid swung back tae Coco the Clown.

"Ah'm aware ae that possibility, yer honour. Alternatively, ye could jist quash the charges and let ma client, Mrs Taylor, get hame tae her family and friends, where she rightly belongs," Harry Portoy said, pointing tae Jimmy and aw the lassies, wae a sweep ae his haun.

Aw eyes swivelled towards the bench.

"And why in heaven's name wid Ah dae a daft thing like that noo?" JP asked incredulously, spreading his erms tae aw those who'd made the effort tae be present ringside.

Aw eyes swivelled back tae Harry Portoy.

"Because it his come tae the defence's attention that there is a danger that ma client, who's staunin o'er there, is aboot tae suffer a serious miscarriage ae justice in this kanga...er...court, the day."

"Based oan whit? Ye jist heard The Fiscal say that yer client wis done, bang tae rights," JP snapped at him.

"If Ah'd ever taken instructions and advice fae prosecutors, in the way you dae in here, Ah'd never hiv goat masel a client in ma life. Ah'm sorry, bit Ah don't hiv the same faith in the word ae the Crown Procurator Fiscal's Office that you obviously dae."

Aw eyes in the courtroom swung back tae JP, who wis staring at Miss Metcalfe, looking fur a bit ae advice and direction, bit she hid her heid doon, doodling oan a piece ae paper, trying no tae get noticed by anywan.

"So, yer issue is?"

"Ah've jist telt ye. Oan the basis that there's gonnae be a miscarriage ae justice here."

"Oan whose say so?"

"Oan ma say so and oor witness."

"Who?  This Mrs, whitever her name is?"

"Aye...Mrs Paterson."

"Bit, oan whit basis ur ye trying tae make oot that there is any dodgy dealings here then?"

"Oan the basis that ma client is being fitted up wae the knowledge, understaunin and collusion ae this court."

"And ye kin prove this?" JP croaked, joining the rest ae the parrots who wur looking sick and anxious, while everywan else in the court, including the court ushers, aw hid big cheesy grins spread across their coupons.

"Of course Ah kin."

"And why dae ye need mair time fur yer client tae prepare her case then?"

"Because Ah wid need a bit mair time tae arrange ma witness tae be here tae prove oor charge in open court, yer honour."

"This is aw, er, erm, very unusual, so it is."

"It happens aw the time in a real court...yer honour."

"Ah'd need mair information than whit ye've jist come oot wae. How dae Ah know ye're no jist stalling fur time?  Wasting taxpayers' money, eh?"

"Ah could gie ye a wee sample ae oor evidence tae see fur yersel, yer honour."

"Miss Metcalfe?  Miss Metcalfe?" JP howled, wondering whit the fuck tae dae next.

Miss Metcalfe nodded.

"Right, where is it then?"

Harry Portoy slowly and deliberately walked across the open space between Helen in the dock and JP at the other end.  Every pair ae eyes in the room followed him.  He stoapped in front ae JP up oan that perch ae his, stuck his haun intae his inside pocket, took something oot and passed it up tae JP.  He then turned and walked back and stood beside Helen at the dock.  Aw eyes wur oan JP.

He sat motionless, although even a blind man could see the blood draining fae his face. He shook his heid as though there wis a fly in his ear and his shoulders slumped. He looked up at Harry and Helen at the far end ae the room.

"Ah, er, Ah, er...oan the basis ae the new evidence that his come tae light...aw charges against Taylor ur dismissed."

"Mrs Taylor tae you!" Jimmy, Helen's man, managed tae shout, as the place erupted in cheers and haun-clapping.

Marilyn Monroe, Sandra Dee and Jayne Mansfield aw jumped up tae face the five scowling sick parrots in uniform, gieing them the two fingered salute wae each haun.

JP stood up, crestfallen and wae his shoulders slumped forward, before he stumbled through the wee door at the side ae his bench.

"Right, Pat, tell us again then," Sally demanded, plapping her arse doon oan tae the grass in the exercise yard, in the sunshine, efter agreeing tae write letters hame fur a few ae the wummin walking roond in the circle.

"Ah've awready telt youse," Big Pat said, playing hard tae get.

"C'mone...again!" they aw pleaded.

"Naw!"

"Pat, stoap playing hard tae get, ya shameless hussy, ye!"

"Right, okay. Jist wan mair time."

"Yeah!" they aw shouted gleefully, their clapping drawing attention tae them, as Hairy Chops stood glaring wae The Twitcher underneath the barbed wire topped fence.

"Right, Ah wis jist walking o'er tae the gate yesterday, haudin Helen's haun, when Ah heard that Martha Hairy Chop Face wan shout oot,

'Paterson, get o'er here, ye're wanted.'

Ah must admit, Ah wis a wee bit worried because Ah thought Ah'd done something wrang. Hairy Face widnae tell me whit the score wis. Ah followed that fat arse ae hers doon and aroond aw sorts ae corridors till we came tae a room at the end ae wan.

'In ye go. If ye need me, Ah'll be ootside,' Hairy face said...as if, eh?

Anyway, Ah knew right away who wan ae them wis as soon as Ah clocked him. Helen hid him doon tae a T. The other wan looked a bit mair shifty and Ah could tell he wis as nervous as a stoat oan heat. Ah jist went in and plapped that arse ae mine doon oan tae the chair and sat back, wondering whit the hell wis gaun oan. Coco pulled oot a twenty packet ae Woodbines and a box ae Swan Vestas and telt me tae help masel.

'Ur ye Mrs Patricia Paterson?' The Clown asked me.

'Aye,' Ah replied, swiftly lighting up a fag, no being too sure how long this wee bonus fag break wid last and wanting tae take full advantage.

'Ah wonder if ye widnae mind helping me in ma endeavours regarding ma client, Mrs Helen Taylor,' he asked.

'Ah don't see how Ah kin help, bit if Ah kin, Ah will.'

'Ah believe ye know a Mr John Patrick Donnelly. Wid that be right?'

'Ah'm good wae names, bit that wan disnae tug ma bell, so it disnae,' Ah telt him, eyeing up that packet ae Woodbines.

'Ye might know him as JP Donnelly. He's a cooncillor and a Justice ae the Peace in the city.'

'Oh, ye mean JP? Oh, aye, Ah know him. A right wee sleekit weasel that wan. Ah kin tell ye a tale or two aboot him, so Ah kin.'

'Well, it's funny ye should say that, Mrs Paterson, bit that's exactly whit Ah hoped ye'd come oot wae.'

'Fine and dandy wae me, so it is,' Ah replied, helping masel tae another fag.

'Before we begin, ma name is Harry Portoy, and Ah'm representing Mrs Helen Taylor at Glesga Central the morra. And this gentlemen here is Tommy Print. He's assisting me wae ma enquiries.'

'Jist call me Slipper, hen...everywan else dis,' the ugly wee nervous crater chipped in, that Adams apple ae his gaun up and doon like a yo-yo.

'How ur ye daeing, son?' Ah asked him, patting him oan his knee, trying tae calm him doon.

'Aye, no bad, hen.'

'So, Mrs Paterson...'

'Call me Pat.'

'Er, right, Pat.  Kin ye tell us how ye know Mr Donnelly?'

'JP?  He's wan ae ma regular clients, so he is,' Ah said, looking him straight between they auld watery eyes ae his.

'Clients?'

'Aye, he usually comes o'er tae ma hoose fur a, fur a...y'know?' Ah said, gieing the pair ae them a wee wink.

'Ye mean fur his auld Nat King Cole?' that wee cheeky Slippery wan chipped in, his nerves clearly back between the cheeks ae his arse.

'Couldnae hiv put it better masel, son,' Ah beamed back, taking a liking tae him awready.

'And dis this happen, er, regularly?' the wan in the broon pin-striped clown ootfit asked.

'Well, occasionally it could be every other week, bit maist ae the time, it's weekly.  He used tae get really upset if Ah didnae get back tae him tae let him know if Ah wis gonnae be away or no.  He'd write wee notes and shove them through ma letterbox, pleading wae me tae contact him.  Ah always goat oan tae him in case any ae ma weans picked them up.'

'And these wee notes?  Ah don't suppose ye wid still hiv any ae them, by any chance, wid ye?'

'Oh, aye...Ah keep aw ma love letters.  It reminds me that Ah'm still wanted.'

'And dae ye charge fur these, er, services?'

'Five pounds...plus.'

'Plus?'

'Aye, it's an extra two quid oan tap if he requires a wee bit extra.'

'And dis JP ever get...er, extras?'

'Oh, aye.  He's a right wee greedy gannet that wan, so he is.'

'Er, could ye explain whit the extras consist ae?'

'Well, let's see. He likes getting his arse skelped wae that bare haun ae mine, if he's being naughty, which he usually always is.'

'Really?' Cheeky Arse butted in, interrupting ma flow.

'Oh, aye. And then Ah hiv tae put oan his nappy efter applying a big dollop ae calamine lotion tae they red raw cheeks ae his, before stuffing a dummy tit in tae that dribbling gub ae his efter aw that naughtiness.'

Silence.

'Ah'm telling youse, It wid bloody surprise ye whit some ae you men ur like, ye know,' Ah telt the pair ae them, who wur baith sitting there wae their mooths hinging open catching flies, while Ah took advantage and lit up another wee fag.

'And, apart fae the wee love notes, wid ye, er, hiv any other evidence ae yer association wae Mr Donnelly then?'

'Helen telt ye, didn't she?'

Silence.

"Aboot a...certain wee autograph, by any chance?' Ah beamed at them.

'Aye, she did,' The Slipper wan admitted, a big grin covering that coupon ae his.

'Ah bloody-well knew it! As soon as Ah clocked the baith ae youse, Ah thought tae masel that this might've hid something tae dae wae ye wanting tae speak tae me,' Ah hooted, slapping that haun ae mine aff ae Coco's knee, laughing.

'Er, obviously, it may or may no be ae help, bit Ah'd like tae leave aw oor options open,' he came back wae, wance he'd composed himsel efter ma wee slapping session oan that bony knee ae his.

'Don't ye worry aboot that, Mr Coco...,er, Ah mean, Portoy. Ah telt Helen that Ah'd help her in any way Ah kin. So, youse will be wanting a wee swatch then?'

'If it's, er, awright wae yersel, we widnae mind...aye,' Coco replied, quickly slipping oan a pair ae auld glasses held thegither wae Sello-tape.

'Nae problem,' Ah said, staunin up and slipping aff that cardigan ae mine.

'Fur Christ's sake,' the wee cheeky wan, Slippery, gasped, eyes jist aboot popping oot ae that heid ae his.

'Quite impressive, if Ah don't mind saying so masel, eh?" Ah said, showing them that back and shoulders ae mine.

'And, er, ur they, er, aw o'er yer body then?' Coco The Clown wanted tae know.

'Oh, aye.'

'So, how many hiv ye goat?' Cheeky Arse butted in, obviously well impressed, so he wis.'

'God knows.  Probably a couple ae hunner or so...maybe mair.'

'Don't take offence, hen, bit ye should join the circus.  They'd flock fae miles tae see ye, so they wid.'

'And, er, JP's wan?' the lawyer, Coco The Clown, reminded me.

'Oh right, sorry,' Ah said, apologising, sitting back doon and hitching that skirt ae mine up aroond ma arse before tugging they drawers aside wae ma fingers.

By the look ae them, Ah thought the baith ae them wur gonnae faint oan me, right there and then, so Ah did.

'In the name ae Jesus and Mary!' ma wee cheeky monkey pal gasped, letting oot a whistle.

'Er, well, whit kin Ah say then, Mrs Paterson?  That's quite a...er... fine wee collection ae autographs, ye hiv there, if ye don't mind me saying so,' Coco murmured, trying tae remain calm, bit looking a bit flustered roond the auld gills.

'Collection?  Christ, Ah never thought aboot them being a collection before, bit noo that ye mention it,' Ah beamed, fair chuffed, lighting up a fag.

'Er, ye might want tae sit back up in yer chair and we'll continue wae the interview,' Coco continued, wiping that brow ae his wae an auld red polka dot hanky that hid obviously seen better days.

'Oh, aye, sorry,' Ah said, pulling ma skirt back doon tae hide that modesty ae mine."

"Oh ma God, stoap it, stoap it!" Wee Morag howled, as aw the lassies fell back oan the grass, howling in laughter.

"Carry oan, Pat," Sally gasped, wiping the tears fae her eyes as the wummin calmed themsels.

"Ur ye sure?" Big Pat asked them, grinning, as Sally waved her haun tae continue oan behauf ae them aw. "Right where wis Ah? Oh, aye...back tae Coco.

'Er, Ah wis wondering...Ah don't know if Ah awready said, bit Mr Print here is a professional photographer. Er...Ah wonder if it wid it be possible fur him, tae...er...tae take a wee snap-shot ae Mr Donnelly's signature, jist in case we...er...need it, by any chance?'

'Ah snap-shot?' Ah asked, as Cheeky Arse bend doon and held up a fancy camera, gieing me a wee friendly wink. 'Look, Ah promised Helen that if she ever needed ma help, she only needed tae ask, bit jist so long as ye keep that face ae mine oot ae it. Ah widnae want it tae effect ma livelihood, if ye know whit Ah mean? And Ah'm okay wae Helen getting a copy fur future use, bit other than that, that's it,' Ah warned the pair ae them.

'Oh, Ah'm sure we kin assure ye ae yer anonymity, Mrs Paterson... can't we, Slipper?'

'Aye, bit mair's the pity. Ah could make a bloody fortune efter the day wae a photo like that.'

Ah'm telling ye, girls. Ah felt like wan ae they glamour models ye see in they fancy glossy mags, so Ah did," Big Pat beamed tae the lassies.

"And whit wis it that wee cheeky wan came oot wae, jist before he took the snap-shot, Pat?" Wee Morag asked, getting aw excited.
"Whit?"

"Aw c'mone, Pat!" aw the wummin demanded.
"Whit?"

"Pat!" a frustrated chorus screamed at her, as Pat grinned back at them.

"Ye mean, ' Fur Christ sake, Harry...it looks like some basturt's skelped a poor wee kitten wae an axe!'" Big Pat said, straight-faced, before joining in wae the screeches ae laughter that wur rebounding roond the yard, as she leaned back and lifted up her legs, gieing them aw a quick flash.

"Sit doon, Sammy," The Big Man said, haunin him a pint ae heavy.
"Cheers, Pat," The Rat said nervously.
"So, she goat aff wae it, did she?"
"Walked right oot the door...straight intae Freedom Street, so she did."
"So, whit noo?"
"Ah've tae meet aw the maws the morra efternoon."
"And ye think they'll help ye wae the story then?"
"Why?  Hiv ye heard something Ah hivnae?"
"Naw, naw, Ah wis jist asking."
"So, where dis that leave you, Pat?"
"Well, Ah've jist negotiated a wee deal wae that Irish Brigade. They've agreed tae leave me in peace, at least fur the time being. Ah've been able tae get a wee bit ae compensation, tae ease away ma grief."
"Ach, well, that's good then, isn't it?"
"Aye, thanks tae yersel."
"Ach, Ah didnae dae that much," The Rat gulped, wondering whit wis coming next.
"They say the pen's mightier than the sword.  Ah never believed that until noo."
"Ach, well, as ye said yersel, Pat, they'll probably be back."
"Aye, well, Ah'll be ready fur the basturts.  In the meantime, here ye go.  Ye did an excellent job, so ye did," The Big Man said, haunin The Rat a thick broon envelope.
"Christ's sake, Pat...ye shouldnae hiv," The Rat exclaimed, surprised, peering intae the envelope and no believing his luck
"Aye, there's a wee bonus in there as well.  Ye've earned it."

Helen didnae hiv much time fur celebrations at the courthoose.

She hid tae get alang tae The Corporation wae Jimmy tae see Mr Anderson, who she'd met before. When JP hid announced that she wis aff Scot-free, she'd turned and gied Harry a big hug. She'd been able tae feel his body shaking and trembling. She'd no been too sure if it hid been wae aw the excitement ae being back in court or if he'd still been suffering withdrawal symptoms.

"Thanks, Harry. Ye've saved ma life and ma family's," she'd wept.

"Ye saved yer ain life by being the person ye are, Helen. Don't change. Always staun up fur yersel. Listen, yer family and friends ur waiting fur ye and Ah know ye hiv tae get doon tae The Corporation. Here, take this, in case Ah furget," he'd said.

"Whit is it?" she'd asked, looking at the two envelopes that Harry hid passed tae her.

"The broon envelope is fur ye tae haun tae The Corporation when ye get there. It's a lawyer's letter. The other wan is a copy ae the same letter, plus a wee memento fae a dear friend."

"Ah don't know whit tae say, Harry."

"Take it, and oan ye go. They're aw waiting."

Helen hid been swamped by her family and the lassies and hid telt them that they could aw celebrate wae a wee party roond at Montrose Street later, bit that in the meantime, her and Jimmy wid hiv tae heid fur The Corporation. She'd turned roond tae introduce Jimmy tae Harry, bit the lawyer hid disappeared. That wis the last time she ever saw Harry Portoy.


"Ah jist cannae bloody believe that that fucking cow goat aff wae it," The Sarge stormed.

"Aw the boys ur talking aboot it, wondering whit the fuck that jakey lawyer haunded across tae JP," Big Jim said.

"Aye, well, we'll maybe never know," Colin McGregor said tae the two sergeants, who wur pacing up and doon his office.

"There's nae fucking justice left, that's aw Ah kin say," The Sarge stormed.

"Listen, lads, sit doon. Ah've goat something important tae inform youse ae."

The two sergeants stoapped and looked at Colin. Something in his tone made them stoap their pacing and whining.

"Whit?" they baith chimed.

"Sit doon."

"Ah hope it's bloody good news, Colin. The boys could be daeing wae a bit ae cheering up aboot here."

"Well, funny ye should say that, Liam. There's gonnae be a wee bit ae a shake up and you two ur part ae it."

"Eh?" they chorused.

"Aye, it's a sort ae a promotion...withoot the badge tae go wae it...yet."

"Bit..." they baith said at wance, looking at each other wae puzzled expressions oan they coupons ae theirs.

"Aye, we've been looking at how best tae match yer particular skills, tae where we feel they could be better used...fur the benefit ae the communities we serve, ye understaun."

"We?" The Sarge croaked.

"Aye, we feel yer skills hiv been under-utilised fur quite some time noo and the time his come fur that recognition tae be rectified."

"Whit, we're getting promoted?" Big Jim asked, relieved, sitting up straight in his seat and straightening his tie.

"There's a new mobile unit being set up, which his carte blanche tae cover the whole ae the city, targeting aw the wee neds in the gangs. Basically, we load the van up wae guys wae big sticks who jump oot and club the basturts o'er the heid when we catch them fighting. Efter splitting a few heids open, we then sling them in the clink."

"So, whit his that goat tae dae wae us?" The Sarge asked.

"It's been decided tae move the baith ae ye oan tae pastures new, lads. Liam, ye're oan the gang bus and Jim, they need a man wae experience and authority tae take charge ae the desk o'er in the Marine. Youse two hiv been picked, above a lot ae other good, experienced people, tae take o'er they coveted slots. Congratulations tae the baith ae youse."

"Er, hing oan, Colin. Let me get this straight. Ur you telling me that Ah've jist been promoted sideways tae become a bloody turn-key across in Partick?" Big Jim gasped, slumping doon in his seat wae a look ae bewilderment. "Bit...bit...they need me up in the Toonheid, Colin. Look at the arrests we made this morning, wae they wee manky toe-rag fuckers."

"Ah'm sorry, boys. This has come fae upstairs. Ye start yer new shifts first thing oan Monday morning."

"We're here tae see Mr Anderson."

"Who's wanting him?"

"Mr & Mrs Taylor."

"Hiv ye goat an appointment?"

"Believe you me, hen, we widnae be here if we didnae," Jimmy said.

"Oh, and by the way, gie him this," Helen said, haunin o'er the broon envelope.

Helen and Jimmy stood listening tae the exchange fae behind the glass partition.

"There's a Mr and Mrs Taylor tae see ye, Mr Anderson."

"Eh?"

"A Mr and Mrs Taylor?"

"It's impossible. She's jist been sent doon fur three months."

"Well, it looks like the same Helen Taylor that tried tae punch ye this time last year. She's probably done a runner. Dae ye want me tae call the polis?"

"Er, erm..."

"Oh, and she asked me tae gie ye this."

Jimmy and Helen heard the envelope being ripped open.

"Fur fuck's sake!"

"So, dae ye want me tae bring them through?"

"Did ye tell them Ah wis here?"

"Naw."

"Right, tell them Ah'm no in and that the letter summoning them doon here the day wis a mistake and wis meant fur another Mr and Mrs Taylor."

"Really?"

"Margaret, fur Christ's sake...gonnae jist dae whit ye're telt."

"Let's go, Jimmy," Helen said, heiding fur the door oan tae George Street.


The party wis in full swing. Tam Alexander wis sitting oan a stool in the corner, gieing it big licks oan the accordion. Marilyn Monroe, Sandra Dee and Jayne Mansfield wur daeing The Gay Gordons in the lobby wae three ae the boys fae behind the bar in The Grafton. Jimmy wis telling a group ae the menfolk aboot his new wagon and how nipping doon tae England wis a doddle noo.

"It's a Leyland. They've introduced whit they call a self-dampening seat. Whit that means is, that yer arse goes wae the flow when ye go o'er aw the bumps. It means ye don't hiv tae haud oan tae the steering wheel tae keep yer balance and that arse ae yers disnae feel like ye've been in the saddle aw day when ye get oot fur a pish."

Aw the neighbours wur there. Everywan hid brought alang booze and food. Helen walked across tae Johnboy, who wis sitting at the kitchen table nibbling crisps.

"Ur ye okay, Johnboy?"

"Poor auld Jessie goat killed doon at the lights beside the surgery the day," he whimpered.

"Did ye tell yer da?"

"Aye."

"Whit did he say?"

"He telt me how lorries jack-knife and that there's nothing the driver kin dae aboot it."

"Johnboy, Ah want ye in the hoose o'er the next few days. So, Ah don't want ye gaun oot ae here withoot first okaying it wae me. You and me ur gonnae hiv a long painful talk the morra. In the meantime, enjoy everywan making an arse ae themsels. Okay?"

"Aye, Ma."

# Chapter Forty Nine

Sunday

Helen sat waiting fur Johnboy tae come back wae The Sunday Echo. She'd telt him tae nip roond tae Sherbet's and that he hid tae come straight back. She'd gied him five minutes and no a minute mair. She thought aboot her reaction when she'd found oot that he'd been wandering the streets fur a week withoot Jimmy or the lassies knowing where the hell he wis. When she'd arrived back hame tae the hoose wae Jimmy and found him sitting there, eating a piece and jam, she'd wanted tae run across and cuddle him, before slapping the hell oot ae him. There hid been too many people aboot, so she'd held her hersel back. Jimmy and the lassies thought it wis the following Friday that he wis being released fae Larchgrove. Thank God they hidnae telt her he wis missing when she'd been in the jail, she thought tae hersel. She'd sat doon wae him wance the place hid been tidied the day before. He'd telt her that he'd been staying wae his pals and furgoat tae come hame. Christ, imagine if something hid happened tae him. Her temper hid dampened doon as a result ae the party, plus she'd a bit ae a hangover, so he'd goat aff lightly. He wis tae be kept in o'er the next few weeks. Efter school, she wanted him hame as soon as the bell went aff...no ifs or buts. He wis oan his final warning. Any mair trouble and it wid be a stick that she'd use oan him. When she'd found oot that aw his pals hid goat lifted oan the Friday morning by the polis, she suspected that that hid been the real reason behind his sudden reappearance. She wisnae too bothered aboot his pals being lifted. It wid gie her time tae stamp oan him. Jimmy said that he'd been in a terrible state o'er that horse ae his. He'd said that Jessie wis him and his pals' favourite. Efter the meeting wae The Rat the day before, aw the wummin hid agreed that they'd chip in a wee donation tae get a wreath fur the poor cart driver who'd died. Mary Gucci hid said that she'd sign aw the boys names oan it, including the wee boy that hid died in the fire. She thought the boys wid appreciate this being done oan their behauf. Johnboy hidnae mentioned the cart driver, so Helen assumed that he wisnae aware ae the seriousness ae the accident, which wis probably fur the better. Efter aw, he wis only ten years auld.

The meeting wae The Rat hid gone well. Efter a bit ae suspicious silence fae the wummin folk, he'd telt them whit he wis planning tae write aboot. Wae Helen's encouragement, they'd telt him aboot the grief the boys hid been getting aff the local polis aw summer, particularly fae the two sergeants. Efter the meeting, wance he'd scurried aff tae write up his story, they'd aw been in agreement that despite the good write up he'd gied them aboot the riot up in John Street previously, they still widnae trust him as far as they could fling him. Her thoughts wur interrupted and she smiled when she heard Hopalong Cassidy tearing up the stairs, two at a time.

"Here ye go, Ma," Johnboy panted, keeping oot ae slapping range.

"Right, go and gie yer da a shout and tell him Ah've goat the paper."

Helen laid it oan the table and spread it oot. The main story oan the front page wis aboot the bank robbery that hid taken place up oan Parly Road oan Friday morning. Although the bank widnae confirm it, the paper said that the robbers hid goat aff wae jist o'er three thousand pounds, bit that the workers ae the firms affected, wid still get their wages, even though they'd hiv tae wait until the Monday. She turned the page. There wis a photo ae the horse and cart wae the lorry that hid jack-knifed oan St James Road oan Friday morning. By the time she wis hauf way through the paper, Jimmy hid arrived in his underpants and string vest.

"Whit dis it say then?"

"Nothing. No a peep, so far."

"Ye've probably missed it. Oot ae ma way," he said, taking the paper and turning the pages.

"Anything?"

"Naw."

"Gie's it here," Helen said, starting at the front page again, and slowly turning each page.

"That's funny...the way ye spoke, Ah thought it wis gonnae be oan the front page or something," Jimmy said, scratching his right buttock.

"Oh Christ!"

"Whit?" Jimmy asked, leaning o'er Helen.

"There!" Helen pointed tae a wee postage stamp-sized article at the bottom ae page ten.

"Polis fished the body ae an elderly man oot ae the River Clyde in the Broomielaw oan Friday night. It is believed tae be that ae Mr Harry Portoy, wan ae Glesga's maist controversial criminal lawyers ae the nineteen fifties. It is believed that Mr Portoy hid fallen oan hard times recently and wis staying in The Tontine Hotel, a centre fur those suffering fae alcohol problems. Acting Lieutenant Sally Cross, Salvation Army Officer in charge ae the hotel, said last night that 'Mr Portoy wis a lovely man, bit who, unfortunately, hid succumbed tae the demon drink in latter years.' Inspector Bobby Mack ae Glesga Central Polis said there wis nae suspicious circumstances. Mr Portoy's family hiv been informed," Jimmy read oot aloud.

"They evil monsters hiv goat tae him...the basturts!"

"Ye cannae say that, Helen. Ye admitted it yersel. The man hid a drink problem."

"Ah'm telling ye, Jimmy, Ah know whit Ah'm talking aboot," Helen said, her eyes filling up wae tears.

"Well, Ah don't suppose we'll ever find oot noo, will we?"

# PART TWO

# Chapter One

*Glesga District Court, Central Polis Headquarters, March 1968.*

"So, the basturt's deid then?" Skull asked, bringing Johnboy back tae the here and noo.

"Horsey John? Aye, it wisnae that long efter ye'd gone."

"And poor Jessie as well?"

"Aye. Ah still think aboot her a lot."

"And whit aboot me then?"

"Oh, aye, Skull, we aw think aboot ye a lot tae," Johnboy assured him, smiling.

"Serves the horrible basturt right, so it dis. And whit aboot that limping midget wae the club fit?"

"Tiny? He's still limping away and being grumpy as fuck tae everywan. He runs the stables noo."

"So, whit's a wreath then?"

"It's flowers that ye send tae people's funerals when they croak it."

"And aw oor maws sent Horsey John a bunch ae flowers? Fae us?" Skull asked accusingly.

Skull goat up and walked tae the other end ae the cell and started tae lightly kick the wall wae the toe ae his left fitba boot in a rat–a–tat–tat kind ae rhythm. It wis the kind ae toe-kicking that Johnboy used tae dae when he wis younger, when his ma goat him a new pair ae shoes. He wid kick the toes aff a wall, or scrape the leather oan the side ae the shoes alang the pavement oan the way tae school because he'd be too embarrassed tae be clocked wearing new shoes in the playground. Johnboy sat and watched Skull, wondering whit wis gaun oan in that heid ae his. Skull hid his foreheid pressed against the tiled brickwork, looking doon at his drumming toes. It wis obvious tae Johnboy that he wis trying tae take in whit he'd jist heard.

"If we'd thought fur wan second that it wis they basturts that set the cabin alight wae you and Elvis in it, Ah don't think we wid've been too pleased wae that at the time either," Johnboy said in his best apologetic voice.

"Ah'd love tae hiv been there tae gie that Fat Flickering Fingerer and his pals a couple ae Sticky Screamers in the gub though, so Ah wid," Skull said, laughing, as he twirled roond suddenly, jist missing Johnboy's heid wae wan.

"Aye, it wis a picture, so it wis," Johnboy said, shifting across tae the other wall.

They baith sat there and watched Skull's slimy missile slowly dribbling doon the wall, hivving tae put a wee bit mair effort in every time it came tae the gap between the bricks.

"So, where hiv ye come fae, Skull?"

"Ah don't know," Skull mumbled.

"Ye must know something."

"Aw Ah know is that it wisnae jist that pair ae tadgers."

"Whit? Ye mean somewan else wis involved?"

"Aye, bit Ah don't think it wis The Big Man."

"It's bound tae hiv been The Big Man. He's the basturt that gies aw the orders."

"Naw, Ah think it wis..."

It wis jist then that Johnboy let oot a howling yelp as he felt the worst stab ae pain in his ribs that he'd ever felt in his entire life. Some dirty basturt hid booted him in the ribs while he wis lying stretched oot wae his eyes shut. It couldnae hiv been Skull as the kick hid come fae the other side ae him.

"Right, up oan yer feet, Taylor. Ye're offskie!" Creeping Jesus, the turnkey barked.

Beside Creepy, two men, wearing identical checked jaickets, stood looking doon at Johnboy. Despite the excruciating pain he wis in, Johnboy looked aboot fur Skull, bit he'd awready legged it.

"Right, dae as ye're telt and get up oan tae yer feet, Sleeping Beauty. Ye're aff tae Thistle Park Holiday Camp, the school fur angels wae dirty hauns. And nae funny stuff or that arse ae yers will end up in tatters."

"Bit, bit, Ah need tae put ma socks oan," Johnboy gasped, confused, sore and pointing tae where he'd laid his socks oot oan the concrete bed.

"Jist put them in yer pocket.  Ye'll get two pairs where ye're gaun."

"Bit..."

"Right, Sunshine, get up and haud oot yer hauns," wan ae them snarled at him, dragging him up oan tae they feet ae his, as the cuffs wur swiftly clamped oan tae his wrists.

"Ma socks!"

"Here ye go," Creeping Jesus said, stuffing them intae the front pocket ae Johnboy's troosers, as checked jaicket number wan dragged him towards the cell door.

# Chapter Two

Johnboy's heid wis minced. He wis sitting in the back seat ae a car, heiding fur Thistle Park, oot in Paisley. He wis grimacing in pain and in dire need ae an aspirin or something. He'd heard ae Thistle Park before. His big brother, Charlie, hid been sent there, plus when he wis in The Grove, it wis furever getting mentioned. He couldnae remember anywan saying that they wanted tae go there insteid ae tae another approved school, although he wisnae too bothered aboot whit the place wid be like. He'd soon suss oot whit the score wis wance he goat there, and anyway, he knew Tony and Joe hid been sent there. As well as wondering where the hell Skull hid disappeared tae, he wis sitting, trying tae figure oot which wan ae the dirty rotten basturts that wur sitting in the front seats hid booted him in the ribs, sabotaging him fae finding oot who the other basturt wis that hid been involved wae Horsey John and Tiny in burning doon the cabin. He tried tae inhale in wee short breaths. Anything deeper sent stabbing bolts ae pain shooting across his throbbing side. He wondered whit the reaction wid be if he leaned o'er and gied the driver a five fingered slap oan the big boil that wis aboot tae burst oan the back ae his neck? He promised himsel that the first chance he goat, he wis gonnae make a painful comeback against whichever wan ae the basturts hid done the booting.

"Turn that shite aff," the driver said tae the passenger wae the bull's neck.

'Lady Madonna' wis immediately silenced by the press ae a button. Johnboy wanted tae tell the basturts that he wis listening tae that, bit insteid, jist looked aboot, scowling tae himsel. They'd pulled oot ae Central and turned left oan tae the Saltmarket. He managed tae catch a quick glimpse ae the wee electrical shoap that him and Tony hid tanned three years earlier during the school holidays in nineteen sixty five. The Big Man hid asked The Mankys tae see if they could get him some tranny radios, which hid jist become popular at the time. Everywan hid been efter them. He wis still trying tae remember how much The Big Man hid gied them as the car passed The High Court and the mortuary oan his right and followed the traffic o'er the Albert Bridge towards the Gorbals. He smiled as he remembered Tony pointing oot aw the sights and sounds as they wur walking back up the Saltmarket in search ae the shoap. When Tony hid telt him whit the wee red brick building wis, sitting attached tae the court, they'd legged it. It hid gied Johnboy the willies at the time. He wondered why it didnae hiv that same effect oan him noo. Wance across the bridge, the indicator alerted him that they wur turning right and heiding towards Tradeston and Govan Cross beyond. He couldnae help smiling through the pain in his sore ribs when they passed the big Co-op funeral building in Tradeston. It reminded him ae the time that Joe and Paul hid turned up, oot ae the blue, carrying a brand new coffin. They'd carried it aw the way back tae the Toonheid... through the toon centre and across George Square in broad day-light. It hid then taken them nearly three weeks tae get shot ae it. They'd managed tae convince Flypast tae let them stash it in his dookit fur a share ae the profits. Some ae the people that they'd taken it roond tae, tae try and flog it, widnae even let them in through their front door. They'd eventually managed tae get rid ae it though. They'd bumped intae Tinky Taylor's da, Humphy Aleck, in McAslin Street, as he wis coming oot ae The McAslin Bar, pished as a fart. Aleck wisnae jist a legend wae aw the young wans in the Toonheid, who he'd illegally taught tae drive wance they wur aw oot ae short troosers, bit he wis admired by aw the local adults as well, due tae the fact that he claimed tae be the only hunchbacked coalman in the city. Being first at anything, no matter how unim-portant it seemed tae anywan else ootside the area wis important. Aleck hid status, and Foosty, his wife, didnae let anywan forget it. Aleck hid insisted oan buying the coffin fur Foosty. Joe said that it hid been a pure fluke, as Aleck wis the last person they'd hiv thought aboot wanting tae buy it, given who he wis married tae.

Foosty Taylor wis well-known fur striking first and asking questions later, as the local bizzies hid found oot tae their cost when they'd turned up mob-haunded tae arrest Aleck and that humph ae his fur dealing in knocked-aff car parts that he kept stored in a blocked-aff wash-hoose ootside his kitchen windae. Joe and Paul hid still been basking in their salesmanship a week later when Humphy Aleck hid arrived back oan the scene and started tae hassle them aboot gie-ing him his money back, despite the casket hivving been a deluxe model. By that time, Aleck hid become the talk ae the steamie. Aw Foosty's pals hid taken umbrage when they'd discovered that he'd bought his wife a coffin...and that he'd spent nearly a week trying tae persuade her tae lie in it tae make sure that it fitted her. Foosty and aw the local wummin hid been convinced that Aleck wis planning tae dae away wae her. Things hid then gone fae bad tae worse when Aleck discovered that it wis four inches too short fur her. Wae outraged support fae Johnboy's ma, Soiled Sally, Sharon Campbell, Shitey Sadie and Johnboy's next door neighbour, Betty, Foosty hid taken control ae the situation by threatening Aleck wae violence if he didnae get tae fuck, taking his coffin wae him, tae demand his money back. Joe and Paul hid rightly telt him tae piss aff, as they hidnae agreed tae 'sale or return' and because they'd punted it tae him in good faith. The Mankys hid pissed themsels laughing when Paul hid the cheek tae say tae Aleck that nowan wid notice if Foosty's legs wur bent o'er a wee bit at the bottom, seeing as they'd be looking at her coupon and no her bent and twisted knees when they came tae pay their last respects. Aleck hid tak-en the hump at that suggestion and hid sworn that it wid be the last time he'd be buying anything aff ae them. He'd also warned them tae stay oot ae Foosty's way as she wis threatening tae hunt them doon. The gossip surrounding poor Foosty hid moved up a notch amongst the steamie crowd when Aleck tried tae pawn the coffin, efter failing tae find a buyer. Fat Fingered Finklebaum, the owner ae the pawn shoap oan McAslin Street, widnae gie him any mair than four quid fur it...fifty percent less than whit it hid cost him. Efter agreeing oan the deal, poor Aleck and Fat Fingered hid then spent an hour and a hauf dismantling the door ae wan ae the cubicles in the pawn shoap because the coffin hid goat wedged in it and they couldnae get it back oot. The Big Man hid hid tae act as a go-between efter Fat Fingered reneged oan the deal and Aleck refused tae pay fur the damage tae the cubicle door. As far as Johnboy knew, Humphy Aleck hid never spoken tae Joe and Paul since. Johnboy wis jolted back tae the present when the car braked suddenly because some auld dear stepped oot in front ae them when the lights wur oan green. Johnboy couldnae help smiling when she stoapped in the middle ae the road and scowled at the car before gieing the driver two fingers.

"Cheeky auld cow!" Bawheid growled fae the passenger's seat.

"Aye, Ah should've run the auld bag o'er. That wid've gied her something tae girn aboot," the driver said, as the pair chuckled tae themsels.

At the last set ae traffic lights, Johnboy hid noticed a street sign saying that they wur oan Paisley Road West. He knew bits ae the area because he'd delivered briquettes in Tradeston, gaun up and doon nearly every close in Scotland Street, o'er in Kinning Park and in parts ae Govan, roond aboot the cross. He'd been keeping tabs oan the route they wur taking, as he hoped it wid come in handy at a later date. Efter that, the route wis aw new tae him, apart fae Ibrox Park, which he could see o'er tae his right. When they went tae the games, they always took the underground fae either Queen Street or St Enoch Square, which took them straight tae Copland Road. He wondered if he'd get a chance tae get oot ae the car before the two bears in the front seat could turn roond and nab him. Bawheid must've been reading his mind.

"Right, listen up, ya wee shitehoose, ye. Don't even bother wae they door handles. They don't open fae the inside. Jist sit back and enjoy the scenery. It'll take us aboot an hour tae get there, depending oan the traffic. We've aw been here before, so don't even think ae trying tae get oot ae this car. The baith ae us kin run like fuck, so ye've nae chance ae getting away. Hiv ye goat that?" the prick wae the folds oan the back ae his neck snarled, turning tae face Johnboy.

Johnboy jist turned his face away, ignoring the ugly scowling coupon in front ae him that he wanted tae smash in wae the heel ae his shoe. He allowed himsel tae be distracted by the two bearded hippies in sandals, wearing Kaftan coats, oan the other side ae the road, competing fur the attentions ae a long-haired lassie who wis decked oot tae look like Hiawatha.

"Another talkative wan."

"Aye, well, he's been well warned," Rolled Back Neck growled, sitting back roond tae face the front.

Johnboy tried tae convince himsel that it must've been a dream, fur the umpteenth time since getting slung intae the back seat ae the car. Everything in the cell hid seemed so real until wan ae the basturts sitting up front hid gied him a dig in the ribs. Before his court appearance earlier, he hidnae been able tae remember whit Skull looked or sounded like. No matter how hard he'd tried in the past, everything aboot Skull hid jist become a blur. Skull hid been deid fur aboot three years, bit noo Johnboy could suddenly remember everything aboot him, including whit he looked and sounded like. He remembered mentioning tae Tony and Joe a couple ae months back that, despite trying his hardest, he couldnae picture whit Skull looked like any mair. They'd said that it wis the same fur them.

"Jist think ae a wee baldy bachle, and ye'll hiv him doon tae a T," Joe hid come oot wae.

"An ugly wee baldy bachle," Tony hid reminded them.

Why could he noo remember everything, including whit Skull sounded like? When he wis oan remand in The Grove, the heid-shrinker hid asked him if he'd ever heard voices in that heid ae his. Even if he hid, she wid've been the last person he wid've telt, sitting there wae her fancy gold fountain pen and matching glasses balancing hauf way doon her beak, poised tae challenge him, whitever he said. Hid it been a dream? Wis Skull's voice, which he'd heard as clear as day in the cell, real or imagined? He wondered whit Mrs Fountain Pen wid say if he telt her aboot this wan? Wis he really as doo-lally in the heid as she'd hinted he wis? He never could fathom oot why it wis so important fur the heid-shrinkers tae convince him that they knew why he acted the way he did. He'd stoapped playing alang wae them the first time he'd been in The Grove, efter they dismissed everything he'd telt them aboot where he wis coming fae. They always goat angry wae him, especially when he telt them he wis happy enough maist ae the time.

"Naw, ye're no happy, Taylor, ye're delusional. If ye wur happy, ye widnae be gaun aboot upsetting everywan by breaking the rules, noo wid ye? Why kin ye no be like everywan else?"

"Hame Sweet Hame," the driver said, bringing Johnboy oot ae his thoughts.

Johnboy peered oot ae the windscreen between their shoulders. They'd jist turned intae a big curved drive. Oan the left wur trees and bushes and oan the right, there wur fields wae boys bent o'er or leaning oan shovels. In the middle ae the field, he could see a red rusty tractor wae a trailer attached tae it. He could tell at a glance who the teachers wur. They wur the wans that wur loitering aboot, picking their noes or scratching their arses, daeing sweet fuck aw. Some ae the boys stoapped whit they wur daeing and looked o'er tae try and get a glance at whit the new arrival looked like. The car crunched tae a stoap oan the gravel in the U-shape yard ae an ancient two-storey building, facing the big fancy door. Oan either side ae the car, the building wis covered wae red creepers, which looked like they'd been trimmed tae let the light in through the white windae frames. Johnboy felt his arse twitch as his door opened. He hoped he'd gotten it right aboot The Mankys being sent there.

"Right, oot ye get, Ginger," Rolled Back Neck growled.

# Chapter Three

The building looked ancient and fancy at the same time. The entrance reminded Johnboy a wee bit ae Kelvingrove Art Gallery, minus the revolving door. There wis wood panelling aw o'er the place and hauf a dozen big oil paintings ae grumpy auld men, staring doon at Thistle Park's latest arrival. He wis sitting, rubbing his wrists where the cuffs hid been, while hivving a good look aboot him, when he heard a massive-sounding crash fae somewhere in the building.

"Don't move," Rolled Back Neck's pal, the driver wae the boil oan the back ae his neck, snarled at him, as the two ae them heided towards the glass doors opposite the bolted front door, which led intae the building proper.

Jist before they reached the glass doors, Johnboy wis surprised tae clock a familiar face whizzing by, being pursued by a teacher.

"Smith, ya wee bloody shitehoose, ye. Stoap right there!"

The teacher who'd been daeing the shouting appeared intae view, stoapping oan the other side ae the glass. Johnboy never heard Silent reply, although it wis obvious he'd stoapped running and wis getting an earful.

"Right, get yer arse back here...now!"

Silence.

"Ah said now!" the teacher bawled, taking a whistle oot ae his pocket and putting it up tae his mooth.

"Whit have Ah done?" Johnboy heard Silent saying.

This wis a wonder tae Johnboy. Very few people, apart fae The Mankys themsels, ever heard Silent speak.

"Don't talk back tae me, ya wee shite, ye. Ah said get back here...now!"

"Everything okay, Henry?" Fat Neck asked through the glass.

"Oh, hiya, Brian. Aye, nae bother. Ah've jist caught this wee basturt red-haunded, toppling o'er the brush cupboard wae aw the flair polish in it. Whit a bloody mess. He thought Ah hidnae clocked him dae it," the teacher said, before looking alang the corridor tae wherever Silent wis staunin. "Ah'm no gonnae tell ye again. Get back here, Smith."

"Hoi, dae whit the hell Mr Broon tells ye, ya cheeky wee reprobate, ye, or that arse ae yers will be caved in wae ma boot up it," Rolled Back Neck shouted through the door as Silent came intae view.

"Move it!" the teacher shouted wae a jerk ae his thumb back towards where the crashing sound hid come fae.

Silent never clocked Johnboy sitting oan the other side ae the glass as he appeared and heided back the way he'd come. Johnboy wis trying tae catch his eye, bit Silent wis obviously too busy concentrating oan whit wis happening in front ae him. Two seconds later and he wis gone. Johnboy felt a lot better. He hidnae seen Tony, Paul, Joe or Silent fur a couple ae months, since they'd aw been lifted. Tony and Joe hid goat sent tae approved school fur stealing aw the wheels aff the lorries belonging tae McCaskills, the coal merchants. The Big Man hid gied them fifteen quid, a truck jack and a horse and cart and telt them tae make sure there wis nothing left staunin wae wheels oan it. There hid been a great photo in The Glesga Echo ae the sixteen wagons staunin oan bricks. At the time, Paul and Silent hid been back in the Toonheid, oan the run, living in an empty hoose at the tap ae Collins Street, jist alang fae the swimming baths. Paul and Tony hid fallen oot o'er the lorry wheel job. Paul hid been arguing that they shouldnae be daeing any jobs fur The Big Man, seeing as he wis still convinced that The Big Man wis tae blame fur ordering Skull tae be frizzled in the cabin. The subject ae who wis responsible fur the torching still came up every noo and again and this hid been wan ae they times. Paul hid argued that it wis The Big Man or wan ae the Murphy basturts that hid set the cabin alight. Tony hid kept arguing that it hid definitely been the bizzies and couldnae understaun why the fuck Paul couldnae accept whit everywan else in the Toonheid knew. At the end ae the argument, Paul and Silent hid heided aff up the road. At that time, Johnboy hid awready started a wee job, stripping the lead aff ae a tenement roof, o'er in Barony Street wae Freckles, wan ae the uglies fae the Garngad, who'd also been oan the run and crashing in the same place as Paul and Silent. Johnboy hidnae been wae Tony and Joe the night they goat huckled as he'd been daeing an all-nighter tae get the roof finished. It wis only efter a few days ae Tony and Joe no being aboot that Freckles heard that they'd been huckled fur blagging the wheels. A couple ae weeks efter that, Paul, Silent and Freckles hid goat nabbed doon at the Barras oan a Sunday efternoon, where they'd been getting their photos taken in front ae The Beatles wallpaper wall in the wee studio in the stalls behind The Barrowland Ballroom. They'd also been charged wae stealing wan ae the McCaskills' lorries that hid been loaded tae the gunnels wae scrap lead. Paul hid been returned tae St Ninian's Approved School and Silent hid been sent back up tae Oakbank in Aberdeen. Freckles hid also goat sent back tae approved school fur his part in the theft. Johnboy hidnae heard that Oakbank hid obviously shifted Silent oot.

"Right, Taylor, follow me," the driver said, walking through the glass panelled door.

Johnboy trailed efter him, followed by The Neck, alang the corridor and doon the stairs tae the dungeon part ae the building.

Johnboy wis led through a door and intae a big room, where there wis aboot five long rows ae framed benches running the length ae it, wae hooks fur hinging up yer clothes built intae it. At the far end, there wis aboot a dozen shower heids sticking oot ae the wall.

"Get stripped and get under wan ae they showers."

Johnboy peeled aff his kecks and turned oan the water. Alang the tap ae the wall ae the shower area, there wis a set ae windaes that ran the length ae the room and fae where he wis staunin, Johnboy could see the bottom hauf ae the legs ae boys in short troosers who wur hinging aboot oan the other side. There wis a gap ae aboot ten feet between the windaes and whit Johnboy took tae be the playground. It wis obvious there wis a good game ae fitba oan the go, as the baw kept thumping aff the bars ae the windaes oan the other side ae the glass. The baw they wur using wisnae a standard size, bit wis a tiny wee red thing. Sometimes it goat stuck between the bars and a short-troosered boy in a blue uniform wid jump doon wae a thud intae the area between the building and the playground and a pair ae hauns wid dislodge it and then disappear until the next time. When he'd finished his shower, he noticed that there wis a wee pile ae clothes sitting waiting fur him beside a towel that hid also jist magically appeared oot ae naewhere. Efter he'd put oan his uniform, he wis taken oan the grand tour. He wis taken intae a dorm oan the tap flair and shown which bed wis his. Oan the bottom ae the bed wis a towel, a toothbrush and a wee red roond tin ae Gibbs powdered toothpaste. A wee cabinet wae a drawer and a door oan it sat beside the bed. The dorm hid aboot ten beds in it. Efter heiding back doon the stairs, he wis taken intae the dining hall and telt tae sit oan his arse, facing a wall that hid a big oblong hardboard wall frame oan it. There wur twelve horizontal coloured stripes painted across it. Oan the left haun side ae it, he could jist make oot a long list ae names and scattered aw o'er the board wur wee coloured pegs stuck in aw the holes.

"Right, listen up and don't interrupt. Ye'll only be telt this the wance, so keep they lugs ae yers peeled back. Whenever ye're ready," Fat Neck said, in his friendliest voice.

Given that Johnboy hidnae said a word tae the fat necked prick-face since he goat booted in they ribs ae his in the Central, they'd be nae chance ae getting a squeak oot ae him, never mind getting interrupted.

"Right, ye see that board? Everywan in the school his their name oan it, oan the left haun column, including yersel and a peg oan the board. Yer name is the wan at the very bottom. Each coloured stripe represents twelve weeks and each ae the wee holes within the stripe represents wan week. Whit ye hiv tae dae is work yer way up the board, jumping fae wan hole tae the next. Wance ye get tae the tap hole at the very tap ae the board, ye get set free.

Noo, this is the good part that ye'll like. Ye kin earn good marks that'll allow ye tae jump up the board tae a maximum ae three weeks at any wan time, if ye behave yersel and earn the respect ae the teachers. Tae dae this, ye hiv tae sit wae yer erms crossed and yer mooth shut when ye're no expected tae be working oan some task or other."

Christ, Ah hear voices in ma heid...Ah'm gonnae end up as doolally as Silent, Johnboy thought tae himsel. He felt the panic well up in his chest, as he tried his best tae ignore the drone that wis being spouted in his direction. That bloody heid-shrinker hid been right...he probably wis aff his heid. The pair ae bampots in front ae him must've detected the sudden shock oan Johnboy's coupon because Rolled Back Neck felt the need tae interrupt his sidekick.

"Whit he means is...when ye come oot ae the shower wae yer pals...if ye hiv any, that is...insteid ae farting aboot and chattering a heap ae shite, ye should jist sit doon wae yer erms crossed across yer chest, no saying a word. Wan ae the teachers will be walking aboot wae a pencil and a wee book in his haun, looking oot fur the boys who're sitting up, behaving themsels. They're the wans that get a wee tick beside their name. At the end ae the week, usually a Friday morning, efter breakfast, yer ticks will be coonted up and, depending oan how many good ticks ye get, ye kin start tae move up the board, two and maybe even three holes in the wan week."

"So, the quicker ye get that arse ae yers in gear and up they holes, the quicker ye kin get back hame tae yer maw and da. Oan the other haun, if ye fuck aboot, yer peg will stay where it is and ye'll no be gaun anywhere. Another wee incentive ye get is that, when ye've been here fur aboot three months and we've hid a chance tae suss ye oot, ye kin get hame leave, the type ae which depends oan how many good ticks ye get o'er that space ae time. Five ticks gets ye oot fur the weekend, starting oan a Friday morning till the Sunday night at six o'clock, four ticks gets ye oot ten o'clock oan the Saturday morning till the Sunday night, three ticks sees ye oot at twelve o'clock oan the Saturday till the Sunday, two ticks means ye're oot Saturday morning and back Saturday night, again at six, and wan tick disnae get ye any hame leave, bit ye dae get moved up a week oan the board. Nae ticks means ye stay where ye ur. There ur some names who hivnae shifted up since they've been here, bit ye don't look the sort," the driver said encouragingly.

Johnboy wis starting tae wonder how he could get intae that kitchen, behind the wee hatch, beside the door, which he'd seen when he came in tae the dining room, tae grab a knife and slit his ain throat before they managed tae get it aff him. He wis bored awready and wis wondering how long it wid take him tae get back hame tae the Toonheid oan the route he'd memorised while sitting in the car. He squinted towards the bottom left haun side ae the board, bit he couldnae make oot his ain name, fae where he wis sitting, never mind anywan else's.

"Any questions then?"

He wanted tae shout, 'Aye, which wan ae youse liberty-taking-selfish-basturts booted me in ma ribs?' bit insteid, he jist looked at them as if he wis daft.

"Naw? Good. That's the way we like it in here. Right, follow me," the driver said, as he heided back tae the door leading intae the corridor.

Wance they turned the corner, there wis a wired-glass double door wae bars oan the inside, leading tae steps doon intae the yard. It wis hard tae tell how many boys there wur hinging aboot or playing fitba, bit it wis obvious where he wis heiding.

"Right, remember whit we telt ye and ye'll be okay, Taylor," Fat Neck said tae him, as if he'd suddenly become Johnboy's pal, while the driver held the door open fur Johnboy tae walk through.

# Chapter Four

"Fur fuck's sake, whit's taken ye aw this time, ya slow tit, ye?" Tony asked, fae where he wis sitting, oan the bottom step.

Tony wis sitting beside Silent and Joe, wae the Garngad uglies... Freckles, Baby Huey, Tottie, Minky and Patsy...lounging roond aboot him.

"Ah wis getting the grand tour," Johnboy replied, smiling and relieved tae see his pals.

"Aye, well, ye hivnae seen anything yet. Wait till that matron gets a haud ae ye. Ye'll know whit a fucking grand tour is then," Baby said and everywan laughed.

"So, how come ye ended up in here then, Johnboy?" Freckles asked, ducking swiftly as the baw whizzed by his heid.

"Ah goat nabbed in Rodger The Dodger's wae a pram full ae blocked tin."

"And they sent ye doon fur that?"

"Aye, that, plus tanning three shoaps and stealing a till wae twenty seven quid in it oot ae the hairdressing college canteen oan Cathedral Street. Ah tried telling them it wisnae me, bit Ah goat the impression that they didnae believe me."

"Aye, there's nae justice in this world, eh?" Freckles said, as he caught the wee red baw oan his chest and managed tae kick it tae the other side ae the playground withoot it landing oan the ground first.

"So, whit's this place like then?" Johnboy asked, looking aboot at the familiar wee groups he'd clocked every time he wis in The Grove, huddled roond the yard.

"Ah've never been tae Butlins, bit Ah don't think it's anything like that," Patsy volunteered.

"That's because ye're banned, even though they don't even know ye exist, Patsy, ya plonker, ye," Joe chipped in.

"Think ae The Grove and then think ten times worse," Tottie said, starting an argument aboot whit place wis the maist shitty tae be in.

Johnboy looked aboot, while the jail experts started scoring points aff ae each other. The steps they wur lounging aboot oan wur wan ae two that jutted oot fae doors oan the second flair ae the building, and crossed the moat, which ran the length ae the main building. They wur in an oblong-shaped yard, wae the main two-storey building oan three sides ae it. Tae their right, at the bottom, there wis a wee red brick building joined oan tae the main building, which enclosed the yard. It hid a slated, sloped roof, wae doors running the length ae it. There wisnae any drain pipes tae be seen anywhere and the windaes ae the wee brick building hid aw been bricked up. It looked like a storage area. Oan the far corner, across fae where they wur staunin, there wis a normal sized playground shed, which wis aboot thirty feet wide. Between the shed and the wee slated roofed building, there wis a gap which looked tae be jist wide enough tae let a car or a van through. In front ae that gap stood seven teachers, daeing their usual job ae hinging aboot, talking and smoking...daeing fuck aw and being paid fur it.

"So, that's the only way oot ae the yard, is it?" Johnboy asked.

"Fuck's sake, Johnboy, ye hivnae even tasted the lumpy porridge yet and ye're fed up awready?"

"Ah'll go wae ye, Johnboy," Silent volunteered, brightening up and amazing Johnboy that he'd heard him speaking twice in the same day.

"Hoi, Silent, we'll decide who goes and who disnae aboot here. If Ah knew ye wur a wee chookter who came fae the Toonheid oot in Kirkintilloch and no fae oor Toonheid, ye'd still be back in The Grove getting love bites oan that spotty arse ae yers and planning yer wedding tae Sleazebag Slapper," Patsy said.

"How dae ye know he's goat a spotty arse, pervo boy?" Johnboy asked.

"Because Joe telt me. He said it puts him aff when he's humping him, ya diddy, ye."

"Aye, Joe wis right, Patsy, ye still hivnae goat o'er that Slapper dumping ye the last time ye wur in The Grove," Tony said tae laughter.

# Chapter Five

Johnboy hid been in Thistle Park a month before he decided
tae test the water.  He couldnae get Skull oot ae that heid ae his.
Every time he shut his eyes tae hiv a wee kip in the classroom o'er
in the huts or in his bed at night, Skull's face wid appear.  There
wisnae the same banter as before.  In fact, there wisnae anything
said.  Skull's face wid jist appear, staring at him silently wae that
tear running doon his cheek.  Johnboy hidnae telt any ae The
Mankys or the Garngad crowd aboot Skull fur fear ae being laughed
at...or worse.

"Whit's wrang, Johnboy" Tony hid asked him mair than a few
times, gieing him a funny look.

"Nothing," he'd say.

"Aye, there is."

Everywan wis in agreement that it widnae be that hard tae get
oot ae the place if they put their minds tae it.  At first glance, the
building didnae look like a fortress, bit wance ye looked closer, ye
goat a wee hint.  Aw the glass in maist ae the windaes hid faint
wire crisscrossing through the middle ae it and the windaes that
didnae wur either oot ae bounds or Johnboy and his pals wur kept
under strict supervision, wae at least two teachers per boy, while
in the vicinity ae them.  Behind every windae, oan the other side
ae the wired glass, thick metal bars wur painted white, tae remind
them that if they managed tae get through the glass, they'd them
tae contend wae then.  The doors in the building looked like or-
dinary four panelled wans.  Johnboy hid checked oot ae few ae
the panels tae see if they could be panned in wae the heel ae his
shoe or dislodged using a knife or a screwdriver.  By the feel ae the
wood, it wis clear that the doors, or at least the panels, wur a cou-
ple ae inches thick.  A guy fae Castlemilk called Jim Maguire, who
worked wae the joinery teacher, hid telt Tottie that aw the doors
hid plate steel running through the middle ae them.  Despite check-
ing this oot, Johnboy couldnae detect how they wid've been able

tae dae that withoot there being any tell-tale signs ae how it wis put in. It didnae help that aw the doors, while being chipped tae fuck fae aw sorts ae things banging aff ae them o'er the years, hid been painted back in the days ae the Ark. Another wee deterrent tae contend wae wis that the doors leading oot tae the ootside ae the building wur aw alarmed. None ae The Mankys or the Garngad crowd could go fur a shite withoot two teachers in tow, sniffing whit they wur up tae. The Garngad crowd, or The Shamrock boys, as everywan in the place called them, didnae help the situation either. Johnboy liked them and hid plenty ae time fur them, bit they wur jist too free wae they hauns ae theirs. Everywan stayed well clear ae them, especially Patsy, who wis a total nightmare and wid start a fight in an empty hoose. There wis hardly a day went by that wan ae them wisnae punching or sticking the heid oan somewan fur something. Johnboy often struggled tae fathom oot whit the offence wis. Even boys who knew they'd probably be able tae take Patsy oan and knock the shit oot ae him, steered well clear due tae the back-up behind the wee bucked-toothed angry basturt. As far as Johnboy wis concerned, his biggest problem wis how he wis gonnae get back intae Glesga tae speak tae Flypast, if he did manage tae escape, withoot being caught oan route. Whitever Flypast hid tae say, wid decide whether Johnboy wis doo-lally, wae voices in that heid ae his or if he wis as sane as any ae the other Mankys. He hid tae find oot if he hid actually spoken wae Skull and the only wan who knew whit hid happened efter Skull left Johnboy doon at his closemooth that night, back in nineteen sixty five, wis Flypast. The fact that he wis hivving this conversation in that heid ae his made him feel uncomfortable. Wis that the voices speaking? When Johnboy hid spoken tae some ae the boys in the school who'd been hame oan leave, they'd telt him that they wur always escorted oan and aff the train at Gilmore Street train station, doon in Paisley. Nowan seemed tae know the way hame other than by catching the train. None ae The Mankys or the Garngad crowd hid ever been let oot oan day or weekend leave and it didnae look as if that wis gonnae change anytime soon.  Aw The Mankys and the uglies hid coloured pegs that wur perched oan the bottom hole ae the big leave board up oan the dining hall wall.  Baby Huey hid goat terribly upset wan Friday tae discover that he'd somehow managed tae get himsel moved up a week.

"Baby, ya fat fucking crawling basturt, ye.  Whose knob did ye suck tae get a good mark then, ya bum-boy?" Patsy hid shouted oot loud, jist efter breakfast wan Friday morning, when they wur announcing everywan's tick score fur that week.

Within two seconds ae the announcement, Baby hid goat up, walked across tae another table and punched a big skinny boy called Abdee, who came fae Aberdeen, oan the mooth, fur laughing at Patsy's outburst.

"Who the fuck asked ye fur yer opinion, ya bampot, ye?" Baby hid growled at Abdee, who wis lying oan the flair, haudin his face, as the teachers huckled Baby oot ae the dining room.

"Don't try and smother it up by trying tae distract us away fae the subject in haun, Baby!" Minky hid shouted at his back, as everywan pished themsels laughing.

While Johnboy quite liked being in the Garngad crowd's company, it hid its doon-side as well.  It hidnae taken Johnboy long tae find oot where he fitted in tae the big scheme ae things in the school efter he'd been processed.  The school hid automatically lumped Johnboy in wae the rest ae the Toonheid and Garngad boys.  Insteid ae being allowed tae work ootside oan the farm or in the gardens, he'd been put alangside his pals, who the school hid tagged as losers...the wans that wur gaun naewhere fast...the wans that couldnae be trusted...the wans that definitely wur gonnae spend every single day ae their sentence, and no a day less, in Thistle Park, wae nae early release in sight.  The routine wis the same, day in and day oot.  Due tae the fact that they couldnae be trusted, The Mankys and the uglies wur stuck in a classroom in a hut, aw day, daeing nothing, except watching The Wooden Tops.  The thing that really goat oan everywan's tits though, wis the dawn detail.

At hauf past five every morning, when everywan else in the school wis snug in their beds, the losers wur dragged oot ae theirs and marched oot tae the shed in the yard. Lined up in rows wur every pair ae boots that wur worn by the boys in the school, waiting tae be polished. It depended oan how many boys wur oan the boot cleaning squad oan a particular day, as tae how many boots each ae them hid tae clean. There wur always other boys, coming or gaun, if they'd been fighting or committed some other crime in the place which hid goat them placed oan a report and sentenced tae a week ae cleaning boots. Seeing as Johnboy hidnae done anything, he couldnae understaun why he'd been automatically chucked in wae The Toonheid and Garngad crowd. He'd tried raising it wae some ae the teachers, who'd aw jist shrugged their shoulders at him or refused tae even acknowledge his existence, never mind speak tae him. Tae make matters worse, Patsy hid been like a stuck record. He'd been pointing oot tae everywan, every bloody five minutes fur the previous two weeks, that the new boys who wur sentenced tae a stint in the boot cleaning detail never seemed tae be allocated any ae the boots belonging tae the garden squad. These wur always allocated tae The Mankys and Garngad crowd, who'd tae sit there every morning, freezing their baws aff, trying tae get the mud aff the boots ae some selfish basturt who'd been deliberately traipsing through muddy fields aw day. There wisnae much time fur slacking either, as they wur allocated an hour tae dae aboot a hunner and twenty pair ae boots. Patsy convinced himsel that there wis a noise-up oan the go fae a few ae the boys fae the Springburn Peg. Johnboy jist thought it wis a fluke as the four Peg boys aw happened tae work in the gardens.

"Ah'm telling ye, they wankers ur walking through mud and coo shite oan purpose because they know it's us that his tae clean it aff...the pricks," Patsy wid growl.

"Aye, Ah know. Ye'd think hauf ae the population ae Springburn must be working in the fucking gardens, Patsy, wae the amount ae coo shite covering they fucking boots," Tottie kept telling him, egging him oan.

"Exactly. That's whit Ah'm trying tae tell youse. Ah'm gonnae dae they basturts in, the first chance Ah get."

A boy called Peter Burns fae the Peg, who Johnboy hid goat tae know when he wis in The Grove, came up tae Johnboy a few days later and telt him they didnae want any trouble. Johnboy thought Peter wis okay and he'd shared his fags wae Johnboy when they wur up in court oan the same day, earlier in the year.

"Kin ye no talk some sense intae him, Johnboy? We hivnae done a bloody thing. It's no oor fault that we work in the garden squad. Aw we want tae dae is get oan wae oor time and get tae hell oot ae here," Peter said tae him in the queue at breakfast time.

The Garngad crowd hid jist come in efter another early boot-cleaning stint when Patsy stuck the heid oan wan ae Peter's pals, while Freckles started kicking the poor basturt aboot the heid when he landed oan the deck. That same day, wan ae the Milton Tongs telt Minky that if they wur gonnae hiv a go at the Peg boys then they'd hiv tae take them oan as well.

"Whit the fuck his this goat tae dae wae any ae youse? Ah thought youse hated that Peg crowd?"

"We dae, bit we know maist ae them ootside and we think youse ur taking a liberty."

"Is that right?" Minky snarled, sticking the nut oan him and break-ing his nose.

They wur the talk ae the school...and no fur the first time since Johnboy hid arrived either. At teatime, Baby stood up in the din-ing hall, in front ae everywan, and announced loudly that if 'any basturt wanted tae try and hiv a go, then they wur mair than wel-come anytime, day or night.' Ye could've heard a pin drap. Some ae the teachers turned a bit peely-wally, no sure whit tae dae next. Johnboy looked across at Tony, who'd been sitting there as if it wis nothing tae dae wae him, as he spooned another moothful ae mashed totties intae his gub, seemingly enjoying the show. Hauf the place wur looking o'er at them while the other hauf wur daeing aw they could tae avoid eye contact.

"Right, c'mone, boys, settle doon noo and eat yer tea," Rolled Back Neck said, in a hauf whimper, looking pale aboot they gills ae his.

It wis enough tae break the ice though and the tension passed... fur aboot ten seconds, at least.

"That's the basturt that booted me in the ribs when Ah wis snoozing in the cells, the day Ah goat sentenced," Johnboy said cheerily tae nowan in particular, attempting tae change the subject.

"Whit wis that? Ur ye trying tae tell us that it wis that baldy thick-necked prick that took a liberty and booted ye in the ribs when ye wur sleeping, Johnboy?" Freckles shouted oot loudly, scowling across at the crowd ae teachers that wur gathered at the door, looking across at them, as Johnboy sat, wishing the flair wid swallow him up.

Later oan that night, they wur hinging aboot the snooker table, expecting tae be attacked by the Peg and Milton Tongs boys. There wis double the amount ae teachers oan duty than usual. Patsy, Minky, Freckles, Tottie and Baby Huey wur aw psyching themsels up tae go running across and start ladling intae the Springburn and Milton boys wae their snooker cues. Johnboy, Joe and Silent wur perched doon oan the flair, wae their backs against the wall, watching whit wis gaun oan. Tony hid been shouted oot tae go and speak wae the heidmaster. Johnboy wis gonnae tell Silent aboot his dream doon in Central wae Skull, bit he kept getting interrupted wae aw sorts ae advice oan whit direction he should take wance he'd cleared the grounds, fae the Garngad crowd, who wur refusing tae let go ae their snooker cues tae the line ae guys who wur supposed tae be oan the table next.

"Whitever ye dae, don't heid towards that big hoose away in the distance, Johnboy. That's Dykebar, the loony bin. If wan ae they patients gets a haud ae ye, ye'll end up strangled."

"Aye, Ah heard that there's mair than a few boys lying buried doon there, who made the mistake ae heiding that way. The bizzies stoapped looking fur them in Glesga ages ago because they know fine well that they're buried in shallow graves o'er there."

"Aye, bypass it and heid fur Barrheid."

"Heid towards Paisley and then follow the bus route back tae Glesga."

"Don't listen tae Tit-face, Johnboy. It'll be daytime, so ye're bound tae be spotted."

"Aye, bit still heid intae Paisley and then hide until night time. Then follow the bus route."

"If Ah kin get tae Paisley, Ah'll see if Ah kin get a hudgie oan the back ae a lorry intae the toon. That Paisley Road West goes straight fur miles and heids intae the toon centre," Johnboy telt them, hivving made up his mind oan his route the day before.

Tony hid tried tae persuade him no tae dae a runner.

"Tony, why the fuck ur ye no coming?" he'd asked.

"Because ye'll get caught within a few miles. When Ah go, it'll be in style. And anyway, Ah'm quite enjoying ma wee break in here. Ah'll go when Ah'm ready. Ye'd be better aff waiting yersel…unless there's something Ah don't know aboot that ye hivnae telt me," he'd retorted, looking intae Johnboy's eyes.

Johnboy hid jist aboot blurted oot aboot his dream there and then, bit hid hesitated, and then turned away. He'd felt Tony's eyes drilling in tae the back ae his skull. It hid been clear that Tony knew Johnboy wis hinging back wae something. Johnboy knew he widnae be too happy, as Tony liked tae know everything so he could take control ae the situation. Bit say whit? That he'd hid a dream where he'd spoken tae Skull who wis obviously lost and wisnae happy that his best pals wurnae daeing anything aboot it tae help him oot? He could see that gaun doon like a brick, especially wae the mad bunch ae psychos, that wur playing snooker and scowling across at the Springburn and Milton boys, in front ae the teachers aw bunched up across at the door.

When Tony arrived back, the boys huddled roond aboot him. He telt them that the heidmaster hid jist telt him that if a fight wis tae start between any ae them and the boys fae Springburn or Milton or between any ae them and the teachers, then no matter who started it, aw the uglies and The Mankys wid be shipped up tae the closed block at Rossie Farm, in Montrose. He also said that he wis shifting the Peg boys oot ae the gardens.

"Fuck the pricks! We'll bloody-well wreck the place when we arrive if they try that wan," Patsy declared.

"Ah thought ye hid tae hiv been in two approved schools before they could put ye there, Tony?" Joe asked.

Everywan knew full well that the only reason Silent and a few ae the others wur put tae Thistle Park wis so that they could fuck up, which wis guaranteed, and that they could then be sent tae the closed block, which wis a secure unit, wae cells, within Rossie Farm Approved School. It wis set up tae deal wae the really bad boys who kept getting intae trouble in approved schools, fae aw o'er Scotland. Johnboy's big brother, Charlie, hid been sent there.

"Aye, that's whit Ah heard as well," Johnboy said.

"That's whit Ah telt the auld basturt, bit he said that wan approved school or no, he'd declare us too unruly and we'd be offskie. He said he wisnae gonnae fuck aboot wae us."

Silence.

"Aye, and another thing...he also said that aw the teachers ur up fur a fight and that they hivnae lost a battle yet and they wurnae aboot tae lose wan noo."

Silence.

"Well, Ah hope youse ur aw gonnae wait until efter the morra before ye fuck aboot. Ah'm wanting tae get back intae Glesga tae catch up oan a wee bit ae unfinished business and Ah don't want ma chances being spoilt by any ae youse selfish pricks," Johnboy scowled at them as Tony gied him another wan ae they funny looks ae his.

It wis the first time since he'd arrived in Thistle Park that Johnboy wis looking forward tae polishing the boots. He'd been lying in his bed fur hours, no sleeping and wishing the night away. Every hauf an hour, wan ae the two nightshift teachers came creeping intae his dorm and went across and turned his security key in the wee box that wis stuck tae the wall at the far end ae the room. They always made a point ae checking that aw the beds hid a body in them. If a heid wisnae oan view, wan ae them wid draw closer and shine a torch tae make sure. It hid been agreed that Johnboy wid heid aff in wan direction oan his lonesome and Tottie, Patsy, Minky and Freckles wid go as well, bit they'd heid in the direction ae Barrheid. Tony and Joe hid decided tae sit this wan oot. Silent wisnae happy wae the situation when he found oot whit wis aboot tae happen and that he wisnae part ae it. No that he'd expressed how he wis feeling oot loudly tae anywan.

"Fur fuck's sake, Silent. Ah've been here o'er a month noo and ye've practically said two words tae me in aw that time," Johnboy hid snarled at him, instantly regretting it.

Silent hid never been wan tae say much in the first place, at least no since Tony hid made him and Johnboy use Fat Boy Milne and his pals' mooths as a spittoon in wan ae the back courts back in the Toonheid, no long efter Silent hid escaped fae The Grove wae Paul McBride.

"He wis always quiet, long before then, so he wis," Tony hid said defensively wan night when they wur aw talking aboot how quiet Silent wis...or hid become, depending who wis talking.

"Fuck's sake, Johnboy, it wis you who introduced him as Silent in the first place. Ye don't think that tag hid anything tae dae wae how talkative he wis, dae ye?" Paul hid scoffed, demolishing John-boy's theory aboot the spittoon.

"Naw, Paul, he wis quiet then, bit noo we cannae get a bloody word oot ae him fae wan week tae another."

"It's a pity there isnae mair like him aboot here," Paul hid spat back at him.

"Aye, shut the fuck up and stoap talking shite, professor," Joe hid said tae Johnboy, getting in oan the act.

Oot in the yard, it wis still dark when they wur being allocated their row ae boots. Baby started arguing wae a teacher that he didnae want the row that he wis being allocated because it wis full ae farm boots. Another teacher came o'er tae check them oot and that's when everywan made their move. There wisnae anything said between them as they'd awready done aw the talking. Everywan jist lunged at the gap between the shed and the wee red brick building, where the other two teachers wur staunin oan guard. Johnboy goat clean through while Patsy wis pushed oan tae that arse ae his by wan ae the big muscle-bound he-men, bit managed tae gie him the slip. Patsy, Tottie, Minky and Freckles heided between the big greenhoose oan their left while Johnboy shot behind the classroom hut oan his right. Within a few seconds, Johnboy hid scrambled up and o'er the twelve feet fence and o'er the barbed wire at the tap ae that. He set aff running doon a white frost-coated field towards some hooses that wur being built. He hidnae realised how cauld it wis until he noticed the cloud ae white breath shooting oot ae his mooth. Johnboy jist aboot shat himsel when he heard running footsteps behind him.

"Johnboy, hing oan! It's me, Silent!"

"Silent, ya diddy, ye," Johnboy wheezed, stoapping and turning. "Whit the fuck ur ye daeing here, ya eejit, ye?" he demanded, bit Silent jist stood panting, gieing him a smile.

Johnboy looked back up the dark field. He noticed their trail ae fitprints oan the frosted grass fae the fence further back. He could hear whistles being blown by the teachers and the school bell ringing. They kept oan running like whippets across mair fields and disappeared intae a wee wood. Oan the other side ae the wood, they came tae a road wae a farm oan the other side. Their luck wis in. Leaning against the byre wis a push bike. Johnboy grabbed it and started tae pedal like fuck as Silent ran behind and jumped up oan tae the saddle. They hidnae a clue whit direction they wur heiding in...bit they wur free. They dumped the bike efter a couple ae miles and heided across mair fields, keeping tae the edges ae them tae hide any fitprints that wid gie them away tae passing cars oan the road. They wur heiding in the direction ae a busy road they could see in the distance. Wance they wur close tae it, they sat freezing their baws aff amongst some bushes fur maist ae the day. At wan point, Johnboy wis gonnae tell Silent aboot his visit fae Skull, bit when he glanced across at Silent, he wis hunched up wae his teeth chattering, looking close tae death. Cop cars wur whizzing up and doon the road past them fur maist ae the morning before they started tae peter oot. He wis glad Silent hid come efter him. Even though Johnboy hid known the uglies fae the Garngad fur years, none ae The Mankys hid really ran aboot wae them oan the ootside. The uglies wur part ae the crowd that used tae beat everywan up and take their money and sweeties aff ae them ootside The Carlton picture hoose in Castle Street oan a Saturday efternoon when Johnboy wis younger. The first time he'd spoken tae them hid been when Skull introduced him tae them wan time up at the Toonheid Baths, the day that Baby swopped his big thick green knitted woollen trunks, which hid nae elastic in the waist, wae that fat fingered flickerer, Alex Milne, who'd practically droont when he'd dived in tae the pool and sank tae the bottom wae the weight ae them. Efter that, it wis as if Johnboy hid jist been accepted as wan ae the gang and they always hung aboot wae each other when they wur inside. They wur always up fur a rammy, no matter how big or how many ae the basturts wur staunin in front ae them. Paul, who'd learned how tae box in a real boxing club, hid telt Johnboy that Patsy hid received mair second prizes than a monkey at the carnival. Johnboy wisnae sure if he'd meant it or no as he wis laughing when he'd said it. Any time Johnboy hid clocked Patsy fighting, he'd always seemed tae come oot oan tap, even if he did pick up a black eye or a split lip oan route. Johnboy supposed the difference between the Garngad boys and his pals wis that, while the uglies wur always fighting wae anywan that they thought wid fight them back, Tony, Joe, Silent and Paul wur only interested in blagging anything that made them money. That wisnae tae say that they didnae fight. There wur very few ae the Garngad crowd who'd want tae hiv a go at Tony, Joe or Paul. Wance Tony started, people tended tae get mair than a black eye and wid get hurt jist a bit mair than they wid if they wur in a normal square-go. Tony wisnae too choosey whit he used either...anything that came tae haun wid dae. He'd gied Johnboy a lesson wan day, bit no oan how tae box or use his feet, although if Johnboy hid asked him, he'd probably hiv shown him wan or two wee classic moves. Whit he'd telt Johnboy wis mair tae dae wae knowing why ye goat intae fighting in the first place and whit it wis ye wanted tae get oot ae it efter the damage hid been inflicted oan whoever it wis that ye wur fighting. Efter Tony hid finished patiently explaining, Johnboy still hidnae been quite sure if he'd taken in whit hid been said. It hid been oan the same day that they'd ran intae some boys fae Possil that Tony and Paul hid hid a wee barney wae sometime in the past, when they'd been in The Grove. They'd been in the Wan-O-Wan snooker hall, doon oan Hope Street. Tony hid chased efter wan ae them. Paul hid been dealing wae wan ae them o'er by the windae where ye collected yer baws and cues, which hid left Johnboy squaring up tae another wan. Johnboy and his boy hid been prancing roond the table, swinging punches four feet apart fae each other, bit never landing any. Johnboy hid thought that he wis daeing okay until Paul hid casually sauntered past him and knocked the boy oot wae wan punch. At the time, Johnboy hid been really impressed because the boy, who wis a big mean-looking basturt, hid drapped like a sack ae spuds. Paul hid then turned roond, withoot saying a word, and hid looked at Johnboy as if he wis a bloody eejit. He'd then walked towards the exit oan the stairs. When they wur back up the road, sitting up oan Horsey John's stable roof, Tony hid carried oan wae the lesson fae earlier.

"Johnboy, whit the fuck wur ye daeing, prancing aboot like a big Jessie, doon at the snooker club?"

"Er, how dae ye mean?"

"Ah thought ye wur gonnae ask that prick oot fur a date."

"Ah wis jist aboot tae land ma best knockoot blow when Paul interrupted me," Johnboy hid said lamely, looking across at Paul who looked tae be thoroughly enjoying Johnboy's squirming.

"Johnboy, why fuck aboot, using up aw that energy, huffing and puffing, eh? Whit ye need tae dae is get in and oot and back tae daeing whit ye wur daeing before ye wur disturbed in the first place."

"Eh?"

"Whit's the point ae fighting? Whit ye need tae dae is make sure that whoever comes up against ye, knows fine well that they're gonnae be bloody sore fur mair than a day if they mess wae you."

"It's awright fur youse two. Youse kin fight like fuck...Ah cannae."

"It's goat sweet fuck aw tae dae wae being able tae fight. We cannae fight either, bit we kin bloody make sure that any basturt that fancies their chances will get a sore wan if they dae hiv a go. Who wants tae fight? No me, that's fur sure. Ye want people tae get the message that although they might beat ye, they'll get hurt in the process."

"Whit he's trying tae say, Johnboy, is there's less chance ae being in a fight if people know whit it entails."

"Ye mean fear? Ye make them scared ae ye, even if they're bigger and tougher than ye? So, how dae Ah go aboot daeing that then?"

"Ye jist hiv tae make sure that the first time ye hiv a go, ye really hurt whoever it is that's stupid enough tae be staunin there in front ae ye. The message will soon get aboot that people should stay well clear ae ye," Paul hid replied, as Johnboy looked across at Tony.

"Couldnae hiv said it better masel," Tony hid said, nodding.

While Johnboy agreed that whit they'd said probably made a lot ae sense, he never could get intae aw that violence shit that they seemed tae enjoy inflicting oan people who crossed them.

Johnboy and Silent wur picked up oan the new motorway that wis getting built, which ran past Abbotsinch Airport intae Glesga. They'd been walking alang the ditches beside it, bit every noo and again, they'd hid tae climb up the embankment tae make sure they wur still gaun in the right direction. It took the bizzies twenty minutes tae take them back tae the school...a journey that hid taken Johnboy and Silent aw day.

"Right, you're first, Taylor!" Rolled Back Neck growled, gieing Johnboy a wee push in the middle ae his back towards the room.

There wur six ae them plus the heidmaster, who Johnboy hidnae met up until then. Johnboy wis telt tae strip aff and put oan his thin cotton blue PE shorts. When he wis finished changing, he wis ordered tae lie flat oan his stomach oan the table. When he didnae move, he wis grabbed and flung face doon and held by his hauns and ankles while two ae the basturts held his heid and wan pressed doon oan they shoulders ae his. The heidmaster then started tae tug and roll the waistband ae Johnboy's shorts up until they disappeared between the cracks ae his arse and they felt as if they wur sticking tae him.

"Right, Sunny-Jim. This is what awaits you if you cross the line in here. I had to administer the same to that brother of yours and you're not any harder than what he was."

And wae that, Johnboy goat six ae the sorest beltings he'd ever felt in his life. He thought it wis a wonder the ceiling hidnae come doon oan tap ae everywan every time that thick leather-fingered 'Black Prince' landed oan that arse ae his. Whit made it even mair painful wis when the belt landed oan a bit ae his flesh where it hid landed a few seconds earlier. Efter the sixth wan, Johnboy's howling died doon tae a semi-scream, due tae the numbness ae his sore arse. He wis then carried, like a deid body, tae an adjoining room and slung oan tae that stinging arse ae his and his school uniform wis slung oan tap ae his heid. He could hardly move when bending o'er tae put his shite-catchers oan. The stinging wis unbearable. Meanwhile, Silent hid been getting his dose ae whit Johnboy hid jist been gied. Aw Johnboy could hear wis a whoosh and then whit sounded like a giant firecracker gaun aff, followed by a blood curdling scream. Johnboy thought they must've hid plenty ae practice ae belting arses. Within a minute, the door wis flung open, and Silent came sailing through, oan tae that well-skelped arse ae his, followed by his clothes and wis telt tae get dressed. Johnboy wis practically dressed, apart fae getting his shoes back oan tae his feet. Silent didnae say anything tae him efter they dumped him oan tae the flair. When Johnboy looked o'er, Silent wis whimpering quietly tae himsel, as he peeled aff his PE shorts. Johnboy thought he looked like a bloody sergeant major wae they blue and red stripes oan that arse ae his oan display. Johnboy couldnae help himsel and suddenly burst oot laughing, while hauf greeting at the same time.

"Whit?" Silent whimpered, weeping miserably.

"This!" Johnboy said, pulling his shite-catchers doon o'er his red raw cheeks, yelping in agony and gieing Silent a wee flash.

That wis that. The pair ae them erupted, howling wae laughter while hauf greeting at the same time.

"Aw, fur Christ's sake, Silent. Don't make me laugh. Ah'm dying, so Ah am," Johnboy howled, trying tae pull up his school issue underpants withoot drawing blood.

The door burst open and the heidmaster, still sporting his yellow braces, wae his sleeves rolled up tae his elbows, and wae his strong-erm buddies behind him, stood staring at them wae astonished looks oan their coupons. Johnboy and Silent couldnae contain themsels. The cork wis oot ae the bottle and they erupted intae fits ae hysterical, greeting laughter, laughing at the stupid basturts staunin there, no knowing whit the fuck tae dae next.

# Chapter Six

The boardroom wis aboot twenty feet by fifteen. It hid recently been decorated in keeping wae the age ae the building. Aw the period features wur original, apart fae a wee part ae the cornice here and there that he'd goat specialists in tae fix. It hid added tae the final cost, bit Francis Gordon, heidmaster fur the past nine years, thought it wis well worth it. It wis important tae keep these auld buildings up tae scratch. It no only showed respect fur the fabric and the history ae the building, bit it earned respect fae those who worked and lived in it. The only drawback wis the view, or lack ae it. It looked oot oan tae the boys' yard. When he'd taken o'er the reins in nineteen fifty nine, the boardroom hid been the heidmaster's office, wae the receptionist in the wee ante-room next door. He'd been happy fur the first week, until the baw that the boys played wae oot in the yard kept bouncing aff the bars oan the other side ae the glass. That wis the excuse he'd been looking fur. The original boardroom wis situated at the front ae the building and hid superb views overlooking the drive and the landscape beyond. It wis twice the size ae the room he wis noo sitting in and reflected the importance ae the heidmaster's position and the distance required between himsel and the rest ae the management team. There hid been a few eyebrows raised at the time, bit nowan hid said anything, at least no tae his face. Efter aw, he'd been brought in tae steady a drifting ship. He surveyed the scene in front ae him. The team wur jist arriving and putting their files and reports oan tae the polished table, the same table that he used tae administer the floggings. He used tae keep a log ae the amount ae arses he'd thrashed o'er the years, bit hid gied that up a long time ago. He'd kept running oot ae foolscap jotters. He smiled, thinking aboot his auld master, Commander Flogger Moffat.

"You're too easily distracted, Francis. Join the Navy, see the world and they'll keep you right," his commander hid advised and that's exactly whit he'd done.

He'd dreamed ae getting tae visit and explore distant lands, bit in the twenty years that he'd served the King and latterly, the Queen loyally, he'd never been oot ae British hame waters. He'd been demobbed efter protecting shipping in The Clyde estuary during the war. He wid've commanded his ain ship if it hidnae been fur a wee unfortunate collision wae a destroyer wan night when he wis in charge ae the bridge. He'd been informed at the court martial that if it hid happened ten minutes earlier, it wid've been HMS Hood he wid've hit, insteid ae HMS Victoria. He often thought ae the lives he wid've saved if it hid been the Hood that hid been laid up in dry dock fur six weeks insteid ae the Vic.

"Right, where are we, Mr Bick?" he asked Harry Bick, deputy heidmaster, soon tae be retired.

"Well, the figures fur October ur a wee improvement oan September's. According tae this, there wur twenty three fights, six absconders...soon caught...fourteen liberations and thirteen new admissions."

"And what does that tell us then?"

"It tells us that there's nae visible improvement wae the crowd fae the Toonheid. Oot ae the twenty three fights, or skirmishes, fifteen involved them. The absconders, as ye'll no be surprised tae hear wur Taylor, Kelly, McSwiggan, O'Malley, O'Hara and the mute, Smith."

"I've just read this morning's Glasgow Herald. Have you seen it? It has a small headline on page nine, 'Four Abscond From Approved School.' It goes on to say, 'Four boys, aged about fourteen, ran away early yesterday morning from Thistle Park Approved School, Paisley. Police recaptured them in Barrhead.' End of quote. I mean, The Glasgow Herald? It's only now that I have finally managed to get Edinburgh off my back after all these months," The Heidmaster said, pushing the newspaper away fae him oan the table.

"Aye, bit it shouldnae exactly come as a surprise tae the pen pushers in the Home and Health Department, given whit we're hivving tae deal wae here," Harry Bick said, trying tae placate and soothe away the pain fae the heidmaster's frowning face. "At least they didnae pick up oan Taylor and Smith being captured oan the new motorway."

"So, keeping them under strict supervision, polishing boots and locking them up in a classroom all day long has not dented their negative impact on the good order of my school then?"

"It disnae seem so, sir."

"Mr Wilson?"

"Oh, Ah think it's working fine, heidmaster. The problem seems tae stem fae when they're no oan permanent lock-doon o'er in the education block. Ye'll notice that the fights ur always either in the yard at break times or during evening recreation."

"Ye'll also find that it isnae always the whole lot ae them that's involved in the fighting either. It's only some ae them that ur getting tore in when it comes tae it," The Deputy interjected, backing up Mr Wilson's logic.

"Why do you think that is, Miss Flaw? You've been studying the situation for a while now. What's the social work angle here?" The Heidmaster asked Fanny Flaw, who wis sitting, nervously chewing oan her pencil at the far end ae the table, wae her glasses hinging aff the end ae her nose, looking forty plus insteid ae her actual twenty two years.

Guaranteed church spinster material, The Heidmaster thought tae himsel.

"Well, only yesterday, I spoke to Mr Duponcie, the psychologist, about our meeting today and we went over the action plan again, making a few small adjustments. Overall, we think it could succeed," she replied, looking fur and failing tae get positive nods fae aroond the table.

"And?"

"Oh, yes, sorry. He agrees with me that there appears to be a classic gang culture mind-set that is influencing the actions of these particular delinquents."

"Christ, Ah could've telt ye that, Fanny. Oot ae the hunner and eighty neds in here, at least a hunner and seventy ae them ur aw signed up members ae gangs fae Glesga," chipped in Brian Burns, senior hoosemaster, sometimes referred tae as Rolled Back Neck by the boys oan a day they wur being polite aboot him.

"So, what's the significance of what you are saying, Miss Flaw?" asked The Heidmaster, ignoring Rolled Back Neck.

"We need to try and split them up...break them apart and try to communicate with them individually. We need to instigate individual rehabilitation programmes for each of them, whilst at the same time, take cognisance of the fact that they operate as a collective. 'Split and divide' was the term that Mr Duponcie used."

"Ah think we need tae ship them oot and up tae they cosy cells in Rossie Farm and no fanny aboot wae them," Rolled Back Neck declared, looking aboot fur confirmation that he wisnae the only wan in the room that hid the solution.

"Well, Ah'm afraid that isnae gonnae happen anytime soon. We've tried, bit nowan will take them. The cells up in Rossie ur full tae the gunnels. Aw the other schools across the country hiv pointed oot that the reason they're here in the first place is that we hiv the facilities tae stamp doon oan them...that and the fact they've goat enough bother wae the wans they've awready goat, withoot us gieing them mair," Harry Bick pointed oot.

"Whit? St Ninian's and St Joseph's don't want them? Dae they no know they're aw left footers? Ah think they've goat a bloody cheek. Why should we hiv tae put up wae them if they won't," Billy Campbell, Barrheid Loyal Orange Order member, Grand Master and senior-hoosemaster huffed and puffed indignantly oan his wobbly chair beside the windae.

Ah'll need tae get that chair fixed, The Heidmaster thought tae himsel.

"We also hiv the problem ae cost. We cannae continue tae hiv staff stuck tae them every day, aw day long. We jist don't hiv the manpower or resources," Alvin Jack, president ae the local Wild

West Re-enactment Club and the school administrator declared, looking aroond the table.

"Ah don't think they're any better or worse than any ae the rest ae the sleekit wee gits running aboot in here, apart fae that sleekit Tally wan and that sidekick ae his, McManus. Take them oot ae the picture and ye've solved the problem," Beanpole Wilson chipped in wae nods ae approval fae roond the table.

"I think we need to run with Miss Flaw's carefully constructed plan, which we have discussed at our previous two meetings, whilst at the same time, continue to keep them on a short lease. The suggestion to put the four worst ones to work inside the main building, on assembling the stage for the Christmas concert, whilst dispersing the rest around the place sounds promising. That way, they'll always be under supervision and it'll free up the staff over in the education block," The Heidmaster said, looking roond the table.

"That won't go doon well wae Sandy Button. He's awready goat his wee squad picked fur the stage. It's the same wans he hid last year who done a really good job," The Grand Master said. "Let them oot ae that hut and it'll be like trying tae herd a bunch ae cats, so it will."

"Ah don't know why we're gieing them special treatment. Every-wan in here will be wrecking the place noo tae get rewarded wae the cream ae the jobs," Rolled Back Neck declared, realising that his cushy wee number ae sitting back oan that fat arse ae his, across in the education block, wis aboot tae disappear if he didnae dae something aboot it.

"They are already getting special treatment, Mr Burns," The Heid-master reminded him.

"Right, so whit jobs ur available and who's gaun where then?" Alvin Jack, the administrator asked, getting in there quick before the heidmaster wis persuaded tae change his mind. "Mr Wilson?"

"Well, if we wur tae put four ae them wae Sandy, we could put wan in the kitchen, wan in the boiler hoose and two intae the gardens and look aboot fur a fifth place fur McSwiggan, which Ah cannae think ae at this particular moment in time."

"So, so far, that's wan in amongst the knives, wan tae blow us and the school up, two tae be let loose in amongst lethal farm machinery, including scythes, and four tae get access tae hammers and chisels tae take wee Sandy Button and anywan else that happens tae be hinging aboot within the vicinity, hostage. Dae ye think this will work?" asked Rolled Back Neck sarcastically.

"Oh, I'm sure we'll be able to match the most appropriate job to everyone, Mr Burns. Over to you, Miss Flaw."

"Thank you, Headmaster. As you have just highlighted, headmaster, Mr Duponcie and I have matched the profile of each boy to the job we think will work best. Obviously, this is not an exact science, but I think it's the best we can come up with, under the circumstances. After speaking with Mr Duponcie at length, we've taken various factors into consideration, such as separating the violent ones from the less violent. Whilst most boys in the school are not shy in using aggressive behaviour as a means of, er, persuasion or resolving conflict, these particular boys tend to strike out without any semblance of justification and actually seem to relish fighting. Compared to the majority of the boys in the school, our analysis highlights these ones as having excessively violent tendencies. Another point we picked up was that, although they're all identified as coming from the Townhead area of Glasgow, deeper research shows that half of them actually come from the Garngad, a Catholic enclave neighbouring Townhead proper. The ones from the Garngad are all well-known members of The Shamrock, one of the biggest street gangs in Glasgow. The other four, Gucci, McManus, Smith and Taylor are commonly referred to as The Mankys by the other boys in the school. There are references to that nametag in all of their background reports from Larchgrove. I've looked up the City of Glasgow Police gang reference book and whilst The Shamrock are well-documented, I couldn't find any reference to a gang called The Mankys. Armed with that information, we've split them into their natural geographic split, which we've then further split

up, as much as we can, so they don't feed off of each other nega-
tively. Interestingly enough, it's the Garngad boys that are prone
to inflicting unprovoked assaults on other boys in the school. We
need to isolate the natural leaders from the followers and lastly,
keep the habitual absconders, Smith and Taylor, inside and under
strict supervision at all times," she said proudly, haunin roond a
sheet wae names and allocated jobs oan it.

"It all sounds very technical, this plan of yours, Miss Flaw, but I
think you could be on to something here. So, on that positive note,
please state what job you think would suit each particular boy."

"Ah cannae bloody-well believe this," muttered Rolled Back Neck
under his breath, looking doon at his list, as Fanny took a deep
breath.

"Thank you, headmaster," Fanny said, clearing her throat before
continuing. "Michael Flanagan, aged fourteen, known as Minky.
In and out of remand homes since he wis old enough to be legally
charged at eight years old. Denies everything and blames every-
one other than himself. Excessively violent. Low level intelligence.
Garden squad.

Joseph O'Hara, aged fourteen, known as Baby Huey. Like Fla-
nagan, he's been in and out of remand homes since he wis eight
years old. Loud and disruptive, typical bully, very immature, strikes
out first and doesn't bother to ask questions later. Out of the
fifteen fights associated with this group over the last month, he's
been involved in six of them. Excessively violent. Low level intelli-
gence. Boiler house.

Thomas O'Malley, aged fourteen, known as Tottie...don't ask me
why," she said smiling, looking roond the table. "In and out of re-
mand homes, same traits as the rest, disrupts anything that resem-
bles normality. Excessively violent. Low level intelligence. Garden.

Fredrick Kelly, aged fourteen, known as Freckles on account of
his freckly face. In and out of remand homes, etc, etc...same as
the rest. Not thick, but not a rocket scientist either. Tends to blow
with the wind, so to speak, but prone to unprovoked violence if

he feels the others are under threat.  There's no evidence that he appears to instigate aggressive behaviour, but is usually the first one to participate, once it flares up.  Excessively violent.  Average intelligence.  Kitchen.

Patrick McSwiggan, aged fourteen, known as Patsy.  Would start a fight in an empty house and would fight with his own shadow if he could.  He's the one that instigates and causes most of the violent behaviour, usually over nothing, although we believe that either Mc-Manus or Gucci are usually instrumental in setting him off.  McSwiggan doesn't appear to relate to or attempt to socialise outside his immediate peer group.  Out of the fifteen fights associated with the group over the past month, he's started nine of them.  We've matched him up to a job where he'll have limited contact with other boys.  Excessively violent.  Low level intelligence.  Greenhouse.

Samuel Smith, aged thirteen and known as Silent.  Speaks very little, even amongst his peers, hence the nickname.  He's the odd one out of them all, although I can confirm that Smith is not a mute," Fanny said, looking across at the deputy heidmaster.  "His incarceration is as a result of a Care and Protection order.  Our background research highlights that someone with Smith's background would not tend to be associated or accepted by a recidivist group such as this.  So far, we haven't been able to establish what the bonding connection is, given the differences in domestic and geographic backgrounds.  He was taken into care as a CP at age ten, due to both parents being deceased.  His elderly grandparents challenged the decision to take him into care, going as far as seeking legal advice, but due to their age and failure to respond to his welfare needs, their challenge was unsuccessful.  He's an habitual absconder, with no recorded history of being violent.  He's very close to Taylor.  Average intelligence.  Concert party.

John Taylor, aged thirteen and known as Johnboy.  Hard to figure this boy out.  Both Mr Duponcie and I have struggled with categorising his delinquency...as yet.  The most recent psychologist's report hasn't come up with a definitive conclusion as to where he's at most of the time either. The psychologist in Larchgrove labelled him as easily led and distracted, which he is, but he knows what he's doing. Once focussed, he tends to pursue whatever it is that happens to be in his head at any given time. Taylor comes across as amiable and friendly, but it's as if he's on some sort of a journey or en-route to his holidays, would you believe?" Fanny said, smiling.

"Ye mean a typical sheep?" Rolled Back Neck scoffed.

"That reminds me ae the time when Ah worked in The Grove, back in Glesga a few years ago. Fur aboot three weeks, any time any ae the staff spoke or asked anywan tae dae something, aw the wee neds in the place wid aw start bleating like sheep, so they wid. It wis funny tae start wae, bit efter a couple ae days, it drove everywan nuts," The Grand Master said.

"Baa!" Rolled Back Neck snorted, as everywan roond the table laughed, except fur Fanny.

"Taylor appears to take a keen interest in his surroundings, does what he wants, when he wants and responds to the rules when it suits him," she continued. "Unlike the others, there's strong family ties, particularly with the mother, who has a reputation for challenging the authorities over their dealings concerning him. I don't necessarily concur with this next part myself, but it's believed that out of them all, Taylor appears to be the one that could be susceptible to targeted support and responsive to a rehabilitation programme. However, he's very close to Gucci and McManus. As you will be well aware, Taylor requires constant watching due to his habitual absconding tendencies. Above average intelligence. Concert party.

Joseph McManus, aged fourteen, no known nickname. He would be considered the right hand man of Gucci...at least, here within the school. Same criminal path as the others. In and out of remand homes from an early age. If anyone within the group were to question Gucci's decisions, it would be him...but nine times out of ten, goes along with what's been decided by Gucci. His violence towards anyone who he deems to have upset him or who gets in his way, is far more measured and extreme than the others. And, as some of you may have picked up on, his use of violence towards others doesn't appear, at least on the surface, to be indiscriminate, although, as you also know, he isn't shy in inflicting it on others. Mr Duponcie and I would highly recommend that we keep him and Gucci together and away from the short-tempered ones as much as possible, due to this pair's influence over the rest of them. McManus and Gucci tend to feed off one another. Extremely dangerous and violent. Above average intelligence. Concert party.

Anthony Gucci, aged fourteen...known as Tony. I've kept the worst until last. He's the one that all the others look up to. What he says goes. He comes from an Italian immigrant background. His father, a small businessman, runs his own barbershop in Glasgow. Gucci can come across as extremely charming and accommodating, although he isn't shy in attempting to take advantage of any situation...just as long as he believes that it's in his interests. He's highly manipulative. In and out of remand homes since he was old enough to be charged. It's only his age that allows him to be incarcerated within this establishment. He's the criminally habitual one and he's also the one that's considered the most dangerous out of them all. Mr Duponcie stated that Gucci really should be in a closed unit or adult prison. Extremely dangerous and violent. Above average intelligence. Concert party."

"Why is he classed as extremely dangerous, Fanny? If ye ask me, he's the least troublesome wan oot ae them aw. Ah've never heard a bad word fae him," Rolled Back Neck said, tae nods fae a few ae the other hoosemasters.

"Perhaps it's because he doesn't need to, Mr Burns. As I've already stated, he is extremely manipulative."

"Is that some kind ae a warning at the bottom ae the sheet, Fanny?" Alvin Jack asked her, as aw eyes drapped back oan tae the sheet in front ae them.

"Mr Duponcie has recommended that Gucci undertake further assessment as a matter of urgency," Fanny replied. "He highlighted

434

that recommendation in red on the original sheet that I have here," she replied, haudin up her copy.

"Aye, Ah kin see that, bit whit dis 'psychopathic when angry' mean?"

"I'm really not too sure."

"Well, Ah still think we're pandering tae them and this will come back and bite us in the auld hee-haws," Rolled Neck volunteered miserably.

"Right then, that's settled, gentlemen. We'll implement Mr Duponcie and Miss Flaw's plan immediately. Rehabilitation it is," Francis Gordon announced, staunin up and heiding back tae his swanky office fur a wee cup ae tea.

# Chapter Seven

The four ae them stood in a row in front ae the big desk, wondering whit they wur being accused ae noo. Nowan said a word. Johnboy wondered whit the reaction wid be if Tony, Joe, Silent or himsel let oot a fart. This wis the fourth time that Johnboy hid met the heidmaster, although never in his fancy office. The other three times hid been when that arse ae his wis being belted fur getting caught, trying tae escape.

"We, I, have decided to try and start afresh. I'm about to hand over responsibility to you all. What that means is that you'll be allowed out of the education block and allowed to contribute to the positive efforts that all the staff and most of the boys are currently engaged in to make life a little more bearable in here. You'll be allowed free association with the other boys and placed in work details where, if you haven't already got any, you can develop new skills that will no doubt stand you in good stead for when you are eventually released. That doesn't mean to say that you won't be keenly observed, to ensure that you are all taking advantage of this generous offer. So, if you want to start turning your lives around, the opportunities and jobs are yours. If you don't, then it's back to the education block."

Education block? That wis a bloody laugh, Johnboy thought tae himsel. He'd been in the joint fur o'er five months noo and every day, efter polishing boots, they'd sat him in a classroom and switched oan the telly and left them tae watch the school programmes. The two teachers that wur in charge ae them sat and smoked fags and played pontoon aw day. The only time they spoke tae the boys wis when they telt them tae sit oan their arses, when wan ae them started tae fuck aboot because they wur bored. The only time that they wur allowed oot wis tae go tae the toilet and even then, they'd tae wait until a teacher came across fae the main building tae escort them. The only other people that wur ever in the hut wis the dentist and his assistant, who came every second Tuesday. Wan day, everywan, apart fae Johnboy and Silent, hid been lying wae their heids oan their desks, snoring away quite blissfully. Johnboy could hear the drilling and the bloodcurdling screeching coming fae the room alang the corridor. He'd been bored shitless and hid stuck up his haun.

"Whit?"

"Ah need tae see the dentist. Ah've goat toothache," he'd lied.

"Ye've goat toothache?"

"Aye, this wan at the front," he'd said, tapping wan ae his perfectly good incisors.

"Any other volunteers?" the lazy basturt hid asked the sleeping dugs.

Silent hid put up his haun.

"Whit's wrang wae yours?"

Silence.

"Right, hing oan," Speedy Gonzales hid said, getting up aff that bone lazy arse ae his.

He'd stretched and slowly disappeared oot ae the door, returning five minutes later.

"Right, Taylor, come wae me."

He hidnae looked like a butcher. It wisnae as if he'd been wearing an apron splattered full ae blood or anything like that. He'd looked tae Johnboy like any other dentist...oiled doon hair, parted in the middle, pencil clipped grey moustache, German accent, mad eyes, gap between his front teeth, smelly breath when he leaned o'er Johnboy muttering 'Uh-huh, Uh-huh,' sounding like Elvis when he let rip, nicotine-stained fingers and a funny glazed look tae they eyes ae his when he wis poking aboot in Johnboy's gub. Johnboy hid fucked up big time oan that occasion. It hid been the dentist's assistant that hid gied Johnboy the warning signals, bit he'd been too distracted by they nicotine-stained fingers being pushed doon the back ae his gullet tae fully notice. The assistant wis a strapping big blonde wae ice blue eyes and a plump arse, while the dentist wis built like a garden rake. It hid been the big cheesy grin and the look ae pure pleasure oan that coupon ae hers, when she'd haunded the dentist o'er the big syringe, efter squirting some ae its contents oot ae the spiked end, which should've lit up Johnboy's radar. Within two minutes, Johnboy hid been sent packing, staggering oot the door, haudin his mooth wae baith hauns, back tae the sanctuary ae the classroom. The basturt hid yanked oot Johnboy's good front tooth wae a pair ae walnut nutcracker pliers. The blood hid been pishing oot everywhere.

"Right, your turn," Speedy, the Mexican runner hid said tae Silent.

Silent hid jist gulped, turned away and found something interesting tae look at oot ae the windae, the cowardly wee basturt that he wis, Johnboy remembered thinking at the time.

"We, I, have decided that you should have the benefit of rehabilitation. Of course, I need some reassurances from you all before I finally instigate this privilege," The Heidmaster wis saying, bringing Johnboy back tae where he wis before he'd drifted aff.

"Well, say something," Beanpole Wilson snapped, admonishing their obvious lack ae gratitude.

Beanpole Wilson wis wan ae the lazy basturts who goat paid tae sit in the classroom, playing cards, kidding oan he wis teaching them. It hid only been five minutes earlier that him and Rolled Back neck hid been sitting playing their fifteenth game ae snap and it wisnae even hauf ten in the morning.

"Like whit?" Joe asked, turning tae Beanpole.

"Like, whit dae ye think ae the heidmaster's good offer?"

"Whit offer?"

"The generous offer that the heidmaster his jist offered youse."

"I can understand why the boys could be wondering what it is I'm offering them and asking them in return, Mr Wilson," the auld arse-belter said fae his side ae the desk.

Well, whitever it wis, Johnboy hid awready made up his mind he wisnae volunteering fur anything, no matter who put his name forward.

"Right then, you lot. Listen tae whit the heidmaster his tae say,"

Beanpole scowled at them, sounding like the crawling basturt that he obviously wis.

"You'll all be aware that auditions have been taking place for this year's Christmas Show."

Silence.

"And I see that none of you have put your names forward to be part of it. Is there any particular reason that I should know about?"

"Aye, apart fae Tony here, who's a bit ae a ballroom dancer, none ae us kin sing," Joe said tae smiles aw roond and a filthy look fae Beanpole.

"I was hoping that you would all volunteer to help build the set for the show. We haven't got much time. The opening is only seven weeks away tomorrow and it would get you out of that dreadful classroom."

Silence.

"So? Whit dae ye think then, boys?" Crawler Arse asked them.

"Ah thought there wis boys awready picked tae dae that? The same wans as last year," Tony replied, ignoring Beanpole, bit looking at the arse belter.

"Seeing as it's a well sought after job, I thought that I would share it this year, to give other boys an opportunity, if you get my drift? Those already chosen have all been reassigned."

"Dis that mean we'll get hame oan weekend leave then?" Tony asked.

"Oh, I don't think we're at that stage," Arse Belter replied, as Beanpole jist aboot hid a flaky at the thought ae them being even considered fur hame leave.

Silence.

"It'll mean ye'll learn a trade that'll come in handy fur when ye get oot," Beanpole said encouragingly, as everywan turned and looked at him as if he wis a diddy.

"Of course, it would mean you would be working on in the evenings if called upon, as well as during the day. Think of all that freedom?" The Heidmaster cooed fae behind the desk, raising they bushy eyebrows ae his.

"Dis that mean if we're working at night, we'll no hiv tae dae the boots first thing in the mornings then?" Tony came back wae, as aw their eyes focused oan the auld badger behind the desk wae keen interest.

Silence.

"Oh, I'm sure we could review those tasks. Isn't that right, Mr Wilson?"

"Er, aye, heidmaster," Beanpole muttered, looking as sick as a hauf drunk parrot.

"Of course, I would still need some guarantees and assurances," Belter said, gieing Johnboy a fleeting glance, before turning back tae Tony.

"Guarantees?"

"That you learn to use the tools for the purpose which they were intended for and not use them as weapons on the walls, furniture, other boys or staff. You agree not to fart about when you are requested to carry out a work task by Mr Button. And lastly, you must promise me that you will desist from attempting to abscond from my school," he said, looking straight at Johnboy this time.

Silence.

"Fine," Tony agreed, volunteering them, efter gieing it a wee bit ae thought.

"Good, that's settled then. You can all start your new positions first thing tomorrow morning, although there is one other thing. Everyone has to take up this offer. Show these boys out and bring the other lot in, Mr Wilson."

# Chapter Eight

So, Tony, who'd always drummed it intae Johnboy that he should-
nae volunteer fur anything, volunteered them and they goat oot ae
the classroom...eventually. Patsy, Freckles, Minky, Tottie and Baby
hid telt his lordship that they wur happy in the education block.

"There's no way Ah'm missing 'Watch Wae Mother,' especially
'Andy Pandy,'" Baby hid telt the heidmaster.

"Oh, yes, you'll be the fat comedian I've heard about then," the
cheeky auld arse-belter hid said, tae scowls fae the rest ae them.

"Ma maw telt me it wisnae fat...that it wis something tae dae
wae ma glands...mair like hinging muscle," Baby hid retorted wae a
straight face.

"Yes, well, anyway, we'll perhaps discuss that hanging muscle and
those glands of yours some other time, when we have all day. In
the meantime, I have...we have...decided to rehabilitate you and
you will all do what you are told. Take it or leave it?"

"We'll leave it," they'd aw said at wance, calling his bluff.

"Right, back to the education programme with them, Mr Wilson,"
the auld basturt hid growled, making Beanpole's day.

The meeting wae the heidmaster hid been oan the Wednesday
and while nowan seemed particularly bothered at being back in the
education block, it wis still a pain in the arse getting a wee tap oan
the napper at hauf five in the morning and telt tae get up and oot
tae the shed. It wis also still freezing cauld in the mornings.

"Ah'm gonnae fucking kill the first gardener basturt Ah clock the
day who comes in wae mud oan they boots ae his," wis Patsy's first
moan ae the day...the same as every day.

"Shut the fuck up, Patsy. We could be lying in oor beds if it wis-
nae fur aw youse," wis Johnboy's reply as he picked up his first
muddy boot, shivering his baws aff.

"Don't fucking blame me, Johnboy, ya Proddy fud, ye. Blame that
big thick basturt, sitting o'er there, scraping that coo shit aff ae that
boot. He's the wan that upset Frankie Howard."

Even the teachers who wur marching up and doon in their coats and scarves tae keep warm burst oot laughing at that wan.

"He's fucking right. That auld prick dis look like Frankie Howard," Joe said tae mair laughter.

"And anyway, how wis Ah tae know Ah wis getting tae work in a warm greenhoose, where Ah could sit oan ma arse and munch tomatoes aw day, eh? Answer me that wan?" Patsy bleated tae nobody.

"So, if ye knew whit wis oan offer, ye wid've taken it then?" Baby accused him.

"Wid Ah fuck. That auld arse-belter wisnae getting tae pull a flanker o'er ma eyes. And ye kin tell him Ah said that," Patsy snarled at the two teachers, as he reached fur another boot that wis caked wae mud and dung.

"Baby, the next time we're hauled in tae be rehabilitated, let me dae the talking eh?" Freckles said drily tae mair laughter.

She'd appeared o'er tae the classroom oan the Friday, first thing in the morning, before coming back wae a new tack in the efternoon. They'd aw been watching the early edition ae 'Bill and Ben, the Flowerpot Men.' Rolled Back Neck hid been growling at them, telling them tae shut the fuck up as it wis his favourite programme. He wis always trying tae anticipate who goat up tae nae good first and then wid shout oot the answer. Wis it Bill or wis it Ben? The best bit wis that nine times oot ae ten, he never goat it right. Everywan always made a point ae disrupting his happiness by hitting him wae wan-liners during the programme while he wis sitting there trying tae concentrate. Baby and him wur furever arguing o'er which wis the best programme, 'Andy Pandy' or 'The Flower Pot Men.'

"Ah'd rather live in a wee basket than a fucking auld flowerpot, any day ae the week," Baby hid jist announced the day the social worker appeared.

"If ye could find wan tae fit ye," The Neck hid shot back, jist as a female heid appeared roond the door, taking them aw by surprise.

"Mr Burns, can I have a word with you, please?" the heid hid asked, before disappearing back tae where it hid originated fae.

Two minutes later she'd come back and hid asked Beanpole tae fuck aff wae his pal, before plapping her arse doon oan tae a chair in front ae them. Johnboy hid awready sauntered o'er tae the windae tae see if the coast wis clear, before putting a chair through the glass, bit he'd spotted a big bawheid, attached tae a fat neck, prowling aboot ootside.

"Hello, boys. I'm Miss Flaw, Thistle Park's resident social worker. I wondered if I could have a word with you all?" she'd said, sounding like Andy Pandy's maw.

"Ye're no Chinese, by any chance, ur ye?" Joe hid asked her.

"No, what made you ask me that then?" she asked, surprised.

Silence.

"I was just wondering if you had reconsidered Mr Gordon's proposition about joining the school's rehabilitation programme?"

Silence.

"I mean, you've all been sitting in here for months now, doing very little academically, from what I can see," she'd said, looking aboot disapprovingly at the mess.

Silence.

"Er, right, well. I thought I would just pop in and introduce myself. If you change your minds, just ask Mr Burns or one of the other members of staff to give me a shout, eh?" she'd coo-ed, scampering oot the door, her shoulders slumped.

Nowan hid said a word fur aboot two minutes efter she'd left, which wis a long time in the classroom.

"Joe, whit the fuck wur ye wanting tae know if she wis Chinese fur?" Freckles hid finally asked, walking intae it.

"Ah'm Miss Flaw?" he'd replied, pulling the sides ae his eyes intae slits, as the others aw fell aboot laughing.

"Whit? Ah don't get that," Patsy hid said, tae mair laughter.

In the efternoon she'd come back. This time, she'd goat Rolled

443

Back Neck tae take Tony alang tae the empty dentist's room fur a wee chat. He'd been away fur aboot hauf an hour and then he'd walked back intae the room.

"Right, we aw start oor new jobs oan Monday. Anywan goat a problem wae that? Naw? Good."

# Chapter Nine

Fanny placed her jotter oan the ancient scratched desk in front ae her and lay a fresh, un-chewed pencil and fountain pen within easy reach, side by side, like two wee sojers. Although she hid awready made up her mind which wan tae use, she still went through her usual ritual ae choosing which tool wis required. The fountain pen wis usually fur the straightforward stuff like processing numbers, reports oan how well the CPs wur daeing and reports tae other schools, pre-transfer. In other words, the nae-brainer stuff. The pencil wis fur the mair complex tasks that might require a re-write, like court reports, where she might need a rub-oot or additions, depending oan the complexity ae the boy and the charges he faced. She leaned o'er and flicked an imaginary piece ae dust aff her desk. She could hardly contain her excitement. She sat and thought aboot the past week's events. Efter a year ae trying tae get somewhere in the place, she felt she hid finally made a breakthrough. She wanted tae telephone...or even better...jump intae her wee green mini and drive in tae Paisley and tell Mr Dupon...Hugh...the good news. She knew she still hid an uphill battle oan her hauns. Oan the wan haun, there wis the school staff, who somewan hid furgotten tae tell it wis nineteen sixty eight and no eighteen sixty eight. She hid spent five sessions o'er the past five weeks wae them, explaining the new reward and response techniques, which wur being tried oot in some ae the approved schools in England and how this wis impacting oan how young people responded, particularly wae regards tae reducing disruptive and violent behaviour. She'd even hid Mr Dupon...Hugh...up tae gie them a session, busy though he clearly wis. She'd thought she wis getting somewhere until Beanpole...Mr Wilson...hid raised his haun at the end ae that session.

"That aw sounds very interesting, Mr Duponcie, bit whit his aw this goat tae dae wae us?" he'd asked.

That hid opened the floodgates.

"Bring back the birch, that's whit Ah say."

"Aye, we should never hiv goat rid ae it."

"Rehabilitation?  The last time Ah heard that word wis when Ah read in The Glesga Echo aboot some politician threatening tae sue some other poncey git fur slander and he said he wis taking oot rehabilitation against him in The Sheriff Court."

"When Ah wis a boy, we never..."

"It's awright you playing at it, Miss Flaw, bit us boys in here hiv tae pick up the pieces efter aw youse do-gooders go."

Oan and oan it hid gone, while Mr Dupon...Hugh...and her hid sat there, trying tae keep a smile oan their faces and looking as if they wur interested in whit they wur saying.  And then the breakthrough hid come two days later.

"Let me get this straight, Miss Flaw.  You wish to target a group of malingerers, here in Thistle Park...preferably a group of no-hopers... with the intention of trying to introduce a rehabilitation programme. Is that right?" The Heidmaster hid asked fae behind his desk at her first meeting oan the subject wae him.

"Yes."

"Now, why would a feisty little chestnut like you wish to do something like that, eh?"

"Because rehabilitation is the only thing that has any chance of working, to turn around and reverse the destructive pattern that has been bred into the inmates who darken our doors."

"This may come as a surprise to someone like yourself, but when I was a boy, I was a wee bit of a rascal myself, you know?"

"Yes, but..."

"I mean, while I was no angel, my friends and I didn't get up to half the things these little bas...buggers get up to nowadays."

"There's been research carried out with young prisoners that has highlighted that if you reward good behaviour, then there's a good chance that good behaviour becomes the norm.  There's also changes in how we treat juveniles within the youth justice system that have been implemented as a result of the Kilbrandon Report.

446

We have an opportunity to be at the forefront...to be trailblazers," she'd pleaded.

"I don't disagree with what you're trying to do. However, the delinquents we tend to be blessed with in here do not exactly exhibit any worthwhile traits and normal behaviour to start with."

"Precisely. That's why it's a challenge, headmaster. If we can turn around just a few of them, then the chances are that others will see the benefits and start behaving themselves as well."

"It all sounds very scientific to me, Miss Flaw, but I'm willing to give it a go, just so people don't get the impression that I'm not progressive. What do you need from me?"

"I want to work with a group and try out some of the latest techniques. I've already carried out some research and I think that I've identified who we need to work with."

"Ah, yes? And who would that be then?"

"There's a group from the Townhead area of Glasgow. I've been monitoring them over the past couple of months. They rarely mix with any of the other boys and are causing lots of disruption, which is taking up significant staff time on a daily basis."

"I thought all the boys sent here did that?"

"Not like this group. If I can get at least a few of them on board, that would be a fantastic start. I would need your full support, though, or it won't work. The staff will be against it."

Silence.

"I'll give you an initial three months to see what you can come up with. We'll review progress regularly. If there's no marked change in the behaviour of your targeted group, then we can always say we tried," The Heidmaster hid finally said, gaun back tae nibble the end ae his pencil.

"Thank you, headmaster. I won't let you down."

Oan reflection, it hid surprised Fanny that persuading the heidmaster hid been the easy part. She'd awready known whit tae expect fae the staff, so hidnae been too disappointed, or surprised by their reaction. The boys in the school wur a different proposition aw thegither. In jist o'er a year...fourteen months, tae be exact... only a haunful ae boys within the school hid voluntarily spoken tae her and even then, it hid only been efter she'd asked them a question directly or hid called them intae her office. The wans who'd spoken tae her freely wur maistly those placed under supervision as a result ae Care and Protection and who usually sat opposite her crying, mystified as tae why they'd been put in a place like Thistle Park, given that they hidnae committed a crime. It wis these boys who wur mair at risk ae being bullied than any ae the others. It wis always heart-breaking, as she knew she could dae very little fur them, other than tae put forward a request fur a transfer tae a less secure school. The problem within the system wis the numbers. There wis jist too many boys and no enough places in the schools that could support the CPs tae come tae terms wae their situation. When Fanny first started, she thought the majority ae the boys wid make a bee-line fur her door tae pour oot their woes and tae ask fur help. The only knock she'd heard this past twelve months hid been when wan ae the staff hid come knocking tae borrow her Typhoo tea. It hid been a steep learning curve and she'd found it hard tae come tae terms wae it. She'd felt that aw her training hid gone doon the drain. She'd quickly found herself in some sort ae no-man's land. Oan the wan haun, there wis the staff who thought she wis just some air-heid do-gooder who wis playing at being concerned.

"Aye, well, we'll see where ye ur in a few months' time, hen," hid been the mair polite ae the responses in the staff room that first week.

It hid been the responses fae the boys that hid hurt her the deepest though. The mair she'd tried tae engage wae them, the mair they'd shied away fae her. She'd believed, and still did, that she hid a lot tae offer them, tae help them turn their lives aroond. She'd lost coont ae the number ae days, or weeks, that she'd arrived first thing in the morning and left at five o'clock, hivving sat at her desk staring intae space, asking hersel whit it wis that she'd done wrang.

Her parents and her brother, Benson, The Glesga Echo's motoring columnist, hidnae helped either.

"I've spoken to Tom Bryce, the crime desk sub-editor, and he's willing to take you on as a cub-reporter, working alangside Mary," Benson hid said, before admitting that her father hid put him up tae it.

The thought ae working alangside her pushy, patronising, sister-in-law, Mary Marigold, a rising master crime-desk reporter, hid been the deterrent tae Fanny picking up the phone and admitting defeat oan many occasions. She thought aboot Mr Dupon...Hugh...and the advice and support he'd been gieing her. He seemed tae be the only wan who could understaun whit she wis up against.

"Don't give up. Who told you that it wis going to be easy, Fanny? Hang on tight and just take a deep breath. Suck it and see," he'd said. "You might actually like it."

With Mr Dupon...Hugh's...encouragement, she'd gied hersel a month tae carefully trawl through the files ae the potential candidates in the school. Within a few hours, she'd identified her group. In simplistic terms, they wur the best ae the worst. They contributed absolutely nothing, ignored even the maist basic ae rules, actively undermined everything and anything that could be deemed as positive in the school, refused tae play ball and disrupted anything they wur forced tae participate in, whether staunin in the queue or sitting doon tae eat. In fact, the only time they didnae appear tae be in trouble wis when they wur sleeping, although wan ae them, Taylor, did tend tae sleep walk aboot the school at night. In aw the time they'd been in Thistle Park, only wan ae them hid ever managed tae move up a peg oan the hame-leave board and he'd taken his anger oot oan another boy by assaulting him. Mr Dupon...Hugh...hid pointed out that treating this group like the rest ae the boys in the school wis hivving the opposite effect ae whit wis being intended in the first place. That hidnae gone doon well wae the majority ae the staff.

"We all need to think out of the box. That's the answer," he'd telt the staff, shrugging the hostility emanating fae the silent group ae men like water aff a duck's back.

In her eagerness tae get started, she'd jumped right in at the deep-end and hid realised her mistake the moment she'd sat doon in the classroom. They hidnae even pretended tae look curious at her sudden presence. Apart fae wan question, asking whether she wis Chinese, they'd totally ignored her. She'd then hid tae retreat, feeling rejected. She'd phoned Mr...Hugh...who'd telt her tae get back in there, bit this time, tae introduce the steps that they'd spoken aboot.

"Isolate the leader, Fanny. Don't mess about with the rest. That will come later. They won't do anything without his say-so and he won't do anything, if he feels that you're embarrassing him in front of his peer group. You're young...and don't forget...female. Don't be shy in using the assets that God gave you," he'd soothed, putting the phone doon.

She hidnae been too sure aboot 'using the assets that God hid gied her,' bit she'd decided tae bite the bullet and go back in the efternoon. She'd goat Mr Burns tae take Gucci alang tae the vacant dentist's office at the end ae the corridor in the education block.

"Thank you, Mr Burns, that will be all. I'll give you a shout when I'm finished here," she'd said, no being in the least bit surprised at his hesitation as he aboot turned and slammed the door shut behind him.

She'd quickly glanced at the boy as he entered the room. This hid been the closest she'd managed tae get tae him...in fact, tae any ae them. She hid spent a good bit ae time looking doon oan Gucci and his associates fae wan ae the dorm windaes when they'd been oot in the yard. Although they looked tae be the wan group, efter studying them, it hid become clear that the boys fae the Toonheid and Royston wur two separate entities. While Gucci either sat or stood by the steps that lead intae the main building, McManus always seemed tae be busy talking tae boys in the various groupings scattered aboot the yard. Taylor never stood still fur mair than a few minutes and wis always oan the move, walking roond the perimeter ae the yard, wae Smith, the quiet wan, trailing efter him. He displayed the same mannerisms as a caged animal that she remembered staunin and staring at when her parents took her and her two brothers tae the zoo. She'd looked doon at the open file in front ae her. Gucci wis described as being five feet five tall, wae nae distinguishing marks oan his body, other than a strange looking scar oan his right wrist. Although he hidnae disclosed how he'd come by it, his file suggested that it wis as a result ae being held in the jaws ae a large dog. She'd looked up intae his dark, diamond eyes. She'd quite easily been able tae detect his Italian background in his olive skin. He wis stunningly beautiful and she could swear she'd felt her heart palpitating. He hid jist stood staring right back at her. Efter managing tae regain her composure, by glancing at a page in the folder in front ae her, she'd taken a deep breath and started tae deal her haun.

"Please take a seat, Tony. I'm Miss Flaw and I would like to ask you a few questions so that I can figure out how I'm going to be able to help you and your friends, without you, or them, losing face," she'd said, looking up at him, disappointed that he hidnae sat doon.

"You have to come across sincerely, Fanny. Don't attempt to lie to him. He'll be on to you as quick as a flash. You have to get him to sit down opposite you, or you've lost him." Mr...Hugh...hid repeatedly drummed intae her oan the phone.

She'd fought hard tae quell the panic welling up inside her. She'd wanted tae run oot ae the door and hid jist been measuring the distance when she'd looked intae his eyes again. They wur saft and warm and she'd thought she detected a hint ae a smile behind them. She'd put her mad dash oan hold and hid taken a deep breath.

"If that's okay with you?"

"Kin Ah read that file ye've goat in front ae ye?" he'd asked pleasantly, taking a seat.

"What? Oh, er, somehow, I don't think so."

"So, whit's so special aboot it?"

"There's nothing special about it."

"So, whit's wae aw the secrecy then?"

Her brain hid fought wae her tae avert her eyes fae that look ae his, telling her tae retreat back tae the file sitting in front ae her, that she'd read a hundred times before, o'er the previous two weeks, bit she'd held her gaze steady...jist.

"Do not, under any circumstances, allow him to control the situation with those intimidating, menacing eyes, Fanny. You have to be assertive, and the eye contact will be the first test," Mr...Hugh...hid emphasised.

Gucci hid the maist beautiful eyes that she'd ever come across. The only part ae the advice she's been gied regarding his eyes that hid been missing, and whit the reports furgoat tae mention, wis that they wur mesmerising. Although she'd been studying him and his pals fae a short distance...getting familiar with their body language...being that close tae him hid been totally different. Despite whit the reports continually emphasised, he hidnae come across as being the dangerous violent little thug that she knew him tae be.

"The file just contains reports regarding who you are and what you've been up to over the past few years. Background reports, that kind of stuff," she'd replied pleasantly.

"Dae ye think Ah'd be annoyed aboot whit's been written aboot me in that secret folder that ye're gripping oan tae?"

"Er, I don't know. Perhaps, although I wouldn't imagine that you would find much in it that would be interesting. Legal jargon, that kind of stuff," she'd replied, involuntarily slackening her grip oan the folder.

Silence.

"Tony, what I'm attempting to do is work out a programme that will assist you and your friends to come to terms with your current situation and help you to manage your sentence more positively than what you've been doing so far."

Silence.

"By that, I mean, see if we cannot help you to get more in-volved..."

"In obeying rules?"

"...In what's going on in the school generally."

Silence.

"So, er, what do you think then?" she'd asked, hoping he widnae detect the desperation in her voice.

"Aboot whit?"

"About what I've just said?"

"Hiv ye ever done time?" he'd asked her, throwing her completely aff kilter.

"Er, what? What do you mean?"

"Ye heard me the first time...miss."

"Have I ever done time? Of course I haven't."

"Bit ye want tae help us dae oor time better?"

"Er, yes."

"Whit makes ye think we need yer help? We're experts at daeing time, so we ur."

"Well, your behaviour towards the staff and other boys leaves a lot to be desired, for example."

"Bit, whit's that goat tae dae wae ye helping us dae oor time bet-ter?"

Silence.

She'd walked right intae that wan, she remembered cursing tae hersel. He wisnae being aggressive. He'd jist been coming oot wae questions as if he wis asking her whit time ae day it wis. She'd hid a terrible urge tae lean o'er and poke him straight in the eye wae her pencil.

"Well, as well as being sent away as a punishment, we have a duty to try and reform you and help with your rehabilitation," she'd replied lamely.

Silence.

"I mean, since you've arrived in Thistle Park, I cannot find one single good word that has been written about you...and that also applies to your friends along the corridor in the classroom," she'd said, waving her haun at the wall.

Silence.

"Were you aware that there are boys in here that have arrived after some of you who are literally just days away from being liberated or let out early over the next three to six months, not to mention all the home leave that they've enjoyed?"

Withoot trying, his demeanour hid gied her the distinct impression that he'd awready lost interest in aw the positive aspects ae school life that she'd been pointing oot tae him. He'd hardly said anything fur fifteen minutes, apart fae when he'd chosen tae challenge or correct assumptions oan her part.

"I can do this for you," she'd practically pleaded.

"Whit makes ye think that's whit we want?"

"I'll use my influence with the headmaster to instruct the staff to back off...give you all more space."

"We kin speak up fur oorsels."

"It wouldn't cost you much to try this."

"How wid you know?"

"I want to be your friend, get to know you all better."

"Naw, ye don't."

"I want to understand you all."

"Whit's that goat tae dae wae us?"

"Give me a chance to show you what I'm talking about and what I can do for you, Tony. At least, give it a try. Give me a month... please?" she'd finally muttered in defeat.

And then it hid been aw o'er wae. He'd suddenly stood up, opened the door and walked through, withoot looking back at her or saying cheerio. Mr Burns hid taken great pleasure in gieing her an 'Ah telt ye so' look fae the door, before disappearing efter Gucci. She'd walked back tae her office feeling totally dejected. She hidnae been too sure whit tae dae next. She'd thought ae phoning

Mr...Hugh...bit, while she appreciated his wonderful support, she hidnae been sure if she'd hiv been able tae control her disappointment and the last thing he probably needed wis her crying o'er the phone. She wisnae sure how long she'd sat there, contemplating picking up the phone tae her brother, Benson, wondering if the cub reporter job wis still an option. It hid been the school bell that hid brought her oot ae her reverie. She'd heided oot intae the corridor, tae find Mr Burns stomping alang towards her, wae a face like thunder.

"Ah hope tae hell ye know whit ye're daeing, Fanny?" he'd scowled.

"Why? What's happened?"

"That Tally wan, Gucci, his jist gone and telt them that they'll aw be starting their new jobs first thing oan Monday morning."

# Chapter Ten

None ae them goat aff tae a good start...especially Johnboy and Silent. Oan the Monday, they aw trooped intae the recreation hall. The wee joiner, Mr Button-heid, took wan look at them and flipped his lid. It wis clear that they wurnae tae be welcomed wae open erms.

"Right, you and you, get yer jaickets back oan and come wae me."

Johnboy and Silent followed him alang the corridor tae the main reception area tae see Bick the Prick, the deputy heidmaster.

"Harry, whit's gaun oan here? Tell me this is a joke ye're playing oan me?"

"Sandy, calm doon. Whit's the problem?"

"Whit's the problem? This is the two wee basturts that broke intae ma cadet hut and stole ma cadet uniforms, when they decided tae fuck aff back tae Glesga a couple ae weeks ago. That's whit the problem is."

"Bit, ye goat them back, aw in wan piece, didn't ye?"

"Whit's that goat tae dae wae anything? Tell me Ah'm no expected tae hiv anything tae dae wae supervising this pair ae sticky-fingered animals."

"Sandy, aw the boys in here ur in fur thieving. They're nae different fae anywan else. This his come fae the tap, so it his. Ye'll jist hiv tae accept it...and them."

"And another thing...ye've also took away ma wee crew who done a bloody sterling job this time last year and replaced them wae a bunch ae bloody wasters. Ah cannae bloody believe this. This his goat tae be a wind-up, surely?"

It wisnae often that Johnboy agreed wae any ae the teachers in the place, bit he thought Button-heid hid a point, being upset. A couple ae weeks earlier, Johnboy and Silent hid managed tae get oot ae the main building, jist efter the teatime heid coont. They'd managed tae jump intae two ae the big wicker laundry baskets that hid been left at the main door tae be picked up. Wae Silent in wan and Johnboy in the other, and under the supervision ae Rolled Back Neck, four boys hid lifted each basket and carried them through aw the locked doors. Efter waiting five minutes, Johnboy and Silent hid heided fur the cadet hut, dressed up in uniforms and marched straight intae Paisley and then alang Paisley Road West. They'd goat nabbed in Govan, waiting at the traffic lights fur a lorry tae gie them a hudgie intae the toon. A pair ae bizzies hid offered tae gie them a lift intae the toon centre in their squad car when the boys telt them they'd lost their bus fares. It hid nearly worked. The bizzies hid later telt them that they'd known right away that they wurnae real cadets because their ankle gaiters hid been oan their ankles the wrang way roond. The buckles should've been oan the ootside seemingly.

"Did ye no feel them catching aff wan another when ye wur walking?" PC Plod, ex-Argyles, hid scoffed at them.

They hid, bit they hidnae been gonnae admit that tae him. When the bizzies hid phoned the school tae come and collect them fae Govan Polis Station, the school hidnae been aware that two ae the boys hid done a runner. The teachers hid turned the school upside doon, searching fur a key, in an attempt tae try and find oot how they'd managed tae get oot ae the main building.

"Ye've nae choice, Sandy. There's a reason why ye've goat this crowd. Ah'm sure they'll be fine. Jist tell them whit ye need done and don't take any shite aff ae them. Ye've ma full support," Bick the Prick telt him.

It wis a bit tense fur a few days, bit things soon settled doon. The recreation hall wis oan wan ae the wings ae the U-shaped building. Above it wis the dorm wings. There wur eight big sash windaes oan each side ae the room and four windaes at the bottom end, which went fae waist height, straight up tae near the ceiling. Each windae hid twenty eight panes ae glass in it. The windaes only opened a couple ae inches as blocks hid been attached tae the runners above the bottom sections ae the windaes and the grooves in the screw heids hid been ground doon, tae stoap people like

Johnboy fae unscrewing them. They spent that first week humph-
ing wood intae the room and then hammering and screwing the
frame ae the stage thegither at the bottom end ae the hall...away
fae the snooker table. The radio wis oan aw day and they sang
alang tae aw the hits oan Radio Wan, like 'Bad Moon Rising,' 'Baby
Come Back' and 'A Little Help Fae Ma Friends.' It wis definitely
better than sleeping wae their heids oan their desks aw day, across
in the hut. The Garngad crowd seemed tae settle in tae their new
jobs as well, apart fae wan wee incident where Patsy skelped som-
ewan fae Drumchapel o'er the heid wae a pitchfork. This wis soon
forgotten aboot as he hidnae stuck it in him. Meanwhile, Tony wis
still trying tae find oot whit Johnboy wis up tae. Before they'd been
allocated their new jobs, Johnboy hid been moaning that he need-
ed tae get oot ae the hut or he'd go mad. It wid've been practically
impossible tae escape fae the building unless everywan hid been
prepared tae attack the teachers and haud them doon tae allow
Johnboy time tae get well clear ae the building. Wance oot, he'd
then hiv needed tae get aff the grounds before finding a way intae
the toon undetected. Johnboy hid known that as long as he wis in
the hut, then escape wis a non-starter.

"Johnboy, if ye cannae talk tae me, who kin ye talk tae?" Tony hid
challenged him oan the morning efter the social worker hid popped
her heid roond the door.

"Ah need ye tae get me oot ae this bloody classroom!" Johnboy
hid howled in frustration.

"How can Ah help ye if ye won't tell me whit the fuck's wrang wae
ye?"

"There's nothing bloody wrang wae me. Ah jist need ye tae get
me oot ae this fucking classroom...now!"

Efter a month in the stage building game, things at last started
tae unfurl. The stage wis looking quite impressive. The cast fur
the show hid taken o'er the boys' auld classroom in the hut and hid
started tae appear o'er in the efternoons, in dribs and drabs, tae
practice and learn where they wur tae staun oan the stage during

the concert. The music wis shite, bit Johnboy and the rest ae them goat tae know aw the words tae the songs as the radio hid tae be turned aff while they practiced. Sandy Button hid telt them that the concert wis a mix ae famous musical films aw drawn intae the wan spectacular. Even though they'd sit and pish themsels laughing at the singers, it wisnae long before they wur walking aboot humming 'Ain't She Sweet,' 'There Is Nothing Like A Dame' and 'Nothing Could Be Finer Than Tae Be In Carolina In The Morning.'

The first real inkling that Johnboy's luck wis aboot tae change started efter breakfast wan Friday morning. There wis a hush in the dining room as Bick the Prick rattled oot aw the good behaviour ticks and Beanpole stood oan a chair, shifting the pegs fur the lucky wans up the board. The previous Friday, eyebrows hid been raised when Baby and Patsy collected wan tick each. Baby hid sat and scowled at everywan within punching distance when his name wis read oot. Patsy hid been next. When the name McSwiggan wis shouted oot, none ae the Toonheid or Garngad crowd hid batted an eyelid because they hidnae a clue who the fuck it wis until it hid suddenly dawned oan Patsy that it wis him.

"That's me!" he'd turned and hauf shouted at them wae a big grin splashed across that ugly coupon ae his.

"Bum-boy!" Joe hid muttered.

"Jealous prick," Patsy hid retorted swiftly.

Bit it wis the next week that really set the heather alight though.

"Kelly, wan peg...nae leave. McSwiggan, wan peg...nae leave. Smith, wan peg...nae leave. O'Hara...two pegs...Saturday morning tae Saturday night leave."

Everywan jist sat and gawped at Baby, who looked as if he'd jist been slapped, sitting there blinking wae embarrassment.

"Baby, ya dirty fucking cocksucker, ye. How many times did that fat arse ae yours get humped doon in that boiler room tae get that, eh?" Patsy squealed.

"Ah know, Patsy, and here's you always saying Ah widnae ever get ma hole because Ah wis a fat basturt, eh?"

"You've goat a fucking cheek, McSwiggan. Who's dick hiv you been sucking, ya wee cockroach, ye. That's two ticks in two weeks," Freckles chipped in.

"Aye, bit at least Ah didnae get fucking hame leave like Mr Michelin o'er there."

"Listen, Bucktooth Boy, ye've jist goat tae try a wee bit harder, that's aw," Baby said tae Patsy, clearly chuffed wae the turn ae events.

"Well done, Baby!" Johnboy said tae him.

Everywan could tell that Baby wis right chuffed. He kept telling Patsy aw the things he wis gonnae get up tae when he wis back up in Roystonhill.

The second trigger fur a change in Johnboy's situation happened when they wur lying aboot behind the stage, listening tae the shite songs being sung by The Thistle Park Players. Tony, Silent and Johnboy wur sitting wae their backs against the wall, below wan ae the windae sills. Joe wis lying, stretched oot in front ae them, wae his heid resting oan his haun, when he brought the subject ae Skull up.

"Ah wonder whit Mr Magoo wid look like noo," Joe said tae nowan in particular.

"Still baldy, ugly and moaning like fuck, wearing that auld Partick Thistle jersey and his Celtic tammy," Tony said wae a smile.

"He looks exactly the same as he did when we last saw him. He hisnae grown or changed wan bit, apart fae the tammy that is. He lost that in the fire," Johnboy blurted oot, then cursed himsel under his breath.

"And how wid ye know that, professor?" Joe asked sarcastically.

"Because Ah met and spoke tae him the day Ah goat sentenced," Johnboy replied, blushing.

The three ae them jist looked at each other and smiled.

"Ah'm telling youse. Ah saw and spoke tae him in the cells in Central the day Ah goat sentenced. Ye said ye wanted tae know whit wis wrang wae me? Well, that's whit Ah've been haudin back oan," Johnboy said, turning tae Tony.

Silence.

"Johnboy, ye speak a lot ae shite a lot ae the time, bit this takes the biscuit," Joe retorted.

"Fuck aff, Joe. Ah know whit Ah saw. If ye don't want tae believe me, so what? Who the fuck cares whit you think anyhow?"

"Johnboy, ur ye seriously sitting there, trying tae tell us that ye spoke tae Skull?" Joe challenged him.

"Aye."

"Ye're full ae shite."

"Fuck you, Joe!"

"Joe, shut the fuck up. Right, Johnboy. Tell us whit happened then," Tony said.

"Am Ah, fuck. He'll jist make oot Ah'm talking a heap ae shite."

"Dae ye blame me?"

"Joe, shut the fuck up!" Tony growled at Joe, before turning back tae Johnboy.

"Oan ye go, Johnboy."

Johnboy took a deep breath and launched intae telling them whit hid happened doon in the cells in Central the day he'd been sentenced. Everything jist burst oot ae that mooth ae his. The kick aboot wae his socks, sharing his tea and cheese pieces and whit Skull hid said aboot the fire and who done it. The three ae them hid jist sat, looking at Johnboy in silence, until Johnboy came tae the bit aboot how the fire started and Tiny and Horsey John being involved.

"Ah cannae believe we're listening tae aw this shite. Everywan knows fine well that it wis they fucking bizzies that done the damage," Joe said dismissively, looking at Tony.

"Aye, well, you believe whit ye want, Joe," Johnboy spat.

"It sounds like some dream, that wan, Johnboy," Tony said, smiling.

"Tony, Ah'm fucking telling ye, it wisnae a dream. Ah wis talking tae him, the way Ah'm bloody-well talking tae youse jist noo."

"And ye reckon Skull wis aboot tae say who the other wan wis...in yer dream?"

"Ah swear oan ma ma's life. This wisnae any dream."

"Well, whitever it wis, who the fuck's gonnae believe it?" Tony asked.

"Well, youse kin fucking believe me fur a start," Johnboy retorted.

"Aye, right, Johnboy," Joe chipped in.

"Johnboy, if ye're saying it happened, fine. Aw Ah'm saying is, how the fuck wid ye be able tae prove it? It's no exactly the strongest evidence Ah've heard in a long time, is it?" Tony said, a bit mair gently.

"Whit aboot ma wet socks then?"

"Whit aboot them?"

"Ma socks wur wet and lying flat oan the concrete bed tae dry oot. Ah know Ah never kicked them intae the toilet bowl."

Silence.

"Ye'll need tae try harder than that, Jackanory. Remember, this is coming fae the guy who gets up in the night and goes fur a wee walk when he's still asleep," Joe said, laughing.

"Fuck you, Joe, ya weasely prick."

Johnboy could also see that Tony and Silent wur no convinced bit wurnae being as blatantly shitey towards him as Joe wis.

"Right, whit aboot Flypast then?" Johnboy challenged.

"Whit aboot him?"

"How wid Ah know that Skull met wae him efter leaving me that night doon in ma closemooth, eh?"

"How dae ye know he did?" Joe asked.

"Because Skull telt me. He said he bumped intae Flypast when Flypast wis oan the way back fae Sherbet's, where he'd been buying a couple ae single fags fur his maw and that he went back wae Flypast tae see his new doos. That's the reason he wis late in getting back hame...because Flypast telt him the story fae years ago, aboot Skull's da and the big Horseman Thief Pouter...and that's why he hid tae sleep in the cabin that night, because his auld man hid locked the door and widnae let him in again," Johnboy stammered before Joe could butt in again.

Silence.

"That's aw very well, Johnboy, bit that isnae exactly proof is it? How the fuck wid we know whether he spoke wae Flypast or no?"

"We could always ask Flypast."

"Aye, Ah'll send him oot a wee note tae come and visit us tae tell us whit happened that night three years ago. Ah'm sure it's plastered across his foreheid," Joe said dismissively, laughing.

"Why the fuck dae ye think Ah've been so desperate tae get oot ae here and get back tae the toon, eh?"

"Johnboy, kiss ma arse!"

It wis jist as well that the bell went aff jist then, as Johnboy wis aboot tae fling himsel at Joe. Even though Joe wid probably hiv goat the better ae him, Johnboy wanted tae kick Joe's heid in.

"C'mone, let's go," Tony said, staunin up, as the other three trooped efter him, doon the side ae the stage and oot the door.

The third result fur Johnboy happened that same night roond the snooker table. Johnboy hidnae spoken tae Joe since their wee pow-wow aboot Skull earlier in the day. Tae gie him his due, Joe hid avoided noising Johnboy up any mair and Johnboy hid kept oot ae Joe's way. They wur aw playing doubles oan the snooker table. Freckles and Tottie wur supposed tae be playing Patsy and Minky, bit they'd been arguing fur ten minutes before a baw hid even been potted. Even though Johnboy wis still in the huff, he couldnae help laughing at Patsy dishing oot his advice tae his snooker partner.

"Right, Minky, ya smelly basturt, blue in the tap left hole, ya wrinkled tit, ye," Patsy said efter the first red wis pocketed.

"Ah'm gonnae smash this fucking cue through they ugly buck teeth ae yours, if ye don't stoap prattling oan tae me every time it's ma shot. Ye're bloody-well putting me aff."

"Get oan wae it, Foreskin Face and stoap dribbling and take yer shot. We hivnae goat aw bloody night, so we hivnae."

Silent wis sitting between Johnboy and Joe oan the flair, watching the antics at the snooker table. Johnboy suspected that this wis tae keep him and Joe apart. Tony hid been sitting oan his lonesome maist ae the night, staring oot ae the windae at the thunderstorm that wis in full flow oan the other side ae the glass. Baby wis dancing up and doon, shaking that floppy belly ae his oan the other side ae the table, trying tae put Minky aff his shot.

"Baby, c'mere a minute," Tony said, nodding tae Johnboy, Joe and Silent, efter plapping his arse oan tae the flair beside them.

"Baby, whit a fat basturt ye ur. How ur ye gonnae find a big wummin wae a fat arse tae match yours, eh?" Joe asked him pleasantly.

"Whit? Did Ah no tell ye, Joe? The only reason yer sister's that thin is because Ah've been lying oan her fur the past two years before Ah came here."

"Sit doon, Baby. Ah want tae ask ye tae dae me a wee favour," Tony said, nodding tae the wide gap that he'd left fur Baby when he sat doon.

"Aye, whit is it?" Baby asked, sitting doon in the circle, looking roond the faces suspiciously.

"Ye know Flypast who's goat the dookit oot the back ae Johnboy's hoose in Montrose Street?"

"Whit aboot him?"

"Well, when ye go hame the morra, kin ye nip roond by and have a wee word wae him fur me?"

"Aboot whit?"

"Ask him whit happened the night Skull goat toasted in oor cabin."

"Whit? Ye think Flypast wis involved?" Baby asked, blinking as he looked at them.

"Naw, it wis the bizzies, bit Ah want tae know if he spoke tae Skull before he heided up the road that night. If he did, ask him whit they spoke aboot and whit time Skull left tae go up the road...if he kin remember, that is. Hiv ye goat that?"

"Aye, Ah hear whit ye're saying, Tony, bit there's only wan problem though."

"Whit?"

"How Ah'm Ah gonnae get word back tae ye?"

"How dae ye mean?"

"Ah'm no planning tae come back."

Silence.

"Aw, fuck you, Baby," Joe said.

"Naw, fuck you, Joe. Ye widnae dae this if it wis me asking any ae youse, wid ye?"

"Baby, Ah need ye tae come back the morra night. This is impor-tant," Tony telt him.

"Tony, don't say that. Ah'm sick ae this place. Ah want a wee break."

"Ye'll only get caught efter a few days anyway, ya fat useless prick. The bizzies will spot that fat arse ae yours fae hauf a mile away, so stoap fucking aboot," Joe said helpfully.

"Ah cannae believe youse ur asking me tae dae this. Why is it so important, eh?"

"It jist is. Will ye dae it? Jist this wance?"

Silence.

"Youse basturts owe me wan fur this and it better be fucking good," Baby said, jist as Patsy let oot a cheer and started dancing roond the snooker table.

"Right, get tae fuck, ya pair ae losers," Patsy sang. "Right, Gucci, ya Atalian wanker, ye. Get that bum-boy Joe o'er here, till we whip they manky Toonheid arses ae yers."

# Chapter Eleven

She'd arrived earlier than she intended. She didnae want them tae think she wanted tae gloat, bit she wis mair than happy wae the turn ae events. It hid jist been o'er a month since the agreement tae try and get the hut-boys mair involved in the school regime. At first, she'd been happy and then she'd become suspicious. It hid jist aw seemed too easy. Wance Gucci hid gied the others the nod, the baw hid started rolling relatively quickly. That hidnae stopped the resistance fae maist ae the staff in the school, and that resentment still hidnae dissipated as the weeks hid gone by. There hid been a definite chill fae maist ae them when she'd come across them in the corridors or in the work detail squads. She'd spent the first couple ae weeks gaun roond the different work parties, talking tae the relevant staff members. Sandy Button still wisnae convinced, which wis understandable seeing as Taylor and Smith hid burgled his cadet hut and ran aff wae his uniforms, bit she'd felt a slight thawing in that quarter. Efter resigning himsel tae the inevitable, he'd said he'd test the water wae them o'er a period ae a month, which wis jist aboot up. Other than tae Smith, he hidnae awarded any good work detail ticks tae any ae the other three boys in his charge, despite encouragement fae her fur him tae try and see the bigger picture...bit he hidnae come back complaining tae her either. Jim Green, who wis in charge ae the greenhooses hid blown a gasket when McSwiggan hid hit the McMaster boy o'er the heid wae a pitch fork.

"That's it, Miss Flaw. Ah knew this wis a daft idea. Ah want that wee thug oot ae ma greenhoose. He'll end up killing somewan and wrecking ma good peach plants tae boot. Ah caught him eating two ae them the first morning he wis here," he'd whined.

"Give me a week, Mr Green, please? If he doesn't settle down by then, I'll get him moved," she'd pleaded, hating hersel fur fluttering they eyelashes ae hers at him.

"Well...bit Ah'm warning ye, any mair violence and he's oot ae here."

Badger Bailey in the boiler hoose hid been a total different story. She'd gone roond tae see him when the big loud wan, O'Hara, hid been at his lunch.

"He's better than a bloody digger, so he is. Ah hiv tae tell him when tae hiv a tea break. Best worker Ah've ever hid, and Ah've hid some good wans in ma time. Aye, and he's no a bad boy either, wance ye get tae know him. Ah jist don't understaun whit aw the fuss is aboot. Mind you, Ah'm stuck doon here, oot ae the way, so Ah don't get an opportunity tae find oot whit's gaun oan maist ae the time," he'd said.

She looked up as the door opened and they started tae troop in.

"Aye, ye're early, Miss Flaw. Doon tae gloat, ur ye?" Mr Burns flippantly asked her.

"No, not at all, Mr Burns. I was already at this end of the building and didn't see the point of going back to my office, just to hang about for five minutes," she said, smiling sweetly.

"Right, Mr Bick. What have we got for this month then?" asked The Heidmaster, arriving oan the scene briskly, sitting doon and looking roond the table.

"Aye, it's been a quieter month this November. Nine fights, nae absconders, nine liberations and seven admissions. No a bad month at aw...in fact, it's the quietest month ae the year, so far," he said, winking across at Fanny.

"And I see Miss Flaw is sitting there, preening herself as well, eh? So, how are her group of angels with the dirty faces getting on?" The Heidmaster asked, making Fanny blush.

"Well, apart fae an assault wae a pitchfork, they've aw been as quiet as church mice, so they hiv," Bick the Prick beamed o'er at her.

"So, do we believe that Miss Flaw's rehabilitation experiment is bearing fruit, or is that too premature at this early stage?"

"Ah'm jist no convinced masel," Rolled Back Neck harrumphed, wobbling aboot oan his wobbly chair.

I'll need to get that chair fixed, The Heidmaster thought tae himsel.

"Ah wid second that," chipped in The Grand Master.

"Oh? And why is that, Mr Campbell?"

"They might be settling doon where they're working, bit they're still piss...er, mucking aboot in the main building. Ah've yet tae see wan ae them sitting wae his erms folded, and no piss...messing aboot, disrupting the other boys. That's why, heidmaster."

"Aye, bit Ah see that they've been getting some good behaviour ticks, though. That's progress," Alvin Jack, the school administrator, pointed oot.

"That's ma point, Alvin. They're no getting them fae the hoose staff in the main building."

"There's a surprise," mumbled Fanny.

"Whit? Whit wis that, Miss Flaw?"

"Ah said, that shouldn't come as a surprise, Mr Campbell. We've only started the programme. It's early days yet."

"See, and that's another thing...there's nae consistency here," whined Rolled Back Neck.

"Consistency? How do you mean, Mr Burns?" Fanny asked, looking puzzled and wondering whit wis coming next.

"It's the staff oan the work detail that's gieing them the marks. It's making it oot that we don't support the rehabilitation programme. Some ae the staff ur ae the opinion that they're jist behaving themsels oan purpose tae noise us up and tae make us look bad."

"What do you think, Mr Wilson? You haven't spoken yet," said The Heidmaster.

"Ah cannae bit agree wae Mr Burns and Mr Campbell. Even the other boys in the school feel as if it's aw a waste ae time. They're asking us why they should be sitting there aw quietly wae their erms folded, while that manky crowd ur getting aw the rewards... end ae quote. So, Ah'm sorry, bit Ah agree wae Mr Burns and Mr Campbell."

"Which boys said that, Mr Wilson?" Fanny asked defensively, her voice rising, clearly showing that she wis getting irritated.

"Aye, well, Ah don't think it wid be fair fur me tae divulge names here."

"Why? We're all staff, doing the same job."

"Aye, well, some ae us hiv goat harder jobs tae deal wae than others aboot here."

"And what is that supposed to mean?" Fanny demanded, feeling her hackles rising further.

"Gentlemen...Miss Flaw...let's not fall out over this. Miss Flaw has three months to turn round the situation with these boys, as an introduction to exploring the whole concept of rehabilitation. I will not have staff falling out over this. Do I make myself clear?" The Heidmaster said, looking roond the table.

"Hear, hear," chimed in The Grand Master, tapping the table as if he wis at a lodge meeting.

"It really is quite remarkable, Miss Flaw. Whitever it is that ye're daeing, ye've goat ma full support," Alvin, the administrator, said.

"No wanting tae put a fly in Miss Flaw's ointment, bit there is wan wee problem though," The Grand Master added.

"Oh?" The heidmaster asked, oan behauf ae everywan sitting roond the table.

"The staff wur a bit shocked, tae say the least, when they heard that wan ae them his been granted hame leave. Ah mean, don't get me wrang, bit how far ur we prepared tae go wae this crowd ae shi...er, toe-rags?"

Fanny felt her hackles go up again. She wis jist aboot tae jump in wae baith feet, when the heidmaster goat in there first.

"What? Is that a problem, Mr Campbell?"

"Well, Ah've yet tae meet a member ae staff...or inmate...who, who actually believes we'll see the fat wan back here the morra night."

"Did he earn his home leave, Mr Campbell?"

"He goat two ticks fae Badger Bailey, bit whether he earned them, well, that's no fur me tae judge."

"Bit he did get two good ticks?"

"Aye..."

"So, whether he comes back tomorrow night is irrelevant. He's entitled to the rewards for his good behaviour. He's entitled to the same rights and conditions as everyone else. Would you agree, Mr Campbell?"

"Oh, don't get me wrang, heidmaster, Ah'm jist saying..."

"Yes, well, point taken."

"Aye, thank ye, sir."

"Right...well done everyone. You're all doing a spiffing job. Keep up the good work. Miss Flaw? Can you hang back for a minute? I'd like a word."

"Yes, headmaster."

Fanny wisnae too sure if she wis gonnae get telt aff or congratulated. The meeting hidnae gone the way she'd expected it tae. She'd known she widnae get a pat oan the back, bit she wis disappointed at the level ae hostility. She prayed that the plug wisnae gaun tae be pulled.

"Right, Miss Flaw...I detected quite a bit of dissatisfaction from some of my key housemasters today. You're still convinced this programme is on track and will work then?"

"Oh, more than ever, sir," she cooed.

"And the horrible fat joker, what's his name?"

"O'Hara, sir."

"And you believe in miracles?"

"Sir?"

"You actually think O'Hara will return tomorrow evening?"

"Er, no, sir."

"Yes, I thought you might say that."

# Chapter Twelve

Johnboy hidnae slept a wink. Tony hid telt him that he'd clocked him wandering aboot in the middle ae the night, being followed by the two nightshift teachers, while Johnboy wis daeing his 'Casper The Ghost' routine. A couple ae boys fae Easterhoose hid telt Johnboy a couple ae weeks earlier that they'd jist aboot shat themsels wan night when they'd been up, oot ae their beds, trying tae get a dorm windae open withoot letting aff the alarm, trying tae escape. Johnboy hid appeared, oot ae the blue, and hid stood looking at them fur a couple ae minutes before turning and walking away. They'd telt him that they'd decided no tae go as he'd freaked them oot that much that they didnae want tae go oot intae the dark. Johnboy hidnae remembered a thing aboot it. He'd tossed and turned aw night, wondering whether Baby wid return. Wis Tony calling Johnboy's bluff? And whit aboot Joe? Johnboy hid overheard Joe telling Tony that he thought Tony wis bang oot ae order asking Baby tae come back oan Saturday night, given that this wis Baby's first real chance ae getting away since he'd been there. It wis clear that Patsy and the other uglies wurnae that happy either. He'd heard Patsy telling Baby tae go back and tell Tony tae fuck aff and Minky, who'd been staunin nearby, hid nodded his heid in agreement. Johnboy hid tried tae get a haud ae Baby before he left tae tell him no tae bother returning, bit every time he'd goat a chance tae speak tae Baby, wan ae the uglies hid appeared oan the scene.

"Ah feel really bad," Johnboy said miserably tae Tony when they wur painting a snow-capped mountain scene oan the back curtain prop.

"Whit aboot?"

"Y'know, us asking Baby tae come back the night."

"Why ur ye worrying aboot it? It wis me that asked him, no you."

"Ye know whit Ah mean."

"Why did ye no tell me aboot this dream ae yers before, when

Ah repeatedly asked ye whit wis wrang wae ye, Johnboy? That's months ye've kept this tae yersel. Whit's the point ae being part ae a team, if ye urnae prepared tae share whit's happening wae yer mates, eh?" Tony scolded him.

"Is that whit ye think it wis...jist a dream?"

"That's no whit Ah'm saying."

"So, whit ur ye saying then?"

"Johnboy, if we don't get this o'er and done wae the noo, efter ye telling us aboot yer...er...vision, then ye'll always be wondering. There isnae any other way, so there isnae. We need tae nip this in the bud."

"Ah wish Ah'd kept ma big trap shut, so Ah dae."

"Whit fur? Ah thought it wis funny as fuck. Ah could jist picture Skull telling ye a heap ae shite when ye asked aboot God and Heaven. If it wis him, then he hisnae changed a day," Tony said, dry-brushing a bit ae white paint tae make a wee swirling cloud, the way they'd been showed by Basil Brush, the teacher who wis also the director ae the whole show.

"That's whit wis weird aboot it. He hidnae changed. He still looked ten years auld. When Ah telt him Ah wis thirteen, he said he knew."

"Even if he wis thirteen, he'd still be farting aboot like a ten year auld, believe you me. Kin ye imagine whit he'd be like if he wis in here wae aw us?" Tony asked, looking doon the ladder at him.

They baith laughed.

"Ah sat there greeting. Ah couldnae haud back they tears ae mine. Ah felt terrible, especially when he asked why we hidnae come back fur him."

Tony stoapped painting and stood there looking at Johnboy. He hid a strange look oan that face ae his as if he wis searching oot the truth in Johnboy's eyes. It wisnae anger, bit Johnboy thought the look wis pretty weird, aw the same.

"Tony, Ah want tae say Ah made this up, bit tae be honest, Ah don't think Ah kin. Ah swear tae God, Ah bloody-well spoke tae

Skull…honest."

"Johnboy, don't get yer knickers in a twist. If Baby speaks tae Flypast the day, he'll tell him whit he said tae Skull. If Skull did go back tae hiv a look at Flypast's doos that night, he'll remember. If it wis a dream, it wis a dream and there's nae harm done. Bit if it wisnae, fuck knows whit we dae next. Ah mean, how wid we go aboot finding oot who the mystery basturt wis that Skull wis aboot tae tell ye aboot before yer pal booted ye in the ribs?"

"Tiny wid know."

"Oh, don't you worry aboot Tiny, Johnboy. That wee fucking limping midget won't know whit's hit him if we find oot he wis involved in this. Thank Christ Paul isnae here. If he wis, he wid've been aff like a whippet back intae Glesga last night," Tony said, clearly letting Johnboy know he'd awready put Tiny in the cross-hairs.

"Is he still in St Ninians?"

"Aye, as far as Ah know. Anyway, get a haud ae that broon paint and get that paintbrush in yer haun. Bali Hai's waiting tae be created, so it is."


Johnboy wis shiting himsel twice o'er. He wis sitting sideways oan the windae sill, watching the uglies fae the Garngad arguing o'er every shot, feeling miserable. The snooker table hid become their pitch. The Everly Brothers 'Aw Ah Hiv Tae Dae Is Dream' wis oan the radio and that ugly bunch ae basturts wur aw singing it oot loud, gieing Johnboy wee fly looks and laughing at him. The mini-bus hid jist arrived back fae picking up the Saturday hame leavers fae Gilmore Street Railway Station, doon in Paisley. Johnboy hid clocked the well-known fat face jumping oot ae the back ae it. Seeing that fat arse hid made him jittery. Johnboy hid been hoping that Baby widnae come back. Whit if Flypast hid said he never saw Skull that night or couldnae remember hivving spoken tae him? Johnboy wid be in Shite Street and the uglies widnae let him furget it either. It wis agony hivving tae wait until Baby wis strip-searched and then taken aff fur his tea. Why could he no jist say he wisnae hungry, Johnboy wondered. When Baby finally arrived, he strolled in wae a big smile oan his coupon.

"Ah'm back, ya bunch ae fud pads, ye," he shouted, pushing Freckles oot ae the way and grabbing Patsy's cue before taking a shot.

Everywan wis chuffed tae see him and wur full ae questions aboot how he'd goat oan.

"Fucking shite! Ah hid tae hing aboot Montrose Street aw day, waiting fur that eejit, Flypast, tae appear. His maw kept hinging oot the windae, saying he'd be back in five minutes as he wis jist away tae get her a packet ae Kirby grips and a couple ae single fags."

"So, ye never saw him then?" Joe asked, trying tae be nonchalant, bit eager tae prove Johnboy hid been talking through a hole in his heid.

Johnboy wis starting tae get irritated at Tony. He wis jist sitting there, laughing alang wae everywan else. Why wis he no demanding tae know whit happened?

"Oh, aye, jist when Ah'd decided tae fuck aff, he turned intae the street. He'd been doon at the doo shoap in the Saltmarket. He telt me his maw wis talking a load ae shite. He'd been tae get her kir-bys yesterday. He said she's been gaun doo-lally fur the past year and he's waiting fur word tae get her carted aff tae the loony-bin."

Johnboy wanted tae run across and kick him in they fat hee-haws ae his, bit he didnae think that wid be such a good idea. Baby might be a wee bit thick, bit they erms ae his wid be able tae snap a skinny basturt like Johnboy in two, withoot too much ae an effort. He wis convinced Baby wis daeing aw this delaying tactic shite tae noise him up.

"Never mind aw that shite, Baby. Did ye get yer hole then?" Patsy asked.

"Ma Nat King Cole? Five times, and that wis jist fur starters. Ah feel bad though, cause that youngest sister ae yours will be disap-pointed. Ah managed tae gie her a body-swerve because yer other five sisters wanted second helpings."

"That's fucking right oot ae order, ya tadger, ye. Ye know fine well ma sisters died when they saw the inside ae they underpants ae yers, that weekend ye stayed at mine."

Oan and oan it went. Everywan wis pissing aboot and laughing. The only wan other than himsel no getting involved wis Silent. He hid that vacant look oan his face that he put oan when he didnae seem interested in whit wis gaun oan roond aboot him. Johnboy'd hid enough. He wis jist aboot tae scream and tell them tae shut the fuck up, when Tony butted in.

"Right, Baby, get o'er here. We need tae talk."

"Whit aboot?" Baby asked wae a smile, as Johnboy slid aff the windae sill and went across tae join Tony, Silent and Joe, who'd been sitting cross-legged oan the flair in a semi-circle.

"Right, how did ye get oan then?" Tony asked.

"As Ah said, the basturt kept me waiting hauf the day. He widnae take me oan at first and kept wanting tae know why the fuck Ah wis asking questions aboot things he knew fuck aw aboot. Ah kept telling him that you'd sent me doon and Ah wisnae sure why ye wanted to know."

"Right, well, cut the cackle, Baby. Jist get tae the point, eh? Ye kin tell us aw the rest ae the details later aboot how much ye deserve a medal," Joe interrupted him.

"Fuck aff, Joe. Ah could've been hinging aboot up in the Garngad the night if it wisnae fur youse wankers."

"Don't listen tae him, Baby. He's only noising ye up and ye're biting. Carry oan wae whit ye wur saying," Tony said encouragingly, gieing Joe a 'shut the fuck up' look.

"As Ah said, he wisnae wanting tae know me until Ah telt him that if he didnae gie me the gen, then ye'd probably fuck aff fae here and turn up at his place the morra. That goat that tongue ae his shifting."

"And?" Joe and Johnboy asked in unison.

"Ah'm no sure if Ah kin remember everything he telt me because he spoke in a whisper and kept looking aboot tae make sure nowan wis hinging aboot, even though we wur sitting oan tap ae a midden inside his fucking dookit."

"Baby, Ah'm gonnae fucking punch that fat face ae yours so fast if ye don't fucking stoap farting aboot and get tae the point," Joe warned.

"Joe, shut the fuck up, ya prick, ye. Ye wurnae there, so ye wurnae, so haud yer wheesht! Ah'm losing ma train ae thought because ae aw yer butting in. Any mair lip and youse kin aw furget it," Baby threatened, as a wee faint smile appeared oan Tony's mooth.

Johnboy wanted tae grab Baby by the ears and bite the fat basturt oan that nose ae his. Joe jist burst oot laughing while Silent sat looking amused at everything that wis gaun oan.

"Ye wur saying, Baby?" Tony asked patiently, although Johnboy could see his eyes hid narrowed.

"So, here's whit he telt me. He said he did speak tae Skull oan the night ae the fire. He'd jist nipped roond tae Sherbet's fur a couple ae fags fur that batty auld maw ae his and hid met Skull heiding up the road. Skull went back wae him tae hiv a swatch at his new doos and he anchored fur a couple ae hours, talking aboot doos and stuff before fucking aff hame."

"Whit did they talk aboot?" Tony asked.

"Ah telt ye, doos and stuff. He said that he telt Skull aboot how him and Skull's auld man used tae run aboot thegither, fleeing the doos and aw that."

"And whit?"

"That's it."

"Whit dae ye mean, that's it? He must've said something else?" Joe growled.

"Naw, that's it. The only other thing he said wis that Skull wis wanting tae get aff hame tae make sure he goat in that night before his auld man locked him oot. He mentioned Skull saying that he'd be gaun back tae school the next morning. He said that Skull kept asking questions aboot whit Flypast and his auld man goat up tae when they wur younger. Flypast said that that wis the last time he saw Skull. Efter that he clammed up and started fucking aboot, fidgeting wae his doos. It wis obvious he wanted rid ae me, so Ah jist legged it up the road tae see ma maw before Ah hid tae get back doon tae the Central Station tae get ma train back here."

"Did he say anything else?" Johnboy persisted.

"Jist tae say he wis asking efter yersel and Tony."

Nowan said a word. Tony and Joe looked sick as fuck. Tony's face hid turned white. Everywan wis thinking ae Skull, wishing he'd left tae go hame early that night. The last person they thought wid speak, spoke.

"How did ye know whit happened that night if ye wurnae there, Johnboy?" Silent asked.

Again, nowan said a word. Baby goat the hint and stood up and went o'er tae join the mayhem that wis gaun oan roond the snooker table. Beanpole wis telling Patsy tae stoap shouting and waving the cue aboot the place or he wis gonnae get evicted fae the table. Tony looked across at Joe and grimaced. Joe jist sat and stared back. Johnboy kept his trap shut.

"Johnboy, ur ye sure Flypast's never telt ye anything aboot that night ye left Skull at yer closemooth?"

"Naw, Tony, Ah swear."

"Fuck! Wait until Paul hears aboot this wan," Tony said, shaking his heid in disbelief, as the three ae them looked at Johnboy as if he hid three heids.

# Chapter Thirteen

Fanny quietly clicked the door shut behind her. She could hear her footsteps echoing in the stairwell as she descended the stairs. It wis early...far too early fur church, although she'd awready made up her mind that she wis gonnae gie that a miss anyway. She couldnae face Major Bellow, the new Salvation Army major, who'd transferred through fae Glesga in September. Everywan wis bound tae know whit hid happened. There wis two auld biddies staunin chewing the cud oan the corner ae the cul-de-sac as she exited oan tae the pavement and heided fur her car. They suddenly stoapped talking and stared at her, following her every step wae they accusing eyes ae theirs. She managed tae get tae her Mini, delaying her flight by fumbling wae the keys in the lock and drapping them oan tae the ground. Her guilt and shame overtook her when she saw the look ae disgust and disapproval oan baith their faces. She looked in her rear-view mirror as she sped doon the road, heiding intae toon. The two auld hens wur huddled in animated conversation oan the corner, watching her car disappear intae the distance. Her mind kept gaun back tae the night before. She'd jist been oan her way back fae drapping aff some clothes at The Citadel fur Monday's jumble sale, which wis tae raise money fur The Young Christian Leaders Club tae go tae Belgium oan a leadership crusade, when she'd spotted the school minibus. It hid shot across the lights at Gilmore Street Station, being driven by Beanpole Wilson. She probably widnae hiv gied it a second thought bit for the fact that she'd fleetingly glimpsed wan ae the boys returning fae hame leave, sitting in the back, looking glum. She hidnae been able tae help hersel. She'd done a U-turn and followed the minibus oot ae the toon centre, towards the school. Aw the evidence, so far, hid suggested a foregone conclusion. There wis no way in a month ae Sundays O'Hara wid come back fae leave. She knew this would be used tae undermine her rehabilitation programme. She'd seen the brake lights and the indicator come oan, as the bus turned intae the school. She'd followed it up the drive tae the front door. She'd goat oot ae the car at the same time as Beanpole hid goat oot ae the minibus.

"Working oan a Saturday night, Miss Flaw?"

"No, Mr Wilson. I need to pick up some papers that I'm working on," she'd fibbed, as she entered the building and went across tae the desk, pretending tae look at the messages that hid been left fur the staff.

"Keep it doon, boys!" Beanpole hid shouted, as the crowd ae boys crashed through intae the vestibule.

In the middle ae them, making the loudest noise, hid been Joseph O'Hara, also known as Baby Huey. She'd wanted tae run across and gie him a big hug, bit the look ae disappointment oan Beanpole's face hid said it aw. She'd been so pleased wae hersel that she hidnae bothered heiding tae her office, bit insteid, hid jist waltzed back oot the front door towards her car. Oan the way back intae the toon, she'd been so excited that she'd wanted tae share her joy. She'd driven past the cul–de–sac where she knew he lived, where he shared a tap flair flat wae his wife. She'd noticed that the lights wur oan, bit hid taken fright and hid changed her mind about stoapping, driving straight past the opening. She'd jist driven a further fifty yards alang the road when she'd hid tae stoap at the traffic lights. Crossing the road in front ae her, clutching a bottle, wrapped in broon paper, hid been Duponcie. She hid tooted her horn and his face hid lit up when he'd seen it wis her. He'd come o'er tae the driver side as she'd let her windae doon.

"Miss Flaw...Fanny...what in heaven's name are you doing down this way on a Saturday night? What a lovely surprise."

"Oh, er, I was just coming back from the school. I had to go and pick up something."

"Listen, I just live back up the road a bit. Do you want to come up for a glass of wine? I'm celebrating."

"Oh, er," she'd stammered.

"Please? It's good to see you...and I'm on my own."

"Oh, why not. I'll have to turn roond. I'll see you in a minute."

"I'll wait for you on the corner, so you can see where I am," he'd said, moving aff, o'er tae the far pavement as the lights turned tae green.

"Have a seat. I'll just get the glasses," he'd said, taking her jaicket.

The place wis as she thought it might look. Wan wall wis covered wae books. There wur two shelved alcoves either side ae the electric fire. Wan wis stacked wae LPs, leaving room oan the middle shelf fur a record player, while the other displayed his academic qualifications and photographs ae his wife and parents in nice picture frames. Oan the wall above the fireplace, a large framed, black and white print ae Bridget Bardot, covering her modesty wae her folded arms wis looking doon oan her. A phrenology heid sat oan a plant stand in the far corner beside the windae. The rug in front ae the fire, opposite the couch oan which she wis sitting, wis a clash ae green swirls that felt oot ae place in the broon and orange decor that dominated the room.

"Here you are, Fanny," he'd said cheerfully, haunin her a fluted Champagne glass.

"And what are we celebrating?" she'd asked.

"My wife just had a beautiful little girl at two o'clock this afternoon."

"Oh, Hugh, how wonderful. Have you chosen a name for her yet?"

"Yes, we've decided on Petula...Petula Duponcie."

She couldnae remember too much ae whit happened efter that first glass. She'd never been much ae a drinker. She'd telt him aboot O'Hara returning fae hame leave. She could remember he'd opened another bottle...red wine this time.

"So, we have ourselves a double celebration then, Fanny," he'd said, putting oan the 'Bookends' LP by Simon and Garfunkel.

They'd been sitting, chatting and laughing, reminiscing about their university days. She could barely remember how it hid happened, or perhaps that wis intentional oan her brain's part. She vaguely remembered it hid been efter he'd put oan the new LP that he'd been oot and bought earlier that day.

"This is number one in the pop charts just now. The Hollies Greatest Hits. Best band ever. Do you want a tour of the flat?" he'd said, pulling her up to her feet.

Wan second he'd been staunin close tae her, wae the twin ends ae his bow tie sticking oot ae the collar ae his shirt at a forty five degree angle, and the next he'd been lying oan tap ae her oan the bed, pawing at her undies. She'd tried tae push him aff, bit the weight ae the tap hauf ae his body hid restricted her movements, alang wae the fact that he'd hid his forearm pressing doon oan baith her wrists above her heid, while his other haun hid expertly pulled her tights and pants doon tae her knees where his bare toes hid taken o'er fae his fingers. She'd tried tae tell him tae stoap, bit this hid proved impossible as his tongue hid snaked intae her mooth while he'd been murmuring how much he'd wanted tae dae this tae her fur a long time. She'd felt a stab ae pain as he roughly entered her. It hid been aw o'er in under a minute and he'd fallen back oan tae the mattress, gasping fur breath. She hidnae known whit tae say, so hid jist lain there, no saying a word, fighting back the tears that she'd felt welling up, before slowly pulling her pants and tights up. She'd meant tae leave earlier, bit as she'd waited tae make her move, she'd fallen asleep.

When she arrived hame, she ran the bath. She felt dirty, ashamed, hurt and angry fur getting hersel intae a situation where Duponcie couldnae control himsel. She thought ae a wife and mother in hospital and a new born baby called Petula aboot tae start oot in life and started tae sob uncontrollably as she sank intae the warm soapy water.

# Chapter Fourteen

"These cards ur fae fucking nineteen canteen, so they ur," whinged Tottie fur the umpteenth time.

"Well, dae something aboot it then. Go and ask fur new wans, insteid ae us hivving tae sit here and listen tae they gums ae yers gieing it laldy," Freckles suggested, raising his eyes skywards.

"They're aw fucking sticking thegither. Look!"

"So, dae something aboot it then, ya prick."

"Why should Ah?"

"Cause nae other fucker is moaning."

"Hoi, Bum-boy, it's no up tae me tae decide when we get new cards."

"See whit Ah hiv tae put up wae? Ye don't know how lucky ye ur, Tony. It's okay fur you and Joe...ye've only goat a dreaming sleep-walker and a talking clock tae deal wae. Look at whit Ah'm left wae?" Freckles said, looking at the Garngad crowd in disgust, as The Mankys laughed.

"Bella!" Johnboy shouted triumphantly, throwing doon the King ae Diamonds oan tap ae an Ace ae Spades.

"Prick!" Freckles growled, as Johnboy lifted o'er the pile ae cards, grinning.

It wis said casually, bit as soon as Tony opened his gub, Johnboy could feel the excitement rush fae that arse ae his tae his heid. Tony and Joe hid obviously been talking aboot it. Johnboy wis glad a decision hid been made, bit it still seemed like ages away.

"We'll heid oan the Wednesday night, during the concert," Tony confirmed.

"So, whit date's that then?" Minky asked.

"Why? Ur ye planning tae be somewhere else like?"

"Naw, bit it's ma dug's birthday oan the twenty second."

"How dae ye know that then, Minky?" Patsy asked, impressed.

"Because it wis born three days before Christmas, ya plonker, ye," Freckles chipped in, tae laughter.

"Right, Ah bet ye couldnae tell me when that auld broon flea bag ae a thing ye call a dug ae yours wis born, eh? Tell me that wan, Freckles, ya piss-pot, ye."

"That's because it wis born before me, tit-heid."

"Wis it?" Patsy asked.

"Fuck the dugs and their birthdays. If ye want tae talk aboot dugs, then fuck aff o'er there and argue amongst yersels. We've far mair important things tae be talking aboot," Joe grumbled, looking across tae see whit the teachers wur up tae.

"So, that'll be the eighteenth then...a week before Christmas?" Johnboy chipped in, getting aw excited.

"Aye, ye'll jist be in time tae dae some Christmas shoapping tae buy a present fur yer boyfriend, Johnboy."

"So, who's included?" Freckles asked.

"Masel, Joe, Johnboy and Silent, unless any ae youse kin get backstage withoot being noticed. Ye're aw welcome tae come," Tony whispered.

"Whit dae ye think, Joe?" Freckles asked.

"Ah think it wid be hard withoot being clocked. The stage is gonnae be a good distance fae the front row ae seats. There's nae guarantee ye'll get a seat doon the front. Even then, ye'd need tae crawl across the flair. We're no sure where the teachers ur gonnae be staunin."

"Last year, there wis wan staunin wae his back tae the wall, bang in the middle, between the front row and the stage. Remember, he goat the lights turned oan because he wis getting pelted wae jelly beans, Baby?" Minky said.

"Oh, aye, Ah think it wis Rolled Back Neck. Ye couldnae miss that fat bawheid ae his, even in the dark."

"Ach well, never mind. So, it'll jist be youse then," Freckles said. "How ur ye gonnae dae it?"

"They're aboot tae start their full dress rehearsals this Friday. We'll be behind the scenes as part ae the concert party. We'll wait till they get tae their loudest song and then jist tan wan ae the windaes. They're the only windaes in the whole place that ur-nae alarmed...the stupid basturts. Wance we make it through the frame, we'll take it fae there."

"Right, well, jist let me know whit song and Ah'll speak tae that wee Allie Foster and his brother and get them tae make sure they're aw screaming at the tap ae their lungs, like a bunch ae frightened altar boys oan a trip tae Lourdes wae aw they priests fae Roystonhill."

"Fine. Ah don't like they pair ae basturts, so it's better that it's yersel who deals wae them," Joe agreed.

"Joe, ye don't like anywan, including yer ain reflection in the mirror," said Patsy, which wis rich coming fae him, who'd hid a fight wae nearly everywan in the place at wan time or another.

# Chapter Fifteen

Fanny sat doodling. She couldnae concentrate, despite the pile ae folders sitting in front ae her. She hid tae arrange four hame visit reports fur the local probation services...three in Glesga and wan in Dundee. They hid tae be oot that day as the boys wur due tae be released in mid-January and wae Christmas coming up, there wis nae guarantee the visits wid take place before the break. Nae hame visit meant nae releases.

She'd stayed in bed aw day Sunday and maist ae Monday. There hid been a knock at the door oan the Sunday night aboot hauf nine. The evening service hid finished at eight so she'd assumed it hid been somewan fae The Citadel. The knocking hid been persistent and she'd been jist aboot tae get up and answer it when she'd heard the footsteps heid back alang the landing and descend the stairs. The flat hid been in total darkness, apart fae an orange glow coming in through the windae fae the street light ootside. She hidnae been able tae make oot the sky, bit she'd watched the snowflakes blowing and swirling against the glass, chasing each other in mad dashes, in a never ending game ae hide and seek. She'd been o'er the events ae Saturday night a thousand times. It hidnae been his fault. She shouldnae hiv gone back tae his place fur a drink. She'd been stupid and selfish. Hid she no driven past his flat in the first place, hoping tae see him, tae share the news that wan ae the Garngad boys hid returned against aw the odds? The mair she thought aboot it, the mair angry and upset she'd become wae hersel. She wis twenty two and hid never hid a boyfriend...well, no a proper boyfriend. There hid been plenty ae opportunities though. She'd been asked oot oan numerous occasions and hid gone tae the pictures a few times wae a few ae the Christian Fellowship lads. Some ae the staff at the school hid also asked her oot earlier oan, jist efter she'd started working there, although maist ae them wur married. She envied aw the couples she saw wandering aboot the toon centre, haun in haun, and she often wondered whit wis wrang wae her. She'd been tae the Hallelujah Jamboree in Balloch earlier in the summer...bit the only people she seemed tae attract wur the married wans.

She'd decided no tae go intae work oan the Tuesday either. It hid been late oan in the efternoon that she'd heard footsteps approaching her door. The knock hid been loud and firm. When she'd goat up and opened the door, she'd been surprised tae see Major Bellow staunin there.

"Ah wis worried aboot ye. Ah tried phoning the school bit they wurnae too sure where ye wur, so here Ah am," he'd bellowed tae everywan in the building, taking a loud sip fae his teacup.

"I've, er, not been feeling well, Major."

"Whit's the matter, hen? Ye look kind ae peely-wally, so ye dae."

"I think it's maybe a cold or something."

"Or something..."

"Yes, or something," she'd said too quickly, seeing his eyes narrowing suspiciously, clearly no convinced.

"Look, Ah'm here because we wur aw worried aboot ye, Fanny. It's no like ye no tae turn up when ye said ye wid. The jumble sale wis a big success. The only person missing wis yersel. It's jist no like ye," he'd bawled, repeating himsel.

"Yes, well, I..." she'd started tae say and that's when she'd burst intae tears.

She couldnae help hersel. Being in the flat oan her ain the previous two days hid perhaps been the catalyst fur whit hid happened next. When she thought aboot it later, she hid tae admit tae hersel that he wis probably no the person she wid've spoken tae in the first place, bit at that time and place, there hidnae been anywan else. The floodgates hid jist opened and she'd poured oot everything that hid happened, leaving oot the maist torrid details, bit admitting she'd woken up in Duponcie's bed in the morning. He hidnae butted in when she'd been rambling and at wan point he'd passed her o'er a hankie fur her tae blow her nose. When she'd finished her tale, although feeling ashamed, she'd felt much better.

"Aye, well, ye see...young wummin like yersel hiv tae watch oot. Aw this free love that ye see splashed aw o'er the papers and telly disnae help. Mrs Whitehoose is right...there's far too much sex and violence oan the telly. That's who Ah blame. Ye see young lassies, the same age as yersel, walking aboot hauf naked wae flowers in their hair nooadays. Nae wonder men ur getting the wrang ideas. Ye're right aboot wan thing, Fanny. Withoot excusing his weakness and the temptation put in front ae him, ye put Mr Duponcie in an awkward position, so ye did. Ah mean, wae his wife away in hospital as well," he'd bellowed, a look ae disappointment plastered aw o'er that lined face ae his.

At the mention ae Duponcie's wife in hospital, she'd started sobbing again. She knew he wis right, bit whit she wanted tae know wis, whit wis she gonnae dae aboot the situation?

"There isnae much ye kin dae, hen, is there? He's married wae a new baby. He's goat a job that carries a lot ae responsibility and a lot ae people depend oan him, particularly those who ur the maist vulnerable. Why, in a week fae noo, ye'll hiv forgotten aw aboot it. It'll jist be a distant memory, wae nae consequences tae anywan other than yersel. It'll be a learning experience. Jist thank God and pray as a sinner, that ye'll no make the same mistake twice."

He wis right. It widnae hiv happened if she hidnae put temptation Duponcie's way. She looked o'er at the waste paper basket in the corner. It seemed such a waste, bit she'd nae regrets. The stems ae the roses wur sticking straight up. She couldnae see the petals as they'd disappeared when she'd tossed the bunch across the room fae her desk. They'd been waiting fur her when she'd dragged hersel oot ae the flat and gone back tae work. They'd been delivered first thing oan the Monday morning. She wis glad that nowan hid hid the sense tae put them in a vase ae water. The only reminder ae who they wur fae, wis the 'Thanks fur Saturday night. How aboot dinner?' card that wis hinging o'er the rim ae the basket. She looked at her desk and wiped away a couple ae loose petals wae the back ae her haun, before picking up her pen and reaching fur the folder oan the tap ae the pile in front ae her.

# Chapter Sixteen

It wis Friday morning and they'd jist been escorted fae the dining room alang tae the concert hall by Rolled Back Neck, who wis wearing a face like thunder.  No only hid Baby goat mair good behaviour ticks, so wis getting oot fur another day oan Saturday, bit Silent, Tony, Joe and Johnboy hid goat a tick each as well.  They wur aw chuffed fur Baby, who'd whispered o'er tae them no tae get any 'fucking funny ideas' as he wisnae coming back this time.  When they arrived in front ae the stage, they wur telt jist tae hing aboot and no get in anywan's way or they'd be evicted back tae their hutch across in the hut.  The only people in the room wur The Mankys and Basil Brush, the director and concert organiser, bit there wis a definite buzz aboot the place, as this wis the first full dress rehearsal day fur the concert.  They wur waiting fur everywan tae finally move their gear o'er fae the hut.  No surprisingly, Rolled Back Neck hid reminded them that noo the hut wis becoming vacant, any shite oot ae them and they'd be back there pronto.  He'd also reminded them that he wis keeping his eyes oan them.

"Ye might be fooling everywan else aboot here, bit ye don't fool me," the prick hid said efter he'd let them intae the room.

"So, whit's the story aboot then?" Johnboy mistakenly asked Basil.

"It's a cross between 'South Pacific' and 'The Jolson Story,' wae a wee bit ae 'The King and I' slung in fur good measure," Basil answered, tae their blank expressions.

"Whit, three films in wan?"

"Musicals, Taylor, musicals.  The actual acting is secondary, so it is...the same as in the real films," Basil lisped.

"Dis that mean the concert's gonnae go oan fur aboot six hours then?" Johnboy persisted.

"Eh?  Whit the fuck ur ye oan aboot, lad?" the thespian lisped again, looking across tae the door, where Rolled Back Neck wis sitting, waiting tae welcome the cast when they arrived.

"If each film lasts aboot two hours each, dis that mean..."

"Naw, naw, naw, naw, ye stupid, stupid, boy. Ah'm condensing them aw thegither intae the wan film. That's whit makes it an original production, so it dis," The Director pouted, talking tae Johnboy as if he wis thick or something.

"So, whit's the actual story aboot then?" Joe asked in exasperation.

"Right, get this, ye'll bloody-well love it and be impressed, despite the fact ye won't understaun a bloody thing. Ah've done aw the scriptwriting masel, so it's totally original. We're at war, at least the yanks ur, and there's a whole battalion stuck oot oan a tropical island, surrounded by the Japs. HQ...that's headquarters by the way, need tae get a message intae the base commander, tae let him know there's a Frog in their midst, who's a spy..."

"A Frog?"

"... Some French basturt, who's passing aw the intelligence oan tae they wee Jappos, aboot everything that's gaun oan aw o'er the island."

"Why kin they no jist radio it through?" Joe asked, muddying the waters, as baith Basil and Johnboy slung him a dirty look.

"Because the Japs will be lugging in, that's why," Basil retorted, raising they fluttering eyes ae his up tae the ceiling.

"Kin they no jist use Morse code then?"

"Look, they Japs might be wee slanty-eyed yella fuckers, bit they're no stupid, so they're no. Look whit happened at Pearl Harbour, eh?" Basil challenged.

"Aye, Ah suppose," Joe agreed, clearly no convinced.

"Anyway, it's important that they get a message oan tae the island, tae warn the commander, so back at HQ...that's headquarters by the way...they manage tae get a haud ae Al Jolson..."

"Al Jolson?" Tony, Joe and Johnboy aw exclaimed thegither.

"Aye, Al Jolson. They then whack a loin cloth oan him tae make sure he's decent, before parachuting him behind enemy lines in amongst aw the local natives...ye follow?" Basil demanded, jist aboot tae shoot that load ae his in his good cavalry twills as The

Mankys, including Silent, nodded their heids up and doon. "Al then gets aw the natives organised thegither intae a fighting force, before getting them tae show him the way tae the base, where he kin pass oan the message aboot the Froggie spy."

Silence.

"The fact that Al is as black as two in the morning, the same as them, means they trust him. Ye're okay as long as ye're no yella or even white, wae they local natives...who jist happen tae be heid-hunters as well, by the way."

Silence.

"Ur youse still wae me, so far, boys?" The Lisp lisped in excitement, looking at them like some demented extra oot ae a Boris Karloff film.

"Ah thought Al Jolson wis awready white, or hiv Ah goat that wrang?" Johnboy asked fae in amongst the puzzled expressions.

"Exactly. Noo, aw they Yankee–doodle–doo sojers, who ur guarding the perimeter fence tae the camp, ur aw trigger happy as fuck, so...and ye'll like this bit...rather than hiv this black-arsed undercover native geezer, wae a loin cloth wrapped roond his Kerr's Pinks, boldly marching up tae the gate, demanding tae speak tae the commandant, Al nips under a waterfall near the perimeter and gets cleaned up and then marches intae the place tae expose that dirty fucking Frog and his pals," Basil whooped in triumph, eyes blazing.

"Is this a comedy then?" Johnboy asked, no being able tae contain himsel.

"Eh? Whit the fuck makes ye think that, ya dafty, ye?" Basil retorted indignantly, looking at Johnboy as if it wis him that wis the mad basturt aboot the place.

"Well, Ah kin vaguely picture Al Jolson wandering aboot the jungle singing 'My Mammy' and 'By The Light Ae The Silvery Moon,' seeing as it'll be dark in amongst aw they trees oan the South Pacific island. Ah've nae doubt 'Bali Hai' will go doon a treat, the same as 'Happy Talk' wae aw they natives, bit where the fuck dis 'The King And I' come in?" Johnboy stupidly asked The Mad Hatter.

"Well, Al's gonnae hiv tae persuade the king ae the jungle tae let his men go wae him. That means Ah'll be able tae slip in 'Getting Tae Know Ye' fae 'The King And I,'" Basil retorted defensively.

"And who's playing Mitzi Gaynor then?" Johnboy asked.

"Who's he?" Joe butted in, looking bamboozled and trying tae keep up.

"She's the wan who plays Nellie Forbush, the French guy's bit ae stuff in 'South Pacific.' She goat an Oscar," Johnboy said, tae approving nods fae The Thespian, who wis aboot pishing himsel wae excitement.

"Miss Flaw. She's agreed tae dae that part," Basil informed them wae a wink.

"Whit? Fanny Flaw's playing Nellie Furrybush? Ah'd love tae see that poster ootside The Carlton picture hoose oan a Saturday efternoon," Joe chipped in tae laughter.

"So, who's playing Al Jolson then?" Tony wanted tae know, speaking fur the first time.

"The Foster brothers. Wan before the waterfall scene and wan efter he supposedly washes the soot aff, exposing his true identity. Nowan will know the difference when the lights ur low. Ah'm no allowed tae use real water in case Ah make a mess, so Ah'm no. Thank God we've goat a set ae real twins in the place, although their acting's shite. Think ae two left feet and double it."

"And ye don't think the natives will be intelligent enough tae suss oot he's no really wan ae them then?" Johnboy continued, doubt creeping intae that voice ae his.

"This is the movies, wae real performance art thrown in, Taylor. Everything's no as it seems. It wid amaze ye how convincing special effects ur wae a live audience," enthused Sergio Leone.

"And ye think this'll work then?"

"Whit's no tae work? Ah've been writing this since last year's production ae 'Snow White - Fae Here Tae Eternity.' Ah only hid six months tae work oan that wan and that went doon a storm, if ma memory serves me well," Basil bragged happily, suddenly rushing away fae them tae direct a squad ae actors who'd jist arrived oan the scene, carrying boxes ae costumes.

"Kin we no postpone the escape fur wan day, Tony? Please?" Johnboy pleaded, straight-faced.

"Why?"

"Because Ah'm gonnae be bloody sick as a parrot no getting tae see this concert."

# Chapter Seventeen

So, oan the Saturday before the concert, Baby hid gone hame oan his second day oot. Tony and Joe hid taken him aside and telt him how much they'd appreciated his sacrifice the previous week.

"Fuck's sake, nae problem, boys. Ye wid dae the same fur me. Jist don't fucking ask me again, eh?" he'd said, as they'd aw laughed.

Efter supper, later oan that night, the leave bus arrived back fae the station, jist as they wur setting up a Shamrock versus The Mankys snooker competition. As expected, Baby, who wis their best player, didnae come back aff the bus wae the other boys. This encouraged Joe, who never betted, tae put his next day's pudding oan the table. No wanting tae miss oot, Johnboy and Tony followed suit. Aw the uglies, who wurnae very bright at the best ae times, rose tae the challenge. Silent played Freckles first and goat his arse thrashed, much tae everywan's surprise. Johnboy then beat Minky eventually, efter a mind-numbing marathon. It took Minky aboot five minutes tae take every shot, due tae his tactics ae whinging and telling Johnboy how good his next shite shot wis gonnae be. Tony then beat Tottie in aboot three minutes flat. The grand finale wis between Minky and Joe. Everywan knew Minky wis shite.

"Ah hope it's rhubarb crumble the morra," Johnboy said loudly.

"Naw, it's Sunday. It'll be ma favourite...breid and butter pudding," Joe replied, chalking the cue.

"Ah don't gie a shite whit it is, as long as it's wan ae theirs Ah'm eating," Tony said tae the laughs fae the others.

"Right, mugs away then?" Joe asked.

"So, that'll be you then," Minky shot back.

"Fair enough, Ah'm no proud," Joe retorted, leaning o'er the table, ready tae break aff.

The game wis then brought tae a thundering staunstill.

"Hellorerr, ya bunch ae fuds, ye!" Baby Huey announced, as

everywan roond the snooker table gawped at him in surprise.

"Fuck's sake, whit's wrang wae youse? Ye wid think ye've jist seen a ghost,"

Baby grinned as he waddled o'er tae join them.

"We hiv. Whit the fuck ur ye daeing back here, ya fat basturt, ye?" Freckles demanded.

"This widnae be a wee cheeky competition noo, wid it?" Baby asked, ignoring the question.

"Aye, and ye're in the final. Ye're playing Joe," Minky said, haunin o'er the cue as the uglies aw laughed.

Baby, as expected, wiped the flair wae Joe.

"Whit wur we playing fur anyway?" Baby asked, efter sinking the black.

"Right, Baby, why ur ye back here then?" Freckles asked him again, efter the game, as everywan wis settling doon fur a game ae Bella.

"Ye kin blame they fuds," Baby replied, nodding across tae The Mankys.

"We never asked ye tae come back," Johnboy retorted.

"Naw, bit that fucking pal ae yours did. Bella!" Baby shouted glumly, throwing doon a Queen ae Hearts oan tap ae Patsy's Seven ae Diamonds.

"Whit pal?" Joe asked, as Baby scooped up a Ten ae Diamonds wae an ace in the next haun.

"Paul."

"Paul?" they aw shot back.

"Aye, Superman himsel."

"Dae ye no mean Super-prick?" Freckles asked tae titters fae his ugly pals.

"He's oot?"

"Aye, he fucked aff fae St Ninian's last week. He's holed up in a tenement hoose doon at yer end ae McAslin Street, Johnboy."

Everywan started tae throw questions at Baby aw at wance, bit he wis hivving none ae it.

494

"Look, Ah know fuck aw and Ah telt him fuck aw."

"So, how come we didnae see ye coming aff the bus then?" Tony demanded.

"That's whit Ah've been trying tae tell youse, bit Ah cannae get a bloody word in edgeways. Paul drove me back here, so he knew where tae come. We heided fur the train station doon in Paisley and then followed the school bus back. He drapped me aff doon at the bottom ae the drive. He says he'll be waiting at the bottom ae the drive next Wednesday night, wance youse get oot through the windae."

A wee while later, wance aw the excitement hid died doon, Tony took Baby aside and asked him if Paul knew the reason they wur escaping.

"Tony, Ah telt ye, Ah never said a word tae that mad basturt other than tae tell him when youse wur intending tae fuck aff. When Ah telt him there wis nae chance ae me coming back here again fae ma hame leave, he persuaded me otherwise...if ye know whit Ah mean."

"Naw, whit dae ye mean, Baby?" Tony asked him.

"Aw, don't you fucking start, Gucci. Ah hid enough ae that fae him. Ah better get mair good ticks this week or Ah'll be spending fucking Christmas in here, thanks tae youse basturts," Baby said miserably before stomping aff tae join his pals.

The other shocking thing that happened wis Patsy getting shipped oot and up tae the closed block at Rossie Farm. Green Fingers hid been up tae his auld tricks again. He wis well-known fur rubbing his hard-on against any ae the greenhoose keepers who made the mistake ae bending o'er and picking up a box anywhere near him. Patsy, who should've known better, hid come doon the middle ae the greenhoose wae a box ae leeks in baith hauns and hid been forced tae squeeze past the pervo oan route and that hid been that. Wan ae the Parkheid boys, who'd been working ootside, oan the other side ae the glass, hid telt Joe that wance Patsy hid squeezed his arse alang the front ae the dirty basturt's troosers, he'd drapped the leak box.

"Ah felt that, ya dirty basturt, ye!" Patsy hid shouted, before rapidly whacking the teacher aboot his mooth wae two massive leeks.

Everywan agreed that life widnae be the same withoot that girning wee basturt roaming aboot the place, upsetting everywan, bit life hid tae move oan.  As the date ae the concert approached, The Mankys spent maist ae their time hinging aboot as there wisnae much fur them tae dae, other than watch aw the actors coming and gaun.  They wur, however, taking particular note as tae which songs wur the loudest.  Johnboy hid always loved gaun tae the pictures.  It wis wan ae his favourite pastimes ootside in Freedom Street.  Although he could probably sing aw the words backwards tae maist ae the songs fae the famous musicals, especially the auld Al Jolson wans, he'd never been this close tae actually seeing the real thing wae real actors in action.  Johnboy loved it.  Wan ae the Cumbie boys fae the Gorbals nearly caused a riot when he goat intae a fight wae a wee midget fae the Maryhill Fleet fur gieing him a bit ae cheek while he wis perched oan tap ae a wee shelf, stuck oan Johnboy's good painted mountain, singing 'Ah'm Sitting Oan Tap Ae The World.'  The Maryhill midget, who wis an aggressive wee fucker and wan ae the stars fae the previous year's Christmas concert show, couldnae contain himsel any longer and let fly wae a greaser that missed Cumbie Boy, bit hit Emile De Becque right between the eyes, jist as he started the second verse ae 'Some Enchanted Evening.'

"Wis that you, ya wee fucking baldy bachle?" Emile screamed in rage, running across the stage tae the mountain tae try and drag the midget aff his perch, who in his ain defence, wis using they tiny feet ae his as clubs oan the singing French spy's napper.

Meanwhile, Al Jolson...Johnboy wisnae sure which wan...landed oan Emile's back.  The weight ae this back-stabbing assault, forced Emile tae take a nosedive straight intae the ravine that hid taken Johnboy aboot four hours tae paint, bringing the mountain and the Maryhill midget doon aboot everywan's ears.  Basil wis running aboot shouting 'Cut! Cut!' while three square goes, involving two Yankee sailors, three natives and a maiden in a straw hula skirt, wur aw knocking fuck oot ae each other oan different parts ae the stage. Order oan the island wis restored when the heavy brigade arrived, efter Rolled Back Neck gied up trying tae sort it aw oot by himsel and pressed the alarm button oan the wall.

"Right, people, listen up, we're gonnae hiv a break fur an hour tae allow oor tempers tae cool doon. Gucci? See if yersel and the other stagehauns kin fix the set by the time we get back," Basil shouted, trooping his still growling thespian warriors oot the door and aff tae the hut, under heavy escort.

"Stagehauns? Ah thought that basturt telt us we wur set designers," Joe exclaimed, aw hurt.

The hour repair job took the rest ae the day and well intae the evening. The maist damage hid been inflicted oan Mount Puncak Jaya. They hid tae take the whole panel aff and replace maist ae the hardboard backing. Efter that, nothing too exciting occurred as the days and hours dragged by till the Wednesday...the day ae the concert.

# Chapter Eighteen

The meeting wis coming tae an end. Fanny hid jist finished reporting that, as far as the Toonheid crowd wur concerned, the rehabilitation programme hid been a success. Even The Grand Master, Beanpole and Rolled Back Neck hid made positive noises. Fanny knew they wur making a compromising concession, seeing as they'd been successful in getting McSwiggan shipped oot and up tae the closed block at Rossie Farm. He'd scudded Mr Green across the face wae wan ae his prize leeks in the greenhoose tae his severe injury. That hid been sufficient evidence fur severe retribution. The heidmaster hid thrashed McSwiggan's buttocks oan the very table they wur noo sitting roond and then he wis gone. The howls ae pain and anger fae the boy, as the sound ae the leather tawse walloped his buttocks hid been horrendous. She'd been ashamed tae see that some ae the teachers hid appeared wae a spring in their steps that day, as they'd gone aboot their business, whistling happily tae themsels. She'd been saddened by the violence oan baith sides. She'd felt that, wae a bit mair effort, the school could've achieved a mair positive outcome, although she'd hid some sympathy when she saw Mr Green's two swollen lacerated lips.

"Come in," The Heidmaster shouted, in response tae the knock oan the door, as everywan turned tae look at the face that appeared.

"Heidmaster?"

"Come in, take a seat. I've asked Mr Brush to give us a quick rundown on the evening programme. So, without further ado, it's over to you, Mr Brush."

"Thank ye, sir. Well, it's aw o'er bar the shouting. The boys hiv been absolutely splendid and hiv aw worked really hard, including, if Ah may say so, Miss Flaw's bad boys. They've taken a keen interest and hiv let us know when the singing hisnae been loud enough tae hear fae the back ae the room."

"Yes, we were just saying that she's doing a marvellous job with

498

those boys," The Heidmaster agreed, as Fanny felt hersel blush.

"And aw the seating is as we want it?" Alvin asked.

"Oh, aye, we've put the saft padded seats in the first and second row fur the VIP guests. Paisley's Lord Provost and his wife, alang wae the chief superintendent and his missus ur bang smack in the middle ae the front row, alang wae yersel and Mrs Gordon. Ye'll then hiv Mr Martin and wan other guest fae the Scottish Home and Health Department oan wan side and Mr Duponcie and his wife, alang wae Miss Matterhorn, the heid psychiatrist fae Dykebar Mental Hospital, oan the other side. Efter that, aw the chairs that ur left in the front and second rows will be taken up by wans that hivnae goat a reserved sticker oan them. Ah've hid a nice wee card fae Dykebar saying that aw the matrons cannae wait. They thought last year's wis the best Christmas concert they'd ever seen," Basil bragged unashamedly.

"And so it was, Mr Brush, so it was," The Heidmaster agreed, as affirmative heids nodded roond the table.

"So, is there anything else ye need fae us then, Mr Brush?" Alvin asked.

"Ah think Ah've goat everything Ah need, especially the talents ae Miss Flaw, sitting o'er there, keeping quiet. Her run-through this morning wis jist wonderful...wonderful...and oan her birthday tae."

"You never told us it was your birthday, Miss Flaw?"

"Oh, er, I didn't want to make a big deal of it, sir."

"Well, Ah'm sure this is gonnae be wan birthday ye won't furget in a hurry, eh?" Basil, the mad basturt said, wae a big cheesy grin.

"Oh yes, we're all looking forward to seeing a wee bit of Fanny up on that stage tonight, glistening under those lights. Isn't that right?" The Heidmaster asked everywan roond the table.

"Ye'll shine, Fanny."

"Ye'll be the new Mary Poppins."

"A star oan the make."

"Well, if that's everything and on that happy note, all that's left for me to say is 'On with the show,' Mr Brush...as they say in Hollywood."

# Chapter Nineteen

Johnboy felt sorry fur Patsy as he peeked oot through the curtain at the side ae the stage, as the buzz fae the audience died and the lights dimmed tae the sound ae the Maryhill Midget, black eye in full bloom, singing 'Ah'm Sitting Oan Tap Ae The World.' Patsy wid've enjoyed the spectacle. Backstage wis quietly chaotic. Basil wis wandering aboot wae his finger up tae his puckered lips, shushing people tae keep the noise doon, while people wur oot oan the stage vying fur Oscars. Boys wur scurrying aboot like panicking hens, rustling through bundles ae clothes. The natives, who wur aw decked oot in straw hula skirts, and the sailors, wae their redesigned pyjama shirts, red neckties and white sailors' hats, that Basil hid borrowed fae somewan he knew at the Holy Loch, jostled wae wan another as they aw lined up in the wings, ready tae sashay oot oan tae the stage. Four chairs and a table wae a mirror oan tap ae it hid been set aside in the corner fur the make-up artists tae dae their magic, supervised by Nellie Furrybush, in-between her stints oan stage. Basil spent hauf the time prancing up and doon, gaun o'er his lines, oblivious tae everywan and everything roond aboot him. He'd hid tae step in at the last minute when the original Emile de Becque lost his two front teeth in the brawl wae the singing midget. Silent hid anchored himsel at the side ae the stage fur maist ae the first hauf, totally engrossed, eyes wide open and mooth catching flies. Nelly Furrybush hid jist finished singing 'Ah'm Gonnae Wash That Man Right Oot Ae Ma Hair,' wae twenty sailors oan backing vocals, when the lights dimmed even further. Entering stage left, Emile de Becque sauntered sideways oan tae the stage, facing the audience, looking like a stiff rabbit, caught in the headlamps ae a big BRS lorry, thundering doon St James Road at midnight. The audience soon sussed oot in hauf a second flat that while he wis maybe an expert at putting oan a show, he wis fucking terrified in front ae an audience. When he burst intae 'Some Enchanted Evening' the place erupted in howls ae laughter. Although

Johnboy hid heard him singing during the rehearsals, he'd never picked up that Basil could dae a good impression ae Elmer Fudd. Even Nellie could hardly staun up straight, it wis so bloody funny. Joe hid been right efter aw...this wis a fucking comedy. The uproar oot front took everywan backstage by surprise. Even though Johnboy hid been impressed seeing everywan gaun through their steps o'er the past week, he hidnae goat the impression that the crowd oot front wid lap it up in the way they obviously did. It wis then that Johnboy clocked him. There, aboot five rows up fae the front, bang in the middle ae the laughing Garngad uglies, wis the unmistakeable bald heid ae Mr Magoo himsel, sitting in amongst them, looking aboot at everywan hivving the time ae their lives. Johnboy froze, before quickly looking across the stage at Silent, trying tae catch his eye. Johnboy wanted tae scream wae frustration. Silent wis too engrossed in watching whit wis gaun oan between Nelly Furrybush and Emile de Becque tae notice Johnboy. Tony and Joe wur naewhere tae be seen, which wis hardly surprising, as it wis staunin room only backstage. Johnboy felt himsel panicking wae excitement, bit wisnae too sure whit tae dae next. He hid a tremendous urge tae take a running jump aff the front ae the stage tae go and grab Skull tae show everywan that he wisnae aff his heid efter aw. Johnboy wis still smarting aboot the uglies gieing Tony and Joe a hard time aboot him o'er the past few weeks.

"Youse pair ur as bad as that mental basturt," Patsy hid laughingly mocked Tony and Joe at breakfast the morning that he'd goat shipped up tae Rossie Farm.

Johnboy watched Skull. He knew fur definite that it wis him. While everywan else wis hooting at whit wis taking place up oan the stage, Skull wis jist sitting, straight-faced, looking at everywan aboot him. He still hidnae found his Celtic tammy, Johnboy noticed. He wondered if Skull knew aboot their escape? It didnae seem right that Skull wis oot front, sitting in amongst everywan, while The Mankys wur backstage, planning tae fuck aff, tae try and find oot whit hid happened tae him. Johnboy hidnae wanted tae drag his eyes away fae Skull bit he desperately looked aboot tae see if he could see Tony or Joe again. When he turned back and looked across the stage, beyond the shiny braid and buttons ae the cop sitting in the front row, tae where the Garngad crowd wur sitting, Skull wis gone. Johnboy scanned the rows ae heids in the semi-darkness, bit there wis nae sign ae him. He'd disappeared.

They'd planned tae tan in the windae at the end ae 'There Is Nothing Like A Dame' as the whole cast wid be oan stage, gieing it big licks during that wan. Jist as they wur aboot tae go fur it, Rolled Back Neck appeared roond the curtain at the side ae the stage. The basturt then slowly made his wae roond aw the stage set clutter before planting himsel in the middle ae the changing area. The only wans that wur there, apart fae The Mankys, wur the three make-up artists, who wur sitting there nervously, looking guilty as fuck. Tony hid jist gone and telt them whit wis aboot tae happen, so maybe that hid something tae dae wae how they wur obviously feeling.

"Whit ur youse up tae? Ye're aw looking as guilty as sin?" Rolled Back Neck challenged them.

"Us?"

"Aye, youse."

"Nothing. We're jist waiting fur a bunch ae sailors tae arrive back tae get their make-up touched up," the biggest ae them quivered.

Tony started tossing up the white snooker baw that he hid in his haun. The baw wis gonnae be used tae tan in the windae. Johnboy wis thinking whit a pity it wis that they widnae be aboot the next night tae see the expression oan that fat-necked baw-face ae his when he haunded oot the box that the snooker baws wur kept in. They'd been trying tae come up wae something really good and solid that wid go through the windae pane in wan shot. They'd eventually decided tae steal the white snooker baw fae the box. The only problem they hid tae get o'er wis that, at the end ae each night, when they haunded in the box, whitever teacher wis oan duty, checked tae make sure that aw the baws wur sitting in it.

Everywan coming in tae the recreation hall wis frisked oan entering the room, jist in case anywan hid any weapons oan them that they could use in a fight. Freckles hid come up wae the solution. He worked in the kitchen and wan ae his jobs wis tae go and get the tea and buns that everywan goat at the end ae the night before lock-up.

"Whit the fuck's that supposed tae be?" Tony hid asked him.

"A mushroom."

"A mushroom?" they'd aw chimed at wance, apart fae Silent, who'd jist stood there looking oan silently.

"Aye, insteid ae putting back the white baw, put this in its place," Freckles hid said, straight-faced, as everywan aw laughed like fuck. Johnboy thought mushrooms wur the wee umbrella shaped red things wae white dots oan tap ae them that he remembered seeing in Bambi and Snow White.

"Aye, they ship them oot fae the dark sheds in the gardens tae the Fruitmarket back in the toon. They don't gie them tae the likes ae us," Freckles said. "The head cook says they'd be wasted oan the likes ae us."

"Whit dae they taste like?" Joe hid asked Freckles, turning the thing o'er in his haun.

"Shite. And Ah'd watch oot how ye handle that, Joe. They're easy tae break."

Efter the bell hid gone aff at the end ae the recreation period, Minky hid volunteered tae take the box wae the white mushroom in the middle ae the reds and the colours and haun it o'er tae Rolled Back Neck, who'd actually tapped each baw wae a finger as he coonted them...aw the baws that is, except fur the white wan. Satisfied they wur aw there, he'd slotted the box oan tae the shelf in the cupboard before locking the door. Nowan hid noticed the white baw being rolled across the flair before disappearing under the front ae the stage at the end ae the final game ae the night.

The tension backstage eased when a troop ae sailors arrived and the Springboig boys sprang intae life, breaking the guilty looks between them and Rolled Back Neck. Efter staunin watching the make-up artists at work, he turned and slowly wandered aff doon the opposite side ae the stage fae where he'd appeared five minutes earlier. The Mankys quickly rearranged their exit plan. They'd spoken aboot whit they wid dae if anything interrupted their timing. They'd gied themsels a second song as backup, so it wis wan doon...wan tae go. Johnboy wanted tae tell Tony, Joe and Silent that Skull wis sitting somewhere oot in the audience, bit it wis clear by the look oan Tony's face that he hid other things oan his mind.

"Right, this is it. Ye aw know whit tae dae. Don't fuck it up," Tony scowled, eyes shining like torches.

"Aye, and that includes you, Gucci," Joe retorted, and they aw laughed wae nervous anticipation.

A few minutes later, aw the sailors wur back oan stage, singing 'California, Here Ah Come.' This also included Nelly Furrybush and Emile. That wis their cue tae get intae position. As soon as the song finished, Emile a la Fudd went straight intae 'Getting Tae Know Ye.' As the song wis coming tae an end, Silent wis staunin at the side ae the stage wae his erm in the air, fingers ootstretched, coonting them doon fae five. Jist as he goat tae his second last finger, Emile a la Fudd finished his song, leaned across and grabbed his co-star, Nelly Furrybush, clamping they lisping lips ae his oan tae hers and kissing her in a romantic clinch. As anticipated, the place erupted wae clapping, wan-liners and catcalls, as Silent's last finger disappeared intae the palm ae his haun. Tony drew his erm back and hurled the snooker baw straight through the middle ae the bottom left windae pane. It wis perfect. As well as a few wee cracks, the middle ae the pane hid a beautifully curved hole the exact size and shape ae the snooker baw. Before they could admire it further, Joe nabbed a white sailor's hat and used it tae smash oot the rest ae the glass fae the wee circle intae a full square hole. Silent wis first tae go. Fae where Johnboy wis staunin, he could feel the sudden blast ae cauld air, which disappeared again as Silent's skinny torso wriggled through the gap. Johnboy hesitated. He looked aboot tae see if Skull wis hinging aboot back stage.

"Fur fuck's sake, Johnboy, whit the fuck is wrang wae ye, eh? Get a bloody move oan," Tony squealed at him, gieing him wan ae his famous deadly looks.

Johnboy practically dived through the gap, followed seconds later by Joe and Tony. Johnboy stood ootside in the howling wind, desperately searching the hole that hid been the windae pane, as wan ae the Springboig boys pushed across a table that hid a massive load ae costumes oan tap ae it and bunched wan ae Elmer Fudd's stage ootfits up against the hole.

"Johnboy!" a voice shouted o'er the wind.

They wur oot and running doon the drive, heiding fur the main gate while the cheers and clapping wur still in full flow. Big Abdee fae Aberdeen, who Baby hid scudded fur laughing at him fur getting a good mark, hid been manning the curtains and hid agreed tae gie the uglies the signal wance he clocked the windae getting panned in. The Garngad crowd wur tae make sure the audience kept up their clapping fur as long as they could, while the thespians up oan stage wur basking in their glory and taking bows.

There wur cars parked aw the way up the drive. When The Mankys arrived at the main road, they stood panting, looking aboot.

"Paul? Paul?" Tony shouted.

Silence.

"Fuck, the basturt's no here. Whit will we dae noo?" Joe shouted o'er the gale-force wind.

"Let's jist heid straight fur Paisley," Tony shouted, as they cantered efter him doon the road, putting as much distance as they could between themsels and the school.

It hid started tae snow. Every time they heard a car coming or saw a set ae heidlights, they jumped o'er a hedge or intae the trees until it passed them. They wur smack bang, oot in the middle ae no-man's land wae no a hedge, tree or any other cover in sight, when a car shot roond the bend fae the direction they'd jist come fae. It wis heiding straight fur them. The way it accelerated oot ae the bend, gears crunching, full beam oan, speeding towards them, meant only wan thing. They wur fucked before they'd even goat near Paisley. It wis freezing cauld. They stood in the dark, looking at each other, panting.

"There's nae way Ah'm letting the basturts take me back," Johnboy shouted o'er the howling wind at Tony, as the car screeched and skidded sideways towards them, halting two feet in front ae them. "Ah need tae get back tae the toon tae find oot who the fuck gied the order tae dae Skull in."

"Get in! Hurry up!" Paul McBride shouted, revving the engine tae within an inch ae its life.


Johnboy and Joe wur chattering away o'er each other excitedly in the back seat, enjoying the heat that wis blasting them fae the dashboard in the front. Johnboy wis tucked up in the middle ae the back seat between Joe and Silent.

"Fuck, whit happened tae ye? We thought ye wur fae the school."

"Aye, Ah'm sorry. The car Ah came oot in broke doon. Ah think it ran oot ae petrol. When Ah reached the school, it took me ages tae get another car started. Ah goat intae this wan nae problem, bit Ah couldnae get the fucking thing tae start until Ah sussed oot that there wis a starter button oan the flair," he said.

"Ah hope it belongs tae that bizzy that wis wearing aw that silver-ware oan his uniform, who wis sitting in the front row," Joe said.

"Somehow Ah cannae see somewan wae that amount ae braid running aboot in a wee mini, kin you?" Johnboy said.

"Aye, this wis sitting up at the tap ae the drive. Ah jist let aff the haunbrake and it rolled doon the hill. Ah hid tae fuck aboot trying tae get it tae start when Ah goat tae the bottom."

"How did ye know we'd been and gone then?"

"Ah heard youse shouting oan me, bit by the time Ah goat tae the bottom ae the drive, youse wur offskie. Ah knew which way youse wur heided though."

"Aye, it's a bit ae a tight squeeze back here," Joe said.

"Is that a radio Ah kin see?" Johnboy asked, leaning forward between the two front seats.

"Aye, dae ye want it oan?" Paul asked, as the sounds ae Tommy James and The Shondells' 'Mony, Mony' came blasting oot ae it.

They wur jist aboot tae leave the lights ae Paisley behind them. Silent wis awready snoozing oan Johnboy's right haun side when Joe pushed Johnboy tae make mair room fur himsel.

"Ah'm sitting oan something," Joe said, producing a broon leather bag.

"Whit's in it?" Tony asked fae the front, hauf-turning roond.

"Folders wae papers in them. It looks like files. There's fuck aw else in it. Open yer windae, Tony."

Johnboy jist managed tae clock the name, Patrick McSwiggan, oan the tap ae wan ae the files as Joe wis haunin it o'er tae Tony.

"Wait, that's Patsy's name oan that file. Let me see it," Johnboy yelped, grabbing the bag oot ae Tony's haun as the wind fae the open windae blasted everywan in the car. "Let's hing oan tae this. Look, it says Miss F Flaw oan the side ae the bag. Ah bet that's aw oor files in there."

Johnboy sat wae the bag oan his knees, as they ran oot ae street lights and intae the darkness ae Paisley Road West, heiding towards the orange glow in the distance, wae everywan, except Silent, joining in wae Jimmy Cliff, howling aboot poor Mrs Broon getting a telegram fae Vietnam.

# Chapter Twenty

Fanny glanced at the luminous dial beside her pillow. It wis two o'clock in the morning and the season ae goodwill wis upon every-wan. She'd jist switched the radio oan doon low. She wisnae sure whit station or whit country in Europe the music wis coming fae other than it wis playing doon aw the UK chart pop songs fur nineteen sixty eight. Although she wis feeling utterly miserable, she found hersel humming alang tae 'Whit A Wonderful World' by Louis Armstrong and 'Ah Say Ah Little Prayer' by Aretha Franklin. Mr Brush hid telt her at the staff meeting earlier in the day that she widnae furget her birthday in a hurry. How right that state-ment hid turned oot tae be, she groaned. She'd thought she'd known the depths that the staff could go tae, bit tonight hid to-tally turned her life upside doon. Mr Bick, the deputy heidmaster, hid telt her tae take early leave and no tae come back until efter Christmas, although nae doubt, she wid need tae keep in contact wae the polis in Paisley meantime. He said that the school wid pass her contact details oan at his end. She'd wanted tae remind him that she wisnae employed by the school, bit the shock ae the evening's events hid left her unable tae speak, so she'd jist nodded. She started tae sob, surprised that she hid any mair tears left tae shed. The concert itsel hid been a great success. She'd sensed that something wis up though, jist before the curtain hid even-tually closed. She hidnae realised jist how long the clapping and cheering hid gone oan fur until she'd seen Mr Burns snarling at the big skinny boy fae Aberdeen tae shut the curtains. A few seconds later, Mr Bick hid appeared backstage, alang wae Mr Burns and Mr Campbell. Even when the lights hid been switched oan, she still hidnae been aware ae whit hid happened. Aw the staff hid started tae hustle boys back upstairs tae their dormitories efter the usual 'Thank ye' speeches. The VIP guests hid goat their teas and cake and wur then hurriedly, bit subtly, ushered oot ae the building intae the night, jist as a polis van and two squad cars arrived at the front ae the reception doors. The Chief Superintendent hid hung back, while a polisman took his wife hame. It wisnae until the heidmaster briefed everywan that Fanny found oot whit hid happened.

"Four boys escaped during the concert," The Heidmaster hid announced grimly.

"Dae we know who they ur?" Alvin Jack, the administrator, hid asked, looking white aboot the gills.

"Aye. Gucci, McManus, Taylor and Smith," he'd replied, staring o'er at Fanny accusingly.

"The wee basturts! Ah bloody-well knew they wur up tae something. Wait until Ah get ma hauns oan the basturts," Mr Burns hid snarled.

Efter she'd been hinging aboot fur aboot hauf an hour, Mr Bick hid come o'er tae her and suggested she should heid hame, as there wis nothing she could dae that night that wisnae awready being done. She'd gone back tae her office tae get her bag, only tae remember wance she goat there, that she'd left it in the car. Oan her way tae her office, she'd come across Mr Burns at the reception, staunin beside a box ae snooker baws oan the desk, haudin up a white snooker baw in wan haun and whit looked like a big mushroom in the other, looking fae wan tae the other.

"Ah cannae fucking believe this!" he'd howled at the wee polis constable, who'd been staunin in front ae him wae a smirk oan that face ae his.

When she'd gone tae where she thought she'd left her car, there hid jist been an empty space. She'd looked aboot. The snow hid been billowing aw aroond her. There wur other staff cars parked between where she wis staunin and the gate at the bottom ae the drive and she remembered being a bit annoyed at the thought ae somewan shifting her car withoot asking her permission, tae allow the VIPs tae park nearer the reception door. Oan her way doon the drive, looking fur her car, she hid been passed by several cars, arriving wae school staff in them. She'd thought that they must've been called in tae help wae the search. When she'd goat tae the

bottom ae the drive and there wis still nae sign ae her car, she'd re-
traced her steps slowly back tae the reception. The snow hid been
getting heavier and the cauld wind hid become a freezing blast. As
soon as she'd entered the building, she'd heard the screams and
angry voices. She'd gone through the security doors and alang
the corridor towards the boardroom area tae where the noise wis
coming fae. She'd jist aboot fainted at the sight that hid confront-
ed her. There must've been aboot twenty staff lined up, roughly
ten oan each side and facing each other, as they struck boys' heids
wae the batons they wur wielding. The boys wur being kicked and
punched, running through a gauntlet ae staff, between the bottom
ae the stairs leading tae the dormitories upstairs and the secure
cell opposite them. She'd noticed wan ae the boys who'd been ap-
plying the make-up at the concert slip oan tae the flair, only tae be
clubbed back up oan tae his feet and thrown forward intae another
set ae baton-wielding erms. Wan ae the boys, O'Hara...the wan
they called Baby Huey...hid tried tae hit back in self-defence, bit
hid been kicked and clubbed tae the ground. Three other boys hid
tripped o'er him when they'd come hurling forward aff the stairs as
he lay oan the floor groaning, blood pouring oot ae his heid.

"Get in there, ya basturt, ye," Mr Burns hid shouted, hitting Flan-
agan, the wan they called Minky, oan the back ae the heid wae his
baton, before the boy disappeared oot ae sight intae the cell.

It wis then that Mr Bick, the deputy heidmaster, hid noticed her
staunin there wae her haun up tae her mooth. He'd haunded his
baton o'er tae Mr Wilson and come rushing o'er tae her.

"Fanny...Miss Flaw...whit ur ye daeing here? Ah thought ye'd gaun
hame?" he'd panted.

"I had, but I think someone has stolen my car, Mr Bick," she'd
manage tae stammer. "What on earth is going on here?"

"Never ye mind that, lass. We're back in charge noo. Let's jist go
alang tae the reception and Ah'll send somewan alang tae gie ye a
run hame in a minute."

She couldnae remember who it hid been that hid drapped her aff at her flat. She hid said nothing and nothing hid been said tae her oan the journey. She didnae need tae be back at work until Monday the sixth ae January. That wid gie her plenty ae time tae decide her future. It wis clear that her rehabilitation programme wis deid in the water. She glanced at the clock again and wondered where The Mankys wur as Canned Heat started tae sing aboot gaun oan the road again.

"Oh my God, the lunatics have taken over the asylum," she sobbed oot loud, as she leaned o'er and switched aff the radio.

# Chapter Twenty One

Johnboy opened up the shutter, letting the light stream intae the room.  Paul wis kneeling o'er at the fireplace, putting a fire thegither.  Tony, Joe and Silent wur still lying sleeping oan the mattress, covered in a mountain ae auld coats.

"Ye should've seen it, Paul.  It wis a real professional show wae real acting.  Ah wis sorry tae miss the ending.  It wis bloody funny as fuck," Johnboy wis saying, clearly happy tae be back in the Toonheid.

"Johnboy, it wis shite wae shite acting," Joe volunteered fae the mattress.

"Tony, tell him," Johnboy retorted, looking o'er at the mattress tae where he thought Tony wis.

"Ah've seen aw the films at the pictures.  Somehow Ah don't think it wis supposed tae be a comedy, bit it wis that bad, it wis good."

"See!" Johnboy said triumphantly tae Joe.

"Fur fuck's sake, Johnboy...whit the hell happened tae yer front teeth?  Ah never noticed the gap last night," Paul asked him, grinning.

"A mad German butcher whipped it oot."

"So, will ye always speak wae a whistle efter every word then?"

"If ye think it's bad noo, ye should've heard him jist efter it wis done.  Every word hid a dribble attached tae it," Tony said, getting up and heiding through tae the kitchen sink fur a slash.

"There ye go, boys.  That's whit Ah call a fire, so it is," Paul declared, as the torn-up flair lino burst intae flames.

Johnboy stood looking oot ae the windae.  It felt good tae be back hame, even if it wis snowing ootside.  They wur holed-up, oan the second flair ae an empty tenement, jist opposite Sherbet's wee grocers shoap oan McAslin Street.  People ae aw shapes and sizes wur streaming in and oot, maist wae The Glesga Echo tucked up under their erms.  A Barr's lorry hid jist pulled up and the driver disappeared intae the shoap.  The van boy wae him wis dragging

512

oot wooden crates full ae empty bottles and wis stacking them at the back end ae the wagon. The driver re-appeared and wis lifting doon full crates and looking at his wee order book every noo and again, before walking roond and selecting the various flavours fae different parts ae the stack nearest tae the cabin. Johnboy wondered if he'd be able tae make it doon the stairs in time tae nip across and blag a crate before they'd finished delivering their order, bit decided nae tae bother. They wur close tae Montrose Street and the last thing he wanted wis tae bump intae his ma oot fur her tipped singles and morning paper. He looked at the tenement building opposite them. Hauf the hooses wur lying empty. Ye could tell the empty wans. Some ae them hid been left wae their windaes open a few inches at the tap or the bottom, even though it wis winter. Johnboy turned roond and surveyed the scene in the living room. There wur two mattresses lying oan the flair in the alcove, pointing lengthways towards him. There wur two erm chairs, wan oan either side ae the fireplace and a plank ae wood sitting oan tap ae two wooden Barr's Irn Bru crates facing the fire. There wur three red tartan cushions sitting oan the plank. Oan the left ae the fireplace wall, there wis a shelved alcove where Paul hid stacked their grub, which consisted ae a box ae crisps, four packets ae McVities Gypsy Creams, a Crawford's tin ae mixed biscuits, a box ae MB chocolate bars and a box ae Penny Dainties. Tae get a bottle ae ginger, anywan who wis sitting oan the plank hid tae staun up before lifting oot a bottle ae Irn Bru fae wan ae the crates under it. Johnboy didnae know how Paul hid managed it, bit the crates hid a good mix in them. There wis yer usual Irn Bru, along wae American Cream Soda, Limeade, Orange and American Cola. He turned and looked back oot ae the windae at the sound ae the empty bottles rattling in the crates as they wur being slung up oan tae the lorry. This pair hid it doon tae a T, he thought tae himsel. The lorry wis never left oan its ain. If the driver wis in the shoap, the van boy wis ootside. When the boy disappeared in wae the sack-barrow loaded wae ginger, the driver wis hinging aboot ootside, stacking crates here and there. It wid need tae be a grab and run case wae this pair.

"So whit's the plans then?" Joe asked efter Tony returned, zipping up his fly and plapping his arse doon oan tae the plank.

"We'll need tae lie low fur a few days. The bizzies will be aw o'er the place noo that we're oot and oan the go."

"Whit ur we gonnae dae aboot these uniforms then?" Johnboy asked, looking aboot at the dark blue jaickets, similar tae the wans that the navy sailors wore.

"We'll need tae go snow-dropping tae get a change," Joe said.

"Furget that. Nowan will hiv their laundry hinging oot oan washing lines at this time ae year. Nothing wid dry," Paul said.

"We could always tan wan ae the nippy bag-wash shoaps. They keep the denims and dungarees separate fae the other washing in the shoap. When Ah used tae take ma da's there, they always kept them oan a shelf, jist behind the coonter as ye go in the door," Johnboy volunteered.

"Whit dae ye think, Paul?" Tony asked.

"Well, we've goat Shitey Sadie's jist opposite The McAslin Bar or Jemima Skid's place oan Glebe Street. Take yer pick."

"We kin hiv a look and see who's goat the maist denims oan display and take it fae there," Johnboy suggested.

"Right, that's settled then. We'll go and get a change ae gear later oan the night. In the meantime, who's fur a game ae Bella?" Paul asked, lifting doon a packet ae Gypsy Creams and pulling oot a pack ae playing cards.

# Chapter Twenty Two

Inspector Colin McGregor sat looking at the two sergeants in front ae him. If anywan could get the job done quickly, it wid be this pair. Wan ae The Big Man's boys hid telt him recently that he'd heard that they didnae get oan, bit Colin hidnae picked up any evidence ae that. He wis aware that there wis a bit ae rivalry between them oan who could lock up the maist neds though. Normally, rivalry between officers within the same patch widnae be tolerated, as it wis important fur the local pavement pounders tae work as part ae a team, bit it seemed tae work well in their case. Their arrest and clear-up rate, so far, wis wan ae the best in the city, even though their methodology hid raised a few eyebrows in certain quarters. He'd been oot-manoeuvred and oot-voted oan his replacements fur Liam Thompson and Big Jim Stewart, the last pair ae sergeants he'd lost nearly three years earlier. It hid been a difficult time fur everywan, especially fur him. He'd jist managed tae haud oan tae the Toonheid by the skin ae his teeth. There hid been talk at the time that he wis getting put oot tae pasture up in Bishopbriggs, amongst aw the lawyers and TV presenter crowd. The previous inspector, Joe McInally, hid been retired aff wae a bare pension. It wis well-known in the toon that there wis slim pickings tae be hid up there in The Briggs. He'd heard that poor Joe hid ended up as a night watchman oan wan ae they fancy office-building sites up near St George's Cross. Colin's appeal tae stay in the Toonheid hid gone straight tae the tap. He remembered the parting shot fae Sean Smith, who wis a chief inspector at the time, efter he'd successfully pleaded his case.

"Ye've jist scraped by, by the skid marks oan they pants ae yers, Colin, so let that be a lesson tae ye. There's a lot mair than jist you and me who get affected by failure oan the ground, ye know. If ye cannae staun the heat, then ye need tae get oot ae the kitchen. Ah know ye acted swiftly tae deal wae that last pair ae eejits, bit at the end ae the day, it wis oan your watch that they fucked up and it wis ma baws that wur hinging oot oan the line. Ah've spoken tae the other inspectors and a few ae them hiv spoken up fur ye. There wullnae be a second chance the next time. In the meantime, Ah'll look aboot tae see whit we've goat oan the sergeant front and Ah'll get back tae ye wae who Ah want up in the Toonheid."

Jist a few hid spoken up fur him? That hid hurt. Granted, he wis the only blue-nose in amongst them, bit still....he'd always been as loyal tae Sean as any ae The Irish Brigade. It wis unprecedented fur a local inspector no tae be involved in picking the sergeants fur his area. He'd found oot later that it hid been Daddy Jackson, sitting in his fiefdom ae Anderson and Partick, and that snivelling wee basturt, Mickey Sherlock, who ran aboot in The Flying Squad, playing at being The Lone Ranger, who'd put the boot in. It hid taken aboot fifteen months before they'd finally settled oan the two permanent sergeants fur the area. The longest time he'd hid a sergeant during that period hid been Jings Johnston, bit that hid only been a temporary appointment while Jings wis waiting tae move oot tae Yoker as the new inspector. Jings wis wan ae the good guys. He'd telt Colin that the word hid gone oot and nowan wanted tae work wae Colin because ae the trouble between Pat Molloy, The Big Man and the local pavement pounders. The war between Molloy and The Irish Brigade hid continued unabated, even though Molloy hid been allowed tae recover his expenses at the expense ae the Linen Bank at the tap ae Parly Road, no long efter his doos hid gaun walkies. Since then, each side tried tae avoid wan another, particularly oan Friday and Saturday nights when the bevvy wis flowing. A few ae his local PCs hid ended up wae sore faces o'er the years because they'd jumped intae situations withoot first finding oot whit the score wis beforehaun. The situation wis noo at boiling point and there wis pressure oan The Irish Brigade tae jist get in there and finish Molloy aff wance and fur aw. A month and a day efter Jings hid moved oot tae Yoker, two permanent sergeants hid arrived, wan week apart fae each other. Colin looked across at his inheritance. It hidnae taken the locals long tae attach a handle tae the baith ae them either. Finbar O'Callaghan wis known as 'Fin' tae his colleagues and 'Bumper' tae the wee local neds oan account ae the fact that no long efter his arrival, he'd run o'er two wee thieves wae the squad car, who he'd been chasing alang St James's Road at the Dobbies Loan end. Wan ae the boys hid ended up wae a broken erm while the other wan hid suffered a broken ankle. He'd heard that the broken ankle came aboot because Bumper hid reversed back o'er the victim as he wis lying spread-eagled oan the pavement, efter being hit the first time.

"They won't be in such a fucking hurry the next time Ah shout at them tae stoap," Bumper hid been quoted as saying later.

The other caped crusader wis Paddy McPhee, known as 'Paddy' tae his colleagues and 'The Stalker' tae the locals. Oot ae the pair ae them, The Stalker wis the maist hated and the maist feared. He wis well-known fur stalking whoever he wis efter. He'd sit in the back ae a closemooth aw night, if need be, waiting fur his quarry tae appear. When the hapless victim wid eventually turn up, McPhee wid jump oot and either garrotte him wae his erms or club him o'er the napper wae his baton. He never gied anywan a chance tae gie themsels up. He'd been through three batons since he'd been transferred intae the Toonheid. Although there hidnae been any doubt that he wis good at his job, it hidnae taken long fur complaints aboot his tactics, particularly fae the local wummin, tae start streaming in. The thought ae a night stalker, even if it wis a plod, creeping aboot the back courts and closes at night hid obviously gied the local wummin folk the heebie-jeebies.

"Right, boys, we've goat a wee bit ae trouble brewing and it his tae be nipped in the bud, pronto," he said, looking across at the pair ae them.

"Oh, aye?" Bumper said, showing an interest fur the first time since he'd come in and plapped that arse ae his doon oan the chair.

"Aye, the boys ur back in town."

"Boys? Whit boys wid that be then, Colin?" The Stalker asked nonchalantly.

"Yer pals, Gucci, McManus, Taylor and the manky mute, Smith."

"Aw thegither?"

"No only aw thegither, bit they've hooked up wae yer other runner fae the area, Paul McBride."

"Ah nearly goat a haud ae that basturt earlier in the week. He jist managed tae wriggle away fae me in a closemooth up in St Mungo Street. Ah thought Ah hid the slippery basturt. Ah wis jist aboot tae pounce bit the flairboard that Ah wis staunin oan creaked at the very last second. It wis enough tae spook him and he took aff like a bloody hungry whippet jist before Ah made ma move. Ah wis left wae hauf ae his jumper in ma haun," The Stalker scowled, disgust and disappointment in his voice.

"How dae ye know they're here, Colin? Hiv they been seen?"

"There wis a riot last night in Thistle Park, oot in Paisley. Seemingly, Bob Hatchet, the chief superintendent ae Paisley and his wife wur up at the school attending a Christmas concert when it aw kicked aff. By aw accounts, Bob jist managed tae get his wife oot ae the place in the nick ae time and apparently, the staff wur lucky as well. They managed tae quell the riot by drafting in extra staff and using truncheons tae beat the ringleaders back. Oor four managed tae get away by climbing oot ae a windae and stealing a car belonging tae a female member ae staff. Seemingly, the poor wee soul is so traumatised that she's hid tae go aff oan the sick. The ringleaders, seven ae them, wur aw shipped up tae the closed block in Rossie Farm late last night efter receiving hospital treatment in Paisley RI."

"So, how dae we know they've hooked up wae McBride?" Bumper asked.

"Because the car they escaped in...a wee green Mini...wis found abandoned across in Wellpark Street, jist aff Duke Street, in the early hours ae this morning. Forensics jist contacted me before youse goat here tae say they've goat a thumbprint match belonging tae oor Paul."

"That's strange.  Why the fuck wid his print be in the car if they stole it oot in Paisley, Ah wonder?" Bumper asked, looking puzzled.

"Unless he dumped it fur them efter they arrived back in the toon," The Stalker speculated.

"Anyway...whitever...we need tae get this manky mob back inside. Oor figures ur looking the best they've been in aboot a year, so they ur."

"Aye, since aw that bunch ae scum wur put away."

"Exactly.  The Chief said that if we kin nab them before they start causing havoc...and us a lot ae grief... he'd be mair than happy.  He wants this cleared up before JP Donnelly gets wind ae it."

"Christ, Colin, if the five ae them ur back oan the loose in the Toonheid, we're gonnae hiv a real problem oan oor hauns.  It'll be like trying tae flush oot the Hole-In-The-Wall Gang up there, wae aw they empty tenements.  They could be anywhere," The Stalker said, looking o'er at Bumper, who wis sitting nodding in agreement.

"Paddy, don't underestimate yersel here.  This should be a bloody doddle fur somewan like yersel, fur Christ's sake.  Ah thought they call ye The Stalker?  So, get oot there and bloody-well stalk.  The main thing fur youse two tae remember is that catching these thieving scum his tae take priority o'er the other cases ye've goat.  The allocations clerk his divvied up yer current workload awready.  Ye'll baith hiv tae work thegither oan this or this wee crowd will fuck youse and everywan else up the arses.  Remember, this is the wee crew that sent yer predecessors doon the water.  It's been a long time since they've aw been oot here thegither, so don't fuck up noo," Colin pressed oan them.

# Chapter Twenty Three

Johnboy hid been wondering when Skull wid be brought up. Tony hid made it clear that he wid raise it. He'd said the time hid tae be right and he'd know when that wis, so in the meantime, nowan wis tae mention Skull tae Paul. They'd been holed-up in the tenement fur three days. They'd settled oan Jenny Skid's Nippy shoap up in Glebe Street fur their new clobber. Joe hid panned in the side windae wae a pavement stank cover. Joe and Silent hid then nipped in and haunded oot aw the denims while Johnboy kept watch. Johnboy hid goat a pair ae Levis and a pair ae Wranglers, Joe hid goat two pair ae Levis and Silent and Tony hid each goat a pair ae Lee Coopers. Johnboy hid also goat a Levi jaicket. While Johnboy, Joe and Silent wur tanning Jenny's, Paul and Tony hid tanned the rag store beside Rodger The Dodger's oan St James's Road and hid goat them aw some nice woollen jumpers, polo necks and a pile ae jerkin jaickets.

"Right, which wan ae youse ur gonnae spill the beans then?" Paul asked, oot ae the blue, mid-way through a game ae Bella.

"Aboot whit?"

"Whitever it is that Ah don't know aboot."

"Tony?" Joe said, looking o'er at Tony.

"Right, oan ye go then, Johnboy," Tony said tae Johnboy.

"Ah'm getting bloody dizzy here, gaun fae wan tae the other. Whitever it is, spit it oot," Paul snarled, as everywan looked o'er at Johnboy.

Johnboy took a deep breath and gulped. He telt Paul basically whit he'd telt the others, citing his wet socks as proof, as well as the fact ae whit Skull hid telt him aboot speaking tae Flypast oan the night he didnae get intae the hoose. Johnboy wisnae too sure whit kind ae reaction he'd get fae Paul, although he wisnae expecting silence. Paul never moved a muscle or looked at the others aw the time Johnboy wis speaking, until Johnboy goat tae the bit aboot Horsey John and Tiny ootside the burning cabin. At that bit,

Paul looked across at Tony, then at Joe and then back tae Tony, while still no saying a word. When he turned back tae Johnboy, Johnboy could see a wee flickering tick oan the side ae Paul's face, below wan eye.

"Carry oan," Paul said, nodding.

"That's it," Johnboy said, shrugging, as he looked o'er at Tony.

"None ae us wur convinced when Johnboy first telt us…" Tony said.

"Tony wis, bit Ah wisnae, even though Ah never believed it wis the bizzies in the first place," Joe chipped in.

"…Bit the mair Ah thought aboot it, the mair Ah thought it wid be easy enough tae check oot. When Baby goat hame leave, Ah goat him tae nip roond tae Flypast's."

"And?"

"Flypast mair or less telt Baby exactly whit Johnboy said Skull hid telt him. It wis fucking weird, Ah'll tell ye. Ah felt the hairs oan the back ae ma neck staun oan end when Ah wis listening tae Baby."

"Ah'm finding aw this hard tae believe and take in. Johnboy?"

"As Ah said tae the others, Paul, Ah never knew Skull hid went back tae Flypast's that night, so how wid Ah know whit he'd telt him or whit time he'd left tae go up the road hame that night?"

"Fuck!" Paul cursed, clearly stunned, looking at each wan ae them.

"We wur the same, Paul. That's why we're sitting here. If Horsey John and that wee humphy bachle ae a midget wur involved…"

"So, who wis the third wan then?" Paul asked suddenly, realising the implications.

"Aye…good question. Who wis the third basturt who sent that pair ae wankers doon tae torch the place?" Joe asked quietly.

Silence.

"Listen, Ah know this is gonnae sound even mair weird, bit Ah clocked Skull…er, mair recently," Johnboy said.

"Ye never telt any ae us that," Joe said accusingly.

"That's because ye never believed him in the first place, ya numpty, ye," Tony said tae Joe.

"Fuck aff, Tony, ya Atalian prick, ye. Ah admit Ah hid ma doubts tae start wae...who didnae? Bit Johnboy knew fine well that Ah accepted whit he'd said, didn't ye, Johnboy?"

Johnboy telt them aboot clocking Skull, sitting in amongst the Garngad crowd, during Basil Brush's blockbuster. They aw gied Silent dirty looks when Johnboy telt them that he'd been trying tae catch Silent's attention, tae confirm that it wisnae another wee baldy basturt that looked like Skull.

"And it didnae look as if he'd found his Celtic tammy," Johnboy added, his voice trailing intae silence.

Nowan spoke fur aboot five minutes. They aw sat and stared at the sizzling wax cloth, bubbling and then curling intae itsel, efter Joe threw some mair ae it oan tae the fire. Everywan wis thinking and wondering who the third basturt could be.

"Ma money is definitely oan The Big Man," Joe finally said, breaking the ice.

"Ah'm no convinced he wid be intae that. He never sussed oot that it wis us that tanned his loft and fucked aff wae his big Horseman Pouters. If he hid, it wid've been mair than Skull that wid've goat toasted. Ah couldnae say the same aboot they Murphy basturts though," Tony mused.

"Well, wan thing's fur sure. It wisnae the fucking bizzies that done it," Paul said, looking at Joe and then accusingly o'er at Tony.

"Well, it wisnae only me that thought that the polis hid done it," Tony retorted defensively. "Remember, we heard them talking aboot it when we wur tanning The Gay Gordon, when that sergeant wan and Crisscross wur sitting in the bizzy car ootside the pub. If that wisnae a confession, Ah don't know whit wis. And then there's the fact that they shipped oot they two sergeants alang wae Jobby and Crisscross no long efter it happened? That proved the point as well...at least it did at the time."

"Aye, well, Ah always knew it wid come oot in the wash. Whit we need tae decide is whit we dae next. They basturts ur no gonnae get aff with this wan," Joe said, raising the temperature back tae normality efter Paul's frosty look at Tony, who'd always argued that it hid been the bizzies that hid done the damage.

"We need tae go and speak tae Flypast oorsels," Paul suggested tae Tony.

"Naw, Ah'm no sure we'd get much mair than whit Baby goat oot ae him. He said Flypast kept backing aff. Ah think oor next move is tae speak tae that wee dangerous dwarf."

"Ah say we talk tae Flypast," Johnboy said, still wanting tae clear up that sanity business ae his.

"Naw, forget Flypast. Tony's right."

"So, whit dis speaking tae Tiny mean then?" Johnboy wondered oot loud.

"Get a grip ae the wee prick...that's whit it means," Joe growled, slinging a few mair bits ae lino oan the fire.

"There's no way he'll gie us the time ae day. We'll need tae squeeze it oot ae him. Bit if we dae that and get nothing, they Murphys will no hauf wipe the flair wae us," Paul murmured, staring intae the burning flames.

Silence.

"If whit Johnboy his telt us is true...and Ah'm no saying that it's no....then Tiny's bound tae squeal like a stuck pig if we kin get a haud ae him oan his lonesome and drag it oot ae him," Tony said quietly, wae a shrug ae his shoulders.

"Aye, bit whit happens then? As soon as we leave the wee fuck-pig, he'll scamper back tae whoever it wis that put him up tae it, tae let them know that we know. If it's The Big Man or the Murphys, the come-back wid be swift."

Silence.

"Aye, bit wid that really matter? Wid we no want whoever wis involved tae know that we know whit the score is?" Johnboy asked, looking roond the faces.

"Well, that aw depends oan whit we're gonnae dae aboot it? We either find oot and dae fuck aw or we kin make a full comeback fur Skull. We're no stupid wee boys noo. Ah know whit Skull wid be saying if he wis here and it wis wan ae youse we wur talking aboot," Joe reminded them, putting whit they wur aw thinking oot oan tae the table.

"That wee fuck-pig is the key here. If we kin get a haud ae him and put the frighteners oan the nasty wee fucker, at least we'd know fur sure," Johnboy suggested, trying tae lighten the conversation a bit, as he wis worried aboot where it wis heiding.

"If that wee limping midget wis involved, he's deid as far as Ah'm concerned. Remember the promise we made, sitting in the close beside Sherbet's?" Joe reminded them.

"Right, well, that's settled it then. Tiny, it is. How ur we gonnae get a haud ae him?"

"Ah say we nip up tae the stables and tie him up in wan ae the stalls and torture fuck oot ae him till he spills the beans," Joe suggested.

"Too noisy, wae aw the hooses roond aboot it, so it is. The wee basturt wid scream the place doon. We widnae want tae get caught before we even get started. We'd need a bit ae time wae him oan oor ain, well oot ae earshot ae anywan that wis oan the go," Tony replied, eyes shining like two black diamonds.

"Ah've clocked him a couple ae times o'er the past week, oot and aboot, up the tap ae Parly Road and Glebe Street, oan a horse and cart. He's definitely oan the go ootside the yard," Paul said, hitting a bit ae the burning lino wae a well-aimed spit.

"Bit ye don't know where he goes tae?"

"Naw, bit Ah don't think he's doon this end. Wherever he goes tae, is further up."

"Okay, here's whit we dae. Fae the morra, we'll keep oor eyes oot fur him. That means, whitever we dae, we always heid up by the stables. If we clock him oot and aboot, we'll follow him. If he stoaps anywhere fur any length ae time, whoever clocks him first, will need tae gie the rest ae us a shout. We'll get a haud ae the wee poisoned basturt eventually. So, furget aboot nabbing him inside the stables, Joe. As Ah've jist said, it's surrounded by hooses and we widnae want tae be staunin there booting the wee basturt's hee-haws when Shaun Murphy or wan ae the twins walks in, noo wid we?" Tony said wae finality.

"Right, Johnboy. Whit did ye dae wae that bagful ae paper? That wee pile ae wax cloth isnae gonnae last us long. We'll hiv tae work oot whit we're gonnae dae aboot keeping the fire gaun," Paul said.

"The files! Fuck, Ah furgoat aw aboot them," Johnboy shouted, nipping oot intae the lobby and returning wae Fanny's bag.

"Is ma name in there as well?" Joe asked.

"No only yours, bit everywan else's is, apart fae yersel, Paul. Here ye go...catch," Johnboy said, flinging o'er a file tae Joe, Tony and Silent, before settling back wae his ain wan, while Paul started skimming through Baby Huey's.

"Whit dis neglected mean?" Silent asked oot ae the blue.

"It means nowan loves ye, apart fae us," Paul answered sarcastically. "Why?"

"Look," Silent said, passing the open file across tae Paul.

"Listen tae this. It says here..." Paul said, looking up at everywan efter reading fur a minute. "...That 'despite protests fae Smith's grandparents, who hiv hid sole guardianship ae the boy since November nineteen sixty three, when his parents unfortunately died in a car accident, Mrs Snatch believes that the boy is extremely neglected. This neglect is principally due tae the fact that the grandmother leaves the hoose early in the morning and disnae return until mid-morning due tae her duties as a cleaner at Toonheid School in Kirkintilloch. The grandfather also works as a slaughterhoose man and frequently works away fae hame. Whilst there is nae suggestion ae emotional or physical abuse, truancy and an unreasonable excuse fae baith grandparents as tae the reason Smith is no attending school, is impacting oan the personal development and educational needs ae Smith, despite frequent visits fae Mrs Snatch. Mrs Snatch his frequently visited the grandparents' hame, tae find the boy still in bed when he should be at school, mixing and socialising wae his peer group.  Mr & Mrs Davidson hiv been warned oan a number ae occasions and hiv appeared in front ae the local Education Truancy Board, in order tae answer these concerns and ur fully aware ae their legal duty tae ensure Smith's attendance at school.  Baith grandparents hiv resisted attempts by the department tae take the boy into temporary care and hiv shown hostility tae department staff who hiv tried tae enforce the board's recommendations.  Mrs Snatch believes that the boy will respond tae a mair controlled care regime, thus ensuring a brighter future and his recommended a Care and Protection Order.'  It's stamped here 'CP approved September the Twenty Sixth, Nineteen Sixty Five under The Education Scotland Act Nineteen Sixty Two,' whitever the fuck that means."

Everywan looked at Silent tae see how he wis reacting.

"Ah wisnae neglected!"

"Snatch?  Fuck, she sounds well-named, that wan," Joe said.

"They telt me that ma granny and granda didnae want me because they couldnae look efter me," Silent sniffed, taking the folder back aff ae Paul and peering doon at it.

"It says here that Gucci is above average intelligence.  How's that fur making up stories?" Joe said laughing, haudin up Tony's file, allowing everywan an excuse tae look away and gie Silent a wee bit ae time oan his ain tae digest whit his file wis saying.

"Aye, they've obviously goat it wrang here as well.  It say's here that 'although McManus keeps it quiet, he is a well-known homosexual and is well-known tae associate wae priests,' Tony replied tae laugher fae everywan except Silent, who wis still peering doon intae his file.

"Dis it fuck, ya wanker, ye.  Gie's that o'er here," Joe shouted, throwing Tony's file back o'er tae him.

"Ah cannae bloody believe that," Silent said in wonder, shaking his heid, bit being ignored.

"Here, it says here that ma ma is a...is an habitual complainer because she complains aboot everything.  She's also violently aggressive towards Corporation officials. It says that staff hivnae tae visit the hoose oan their ain...ha, ha. It also says here that we're always skint, despite ma da working," Johnboy said tae everywan.

"At least they've goat her doon tae a T, eh? Ah widnae want tae cross that mad maw ae yers. Remember that time, doon at the bizzy station? Ah thought they fucking bizzies wur gonnae shite themsels, right there and then," Joe said tae mair laughter.

"Ah bet none ae youse ur psychos though," Tony added wae a grin splashed across his coupon.

"Let me see," Paul said, as him and Joe crowded roond behind Tony's back tae hiv a gander.

"Tony, it disnae say ye're a psycho, ya daft tit-heid, ye."

"Aye it dis...look."

"It says, ye're a psycho when ye're angry. That's no a real psycho, ya daft basturt, ye," Joe, the psychiatrist, said knowingly.

"Ah cannae believe they lying basturts telt me that ma granny and granda didnae want tae know me, the dirty basturts that they ur," Silent said oot loud, still being ignored.

"How the fuck wid somewan like you know whit a psycho is or no?" Tony shot back at Joe indignantly.

"He's right, Tony. A real psycho is somewan who goes aboot being a psycho whether he's angry or no. Ye're only hauf a psycho, according tae that report," Paul mocked him.

"And ye're hauf a tit. Ah cannae believe ye're agreeing wae Jessie-boy o'er there, the wan who wis an altar boy, hinging aboot wae priests, daeing fuck knows whit."

"Listen, don't take it oot oan me, ya hauf psycho, ye. It's no ma fault they think ye're only hauf aff yer heid."

Oan and oan it went. The biggest laughs came when they wur reading o'er the Garngad uglies' files. At wan point they wur aw bent o'er in hysterics, jist aboot pishing themsels. Seemingly, Freckles' uncle, Wan-bob Broon, who they aw knew well, hid been a fucking cattle rustler. Imagine, a cattle rustler fae Glesga? They kept throwing page efter page oan tae the fire tae keep it gaun, until they ran oot.  Then the bag belonging tae 'Miss F Flaw' followed the files.  They kept Baby's file tae show him when he turned up, as they wur expecting tae see him oan hame leave anytime soon.

"Nae wonder that Fanny wan didnae want tae gie me a peek ae ma file, the cheeky lying cow," Tony scowled, throwing his full file oan tae the fire.

# Chapter Twenty Four

It hid been o'er two weeks since that manky bunch hid escaped fae Thistle Park and there wis still nae sign ae them, apart fae Jemima Skid's windae getting panned in, up oan Glebe Street, and some denims being blagged.  It wisnae like them, Bumper thought tae himsel, scanning the tenements across the street fae Sherbet's.

"Ah'm no convinced they're here, Fin.  Ah think the wee shitehooses arrived, stayed o'er a night or two and then fucked aff up tae Possil or Springburn.  If they wur here, we wid've picked up their trail before noo," sniffed The Stalker.

"Aye, Ah wis jist thinking that masel, Paddy, bit Ah kin sense the presence ae they basturts.  It's like a bad smell that won't go away, so it is.  Ah still think they're laying low, which Ah grant ye, is unusual fur them.  Ah wid've thought that the draw ae aw these shoaps wid've been like a fly tae a shite and that they wid've been oot and aboot, plundering everything in sight."

"Ah've hung aboot roond the back ae the Taylors' hoose fur three solid days and nights and there's still nae sign ae him.  Ah wis well pissed-aff wae that bampot oan the desk doon at Central fur responding tae a stalker call.  As soon as that Black Maria turned intae Montrose Street, Ah knew ma cover wis blown.  Ah jist aboot punched they pair ae fucking eejits who came through the Taylors' close intae the back, shining their torches aw o'er the place."

"Did the caller leave a name?"

"Naw, bit it widnae surprise me if Taylor's maw wis behind it."

"So, whit ur ye wanting tae dae noo?"

"Why don't ye take the car and heid up McAslin Street and double back doon Stirling Road.  Ah'll meet ye at the other side ae Canning Lane oan Cathedral Street.  Ah'll cut through the backs here and make ma way o'er tae ye.  Ye never know, Ah might get a wee unexpected whiff ae them."

"Right, Paddy.  Ah'll see ye in twenty minutes."

# Chapter Twenty Five

Johnboy reckoned that it wis true whit people said aboot everything coming in threes.  The first thing happened when Johnboy and Silent wur oan their way back tae the hoose, dodging in and oot ae the closemooths and back courts, wae a box ae briquettes in each ae their erms.  They'd nipped back fae the briquette plant up in Pinkston, alang Baird Street and past the sawmill, before dashing doon oan tae Parly Road via Dobbies Loan and cutting through the back courts tae come oot ae the closemooth beside Sherbet's.  The baith ae them hid jist aboot shat themsels when they nearly walked straight intae Bumper and The Stalker, who wur staunin oan the pavement in front ae the shoap.  Wance the bizzies moved aff, Johnboy and Silent hung aboot fur aboot five minutes before nipping across the road and up the stairs intae the den.  When they arrived, Tony, Joe and Paul wur through at the back kitchen windae, watching The Stalker slowly make his way through the backs and up o'er the dykes, stoapping every noo and again tae peer intae empty hoose windaes or stare up at the buildings.

"So, ye've awready clocked them?" Johnboy asked, joining the peeking party.

"Aye, we've been watching him and Bumper oot the front.  We wur jist waiting fur youse pair tae walk roond the corner fae St James's Road straight intae them," Paul replied.

"We wur waiting fur them tae shift fae the back close beside Sherbet's.  They're wondering if we've moved oan.  The Stalker thinks we might be up in Possil or Springburn."

"Aye, ye kin see he thinks that," Joe murmured, no taking his eyes aff the creeper, who wis making his way o'er the tap ae a dyke, before disappearing.

"Guess who we've jist clocked?" Johnboy asked cheerfully.

"Tiny," Tony said knowingly.

They'd been keeping scores oan which wan ae them hid clocked

Tiny the maist. Paul wis at the tap ae the league while Silent wis languishing at the bottom.

"It's better than that. We know where he's working."

"Where?" three voices asked at wance, turning away fae the kitchen windae, looking at Johnboy.

"Up at the invisible water tower oan the railway line, alang fae the briquette plant. We clocked him gaun o'er the wee bridge at the tap ae Glebe Street. He went past the plant and then turned left intae the sheds. At first, we thought we'd lost him up oan Pinkston Road, bit we clocked him again when we wur walking back alang the other side ae the Nolly."

"Whit wis he daeing?"

"Who knows? He went up the steps ae the auld water tower building and disappeared through the door at the tap. He wis humphing a bag wae baith hauns. It looked like it could be tools."

"And ye didnae go and see whit he wis up tae?"

"We wur oan this side ae the canal."

"The basturt's stripping the inside ae the invisible water tank. Ah'd bet Silent's money oan it," Paul said excitedly. "That big tank will be the same as the water tanks ye get in the lofts ae these tenement buildings. The inside ae them ur lined wae lead...the thieving wee midget."

"That's probably the reason we keep seeing that wee arse ae his at the tap end ae Glebe Street and Parly Road. He's probably been working oan it fur a few days noo."

"He put the horse and cart roond the back ae the building, oot ae the way. Ye widnae know it wis there unless ye bumped intae it," Johnboy said.

"So, whit's the plan then, Tony?" Joe asked, as they aw stared at Tony.

"We'll gie it another ten minutes until The Stalker is well oot ae the way."

"Ah think we should heid aff the noo," Paul said, looking at the eager eyes ae the others.

"Right, Paul, you go and see where The Stalker his went tae while we heid across tae Cuddies Park," Tony said, as Paul heided through tae the lobby and disappeared.

They wur jumping up and doon and flailing their erms roond their bodies oan the grass embankment behind the dirty red brick building, in an attempt tae keep warm, waiting fur Paul tae join them. They wur watching Joe, who wis doon talking tae Charlie, Tiny's horse, and feeding him some Gypsy Creams. Joe suddenly stoapped whit he wis daeing and came running back up the slope and re-joined the pogo-stick brigade efter clocking Paul hopping across the railway tracks. Tony hid been explaining tae Johnboy and Silent aboot how there used tae be a big canvas pulley that swung oot fae the building at the front, beside the tracks, where the steam trains used tae stoap and get topped up wae water. Tony hid telt them that the railways usually hid a big water tower fur the water ootside, in the open, beside the tracks, bit they'd built this tank in the tap ae the inside ae the building tae try and fool the Jerries, in case they bombed it during the war.

"Did ye catch up wae The Stalker then?" Tony asked Paul.

"Aye, he heided o'er intae the backs ae Montrose Street and stood looking up at Johnboy's hoose fae wan ae the back closes opposite. Ah wis dying tae nip up oan tae a dyke and flash ma bare arse at him, the creepy basturt. He then cut across the grass in front ae Allan Glen's. Bumper wis waiting fur him at the bottom ae Canning Lane, before they disappeared up intae the Rottenrow."

"We'll need tae go caw-canny wae that pair ae pricks. The Stalker's no tae be messed aboot wae, especially wae that Bumper wan backing him up," Tony reminded them.

"Is he still in there?" Paul asked, still panting and trying tae get his breath back, as he nodded doon at the building.

"Aye, we've been here fur aboot twenty minutes noo and there's been nae sign ae him."

"So, whit's the plan then?"

"Plan? There isnae wan. We wur jist waiting fur you tae get back here before we went in. Let's go," Tony said, as everywan stoapped pogo-ing and started tae slither sideways doon the steep embankment.

The five ae them loitered at the tap ae the stairs, listening fur any sounds fae within. The place wis in silence, apart fae the sound ae the mechanical rollers that hid jist started up across at the briquette plant. Johnboy turned and looked across. The galleys wur discharging steaming new briquettes oan tae the conveyer belt a couple ae hunner yards away fae them, beyond the mish-mash ae rusty broon rail tracks. Tony quietly opened the door jist wide enough fur them tae squeeze in. The place wis in darkness, apart fae a faint glow coming fae a dim light at the tap ae a set ae stairs tae their left. Fae where they wur staunin, they could see and touch the sides ae the tall curved wooden slatted tank. They heard an echoing cough coming fae the tap ae the stairs and whit sounded like the swishing ae water. Johnboy could jist make oot Tony putting his finger up tae his lips, urging them tae be quiet as they crept towards the flight ae worn, wooden steps in the semi-darkness. A constant drip could be heard. It sounded like the echoing ping ye heard in the submarine movies when the sailors wur aw crouched doon, looking up at the ceiling, waiting fur the battleship cruiser tae come closer, Johnboy thought. Tony wis the first wan oan tae the landing. He turned and shook the flat ae his haun above his heid, gesturing tae them tae keep their heids doon. Johnboy wis next tae reach the landing. Doubled o'er, he followed Tony, as Tony crept away silently alang the narrow pas-sageway, underneath the rim ae the tank. As they crawled roond the slatted curve tae their right, they spotted the source ae the light. A car battery wis sitting oan the flair wae a cable running up tae a bare bulb, which wis hinging haphazardly o'er a nail that wis embedded in a wooden beam that ran doon fae the roof. They sat oan their haunches fur a few seconds, waiting fur the others tae catch up wae them. At Tony's nod, they slowly lifted their heids up towards the rim.  When they peered o'er, it looked as if the tank wis empty, until another watery cough and a splash that sounded like a fish jumping oot ae water came fae further doon inside it. Tiny never saw them as they aw stood up and looked doon intae the water aboot ten feet below them.  He wis too engrossed in hauf swimming and hauf floating across the tap ae the surface. The scene reminded Johnboy ae the time that himsel and Skull hid sat up at the canal at dusk, during the summer holidays, watching a solitary rat swimming aboot in circles.  A rope wis floating oan the surface beside Tiny, like some sort ae water snake.  Wan end ae it wis attached tae his waist and the other end wis splayed, wae whit looked like four hairy white fingers sticking oot fae where it hid been cut.  They could see the other end ae the rope, trailing doon fae a beam intae the tank, jist below where the bare light bulb wis hinging.  It hid the same ragged spread-eagled fingers as the other hauf ae the rope, which wis being swished oot ae the way as Tiny swam past it, spluttering and wheezing, as he cursed tae himsel. It wisnae difficult tae see whit hid happened.  A ragged sheet ae lead wis sticking oot fae the side wall ae the tank.  It widnae hiv taken an expert tae see that while the daft wee basturt wis swing- ing aboot oan the end ae the rope, the serrated edge ae the lead hid sliced through it.  Up until then, he'd been as busy as a wee beaver.  The bare slatted wood ae the inside ae the tank showed up fresh and new as it must've looked when it hid been built years previously.  Tiny hid managed tae work roond in a curve, tearing the lead aff fae the tap ae the tank first, leaving the wood exposed. Wance he'd retrieved the lead sheeting fae the tap ae the tank, he'd lowered himsel further doon intae it and began stripping roond the middle section.  They could see that he'd only managed tae get hauf way roond the tank when the rope hid goat sliced.  There wis aboot six feet between where he wis floating and the end ae the rope where it hid been cut.  The lead sides ae the tank wur as smooth as a baby's arse.

"Fuck's sake!  Look, boys...a nasty wee hauf-droont rat...stuck in a barrel ae water," Tony's voice boomed aboot the chamber.

"Eh? Whit the...boys, boys...oh ma God, thank fuck ye're here. Oh God, thank ye, thank ye!" Tiny spluttered joyfully, peering up at them, the relief in they wee beady eyes ae his reflecting like diamonds in a pile ae shite oan a sunny day.

"Whit ur ye daeing in there, Tiny, ya horrible, nasty wee fuck-pig, ye, eh?" Paul shouted doon at him, walking roond tae where the rope wis hinging o'er the side ae the tank, lifting the end up tae show it tae the others, smiling.

"Aye, he must've hid a wee accident," Tony mused oot loud.

"Boys, boys, help me, please? Ah don't know how long Ah kin keep afloat and it's fucking perching in here," Tiny's voice quivered, as he swished aboot wae they erms ae his.

"Ye're fucking gaun naewhere, Tiny, ya wee prick, ye. Tell us who wis involved wae you and Horsey John in burning doon oor cabin wae Skull and Elvis in it," Paul demanded.

"Whit? Whit the hell ur ye oan aboot, Paul? Ah never done anything. Ah don't know whit ye're oan aboot. Whit cabin, fur fuck's sake? Please, please, help me oot, boys. Kin ye no see Ah'm struggling here," Tiny wailed, clearly distressed and fearing that his salvation wisnae peering doon intae the tank above him efter aw.

"Noo ye fucking know whit they poor wee kittens must've felt like when you and that auld limping prick wid sling a bag ae them intae the Nolly," Joe sneered.

"Boys, please...Ah don't know whit youse ur oan aboot. Please, help me. Ah hid fuck aw tae dae wae that fire, honest. Skull and me always goat oan great wae each other, so we did. You aw know that, Tony. Oh ma God! Ah swear oan ma ain life," Tiny sobbed through his cauld chattering teeth, spitting dirty water oot ae that gub ae his.

"Tiny, we know ye wur involved. You and that Horsey John wan. We know full well that it wis the two ae youse who done the torching...we've always known that it wis you."

"Ah swear, Tony, Ah hid nothing tae dae wae it...honest."

Silence.

"Ye're right, it wis Horsey John, bit Ah hid nothing tae dae wae it. Ah swear oan ma maw's life!"

"Tiny, don't bloody lie tae us. Ye wur there...ye wur seen, good and proper, so ye wur. We even know whit youse said when ye fucked aff and left Skull and poor Elvis tae roast, so don't fucking float aboot here, lying like the horrible wee basturt that ye ur," Joe spat doon at him.

"Then ye'll know that it wis me that wanted tae jump in and save him then, bit Horsey pulled me back...he widnae let me help. Ah swear that it wisnae ma fault...honest...believe me, Ah swear," Tiny wailed, the sound ae his bubbling, feart whines echoing roond the inside ae the cavernous building.

Johnboy looked across at Tony, Joe and Paul. They wurnae paying Tiny's pleading and whining any attention noo. Fae where Johnboy wis staunin, he could see the shock oan their faces, even though the light wis dim. Silent wis behind him, so Johnboy couldnae see his reaction. The realisation ae whit Tiny hid jist confessed tae wis written aw o'er their faces. The wee basturt wis done bang-tae-rights, so he wis. They hid their confession and Johnboy hid his sanity. It hidnae been a dream efter aw. Johnboy felt the tears welling up in his eyes. Skull running up Parly Road wae a white box ae the City Bakeries finest mince pies in his haun, being chased by the van driver, the summer he died, flashed through Johnboy's brain...Skull staunin oan wan leg oan tap ae The Murphys' roof while Tony held oan tae his snake belt the night they'd tanned the loft...Skull, happily teaching Johnboy how tae go aboot satisfy his hunger by daeing the roonds ae the tables in the paid pink-ticket section ae the dining hut, scoffing up the lefto'er puddings, the first day he'd arrived at Johnboy's school. Every time Johnboy hid heard a bugle being blown efter that summer, whether it wis fae a ragman or a Boys Brigade church parade marching up Parly Road, it always reminded Johnboy ae the time Skull blagged a bugle fae The Sally Army hut oan Stirling Road and used it tae help

The Mankys sell a cart-load ae stolen briquettes. He felt a strong urge tae jump intae the tank and pummel fuck oot ae the wee basturt's face, bit he wis rooted tae the spot, unable tae move, his brain in turmoil. He wanted tae throw up.

'Why?' he wanted tae scream doon at Tiny, bit he couldnae bring himsel tae say anything.

Tiny broke everywan's silence as his chattering teeth, weeping and sobbing grew louder.

"He wis only fucking ten years auld, fur fuck's sake!" Paul screamed doon at him, kicking the wooden side ae the tank, making everywan jump, as his voice boomed and ricocheted aff the walls.

"Boys, please, help me...help me oot. Please...Ah'm sorry..." Tiny sobbed, continuing wae his doggy-paddle swimming motions, tae keep afloat.

"Tiny, who else wis involved?" Tony asked him, almost gently.

"Tony, please, please help me! Ah cannae keep masel afloat fur much longer. Ah don't want tae droon...Ah don't want tae die..." Tiny sobbed, spluttering and choking efter swallowing some mair water.

"Tiny, who else wis involved? We know it wisnae jist yersel and Horsey John."

"Oh God! Please, Tony...Ah don't want tae be in here...please help me, boys."

"Tiny, jist answer the fucking question. Who else wis involved and it better be the fucking truth. We know a lot mair than whit ye think we dae, ya wee fucking wet maggot, ye," Joe spat doon at him.

"Oh ma God... Mammy!" Tiny wailed, flailing his erms aboot as his heid and body submerged before resurfacing choking like a hauf droont rat.

"Tiny, who else wis there? Ah'm gonnae ask ye wan mair time and if ye don't answer me, we're offskie," Tony warned him.

Johnboy started tae wonder whit they wur gonnae dae wae Tiny wance they goat him oot ae the tank. As Tony hid jist said, they didnae really hiv a plan. Johnboy turned roond tae see whit Silent wis up tae, bit Silent wis jist staunin looking between Tiny and Tony, white aboot the gills. Johnboy wis jist aboot tae ask Silent if he wis okay, when his attention wis drawn back tae the tank.

"Ah'm...scared, Tony," Tiny sobbed, they wee erms ae his circling in continuous motion, fighting tae keep himsel afloat.

"Ae whit?" Tony replied, coldly.

"That if Ah tell ye, ye'll leave me in here," Tiny spluttered, bobbing aboot.

Aw eyes wur fixed oan the circular ripples emanating fae Tiny inside the tank as the whole building shook wae an express train picking up speed, passing nearby.

"Ah'm no gonnae ask ye again, Tiny," Tony warned him.

"Mick...it wis Mick Murphy."

Silence.

"Whit aboot Shaun and Danny?"

"Naw, they didnae know anything aboot it," Tiny sobbed, coughing oot water.

"Wis The Big Man involved tae?" Paul demanded, as The Mankys held their breath.

"Naw...Mick telt us tae dae it oan the QT," Tiny sobbed. "Mick wis convinced that it wis youse that tanned their loft. He thought that The Big Man wis letting youse aff too lightly. We wurnae tae mention it tae the others. Nowan knew that we wur involved. Everywan, including The Big Man, believed that it wis the bizzies that burnt the cabin doon, tae throw whoever tanned the loft aff the scent. Please Tony, Ah'm sorry...help me, please?"

Jist then, the light bulb flickered and dimmed before slowly brightening up again.

"Tony, please...that's ma battery gaun doon. Help me oot, Ah beg ye. Ah swear tae God, Ah didnae mean it...Ah didnae..." Tiny sobbed and girned. "Ye kin hiv aw the horses and carts ye want... free ae charge, so ye kin."

Tony looked across at Paul, who shrugged.

"Let's go," Tony suddenly said, before turning and heiding fur the stairs, taking Johnboy by surprise.

Paul and Joe quietly trooped efter him, withoot another glance back doon intae the water. Johnboy hesitated, no sure whit tae dae as Silent brushed past him, following the other three. Tiny hid started tae scream the place doon. His wailing wis echoing and bouncing aff ae aw the walls. Johnboy looked doon intae the tank. Tiny wis bobbing aboot wae the movements ae his swishing erms. Suddenly, he locked they eyes ae his oan tae Johnboy's when he noticed him still staunin there, his lips violently quivering wae the cauld.

"Johnboy, Johnboy...please...there's a spare rope beside ma tool bag. Pass me wan ae the ends doon...please, son!" Tiny pleaded, hope rising in that frightened voice.

Johnboy couldnae get his legs tae move beneath him.

"Ur ye coming, Johnboy?" Tony's voice suddenly rang oot in the semi-darkness, making Johnboy jump in fright.

"Ah, er..." Johnboy gasped, looking at the shadow staunin oan the other side ae the big tank fae him.

"Johnboy, please! Don't let them leave me..."

"Johnboy, if it wis Skull staunin there insteid ae you, whit dae ye think he wid dae?" Tony asked him quietly...calmly.

"Ah, Ah don't know..." Johnboy whispered, his mooth parched.

He wis starting tae feel desperate, as he looked aboot the empty cavern, hating the sound ae the swishing water coming fae the inside ae the tank.

"Aye, ye dae. Ye hiv tae think very carefully here noo, Johnboy... there'll be nae turning back oan whitever ye decide," Tony challenged him gently, clearly disappointed at Johnboy's hesitation.

"Johnboy...please," Tiny whimpered, as Johnboy continued tae stare across the gap between himsel and Tony.

Tony stood, looking back intae Johnboy's eyes. Fae where Johnboy wis staunin, it wis like two dark, glistening, black diamonds, piercing the space between them. The bulb attached tae the battery started flickering again, distracting Johnboy fur a second. When he looked back across tae where Tony hid been staunin, he'd disappeared. Johnboy looked aboot fur Tiny's tool bag. He could jist make oot a looped rope, sitting oan the flair beside it. He thought aboot Skull and the hurt expression oan that face ae his back in the cells in Central.

"Johnboy...look at me...please...Ah'll die if ye leave me here...don't leave me, son...please?"

Johnboy thought ae poor Elvis, staunin there in the burning cabin. Skull hid said that Elvis knew they wur fucked before he hid. He tried tae remember whit the song wis that wis playing as the cabin wis burning. He wis sure Skull hid said that it wis a Bob Dylan wan. He looked at the rope and back doon at Tiny, quickly averting his eyes. He remembered his ma wance telling him that when he grew up, she wis sure that he'd dae something wan day that wid make her proud ae him. She'd always drummed intae him never tae lift his hauns up tae a wummin. Only cowards resorted tae that kind ae thing...bit she never mentioned murdering midgets wae wan leg shorter than the other who frizzled ten year aulds in fires. He knew within himsel that it wid be wrang tae jist walk away...he couldnae jist walk away...despite whit Tony hid jist said, he wisnae a murderer.

"Johnboy, Ah'll...Ah'll put in a good word wae Mick...Ah'll tell him aboot the others, bit no you. It'll jist be between us...Ah promise!" Tiny spluttered.

At that, Johnboy snapped oot ae his quandary. He looked back doon at Tiny and wis shocked tae catch a fleeting slyness pass across they eyes ae his, as the light bulb flickered again.

"Ah'm...Ah'm sorry..." Johnboy mumbled, quickening his step tae catch up wae the others.

"Boys! Tony! Tony! Please, please, don't leave me...Ah'm sorry..." Tiny wailed, as Tony slammed the ootside door shut behind Johnboy, cutting Tiny's wailing voice aff and gieing Johnboy an uncertain look while he wis at it.

The light wis starting tae fade and the frost lay thick oan the ground.  Johnboy looked across towards the tenements in the distance, beyond the sawmill and the rope factory in Baird Street. The heavy clouds oan the horizon looked grim, wae the heavy smoke fae the chimneys belching oot ae the tenement roofs, as a heavy-laden steam goods train hooted oan its way past tae some-where.

"Whit ur we gonnae dae aboot Charlie then?" Johnboy asked, looking across at the horse, which wis staunin there wae two white streams ae hot air snorting oot ae its nostrils, which turned intae expanding billowing white clouds as it chewed, unconcerned, oan its feed, staring at them.

Joe went across and put Charlie's feedbag back oan the cart.  He turned the horse and its cart roond, creating a semi-circle pattern ae black tracks oan the frost-covered ground wae the tyres, before tying the reigns tae the cart, leaving enough slack in them tae gie Charlie his heid.  He gied Charlie's arse a wee gentle slap and Char-lie slowly moved aff, taking his time, as he heided fur the opening oan tae Pinkston Road that he'd come through earlier wae Tiny.

"He'll find his ain way back tae the stables," Joe said tae Johnboy, as The Mankys heided in the opposite direction, across the tracks, towards Buchanan Street Train Station.

# Chapter Twenty Six

The second event tae occur, happened when they wur heiding back up fae the toon later oan that night. They'd jist goat some chips oot ae The San Remo at the bottom ae Parly Road, where it joins Sauchiehall Street, and wur heiding up Cunningham Street, towards the backs behind Grafton Square, when they wur clocked.

"Furget it, it's nae use running. He'll only track us doon the morra if he disnae get us the night," Tony telt them, resigning himsel tae the inevitable.

"Youse fuds ur something else, so youse ur."

"Aye, hello tae yersel, Billy," Joe said tae Billy Whizz, The Big Man's replacement runner fur Calum Todd, who'd gone aff and won a bronze medal in the nineteen sixty six British Empire Games in the eight hunner and eighty yards in Jamaica.

"Ah've been aw o'er the place, trying tae track youse doon fur days noo. Ah fucking lost a bonus because ae youse," he panted.

"Whit dae ye want, Billy?" Tony asked him.

"The Big Man wants tae speak tae ye."

"Whit aboot?"

"How the hell should Ah know? Aw Ah dae is pass oan the message and anyway, even if Ah did, Ah'm no at liberty tae tell the likes ae youse wee arse-bandits," Billy said, making himsel sound mair important than he actually wis.

"Where aboot?"

"The Capstan Club."

"Tell him Ah'm busy."

"Naw, ye kin tell him yersel. Ah work fur him, no fur the likes ae youse minnows."

"Dis it never make ye feel embarrassed tae know that ye're the auldest message boy in Glesga, Billy?" Joe mocked him.

"Fuck you, McManus. If ye've a problem wae me and whit Ah dae, take it up wae The Big Man. Ah've delivered whit Ah wis supposed tae. Is there anything else ye want me tae tell him?"

"Ah thought ye only dae messages fur The Big Man, ya wee gnaff, ye," Paul growled, getting in oan the act and scaring Billy wae the tone ae his voice.

"Tony, kin ye tell them tae lay aff? Ah'm only daeing whit Ah'm telt, ye know."

"Aye, shut the fuck up. Kin ye no see Billy's getting upset here? Right, Billy, tell him Ah'll be doon the morra morning."

"Fine, Tony," Billy said, obviously relieved, before he aboot-turned and tore doon towards Dundas Street.

"Wee fucking wanker!" Joe shouted efter him.

"Fur Christ's sake, that wee prick will report aw this back tae him noo," Tony said as they continued up the street, scoffing their chips while keeping their eyes peeled fur The Stalker and that pal ae his, Bumper.

# Chapter Twenty Seven

"Right, this is whit we've goat so far, Colin," Bumper said, staunin aside, while pointing tae the two big sheets ae paper, joined thegither in the middle by Sellotape, that wur stuck up oan the interview room wall, which they wur using as their planning HQ.

"Whitever it is, it looks impressive. Carry oan."

"Whit ye see here is a diagram ae aw the streets that run parallel wae each other, between Parly Road and Cathedral Street, fae Dundas Street, right up as far as Glebe Street."

"Right, Ah'm wae ye."

"Each block ae tenements that ur shaded in green, ur the hooses that hiv been vacated. The blank wans ur the wans that still hiv people living in them. Every time somebody moves oot, we shade in a box," Bumper said proudly, haudin up a green wax crayon.

"We've goat aw the lists aff ae The Corporation boys ae who's moving oot. Each night we know that a family his been decanted, we heid up tae the tenement and coont the chimney stacks. If the smoke coming oot ae the chimney tallies wae the amount ae people staying up that close, fine. If it disnae, then we know that we've goat them," The Stalker said, puffing oot his chest towards the imaginary medal he wis expecting tae be pinned oan it any time soon.

"Christ's sake...that's brilliant, so it is. So, sooner or later, we should be able tae track the basturts tae exactly where they're holed up then?"

"Bingo!" said Bumper.

"We're only missing wan batch fae The Corporation and that's fur the bottom ae McAslin Street, at the St James Road end, doon beside Sherbet's. We're expecting tae get that in the next few days or so, so we ur."

"And ye think this will work then?" Colin asked, moving closer and studying the diagram, clearly impressed.

"The only other way is if we bump intae them oan the street.

544

They're definitely aboot, bit they're covering their tracks well. Ah wis jist telling Bumper before ye came in that fur a while there, Ah hid the impression the basturts wur bloody-well stalking me."

"And wur they?"

"Naw, Ah wid've smelled the fuckers a mile aff."

"Well, we're okay, as long as they're no tanning any ae the local shoaps. As soon as that starts happening, the shit will hit the fan, especially if we hivnae telt JP Donnelly that they're oan the loose. He'll go bloody bananas when he finds oot. Ye've goat tae nip them soon."

"Aye, well, don't ye worry aboot a thing, Colin. Another couple ae days and we'll hiv them. We'll probably need tae call in a few reinforcements wance we locate them, bit we'll be in control. It'll take a bit mair than these wee amateurs tae get wan o'er oan us… eh, Fin?" The Stalker said, nodding o'er tae his partner.

# Chapter Twenty Eight

They hidnae dwelt too much oan whether Tiny hid miraculously managed tae get oot ae the tank wance they wur back in the den that night.

"He isnae gaun anywhere, so Ah widnae worry, Paul," Joe chipped in, slinging doon an Ace ae Spades.

"They lights flickering wur a bit creepy," Johnboy said, shivering, thinking aboot it.

"As the poisonous dwarf said himsel, it wis the car battery running oot. Take that, ya prick, ye," Tony chuckled, taking Paul's Ace ae Clubs wae a Five ae Hearts, which wis trumps.

"Aw, fuck you, ya Atalian knob-heid. Ye kept that wan quiet, ya basturt," Joe retorted tae Tony, who smiled and winked o'er at Johnboy.

"Stoap yer whinging and play again, Fud-heid," Tony smiled, throwing doon an Ace ae Hearts.

"Dae ye remember when we tanned Fat Sally Sally's hoose, jist alang the road and Skull came hame and slept at mine's?" Joe asked them.

"Naw."

"It wis only a couple ae days before we tanned the Murphys' loft. Something he said tae me that night still upsets me whenever Ah think aboot it," Joe confessed, getting everywan's attention. "Ah've never mentioned it tae any ae youse before, bit when we wur lying in bed that night, Skull said something really sad tae me that Ah've never ever furgotten aboot."

"Oh, aye?" Paul asked, throwing doon a Nine ae Diamonds, as he looked across at Joe.

"He asked me if ma maw or da ever gied me a cuddle. He wisnae saying it tae make a big deal oot ae it or anything," Joe said defensively, "bit it wis jist the way he said it, lying there in the dark. It's hard fur me tae explain noo, bit his voice sounded really sad...jist like a wee wean's, if ye know whit Ah mean?"

Silence.

"And did ye?" Silent suddenly asked Joe oot ae the blue, startling everywan.

"Did Ah whit?"

"Ever get a cuddle fae yer ma?"

"Silent, we never get a bloody cheep oot ae ye fur months oan end and then when we dae, aw ye kin ask is if Ah goat a cuddle fae that maw ae mine?  Ur you fucking twisted or whit?"

"Well, did ye?" Silent persisted.

"Silent, shut the fuck up and play yer haun," Joe snarled, leaning o'er and grabbing wan ae Silent's cards before slinging it doon oan tae the others.

"See, that's why Ah've nae fucking regrets aboot leaving that Tiny wan in the tank the day.  Poor Skull didnae deserve that...no tae be toasted alive by that pair ae basturts," Paul murmured, staring intae the embers ae the briquettes in the hearth.

"So, whit ur we gonnae dae aboot Mick Murphy then?" Johnboy asked oot loud, no sure if he really wanted tae know, the game ae Bella furgotten aboot.

Silence.

"Ah'm still no convinced they other Murphy basturts wurnae involved.  Everywan knows fine well that they hated Skull," Joe said.

"Naw, it wis Mick, so it wis," Tony said, throwing another briquette oan tae the fire.

"It makes sense noo.  If The Big Man knew or suspected we'd tanned the loft, he wid've come back at us long before noo.  Whit we heard fae that wee poisoned dwarf wis probably the truth."

"Well, whether The Big Man did or didnae know, that Mick wan is gonnae be copping his whack, so he is," Paul growled, looking roond the faces.  "Ah think we should burn the basturt...the same as he did tae Skull.  An eye fur an eye and aw that."

Silence.

"Furget a fire, Paul.  We'll shoot the basturt in the face.  We hiv tae be realistic," Tony finally spoke, as a flashback ae poor Jessie getting shot in the heid, doon at the lights oan Parly Road, the day Horsey John died, whizzed through Johnboy's brain.

"Bit, whit aboot oor promise doon at the closemooth beside Sherbet's?" Joe reminded everywan. "Fire and brimstone and aw that. Ah say we jist burn the basturt, the same as he did tae Skull."

"There's far mair ae a chance ae getting away wae it if we keep it straightforward. Everywan knows fine well that he's a right psycho basturt. He's goat plenty ae enemies. The good thing aboot oor situation is the fact that him or his brothers don't know whit we know. There wid be nae reason fur us tae get the blame, other than somewan clocking us daeing it at the time. Tae burn Mick wid mean hivving tae kidnap him and take him someplace quiet. Too risky," Tony mused.

"Hiv ye heard the latest aboot him?" Paul asked.

"Whit?"

"Ye know how he's taken o'er the running ae The McAslin Bar? Well, he wis in there the other week efter hours, mad wae the drink. Manky Malcolm, fae the rag store roond the corner, refused tae cough up fur his pint because he claimed he'd awready paid fur it. Whit did that Mick wan dae? Pulled oot a fucking boner knife and slashed him fae his ear doon tae his chin. Before Malcolm could react, he'd been punched oan the heid by Peter The Plant, who wis wearing a knuckle-duster. They dumped him ootside the Rottenrow Maternity Hospital, who'd then tae transfer him up tae The Royal. Ah heard that they put thirty seven stitches in that face ae his and ten oan the side ae his heid where he wis punched. Seemingly, Shaun hid tae go roond and apologise oan The Big Man's behauf, because Mick refused tae. Ah heard that Malcolm is drinking in The Atholl Bar noo," Paul said, slinging another briquette oan tae the fire.

"Aye, shooting wid be too good fur a prick like that!"

"We'd need tae be really careful that nothing came back tae us. Wan whiff and we'd be joining Skull," Joe reminded them, looking at the flickering faces.

"Erchie The Basturt?" Paul asked Tony.

"Aye, him and his brother, Philip, hiv hid a few run-ins wae the Murphys in the past, well before oor time and still came oot ae it staunin. Erchie won't hiv a problem supplying us wae a gun fur the right price," Tony agreed, nodding.

"Ah heard that there wis a big shoot-oot, sometime in the early fifties, between Erchie, Mad Philip, Dan The Dandy and they Murphys. Danny Murphy goat shot in the arse and Dandy lost that big toe ae his. Is that right, Tony?"

"They managed tae save his toe. The Big Man wis away doon south somewhere when it aw kicked aff. Danny hid bought some ammo aff ae Erchie and then reneged o'er the repayment. That's why Erchie and Mad Philip don't gie tick noo. It's aw cash-in-haun. Anyhow, wan thing led tae another and when it didnae look as if Erchie and Mad Philip wur gonnae get whit they wur owed, the baith ae them, alang wae Dandy charged roond tae The McAslin Bar and let rip. The Murphys jist aboot shat themsels. The Big Man charged back up the road fae wherever he wis and squared up the money they owed Erchie and Mad Philip. There hisnae been much love lost between them ever since. They keep oot ae each other's way, although there's been a few wee skirmishes o'er the years," Tony said.

"How dae ye know aw this, Tony?" Johnboy asked.

"Mad Philip telt me. He used tae tell me aw the stories fae the auld days, aboot whit they goat up tae during the war, when Ah ran messages fur them and put lines oan doon at the bookies in Queen Street, when Ah wis dogging primary school."

"Erchie's place is like Fort Knox, and that's jist tae get a letter posted through his letterbox," Paul said tae Silent.

"So wis the Murphys' loft, bit it didnae stoap us fae tanning that, did it?" Johnboy said tae laughter.

"We'll nip roond and suss oot Erchie efter we've been tae see The Big Man the morra."

"We?" Paul asked.

"Johnboy kin come wae me tae keep me company," Tony replied, smiling.

# Chapter Twenty Nine

They stood looking aboot, checking oot the best escape route tae get oot ae the building in wan piece, should things go wrang. Johnboy hid chosen tae turn right when they came oot. That wid take him alang the lane and through the side entrance tae Queen Street Station. If he didnae get lost in the crowd, at least he widnae get murdered in front ae the passengers coming aff the ten fifteen fae Aberdeen if he goat nabbed. Tony wid heid left and nip across George's Square and alang Cochrane Street, still within eyeshot ae witnesses gaun aboot their business. Hanover Lane wis wan ae they lanes that nowan took any heed ae, apart fae those in the know. It wis dark and narrow, wae cobbled stanes running its length. The pavement oan either side ae it wis only aboot twelve inches wide. Even oan a bright sunny day, it wis always dark due tae the closeness ae the buildings. A car wid jist manage tae crawl through it withoot touching the pavement oan either side ae it. Even though it offered people a shortcut between North Frederick Street and North Hanover Street tae Queen Street Train Station, it always looked deserted. If somewan wis tae hing aboot long enough, they'd clock people heiding roond the long way via George Street tae get tae the train station, rather than pass through the lane. Whit people didnae realise wis that is wis probably the safest place in the toon centre fur no getting mugged. Nowan wid be stupid enough tae mug somewan in Hanover Lane, in case they wur hitting wan ae The Big Man's high rollers.

"Ah wonder how many people hiv come flying doon here heid first?" Tony asked Johnboy grimly, as they climbed the steep, narrow, curved stairs tae the second flair entrance ae The Carlton Club...the hub ae The Big Man's business empire.

"Boys, look who's jist come tae pay us a wee visit? If it isnae Ali Baba and wan ae his four thieves," The Big Man chimed happily tae the Murphy brothers, who wur sitting beside him in a seating alcove, below a haun painted wall mural ae some wummin flashing her left tit, who wis sprawled oot oan a wan-ermed couch.

"Hellorerr, Pat...ye wur wanting a wee word?"

"Aye. Ah jist wanted tae see how ye're daeing?" The Big Man replied, wiping some cigar ash aff ae his club tie oan tae the pile ae notes that wur sitting oan the table in front ae them, being coonted by the Gorilla Brothers.

He hidnae changed o'er the years since Johnboy first met him. He still looked like Desperate Dan's twin brother.

"We're daeing fine, Pat, jist fine."

"Well, grab wan ae they chairs and come and join us. You tae, Johnboy. How's that wee maw ae yers daeing? Ah hivnae seen her attacking anywan fae The Corporation fur a while noo."

"Ah don't know. The last time Ah saw her wis when Ah wis up in court a good few months ago."

"Oh, aye, Ah heard youse wur oan the run. Where ur ye crashing then?"

Silence.

"They don't fucking trust ye, Pat, so they don't," Mick slurred, hauf-cut at ten in the morning.

"Aye, well, it pays tae be careful, so it dis. Ah kin understaun that."

"Aye, bit if ye cannae trust yer friends, who kin ye trust, eh?" Danny, Mick's twin asked.

"Here and there, Pat. We're in-between abodes...ye know whit it's like," Tony replied, encouraging them tae move oan.

"Ur ye still breaking intae poor people's dookits then?" Skull's killer sneered.

"No since everywan and his dug ended up wae their ain quality Horsemen Thief Pouters," Tony replied innocently.

Johnboy felt that sphincter ae his instantly stretching tae within a baw-hair ae snapping. He couldnae believe whit Tony hid jist come oot wae. He wondered if he wis imagining things.

"Whit wis that? Whit did he jist say?" The mad drunken basturt snarled, as four sets ae eyes aw instantly narrowed intae slits.

"There's nothing tae be made fae doos these days. Everywan kin get whit they're efter, so they kin," Tony added, as he plapped his arse doon oan a chair while Johnboy grabbed the wan oan the outer circle, nearest the door, feeling twitchy.

"Aye, that's why Ah goat oot ae that business," The Big Man sighed wistfully.

"Ah don't want tae be cheeky, Pat, bit we've goat tae go and see somewan aboot a wee bit ae business, if ye know whit Ah mean?" Tony said, still pushing the conversation in the direction that wid allow them tae get tae fuck oot ae the place.

"Ha, Ha, ye're still a cheeky wee basturt, Tony. That's why Ah like ye."

"Aye, whit wis aw that shite aboot between yer toe-rag pals and Billy Whizz yesterday?" Shaun asked, speaking fur the first time.

Silence.

"Right, let's get doon tae business. We widnae want tae keep the boys away fae making an honest illegal buck, noo wid we?" The Big Man announced cheerfully, clearly getting fed up wae being inter-rupted at his favourite past-time ae counting dosh.

"We need a wee two-minute job done," Shaun said.

"Tae be honest, Shaun, we're up tae oor eyes the noo, trying tae keep wan step aheid ae The Stalker and Bumper, as well as trying tae make a bob here and there," Tony replied apologetically.

"Fur fuck's sake, ye don't think we want ye tae dae this wee fa-vour fur nothing, dae ye?"

"Aye, Ah know, bit..."

"Ye hivnae even asked whit it is that Pat wants, so whit's the problem, eh?"

Silence.

"Look...as Shaun's jist said, it's a two-minute job. Ah jist want ye tae pick up a wee package. It's a piece ae pish fur the likes ae youse, so it is. Whit dae ye say?"

"Whit is it?"

"Right, whit day is it? Oh, aye...Wednesday. Oan Friday night,

552

there's a black Volvo 1200S that's goat a wee square black leather briefcase sitting in it. It's gonnae be parked in the lane opposite The Chevalier Casino, at the tap ae Buchanan Street. It'll be there fae aboot hauf ten oanwards. Whit Ah want fae you, is tae get a haud ae that briefcase...or mair importantly, tae get me the blue folder that's in it. It's as simple as that."

"Ah don't want tae cheeky, Pat, bit if it's that simple, why kin Mick or Danny here no go and get it fur ye?"

"Because he wants youse tae go and get it, that's why, ya cheeky wee prick, ye," Shaun shouted, nearly making Johnboy deaf in wan ear.

"We cannae be seen tae be anywhere near it, that's why," The Big Man said quietly.

"Whit if it's no there then?"

"Tony, don't ye worry aboot that, son. It'll be sitting in that car... guaranteed."

"Whit's in it fur us?"

"Twenty quid."

"And it's a blue folder ye're efter?"

"Aw Ah want is the blue folder. If there's a green, orange or a fucking tartan wan, ye kin dae whit ye want wae it. Aw Ah want is that blue folder. Ah'm no interested in anything else. Jist deliver that blue folder tae me...in person."

"So, ye're asking us tae tan in a car windae, efter ten oan a Friday night, opposite The Chevalier? That could be dodgy, so it could. The toon centre's usually hoaching wae bizzies at that time ae night. The pubs will jist hiv emptied."

"Shaun?" The Big Man said.

"Here, use this," Shaun said, throwing whit looked like a wee fat pen oan tae the table, which landed wae a clunk.

Tony didnae make a move, ignoring the pen.

"It's an automatic centre-punch. It's used oan metal. Ye jist press it against a car windae and it'll shatter it intae a thousand pieces withoot making a sound," The Big Man said, as Tony leaned across and picked it up, haunin it tae Johnboy, withoot looking at it.

"Twenty quid fur a blue folder?"

"Aye."

"We'll need a tenner up front."

"Here ye go," The Big Man said, peeling aff two blue five pound notes fae the stack in front ae him.

"And anything else in the car is oors, apart fae the blue folder?"

"Aye."

"Right, let's go, Johnboy," Tony said, staunin up and pocketing the money, as Johnboy followed him towards the exit.

"Aye, aye, Tony. We heard youse wur back oan the go, so we did," Philip Thompson, known tae aw and sundry in the toon as 'Mad Philip,' said as they entered the cobbler's shoap in Shuttle Lane, jist aff the High Street.

"Hellorerr, Philip, how's it gaun?"

"No bad, no bad," Mad Philip said, as he shaved the side ae a screaming heel against the electric shoe grinder.

"Kin Ah hiv a shot, Philip?" Johnboy asked him.

"Aye, here ye go, Johnboy, here ye go. If it smokes, ye're pressing too hard," he said, slinging the shoe's twin o'er tae Johnboy.

"Brilliant!"

Johnboy wis suddenly engulfed in a cloud ae screeching, burning smoke, as soon as he touched the wheel wae the shoe.

"Ha, ha...it's no as easy as it looks, eh? No that easy, so it's no," Philip laughed.

"Is Erchie aboot, Philip?"

"Aye, aye, Ah think so. Haud oan a minute," he chortled tae himsel, disappearing.

"Johnboy, ye've jist ruined some poor basturt's shoe," Tony laughed.

"Aye, Ah know," Johnboy replied, slipping the shoe wae its forty five degree angled heel under the perfect wan that Philip hid jist laid doon.

"Jist go through, boys."

"Cheers, Philip."

Erchie The Basturt wis staunin wae a glue-stained apron oan, surrounded by aboot a hunner shoe soles. The stench ae glue made Tony and Johnboy light-heided. Erchie wis wee...aboot four feet nothing, fattish, bald and wore bottle-bottomed horn-rimmed glasses. He didnae look much, bit wis as lethal as a rattlesnake wance he rolled they sleeves ae his up. If he did that, ye knew it wis time tae run like fuck. It wis Erchie that hid haun-made Calum Todd, The Big Man's runner's running shoes, fur free, when he competed and won the bronze in The British Empire and Commonwealth Games in Jamaica in nineteen sixty six.

"Tony, ya thieving wee toad, ye."

"Awright, Erchie? Whit ur ye daeing sniffing glue at your age, eh?"

"There wis a time Ah used tae hiv tae go and lie doon when Ah used this stuff. Sometimes Ah'd be lying there, thinking Ah'd better get back tae work as ma five minute tea break wis up, only tae discover six hours hid flown past," Erchie said as they laughed. "Noo, Ah don't take a break. Time passes too quickly."

"How come ye're putting the glue oan and then letting it dry oot?" Johnboy asked, picking up a sole and gently dabbing the glue wae his fingertips.

"Ye kin leave it fur aboot an hour. As soon as ye stick it oan tae a shoe, it sticks like iron, even though it's touch dry. Anyway, whit ur youse pair ae chancers efter?"

"We wur wanting a wee bit ae advice...in private...if that's okay, Erchie?"

"Whit kind ae advice?"

"Whether ye're the right person fur us tae place an order wae or no," Tony replied.

"Right, follow me. Johnboy, pull the door doon behind ye," Erchie said, lifting up a trap door oan the flair and stepping doon through it. Wance they goat doon tae the next flair level, he lifted up another trap door.

"Same again, Johnboy."

Efter reaching the second underground level, it wis like walking intae the armoury at The Alamo. The room wis aboot five times the size ae the living room that the boys wur kipping in up in McAslin Street. It hid a glass fronted coonter roond three walls, which wis stowed-oot wae boxes ae cartridges. Up oan two walls, there wis every kind ae haungun ye could think ae, while the third wis stacked fae the flair tae the ceiling wae rifles and shotguns. There wis even a harpoon oan display. Where the fourth wall should've been, there wis an opening oan tae a firing range, complete wae the paper baddies that ye'd see in the films.

"Before we start, it'll be cash in haun?"

"That'll be dependent oan whit's oan offer," Tony replied.

"Right, o'er here," Erchie said, walking o'er tae the furthest part ae the room fae the door, where there wis a wee alcove.

"Is this the cheapo section then?" Johnboy asked him.

"This is the early twentieth century tae the forties section, which might or might no be within yer budget. So, whit ur ye efter then, Tony?"

"Something simple wae nae frills."

"Okay, here we go then. At the tap there, ye've goat a German Walther P38, nine millimetre auto. This wis the wan the Jerries used during the last war...the German PO8 Luger beside it isnae fur sale, by the way."

"Is that a real Luger then?" Johnboy asked, impressed.

"Aye. People always assume that aw the Jerries ran aboot wae them in the Second World War, bit they didnae. It wis standard issue in the first war though. Here's a reasonable wan ye might want tae consider. It's a Russian Nagant revolver, model 1895. It's an awkward basturt, bit will dae the job. It wis chambered fur the 7.62 38R cartridge, which is essentially a point thirty calibre round, so it's a bit smaller in the bullet diameter than the nine millimetre. Tae the left ae that, is yer standard Smith and Wesson .38 revolver.

This is whit a lot ae the cops in America ur issued wae. Everywan knows aboot them fae watching the movies, so they're always popular."

"So, whit wan wid ye go fur then, Erchie?"

"It aw depends oan whit ye're wanting tae dae wae it. Ma favourite, when Ah wis younger, wis the Colt point thirty eight calibre revolver. This wan up here is a snub-nosed revolver dubbed 'The Detective Special.' The polis in America tooled themsels up tae the gunnels wae them in the forties and fifties. It only his a two inch barrel, making it an ideal back-up or if ye're carrying it aboot, it's easily concealed. Ah get them through they Yankee sailors that ur stationed o'er at the Holy Loch. That's whit Ah wid use. It should-nae let ye doon, as long as ye keep it clean. Dae ye want a wee shot ae any ae these oan the firing range?"

"Kin Ah get a shot ae that harpoon that's hinging up oan the wall, Erchie?" Johnboy asked him.

"Ha, ha, ye're a good wan, so ye ur, Johnboy."

"We're no sure if we're buying Erchie, at least, no fae you."

"Why? Whit the hell's wrang wae me then?"

"It's nothing tae dae wae you or Philip. We might hiv tae use it too close tae hame fur comfort, that's aw."

"Look, Tony, Ah'm no in the business ae knowing whit goes oan oot in that big bad world oot there. In fact, Ah don't want tae know. That's why Ah've been gaun fur as long as Ah hiv."

"We need tae deal wae a drunken psycho wae an Irish tag attached tae him," Tony volunteered.

Erchie pursed his lips and whistled silently under his breath and looked fae Tony tae Johnboy and back tae Tony.

"It's none ae ma business, bit ur ye no a wee bit young tae be taking oan a hit fur somewan who'll probably be sitting at hame wae his feet up while youse take aw the risks?"

"This isnae fur somebody else, Erchie. This is tae dae wae us," Tony confessed.

"Okay, Ah'll rephrase that. Dae ye no think a kick in the baws wid suffice?  Ah mean, shooting somebody fur punting ye a dookit that wis aboot tae be demolished seems a bit stiff, dis it no?" Erchie asked wae a faint smile oan his lips.

Silence.

"Dae ye remember Skull Kelly?" Tony finally spoke.

"Mick Kelly's boy?  The wan that goat frizzled in the cabin a few years back?"

"Aye, well he wis oor best pal."

"So?"

"Well, we've goat proof fae the horse's mooth that it wis Mick Murphy that burned the place doon.  He knew fine well that wan ae us wid be in it when it went up."

"And The Big Man?  Where's he in aw this?"

"Seemingly, he never gied the order.  In fact, he never knew anything aboot it."

Silence.

"Right, Ah've heard too much awready.  Ah don't want tae know anymair.  Whit's it tae be?"

"If ye're willing tae sell us that wee snub-nose, we'd appreciate it, although we'd understaun if ye didnae," Tony replied, haudin his breath.

"Ah knew Mick Kelly when Ah wis younger.  We ran aboot wae each other.  He wis a decent guy before Shaun Murphy and his brothers goat their hauns oan him.  Ah want fifty five quid, cash in haun up front, plus ye'll pay fur any ammo and a cleaning kit oan tap.  There's nae negotiation, although Ah'll gie ye a good disposal deal."

"Whit dis that mean?" Johnboy asked.

"Ye'll gie me an extra twenty five oan its return, which will cover me fur disposal.  Ye widnae want that gun tae turn up unexpectedly in the future."

"Sounds good enough tae me," Tony said, shaking Erchie The Basturt's haun.

# Chapter Thirty

"Why don't ye nip doon and speak tae her then, Johnboy?" Tony asked, startling Johnboy as he snatched his fingertips away fae the windae pane.

"Because she'd probably knock fuck oot ae me…that's why," Johnboy replied, smiling, as they looked doon at Johnboy's ma, who wis speaking wae Maisa, Sherbet's wife, ootside the shoap.

"Ye could always staun oot ae punching distance."

"She might look like an angel, bit she kin pack a punch. Ah think Ah'll gie it a miss," Johnboy said, as his ma said cheerio tae Maisa and heided towards Grafton Street wae her Glesga Echo tucked under her erm.

"That's another two families moving oot. A couple ae years ago, we wid've been roond raking the middens fur luckies," Tony murmured, nodding towards the Pickford's vans, parked doon oan the street.

"Tony, the Toonheid is dying, so it is. Look at aw the empty hooses. We've been here fur o'er a month noo and hauf the street his moved oot since we moved in and the street wis hauf empty then. Check they chimney pots across there."

"Whit aboot them?"

"Ye kin actually see them. A couple ae years ago, the smoke wid've been belching oot ae every wan ae them. Ye wur lucky tae see ten feet in front ae ye. Look at them noo? There's only aboot two chimneys oan that whole side ae the road that hiv goat a fire in them."

"Fuck!"

"Whit?"

"Paul, did you or Joe say that the last ae the families moved oot ae oor close yesterday?"

"Aye. We've goat the place tae oorsels, at last."

"So, if the bizzies come fur us, the only way in and oot is through the front door oan tae the landing?"

"Aye, Ah wisnae gonnae make the same mistake as we did in Ronald Street wae they bizzies drapping doon oan tae us fae the loft."

"So, how ur we supposed tae escape then?"

"Probably doon the drain pipe ootside the kitchen windae."

"The five ae us? How much time ur we gonnae hiv when Bumper and The Stalker and aw their pals come charging through the door then?"

Silence.

"And if they wur tae be staunin doon at Sherbet's, looking up and doon the street, wondering where the fuck we ur, how long dae ye think it wid be before they sussed oot where we wur hiding?" Tony asked, as Paul slung another briquette oan tae the glowing embers.

"Okay, ye've goat me, Ah gie in."

"Well, seeing as there's nowan else living up oor close noo and there's a nice wee fire in wan ae the hooses, wae smoke billowing oot ae the chimney, dae ye no think that that wid alert The Stalker or Bumper that there's an unwelcome guest living here?"

"Shit! Ah see whit ye mean."

"So, dis that mean we're gonnae hiv tae move then?" Joe asked.

"Ah don't think we've goat any choice, seeing as we're the only wans up this closemooth noo. We've awready clocked Bumper and The Stalker hinging aboot in the street, looking up at aw the hooses. It won't take that pair ae diddies long tae suss oot where we ur."

"Or...we kin make oorsels another escape route," Johnboy said, catching everywan's interest.

"Whit, by slinging a rope oot ae the front windae tae the street as well?" Joe asked sarcastically.

"Well c'mone, Johnboy, spit it oot and don't keep us is suspense aw day," Paul challenged, clearly no convinced that Johnboy wis gonnae solve their wee predicament.

"Right, we're oan the second flair ae number wan four seven, right? The next close up is wan four nine. We've goat a bedroom next door. Why don't we knock a hole in that wall, that'll take us intae wan ae the hooses in wan four nine? The bizzies won't be expecting that," Johnboy said, as big grins appeared oan their coupons.

"Fucking brilliant, Johnboy," Paul said, as they trooped efter him intae the spare room next door tae hiv a gander at the wall.

"Oot ae ma way, bum-boys," Joe said, hacking away at the plaster wae a jemmy that Paul hid picked up oan his travels and exposing red brick within a couple ae minutes. "This is gonnae be a doddle, so it is."

"Right, here's an even better idea. When we get through, we'll nip oot oan tae the landing and heid up the stairs tae wan ae the hooses oan the tap flair and dae the same up there. That'll take us through tae wan five wan. When the bizzies see this hole, they'll probably nip through and oot oan tae the landing, thinking we've probably heided doon oan tae the street. They won't think ae heiding up the stairs. Wance we get intae wan five wan, we kin then move doon tae wan ae the first flair hooses and put a hole through a wall there. That'll take us through tae Frankie Wilson's auld close, the first wan as ye go up Grafton Street. Fae there, they won't hiv a clue where we've gone unless they start tae search aw the hooses in each close. It means we'll come oot oan tae Grafton Street insteid ae McAslin Street, withoot being clocked. Christ, we could be in Dunoon oan oor holidays by the time they daft eejits twig whit's gaun oan."

"Ah'd love tae be here tae see the faces oan them when they come in through the door," Joe laughed.

"Johnboy, ye're a fucking genius, so ye ur. Ye should be a criminal, y'know," Paul said tae mair laughter, shoving Joe oot ae the way before taking o'er hacking fuck oot ae the bricks wae the jemmy.

# Chapter Thirty One

Superintendent Sean Smith sat in the back seat and closed they eyes ae his. The thrum ae the Volvo's engine felt soothing and he wis looking forward tae a wee bit ae R and R. He wis feeling good...really good. The meeting and celebration hid gone as expected, and everywan seemed tae be as happy as Larry. He'd watched their happy, greedy faces closely, as he rattled aff how much the cooncillors and Corporation officials that wur in receipt ae a monthly stipend hid been gied in their annual Christmas bonus.

"Aye, Sean, ye're a credit tae the uniform that ye represent, so ye ur. Hiv ye ever thought ae gaun intae accountancy?" JP Donnelly hid said, tae nods ae agreement fae everywan, as that manky auld haun ae his slipped up the back ae the dress ae wan ae Big Bella McPhail's youngest working girls, who'd been shipped oot fae Glesga fur the weekend.

"It's funny ye should say that, JP, bit..." Sean hid quipped tae mair guffaws fae The Irish Brigade and Corporation officials.

When Tootsie McArthur, their civvy accountant, who'd travelled through fae Dunkeld tae Balloch, oan the bonnie banks ae Loch Lomond, tae read oot the year's income and expenditure and tae announce the amount that wis left tae be shared equally, aw tax free, hid stood up and gied his report, they'd aw rattled their knuckles oan the boardroom table in appreciation.

"Who says crime disnae pay, eh?" Tootsie hid said tae howls ae drunken laughter, efter he'd delivered his report.

Sean hid invited them aw tae join him back in the toon fur a wee game ae blackjack or a wee spin oan the roulette table, bit they'd aw declined. Some ae them hid decided tae heid aff right away, while some hid taken advantage ae the pre-booked luxury suites and the dozen ae Big Bella's best lassies, who wur waiting oan them fur a night ae hanky-panky.

"So, how wis the run oot, Crisscross?" he asked his driver.

"Nae problem, sir, apart fae a few near misses wae two deer

and some eejit walking alang the road in the dark. He'll need tae change they pants ae his when he gets hame the night, that's fur sure."

The poor pedestrian probably didnae realise how lucky he wis tae be alive, Sean chuckled tae himsel. He'd hid the misfortune ae hivving Crisscross as his driver fur jist o'er two years noo. Apart fae hivving the biggest squint since the building ae the Leaning Tower ae Pisa, he wis also no the sharpest pencil in the box when it came tae driving. This wis the third car that The Super hid needed in the past two years since Crisscross hid taken o'er the job. Crisscross hid written wan car aff efter driving through a road works sign that hid been put there tae warn drivers tae move oot tae the right tae avoid ending up in a hole. The stupid basturt hid landed oan tap ae the workmen who wur digging away in the bottom ae it. How nowan hid been killed, including himsel, God only knew.

"Sorry sir, Ah never noticed the sign," Crisscross hid replied nonchalantly, as if it wis an everyday occurrence, efter The Super climbed oot ae the seven foot deep hole in Union Street, dripping wae water, following their plunge through the bollards intae the brand new water pipe that hid jist been replaced by The Corporation workmen.

The second car hid been replaced jist three weeks earlier, even though the engine hid still been sound enough. It wis sitting in the maintenance division's garage, full ae scratches and dents fae the front ae the grill, aw the wae back tae the door handle oan the boot. It hid gone through two new full sets ae bumpers and wings, as well as numerous wing mirror replacements in the past year. Crisscross hid even managed tae get a couple ae big dents and deep gouges up oan the roof. John Soap, the mechanic fae the car maintenance division, said the car looked as if it hid been used at the stock car track, the state it wis in. The Super wid've goat shot ae him a long time ago, bit it hid been Crisscross's faither-in-law, JP Donnelly, that hid approached him tae take him oan as a driver efter his last wan goat promoted. Whit a bloody mistake that hid turned oot tae be. Crisscross and a side-kick ae his, Jinty Jobson, hid hid tae be pulled oot ae the Toonheid efter aw the local wummin believed the polis wur involved in a fire that hid killed some wee toe-rag up in Parly Road a few years earlier. He shuddered thinking aboot it. Everywhere the local pavement pounders hid gone, aw the local wummin, led by The Patron Saint ae Warrant Sales hersel, Helen Taylor, hid screamed abuse at them. He'd managed tae get Jinty transferred, nae problem, bit none ae the other divisions at the time hid wanted Crisscross, so it hid been left tae him tae pick up the pieces.

He looked at his watch and then oot ae the windae. Although there wis still a few miles till they reached the toon centre, they'd jist entered Great Western Road proper. He breathed easy. Although it could be hair-raising at times, he felt better aff being a passenger in a built-up area where there wur street lights. If he wis tae die prematurely, he preferred tae see it coming, rather than be led by Clarence, sitting up front, behind the wheel.

The toon centre wis hoaching wae people. The pubs hid been slinging people oot fur the past hauf an hour and crowds wur milling aboot, either fighting wae their wives or girlfriends or jist falling o'er, pished as farts. The Mankys hid been hinging aboot in the back doors in the lane opposite The Chevalier Casino fur the past twenty minutes. The Volvo hidnae arrived yet. It hid been while they wur staunin, hinging aboot that the third event happened. Johnboy remembered that it wis his birthday. He'd furgotten aw aboot it...much the same as they'd furgotten aw aboot Christmas until it hid passed. Joe said that it wis probably Sherbet being open fur business, as usual, that hid fooled them, efter they'd spent the day hivving a marathon Bella competition. The New Year hid been different though. They'd hid the shutters bolted shut in the front room, bit when Paul hid come back fae daeing a slash in the sink, he'd said he could hear people oot the back ae the tenements, staggering alang St James Road singing 'Auld Lang

Syne.' At the same time, he could hear bottles being smashed and screaming gaun oan.

"It must be the New Year," he'd said, picking up his cards as he plapped his arse doon in front ae the fire.

"How dae ye know that?" Johnboy hid asked.

"Because there's aboot five different fights involving wummin taking place doon oan St James Road, aw at the same time, plus people ur shouting 'It'll aw be fine cause it's nineteen sixty nine.'"

"Duh!" Joe hid snorted across at him, as he picked up Johnboy's Ten ae Spades wae an ace.

"How dae ye know it's yer birthday then?" Tony asked, breaking intae his thoughts.

"Ah've jist seen the date oan an Evening Times lying at the bottom ae the lane."

"Aye, well, happy fourteenth birthday, Johnboy...ye'll be growing pubes next," Joe chipped in.

Johnboy wis jist aboot tae answer him when two heid-lamps appeared at the West Nile Street end ae the lane.

"Right, Johnboy, get o'er here tae the doorway and put yer erms roond me as if we're winching," Tony said.

"Fur fuck's sake, Joe, ya smelly minker, ye. Yer breath's fucking rancid," Paul growled fae wan ae the other doorways.

"Well, stoap trying tae get yer tongue doon the back ae ma throat then. We're only kidding oan we're winching, ya dick, ye. It's no fur real, ya harry, ye."

"Whit aboot me? Whit aboot me? Whit will Ah dae?" Silent piped up, a wee bit ae panic in that voice ae his, hivving suddenly found his tongue.

"Jist staun facing the corner wae yer erms wrapped roond yer neck and shoulders, Silent. They'll think it's yer girlfriend's hauns aroond yer neck," Tony managed tae say, as the car slowly approached and passed them by, lighting up the lane in red as the car applied the brakes at the street end.

"Am Ah fucking blind or jist fucking stupid?" Tony hissed o'er tae

Paul and Joe.

"That isnae that fucking squinty-eyed basturt, Crisscross, that's driving the car, is it?" Paul asked.

"If it isnae, then it must be Ben Turpin, and here's me thinking he died in Hollywood in nineteen canteen," Johnboy said, peeking roond the edge ae the back exit doorway at the car, which wis noo sitting idling opposite The Chevalier.

"Did anywan see who else is in the car wae him?"

"Naw," a chorus ae whispered voices replied.

"Right, Crisscross. Ah'll be back oot here aboot hauf twelve. Under nae circumstances ur ye tae leave this car unattended. Hiv ye goat that? Ma briefcase his goat sensitive documents in it and if it fell intae the wrang hauns, it wid cause terrible pain tae the polis service."

"Kin ye no take it wae ye, sir?"

"Fur Christ's sake, Crisscross, Ah cannae take sensitive papers wae me intae a bloody casino. Ah'm hivving an important meeting. This is business, no pleasure. Whit wid Ah need tae dae a thing like that fur, when Ah've goat you guarding it in person, eh?"

"Naw, naw, don't get me wrang, sir. Ah'm yer man. It's jist that Ah thought ye might feel better taking it wae ye. Of course there's nae chance ae anything happening tae it while Ah'm here. You jist ye go away and enj...er...complete yer business and Ah'll anchor here until ye get back. Ye kin depend oan me, sir."

"Right...any problems, gie's a shout. The briefcase is in the back, oan the flair, behind yer seat."

The Superintendent turned roond and gied Crisscross a hard look before he disappeared through the doors ae the casino.

"They dirty fucking basturts hiv bloody-well shafted us again!" Joe raged.

"When they said it wis a parked car, Ah never expected a fucking cross-eyed bizzy tae be sitting in it," Tony agreed grimly.

"So, whit's the plans then?" Johnboy asked, as they aw huddled in a doorway hauf way up the lane.

"We're well and truly fucked," Paul said, echoing whit everywan wis thinking.

"Kin we no try and distract him?  It widnae take us a minute tae tan wan ae the side windaes and grab the briefcase, wid it?" Johnboy asked, still waiting fur Tony tae answer his first question.

"Let's jist hing oan and see whit happens.  He'll maybe go fur a pish or a bag ae chips and we'll get oor chance," Tony finally said.

"It's bloody Baltic staunin here.  Ma feet ur like lead.  Ah say we furget it.  If The Big Man knew the car wis gonnae be here, then there's a good chance it'll be here at the same time next Friday," Joe moaned.

"Aye, bit that blue folder might no be sitting in a briefcase in the car next Friday," Johnboy reminded Tony.

Silence.

Efter staunin huddled up the lane in the back doorways fur another hour, wae the whistling wind aboot cutting them in hauf, things went fae desperate tae fucking desperate.  Johnboy could hear Silent's teeth chattering.  The five ae them wur running oan the spot tae try and keep the circulation gaun in their toes.  Tae make matters worse, it hid started snowing quite heavily, which meant they couldnae see the ootline ae Crisscross's bawheid sitting in the car, as the snow hid covered the back windae, obscuring him.  Before the snow began tae drap, they'd watched Crisscross tackling they nostrils ae his, wan at a time, wae gusto.  Because they wur in the shadows and he hid the streetlights in front ae him, it hid been like watching a shadow cartoon.  Tae gie them something tae occupy themsels wae, Joe hid started tae time him while at the same time, gieing a running commentary.

"And he's aff..." Joe hid started, as they aw cackled.

Crisscross hid spent three minutes, forty five seconds oan wan nostril and two minutes, fifty three oan the other wan.  Each time he'd scooped something oot, they'd seen him lifting his finger up against the street light tae inspect the morsel before popping it in his gub. They'd aw aboot puked up where they wur staunin when they'd clocked the filthy basturt start tae lick his fingers efter he'd finished his snottery feast.

"Ah'm starving," Silent said, as they stood there shivering.

"At least Crisscross didnae hiv tae bother aboot washing a plate," Paul observed drily, causing the others tae burst intae uncontrollable shaking giggles.

"Fur fuck's sake, Tony, this is hopeless. We need tae dae something or we're gonnae die ae the cauld," Joe whinged.

The words hid hardly been oot ae Joe's mooth when Lady Luck arrived oan the scene. Oan the opposite side ae the road fae the lane, a familiar wee blue Commer van, wae steamed up windaes alang the side ae it, drew up. The driver wound his windae doon and looked across at the car sitting in the lane. The Mankys jist aboot shat themsels there and then. It wis The Untouchables or 'The UTs' as everywan in the toon called them. They wur the special squad ae heavies who'd been tasked wae roaming aboot the streets, aw o'er Glesga, fur the previous couple ae years, breaking up the gang fights. They wur aw big, six feet plus in their stocking soles, ugly basturts. There wisnae any messing aboot wae them either. Wance they arrived oan the scene, the back and side doors wid swiftly fly open and they'd aw charge oot, screaming like madmen, rattling they big baseball bats that they tooled themsels up wae aff ae anything that moved. They must've been responsible fur cracking open mair heids than Humpty Dumpty and aw the king's men put thegither in their time. When Johnboy saw who wis sitting behind the wheel, he felt his auld arse gieing it he-drum-ho-drum. It wis Liam Thompson, the ex-Toonheid sergeant, who'd been responsible fur Johnboy's maw being slung in jail fur gieing him a black eye during a warrant sale up in John Street a couple ae years previously. The Mankys covered their mooths, no wanting tae gie their position away as they peeked oot ae the side ae the doorways. They held their breath as the driver's door ae the car opened and Crisscross stepped oot, putting oan his chequered hat as he locked the door. He wis jist aboot hauf way across Buchanan Street when he paused, turned roond and heided back tae the car. He unlocked the driver's door, leaned intae the back seat and lifted whit looked like a briefcase oot. He then went tae the back ae the car and unlocked the boot and drapped the briefcase in, oot ae sight, before slamming the boot shut, causing the snow tae drap aff the back ae the windae. Wance he re-locked the boot, he went and locked the driver's door, paused jist aff the pavement tae let a car pass him and then skipped across the wet snowy street tae the gorilla mobile.

"That's us definitely fucked noo. There's nae way we'll get it noo that it's in the boot," Paul cursed miserably.

"We kin get intae the boot through the back seat. That's how Ah goat they manky hauns ae mine oan that box ae Trophy Cups and Winners' Shields fae the car parked at the Sally Army funding awards at The George Hotel when we decided tae upset Fat Sally Sally a couple ae months efter Skull died. Kin ye no remember, Tony?" Johnboy said through chattering teeth.

"Oh, aye," Tony said, trying tae remember.

"Right, who's goat the centre punch?"

"Ah hiv," Joe replied.

"Right, haun it o'er," Johnboy said, as he held oan tae Silent's shoulder while slipping aff his shoes tae take aff his socks tae use as gloves.

"This is gonnae be risky as hell, so it is," Joe reminded everywan.

"Tell me," Johnboy retorted.

Johnboy couldnae believe whit he wis daeing, as he hauf ran and hauf crouched alang the lane, tae the passenger side ae the car, trying no tae slip oan the cobbles. He hid tae look doon at his sock-covered haun efter he thought he'd drapped the centre punch. He couldnae feel it due tae his hauns being numb wae the cauld. When he goat tae the back passenger side door, he pressed the centre punch against the glass. It sounded like ice crackling across a frozen pond. The clear glass windae suddenly turned intae whit looked like frosted glass. Johnboy could hear laughter coming fae across the road. He drapped doon oan tae the ground and looked between the two front wheels. He could see Crisscross's feet still staunin facing the van. They hidnae heard him. Johnboy knelt beside the windae and slowly pushed his haun through the cracked glass. He fumbled fur the door handle and pulled it up. He heard a click. Efter withdrawing his haun, he grasped the door handle and opened it, slipping intae the back seat in wan smooth motion. How he never shat his pants, he'd never know. The whole ae the inside ae the car hid lit up. He'd furgotten that the inside light wid come oan when the door opened. Due tae the snow covering the back windae, they'd never noticed the inside light coming oan when Crisscross hid goat oot. Johnboy quickly pulled the door shut gently, hearing the click, as the light took ages tae fade oot. He wanted tae throw up. He peered o'er the driver seat. He heard the laughter wafting across the street through the broken windae, fae where he wis crouching, bit felt himsel relax. Crisscross wis still staunin, heid hauf in the driver's windae, chewing the cud. Wae being so close, he could see aw the gorillas sitting in the back seats. A few ae them hid the backs ae their heids resting up against the side windaes, talking tae the gorilla opposite them. Every wan ae them hid a fag sticking oot ae their faces. He could see the tips ae their fags glowing whenever wan ae them took a puff. Johnboy wis aware ae his heart hammering aff ae his collar bone as he grappled tae find a way ae getting the bloody back seat tae come away. It looked like he wis goosed, when at last, he felt the back seat he wis kneeling oan shift slightly. Like a Chinese contortionist, he managed tae slip the seat forward, towards the front passenger seat wae his knees and hauns, leaving a gap intae the boot. He couldnae believe his luck. The bottom hauf ae the briefcase wis lying there before his eyes. He put his erm in and swivelled it roond, managing tae get his fingers oan the handle before pulling it towards him. The hairs oan the back ae his neck wur staunin oan end, waiting fur the car door tae be yanked open. He thought the handle oan the case wis gonnae come aff in his haun, bit eventually, efter sliding his hauns alang the side ae it, tae the corners, the case slipped through the gap oan tae his knees. Fae being freezing two minutes earlier, the sweat wis noo pissing aff ae him. He turned roond and wis relieved tae still see Crisscross wae his heid still stuck through the driver's windae. Thompson, the big sergeant, wis also twisted roond, joining in wae the hilarity that wis gaun oan in the back ae the van. Wae his arse gieing him gyp and his heart in his mooth, screaming at him that he needed tae throw up, Johnboy eased open the door and slipped oot, quietly clicking it shut behind him. The waft ae boozy pish coming aff the snowy, narrow pavement that ran up the side ae the lane, jist aboot made him vomit. The briefcase felt heavier than he thought it wid be. He took a deep breath and scurried back up towards the heids that wur peering oot ae the back exit doorways, where he'd left them, whit seemed tae Johnboy like hours earlier.

"Nice wan, Johnboy," Paul said, as Tony took the briefcase aff ae Johnboy.

"Right, let's go. Wan at a time, crouching doon," Tony command-ed, and they aw hauf ran behind him, up the lane towards West Nile Street.

# Chapter Thirty Two

By the time they'd goat back tae the den, the fire wis oot and nowan hid shown any interest in breaking open the lock oan the briefcase tae hiv a look at the blue folder. They'd jist aw heided straight under the piles ae coats that wur lying oan the mattresses oan the flair and shared a packet ae Jacob's Cream Crackers between them.

"Ah wonder who the fly-man wis that managed tae convince people that these ur tasty?" Paul hid asked, reaching fur a bottle ae Irn Bru before slinging the packet o'er tae Joe, who missed catching it, bit managed tae hit it wae his haun, scudding it aff ae Tony's napper.

"A guy called Jacobs," Tony hid replied, chomping intae two ae them, before passing the packet tae Silent.

When Johnboy opened his eyes in the morning, the hammering that hid woken him up stoapped, as Silent and Paul came intae view.

"Let's see how they basturts get oan trying tae get through the door noo," Paul announced tae everywan.

"Dae ye need a haun there?" Paul asked Tony, who wis sitting, trying tae open the briefcase withoot breaking the lock.

"Here ye go, bit try no tae break the lock."

"Oops!"

"Fur fuck's sake, Paul, ya eejit, ye. If Ah wanted tae open it like that, Ah wid've fucking done that masel, ya prick, ye."

"Aw, shut yer arse. Ye'd awready damaged the thing."

"Whit's in it?" Johnboy asked, watching Joe, Silent and Paul peer o'er Tony's shoulder intae the briefcase.

"Whit the fuck ur they then?" Paul asked, as Johnboy nipped oot fae under the coats when his nose goat the better ae him.

"Tony?" Joe asked, as Tony slung the blue folder tae wan side.

"These, boys, ur gambling chips fae The Chevalier Casino," Tony announced, taking a haunful oot ae the briefcase.

"Wid they burn? We're running oot ae briquettes," Joe said, clearly no impressed, as he turned a couple o'er in his hauns.

"Burn? Did ye say burn, ya bampot, ye? This is jist as good as money," Tony said, looking at Joe as if he wis saft in the heid.

"Aye, stoap being a mince-heid, Joe, ya piss plonker, ye," Paul chipped in, making oot he awready knew that.

"Right, make room. We need tae coont these tae see how much we've goat," Tony said, lining the piles ae chips alang the fireside seat bench efter he'd dumped the cushions aff ae it oan tae the flair.

Johnboy picked up a few ae them tae hiv a wee gander. Oan wan side, they hid 'Rio Stakis Casinos' imprinted oan them and oan the other side, the amount they wur worth wis highlighted in different coloured writing, depending oan the value. Johnboy looked doon and tossed the wans he'd lifted oan tae Tony's pile and watched him counting them. Efter aboot twenty minutes and three re-counts, Tony looked at the others.

"Fuck, we've jist nabbed oorsels five hunner quid in gambling chips."

"So?" Joe asked oan behauf ae the others.

"Whit this means is that we kin punt them tae gamblers who go tae The Chevalier. They're untraceable, so they ur."

"So, who dae ye know that goes tae The Chevalier then?"

"Fur fuck's sake, Joe, whit's wae aw the questions?"

"Ah know somewan who goes there," Paul volunteered.

"Who?"

"Aleck The Humph."

"No that Aleck The Humph...the wan whose back is as bent as a banana and who disnae talk tae us anymair because somewan punted him a coffin that wis too wee fur his wife tae fit intae...that Aleck?" Joe asked, straight-faced, tae laughter fae everywan.

"The very man! Aleck wid gamble that water wisnae wet, so he wid."

"Or that the Pope's favourite pudding wisnae an altar boy, if the odds wur high enough," Joe came back wae.

"Ah'll tell ye who else likes a wee flutter...Erchie The Basturt. Him and Mad Philip ur never away fae the bookies. We kin maybe get a deal oan the gun," Tony chipped in.

"Dae ye think so?" Johnboy asked.

"Well, there's only wan way tae find oot. We'll nip doon and see him later oan, efter we haun in that blue folder that Silent's reading," Tony said, snatching the folder aff ae Silent.

"Whit kin we get fur them?" Johnboy asked.

"Ah reckon we could get a couple ae quid fur a fiver's worth ae chips," Tony replied.

"Seriously?"

"Listen, Ah telt ye...these ur jist as good as real money, so they ur," Tony declared, opening the blue folder.

"Anything interesting, Tony?"

"It's jist rows ae figures against the names ae cooncillors like JP Donnelly and people who work fur The Corporation. Look, it's goat the departments they work in beside their names."

"And the amount ae dosh they've been getting under-the-coonter, by the looks ae it...the corrupt basturts," Joe said, peering o'er Tony's shoulder.

"Christ, ye kin see why The Big Man wid want his hauns oan this," Paul said, taking it aff ae Tony, before passing it across tae Johnboy.

"Well, whitever it is, it isnae any ae oor business. We'll take it doon later and collect the rest ae the dosh we're owed."

"Whit aboot the casino chips then?" Johnboy asked Tony.

"Whit aboot them? Aw The Big Man wants is the folder. Ye heard him say it yersel. Whit's in the briefcase, apart fae the folder, belongs tae us."

"Hellorerr, Pat," Tony said tae The Big Man, as Johnboy and him entered the club.

"Tony? Johnboy? Jist the very wans Ah wis hoping tae see this morning. Is that no right, boys? Wis Ah no jist saying that Ah wondered if the boys managed tae dae that wee message fur me last night?" The Big Man sang, although Johnboy detected a nervousness aboot him that hidnae been there when they'd last seen him.

"Here ye go, Pat," Tony said, lifting up his jumper and pulling oot the folder fae beneath his trooser waistband and throwing it oan tae the table in front ae The Big Man.

As well as The Big Man, The Twins, Shaun, Peter The Plant, The Goat and Wan-bob Broon, couldnae keep their eyes aff the folder.

"Where's the briefcase then?" Mick slurred.

"We dumped it."

"Dumped it?"

"Burned it. We wrecked it getting it opened tae make sure the folder wis in it. We didnae think ye'd be able tae re-use it efter we'd finished wae it."

"Is that aw that wis in it then?" the drunken prick hid the cheek tae asked them.

"If it's awright wae yersel, Pat, we'll be aff wance ye gie us the tenner ye owe us," Tony said, ignoring Mick.

"Mick, haun o'er a tenner tae the boys," The Big man commanded.

"Another wan? Ah thought wan wid've been enough fur whit they've done. It's no as if we asked them tae rob a bank, is it?" the drunken basturt chipped in, as Tony ignored the child-killer and looked at The Big Man.

"The deal between us wis twenty quid, Pat. Ah don't remember agreeing anything wae Mick."

"Mick, haun o'er a tenner tae the boys," The Big Man said again, only this time, there wis an irritated edge tae his voice.

Johnboy watched the drunken snake take his wallet oot ae his jaicket, which wis folded o'er the back ae a chair. The wad ae notes in the wallet wid've fed seven hunner hungry weans in a multi-storey flat, as the song claimed. The basturt took oot a tenner, then scrunched the note up in his haun and slung it across the table towards Tony and Johnboy in disgust. It landed oan the flair between where Johnboy wis staunin and the table where The Big Man wis sitting. Tony's face turned white. Johnboy wanted tae jump across and kick that ugly drunken coupon ae Mick's intae the back ae his heid, bit suicide wisnae oan the menu.

"Pick it up, Mick," The Big Man said quietly.

Johnboy thought he wis hearing things and judging by the looks ae the faces ae the heavies lounging aboot, they wur in the same boat.

"Whit?" Mick gasped, clearly shocked, as the other two Murphy brothers glared across at Tony as if it wis his fault.

"Ye heard me."

"Bit..."

"The tenner, Mick. Pick it up and haun it across tae young Tony here," The Big Man said, leaving nowan in any doubt ae the threat behind the command, as Mick made a big song and dance aboot hivving tae bend o'er and haun Tony his well-earned dosh.

"Thanks, Pat," Tony said wae a big grin oan his coupon, staring intae Skull's murderer's coupon.

"Nae problem, Tony...ye've earned it."

"Let's go, Johnboy," Tony said, as Johnboy followed him towards the door, glad tae be escaping wae their baws intact.

"Tony?"

"Aye, Pat?" Tony asked, turning as Johnboy held the door open.

"You or they manky-arsed mates ae yers hivnae came across Tiny oan yer travels, hiv ye?"

"Naw, Pat."


"Let me get this straight then. Ye want me tae haun o'er that wee snub-nose and ye'll pay me wae a hunner and fifty quid's worth ae Chevalier chips?" Erchie asked Tony, staunin in the basement, wae his erms folded, reeking ae glue.

"Aye, something like that."

"And they're definitely fae The Chevalier?"

"That's whit it says oan them."

"Whit aboot ammo?"

"We won't need much.  It's only a wan-aff job."

"And disposal?"

"We'll gie ye seventy five in chips and we won't need a cleaning kit."

"Ah'll gie ye twenty five bullets, which includes yer practice oan the range.  Dae ye want tae try it oot jist noo?"

"If it's okay wae yersel, Erchie, we'll leave it a few days and we'll get back in touch.  We're no sure which wan ae us is gonnae be using it," Tony said, disappointing Johnboy, who wis dying tae get his haun oan the gun.

"That's fair enough.  There's nae point in letting too many sticky fingers get their mitts oan it."

"Ah'll be back in a couple ae days and we'll bring ye the two hun-ner and twenty five quid's worth ae chips then.  Is that okay?"

"Sounds fine tae me, Tony-boy."

# Chapter Thirty Three

"We've goat a problem...a big problem," Superintendent Sean Smith announced tae the still hung-over Irish Brigade, wance everywan wis settled in their chairs roond the table. They wur aw there...Pat Curry, Daddy Jackson, Billy Liar, Mickey Sherlock, Ralph Toner and Colin McGregor. The meeting hid been planned two weeks earlier and wis meant tae hiv been tae discuss any issues that might've come up at the Loch Lomond soiree oan the Friday night. Sean felt a bead ae sweat trickle doon the middle ae his back, past his trooser belt at his waist and between the cheeks ae his arse, as he looked at them aw staring back at him. Nowan said a word.

"Last night, oan the way back hame fae the hotel, at aboot hauf past ten, Ah hid tae nip intae The Chevalier, tae haun o'er a wee package. Ah left ma briefcase in the car. Ah'd only been away fur aboot an hour, when Ah wis alerted tae the fact that the car hid been tanned and the briefcase blagged."

"Surely tae fuck ye're no gonnae tell us that the papers ae the meeting wur in the briefcase, ur ye, Sean?" Chief Inspector Daddy Jackson asked, fear and shock evident in his voice.

The Super hesitated before nodding. He couldnae bring himsel tae speak, in case everywan in the room detected the panic and outrage that wis exploding in that heid ae his. Nowan spoke. Everywan jist sat, silently staring across at each other, seemingly lost in their ain thoughts. The implications fur everywan sitting there wur crystal clear.

"Who reported it?" Daddy choked.

"Ma driver, Crisscross. He wis meant tae be sitting in the car while Ah wis gone."

At the mention ae the name, everywan burst intae howls ae rage and frustration.

"Wae aw due respect, sir, Ah widnae leave a fucking deid dug fur Crisscross tae look efter, never mind the list ae aw oor hard work fur the past year," Daddy retorted, shaking his heid in disbelief.

"How the fuck did it get nicked if he wis supposed tae be sitting in the car?"

"He wis telt no tae leave the car unattended. A wee while efter Ah went intae the casino, the guys in the street gang squad turned up across the road. While he wis talking tae them, the back passenger side windae goat tanned."

"Liam Thompson? That prick? Any fucking time that Crisscross and him get thegither, a fucking disaster occurs. Whit the hell wur they daeing doon in the toon centre at that time ae the night? They're supposed tae be oot and aboot in the hoosing schemes, keeping the bloody peace, so they ur," Mickey Sherlock howled.

"It gets worse. When Crisscross left the car unattended, he put the briefcase intae the boot, oot ae sight. Whoever tanned it hid tae get intae the boot through the back seat."

Silence.

"So, it wis planned then. They knew whit they wur efter?" Daddy groaned.

"It looks like it."

"So, who ur the main suspects?"

"Ah wid put ma money oan Pat Molloy. Who else is there?" The Super replied, as the inspectors aw erupted intae a cursing session.

"That basturt will crucify us."

"No necessarily. Ah mean, whit's he gonnae dae wae it, eh?" asked Billy Liar, his erms stretched oot wide in front ae himsel.

"He'll fucking haud us tae ransom until the moon turns green."

"He'll sell it tae the highest bidder."

"If The Glesga Echo gets a whiff ae this..."

At the mention ae The Glesga Echo, The Super stepped in tae take back control ae the situation.

"If ma auld pal, Sir Frank Owen, gets his hauns oan any ae these papers, they'll throw away the key efter they lock every wan ae us up," The Super reminded them, getting their attention, as the clock at the far end ae the room struck twelve. "We cannae say fur certain that it wis Molloy, although, given the location ae the car, it probably wis him. Whit concerns me is, how the hell did he or anywan else, fur that matter, know that the car wid be parked in the lane across fae The Chevalier? Another thing that might jist help us is that, because we know Crisscross put the briefcase in the boot jist before he went across the road tae talk tae Liam Thompson, whoever done it must've been staunin, hinging aboot, clocking whit wis gaun oan, waiting fur an opportunity tae get intae the car."

"So, we need tae get oot and talk tae people, tae find oot who they saw in that lane last night," Colin chipped in, looking aroond the table.

"Wan other thing that'll help us oot. Apart fae the papers in the briefcase, there wis a stash ae chips fae the casino," The Super said, hesitating. "Five hunner quid's worth, tae be precise."

Silence.

"Did Ah jist hear right? Did ye say five hunner quid's worth?" Daddy Jackson asked incredulously.

"Aye. Noo, either some eejit is gonnae walk intae The Chevalier wae a stash and staun oot like a sore thumb or they're gonnae try and get shot ae them. Whit we hiv tae dae is track doon who's punting them and nab them. Whoever that is will lead us tae whit wis nicked," The Super replied, getting in there quick tae stoap them dwelling oan the amount.

"This will gie us a cover story, tae get the pavement pounders oan the case withoot us hivving tae tell any porkies. Whit we need is tae get the word oot oan the street...fast. Get aw yer best boys chasing this up. Tell them they kin offer twenty five quid as a reward fur information leading tae the chips."

"We'll also take in tae consideration any ootstauning charges that kin be drapped oan successful recovery ae the chips. That should get the baw rolling," Ralph Toner, Heid ae the Criminal Intelligence Department, offered.

"Ah'll put Fin O'Callaghan and Paddy McPhee oan tae it up in the Toonheid. If they chips ur oan the street up there, they're the boys tae pick up oan it. Ah suggest youse aw dae likewise in yer ain areas," Colin chipped in.

"If they chips start tae get punted anywhere in the toon, Ah want us in there pronto," Daddy snarled, as aw the heids in the room nodded in agreement.

"Nowan, and Ah mean nowan, his tae get a whiff ae any ae this. We're looking fur a stash ae chips. We'll need tae move quickly oan this or we're aw fucked," The Super warned them, eyeballing each and every wan ae them.

"So, whit's gonnae happen tae that squinty-eyed prick, Crisscross, Sean?" Daddy asked.

"Ah've awready dealt wae him. He's been shifted o'er tae the lost property section where he'll stay fur the duration ae his career. Ah wid've goat rid ae him before noo if it wisnae fur that cretin ae a faither-in-law ae his, JP Donnelly."

# Chapter Thirty Four

They wur aw back in the den.  Everywan hid been busy.  Silent and Paul hid been sent oot tae get a stash ae briquettes fur the fire alang wae a stock ae biscuits, breid and crisps.  Joe hid been up and away at the crack ae dawn tae flog some ae the casino chips.  Aleck The Humph hid bought fifty quid's worth fur four crispy five pound notes.  Efter seeing Aleck, Joe hid caught Manky Malcolm opening up his rag store in Stanhope Street.  Malcolm hid bought the same amount, as hid Fat Fingered Finklebaum fae the pawn shoap.  Wae that and the tenner they'd goat fur delivering the blue folder tae The Big Man, they wur rolling in it.  While aw this wis gaun oan, Tony and Johnboy hid managed tae tunnel through the final wall, which gied them an escape route oot intae Frankie Wilson's auld close in Grafton Street.  The problem wae them hivving loads ae dosh swirling aboot, wis that wance they goat it, they usually didnae know whit the fuck tae dae wae it.  Johnboy remembered wan time that himsel and Tony hid been stripping lead aff ae a roof and Johnboy hid needed tae dae a shite.  There hidnae been any newspapers oan the roof, so he'd used two five pound notes tae wipe that bare arse ae his behind a chimney stack.  Even when they wurnae trying tae figure oot whit tae spend their money oan, they usually ended up gieing maist ae it away tae people they bumped intae oan their travels.  While they could hardly be described as Robin Hoods, they never ever hid any problem robbing hoods, especially if their nametags ended in Murphy.

They decided tae go and buy some decent clobber wae their dosh, doon in the toon centre.  Tony, Johnboy and Joe made arrangements tae meet up wae Paul and Silent later oan because Paul and Silent hid lost at Bella so wur being sent aff tae stock up oan the food front.  They wur also gaun tae get some groceries fur some auld wummin they'd met, who stayed in a closemooth tenement between Stanhope Street and St Mungo Street.  She'd jist been let oot ae hospital and hid come back tae find her hoose ransacked. Silent and Paul hid actually been sniffing aboot in her kitchen when she'd come in through the door. She must've been in the hospital fur a while, because her front and back windaes hid awready been boarded up by The Corporation. The board covering her kitchen windae roond the back hid been hauf ripped aff. When they'd gone in tae sniff aroond, they'd assumed that whoever hid lived there hid probably died and the contents ae the hoose abandoned. Wance they'd goat talking tae her and convinced her that they'd jist arrived two minutes before she hid, she'd calmed doon and goat talking tae them. They'd spent maist ae the day helping her tae clean the place up as best they could. They'd also gone and found a replacement kitchen windae frame, wae the glass still intact, that hidnae been smashed yet, fae wan ae the tenements that wis staunin empty, two closes alang fae her. Because they'd been aw o'er the empty tenements in the area, they knew whit hooses still hid good furniture, blankets, curtains and aw kinds ae shite still in them. They'd dumped aw the wet and auld rickety furniture fae hers oot intae the back court and supplied her wae nice clean dry stuff. They'd also killed two birds wae the wan stane and left her wae a couple ae dozen briquettes efter hivving been tasked tae resupply The Mankys' dwindling stock. The night before, Paul hid promised the auld dear that him and Silent wid nip back up first thing in the morning tae take the boards aff ae her front windaes that looked oan tae McAslin Street.

"Paul, who the fuck ur youse kidding, eh? Helping that poor auld wummin isnae gonnae save that manky arse ae yours fae being toasted when St Peter tells ye tae fuck aff. If Ah wis you, Silent, Ah'd steer well clear ae the ex-altar boy and stick wae us wans. At least we're honest and know we're gonnae fry," Joe sniffed, trying tae noise Paul up.

"Don't listen tae him, Silent. He disnae know whit the fuck he's talking aboot. Shite disnae burn, so it disnae," Paul retorted, as him and Silent disappeared through the hole in the wall in the bedroom.

Tony, Joe and Johnboy spent maist ae the efternoon in the toon centre. Although it wis cauld enough tae freeze the baws aff ae a snowman, there wis still crowds ae shoppers rummaging aboot, looking fur bargains. They spent aboot an hour in Lewis's oan Argyle Street. They'd latched oan tae a dozen or so aulder guys fur a while, who wur clearly killing time, patiently waiting fur their wummin folk tae satisfy their shopping lust, while spending aw their hard-earned dosh. They'd been staunin watching a nice looking sales assistant demonstrating something that none ae them clearly wanted. She wis a lot aulder than The Mankys...probably aboot nineteen or twenty...wae long red hair and wis wearing a black mini skirt that barely covered her arse. Every time she knelt doon or bent o'er tae show aff how the flair cleaner worked, everywan goat a nice wee swatch ae her orange knickers, which matched that hair ae hers. It hid goat tae the embarrassing stage though, as the dirty auld basturts must've seen the demo aboot a dozen times before The Mankys arrived oan the scene.

"Show us how ye extend that pole again, hen," wan ae them wid ask wance she goat tae the end ae her wee demo, tae nods fae the rest ae the Dirty Brigade.

"Gie us another wee demo oan how easy it is tae pack it away intae its wee special box, hen," somewan else wid say, as aw heids followed that arse ae hers, bending o'er tae pick up the machine.

It goat so embarrassing that Joe wis aboot tae buy two ae the fancy flair cleaners, until Tony dragged him away. Johnboy and Tony goat themsels a pair ae five-o-wans each oot ae the Levi store at the corner ae Argyle Street and Union Street. While the guy wis slavering o'er their money, Joe managed tae walk oot wae a pair fur himsel. Johnboy and Joe also bought two aff-the-peg shirts in Arthur Blacks, deciding tae wait while their names wur sewn on tae the shirt pockets in fancy haunwriting. Wance again, while they wur being served, Tony walked oot wae three fur himsel. They'd also aw jist bought themsels Barathea blazers, wae silver and gold wire club badges that hid three swords oan them, fur the hanky pockets, when Paul arrived oan the scene, looking pretty pissed aff.

"Whit's up?" Tony asked him, as they nipped across Argyle Street and back intae Lewis's, heiding fur the cafeteria oan the tap flair.

"The basturts goat a haud ae Silent."

"Who did?"

"The Stalker and Bumper."

"Whereaboots?"

"Alang at that auld dear's place."

"How the fuck did ye manage tae let that happen?"

"Ah'm no too sure. Efter we goat the boards aff ae her windaes, we went looking fur a sideboard tae replace the auld rickety wan that she hid. We wur jist manoeuvring her auld wan across the landing when the basturts ambushed us. Silent hid been first through the door, walking backwards o'er the doorstep, when The Stalker pounced oan him. Ah heaved the sideboard forward, causing Silent and The Stalker tae tumble backwards and fall oan tae their arses. Ah shouted fur Silent tae jump across the tap ae it towards me as Ah kept the pressure oan the sideboard at ma end. The Stalker wis jammed underneath it, screaming the place doon. Silent jist aboot made it, bit Bumper arrived and grappled him doon oan tae the landing. There wis nothing Ah could dae. Bumper hid drawn his baton and wis swishing it aboot tae keep me at bay while struggling wae Silent. Wance The Stalker goat up oan tae they feet ae his, Ah hid tae leg it oot ae the kitchen windae wae The Stalker oan ma heels. Ah only managed tae shake the basturt aff by nipping doon intae the basement trolley tunnels up in The Royal."

"Ah telt ye youse wur exposing yersels too much, Paul. That's whit happens when ye don't bloody-well listen," Tony grumbled, looking aboot tae make sure they wurnae being clocked.

"Ye don't think the auld yin hid anything tae dae wae it, dae ye?" Joe asked.

"Naw, she wis screaming fur them tae leave Silent alane or she wis gonnae get the polis. She picked up that new brush we goat fur her and scudded Bumper wae it," Paul replied, smiling grimly.

"Did he hiv any money, chips or anything tae dae wae the den oan him?"

"No that Ah know ae."

"Right, well, there isnae much we kin dae aboot it noo. We'll jist need tae keep oor eyes peeled. We cannae let oor guard doon or they'll hiv us by the goolies," Tony warned, looking at their faces tae make sure everywan understood the seriousness ae the situation.

"So, whit happens noo then?"

"Wae Silent? They'll ship him back tae Thistle Park...or up tae the closed block."

"Whit aboot the den? Dae ye think we'll hiv tae shift?" Joe asked.

"Why wid we dae that? Silent isnae gonnae say anything tae them. Fuck, he hardly says anything tae us, never mind that pair ae shitehooses," Paul shot back in Silent's defence.

"Paul, Joe's no saying anything oot ae order. Whit if they torture him?" Johnboy asked.

"Look, we're sound enough wae Silent. He'll keep his mooth shut," Paul retorted.

"Well, nothing better happen before we get oor hauns oan that Mick Murphy prick. That's goat tae be oor number wan priority. So, nae mair fucking aboot, daeing people favours, Paul," Tony growled, glowering at Paul.

"Aw, fuck youse," Paul bit back, storming aff in the huff.

"Don't take your fuck-up oot oan us Paul, ya prick, ye!" Joe shouted efter him as he disappeared intae the crowds.

It wis pretty hairy, sneaking back intae the den. They anchored in an empty hoose in Grafton Street fur aboot an hour, taking turns at looking oot the broken windae tae see if The Stalker or Bumper wur oan the go. Tony got a glance ae them doon oan the street in a squad car, speeding up towards Grafton Square, in hot pursuit ae a couple ae the Toonheid Toi crowd. They took it in turns tae heid back tae the den at five-minute intervals, wan efter the other. Efter closing the shutters oan the windae, they didnae light a fire that night, even though it wis freezing. They talked and laughed a lot aboot Silent and how he'd come tae be wae them. Paul said he thought Skull wid've liked Silent. Tony then reminded them ae the reason they wur sitting there and no oot in Thistle Park or St Ninians.

"Right, we may as well get doon tae business. The longest wan pulls the trigger," Tony announced, haudin oot his haun.

Four black strands ae copper wire that he'd picked oot ae the grate in the fireplace wur sticking up oot ae his haun. Nowan said a word. They aw sat and stared at the four strands.

"The longest wire?" Paul asked.

"Aye."

"Dae ye no mean the short straw?"

"Well it wid be, if none ae us wanted tae dae this. Ah take it we're aw still game?" Tony asked, looking roond at the faces highlighted in the flickering ae the candle that wis sitting in the middle ae them. "Well, don't be shy then."

"Fuck, Ah jist assumed it wid be wan ae youse three who wid be daeing it," Johnboy confessed, as aw eyes fell oan him.

"We wur aw Skull's pal, Johnboy. If ye don't want tae dae it... fair enough. There's nae shame tae that," Joe mocked, as Johnboy looked back at the three grim faces.

"Oan ye go, Johnboy," Tony said encouragingly, thrusting his haun towards Johnboy first.

"Jist remember, ye cannae change yer mind, if it's you," Paul reminded him.

Johnboy stretched oot his haun. He wis surprised tae see that it wisnae shaking. Jist before his fingers connected wae the wire, it felt as if a bolt ae electricity hid shot up his fingertips tae his erm. Everything became a blur and he could hear the rushing ae wind in his ears. He turned roond tae see if wan ae the windaes wis open, bit the shutters wur sealed shut. He thought aboot that day that they'd sat in the closemooth next tae Sherbet's...the same day as Skull died. He wis trying tae remember who it wis that came up wae the vow that wan day they'd get the basturts who'd killed their pal, when his sight returned. The sound ae heavy breathing and the smells ae the room came back tae him in an instant. He looked at the faces roond aboot him again before clasping his fingers roond the wire closest tae him and pulling. It looked tae be a short wan...aboot an inch and a hauf long...bit nowan, apart fae Tony, knew how long the other wires wur. Joe went next. He hesitated slightly before leaning o'er and pulling oot his wan. It wis aboot an inch longer than Johnboy's. Paul went next.

"Listen, Ah don't mind daeing it if youse want?" Paul declared.

"Jist pick a wire, Paul," Tony replied quietly.

Paul shrugged and casually reached o'er, his haun stoapping, jist when it looked as if he'd made up his mind which wan tae choose.

"Eeny, meeny, miney, mo," Paul mimicked wae his finger, picking the opposite wan tae the wan he'd been aboot tae choose first.

He looked aboot, as he placed the wire oan the palm ae his right haun. It looked tae be aboot four inches long.

Everywan stared at Tony, who suddenly grinned, opening the palm ae his haun tae reveal the shortest length ae wire.

"Great. Ah wid've been disappointed if it hidnae been me. Ah'm glad it's me," Paul said, smiling.

"Ah'll arrange fur us tae go roond tae Erchie The Basturt's and get a bit ae practice wae the gun," Tony announced, reaching o'er and lifting up a hauf empty bottle ae Irn Bru and taking a slug oot ae it.

They didnae say much tae each other efter that. Everywan seemed tae be lost in their ain thoughts, either thinking aboot Skull or Silent. They started playing pontoon, using the casino chips, then, efter Paul and Joe lost fifty quid's worth each, they started a game ae Bella. Although he didnae say very much when he wis wae them, Silent getting nabbed by The Stalker and Bumper hid dampened their spirits and the wan-liners wurnae as funny or coming as thick and fast as they usually did.

"Aye, he'll be nursing a well-tanned pair ae arse cheeks by noo," wis Tony's last words before they crashed oot tae sleep.

# Chapter Thirty Five

"How ur ye daeing, hen?" Helen's maw asked her.

"Me? Ah'm fine, so Ah am. How hiv you and Da settled in tae yer new hoose up here in Sighthill then?" Helen asked, crossing o'er tae the windae and feeling dizzy as she looked doon.

"Ach, it's awright if ye're intae heights, Ah suppose," her maw sighed. "Ah'm still trying tae get used tae that electric cooker through there. Ah miss ma range."

"It's aw mod cons ye've goat. Ah wish Ah hid a kitchen like yours."

"Aye, bit Ah miss Parly Road. There's nae shoaps aboot here. Ye hiv tae get a bus tae buy hauf a dozen eggs, so ye dae."

"Aye, we miss the Toonheid," her da sighed, looking up fae his paper.

"Ye kin see it fae here...look," Helen said, pointing oot the windae, trying tae lighten up their misery.

"Noo, why wid ye put a couple ae auld gits like us oan the nine-teenth flair ae a multi-storey flat? Yer poor mother hisnae been oot since we moved in. She's scared ae the lift."

"Ah hiv been oot the wance, bit Ah never reached the ground flair because the bloody lift goat stuck. Ah wis in there fur aboot three hours wae hauf a dozen other auld wans. Ah thought we wur aw gonnae pish wursels by the time they rescued us."

"Well, Ah've been back doon tae The Corporation, hassling them tae get youse oot. They said it's difficult because they're re-hous-ing so many folk oot ae the tenements and that it might be a while yet."

"Ach, we'll be well deid before that happens," her da harrumphed.

"Whit aboot yersel, Helen? Whit's happened wae a shift fur you and Jimmy?"

"They offered us Arden and Ah telt them tae go and take a hike. They then came back wae Castlemilk. They've goat a new swim-ming pool, bit nae shoaps, so Ah knocked that back tae. They've telt me that we'll need tae take the next wan they offer us, or we'll be put oot oan oor arses. Ah think they're trying tae move us as far away fae The Corporation offices in the toon as possible. They think it'll keep me away fae storming doon there every other week, gieing them big laldy," Helen replied, smiling.

"So, whit aboot that boy ae yers then? Any word?"

"He's been seen aboot the Toonheid a few times o'er the past couple ae weeks. The polis hiv been up tae the door tae make sure he's no at hame wae us. Jimmy's been oot and aboot at night, trying tae get a haud ae him. He's aboot somewhere."

"Well, somewan's obviously feeding him or he wid've turned up before noo," her maw said.

"It's no the feeding ae him that Ah'm worried aboot. It's whit he's up tae. The way he's gaun, he'll never get released. Ah cannae sleep at night wae the worry."

"Aye, he's always been a bit flighty, that wan. Ah remember me and yer da seeing him oan Parly Road, jist before he wis put away. He wis getting chased by that creepy-looking polis wan...the wan that looks like Dracula...whit's his name?"

"The Stalker," Helen and her da said thegither.

"Aye, The Talker."

"It's The Stalker. S-T-A-L-K-E-R. Fur God's sake, she's corned beef, that wan," Da said, shaking his heid.

"Anyway, it wis actually really funny when Ah think back oan it noo. The Stalker wan wis in hot pursuit ae him, tearing doon Parly Road, his legs gaun like the clappers. Johnboy's two pals wur staunin oan the back platform ae a number forty five, egging him oan. Every time Dracula jist aboot caught up wae him, wae that ootstretched haun ae his ready tae nab him by the scruff ae his neck, his pals oan the back ae the bus wid shout, 'Run, Johnboy, run,' and they wee skinny legs ae his wid speed up until the next near miss. It wis like something oot ae a Charlie Chaplin film, so it wis. The funny bit, which hid everywan in the street laughing, wis efter Johnboy managed tae get oan tae the platform ae the bus. The Stalker wan hid gied up the chase. He wis bent o'er, wae his hauns oan they knees ae his, panting like an auld kettle, when the bloody bus stoapped at the traffic lights oan St James's Road, twenty yards further doon the street. If he'd jist kept running a wee bit longer, he wid've goat the three ae them."

"Aye, well, it's no a laughing matter noo. That Stalker and his pal, Bumper, ur a different kettle ae fish fae Liam Thompson who used tae be oan the go. This pair don't leave their prisoners unmarked."

"Listen tae this," her da said, looking up fae his paper before reading oot loud. "'Polis in the Toonheid District ae Glesga ur trying tae establish the whereaboots ae local stable manager, forty two year auld Murtagh Punch, who hisnae been seen since gaun missing fae his office in Stanhope Street a week ago.' That's a seafaring name, by the way. 'Mr Punch took a horse and cart oot oan stable business, bit although the horse and cart returned tae the stable the same day, Mr Punch his no been seen since. Local Sergeant, Finbar O'Callaghan says that Mr Punch, who wis a well-known and well-respected member ae the community due tae his short stature and limp, hid always been obvious in his movements. Anywan wae any information should contact Sergeant O'Callaghan oan Central seven five two three four.'"

"That's that wee midget wan. Whit's his name again, Helen?" her maw asked.

"Tiny. A right wee nasty piece ae work, that wan. Ah widnae trust him as far as Ah could throw him. He's probably fell doon a stank or something."

"Dis he no work fur Pat Molloy?" her da asked.

"Aye. He took o'er fae Horsey John efter he wis killed, alang wae that poor horse, doon at the lights oan Parly Road a few years ago. He's never hid a good word tae say aboot anywan. Him and that Napoleon wan wid've goat oan like a hoose oan fire."

# Chapter Thirty Six

Paul widnae leave the front door alane. Johnboy wisnae sure if it wis because Silent hid goat nabbed or if it hid anything tae dae wae his latest run-in wae Bumper and The Stalker. They'd aw been sitting singing alang tae 'Hello Goodbye' oan the tranny, eating a bag ae fritters fae Tony's, the chip shoap up oan Parly Road, when Paul hid suddenly jumped up and gone oot intae the lobby.

"It needs mair strength," he said efter he returned, biting intae a fritter.

"Whit dis?" Joe asked him.

"The ootside door."

"Paul, they're gonnae need a fucking bazooka tae get through that door," Tony telt him.

"Naw, the harder it is fur them tae get through, the mair they're gonnae believe we're inside."

"Well, it's eleven o'clock oan a Monday night, so leave it jist noo, eh?" Joe moaned.

"There's nae time like the present. They basturts could be staunin oot oan that landing, ready tae kick the door doon, fur aw we know. Ah think it needs a wee bit mair strengthening. Ur any ae youse coming wae me?"

"Where ur ye aff tae?" Johnboy asked.

"Jist up tae the building site at the tap ae yer street."

Johnboy thought aboot it fur a second. They'd started tae dig massive big holes at the tap ae Montrose Street where his ma and da still lived. They'd fenced aff a big section ae the ground, where the transport hoose used tae be. Tae get intae Montrose Street fae Grafton Square noo, ye hid tae walk through a wooden tunnel. Billy Whizz, The Big Man's runner, hid telt Johnboy that the holes wur the foundations fur a new multi-storey skyscraper, when Johnboy hid bumped intae him a few days earlier, when he'd been oot stealing milk fae ootside the College ae Hairdressing. Fae their kitchen windae in the den, they could see the fence and the scaffolding rigged up behind it.  It looked quite creepy at night wae jist the wan solitary light left oan, casting shadows across the back ae the tenements.

"Okay, Ah'll go wae ye.  Whit ur we efter?" Johnboy asked, throwing his empty fritter wrapper oan tae the fire.

"We'll see if we kin get a couple ae short lengths ae scaffold tae put between the door and the wall facing it.  That'll keep the pricks gaun until we manage tae get well away."

"Hiv we gied any thought tae whit wid happen if they came through the door the night?  Where wid we run tae?" Johnboy asked everywan.

Silence.

"Right, masel and Joe will check oot a fall-back hoose first thing the morra.  Ah never thought aboot that," Tony said, licking the vinegar aff ae his paws.

"Right, Johnboy, ur ye coming?" Paul asked, heiding fur the hole in the bedroom wall next door.

It wisnae hard tae see where they wur digging the foundations.  The security light shone right doon oan tap ae them.  The holes wur aboot twelve tae fifteen feet square and hid planks stretched across the corners ae them wae big wooden sheets oan tap ae the planks.  Paul pushed wan ae the sheets aside and went and fetched a boulder.  Johnboy wisnae too keen, staunin exposed in the glare ae the lights oan his lonesome.  When Paul arrived back, they baith knelt doon beside the hole.  Paul held the boulder oot in front ae him wae baith ae his hauns while Johnboy coonted doon fae three.  The baith ae them cocked their heids and listened.  Paul wis jist aboot tae go and find another boulder when they heard the faint echo ae a splash.  Johnboy jumped back fae the gap in fright.

"Christ, let's go," Johnboy whispered.

"Fancy a dip?" Paul asked, wae a chuckle, as he pulled the board back across the hole.

They'd jist slung two four feet long cross-spar scaffolding poles o'er the fence, intae the back court nearest tae their den, when Paul clamped his haun o'er Johnboy's mooth. When Johnboy looked at him, wide-eyed, Paul hid his finger up tae his mooth, signalling fur him tae haud his wheesht. They scurried behind a big stack ae diesel drums that wur sitting ten feet in front ae them. It took Johnboy a couple ae minutes tae detect any sound. He heard the whispering first. If it wis The Stalker or Bumper, then they wur fucked, as they wid probably hiv reinforcements hinging aboot ootside. Paul didnae need tae tell Johnboy the routine. Whichever way Paul ran, Johnboy wid heid in the opposite direction. Johnboy watched Paul looking aboot fur a quick exit. At the far corner, nearest tae the primary school, there wis a two-wheeled compressor, sitting wae its hook-up end extended oan its wee wheel, tae gie it balance. Johnboy hid awready made up his mind tae make a run in that direction, using it as a stepping stane tae get up and o'er the fence. He'd hiv tae be careful though, as they'd built the fence hard up against whit used tae be the wee wall that separated the transport hoose garden and the school. Oan the garden side, the original wall wis aboot four feet high, bit oan the other side, it drapped doon intae the playground, twenty feet below. He looked at Paul and could tell Paul knew exactly whit his plan wis. Paul nodded his agreement. Wan ae the big double corrugated gates that the wagons used tae get in and oot slowly creaked open.

"Listen, Johnboy. Wance they come in, we'll make oor move. Ah'll run across towards Grafton Square. Ah'll try and tan the light oan the way past so that we'll be in the dark. They'll hiv torches, bit it'll gie us better cover. Don't go until Ah gie ye the nod," Paul whispered.

"Right," Johnboy whispered back, as the baith ae them peered between the drums, o'er towards the main gate.

A solitary shape appeared through the gate and stood fur aboot a minute, looking aboot. If it wis Bumper or The Stalker, then they wur in plain clothes. Whoever it wis suddenly disappeared oot ae sight. Johnboy could feel the hairs oan the back ae his neck

staunin oan end.  A couple ae minutes passed and then sudden-
ly, withoot warning, the ootline ae whoever hid come through the
gate, reappeared, like a dark shadow, aboot ten feet in front ae
them.  Through the space between the drums, they could see a
pair ae dark legs staunin, no moving.  It wis freezing and the baith
ae them hid their hauns up, covering their mooths tae disperse the
grey vapour clouds that hid been leaking fae their mooths.  John-
boy felt cramp slowly setting intae his right knee, bit he couldnae
move a muscle.  Eventually, efter whit seemed like hours, the
shadow moved aff and disappeared amongst the workers' huts
and machinery.  Johnboy eased aff oan his poor knee and changed
position.  He looked at Paul who smiled and winked back at him.
Paul wis in his element.  They watched Shadow Man reappear
across at the gate.  He popped his heid through it and spoke tae
somewan.  A few seconds later, The Shadow bent doon and looked
tae be picking something up.  Johnboy thought he wis dreaming.
It looked like a pair ae legs.  As The Shadow began tae walk back-
wards, an arse appeared, then the chest, followed by the heid and
a pair ae ootstretched erms, being lifted by somewan else.  Paul
and Johnboy looked at each other, wondering whit the fuck wis
gaun oan.  The shadows then proceeded tae shunt the body across
tae the sheeting that Paul hid jist replaced across the hole a few
minutes earlier.  As they appeared intae the light, Johnboy's jaw
jist aboot hit the ground.  At the heid ae the body, Mick Murphy
held oan tae the two hauns.  At the other end, The Goat, wan ae
The Big Man's gorillas, who'd goat his nickname fur saying 'Goat
ye' when he knocked people oot wae a single punch, wis carrying
the feet.  The body between them wis bent like a banana, apart
fae the heid which wis thrown back wae it's mooth wide open.  The
body still hid its gabardine coat oan, buttoned up, wae the tails
ae the coat dragging alang the white frosty ground in its master's
wake.  Efter staunin and looking aboot, The Goat lifted wan ae the
sheets aff the supporting planks, exposing the big black barn door-
shaped hole.  They looked as if they wur smoking wae the amount

ae white vapour that wis escaping oot ae their gubs. Mick stepped tae the edge ae the hole, looked doon and spat intae it. He then turned, nodded tae The Goat, and lifted up the hauns ae the body at the same time as The Goat lifted the legs. They swung the body forward and let it swing back. Oan its return, the baith ae them let it go. Two sets ae ears o'er at the hole and the two behind the oil drums wur cocked, listening fur the splash, which came efter aboot twenty seconds. It hid been a lot louder than Paul's splash wae the boulder, bit no as loud tae disturb people in the hooses oan the Grafton Square side ae the fence. Mick and The Goat hidnae fucked aboot. Wance the body disappeared, The Goat replaced the sheet and they heided fur the exit. Paul and Johnboy sat shivering fur another ten minutes, no moving or saying anything. Wance they felt the coast wis clear, they nipped o'er the fence, picked up the scaffolding poles and heided fur the den.

# Chapter Thirty Seven

"They've jist recovered the body," Bumper informed Colin, the inspector, who wis sitting behind a mountain ae paperwork oan his desk.

"Aye?"

"Aye, it wis a right pig tae get oot. The diver boys wur in their element getting tae use their ropes and tackle fur a change."

"Is that right? And where's the body noo?"

"The forensic crowd hiv jist finished at the scene, so it'll probably be oan its way doon tae the morgue as we speak," The Stalker volunteered, taking a seat.

"Aye, and it wisnae far fae his hoose either."

"Dae ye think that it wis accidental?"

"Obviously the post mortem will confirm either way, bit he wis in a bit ae a mess. Ye widnae hiv recognised him if ye didnae know who it wis. He wis lying face doon, bloated and floating oan tap ae the water. It looked like the rats hid goat tae him."

"Aye, bit in your opinion, dae ye think that it wis accidental?"

"There wis a car battery, wae a cable running aff ae it, attached tae a nail oan wan ae the posts, wae a light bulb oan the end ae it. He'd tied a rope tae wan ae the rafters and used it tae lower himsel doon intae the tank, tae access the lead sheeting above the water line. Ye could see where he'd stripped the tank roond the tap ae it. The rope that he'd used tae lower himsel intae the tank wis still attached tae a rafter and wis frayed at the same level as a big ragged strip ae lead that wis jutting oot. It wis razor sharp. A blind man wid be able tae suss oot that Tiny fucked up big-style this time. The daft basturt hid a spare rope wae him as well, bit hid obviously decided no tae sling that intae the tank as a back-up, the diddy. It probably cost him his life."

"Aye, mountaineering is no as easy as it looks, so it's no," The Stalker drawled.

"Whit aboot the wee boys that found him?"

"Two ten year aulds, probably looking tae strip the lead oot ae the tank themsels, although they've denied that. They said they wur jist playing in the area and popped in tae see whit wis in the water tower."

"Press?"

"The usual crew fae The Glesga Echo, Evening Times and Evening Citizen. Ah overheard Bobby Mack telling them it looked like an unfortunate accident and that he'd release a statement later, wance they'd conducted the post mortem."

"Oh well, it couldnae hiv happened tae a better person. Everything that wis ever nicked within a four mile radius ae the stables passed through that wee shitehoose's hauns o'er the past fifteen years. Nae doubt, the usual crocodile tears will be spilt at his funeral, saying how much he loved and wis loved by everywan."

"We managed tae get doon tae his hoose and turn the place o'er before the CID boys goat there. There wis nae sign ae any casino chips, although he hid plenty ae bookie stubs. As well as no be-ing able tae climb very well, he wisnae much better oan the nags either."

"Anything else?"

"Mick Murphy and his driver, The Goat, turned up in a fancy big Jag. Murphy wis pissed as a fart and wanted tae know whit the score wis. We telt him nothing, bit Ah clocked that Swinton McLean fae The Evening Times gieing him the lowdoon. Where the fuck dae they get aw these names fae? Who ever heard ae any-wan calling their wean Swinton?" Bumper asked, as The Inspector and The Stalker laughed.

"So, anything oan that manky crew fae Thistle Park?"

"Well, the mute telt us nothing, despite squashing they baws ae his between ma clamps," Bumper said, demonstrating his vice-like grip by clasping and un-clasping they huge hauns ae his.

"Efter we leave here, we're heiding up tae The Corporation tae pick up the maist recent list ae empty hooses fur the bottom end ae McAslin Street. Ma money is still oan them being doon that end ae The Toonheid, so it is," The Stalker said.

"So, whit ur yer plans wance ye identify where they ur then?" The Inspector asked.

"Depending oan the location, we'll try and storm the place. Ah don't want tae dae anything that disnae get the four ae them in the wan swoop. Ah'd rather see where they ur and work oot something wance we know whit we're up against. It'll need mair than the two ae us though. They're aw big hairy-arsed boys noo. We widnae want tae tackle the four ae them withoot back-up."

"Fine. So, whit's happening wae Sean's gambling chips?"

"We've put the word oot. So far, there's been nothing, bit it's early days yet."

"Right, well, if there's nothing else, Ah've goat a wee horse tae put oan that's running at Chepstow, called...and Ah swear tae God Ah'm no making this up...The Bobbing Dwarf, wid ye believe?" The Inspector said, as they burst oot laughing, following him oot the door intae the corridor.

# Chapter Thirty Eight

By the time Paul and Johnboy goat back wae their scaffolding poles, Tony and Joe wur baith sleeping. Johnboy and Paul didnae hing aboot either and heided straight tae their kip when they arrived back. Johnboy lay thinking aboot whit they'd jist witnessed. He wondered who the deid body wis and whit he'd done tae be getting slung doon the foundation shaft ae a multi-storey block ae flats. He wondered how many people The Big Man hid goat shot ae in his time. He'd always wondered who it hid been that The Big Man and Shaun Murphy hid hid in the boot ae The Big Man's Jag, wae his hauns tied behind his back and a hood o'er his heid, the night that Johnboy hid showed Tony, Joe and Skull where they could plank their dosh in the dipping yard behind Grafton Square. If it hidnae been fur the two local sergeants turning up and demanding his release, whoever it wis wid've been a goner. Johnboy'd hid nightmares fur years efter seeing that. When he'd mentioned his nightmares tae Tony, Tony hid jist laughed.

"Well, jist make sure it isnae gonnae be you someday."

Johnboy thought aboot Tiny. The Big Man hid asked if they'd come across him oan their travels? Did that mean he wis deid? Although Johnboy hid wanted tae prove who it wis that hid killed Skull, it hid never really entered his heid whit they wur gonnae dae aboot it wance they found oot. He'd been too preoccupied trying tae find oot if he wis doo-lally or no. He wis right glad Tony hidnae questioned him o'er his hesitation up at the blind water tank. He broke oot in a sweat every time he thought aboot making the wrang decision. It hid been a close wan. If Tiny hid kept his trap shut fur a few seconds longer while Johnboy fought tae make the right decision, he wid've passed the end ae the spare rope doon tae the wee murdering basturt. Tony hid been right wae his challenge. Skull wid've clocked whit Tiny wis up tae fae five paces away. If Johnboy hid helped Tiny oot, the lot ae them, including himsel, wid've ended up beside whoever it wis that hid been slung doon intae the multi-storey foundations...nae question aboot it.

He wis right glad that it wis tae be wan ae the others that wis gonnae be shooting Mick Murphy. When it came doon tae it, he didnae think he wid've been able tae pull the trigger. He hid nae doubts that Paul wid be in there like wan ae The Wild Bunch, aw bullets flying. He lay wondering how they wur gonnae pull it aff. Johnboy wis well used tae how Tony, Paul and Joe went aboot things. Wance they goat an idea intae they heids ae theirs and discussed who wis daeing whit, they usually jist went fur it. Everywan kept their thoughts tae themsels efter a decision wis taken. Every noo and again, whitever wis tae be done wid be discussed and then, it wid be silence until the next bit ae damage needed tae be dished oot tae whoever hid upset them. It hid felt strange being doon at The Capstan Club. While Tony wis speaking tae The Big Man, Johnboy hidnae been able tae stoap himsel fae watching Mick Murphy, pished as a fart, snarling and scowling at the world. Johnboy jist couldnae figure oot whit the benefits wid've been in getting shot ae somewan like Skull. Johnboy remembered how Skull could be a nippy wee sweetie, bit he hidnae deserved tae be burnt tae death because ae a bit ae lip. And whit hid poor Elvis ever done tae deserve being toasted? Johnboy hid wanted tae shout at Mick that his time wis fast approaching, bit that wid've been a death sentence fur them aw.

"Ah still think the wee knob goat aff lightly," Joe hid declared oan the way across the tracks the day they'd heided intae the toon efter their wee pow-wow wae Tiny.

Johnboy hid been blowing hot and cauld o'er the shooting ae Mick Murphy. He'd been trying tae convince himsel that wance it came tae it, they'd bottle oot. He turned in the darkness and could jist make oot the dark shapes ae the three sleeping bodies beside him. Deep doon, he knew they widnae mess aboot. He knew Mick Murphy wis as good as deid. Fur the first time since they'd legged it fae Thistle Park, Johnboy realised that life wisnae gonnae be the same fae here oan in. He wished he could turn the clock back...bit tae when? He wondered whit his ma wis daeing. He wondered if he ever crossed Senga Jackson's mind. He hoped Silent wis okay and he wondered where the fuck Skull wis and where he'd come fae. Despite fighting it, he couldnae keep his eyes open and felt himsel drifting aff, still shivering wae the cauld. When he woke up in the morning, he wis oan his lonesome. He'd jist goat the fire started when Tony and Joe arrived back, wae Paul a couple ae minutes later, at their backs.

"We've goat a problem," Tony announced.

"That drunken prick, Mick Murphy and The Goat ur daeing the roonds, demanding the casino chips back that we flogged. Mick Murphy is claiming they belong tae him," Joe added.

"How dae ye know that?"

"Because Manky Malcolm telt us. They hauf-dragged Malcolm oot ae The Atholl Bar last night and demanded his chips. They then escorted him back hame and he haunded them o'er. He says that they've also tracked doon Fat Fingered Finklebaum and goat his batch aff ae him as well. Seemingly, Fat Fingered hid them oan him when they confronted him and he haunded them o'er, under threat ae getting oan his face whit Malcolm's goat doon the side ae his."

"Did they gie him back whit he paid fur them?" Paul asked.

"Did they fuck. Malcolm's demanding his money back fae us, seeing as we sold them tae him in the first place."

"Well, he kin fuck right aff. There's no way we're haunin o'er any money. He should've telt that Murphy basturt tae fuck aff or taken it up wae The Big Man."

"Whit aboot Aleck The Humph? Any word ae him?" Johnboy asked, looking across at Paul, who clearly twigged where he wis coming fae.

"No that we know ae. Alex won't gie them up so easy though. Him and Foosty will tell Mick Murphy where tae get aff, so they will."

"Ye better tell them, Paul," Johnboy said, opening a pint ae milk and taking a sip fae wan ae the bottles that Paul hid turned up wae.

Tony and Joe never said much when Paul telt them the story aboot whit Johnboy and him hid clocked up at the building site.

"Whit makes ye think it wis Humphy Aleck?" Joe asked, butting in.

"We couldnae make oot who it wis, bit it wis definitely Mick and The Goat though. They wur practically staunin oan tap ae us," Paul replied.

"It seems too much ae a co-incidence. Ah bet Aleck telt them tae fuck aff and that's where he's ended up. Fur a few lousy quid?" Tony mused, looking at them.

"Ah cannae wait until Ah get that evil basturt in ma sights," Paul grumbled.

"Aye, well, ye better get him oan the first shot. He might be a drunken basturt, bit he'll be nae pushover either," Tony warned him.

"So, how hiv ye goat oan wae another den?" Johnboy asked, changing the subject.

"Good. We've goat a nice wee tap flair, wan-bedroom hoose roond in John Street. It's the first close, jist up fae The Band Ae Hope building...the wan right next tae the hairdressing college's wee car park. It means that if we hiv tae get oot ae here in a hurry, we've no goat far tae hike. They'll still be coming through the door and we'll be tucked up in a bed ae warm coats, so we will," Joe laughed.

"Oh...and another thing...they've found Tiny," Paul said.

"Eh?"

"How dae ye know that then?"

"Ah jist bumped intae Gabby Maggie up oan Grafton Square. She telt me that they wur aw gabbing aboot it in Curley's earlier oan. 'Floating face doon, deid in the invisible water tank, he wis. He wis so embarrassed aboot being a midget wae a club fit, that insteid ae gaun fur a swim up in the Toonheid Baths like everywan else, he chose tae go fur a swim up in that tank oan his lonesome every week, tae hide that shame ae his, so he did,' she said. Ah found it hard no tae pish masel laughing at the shite she wis coming oot wae," Paul laughed.

"Fuck, it's aw happening the day."

"So, whit ur we gonnae dae wae the rest ae the casino chips then?" Paul asked, looking across at Tony, who jist shrugged his shoulders. "Nowan will take them noo that the word's oot that Mick Murphy is tracking them doon,"

"When ur ye heiding back doon tae Erchie The Basturts, Tony?" Johnboy asked.

"Me and Tony ur heiding doon there this efternoon," Paul said.

"Why don't ye see if he'll take them? There's no way Mick Murphy wid even try tae take them aff ae somewan like him."

"See, Johnboy, ye're no as daft as everywan thinks ye ur," Paul said, a big grin spreading across his coupon.

"Nice wan, Johnboy. Okay, who's fur a game ae Bella?" Tony asked, as they took their seats and Joe started shuffling the cards.

# Chapter Thirty Nine

"Right, Mick, spit it oot, and this better be fucking good," The Big Man demanded, looking up fae his Racing Times, clearly pissed aff.

"Whit?" replied Mick.

"Mick, don't fuck aboot noo. Fat Fingered wis roond here this morning, bleating like a stuck pig that ye blagged his casino chips aff ae him," Shaun Murphy snarled at his brother.

"And whit hiv Ah been telling ye aboot the drink, eh? Ah don't want an alky who's drunk aw the time, looking efter ma business interests. They make too many mistakes that end up coming back tae bite me," The Big Man scowled, looking o'er at Shaun and Danny in disgust.

"They wee manky fuckers ripped us aff."

"Whit wee manky fuckers?"

"The Atalian and his mates."

"Whit the hell his this tae dae wae them?" The Big Man demanded tae know, looking between the brothers, wondering if he wis missing a trick.

"There wis five hunner quid's worth ae Chevalier chips in that briefcase. The bizzies hiv put the word oot oan the street that they want them back," Mick slurred.

"Silence.

"So, whit the fuck his that goat tae dae wae us then?" Wan-bob Broon finally asked him.

"Ah deliberately asked that greaser basturt when he wis roond here wae Carrot Heid whit else wis in that case and he bodyswerved me. Ye heard him yersel, Pat."

"Ah bloody-well made it clear tae them that whitever else wis in that case, apart fae whit we wur efter, wid be none ae oor bloody business. Of course he body-swerved ye, ya dumpling, ye. Ah wid've done the same. If the bizzies ur looking fur the chips, then it's obviously a smoke screen. They're trying tae get tae whoever's in possession ae the blue folder, which is us, ya fucking eejit, ye.

Noo, wae you poking aboot, ripping everywan aff, they'll find oot that it wis us. Ur ye fucking stupid or whit?" The Big Man raged, face ashen.

"Er, Ah'm sorry, Pat...Ah didnae think."

"Naw, ye didnae fucking think, did ye? It cost me a bloody fortune tae get the nod that that blue folder wid be in Sean Smith's car. Ah've been waiting patiently fur o'er three years tae get that basturt fur whit he did tae me and ma good doos. That basturt's responsible fur putting ma da intae an early grave, so he is. He probably thinks Ah've forgotten aw aboot it. Right, here's whit ye're gonnae dae. Ye're gonnae haun they chips back tae Fat Fingered the day...this efternoon...and ye're fucking gonnae say sorry while ye're at it. Who else did ye take them aff ae?"

"Manky Malcolm hid fifty quid's worth."

"He gets his chips back the day as well. Keep gaun," The Big Man growled, snapping his fingers impatiently.

"Aleck The Humph hid the same."

"He gets his back as well."

"Er, there might be a wee problem there, Pat," Mick slurred, looking miserable.

"Problem?"

"Er, masel and The Goat managed tae get a haud ae that humph ae his last night and he started tae get a bit lippy."

"And?"

"Well, Ah cannae remember exactly which wan ae us done it, bit we must've skelped him a bit too hard because he went doon like a sack ae coal and whacked his heid aff ae the pavement."

"So?"

"So, well, the selfish basturt went and died oan us, didn't he?"

"Ur you trying tae tell me that you and that big glaikit lump ae shite, staunin o'er there at the door, snuffed oot Aleck The Humph fur fifty quid's worth ae casino chips?" The Big Man asked incredulously, haudin his erms oot in wonder.

"Er, aye," Mick admitted, as The Big Man launched himsel at him, catching him oan the side ae the heid wae his fist, sending him reeling backwards oan tae his back oan the carpeted flair.

Danny, Shaun and Wan-bob Broon jumped in and pulled The Big Man back.

"Whit the fuck did ye dae wae the body, Goat?" The Big Man snarled, looking across at his driver, gieing his shirt collar a wee tug tae straighten it back tae where it wis before he knocked Mick oot.

"We dumped him in the foundations ae that new multi-storey they're starting tae build up in Montrose Street late last night."

"Did anywan see ye?"

"Naw. It wis late oan. We checked the place o'er before we took the stiff in. Ah took a run up there this morning and they wur pouring concrete intae the hole wae cement trucks. Even if anywan knew there wis a body in there, there's no way they'll ever get it oot. Maybe in aboot fifty years fae noo when they knock it doon."

"Right, listen up, Shaun, and listen good. It's Tiny's funeral at St Mungo's Chapel oan Friday. Yer brother fucking-well better be sober when he turns up or ye're finished. Hiv Ah made masel clear?" The Big Man snarled, stepping o'er the unconscious Mick and heiding fur the exit, closely followed by The Goat.

Before he reached the door, The Big Man turned tae face the brothers.

"And another fucking thing...if Foosty Taylor ever finds oot that that brother ae yers done in her man, even Ah won't be able tae save him."

# Chapter Forty

It wis a new dawn and a new day.  A wintry sun wis oot and Johnboy hid jist clocked his ma sauntering intae Sherbet's fae the windae.

"Why don't ye nip doon and speak tae her, Johnboy.  Ye might no get another chance efter the day," Tony suggested.

"It's too risky," Johnboy replied, looking doon at the shoap front.

"Naw, it's no.  Oan ye go," Tony nudged him encouragingly.

Johnboy looked roond.  Joe wis making the fire and Paul wis fiddling wae the knob oan the radio.

"Dae ye think so?"

"Aye, oan ye go."


"Hello, Ma," Johnboy said, startling her as she came level wae the closemooth in Grafton Street.

"Johnboy?" she exclaimed, looking aboot her like a frightened rabbit, before nipping intae the closemooth.

"Ah'm sorry Ah gied ye a fright."

"A fright?  Fur Christ's sake, Johnboy, me and yer da hiv been sick wae worry," she raged at him, patting doon a stray tuft ae his hair, a worried look oan her face.

"Aye, Ah'm sorry."

"Where the hell hiv ye been?"

"Ach, ye know..."

"How ur ye daeing?  Ur ye okay?"

"Ah'm fine.  Ah jist wanted tae say hello."

"Christ, whit the hell happened tae yer front tooth?"

"It goat knocked oot when Ah wis playing fitba," he lied.

"Where ur ye staying?"

Silence.

"Ye'll need tae come hame wae me...right this minute," she demanded, making tae heid oot the close, bit stoapping when she realised he wisnae gaun anywhere wae her.

"Johnboy, the polis hiv been turning the place upside doon, looking fur ye."

"Aye, well, that'll be nothing new then," he replied.

"Look, it's okay. We won't haun ye in tae the authorities."

"Ah cannae. Ah'm wae ma pals. Ah hiv tae stay wae them."

"Why?" she demanded, before starting tae greet.

"Because that's whit Ah hiv tae dae. If Ah go hame wae you, the polis will only hassle you and Da and ye'll end up back in the jail," Johnboy said gently.

"Ah'm scared ae whit they'll dae tae ye when they eventually catch up wae ye, which they will."

"Ah'm fourteen noo."

"No tae me ye urnae."

"So, whit's happening at hame then?" he asked, changing the subject.

"Yer granny and granda wur asking efter ye. They've moved intae the new flats up in Sighthill," she said, sounding confused.

"Ah noticed their auld building his been knocked doon oan Murray Street. There won't be anything left ae the Toonheid soon."

"Well, ye look as if ye've been eating...that's something, at least," she said, clearly back in control.

"How ur ye daeing? How's ma da?"

"Fine...we're baith fine. Yer da his jist bought a wee Morris 1100. We hid a run doon tae Loch Lomond a few weeks back. It broke doon twice oan either side ae Dumbarton, bit he managed tae get it started again," she said, a faint smile appearing oan her face.

"Look, Ah cannae hing aboot. Ah'll need tae go," Johnboy said, feeling really shite fur aw the grief he'd gied her o'er the years.

"Bit..."

"Ma, don't start...please."

"Ur we okay tae cuddle then?" she asked bitterly, eyes filling up again.

"Aye, Ah think that's allowed," he said, smiling, feeling the tears welling up in his eyes as they put their erms roond each other.

Johnboy took a deep breath. She smelled ae Sunlight soap which took him back tae when he wis a wee snapper.

"Johnboy, we...er...we're being shifted oot. They're knocking aw the tenements doon roond aboot us," she said, haudin him oot in front ae her.

"Where ur ye moving tae?"

"Ah don't know...Milton or Springburn...who knows? Ah'm waiting fur another offer fae The Corporation. How will ye know where we ur?"

"Ach, Ah widnae worry aboot that. Ah'll soon track ye doon. Ah cannae see you living the quiet life, wherever ye end up," he replied, a wee smile oan his lips.

"Johnboy, come hame wae me..."

"Look, Ah'll be in touch. Ah hiv tae go," he said, breaking her grip as she touched his cheek fleetingly before he heided oot the back close.

"Johnboy..." he heard her shout as he disappeared through Frankie Wilson's close.

Johnboy took his time heiding back up tae the den. It gied him time tae dry they eyes ae his. He knew Tony wid be watching him when he arrived back. He inspected their escape route. He wis satisfied that there wis nae way that anywan wid be able tae take them by surprise, unless they knew whit tae look oot fur.

"The prodigal son returns," Joe quipped.

"How wis she, Johnboy?"

"Fine...she wis a wee bit upset. She wanted me tae go hame wae her."

"Imagine the pleasure that wid gie Bumper and The Stalker? Jailing the maw and the son?"

"Did ye gie her the dosh?" Tony asked.

"Ah slipped it in tae her pocket when she gied me a hug. That's probably aboot two weeks' worth ae ma da's wages that she'll find when she slips her haun in tae pull oot wan ae her single fags."

"Imagine whit ye wid find slipping yer fingers intae Joe's pocket, eh? It disnae fucking bear thinking aboot," Paul said, getting a laugh fae everywan.

"Well, that's no whit that sister ae yers thought," Joe retorted.

"So, whit time's the funeral again?" Johnboy asked.

"Two o'clock, which means they'll rabbit oan like fuck fur aboot two hours and then it'll be aff tae the graveyard up in Sighthill," Paul replied.

"And then back tae The McAslin fur the pish-up," Joe added.

Johnboy thought back tae the conversation the night before. It hid taken him ages tae get tae sleep. Tony and Paul hid disappeared doon tae Erchie The Basturt's. When they'd returned, everything hid been settled. They'd taken whit wis left ae the casino chips and Erchie hid snapped them up. He'd also spent a couple ae hours wae them, gaun o'er whit they should and shouldnae dae.

"The closer the better. Go fur two shots insteid ae the wan. Don't fuck aboot and hesitate. Jist get in and get oot again. Two quick pop-pops and away. Ye hiv tae dae it fae the back or the side ae the heid, close up. Whitever ye dae, don't confront the basturt. It's hard tae pull the trigger if a couple ae pleading Bambi eyes ur looking intae yours. Whitever ye dae, don't drap the gun. Make sure ye take it wae youse. And another thing...plan a fall-back position. Efter ye leave here, only the shooter gets tae touch the gun, even if everywan else is wearing gloves. Remember, Paul, feel the gun, get used tae its weight, walk aboot wae it, haud it oot in front ae ye, bit don't dae this in front ae a mirror though, as it could freak ye oot as ye're basically seeing whit whoever's getting plugged is seeing. As soon as it's done, change aw yer gear, including yer shoes. Make sure ye burn everything, and Ah mean everything. It wid surprise ye whit they forensic boys kin find oot these days," Erchie hid drummed intae them.

And noo they wur there. The big day hid dawned. Tiny's funeral hid been whit they'd been waiting fur. It hid put Mick Murphy bang intae the centre ae the cross-hairs. Mick wis behind the reason that Johnboy wis staunin, smiling, listening tae Joe and Paul arguing o'er who hid the biggest and sorest pluke oan the side ae their nose. Nothing mattered anymair. The only problem they hid wis how tae dae this withoot getting found oot by either the polis or The Big Man. Mick wis the only wan ae the brothers left living in the Toonheid. Danny and Shaun hid moved oot a few years earlier when the tenements in Ronald Street, where the brothers hid lived, started tae be pulled doon. Mick hid stayed tae run the stables and The McAslin Bar. He lived in a ground flair hoose at the Parly Road end ae Martyr Street. If he looked oot ae his front windae, he wid've been able tae see the cabin...their cabin...if he hidnae burnt the bloody thing doon, wae Skull and Elvis in it. Their plan wis simple. They knew he wis gonnae be pished at The McAslin Bar efter the funeral and that he'd be staggering hame oan his lonesome later oan that night. The plan wis fur Paul jist tae walk up tae him and let him have it in the back ae the heid. End ae story. Joe hidnae been happy and hid argued o'er that wan.

"Whit's the point ae that? He's no gonnae know why he's copping his whack. Ah think Paul should staun there in front ae the basturt and let him know who the fuck we ur and why he's getting whit he deserves."

"Fur Christ's sake, Joe, why complicate things? Why don't we jist hiv a wee cup ae tea wae him, jist tae make sure that the message sinks in before the bullet dis?" Johnboy argued, still getting flashbacks ae Jessie's blood slowly seeping across the pavement towards him roond oan St James Road.

"Johnboy, shut the fuck up...this is between us. You don't know whit the fuck Ah'm oan aboot. And anyway, you'd only jist met Skull. We aw went tae school thegither wae him."

"Joe, stoap taking it oot oan Johnboy because ye didnae pick the longest bit ae wire. We've awready made the decision. And anyway, it's awright fur you...Ah'm the wan that's gonnae hiv tae pull the trigger."

"Joe, we cannae fuck aboot wae this. We cannae afford tae take chances. This place is gonnae explode o'er this. The Big Man and aw that crowd ur gonnae be gunning fur anywan who's even goat a whiff ae being involved in this. We cannae be seen tae be anywhere oan or near the same street where the shooting takes place and McAslin Street is wan ae the longest bloody streets in Glesga," Tony reminded him.

"Ah still think youse ur making a mistake. Unless he knows why the fuck he's getting done in, then whit's the point? Anyhow, that's jist ma opinion, so youse kin take it or stuff it."

"Good. Noo that that's been decided, we'll keep it in mind, and leave it at that," Tony said, as Paul burst oot laughing, followed by a nervous laugh fae Johnboy.

"Whit? Whit did Ah say?" Joe asked, joining in.

"Nothing. It's no whit ye've jist said. It's jist you. Ye're a grand sized prick, McManus, so ye ur," Paul snorted, starting tae gaither up his gear.

# Chapter Forty One

"Right, Paddy, lock the door," Bumper said tae The Stalker, before turning tae the twelve pavement pounders sitting at the desks in front ae him.

Colin, the inspector, wis sitting up at the back. He'd agreed no tae butt-in or get involved. Bumper and The Stalker hid tried tae persuade him no tae attend, bit he'd insisted oan being present. He knew they wur up tae something and that hid made him aw the mair suspicious...and nervous. They'd telt him their plan, bit he'd been roond long enough tae recognise a pair ae forked tongues when he heard them.

"Right, it's pretty straightforward. At four o'clock the morra morning, youse ur gonnae kick doon the green door oan the second flair ae wan four seven McAslin Street and lift Tony Gucci, Joseph Mc-Manus, Paul McBride and Johnboy Taylor, who ye aw know hiv been oan the run fae approved schools since before Christmas," Bumper informed them.

"Noo, tae get through that door, ye're gonnae hiv tae bloody-well demolish it. They'll hiv every bloody contraption behind it tae stoap us getting through. Two ae youse will be issued wae fire-men's axes and two wae ten pound sledge hammers. Don't try tae push the door in. It'll hiv tae be demolished. Pull it apart fae the landing. When ye've goat space tae get a body through, go fur it. The wans who dae the demolition need tae staun back and let the pincers through first, before coming in their wake. The pincers will hiv long nightsticks because the rooms in the hoose ur fine and big. Don't be polite noo. This isnae a social call. Get the basturts doon oan tae the flair as a matter ae urgency. Don't worry aboot a few cracked skulls. That's whit The Royal's there fur. Any questions?" The Stalker asked them.

"Er, where ur youse gonnae be when aw this is happening?"

"Good question," Bumper acknowledged.

"We'll be doon the back wae four ae youse, waiting tae catch anywan managing tae get oot before, during or efter youse go in," The Stalker said pleasantly, as The Inspector frowned fae up at the back.

This wis the part ae the plan that Colin knew wisnae quite whit it seemed. He wis dying tae ask a question, bit couldnae get eye contact wae the two sergeants.

"Doon the back? The basturts won't hiv shooters oan them, will they?"

"Whit makes ye think that?" Bumper asked.

"Ah don't want tae be cheeky, Fin, bit when hiv we ever seen yersel no wanting tae be through a door first?"

Good question, son, Colin thought tae himsel, looking at Bumper tae see whit he hid tae say fur himsel.

"We definitely believe that they're holed up in there, bit we think the action might take place somewhere else," Bumper confessed.

So, the basturts wur up tae something then, Colin cursed tae himsel. He wisnae too sure whether tae be annoyed and tae pull the pair ae lying basturts back intae his office or tae jist leave things as they wur and see whit happened.

"How dae ye make that wan oot then?"

"Listen, Short-arse...jist dae whit ye're telt. We're oan the case here. When we want ye tae know mair, we'll tell ye...okay?" The Stalker chipped in.

"Right, we'll get thegither at the Black Street sub office at hauf two in the morning. Ah don't care where ye ur, who ye're shagging, or who's shagging youse. Drap everything and be there by hauf two. Hiv youse aw goat that?"

"Aye, Sarge."

"Right, and mind and hiv the kettle oan when me and Paddy arrive."

# Chapter Forty Two

"Dae ye no think it's a bit ae a cheek using the loft ae the stable as a watchtower?" Johnboy asked Tony, who wis sitting oan an auld orange box, peering oot ae the wee skylight windae oan the roof, towards the corner ae Fat Fingered Finklebaum's pawn shoap oan McAslin Street.

"Why? Whit's yer problem?" Tony asked, turning roond tae look at Johnboy.

"Well, seeing as Tiny wis the manager ae this place and we wur involved in his early retirement, dae ye no think it's a bit aff tae be using his place tae get tae his boss?"

"Johnboy's goat a point, so he his. Right, Paul, before ye shoot the basturt, make sure ye tell Mick tae let Tiny know that we used the stable loft withoot his permission, bit we promise no tae dae it again," Joe said.

"Naw, bit dae ye know whit Ah mean?" Johnboy persisted. "It's kind ae no right."

"Johnboy, since when hiv any ae us ever asked fur permission tae dae whit we wanted, whether it wis right or no, eh?" Paul sniggered.

"Listen, if ye want tae go doon and staun under that streetlight, gaping at every basturt that comes through the pub door, feel free, bit don't come running tae us when they Murphy pricks suss oot why ye wur staunin there aw night, being seen by everywan and their dug, insteid ae being up here, well oot ae sight," Joe mocked.

"Don't listen tae him, Johnboy. Ah know whit ye mean...so stoap talking shite and haun me that bottle ae Irn Bru o'er," Tony said, grinning.

Although the pub wis roond the corner, every time somewan went in or came oot, they could hear a surge ae loud excited voices, bits ae drunken song and the tinkle ae glasses which wid die doon as soon as the door shut o'er again. Johnboy wisnae sure whit time it wis. They'd been sitting there fur a couple ae hours, efter hivving arrived, wan at a time, at ten minute intervals. McAslin Street wis in that quiet lull between the times that people left their hooses tae go oot fur a bevvy and when aw the drunken fighters spilled oot and started battling wae each other at ten, when it wis chucking oot time. They'd been taking it in turns tae sit oan the orange box and watch oot fur any signs ae Mad Mick.

"Dae ye no think we're a bit early then?" Paul asked Tony.

"We cannae take a chance that he won't leave early. Jist sit doon and play pocket billiards if ye're bored."

And then the moment arrived. They aw heard him before they saw him. There wis a big commotion gaun oan roond the corner, ootside the pub. They aw crowded the wee windae tae see whit wis gaun oan. Fae their position, they could make oot shapes and movements being reflected oan Shitey Sadie's bag wash shoap-front windae, opposite The McAslin Bar. There wis lots ae shouting and the tinkle ae glasses being broken and wummin screaming. They looked at each other as the booming voices ae men shouted at Mick tae calm doon and tae get himsel up the road hame. The street hid suddenly gone quiet. They aw stood, peering oot ae the wee windae. Johnboy held his breath jist before they clocked him. Johnboy heard Tony curse under his breath when Mick and his twin, Danny, came intae view and stoapped suddenly at the corner ae Stanhope Street. Danny wis haudin his brother back. It wis obvious that Mick wanted tae go back fur mair, bit Danny wis trying tae drag him away. They eventually moved oan, crossing Stanhope Street before disappearing oot ae view.

"Fuck! Whit ur we gonnae dae aboot Danny then?" Paul asked.

"Ah knew we should've goat another shooter. Ah telt ye, Tony," Joe bleated.

"If we don't get Mick the night, we'll try another time. We'll only get wan shot at this. We cannae risk Danny seeing us," Paul murmured.

"Let's play it by ear. Whit we need tae dae is follow them up the street. We'll keep tae the back closes and wan ae us will nip oot the front every noo and again tae see where they ur. We need tae try and get him before he reaches Glebe Street. If we don't, it'll mean us hivving tae cross tae the other side ae McAslin Street. There's only aboot four or five closes efter St Mungo Street before we get blocked by St Mungo's chapel oan Glebe Street," Tony cursed.

When they arrived at St Mungo Street, Danny wis still escorting his brother. When Joe arrived back fae checking whit wis gaun oan, he telt them that Danny hid Mick pinned up against the wall, threatening tae dae him in. He said that Mick wis absolutely blootered wae the drink.

"Right, listen up. Masel and Joe will carry oan up the backs oan this side ae the street. Johnboy, you get across tae the other side ae the street. Paul, gie Johnboy a couple ae minutes and then follow him across. We'll go as far as Glebe Street and if Danny is still wae him, we'll join youse across there. It looks like Danny is walking the basturt aw the way home," Tony said.

A couple ae minutes later, Tony and Joe joined Paul and Johnboy. They anchored in the back ae wan ae the closemooths in the tenement across fae the chapel as Mick and Danny noisily staggered by the front ae it, arguing. They then jumped o'er a couple mair dykes, trying tae avoid the washing lines in the dark and entered the back close opposite tae where Mick lived oan Martyr Street. His close wis two alang fae the side entrance ae The Martyr's Church, which they'd crept intae, tae see whit the polis wur up tae at the cabin, the day they heard it hid been burned doon. There wis still nae sign ae Mick and Danny, even though they should've been there ages ago. Paul wis jist aboot tae nip alang tae the back closes at the corner ae McAslin Street tae see where he wis, when Mick staggered intae view. He wis oan his lonesome. They watched him stagger intae his closemooth, snarling tae himsel. Efter a minute, his front living room light came oan. Tony peeked oot ae the front ae the closemooth. The street wis empty. Johnboy looked tae his left and saw the billboards across oan Parly Road, which telt everywan how good Embassy fags wur fur ye, jist before he arrived intae Mick's closemooth behind Joe.  Tony wis lifting Paul up tae take the light bulb oot ae its socket, jist tae the left ae Mick's door, sending the closemooth intae darkness.  They couldnae believe their luck.  The drunken basturt hid left his hoose door wide open.

"Right, listen up.  When we come oot ae Mick's, remember tae heid o'er the wall intae the yard behind The Casino picture hoose and then oot oan tae Castle Street, wan efter the other," Tony whispered, gently pushing open the door intae Mick's lobby, jist as the sound ae 'Hey Jude' by The Beatles started blasting oot.

The others followed Tony through the door, turned right and stepped intae the living room.  Mick wis staunin in front ae his electric fire, swaying, either tae the music or because he wis pissed as a fart.  He hid an unlit fag dangling fae his lips and a bottle ae Bells whisky in wan haun, while wae the other, he wis flicking a Zippo lighter, trying tae get a light.  When The Mankys appeared in his living room, it took him a second tae register that he hid company.

"Who the fuck let youse cunts in?" Mick snarled.

"Ah did, ya prick, ye," Tony said, as Paul levelled the gun at Mick's face.

"Ur youse fucking mad or jist fucking stupid aw thegither?" Mick slurred, totally unconcerned, swaying and still trying tae get a light oot ae the Zippo.

"Let the basturt hiv it, Paul," Tony said.

"Aye, shoot me, ya fucking hauf-wit," Mad Mick challenged, ripping open his shirt, exposing his bare chest, wae whisky flying oot ae the tap ae the bottle, as he staggered backwards, crashing against the electric fire.

"Paul, did ye hear whit Ah jist said!  Shoot the basturt!  Dae it noo!" Tony snarled.

Paul jist stood there, frozen tae the spot.  The shake in the haun that wis haudin the pointed gun wis getter worse.  Mick decided tae help Paul alang.

"C'mone, ya fucking cowardly prick, ye.  Dae as yer greasy pal says," Mick laughed, lifting the whisky bottle up above his heid and emptying it aw o'er himsel, while, wae his other haun, he finally managed tae get a flame oot ae his Zippo.

Fur Johnboy, everything seemed tae be happening in slow-motion. The Mankys wur aw rooted tae the spot in the middle ae the living room, as Paul McCartney started tae sing, 'better, better, better, better,' before launching intae the 'la, la,' chorus bit ae the song.

"C'mone, bum-boys, who's first then?" Mick challenged them, shuffling sideways towards the living room door tae put himsel between them and the door that wis their only escape route.

"Fur fuck's sake, Paul! If ye don't shoot the basturt the noo, wan ae us is gonnae get bloody-well hurt here," Tony said quietly, as aw eyes followed Mick.

The words wur jist oot ae Tony's mooth, when Mick stumbled again. Johnboy wisnae sure if he walked intae the wee glass-topped, Suzy Wong coffee table that wis in front ae him that hid a stack ae Aleck The Humph's Chevalier chips scattered across her diddies, or if he'd tripped oan the rug in front ae the electric fire. Whitever he did, he brought his hauns back up towards his chest tae steady himsel. If Johnboy ever thought ae fire, he thought ae orange and red flames. In Mad Mick Murphy's case, there wis a sudden whoosh, followed by an awful bloodcurdling scream, as Mick suddenly wis engulfed in a blue and white flame. Everywan, taken by surprise, automatically jumped back in shock, as Mick started tae stumble aboot, screaming blue murder, trying tae get away fae the flames that hid swamped him fae heid tae toe. Tony, quickly followed by Joe, heided oot the door, wae Johnboy bringing up the rear. They wur jist clambering up the wall in the back court, when fur some reason, Johnboy hesitated and looked behind him. He'd been sure that he'd heided oot ae the door before Paul, bit there wis nae sign ae him in front or behind them. Johnboy's brain wis howling tae him tae get the hell oot ae there, while Mick's screams could be heard aw o'er the back courts. Johnboy cursed tae himsel, as he drapped back doon fae the wall, ran back intae the closemooth and intae the hoose. Smoke wis belching oot ae the tap hauf ae the open door. When Johnboy entered the living room, Mick wis still crashing aff the walls and furniture, trying tae escape the flames. The room wis full ae thick black smoke that seemed tae be coming aff the burning curtains and the melting black plastic that covered Mick's couch. Through the smoke, Johnboy could see that Paul wis still staunin where they'd left him, rooted tae the spot, staring at Mick bouncing aff ae the walls and furniture, screaming and waving his fiery erms aboot. Paul McCartney wis jist daeing the 'doo, doo, be-doo-be-doo' bit ae the song, before carrying oan wae the chorus, competing wae Mick and his awful screaming. Wae wan erm covering his mooth, Johnboy grabbed Paul fae the back and pulled him towards the door. The second he laid his hauns oan Paul's shoulders, Paul sprung intae life and bolted, spluttering and coughing, through intae the lobby, wae Johnboy up his arse. They never caught up wae Tony and Joe until they goat back tae the den. Paul and Johnboy never uttered a word tae each other as they slowed tae a walk and entered the tap end ae the High Street. They turned up intae the Rottenrow, still coughing and spluttering, wae their eyes smarting fae the effects ae the smoke as they heided towards Montrose Street, in the direction ae the toon centre. They clocked the two fire engines in the distance, whizzing up the big hill oan Montrose Street before they turned right intae Cathedral Street, passing Allan Glen's school, doon tae their right. It wis the same route as the fire engines hid taken the night the cabin, wae Skull and Elvis in it, hid gone up in flames. Johnboy wondered if it wis the same firemen fae three years earlier, as they hurriedly picked up their pace alang the cobbled road. Normally, they wid've entered the escape route, wan at a time, bit efter hinging aboot tae make sure The Stalker wisnae sniffing aboot, they nipped up Frankie Wilson's close. When they reached the den, Tony and Joe hid awready changed oot ae aw their gear.

"Get they clothes aff and get changed.  Put everything intae the bag.  Don't furget yer gloves, shoes and socks.  Hurry up," Tony said, as Johnboy noticed the bag in the middle ae the room wae their clothes awready in it and wondered how the gun hid goat tae be sitting oan tap ae the bundle.

When they'd changed, Tony picked up the bag and disappeared oot through the hole in the wall in the bedroom next door.  While he wis away, none ae them spoke.  Joe wis re-lighting the fire when Tony reappeared.

"Right, that's fine.  Everything should be okay noo," Tony sighed, reaching fur the bottle ae Irn Bru.

"Whit did ye dae wae oor gear?" Johnboy asked him.

"Ah slung it doon wan ae the big holes up where they're building the multi-storey.  Whit the fuck happened tae youse two?"

"Nothing, we wur right behind youse wans," Johnboy said.

"Right, Paul, whit the fuck happened back there?" Tony demanded, as aw eyes looked at Paul.

"Ah don't know.  Ah jist fucking froze.  It wis they eyes ae his staring at me.  No matter how hard Ah tried, Ah couldnae get ma finger tae squeeze the trigger."

"Did ye no hear me telling ye tae pull the fucking thing?"

"Ah heard everything ye said.  Erchie The Basturt wis right.  It is fucking hard tae dae away wae somewan who's there in front ae ye, eye-balling ye, even if they ur challenging ye tae go aheid and dae it."

"Dae ye think the fire will kill him?" Johnboy asked.

"Who knows.  Ah hope so or we're well and truly fucked," Tony cursed.

"There's nae fucking way anywan could survive that," Joe said, speaking up fur the first time since they'd arrived back.

"It wis fucking horrible, so it wis," Paul said, shaking fae heid tae toe.

"Aye, well, noo we know whit poor Skull and Elvis hid tae put up wae then," Tony reminded him, putting them aw back intae silent mode.

# Chapter Forty Three

"Ur they in position?" The Stalker asked Bumper, as he appeared oot ae wan ae the closes at the corner ae Grafton Square.

"Aye, we better get a move oan," Bumper replied, as they ran wae the four pavement pounders doon tae the closemooth oan John Street.

It hid been an eventful night, The Stalker thought tae himsel. Earlier oan, roond aboot hauf ten or eleven, a call hid come in tae Central, informing them that a hoose wis oan fire up in Martyr Street. Hauf an hour later, the station hid erupted in cheers when news came through that Mad Mick Murphy, wan ae Pat Molloy's henchmen, hid been in the hoose and hid gone up in smoke. Colin, the inspector, hid sent The Stalker up tae try and check oot the hoose before the forensic crowd arrived oan the scene.

"Am Ah looking fur anything in particular?" The Stalker hid asked.

"See if there's any sign ae they Chevalier chips we've been looking fur and...a blue folder wae paperwork inside it. If ye come across the folder, the baith ae youse will get an instant promotion up the ladder tae inspector level...nae questions asked," The Inspector hid said, efter a slight hesitation.

By the time The Stalker hid left the burnt-oot living room and arrived at The Royal, they'd awready turned oan the fans in the corridors ae the casualty department. The smell ae burnt clothes and flesh hung heavily in the air.

"Is it definitely Mick Murphy?" The Stalker hid asked Bumper, efter arriving at The Royal.

"Aye, unless some fucker's stolen his wallet and set himsel alight in Mick's living room."

"Fucking hell! The place wis a right mess. Ye could see where he'd been banging aff the walls and the furniture, setting the place alight."

"Whit caused the fire? Dae we know?"

"The fire boys think he might've done it himsel. There wis a Zippo lighter wae the cap opened and a whisky bottle withoot a cap oan it. They also found an unlit fag. Fuck knows how they know aw this stuff. Wan ae the fire boys said they come across this aw the time when they're called oot tae hoose fires. It's usually alkys setting themsels alight when they've fallen asleep, sitting oan their chairs in front ae the fire, pissed and unconscious. It's usually worse if they're sitting wae a glass ae spirits. They said they won't hiv the full picture ae whit's happened until the morra."

"Whit aboot the forensic boys?"

"They'll jist be finishing their tea break aboot noo, before heiding up there," he'd said, looking at his watch.

Bumper and The Stalker, wae the back-up squad in tow, reached the closemooth opposite the Band Ae Hope Hall oan John Street. They stoapped briefly at the closemooth tae hiv a confab.

"Whit's aw this aboot, Fin? Ah thought we wur supposed tae be the back-up fur the squad gaun through the door in McAslin Street," Charlie Chase asked them.

"Charlie, shut the fuck up and dae whit we tell ye," Bumper growled at him.

"Right, Ah'm no convinced they're gonnae come the street way. They'll come up through the lane and o'er the wall beside the dipping yard. Ah'll be oot the back and Ah'll follow them up the stair, Fin. That way, Ah'll be able tae nab any fly wan that manages tae get back oot the door and doon the stairs," The Stalker said.

"Fine, Paddy. See ye in a minute," Bumper said, disappearing up the stairs wae his squad.

The Stalker walked across tae the wall that separated the tenements in Grafton Square fae North Frederick Street and stood facing the back ae the tenements that wur aw in darkness. The backcourt, where he wis staunin, wis a good bit higher up than the North Frederick Street wans. Anywan jumping o'er the wall withoot a parachute wid probably kill themsels. Doon tae his right wis the Stow College Ae Hairdressing, surrounded by car parking spaces. Oan his left, he could jist make oot the roof ae the shed in the dipping yard.  Somewan wance telt him that it wis owned by Pat Molloy, The Big Man.  He kept his eyes peeled in that direction.  There wis a lane that separated the tenements oan McAslin Street fae the Grafton Square wans.  He reckoned that he'd see them as they came up and o'er the wall.  They wid then hiv tae heid in his direction tae nip in the back close.  He stood back intae the shadows beside a midden and waited.  He wis quite chuffed wae himsel.  Aw his creeping aboot hid paid aff.  When they'd goat the sheet, highlighting where the empty hooses wur, fae The Corpora-tion, it hidnae taken them long tae suss oot whit hoose The Mankys wur in.  It wid've been easy enough jist tae storm the place, bit he wanted a clear sighting ae them first.  He'd spent days hinging aboot in the sleet, rain and cauld, waiting.  The big break hid come when he spotted Paul McBride.  He wis the wan that worried him the maist.  He'd watched McBride trying tae stalk him.  He'd been flattered at first, bit it hid then become a pain in the arse.  It hid meant that he wis never sure whether he wis being watched or no.  He didnae like the feeling it gied him.  He knew he'd nearly goat caught twice, hinging aboot the closemooth where they wur hiding.  How McBride hidnae clocked him, he'd nae idea.  He'd been lucky that time.  That wis when he'd decided that it wis time tae move, even though he still hidnae figured oot how they wur getting in and oot.  It hid been difficult tae persuade Fin tae haud back, bit he'd gied in eventually.

"Ah'm telling ye, Fin…if we go charging in there and they've worked oot an alternative escape route, we're fucked.  Ah say we haud oor horses and wait and see.  They're no gaun anywhere, so whit's the hurry, eh?"

"The longer we leave it, the mair chance there is that they'll fuck aff," Bumper hid responded.

"Trust me oan this wan," he'd pleaded.

"Right, we'll gie it another few days," Bumper hid finally agreed.

They'd spent the past few days watching them come and go, oot ae Frankie Wilson's closemooth at the bottom ae Grafton Street.

He'd followed them tae the second hoose in John Street. He'd watched them fae a safe distance, taking auld mattresses up there at night. Him and Bumper hid sussed oot straight away that they wur setting up another den. It hid been interesting watching how they went aboot their business. He'd been shocked and delighted tae discover that they never exited oot ae wan four seven. At first, he'd jist assumed that him and Fin hid goat it wrang oan where they wur holed up, bit every time they clocked them disappearing intae Frankie Wilson's close, the smoke fae the chimney in wan four seven started up. He wis impressed wae their caution. They always seemed tae hing aboot tae make sure the coast wis clear. He appreciated their footwork when they wur in pairs or aw thegither. Wan ae them always doubled back and watched whit wis gaun oan behind the backs ae the wans that hid jist left. The Stalker knew tae keep well clear. This wee bunch wurnae daft. They went wae their instinct. Fin wis convinced that they wur moving alang the lofts ae the tenements and then coming doon intae the stairwell ae Frankie Wilson's closemooth. The Stalker wisnae so sure, bit he didnae want tae risk getting too close tae the building when they wur coming and gaun. Another reason tae keep a bit ae space between him and them wis that he'd read their briefs. He widnae want tae be cornered oan his ain up a close wae them, especially wae Gucci, McManus and McBride. They'd been building up a bit ae a reputation in the Toonheid since they wur snappers and wur well-known fur using extreme violence oan anybody, big or wee, auld or young, who dared tae cross them. The Taylor wan seemed a bit different and nowan he'd spoken tae could put their finger oan whit the attraction wis oan either side, other than tae confirm that Taylor needed watching. He looked at his watch. It wis five tae four. No long noo, he thought tae himsel.

"Right, boys, get ready. Under nae circumstances dae any ae youse make a fucking move until Ah say so. Wait until they come through the door first. Wance they dae, Ah'll boot the door shut behind them and we'll ladle intae them. Paddy will be at their back, so watch ye don't hit him when he comes charging through the door," Bumper said, jostling them intae the kitchen at the back ae the den in John Street.

"Ur ye sure we've done the right thing, getting rid ae oor long nightsticks, Fin?" Charlie Chase asked doubtfully.

"Fur Christ's sake, Charlie. Ye hiv tae bloody trust me here. A big stick in this wee hoose widnae work. This will be close quarter swinging. Use yer standard issue batons. They won't know whit's hit them if we jist stick tae the plan. It wid only take Gucci or McManus tae get a nightstick aff ye and we'd be in deep shite. Jist dae as ye're telt, and everything will be fine."


Johnboy thought the ceiling hid come doon aboot them. The whole building wis shaking.

"Keep calm, it'll take them a few minutes tae get through the door," Paul casually said, lighting a candle as they scrambled up and oot fae under the auld coats that wur oan tap ae them.

Johnboy looked across at the door. Tony wis staunin, looking in-tae the lobby. The candle oan the mantelpiece that Paul hid lit wis casting his shadow up against the wall beside him.

"Hiv we goat everything?" Tony whispered, cool as fuck, as the smashing ae the door continued.

"Aye, that's us, Tony," Joe whispered back, voice tense.

"Right, let's go," Tony said, before briskly walking back across the room tae the fireplace, lifting up the wee cardboard box that wis sitting oan the mantle-piece and placing it oan tap ae the dying embers, before following the others through tae the next room.

When Johnboy entered the lobby, wan ae their scaffolding poles suddenly gied way and collapsed wae a metal sounding clang oan tae the wooden flairboards. Johnboy could see two axe heids ap-pearing and then disappearing back through wan ae the tap door panels as he quietly slipped past. They nipped through the hole and through oan tae the landing ae the next close and then up the stairs, two steps at a time.  Johnboy hidnae heard the bizzies voices before then, bit he could clearly hear them screaming tae everywan tae staun away fae the door as he disappeared intae the tap flair hoose and through the next hole.  The shouting wis getting louder and they heard whit sounded like the ootside door ae their den being ripped apart, as they nipped doon the stairs tae the first flair landing and intae the hoose that wid take them through tae Frank Wilson's close.  They'd jist crossed Grafton Street and wur heiding up the lane behind Grafton Square, when they heard the first explosion.  Tony let oot a big laugh and Joe shouted "Yee-haah!" as they vaulted the wall beside the dipping yard.

The wee box oan tap ae the fireplace that Tony hid placed in the embers wis full ae blank bullet cartridges, which Paul hid picked up oan his travels across at the railway yard, before they'd escaped fae Thistle Park.  They wur always oan the lookoot fur them since they wur wee snappers.  They wurnae too sure whit they wur used fur.  Joe hid said they put them in wee metal boxes beside the railway tracks tae warn the drivers no tae continue alang the track they wur heiding oan in emergencies.  Johnboy wisnae too sure aboot that, bit whitever they wur used fur, aw the weans in the Toonheid loved them and always threw them oan tae bonfires before staunin back tae hear and watch them go aff.  Johnboy hid jist landed oan the ground oan the other side ae the wall in the lane, when whit sounded like The Gunfight At The OK Corral kicked aff back in their wee den.

"Fur fuck's sake, Fin.  Ah thought ye said they basturts widnae hiv shooters?" Charlie Chase shouted in alarm, wrenching the radio aff ae John Fitzgerald's lapel.  "Alpha Charlie, Alpha Charlie, this is a Code Twenty Wan Red, repeat, Code Twenty Wan Red at wan-four-seven McAslin Street.  Christ, they're bloody fucking shooting everywan!"

"Charlie, ya basturt, ye!  Come back!" Bumper shouted, chasing efter them doon the stairs.

The Mankys hid jist reached the back ae the closemooth in John Street, when a herd ae polis came charging doon the stairs and tumbled oot ae the front ae it, heiding up Grafton Square towards Grafton Street, wae Bumper running efter them, screaming like a banshee. The Mankys automatically skidded tae a halt before doubling backwards towards the wall that wid take them o'er tae the backs oan tae North Frederick Street, avoiding gaun o'er the midden nearest tae the hairdressing college. They aw knew that oan the other side ae that wis a forty fit drap intae the car park that they aw used tae play fitba in when they wur wee snappers. Johnboy clocked Tony and Paul disappearing o'er the wall first, followed closely by Joe. He'd jist lunged at the wall himsel, when he wis nabbed. He couldnae let oot a scream as wan haun wis covering his mooth, while the other wan hid him in an erm-lock roond his neck. He thought he wis gonnae suffocate as he wis dragged across the back court, through a closemooth and oot oan tae Grafton Square. When they goat oot intae the street, Bumper ran towards him and kicked him full in the guts. The erm roond Johnboy's neck loosened its grip as he doubled up oan the ground, moaning and clutching his belly.

"Whit the fuck happened?" he heard The Stalker howling.

"The basturts set a trap fur us roond in wan-four-seven. The pavement pounders aw thought they wur being shot at."

"Is everywan okay?"

"Aye, bit Ah'm gonnae fucking kill that bloody Charlie Chase prick. He led they undisciplined basturts back oot ae the hoose and doon the stairs, efter me telling them no tae fucking move," Bumper panted.

"Fin, we fucking hid the basturts. They wur jist at the back closemooth, coming through, when they fucking eejits came pounding doon the stairs. Ah wanted tae run efter they tits and kick fuck oot ae them masel. None ae they basturts will ever work in the Toonheid again, Ah'm bloody-well telling ye," The Stalker wailed.

"Who hiv we goat then?"

"Ah think it's the Taylor wan."

"And the rest ae them?"

"They're probably in fucking Dunoon by noo," The Stalker snarled, kicking the side ae the Black Maria that hid jist pulled up.

# Chapter Forty Four

Saturday.

Sir Frank Owen lay wae his eyes shut, although he wis fully awake. He'd heard the bike coming fae a distance. The throb and roar ae the transverse triple-cylinder engine, as it slowed doon and drapped gears, before it roared oot ae a bend, shifting up the gears again, telt him that it was a BSA 750 Rocket 3. Probably an import, he thought tae himsel. He'd always loved bikes since he wis a wean. The only quality time him and his brother hid spent wae their father as kids, wis while rebuilding auld classics such as the Royal Enfield Bullet, BSA Bantam and Indian Scout. Fur him, the smell ae an engine being stripped doon and the cracks oan the palms ae his hauns, lined wae oil, wis like honey tae a bee, while his brother never looked at a bike ever again efter their father passed away. He wis proud ae the collection his father hid built up and he'd added tae it o'er the years. He'd missed only wan Isle ae Man TT since nineteen fifty five. It wis a time when he could get away aw by himsel and capture the sounds and the smells ae his childhood, withoot the interruptions and distractions ae business and domestic demands. Eighteen months earlier, in July nineteen sixty seven, alang wae his good friend and fellow enthusiast, Lord John MacDonald, he'd travelled tae Buenos Aries in Argentina where they baith hid financial interests. They'd agreed tae fund an expedition tae trace and hopefully recover the Norton Commando 500 that hid been used by Che Guevara and his good pal, Alberto Granado, tae travel through Latin America in nineteen fifty four. Despite a few premature announcements ae success that hid turned oot tae be damp squibs, due tae false claims ae authenticity and dubious ownership by hucksters, baith himsel and Lord John wur hopeful ae ultimate success in recovering it eventually.

His eyes wur fully opened noo as the throbbing engine roared up the drive and skidded tae a halt, below his bedroom windae.

"Darling, what in hell is that horrendous noise?" his wife yelped, jist aboot jumping oot ae bed in fear.

He didnae reply as he wis awready exiting the bedroom door, heiding fur the staircase, tying his blue silk dressing gown tightly roond his waist.  By the time he reached the ground flair, the bike wis roaring away doon the drive and Peacock, his butler, wis closing the inner front door.

"Who was that, Peacock?"

"A delivery, sir," he said, haunin Sir Frank a large envelope.

"From who?"

"He didn't say, sir.  He...at least, I think it was a he, just stepped off the motorcycle and handed me the envelope before speeding off.  He didn't even turn off his engine before coming to the door."

"Coffee in the sitting room, Peacock."

"Right away, sir."

He sat looking at the envelope.  There wis nae stamp oan the front ae it nor a sender's address oan the back.  He felt it with baith hauns.  It felt like a magazine or a journal ae some sort.  He waited until Peacock poured his coffee.

"Will that be all, sir?"

"Thank you, Peacock.  Will you please take a pot of Earl Grey up to Lady Owen?"

He put oan his reading glasses and picked up the Victorian let-ter-opener that his faither and his grandfaither before him hid used, tae slice open the seal at the tap.  He pulled out a thick blue folder and placed it oan his knees.  He opened it, jist as he picked up the steaming cup ae coffee tae take a sip, bit immediately re-placed the cup back oan tae the tray withoot tasting it.  He felt the beat ae his heart accelerating and the vein oan the left side ae his temple throb.  He wis aware ae Peacock's presence when he came back in tae the room tae stoke up, and place some hardwood logs oan tae the fire, bit never acknowledged his servant asking him if everything wis awright.  He read and re-read fur the better part ae an hour, before reaching o'er wae a shaking haun tae pick up the telephone receiver oan the table at his side.

"Good morning...The Glesga Echo.  Who's calling please?"

"This is Sir Frank Owen.  Can you please ask the paper's editor, Hamish McGovern, and the crime desk sub-editor, Tom Bryce, to make their way to my house immediately, please?  Thank you."

Helen stoapped tae catch her breath and light up a fag.  She'd jist goat aff the number forty five oan Springburn Road and wis making her way alang Fountainwell Road towards the flats wae two bags ae messages fae Curley's oan Parly Road.  Why anywan wid dump auld people fae the tenements up here wis beyond her, she cursed tae hersel.  Whit made her even mair angry wis that whoever planned the build, hid placed aw the coin meters fur their electricity oan the landings ootside people's front doors.  Her maw and da hid only been in the place aboot two weeks when their meter wis tanned.  Her da said the meters wur attracting aw the wee hoose-breakers fae miles aroond.

"It's like flies roond shite," he'd said.

She flicked her fag-end oan tae the road, picked up her bags and trundled towards the multi-storey.  When she finally managed tae get in tae wan ae the two lifts, it took her aboot fifteen minutes tae reach the nineteenth flair.  The confusion wis actually funny as people wur stepping in tae the lift, expecting tae go doon when the lift stoapped and the door opened oan their landing.  When they found oot their mistake as the lift shot aff skywards, they'd press the button fur the next landing up and then get aff, tae wait fur the lift tae take them doon.  In aw the times that Helen hid been coming up tae her maw and da's, she couldnae remember a time when the lift didnae stoap at every landing oan the way up or doon.  The only scary part ae the lift aff intae space and beyond, wis when the lights in the lift wid flicker or go aff aw thegither, sending panic through the people staunin in the dark.  This panic didnae manifest itsel as screams or howls ae fear by the entombed inhabitants, bit usually displayed itself as mass farting in the dark that hid they known aboot it, wid've made Fat Sally Sally and her Sally Army brass band colleagues mount a band recruitment drive in the area.

"Ye're here, Helen? Aw, ye're a wee darling, so ye ur," Maw said, as she put the bags doon oan tae the kitchen table.

"Here ye go, Da," she said, throwing him o'er The Glesga Echo.

"Right, get aff they feet ae yours and Ah'll put the kettle oan," Maw said.

"So, whit's new wae yersel, Da?" Helen asked him, grabbing a pew.

"Ah've hid a busy week, sitting oan ma arse here in this chair since Ah saw ye last Saturday. Oh, aye, Ah've hid a bath and went tae the cludgie seven times. Yer maw says Ah've tae slow doon," he said, unfolding the paper.

"Don't listen tae him, Helen. He bought an auld pair ae binoculars aff ae the ragman oan Monday and he's spent the whole week spying oan the people in the next block ae flats. Ah've warned him that the polis will be at the door tae lift him fur being a peeping tom."

"Christ's sake, hiv ye read this?" Helen's da asked the pair ae them.

"Read? Ah hivnae hid time tae scratch ma arse, never mind read the papers," Helen retorted as her and her maw laughed.

"Look," he said, haudin up the front page towards her. "Notorious Gangster Dies In Hoose Fire."

"Aye...and who's that then?" Helen asked him.

"It says here, 'Mr Mick Murphy, notorious underworld figure, died in a fire at his hoose in Martyr Street, Toonheid, late last night. It is believed that forty four year auld Mr Murphy, who earlier in the day hid attended the funeral ae Mr Murtagh Punch, manager ae The Stanhope Street Stables, wis under the influence ae alcohol and set himsel oan fire in his hoose. Two fire appliances fae Ingram Street Fire Station wur called tae the scene and quickly extinguished Mr Murphy and the fire. Neighbours in the tenement wur allowed back intae their hames after three hours. A polis spokesman said that it appeared that this wis a tragic accident, although a report will be sent tae the city's Procurator Fiscal. A spokesman fur the Fire Brigade, wance again, warned people tae make sure that they extinguish aw cigarettes when sitting at hame alane, drinking. This is the third accident ae a similar nature that his occurred in the city o'er as many weeks, he said. Mr Murphy's brothers wur unavailable fur comment last night. Mr Tom Bryce, crime sub-editor ae The Glesga Echo, said that the paper wis awready planning tae dae a series ae exclusive stories, starting oan Monday, oan the city's past and present corrupt officials and notorious gangsters, including the deceased Mr Murphy. Readers ur warned no tae miss oot oan the sensational details being prepared fur publication.' See whit happens when ye smoke?" her da warned Helen.

"Ye'll see whit happens if Ah hear ye saying that tae me wan mair time," Helen retorted, smiling back at him as she lit up a fag.

Fanny picked up the phone and dialled. She felt better noo that she'd made up her mind tae inform her parents. She knew they'd be disappointed, even angry at her. They'd let it be known oan many an occasion that they disapproved ae her choice ae career. She hidnae been back tae Thistle Park since the incident wae the boys escaping, jist before Christmas. She'd received a card through the post fae the heidmaster wishing her well in the future. And that hid been that. Since then, she'd barely been able tae sleep and she knew her parents wur worried sick aboot her. She dreaded picking up the telephone every time it rang. She looked dreadful when she looked at hersel in the mirror. The doctor hid telt her that she needed tae rest and that things wid take their natural course and that she'd start tae feel better.

"Hello?"

"Mum?"

"Fanny? Darling, it's so nice to hear from you. We were just talking about you and wondering when you were coming home? Your father is just about to go through to Edinburgh as he is on the committee to appoint the next moderator to the church. Do you want a word with him before he leaves?"

"Mum, I have something to tell you...the both of you."

"Yes? What's that, dear? You'll need to speak up as it's a bad line."

"I've handed in my notice. I sent it away first class just over a week ago. I've also got something els..."

"Oh Fanny, that's wonderful. Hold on until I tell your father the good news, darling," her ma said, covering the moothpiece wae her haun, while Fanny listened tae the muffled sounds ae her ma telling her da, the Reverend Christian Flaw.

"Hello?" Fanny shouted intae the phone.

"Hello? Are you still there, dear?"

"Yes, I'm still here, Mother."

"Your dad said that's wonderful, wonderful. He never felt that they deserved someone as pure and as innocent as you. You were too good for them, darling..."

"Mum?"

"...But of course, I knew you would come round..."

"Mu-um!"

"..And would see the error of your..."

"Mum!"

"Yes, dear?"

"Will you and dad come and collect me?"

"Speak up, dear, I can't hear you? The line is really bad."

"I'm pregnant!" Fanny screamed intae the phone.


"Here ye go, sir. This is the summary report fae Inspector McGregor oan the Murphy fire up in Martyr Street last night," Peggy McAvoy, his personal assistant ae six happy years, said cheerfully, placing the report oan the desk in front ae him.

"Thanks, Peggy. Ah don't want tae be disturbed fur at least the next hauf an hour," Sean Smith, the superintendent said tae her.

He looked at the two typed sheets peeping oot ae the buff coloured folder. He wisnae supposed tae be in. It wis Saturday and he'd been planning tae go across tae his daughter Bridie's hoose, tae wet the heid ae the new baby that hid jist arrived hame fae the Rottenrow Maternity Hospital the day before. It wis his first grandchild...a wee boy called Sean...named efter his grandpa. He'd telt Clodagh, his wife, that he'd meet her o'er there later in the morning. He thought aboot the phone call last night. It hid been efter midnight when Colin, wan ae his inspectors who covered the Toonheid, hid telephoned. He'd jist put aff the lamp beside the bed when it hid rang.

"That bloody phone!" Clodagh hid grumbled, as he heided oot ae the bedroom tae the stairheid landing.

"Ah'm sorry, hen. It must be an emergency if they're calling me at this time ae the night," he'd said, apologising.

"Hello, Sean? Sir? It's Colin McGregor here. Ah thought ye might like tae know, there's been a hoose fire up in the Toonheid the night."

Normally he wid've let rip if anywan hid called him aboot a hoose fire at his work, never mind at hame, in the middle ae the night, bit he'd held himsel in check. The last time a fire hid been report-ed tae him fae up in the Toonheid, it hid nearly brought the ceiling doon oan the lot ae them. He tried tae remember exactly whit hid started aw the trouble that time and then it came back tae him. Some wee toe-rag hid went and goat himsel frizzled in a dookit, bit they'd goat it aw sorted oot. Colin wis a good inspector, though. He widnae hiv called if he didnae think it warranted it.

"Aye, Colin? Nae problem. Whit's the score, son?"

"Mad Mick Murphy, wan ae Pat Molloy's boys his jist been taken up tae The Royal efter setting himsel and his hoose oan fire."

"Is he deid?"

"No yet, although Fin O'Callaghan wis speaking tae wan ae the doctors and he said he's suffered eighty percent burns tae his body."

"Whit's the situation at the hoose?"

"Forensics obviously don't realise whose hoose it is, so they're fannying aboot, taking their time getting up there. Ah put in Paddy McPhee tae check it oot wance the fire boys hid finished though."

"Paddy McPhee? Is he the wan they call The Stalker?"

"Aye, he's wan ae the best."

"Aye, Ah know Paddy. He's a good man. Did he come up wae anything?"

"Ah'm no sure. He's nipped up tae The Royal tae see if Fin O'Callaghan, the other sergeant, managed tae hiv a word wae Mad Mick, although it sounds unlikely. Ah'm expecting word fae them anytime noo," Colin hid said.

"Okay, Colin. Ah'll come in first thing in the morning. Kin ye dae a wee summary fur me wae aw the relevant details...if ye know whit Ah mean?" he'd said, hinging up the phone.

He opened the folder and slipped oot the two sheets and started reading. It only took him ten seconds tae confirm his worst fears. Pat Molloy hid possession ae the blue folder. While the report didnae come oot and say that in black and white, it did say that a substantial number ae Chevalier Casino chips wur observed lying scattered across the flair in the burnt-oot hoose. The chips, highlighting various denominations oan wan side, hid Reo Stakis stamped oan the other. He lay doon the folder. He felt the sweat break oot oan his brow.

"Ah'm fucked...we aw ur," he growled tae himsel.

He slowly went across and locked his door fae the inside before returning tae his comfy leather chair that he'd won at the card table fae Sir Hugh Fraser. He fumbled aboot in his jaicket pocket until his fingers found whit he wis efter. He withdrew the key and unlocked the drawer oan the left haun side ae his desk. When he opened it, he took a sharp intake ae breath. He reached in and lifted oot the Webley MK IV service revolver. He put the barrel intae his mooth and pulled the trigger.

The crunching ae the car wheels oan the gravel gaun up the driveway woke Johnboy up. He wis still in agony. He'd noticed that he'd been pishing oot blood when they'd slung his arse in the cells doon at Central. He couldnae eat anything when they'd gied him a piece wae cheese and a mug ae tea at seven o'clock that morning. He'd tried taking a sip ae the tea, bit it wis like drinking a mug ae battery acid. They'd never said a word tae him when they came tae take him back. He'd been bodily slung intae the back ae the car, his hauns still hauncuffed behind his back. Beck, the deputy heidmaster, hid sat in the front passenger seat while that orange basturt, Campbell, drove.

"Oot!" Beck snarled, wrenching open the door, efter they pulled up ootside the front door ae the reception.

Johnboy tried no tae wince as he managed tae wriggle his sore guts oot ae the car and staun up oan his ain two feet jist before he wis roughly dragged through the door by two other big basturts who'd come oot ae the reception tae meet them. They followed Beck and Campbell alang the corridor until they stoapped ootside the secure cell.

"In!" Campbell snarled, swinging open the door, staunin aside tae let Johnboy limp past.

The first punch, delivered by Rolled Back Neck, caught Johnboy oan the side ae his napper as he entered the cell. He wisnae too sure how many ae them wur lying in wait, bit he managed tae clock that Beanpole Wilson and Sandy Button, the joinery teacher, who they'd helped build the stage at the Christmas concert. Johnboy hit the deck and curled up intae a ball as best as he could, trying tae protect himsel, seeing as his hauns wur still cuffed behind his back. At wan point, he wis aware that they wur pushing each other oot ae the way tae get a kick in, while screaming the odds at him. He wis a bit confused aboot whose screams wur the loudest...theirs or his. Efter whit seemed like ages, he lay in the corner, whimpering in pain, as they stood o'er him, panting like a pack ae slobbering hyenas.

"Right, Taylor, ye're in here fur the duration ae yer stay wae us, ya wee basturt, ye. Ye'll be getting shipped up tae Oakbank in Aberdeen within the next few weeks. Let's see how far ye get, running away fae there," Beck The Basturt snarled, slamming the door behind them, leaving Johnboy lying there wae the cuffs still digging intae his wrists.

Johnboy didnae know how long he'd lain there. He thought he must've blacked oot because he remembered that it hid been daylight when he'd arrived and light hid been coming in through the frosted wired glass windae up oan the wall above him. There wisnae any light coming intae the cell noo, apart fae the bare electric light bulb, encased behind the glass oan the wall above the cell door. He also noticed there wis a plastic plate wae nae cutlery and an untouched meal sitting beside a mug ae something that hid a deid bluebottle floating in it oan the flair across at the door. He managed, wae a lot ae pain thrown in, tae sit himsel up wae his back against the wall. He noticed that he'd pished himsel. At least it wis only a pish, he telt himsel. He hoped Skull hidnae noticed as he wis sitting straight across fae Johnboy.

"Aberdeen? Ach, ye'll manage tae get doon the road fae there, nae bother, Johnboy," Skull assured him.

"And where the fuck hiv you been hiding?"

"Me? Ah've been waiting fur you, ya diddy ye. Where hiv you been, ye mean?"

"Ach, it's a long story and Ah'm too sore tae explain jist noo," Johnboy groaned, trying tae get comfortable.

"Hiv ye noticed anything different then?" Skull asked, staunin up, his hauns stretched up above his heid like a highland dancer, while he did a wee twirl oan wan leg.

Johnboy looked at him through his wan good eye. Skull wis still wearing the same fitba boots wae the white moulded soles wae the studs worn doon through wearing them aw the time. His troosers wur still trailing doon aboot his arse, despite being held up by his snake belt. His da's auld faded Partick Thistle jersey wis still needing a good wash and he still looked only ten years auld. Johnboy wis jist aboot tae say 'Ah gie in,' when he clocked it. Skull saw that he'd spotted it and his face lit up wae a big cheesy grin.

"Ye goat yer Celtic tammy back," Johnboy winced, surprised and pleased tae see it back oan that wee baldy Mr Magoo napper ae his.

"Er, look, Johnboy...Ah...Ah need tae tell ye...Ah, er, cannae hing aboot...Ah'm late as it is," Skull said hesitantly, quickly glancing behind him.

"Why? Ye've only jist goat here," Johnboy said through his split lip, spitting oot a bloody dollop oan tae the concrete flair.

"Bit, that's whit Ah've been trying tae tell ye, ya eejit, ye. Johnboy...Ah'm gaun hame...the door's been left open fur me...Ah'm getting in the night," Skull panted wae excitement, a happy smile and a look ae relief splashed across that manky face ae his.

**Keep up to date with Johnboy Taylor and The Mankys on Ian Todd's Facebook page: The Glasgow Chronicles www.facebook.com/theglasgowchronicles**

**Run Johnboy Run is the second book in The Glasgow Chronicles series by Ian Todd.**

**Parly Road is the first book in The Glasgow Chronicles series and is also available on Amazon:**

It is the summer of 1965 and things are looking up for ten-year-old Johnboy Taylor in the Townhead district of Glasgow. Not only has he made two new pals, who have recently come to his school after being expelled from one of the local Catholic schools, but their dream of owning their own pigeon loft or 'dookit' and competing with the city's grown-up 'doo-men' in the sport they love, could soon become a reality. The only problem is that The Mankys don't have the dosh to pay for this once-in-a-lifetime opportunity.

Lady Luck begins to shine down on them when Pat Molloy, aka The Big Man, one of Glasgow's top heavies asks them to do him a wee favour. The Mankys are soon embroiled in an adult world of gangsters, police corruption, violence and crime.

Set against the backdrop of a condemned tenement slum area, the fate of which has already been decided upon as it stands in the way of the city's new Inner Ring Road motorway development, the boys soon realise that to survive on the streets, they have to stay one step ahead of those in authority. The only problem for The Mankys is working out who's really in charge.

Parly Road is full of the shadiest characters that 1960s Glasgow has to offer and takes the reader on a rollercoaster journey that has been described as irreverently hilarious, bad-assed, poignantly sad and difficult to put down.

**The Lost Boy And The Gardener's Daughter is the third book in The Glasgow Chronicles series and is also available on Amazon:**

It is 1969 and 14-year-old Paul McBride is discharged from Lennox Castle Psychiatric Hospital after suffering a nervous breakdown whilst serving a 3-year sentence in St Ninian's Approved School in Stirling.  St Ninians has refused to take Paul back because of his disruptive behaviour.  As a last resort, the authorities agree for Paul to recuperate in the foster care of an elderly couple, Innes and Whitey McKay, on a remote croft in the Kyle of Sutherland in the Scottish Highlands. They have also decided that if Paul can stay out of trouble for a few months, until his fifteenth birthday, he will be released from his sentence and can return home to Glasgow.

Unbeknown to the authorities, Innes McKay is one of the most notorious poachers in the Kyle, where his family has, for generations, been in conflict with Lord John MacDonald, the Duke of the Kyle of Sutherland, who resides in nearby Culrain Castle.

Innes is soon teaching his young charge the age-old skills of the Highland poacher.  Inevitably, this leads to conflict between the street-wise youth from the tenements in Glasgow and the Duke's estate keepers, George and Cameron Sellar, who are direct descendants of Patrick Sellar, reviled for his role in The Highland Clearances.

Meanwhile, in New York city, the Duke's estranged wife orders their 14-year-old wild-child daughter, Lady Saba, back to spend the summer with her father, who Saba hasn't had contact with since the age of ten.  Saba arrives back at Culrain Castle under escort from the American Pinkerton Agency and soon starts plotting her escape, with the help of her old primary school chum and castle maid, Morven Gabriel.  Saba plans to run off to her grandmother's estate in Staffordshire to persuade her Dowager grandmother to help her return to America. After a few failed attempts, Lady Saba finally manages to disappear from the Kyle in the middle of the night and the local police report her disappearance as a routine teenage run-away case.

Meanwhile in Glasgow's Townhead, Police intelligence reveals that members of a notorious local street gang, The Mankys, have suddenly disappeared off the radar. It also comes to the police's attention that, Johnboy Taylor, a well-known member of The Mankys, has escaped from Oakbank Approved School in Aberdeen.

Back in Strath Oykel, the local bobby, Hamish McWhirter, discovers that Paul McBride has disappeared from the Kyle at the same time as Lady Saba.

When new intelligence surfaces in Glasgow that Pat Molloy, The Big Man, one of Glasgow's top crimelords, has put the word out on the streets that he is offering £500 to whoever can lead him to the missing girl, the race is on and a nationwide manhunt is launched across Scotland's police forces to catch Paul McBride before The Big Man's henchmen do.

The Lost Boy and The Gardener's Daughter is the third book in The Glasgow Chronicles series. True to form, the story introduces readers to some of the most outrageous and dodgy characters that 1960s Glasgow and the Highlands can come up with, as it follows in the footsteps of the most unlikely pair of road–trippers that the reader will ever come across. Fast-paced and with more twists and turns than a Highland poacher's bootlace, The Lost Boy and The Gardener's Daughter will have the readers laughing and crying from start to finish.

**The Mattress is the fourth book in The Glasgow Chronicles series and is also available on Amazon:**

In this, the fourth book of The Glasgow Chronicles series, dark clouds are gathering over Springburn's tenements, in the lead up to the Christmas holiday period of 1971.  The Mankys, now one of Glasgow's foremost up and coming young criminal gangs, are in trouble...big trouble...and there doesn't seem to be anything that their charismatic leader, Tony Gucci, can do about it.  For the past year, The Mankys have been under siege from Tam and Toby Simpson, notorious leaders of The Simpson gang from neighbouring Possilpark, who have had enough of The Mankys, and have decided to wipe them out, once and for all.

To make matters worse, Tony's mentor, Pat Molloy, aka The Big Man and his chief lieutenant, Wan-bob Brown, have disappeared from the Glasgow underworld scene, resulting in Tony having to deal with Shaun Murphy, who has taken charge of The Big Man's criminal empire in The Big Man's absence.  Everyone knows that Shaun Murphy hates The Mankys even more than The Simpsons do.

As if this isn't bad enough, Johnboy Taylor and Silent Smith, two of the key Manky players, are currently languishing in solitary confinement in Polmont Borstal.  As Johnboy awaits his release on Hogmanay, he has endless hours to contemplate how The Mankys have ended up in their current dilemma, whilst being unable to influence the feared conclusion that is unravelling back in Springburn.

Meanwhile, police sergeants Paddy McPhee, known as 'The Stalker' on the streets for reputedly always getting his man and his partner, Finbar 'Bumper' O'Callaghan, have been picking up rumours on the streets for some time that The Simpsons have been entering The Big Man's territory of Springburn, behind Shaun Murphy's back, in pursuit of The Mankys.

In this dark, gritty, fast-paced thriller of tit-for-tat violence, The Stalker soon realises that the stage is being set for the biggest

showdown in Glasgow's underworld history, when one of The Man-
kys is brutally stabbed to death outside The Princess Bingo Hall in
Springburn's Gourlay Street.

With time running out, Tony Gucci has to find a way of contacting
and luring The Big Man into becoming involved in the fight, with-
out incurring the wrath of Shaun Murphy. To do this, Tony and
The Mankys have to come up with a plan that will bring all the key
players into the ring, whilst at the same time, allow The Mankys to
avenge the murder of a friend.

Once again, some of Glasgow's most notorious and shadiest 'duck-
ers and divers' come together to provide this sometimes humorous,
sometimes heart-wrenching and often violent tale of chaos and
survival on the streets of 1970s Glasgow.

**The Wummin is the fifth book in The Glasgow Chronicles series and is also available on Amazon:**

It is 1971 in Glasgow's Springburn, and the stormy winds that are howling through the old tenement building closes and streets, leading up to the Christmas and New Year holidays, only adds to the misery that is swirling around the inhabitants of the north of the city.

On the 17th December, Issie McManus's only son, Joe, is stabbed to death on the steps of The Princes Bingo Hall, on the same evening that her man, Tam, gets lifted by the police and shipped up to Barlinnie for an unpaid fine. As her life crumbles round about her, Issie turns to her neighbour and friend, Helen Taylor, who gathers together a group of local women, who are the scourge of The Corporation's sheriff officers Warrant Sales squad, to take command of the situation.

Meanwhile, all the major newspapers are speculating as to whether Alison Crawford, the wife of a prison governor, will survive the shooting that killed her lover, Tam Simpson, the leader of the notorious Simpsons' Gang from Possilpark, whilst daily headlining the gory details of her supposed colourful love life as a senior social worker in Possilpark.

Elsewhere in the district, Reverend Donald Flaw, who recently buried the sitting councillor, Dick Mulholland, is dismayed when he is informed that Councillor Mulholland's election manager, the former disgraced Townhead councillor, JP Donnelly, has decided to throw his hat into the ring at the forthcoming by-election.

As the demonstrations against warrant sales in the area continue over Christmas, bringing Helen Taylor's gang of motley women back on to the streets, The Reverend Flaw and his wife, Susan, believe they have found the ideal candidate to prevent JP Donnelly's resurrected political ambitions from bearing fruit. The only problem lies in whether the chosen one can be persuaded to stand against him. Still smarting from the headline in The Glasgow Echo, announcing that sales of The Laughing Policeman have topped 10,000 copies in Woolworth's record department in Argyle Street, as a result of the weapon being used to kill Tam Simpson going missing, newly promoted Police Inspector Paddy 'The Stalker' McPhee, has been instructed to assist in the campaign to get JP Donnelly elected. Along with Father John, the local priest from St Teresa's Chapel in Possilpark, an unholy alliance is formed that will go to any lengths to stop the opposition candidate from upsetting their political masters in George Square.

The Wummin is a fast-paced political thriller, set in the north side of Glasgow. It will grip the reader, tear at their emotional heartstrings, whilst at the same time, evoke tears of laughter and shouts at the injustice of it all. It follows this group of Springburn 'wummin' in their fight against social injustice and their crusade for change, whilst the odds are stacked against them by an Establishment that will do everything in its power to maintain the status quo.

**Dumfries is the sixth book in The Glasgow Chronicles series and is also available on Amazon:**

It is January 1973 and the winds of discontent are picking up speed as they gust across the wintry skies of a country in which industrial stoppages and wildcat strikes follow each other on an almost daily basis. Equal pay and equality for women are still pipe-dreams in the second city of the empire, where hospital casualty departments are overflowing, as they welcome the victims of violence and domestic abuse, who, after being patched up, if they are lucky, are spat back out to face a world that is moving at a pace at which only the fittest can hope to survive.

Dumfries is the penultimate book in the current series of The Glasgow Chronicles, which has followed a cheeky wee bunch of manky boys from the tenements in 1960's Toonheid, through adolescence to their coming-of-age as one of Glasgow's most up-and-coming underworld gangs of the early 70s.

The problem, as usual, is that half the hapless Mankys are currently in jail, with one of them having been sentenced to 14 years for shooting two police officers in the robbery of The Clydeside Bank on Maryhill Road in November 1972...the longest prison sentence ever handed down to a young offender in Scotland.

With Tony, Johnboy, Silent, Snappy and Pat all doing time, the remnants of what was once a thriving money-making outfit, is being managed by Simon Epstein, owner of Carpet Capers Warehouse. When Simon is not plotting the downfall of the legendary Honest John McCaffrey, 'The Housewife's Choice,' and owner of Honest John's Kitchen Essentials shop by day, but one of the city's top moneylenders and gangsters by night, Simon is ruthlessly ensuring that The Mankys' wheel-of-fortune stays firmly on track.

When everything seems to be on a downwards spiral and with no reprieve in sight for those languishing in jail, hope appears on the horizon through the smoke of screeching tyres from a speeding car in Colston, as it ejects the half-dead body of Haufwit Murray, sometime police informer and one of the city's transient gangland hang-er-ons. As he lies close to death in the Intensive Care Unit of Sto-bhill General Hospital, with little hope of recovery, Haufwit's dying confession to Inspector Paddy 'The Stalker' McPhee triggers a chain reaction that forces Wan-bob Broon, the city's Mr Big, out into the open, bringing deadly consequences for some and celebration and hope for others.

Dumfries is a dark, often violent, chiller-thriller, that will have fol-lowers of The Mankys drawing their curtains and locking their doors, before reaching for the book, as they try to anticipate who will do what to who next. You have been warned.

**The Silver Arrow is the seventh book in The Glasgow Chronicles series and is also available on Amazon:**

The Silver Arrow continues on from Dumfries in The Glasgow Chronicles series of books.

Whilst the residents of 1970s Glasgow are captivated by the antics of a mystery driver, who they've nicknamed The Silver Arrow, being pursued by police along Great Western Road in his 1930s sports car in the dead of night at weekends, a far more dangerous game of cat-and-mouse is being played out on the streets, below the radar of both the local police and Wan-bob Broon, Glasgow's number one gangster.

After visiting Johnboy Taylor, Scotland's longest-serving young offender, in Dumfries Young Offenders Institution, Nurse Senga Jackson heads back to Glasgow, unaware of the mortal danger that she and her flatmate, Lizzie Mathieson are in after Lizzie unwittingly overhears the deathbed confession of a dying gangster to Inspector Paddy 'The Stalker' McPhee, who has threatened to expose the sordid sex-life of the doctor on duty, in order to access the intensive care unit of Stobhill General Hospital in the middle of the night.

With half of The Mankys, Glasgow's most up and coming young criminal gang, serving time in Dumfries, including their charismatic leader, Tony Gucci, responsibility for the safety of Senga Jackson and her flatmate is placed in the hands of nineteen-year-old Simon Epstein, a young entrepreneur from Springburn, who operates Carpet Capers Warehouse in the Cowcaddens district of the city.

Despite the odds being stacked against The Mankys and the two young nurses, Simon joins up with one of Glasgow's top criminal legal teams in the battle to secure the evidence that could prove that Johnboy Taylor is innocent of shooting two police officers in a bank robbery in Maryhill. At the same time, Simon continues to duck and dive behind the neon lights of the dirty city, in a desperate attempt to keep the two girls alive.

The Silver Arrow is an often-violent thriller, though not without humour, with a high-speed plot that takes more twists, turns and risks than a speeding classic racing car in the night, consistently out-witting and out-manoeuvring its pursuers. The key question being debated amongst The Mankys incarcerated in Dumfries YOI is whether Simon Epstein can keep in pole-position until Tony Gucci can join him in the race against time, even though he doesn't know who will strike when, where or at whom.

**Elvis The Sani Man is the eighth book in The Glasgow Chronicles series and is also available on Amazon:**

It is 1975 and Elvis Presley, head of Glasgow Corporation's sanitation food inspectors for the north of the city, is busy preparing for the Scottish final of the 'Elvis Is The Main Man Event' at The Plaza Ballroom at Eglinton Toll.

When Elvis is not dreaming of stardom, he and his unlikely new partner, WPC Collette James, are hot on the trail of Black Pat McVeigh, the Mr Big of the city's black meat trade, who is based up in Possilpark in the north of the city.

Pushing Elvis to do something about the plight of her constituents, who are being poisoned left, right and centre by one of the city's most notorious 'black butcher' gangs, is Corporation Councillor for Springburn, Barbara Allan.

Unbeknown to the authorities, Barbara Allan is also the mysterious and elusive 'Purple Dove,' leader of a secretive underground group of women in the city, who call themselves 'The Showgirls.'

Whilst struggling to bring the city's diverse women's groups together to stand as one, the campaign of taking direct action by The Showgirls continues to publicly 'out' senior male managers in businesses, hospitals and The Corporation who sexually harass female employees, by daubing graffiti and photographs of the guilty up on to the advertisement billboards that are scattered across the city.

Meanwhile, the close friends and supporters of Helen Taylor, having set up their own catering business for funerals and weddings, soon fall foul of Elvis The Sani Man and the law, when over a hundred guests fall ill after being served up Springburn's Larder's exotic menu.

Never far away from this mental mix, The Mankys, one of Glasgow's young up-and-coming 'organised' gangs, continue on their merry way of mixing business and pleasure, whilst bank-rolling the campaign group that will hopefully lead to one of their members, Johnboy Taylor, having his wrongful conviction of shooting two police officers during a bank robbery in Maryhill back in November 1972 overturned.

Elvis - The Sani Man, is a dark, dangerous and often violent journey through the murky streets of Glasgow and is interspersed with black humour, whilst introducing the reader to Glasgow's illicit underworld of back-street meat traders in the mid-nineteen-seventies. Ian Todd once again reacquaints the reader with some familiar faces from previous Glasgow Chronicle books, whilst introducing a whole new batch of the craziest and wackiest characters that were ever launched out of the Rottenrow delivery room back in the day.

44682754R00361